A esposa americana

OUTRAS OBRAS DA AUTORA PUBLICADAS PELA EDITORA RECORD

O homem dos meus sonhos

Preliminar — os altos e baixos de Lee Fiora

A esposa americana

Curtis Sittenfeld

Tradução de
Natalie Gerhardt

EDITORA RECORD
RIO DE JANEIRO • SÃO PAULO
2010

CIP-Brasil. Catalogação-na-fonte
Sindicato Nacional dos Editores de Livros, RJ

Sittenfeld, Curtis, 1976-
S637e A esposa americana / Curtis Sittenfeld; tradução de Natalie Gerhardt. — Rio de Janeiro: Record, 2010.

Tradução de: American wife
ISBN 978-85-01-08514-6

1. Romance americano. I. Gerhardt, Natalie. II. Título.

10-1490 CDD: 813
CDU: 821.111(73)-3

Título original em inglês:
AMERICAN WIFE

Editoração eletrônica: FA Editoração

Texto revisado segundo o novo Acordo Ortográfico da Língua Portuguesa.

Impresso no Brasil

ISBN 978-85-01-08514-6

Para Matt Carlson,
meu esposo americano

SUMÁRIO

A esposa americana é um trabalho de ficção livremente inspirado na vida de uma primeira-dama dos Estados Unidos. Seu marido, os pais dele e alguns membros proeminentes de sua administração são reconhecíveis. Todos os outros personagens desta obra são produtos da imaginação da autora, assim como os acontecimentos relacionados a eles.

PRÓLOGO

Junho de 2007, Casa Branca

Será que cometi erros horríveis?

Na cama, ao meu lado, meu marido dorme, a respiração calma e profunda. No início do casamento, na verdade nas primeiras semanas, quando ele roncava, eu o chamava e, quando ele respondia, eu lhe pedia, com remorso, para que se virasse. Mas não demorou muito para ele demonstrar que preferia que eu simplesmente o cutucasse. Não era necessário conversar, e ele não queria ser acordado. "Basta me empurrar", disse ele com um sorriso. "Cutuque com força." Isso me pareceu meio rude, mas aprendi a fazer.

Esta noite, porém, ele não está roncando, então não posso culpá-lo pela minha insônia. Assim como não posso culpar a temperatura do quarto (19 graus durante a noite e 21 durante o dia, quando nenhum de nós passa muito tempo aqui). Uma máquina de ruído branco zumbe discretamente sobre a prateleira e as cortinas estão fechadas, para nos manter na mais absoluta escuridão. A segurança é uma preocupação constante em nossas vidas agora, mas isso já se tornou rotineiro, e mais de uma vez pensei que estamos bem mais seguros do que um típico casal de classe média dos subúrbios: eles têm alarme contra roubo, e talvez um cão de guarda e um refletor de luz do lado de fora da casa; nós temos atiradores de elite, helicópteros, carros à prova de balas, lança-foguetes e franco-atiradores no telhado. Os riscos que corremos são maiores, é claro, mas o nível de proteção é incomparável — às vezes chega a ser absurdo. Como em relação a muitas outras coisas, digo a mim mesma que é a posição em que nos encontramos que causa tudo isso, que somos apenas símbolos e pouco importa quem somos como indivíduos. Caso contrário, eu me envergonharia ao pensar em todas as despesas e em todos os esforços feitos por nossa causa. Se não fôssemos nós, repito para mim mesma, outros representariam este mesmo papel.

Há várias noites tenho tido dificuldade para dormir. Ir para a cama não é o desafio: sinto todos os estágios normais do cansaço, a falta de concentração que se torna mais acentuada a cada meia hora depois das 22 horas e, quando entro embaixo das cobertas, em geral um pouco depois das 23 horas, às vezes meu marido ainda está no banheiro ou analisando alguns papéis, falando comigo do outro lado do quarto, e eu apago. Quando vem para a cama, ele me abraça, eu acordo sonolenta, dizemos "amo você" um para o outro e, naquele momento embaçado, acredito que algo essencial ainda é nosso, que nossos corpos na escuridão são o que há de verdadeiro e que todas as outras coisas — a exposição e as obrigações e as controvérsias — são apenas dissimulação e fingimento. No entanto, quando acordo por volta das 2 horas da madrugada, temo o oposto.

Não tenho certeza se acordar às 2 é melhor ou pior do que acordar às 4. Por um lado, tenho o conforto de saber que acabarei pegando no sono de novo; por outro, as noites parecem longas demais. Tenho sonhado muito com o passado: com pessoas que conheci e que já se foram ou pessoas com quem minha relação mudou a ponto de se tornar irreconhecível. Vivi tantas experiências que nunca poderia ter imaginado.

Será que hoje coloquei a presidência do meu marido em risco? Será que fiz algo que deveria ter feito anos atrás? Ou talvez tenha feito as duas coisas e este é o problema: eu levo uma vida em oposição à vida em si.

PARTE I

Amity Lane, 1272

Em 1954, no verão antes de eu entrar para a segunda série, minha avó confundiu Andrew Imhof com uma garota. Eu tinha acompanhado vovó até a mercearia — naquela manhã, enquanto lia um romance que mencionava palmitos, ela foi tomada pelo desejo de comê-los e me levou com ela para um passeio no centro da cidade —, e foi na seção de enlatados que encontramos Andrew com sua mãe. Como não eram da mesma geração, a mãe de Andrew e vovó não eram amigas, mas se conheciam como as pessoas em Riley, Wisconsin, se conheciam. A mãe de Andrew se aproximou de nós, colocando a mão no peito e dizendo para vovó:

— Sra. Lindgren, sou Florence Imhof. Como vai?

Andrew e eu estudávamos juntos desde que tínhamos começado na escola, mas apenas nos olhamos sem falar nada. Nós dois tínhamos 8 anos. Enquanto as adultas conversavam, ele pegou uma lata de ervilhas e ficou segurando entre a palma da mão e o queixo, e eu me perguntei se ele não estaria querendo se mostrar.

Foi quando vovó me deu um pequeno empurrão.

— Alice, cumprimente a Sra. Imhof. — Estendi a mão, como fui ensinada. — E sua filha é uma graça! — continuou vovó, fazendo um gesto em direção a Andrew. — Mas não creio que eu saiba o nome dela.

Seguiu-se um silêncio durante o qual tenho quase certeza de que a Sra. Imhof estava tentando decidir como deveria corrigir vovó. Por fim, tocando o ombro do filho, ela disse:

— Este é Andrew. Ele e Alice estudam na mesma turma.

Vovó apertou os olhos.

— Você disse *Andrew*?

Ela até virou a cabeça, posicionando o ouvido como se tivesse problemas de audição, embora eu soubesse que não era o caso. Parecia que ela queria recusar o perdão que a Sra. Imhof tinha acabado de lhe oferecer, e eu queria agarrar o braço de vovó, puxar seu rosto para perto do meu e dizer "Vovó, ele é um *menino*!". Nunca me ocorrera que Andrew parecia uma menina — aliás, eu nunca tinha pensado muito em Andrew Imhof naquela época da minha vida —, mas era verdade que ele tinha cílios extraordinariamente longos emoldurando os olhos amendoados, e o cabelo castanho-claro tinha crescido um pouco durante o verão, mas só estava um pouco comprido demais para um garoto daquela época, e ainda era bem mais curto do que o meu. Além disso, não havia nada de feminino na calça de sarja ou na camisa xadrez vermelha e branca que ele usava.

— Andrew é o meu caçula — informou a Sra. Imhof, e pareceu que ela estava falando mais rápido, o primeiro sinal de irritação. — Peter é o mais velho.

— É mesmo? — Parecia que vovó finalmente compreendera a situação, mas isso, aparentemente, não a deixou sem graça. Ela se inclinou na direção de Andrew, que ainda estava segurando as ervilhas, acenou de leve com a cabeça e disse: — É um prazer conhecê-lo. Cuide para que minha neta se comporte bem no colégio. Você pode me contar se ela fizer algo errado.

Andrew ainda não tinha dito nada até aquele momento — não ficou claro se ele estava prestando atenção à conversa para entender que seu sexo estava sendo questionado —, mas, ao ouvir tais palavras de vovó, abriu um sorriso; um sorriso sem mostrar os dentes mas enorme, um sorriso que dava a impressão errônea de que eu, de fato, era uma menina levada e que ele certamente ficaria de olho em mim. Minha avó, que sempre admirou travessuras, sorriu para ele com ar de conspiração. Depois que ela e a Sra. Imhof se despediram (nossa busca por palmitos não foi bem-sucedida, para decepção e surpresa de vovó), fomos na direção oposta a eles. Peguei a mão de vovó e sussurrei em um tom que eu esperava ser de reprimenda:

— *Vovó!*

Sem se preocupar em sussurrar, ela disse:

— Você não acha que ele parece uma menina? Ele é bem bonito!

— Shhhh!

— Bem, não é culpa dele, mas eu não consigo acreditar que fui a primeira a cometer esse erro. Os cílios dele devem ter 2 centímetros de comprimento.

Como se para verificar tal afirmação, nós duas nos viramos. A essa altura, já havíamos nos distanciado dos Imhof. A mãe de Andrew estava de costas para nós, inclinando-se sobre uma prateleira, mas ele olhava diretamente para vovó e eu. Ainda trazia um sorrisinho nos lábios e, quando meus olhos encontraram os dele, ele ergueu as sobrancelhas duas vezes.

— Ele está flertando com você! — exclamou vovó.

— O que é "flertar"?

Ela riu.

— É quando uma pessoa gosta de você e, então, tenta chamar sua atenção.

Andrew Imhof gostava de mim? Com certeza, já que a informação me fora dada por um adulto — e não um adulto qualquer, mas por vovó, que era muito esperta —, devia ser verdade. Andrew gostar de mim não parecia nem empolgante nem aterrador; parecia, na verdade, inesperado. Então, depois de considerar a ideia, eu a deixei de lado. Minha avó conhecia muitas coisas, mas nada sabia sobre a vida social de crianças de 8 anos. Afinal, ela nem tinha notado que Andrew era um menino.

NA CASA EM que cresci, éramos quatro: minha avó, meus pais e eu. Do lado do meu pai, eu era filha única pela terceira geração consecutiva, o que era muito raro naquela época. Embora eu certamente gostaria de ter um irmão, desde nova sabia que não podia mencionar esse assunto — mamãe já tinha sofrido dois abortos espontâneos quando eu entrei para a classe de alfabetização, e esses eram apenas os que eu sabia, sendo que o último aconteceu quando ela já estava no quinto mês de gestação. Embora os abortos tenham conferido um ar de tristeza silenciosa aos meus pais, nossa família parecia bem equilibrada. No jantar, cada um de nós sentava em um lado da mesa retangular que ficava na sala de jantar; ao caminhar na calçada a caminho da igreja, andávamos em pares; no verão dividíamos um pote de barras de sorvete Yummi-Freez, e jogávamos buraco ou bridge, que aprendi quando tinha 10 anos e que costumávamos jogar às sextas e sábados à noite.

Embora vovó fosse meio barulhenta, meus pais eram extremamente atenciosos e respeitadores um com o outro, e, durante anos, acreditei que essa fosse a norma entre as famílias, considerando qualquer outra dinâmica uma aberração. Minha melhor amiga na infância era Dena Janaszewski, que morava do outro lado da rua. Eu sempre ficava chocada com o que entendia como grosseria e falta de educação de Dena e de todos os Janaszewski: eles gritavam uns com os outros quando estavam em andares diferentes ou pela janela, pegavam comida um do prato do outro à vontade, Dena e suas irmãs mais novas costumavam puxar as tranças umas das outras ou beliscar os traseiros, e eles entravam no banheiro mesmo quando ocupado. O mais chocante de tudo foi quando o pai dela falou um palavrão na minha frente — suas palavras exatas quando entrou na cozinha foram: "Quem pegou a merda da tesoura de podar a cerca viva?" — e nem Dena nem sua mãe nem suas irmãs pareceram notar.

Na minha família, a vida era calma. Meus pais às vezes discordavam — algumas poucas vezes por ano, ele apertava os lábios, formando uma linha fina, e os cantos dos olhos de mamãe ficavam caídos com uma espécie de decepção magoada —, mas isso era raro, e, quando acontecia, parecia desnecessário expressar os sentimentos em voz alta. Só sentir a discórdia, no papel de causador ou vítima, já os fazia sofrer o suficiente.

Meu pai tinha dois lemas. O primeiro era "Parvos há em toda parte" e o segundo, "Seja bom no que quer que faça". Nunca soube a fonte do primeiro, mas o segundo era de Abraham Lincoln. Meu pai trabalhava como gerente de uma agência bancária, mas sua grande paixão — seu hobby, como se diz hoje, embora seja algo que as pessoas parecem não ter mais, a não ser que se considere pesquisas na internet e conversas ao celular — eram pontes. Ele admirava em especial a magnificência da Golden Gate e, certa vez, me contou que, durante sua construção, o empreiteiro providenciara, a um custo muito alto, para que uma enorme rede de segurança fosse colocada embaixo dela. "Isso é o que chamamos de responsabilidade do empregador", disse papai. "Ele não estava preocupado apenas com os lucros." Meu pai acompanhou de perto a construção da ponte Mackinac, em Michigan — que ele chamava de "Poderosa Mac" — e, mais tarde, da ponte Verrazano-Narrows, que, ao ser concluída, em 1964, passou a ligar o Brooklyn a Staten Island, tornando-se a maior ponte suspensa do mundo.

Meus pais foram criados em Milwaukee e se conheceram em 1943, quando minha mãe tinha 18 anos e trabalhava em uma fábrica de luvas e meu pai tinha 20 e trabalhava em uma agência do Wisconsin State Bank & Trust. Eles começaram a conversar em uma lanchonete e ficaram noivos quando meu pai se alistou no exército. Depois do fim da guerra, eles se casaram e se mudaram, levando vovó junto, para Riley, 73 quilômetros a oeste, para que ele pudesse abrir uma agência bancária ali. Minha mãe nunca mais voltou a trabalhar fora. Como dona de casa, tinha um modo de agir delicado — não parecia sobrecarregada nem irritada e não costumava ficar lembrando a todos sobre tudo que fazia — e ainda costurava muitas roupas para ela e para mim, mantinha a casa meticulosamente arrumada e sempre preparava as refeições. A comida era mais aceitável do que deliciosa; ela gostava de fazer bife de panela ou macarrão e pão feito de queijo. Ensinou-me suas receitas de forma reservada e literal, sem nunca me explicar por que eu precisava saber. E por que eu *não* precisaria? Ela tinha uma paciência infinita e seus gestos eram discretos e delicados: sem nada dizer, deixava laços bonitos ou balas de menta na minha cama ou um vaso com uma flor sobre a minha cômoda.

Minha mãe era a segunda mais nova de oito irmãos, que não víamos com frequência. Ela tinha cinco irmãos e duas irmãs, e apenas uma delas, minha tia Marie, que era casada com um mecânico e tinha seis filhos, nos visitara em Riley. Quando os pais de mamãe ainda eram vivos, íamos de carro até Milwaukee para visitá-los. Mas quando eu tinha 6 anos eles morreram, com dez dias de diferença entre as duas mortes, e depois disso passamos anos sem ver minhas tias, meus tios e primos. Minha impressão era de que a casa deles era pequena e amontoada, cheia de crianças briguentas e cheiro de leite azedo. Os homens eram concisos, e as mulheres, irritadas. De um modo que não era cruel, nenhum deles parecia ter algum interesse particular em nós. Começamos a visitá-los cada vez menos conforme fui ficando mais velha. A mãe de papai nunca ia conosco, embora sempre pedisse que lhe comprássemos um pão doce na sua padaria alemã favorita. Na minha infância, eu era tomada por uma sensação de alívio sempre que íamos embora da casa de uma das minhas tias ou tios, sensação que tentava sufocar por saber, já naquela época, que não se tratava de um sentimento muito cristão. Sem que ninguém da minha família dissesse, entendi que mamãe havia nos escolhido; que ela preferira a nossa vida juntos a uma vida como a dos seus irmãos, e o fato de ela ter podido escolher a tornou uma mulher de sorte.

Assim como minha mãe, vovó não voltou a trabalhar fora depois que nos mudamos para Riley, tampouco se envolvia nos serviços domésticos. Hoje, ao pensar nisso, fico surpresa que isso não tenha despertado ressentimentos em mamãe, mas realmente parece que não. Acho que mamãe achava a sogra divertida, e costumamos perdoar muitas coisas nas pessoas que nos divertem. Na maioria das tardes, quando eu voltava do colégio, as duas estavam na cozinha, mamãe entre uma tarefa e outra, com um avental ou um pano de tirar poeira pendurado no ombro, ouvindo atentamente vovó resumir uma reportagem que acabara de ler em uma revista, digamos, sobre o assassinato misterioso da namorada de um gângster em Chicago.

Vovó nunca passava o aspirador ou varria e apenas em raras ocasiões — se meus pais não estivessem em casa ou se mamãe estivesse doente — ela cozinhava, preparando pratos notáveis pela total ausência de alimentos nutritivos. Um jantar poderia consistir em queijo frito e panquecas malcozidas. O que vovó realmente fazia era ler; era desse modo que passava o tempo. Não raro, ela terminava um livro em um dia — preferia os romances, principalmente os dos mestres russos, mas também lia histórias, biografias e suspenses sangrentos. Passava horas e horas, durante toda a manhã e a tarde, sentada na sala de estar ou na cama (que estaria arrumada, e ela, vestida), virando as páginas e fumando cigarros Pall Mall. Desde cedo, compreendi que, do ponto de vista doméstico, que é o mesmo que dizer na opinião dos meus pais, vovó não era simplesmente inteligente e fútil; sua inteligência e sua futilidade estavam entrelaçadas. Ela podia lhe contar tudo sobre a maldição do diamante Hope ou sobre o canibalismo praticado pelo grupo de emigrantes conhecido como Donner Party — não que ela devesse ter vergonha de saber sobre tudo isso, mas também não havia razão para ficar orgulhosa. As curiosidades e histórias que ela contava eram interessantes, mas nada tinham a ver com a vida real: pagar a hipoteca, lavar uma panela, manter a casa aquecida nos invernos rigorosos de Wisconsin.

Tenho certeza de que, em vez de reagir contra essa visão nada elogiosa que as pessoas tinham a seu respeito, vovó concordava com ela. Em outra época, imagino que ela teria sido uma excelente crítica literária para um jornal ou até mesmo professora de literatura, mas ela nunca fez faculdade, nem meus pais. O marido de vovó, pai do meu pai, morreu cedo, e ela, viúva, teve de ir trabalhar em uma loja de vestidos femininos, esperando pelas matronas de Milwaukee que, de acordo com ela, tinham dinheiro mas não bom gosto. Trabalhou ali até os 50 anos — o que, naquela época, era muito mais do que hoje em dia —, quando se mudou para Riley com meus pais, recém-casados.

Vovó pegava na biblioteca a maioria dos livros que lia, mas também comprava alguns; estes ela mantinha arrumados em uma estante no quarto, que era tão cheia que havia duas fileiras de livros em cada prateleira. Isso me lembrava uma menina da minha turma, Pauline Geisseler, cujos dentes permanentes tinham crescido antes que os de leite caíssem e que, sem a menor inibição, às vezes abria a boca para exibi-los durante o recreio. Vovó quase nunca lia histórias para mim, embora costumasse me levar à biblioteca — eu lia e relia os livros de Laura Ingalls Wilder, e também as histórias de Nancy Drew e dos Hardy Boys. Ela costumava resumir os livros adultos que lia de forma tentadora: "*Uma mulher de família e bem-casada se apaixona por outro homem; depois que o marido descobre a traição, ela não tem escolha a não ser se atirar na frente de um trem...*"

Esses enredos mergulhavam o quarto de vovó em uma atmosfera de intrigas, acentuada pelos poucos mas cuidadosamente escolhidos pertences. O meu favorito era a réplica de um busto de Nefertiti, que ficava sobre a cômoda. Tratava-se de uma réplica de uma antiguidade egípcia feita pelo escultor Thutmose. Vovó ganhara a peça de uma amiga chamada Gladys Wycomb, que morava em Chicago. Nefertiti usava um turbante preto e um colar de pedras preciosas e olhava para a frente com serenidade. Vovó me explicara que o nome dela significava "a linda mulher chegou".

Ao lado do busto, havia porta-retratos: uma fotografia de vovó com um vestido branco quando ainda era menina ao lado dos pais, em 1900 (tanto tempo atrás!); uma dos meus pais no dia do casamento, na qual papai estava com a farda do exército e mamãe usava um vestido trespassado (apesar de a foto ser em preto e branco, eu sabia que o vestido era lavanda porque tinha perguntado à minha mãe); uma foto do meu falecido avô, marido de vovó, que se chamava Harvey e que tinha sido flagrado quase de olhos fechados ao olhar para o sol; e, por último, uma foto minha na turma da segunda série, na qual eu sorria de uma forma um pouco histérica, com o cabelo repartido ao meio e preso em marias-chiquinhas.

Além dos livros, das fotos, do busto de Nefertiti, do frasco de perfume e da maquiagem, o quarto de vovó era, na verdade, bem simples. Assim como eu, ela dormia em uma cama de solteiro; a dela era coberta com uma colcha amarela sobre a qual empilhava mantas de lã durante o inverno. Havia poucos quadros nas paredes, e na mesinha de cabeceira não costumava haver mais do que um abajur, um livro, um relógio e um cinzeiro. Ainda assim, esse era o lugar, cheirando a cigarros e a perfume Shalimar, que parecia ser a minha passagem secreta para aventuras e para o mundo dos adultos. No cantinho de vovó, eu vivia a experiência e as paixões das pessoas cujas vidas eram descritas nos romances que lia.

Não sei se, conscientemente, minha avó estava tentando me transformar em uma leitora, mas ela permitia que eu escolhesse qualquer livro, mesmo aqueles que eu tinha poucas chances de entender (comecei a ler *Retrato de uma senhora* aos 9 anos e parei na terceira página), ou aqueles que mamãe, caso soubesse, teria proibido (aos 11 anos, eu não só li *A caldeira do diabo* inteiro, como o reli em seguida). Meus pais, por sua vez, não possuíam quase nenhum livro, a não ser os volumes da *Enciclopédia Britânica* de lombada de couro marrom que ficavam arrumados na estante da sala de estar. Papai assinava as edições matinal e vespertina dos jornais de Riley, *The Riley Citizen* e *The Riley Courrier*, além da revista *Esquire*, mas era vovó quem lia a revista do início ao fim. Mamãe não lia, e até hoje não sei bem se sua má vontade se devia a falta de tempo ou de interesse.

Como filha de um gerente de banco, eu acreditava que tivéssemos uma boa situação financeira. Eu já tinha mais de 30 anos quando me dei conta de que nenhum norte-americano rico de verdade teria essa mesma visão. Riley ficava bem no centro de Benton County, uma região onde estavam instaladas duas fábricas de queijo concorrentes: a Fassbinder's, que ficava na De Soto Way, e a White River Dairy, que ficava mais próxima da cidade de Houghton, mas muitos dos seus funcionários moravam em Riley, porque a cidade, com quase 40 mil habitantes, oferecia mais atrações e conveniências, incluindo um cinema. Os pais de muitos dos meus colegas do colégio trabalhavam em uma das duas fábricas; outras crianças vinham de pequenas fazendas e algumas poucas de fazendas grandes — Freddy Zurbrugg, que na segunda série teve um acesso de riso tão forte que começou a chorar quando a professora usou a palavra *pianista*, morava na quarta maior fazenda de laticínios do estado —, mas ainda assim eu achava infinitamente mais sofisticado morar na cidade do que no campo. Riley foi planejada em quarteirões. A oeste ficava o rio Riley e a parte comercial ocupava a parte sul da cidade, enquanto as ruas residenciais ficavam ao norte, até a colina. Quando eu era criança, sabia os nomes de todas as famílias que moravam na Amity Lane: os Weckwerth, cujo filho, David, foi o primeiro bebê que peguei no colo; os Noffke, cujo gato, Zeus, me arranhou a bochecha quando eu tinha 5 anos, arrancando sangue e despertando em mim uma completa antipatia por todos os gatos; os Cernoch, que na temporada de caça penduravam na árvore do jardim da frente o cervo que tinham abatido. A Igreja Luterana do Calvário, frequentada por meus pais, ficava na Adelphia Street; o colégio no qual cursei o primário e o ginásio ficava a seis quarteirões da minha casa, e o novo colégio para o colegial — terminado em 1948, mas ainda chamado "novo" quando comecei a estudar lá, em 1959 — era o maior prédio da cidade, uma enorme construção de tijolos sustentada por seis colunas coríntias, mostrada nos cartões-postais vendidos na farmácia da família Utzenstorf. A área total que eu considerava ser a Riley propriamente dita ocupava menos de 26 quilômetros quadrados, e em todas as direções à nossa volta se estendiam campos, pradarias e pastos, colinas, florestas de faias e de bordos.

Estudar com crianças que ainda usavam um banheiro do lado de fora da casa, ou que não comiam nada que não fosse produzido na própria terra ou oriundo dos próprios animais não fazia de mim uma garota arrogante. Pelo contrário: consciente das minhas vantagens, eu tentava ser extremamente educada com meus colegas. Naquela época, eu jamais imaginaria que, em um futuro distante, em uma vida que jamais poderia ter imaginado para mim, esse impulso me seria tão útil.

POR ALGUM tempo, eu mal pensava sobre aquele dia na mercearia com vovó, Andrew Imhof e sua mãe. As duas pessoas que, na minha opinião, deveriam ter se sentido constrangidas com a situação — vovó, por ter errado o sexo de Andrew, e ele mesmo, por ter sido confundido com uma menina (se qualquer um dos nossos colegas de turma soubesse disso, teria caído na pele dele sem dó nem piedade) — pareciam indiferentes. Continuei estudando com Andrew, mas raramente nos falávamos. Certa vez, quando estávamos na terceira série, antes do almoço, ele foi a pessoa escolhida pela professora para ficar diante da turma e chamar os alunos para a fila. Tratava-se de um ritual que acontecia várias vezes, todos os dias. Primeiro, Andrew disse: "Quem tiver o nome começando por 'B'", o que queria dizer que o amigo dele, Bobby, podia ficar atrás dele. Em seguida, ele disse: "Quem estiver usando um laço vermelho no cabelo." Eu era a única que estava com um laço vermelho naquele dia. Além disso, eu estava olhando para a frente quando Andrew disse isso e o meu cabelo estava preso em um rabo de cavalo, o que significa que ele devia ter notado o laço mais cedo. Ele não tinha dito nada antes, não tinha puxado o meu cabelo como os outros meninos, mas havia notado.

Então, na quinta série, em um sábado à tarde, quando minha amiga Dena e eu voltávamos para casa depois de um passeio pelo centro, vimos Andrew vindo na direção contrária, pedalando a bicicleta pela Commerce

Street. Era um dia frio, Andrew vestia uma parca e um gorro azul-marinho e tinha as bochechas coradas. Ele estava passando por nós quando Dena gritou:

— Andrew Imhof tem bolas de fogo!

Olhei para ela horrorizada.

Para minha surpresa, e acho que de Dena também, Andrew freou. Quando se virou, trazia no rosto uma expressão divertida.

— O que você disse? — perguntou ele.

Naquela época, Andrew era bem magro e ainda mais baixo do que eu e Dena.

— Eu quis dizer como na música "Great Balls of Fire"! — exclamou Dena. — Você sabe: "*Goodness, gracious...*"

Era verdade que, embora a mãe de Dena fosse uma grande fã de Elvis, o cantor favorito de Dena era Jerry Lee Lewis. A revelação no ano seguinte de que ele tinha se casado com a prima de apenas 13 anos, apesar de alarmante para a maioria das pessoas, só aumentara a paixão de Dena, enchendo-a de esperança; se as coisas não dessem certo entre Jerry Lee e Myra Gale Brown, dissera-me Dena, então ela seria literalmente uma candidata qualificada para namorá-lo quando estivesse na sétima série.

— Você veio até a cidade de bicicleta? — Dena perguntou a Andrew.

Os Imhof moravam em uma fazenda de milho a poucos quilômetros da cidade.

— A cocker spaniel de Bobby teve filhotes ontem à noite — contou Andrew. — Os cãezinhos são do tamanho das suas mãos.

Ele ainda estava montado na bicicleta, mantendo-a presa entre as pernas, quando nos mostrou com as mãos o tamanho diminuto dos filhotes. Ele usava luvas bege. Eu não costumava prestar muita atenção em Andrew, mas ele definitivamente me parecia mais velho — capaz, pela primeira vez desde que conseguia me lembrar, de ter uma conversa de verdade, em vez de simplesmente sorrir e lançar olhares furtivos. Na verdade, consciente da presença dele como nunca estivera antes, era eu que parecia não ter o que dizer.

— Podemos ver os filhotes? — perguntou Dena.

Andrew meneou a cabeça.

— A mãe de Bobby disse que não podemos encostar neles até que cresçam um pouco. As patinhas e os focinhos são bem rosados!

— Eu quero ver os focinhos rosados! — exclamou Dena.

Isso me pareceu meio suspeito. Os Janaszewski tinham uma bóxer, à qual ela não dava a menor atenção.

— Eles não fazem quase nada ainda, só comem e dormem — disse Andrew. — Não conseguem nem abrir os olhos.

Ciente de que eu não tinha participado da conversa até aquele momento, estendi um saquinho de papel branco na direção de Andrew.

— Quer uma bala?

Dena e eu tínhamos ido ao centro para comprar doces.

— Andrew — disse Dena, enquanto ele tirava as luvas e enfiava uma das mãos no saquinho. — Soube que o seu irmão fez um *touchdown* no jogo de ontem.

— Vocês não foram ao jogo?

Dena e eu balançamos a cabeça negando.

— O time está muito bom este ano. Um dos atacantes, Earl Yager, pesa 140 quilos.

— Que horror! — exclamou Dena, pegando uma das minhas balas, embora tivesse as dela. — Quando eu estiver no colegial, quero ser líder de torcida, e vou usar meu uniforme todas as sextas-feiras no colégio, faça calor ou faça frio.

— E você, Alice? — Andrew pegou o guidão da bicicleta e virou a roda da frente na minha direção. — Também quer ser líder de torcida?

Nós nos olhamos. Os olhos castanhos esverdeados contornados pelos cílios ridiculamente longos me fizeram pensar que talvez vovó tivesse razão: mesmo que Andrew não estivesse flertando com alguém, os cílios dele estavam.

— Alice ainda vai ser escoteira no colegial — disse Dena.

Ela tinha abandonado a tropa no verão e, embora eu estivesse seguindo pelo mesmo caminho, ainda era um membro oficial.

— Eu quero participar do programa de Futuros Professores dos Estados Unidos — declarei.

Dena deu um sorriso afetado.

— Só porque você é tão inteligente?

Esse foi um comentário particularmente ofensivo, já que Dena sabia que eu queria ser professora desde a primeira série, quando a Sra. Clougherty nos deu aula. Ela não era apenas bonita e gentil como também tinha lido para nós *Caddie Woodlawn*, que acabou se tornando meu livro preferido. Durante anos, Dena e eu brincávamos de escolinha e ambas éramos professoras que, por coincidência, atendiam pelo nome de Sra. Clougherty, e pegávamos as irmãs de Dena, Marjorie e Peggy, para serem nossas alunas. Assim como aconteceu com as escoteiras, Dena tinha perdido o interesse por brincar de escolinha bem antes de mim. Ela se voltou novamente para Andrew:

— Peça a Bobby para nos deixar ir ver os filhotes. Prometemos ter cuidado.

— Peçam vocês mesmas. — Andrew colocou as luvas e posicionou os pés nos pedais da bicicleta. — Até mais.

NAQUELA SEGUNDA-FEIRA, DENA escreveu um bilhete para Andrew no qual perguntava: *Qual a sua comida predileta? De qual estação do ano você mais gosta? De quem você gosta mais: Ed Sullivan ou Sid Caesar?* E, como se acabasse de se lembrar: *Quem é a menina de quem você mais gosta na turma?*

Ela não me contou sobre o bilhete antes de entregar a ele. Mas depois que alguns dias se passaram sem que recebesse resposta, ficou ansiosa demais para não me contar. Ao ficar sabendo do que ela fizera, também fiquei ansiosa, como se estivéssemos nos preparando para apostar uma corrida e ela tivesse disparado antes de eu perceber que a competição já havia começado. Eu não sabia, porém, se me sentir assim era certo — afinal, por que Dena não podia escrever um bilhete para Andrew? —, então não disse nada. Além disso, depois que se passaram quatro dias sem que Andrew desse uma resposta, minha aflição se transformou em solidariedade. Fiquei tão aliviada quanto Dena quando, finalmente, uma folha de papel pautado muito bem dobrado apareceu sobre a mesa dela.

Purê de batata, estava escrito com caligrafia caprichada.

Verão.

Eu não assisto a esses programas, prefiro "Spin and Marty" no Clube do Mickey Mouse.

Sylvia Eberbach, e Alice também.

Sylvia Eberbach, filha de um empregado de uma fábrica, era a menina mais baixa da quinta série. Era pálida e tinha cabelo louro. Pensando nela agora, acho que era disléxica. Na aula de literatura, sempre que a professora pedia que lesse em voz alta, metade dos alunos a corrigia. Alice, é claro, era eu. Até hoje, certamente, as respostas de Andrew representam o documento mais sincero e honesto que já vi. Que possível incentivo ele poderia ter tido para contar a verdade? Talvez não soubesse agir de outra forma.

Dena e eu lemos as respostas dele em pé no corredor, após o almoço, antes que o sinal tocasse e tivéssemos de voltar para a sala. Ver aquela frase — *Sylvia Eberbach, e Alice também* — pareceu um presente, a promessa de um futuro nebulosamente feliz; toda a ansiedade que me consumira ao descobrir que Dena enviara aquele bilhete passou. Era de mim — ele gostava de mim. Eu nem me importei de dividir a afeição dele com Sylvia.

— Será que eu devo guardar o bilhete? — perguntei.

Minha ascensão sobre Dena estava clara e firme. Mas ela me lançou um olhar atravessado e arrancou o bilhete da minha mão. No final daquele dia, que foi menos de duas horas depois, fiquei sabendo não por Dena, mas por Rhonda Ostermann, que se sentava ao meu lado, que Andrew e Dena estavam namorando. E, quando saí do colégio para voltar para casa, vi os dois no ponto de ônibus de mãos dadas.

Quando me aproximei deles — Andrew ia de ônibus, mas Dena e eu sempre íamos e voltávamos caminhando juntas —, Dena falou:

— Saudações e lembranças, Alice.

Era óbvio que ela estava muito satisfeita consigo mesma. Andrew acenou para mim. Busquei um sinal de que ele fosse refém dela, de que estivesse ali contra sua vontade ou de que, no mínimo, estivesse em conflito. Mas ele parecia feliz e satisfeito. O que tinha acontecido com o "Sylvia Eberbach, e Alice também"?

Apesar de pouco provável, Dena e Andrew continuaram namorando por mais quatro anos. Formavam um casal púbere e aceito, o que significava que ninguém, além de mim, os levava a sério. Mas eles continuavam a ficar de mãos dadas em público, e tinham permissão dos pais para irem ao Tatty's comer hambúrgueres e tomar milk-shakes. Andrew era discreto, embora não calado, quando ficava perto de Dena. Às vezes, nós três íamos ao cinema Imperial, e uma vez, quando estávamos na sexta série, ele sentou entre nós duas — geralmente ela sentava no meio — e, antes que a cortina abrisse, Dena foi comprar pipoca. Naqueles poucos minutos em que ela ficou ausente, Andrew e eu não dissemos uma palavra, e durante todo o tempo eu pensei: *Na verdade, somos nós dois que estamos juntos. Não Andrew e Dena. Andrew e eu. Eu sei disso, ele sabe disso, e qualquer pessoa que olhasse para nós agora saberia também.* Senti como se estivéssemos sob algum tipo de encantamento, e quando Dena voltou, a magia se quebrou; a energia dele se voltou para ela. Certamente, ele nunca me deu provas de que eu ainda era uma das suas meninas favoritas. Eu buscava ver isso, esperava por isso, mas nunca aconteceu. Na sétima série, Dena levou um tombo enquanto corria pelo pátio atrás da escola, e ele lambeu o sangue das mãos dela. Por várias semanas, pensar naquilo fez com que eu sentisse que um buraco havia se aberto no meu estômago e que o meu coração tinha escoado por ele.

Uma tarde, no início do primeiro ano do colegial, Andrew, sem a menor cerimônia, terminou com Dena, alegando que o treino de futebol o deixava cansado demais para ter uma namorada. Ele tinha 1,80 metro na época e era o lançador reserva do Knights do colégio Benton County Central. O cabelo, outrora comprido, agora tinha um corte em estilo militar. Àquela altura eu já não conversava mais com ele, nem tanto por lealdade à Dena — Andrew e eu ainda sorríamos de forma gentil um para o outro nos corredores —, mas por uma questão de logística pura e simples, já que não tínhamos nenhuma aula juntos. Nosso colégio era maior do que os colégios primário e do ginásio, pois juntava crianças que vinham de lugares que ficavam a mais de uma hora de distância.

Durantes os anos em que Dena e Andrew namoraram, eu costumava me admirar com a rapidez e a aleatoriedade com que ficaram juntos. Ele sempre demonstrara de forma ostensiva que não tinha o menor interesse por ela, mas, em uma questão de horas, ele era dela. Parecia uma lição sobre algo, mas eu não estava bem certa do quê — seria talvez um motivo para ser agressivo, quem sabe, para buscar audaciosamente o que se deseja? Ou uma prova da suscetibilidade da maioria das pessoas à persuasão? Ou seria apenas uma confirmação da sua inconstância? Será que, depois de ter lido o bilhete de Andrew, eu deveria tê-lo procurado na hora e feito a minha reivindicação? Será que a minha fé no nosso futuro prazerosamente nebuloso tinha sido ingenuidade da minha parte? Será que eu tinha sido passiva ou boba? Essas perguntas me perseguiram durante anos; eu pensava nelas à noite, depois de rezar e antes de pegar no sono. Mais tarde, porém, quando entramos no colegial, deixei isso de lado. Assim, quando Dena e Andrew terminaram (ela parecia mais ofendida do que magoada, e esse sentimento não durou muito), eu já tinha, em algum momento do caminho, parado de pensar sobre os dois e sobre o que poderia ter acontecido entre mim e Andrew. Sempre que esse pensamento fugaz voltava à minha mente, parecia ridículo; se os eventos passados guardavam alguma lição era sobre como os jovens são bobos. O suposto caso de amor entre Dena e Andrew, meus próprios anseios e confusões — tudo se tornou nada mais do que o pano de fundo da nossa infância.

TODOS OS ANOS, um dia após o Natal, vovó pegava o trem para visitar sua amiga Gladys Wycomb, em Chicago, e todo verão ela voltava para lá a fim de passar a última semana de agosto. No inverno de 1962, quando eu estava no segundo ano, vovó anunciou durante o jantar, em uma noite de novembro, que gostaria que eu a acompanhasse daquela vez — por conta dela. Seria um passeio cultural, com idas ao balé e a museus, além de aproveitarmos para apreciar a vista do topo de um arranha-céu.

— Alice tem 16 anos e nunca visitou uma cidade grande — disse vovó.

— Já fui a Milwaukee — protestei.

— É exatamente isso que estou dizendo — retrucou vovó.

— Emilie, que ideia adorável — exclamou mamãe, enquanto, ao mesmo tempo, meu pai falou:

— Não sei se vai poder ser este ano. Já está meio em cima da hora, mamãe.

— Tudo que precisamos fazer é comprar outra passagem de trem — replicou vovó. — E até mesmo uma velha senhora como eu pode fazer isso.

— Chicago é frio em dezembro — declarou papai.

— Mais frio do que aqui? — perguntou vovó com uma expressão dúbia.

Ninguém disse mais nada.

— Ou será que existe algum outro motivo para você não desejar que ela vá?

O tom de vovó era sincero e agradável, mas percebi o seu truque e como ela era mais audaciosa que meus pais.

Outro silêncio caiu sobre a mesa, até que, por fim, papai concedeu:

— Vou pensar sobre isso.

A rotina matinal da minha família era escalonada. Em geral, papai já tinha saído para o banco quando eu descia — eu encontrava seções do *Riley Citizen* espalhadas pela mesa e mamãe à pia, lavando a louça — e vovó costumava estar dormindo quando eu saía para o colégio. Mas na manhã seguinte àquele jantar, apressei-me para descer ainda de camisola, assim que o despertador tocou, e disse a papai:

— Eu posso comprar a minha própria passagem para que vovó não precise pagar.

Minha mesada era de 3 dólares por semana e, nos últimos três anos, eu tinha conseguido juntar mais de 50 dólares; eu mantinha o dinheiro em uma conta no banco de papai.

Papai, que estava sentado à mesa, lançou um olhar para mamãe; ela estava próxima ao fogão, preparando o bacon. Eles trocaram um olhar e papai disse:

— Eu não imaginava que você quisesse tanto ir a Chicago.

— Só pensei que se o problema era a passagem...

— Conversaremos sobre isso no jantar — cortou papai.

A prece que papai dizia todas as noites antes de jantarmos era: "Seja, Sr. Jesus, nosso convidado e abençoe esses presentes dados a nós. Agradecemos ao Senhor Deus pois Ele é bom e sua misericórdia está sempre conosco." E nós sempre respondíamos: "Amém." Naquela noite, assim que levantamos nossas cabeças após a oração, papai disse:

— A minha preocupação de Alice ir com você a Chicago, mamãe, é a imposição que isso seria para Gladys; então, eu liguei e fiz reservas para vocês ficarem no hotel Pelham. Vocês serão minhas hóspedes lá por uma semana.

E como se estivesse ouvindo a oferta pela primeira vez, como nós, mamãe exclamou:

— Olha como o papai está sendo generoso! — E com uma voz normal, acrescentou: — Alice, passe o creme de brócolis para sua avó.

— Meu colega, o Sr. Erle, morava em Chicago — comentou papai. — De acordo com ele, o Pelham é um ótimo lugar, além de ficar em um bairro seguro.

— Mas você sabe que Gladys mora em um apartamento enorme em que há vários quartos desocupados?

Era difícil determinar se vovó estava irritava ou surpresa.

— Vovó, nós só não temos tanta intimidade com a Sra. Wycomb como você — explicou mamãe. — E não queremos nos aproveitar.

— Doutora — corrigiu vovó. — Dra. Wycomb, não "senhora". E, Phillip, você a conhece bem o suficiente para saber que ainda assim ela insistirá em nos receber.

— Gladys Wycomb é médica? — perguntei.

Mais uma vez, meus pais trocaram um olhar.

— Não vejo problema em jantarem com ela uma ou duas vezes — falou papai.

— Ela é médica de quê? — tentei novamente.

Os três se viraram para mim.

— Problemas femininos — respondeu mamãe

Papai cortou:

— Essa conversa não é adequada para a hora do jantar.

— Ela foi a oitava mulher no estado de Wisconsin a se formar em medicina — contou vovó. — E não sei qual é a opinião de vocês, mas, considerando que eu mal consigo ler um termômetro, tiro meu chapéu para ela.

CRESCI OUVINDO o nome de Gladys Wycomb — considerando as duas viagens anuais de vovó, para mim, ela era menos uma pessoa e mais um destino, longínquo, mas não inteiramente estranho — contudo, foi apenas com o princípio da viagem a Chicago que percebi como eu sabia pouco sobre ela. Algumas horas mais tarde, mamãe veio me desejar boa-noite enquanto eu lia um romance de Agatha Christie na cama, e perguntei:

— Por que o papai não gosta de Gladys Wycomb?

— Bem, eu não diria que ele não gosta dela. — Mamãe já me dera um beijo de boa-noite na testa e agora estava sentada na beirada da cama, com as mãos sobre os meus joelhos, que estavam embaixo da coberta. — A Dra. Wycomb conhece o seu pai desde que ele era criança e ela às vezes é bem mandona. Ela acha que todos devem ter a mesma opinião que ela. Acho que você não se lembra das vezes que ela veio aqui porque, da primeira vez, você era apenas um bebê e, na outra, você devia ter uns 4 ou 5 anos, que foi quando houve uma discussão sobre os negros: sobre se eles deveriam ter direitos ou não, essas coisas. A Dra. Wycomb foi muito veemente em relação a esse assunto, como se quisesse que discordássemos dela, e pensamos "mas não há negros *em* Riley".

Realmente era verdade que não havia nenhuma pessoa negra em toda a cidade. Eu já tinha visto pessoas negras quando criança; uma vez fiquei encantada enquanto passávamos de carro em frente a um restaurante onde havia uma família: a mãe, o pai e duas menininhas da minha idade de vestidos cor-de-rosa, mas isso foi em Milwaukee.

— E *você*, gosta dela? — perguntei.

— Claro. Claro. Ela é uma mulher formidável e eu gosto dela, e acho que seu pai também. É mais como se tivéssemos nos dado conta de que é mais fácil sua avó ir lá do que ela vir para cá. — Mamãe acariciou meus joelhos. — Mas fico feliz que elas sejam amigas, porque sei que ela foi de grande ajuda para sua avó quando o vovô morreu.

Isso aconteceu quando meu pai tinha 2 anos. O pai dele era farmacêutico; em uma tarde de trabalho, teve um ataque cardíaco, morrendo aos 33 anos. Só a ideia de papai aos 2 anos já era comovente; mas pensar nele aos 2 anos e sem pai era devastador.

Mamãe se ergueu e deu mais um beijo na minha testa, recomendando·

— Não fique acordada até tarde.

APESAR DE O MEU ENRIQUECIMENTO CULTURAL ter sido a desculpa para a viagem, o trem mal tinha deixado a estação de Riley quando vovó anunciou que seu verdadeiro objetivo era comprar uma estola de pele da Marshall Field. Ela tinha visto a propaganda na *Vogue,* confessou, e tinha enviado uma carta à loja pedindo que eles guardassem uma pequena para ela.

— Se eu tivesse sido mais esperta, poderia ter comprado no mês passado e usado para ir à igreja na noite de Natal — disse ela.

— Papai sabe que você vai comprar a estola?

— Ele vai saber quando me vir usando, não vai? E eu vou estar tão deslumbrante que tenho certeza de que ele ficará muito satisfeito. — Ela estava sentada ao meu lado e piscou para mim. — Tenho um dinheiro guardado, Alice, e não é crime cuidar bem de si mesma. Agora, deixe-me passar batom em você.

Eu fiz um bico. Quando acabou, ela segurou meu queixo e olhou para mim.

— Você está linda — declarou. — Você será a bela de Chicago.

Cá entre nós, eu não me achava bonita, mas, nos últimos anos, tinha começado a desconfiar de que era atraente. Eu media 1,68 metro, tinha cintura fina e seios fartos o bastante para preencher um sutiã tamanho 42.

Meus olhos eram azuis; meu cabelo, castanho e brilhante, cortado na altura do queixo, se curvava ao redor do rosto; e a franja era uma delicada mecha de cabelo caída na testa. Sentir-me atraente foi um alívio mais do que qualquer outra coisa, pois imaginava que a vida devia ser bem mais difícil para as garotas que não eram bonitas.

A viagem de trem levou pouco mais de duas horas e, na Union Station, em Chicago, uma mulher que eu não reconheci de imediato como a Dra. Wycomb nos aguardava. Sei que é absurdo, mas acho que esperava alguém com um estetoscópio em volta do pescoço. Depois que ela e minha avó se abraçaram, vovó se colocou ao lado dela, passando um dos braços pelas suas costas.

— Eis uma lenda de sua própria época — declarou ela.

Ao que a Dra. Wycomb retrucou:

— Dificilmente! Que tal bebermos alguma coisa?

Elas pareciam um par improvável de amigas, pelo menos em questão de aparência: a Dra. Wycomb estava um pouco acima do peso, de uma forma que sugeria força, e seu aperto de mão tinha sido dolorido. O cabelo grisalho era cortado curto e seus óculos tinham uma armação de gatinho branca. Sobre o terninho cinza de tweed, vestia uma capa preta de gabardina, e os sapatos eram de couro preto, com saltos pequenos e laços descuidados. Vovó, por sua vez, sempre orgulhosa do próprio estilo e da magreza (seus pulsos e tornozelos finos eram uma fonte de prazer em particular para ela mesma), estava especialmente bem-vestida para a nossa visita à cidade. Tínhamos feito as unhas na noite anterior, e ela fora ao salão de Vera, no centro de Riley, para pintar e fazer o cabelo. Sob o casaco de caxemira bege, usava um terninho de lã cor de chocolate — o colarinho era de veludo, e a saia batia bem abaixo dos joelhos — complementado por um par de sapatos e uma bolsa de couro de crocodilo. Eram tão queridos esses acessórios que ela os apelidara de "meus *crocs*", e a referência era compreendida por todos os outros membros da família. Na verdade, poucas semanas antes, quando tivéramos de atravessar a rua para chegar à festa de Natal dos Janaszewski, diverti-me ao ouvir papai dizer: "Mãe, eu imploro que você use botas para sairmos e, quando chegarmos à casa deles, você coloca os *crocs*." Eu também me arrumei com esmero para conhecer a Dra. Wycomb. Escolhi uma saia plissada, meias verdes, sapato de couro de duas cores, com cadarço, e um suéter de lã verde sobre a blusa; o colarinho estava enfeitado com um broche redondo, mesmo que Dena tivesse me dito pouco tempo antes que isso era um sinal de que a garota ainda era virgem.

Do lado de fora da estação, reinava um caos de carros e pessoas, com calçadas apinhadas e o trânsito movimentado e barulhento, e os prédios a nossa volta eram os mais altos que eu já tinha visto. Caminhamos até um Cadillac bege, e fiquei surpresa quando um motorista de quepe preto se adiantou para pegar nossas malas e abrir a porta para nós. A profissão de médica parecia lucrativa. Acomodamo-nos no banco de passageiros, a Dra. Wycomb bem atrás do motorista, vovó no meio e eu do lado direito.

— Precisamos parar em um lugar, se você não se importar — disse vovó para Wycomb. — Vamos até o hotel Pelham, na esquina da Ohio com a Wabash. Phillip colocou na cabeça que eu e Alice, juntas, seríamos um peso para você. Acho que você já percebeu como Alice é indisciplinada e hostil, então, ele nos fez uma reserva, que é claro que vamos cancelar.

— Mas será possível que ele me considere uma influência tão ruim assim? — perguntou a Dra. Wycomb.

— Esperamos que sim! — Com essa frase, vovó virou-se e deu um beijo no rosto da Dra. Wycomb. Eu conhecia aquele beijo, a leveza daqueles lábios, a essência daquele perfume que sempre chegava antes dela. Depois que se recostou, vovó disse: — Não é mesmo? — E me deu tapinhas nas mãos.

Sem saber o que dizer, eu apenas ri.

A Dra. Wycomb se inclinou para a frente para olhar para mim.

— Quando seu pai era um garotinho, ele tirava toda a roupa antes de fazer o intestino funcionar.

— Gladys, acho que ela não quer saber dessas coisas.

— Mas esse assunto é instrutivo. Captura certa... rigidez, acho eu, que Phillip sempre demonstrou. Ele tirava toda a roupa e, quando se sentava no penico, apertava os olhos e tapava os ouvidos. Só assim ele conseguia expelir.

Vovó fez uma careta e abanou o ar próximo ao nariz, como se as meras palavras carregassem consigo o odor do banheiro.

— Não é verdade, Emilie? — perguntou a Dra. Wycomb.

— A verdade — respondeu vovó — é superestimada.

— Sua avó alugava um quarto para mim. Ela já contou isso a você?

— Não foi tão formal quanto você está fazendo parecer — retrucou vovó.

— Quando eu estava na faculdade de medicina, eu era pobre como um rato de igreja — contou a Dra. Wycomb. — Morava em um sótão horrível que pertencia a uma família ainda pior.

— A casa dos Lichorobiec — interrompeu vovó. — O nome por si só já *soa* como de uma família terrível, não acha? A Sra. Lichorobiec sentia-se injustiçada pela humanidade.

— Ela me proibia de comer no sótão, porque dizia que isso atrairia bichos — contou a Dra. Wycomb. — Também não me deixava guardar comida na despensa porque dizia que não tinha mais espaço. Isso não fazia o menor sentido, mas o que eu podia fazer? Por sorte, sua avó, que morava na casa ao lado, ficou com pena e me chamou para fazer as refeições na casa dela.

— Achei que você fosse morrer de fome se eu não fizesse isso — disse vovó. — Eu sempre fui magra, mas a Gladys era esquelética. Um verdadeiro saco de ossos com olheiras profundas sob os olhos.

— Um saco de ossos — repetiu a Dra. Wycomb, rindo de forma discreta. Ela se inclinou para a frente de novo e, quando nossos olhos se encontraram, disse: — Consegue imaginar?

Na verdade, era exatamente nisso que eu estava pensando, mas tentei dar um sorriso neutro para disfarçar.

— E aí, seu avô morreu — continuou ela. — Em que ano foi, Emilie? 1924?

— Foi em 1925.

— Sua avó estava prestes a se mudar quando eu disse: "Vamos resolver isso. Se eu estou querendo me livrar dos Lichorobiec e você puder ficar nesta casa em que já está acomodada..." Então, passei a alugar um quarto na casa de sua avó e tivemos vários momentos maravilhosos.

— Quando a Depressão nos afetou, pode apostar que fiquei muito grata por ter Gladys — declarou vovó. — Como viúva, eu com certeza não conseguiria me sustentar só com o salário que ganhava na Clausnitzer's. Falando em gastar mais do que se pode... — Ela puxou da bolsa o anúncio da *Vogue* e o desdobrou. — Já viram pele mais bonita do que esta?

A Dra. Wycomb riu.

— Alice, sua avó é a única pessoa neste país que se tornou menos econômica após a Depressão.

— Se tudo está prestes a desaparecer, por que não se divertir? Sério, essa estola não é estonteante? O brilho é absolutamente hã... maravilhoso.

Vovó balançou a cabeça em apreciação.

— Você também adora roupas, Alice? — O tom de voz da Dra. Wycomb demonstrava imenso afeto por vovó.

— Ela é bem menos superficial do que eu — explicou vovó. — Só tira 10, todo semestre. Imagine a minha decepção.

Na verdade, enquanto os meus pais não faziam muita questão que eu fosse para a faculdade, vovó era a única que afirmava que isso seria bom para mim.

— Verdade? — perguntou a Dra. Wycomb. — Você só tira 10?

— Tirei 9,5 em economia doméstica — admiti.

E isso só aconteceu porque, no trabalho final, no qual eu, Dena e Nancy Jenzer éramos do mesmo grupo, decidimos preparar almôndegas à moda havaiana na aula, e Dena derramou a tigela com molho oriental no chão.

— Você tem interesse em ciências? — perguntou a Dra. Wycomb, mas, antes que eu pudesse responder, paramos em frente a um toldo marrom no qual se lia "The Pelham" em letras cursivas brancas.

— Gladys, fique aqui, só levaremos um instante — pediu vovó. — Alice, venha comigo.

Apesar de termos deixado nossas malas no carro, não entendi completamente até entrarmos no hotel; nós não cancelaríamos a reserva, como vovó dissera à Dra. Wycomb. Nós faríamos o check-in e depois daríamos meia-volta e voltaríamos para o carro. Vovó não me explicou isso, mas quando a mulher atrás do balcão disse: "Com vista para o lago custaria apenas 6 dólares a mais na diária", ela respondeu: "Ficaremos bem no quarto que reservamos"; ela também disse que não precisaríamos de um carregador. Eu não era o tipo de pessoa que questionava as outras abertamente; além disso, me considerava uma aliada de vovó. Por isso, depois de atravessarmos o salão principal do Pelham em direção à porta e seguirmos até o carro, não disse nada quando ela falou para a Dra. Wycomb que já tinha resolvido tudo e que eles não tinham causado problemas. Não entendi bem o motivo da dupla mentira — mentir para papai sobre onde ficaríamos hospedadas e mentir para a Dra. Wycomb sobre o cancelamento da nossa reserva —, mas eu sabia que era de bom-tom deixar as pessoas com quem você está à vontade. Vovó presumiu minha lealdade, e foi justamente por isso que ela a teve.

NA ESTAÇÃO DE TREM, quando a Dra. Wycomb sugeriu que fôssemos tomar um drinque, achei que iríamos a um restaurante, mas não; seguimos em direção ao apartamento dela na Lake Shore Drive, e pegamos o elevador até o sétimo andar. O uniforme do ascensorista não era muito diferente do que usava o motorista, e ele fez um aceno com a cabeça, perguntando: "Como vai, Dra. Wycomb?", logo antes de apertar o botão. Subimos sem dizer palavra e, quando o elevador parou, passamos para um corredor cujas paredes eram cobertas com brocado dourado — não um dourado brilhoso, mas acetinado, com flores-de-lis opacas bordadas com bom gosto.

O ascensorista carregou nossas malas até o interior do apartamento. No quarto em que eu ficaria havia duas camas de solteiro, separadas por uma mesa de mármore branco, sobre a qual havia uma luminária com uma grande base de vidro canelado vermelho; também havia um suporte para malas, onde o homem colocou a minha bagagem. Meu primeiro impulso foi não permitir que ele levasse nossas malas para dentro, mas, como vovó aceitou, fiz o mesmo. Então, perguntei-me se ela não deveria lhe oferecer uma gorjeta, mas ela também não fez isso. O quarto dela, que se comunicava com o meu por um banheiro que dividiríamos, tinha uma cama com dossel envolto em seda chinesa prata-azulada, presa na parte superior por um pequeno espelho arredondado.

Na sala de estar, decorada com uma mistura de móveis modernos e antigos, havia dois sofás geométricos, brancos e baixos, uma cadeira antiga folheada a ouro, uma estante giratória de madeira escura para livros e muitas gravuras e pinturas, algumas abstratas, penduradas próximas umas das outras nas paredes. A Dra. Wycomb pediu um manhattan à empregada, que usava um vestido preto e um avental branco. Vovó ergueu os dedos indicador e médio:

— E mais dois tradicionais.

A Dra. Wycomb olhou para mim com seus óculos de gatinho brancos.

— Será que você não prefere um chocolate quente, Alice?

— Ela vai tomar um manhattan tradicional — afirmou vovó. E, voltando-se para a empregada: — Com conhaque em vez de uísque.

— Ah, a Myra sabe. — A Dra. Wycomb riu. — Não esqueça que eu também sou de Wisconsin, Emilie. — Quando a empregada saiu para providenciar as bebidas, ela disse: — Myra e eu somos rivais. Ela gosta do White Sox, enquanto eu torço pelo Cubs. Você costuma acompanhar partidas de beisebol, Alice?

— Não muito — admiti.

— Então nós vamos convertê-la. Na temporada passada, temo que Myra tenha tido mais motivos para se gabar, mas com Ron Santo este ano, os Cubs talvez tenham chance.

Quando Myra voltou trazendo os drinques, vovó ergueu sua taça.

— Gladys, gostaria de propor um brinde a você, minha querida, por ser uma anfitriã perfeita e uma verdadeira amiga.

A Dra. Wycomb também ergueu sua taça.

— E eu proponho que este brinde seja a vocês duas: as mulheres Lindgren, Emilie e Alice.

As duas me olharam com expectativa nos rostos.

— Ao beisebol — brindei. — A 1963.

— Tim-tim! — concordou a Dra. Wycomb de forma enfática.

— Um brinde a ótimos momentos em Chicago — completou vovó.

E nossas taças por fim se tocaram.

A Dra. Wycomb tirou vários dias de folga para ser nossa anfitriã. A primeira missão foi comprar a estola de pele que vovó queria e, como desconfiei que aconteceria, a Dra. Wycomb pagou por ela sem discutir. Durante os vários dias que se seguiram, nos encasacamos e passeamos juntas pela cidade. Visitamos o Instituto de Arte, o Aquário Shedd (fiquei assustada e paralisada ao ver um jacaré de 3 metros) e fomos a uma apresentação do *La Fille Mal Gardée*, no Joffrey Ballet, durante a qual percebi que a Dra. Wycomb caiu em sono profundo. No prédio Prudential, senti o estômago embrulhar durante a subida de quarenta andares de elevador — quando o prédio foi inaugurado, em 1955, seus elevadores eram os mais rápidos do mundo — e, no deck de observação no 41º andar, pensei no quanto papai teria apreciado aquela vista. Mesmo usando chapéu, cachecol e luvas, o vento estava insuportavelmente frio, e só fiquei do lado de fora por alguns minutos antes de entrar. Vovó e a Dra. Wycomb não se aventuraram até o deck de observação. Os jantares eram refeições pesadas preparadas por Myra: vitelinha assada com ameixa ou carneiro com nabos.

No domingo, a Dra. Wycomb foi até o hospital para a visita a seus pacientes. Depois que ela saiu, vovó e eu pegamos um táxi até o Pelham. Subimos as escadas até o terceiro andar — o prédio tinha cinco andares e nenhum elevador. No quarto, não havia muito além de uma cama de casal. Respirando com dificuldade devido à subida, vovó tirou a colcha, amarrotou os lençóis, encheu um copo com água na pia do banheiro e o colocou sobre o parapeito da janela. Depois, ficou olhando por essa mesma janela, que dava para a lateral de um prédio cinza. Como fazia uns 14 graus negativos e o céu estava nublado, senti vontade de me deitar e tirar uma soneca.

— Estou sendo boba, não estou? — perguntou vovó.

Dei de ombros, incapaz de trazer à tona a nossa mentira.

— É pouco provável que seu pai ligue para o gerente para perguntar se nosso quarto foi ocupado — disse ela.

Isso era verdade. Por causa da conta, papai evitava fazer chamadas de longa distância. Nas raras vezes em que as fazia, ele gritava de forma incomum, como se aumentar o volume da voz fosse ajudar um primo de segundo grau que morava em Iowa a ouvi-lo melhor.

— A Dra. Wycomb já foi casada? — perguntei.

— Gladys foi uma militante sufragista. Ela sempre diz que nunca teria conseguido se tornar médica se tivesse se casado e tido filhos, e tenho certeza de que está certa. Vamos tomar um chá para nos aquecer?

A uma quadra do hotel, encontramos um café quase vazio e nos sentamos a uma mesa pequena. Vovó passou os olhos pelo cardápio.

— Você já comeu bomba alguma vez?

Quando respondi que não, ela falou:

— Vamos dividir uma. Elas são péssimas para a silhueta, mas deliciosas para o paladar.

— A Dra. Wycomb tem amigos negros?

— Quem lhe disse isso? — sondou vovó.

Pareceu-me injusto dedurar mamãe.

— Eu só queria saber, já que muitos deles moram em Chicago — respondi.

Naquela época, eu tinha apenas uma vaga noção dos protestos e das greves ocorridos em outras partes do país. O meu principal lembrete em relação a questões de raça vinha da família de Dena, porque o pai dela não a deixava ouvir músicas de negros, então, ela gostava quando eu colocava os discos de Chubby Checker ou das Marvelettes quando ia lá em casa.

— A Dra. Wycomb é a favor da dessegregação racial, assim como eu também sou e você deveria ser — declarou vovó. — Isso só significa que eles poderão comer e viver nos mesmo lugares que nós, e frequentar os mesmos colégios também. Mas se você está perguntando em um sentido social, Gladys passa mais tempo com judeus do que com negros. Os judeus costumam se tornar médicos, sabia?

Vovó ainda me observava, quando, do nada, perguntou:

— Você não tem namorado, tem?

— Não — respondi, sentindo o rosto queimar.

Um mês antes, logo depois do Dia de Ação de Graças, Dena e eu passamos a noite de sábado escorregando na neve em Bony Ridge com dois garotos mais velhos, Larry Nagel e Robert Beike. Robert convidara Dena, e ela me levou junto. Larry tinha levado uma garrafa de uísque no bolso do sobretudo que passávamos de um para o outro. Eu já tinha tomado um pouquinho dos drinques de vovó — às vezes ela me dava licor de cereja —, mas aquela era a primeira vez que eu ingeria álcool longe de casa. E mesmo sentindo uma onda de culpa, sabia que não poderia recusar a bebida sem que os garotos e Dena achassem de mim o que eu era de fato: uma garota certinha. Então, nas quatro vezes em que a garrafa passou pelas minhas mãos, bebi e, embora o gosto não fosse bom, me senti aquecida e relaxada. Antes desse encontro com Larry e Robert, eu estava nervosa, mas comecei a me acalmar e a me divertir. Houve um momento, na encosta da colina, em que Dena e eu corremos para o meio do mato, abaixamos as calças e urinamos na neve, rindo muito e nem um pouco constrangidas com a situação.

— Escrevam o nome de vocês em amarelo! — gritara Larry.

No final da noite, eles nos levaram de volta para casa. E, do outro lado da rua, dava para ver Dena e Robert se beijando profundamente na varanda da casa dela. Durante alguns minutos, Larry ficou distante de mim — em determinado momento, sussurrou:

— Se eles não tomarem cuidado, a língua deles vai congelar. Quando Robert e Dena se separaram, Robert gritou, tentando não fazer muito barulho:

— Temos de ir, Nagel!

Então, Larry me agarrou sem sobreaviso, colando a boca na minha, os lábios gelados, e a língua, quente. O beijo todo deve ter durado uns oito segundos e houve muitos movimentos de pescoço e cabeça, como se Larry estivesse participando de um concurso de comer tortas, só que no lugar de tortas havia o meu rosto. Pouco tempo depois, ele já tinha ido embora da minha varanda e subido a Amity Lane com Robert, e quando eles tinham se afastado o suficiente, Dena e eu nos encontramos no meio da rua, beliscando uma a outra, tentando não gritar.

— Vocês *se beijaram* — cochichou ela.

Até o momento em que Larry me beijou, eu não tinha nem pensado se gostaria que isso acontecesse, mas quando ele o fez, fiquei feliz. Nas quatro semanas que se seguiram, Robert e Dena tiveram vários encontros, mas Larry e eu só passávamos um pelo outro nos corredores do colégio e nos cumprimentávamos vagamente.

No café, vovó falou:

— Você deveria ter um namorado. Da última vez que fui ao Dr. Ziemniak, ele me mostrou uma foto de Roy, que parece ter crescido e se tornado um belo rapaz.

O Dr. Ziemniak era o dentista.

— Roy Ziemniak é baixinho — respondi.

— Como você é exigente! E que tal Eugene Schwab?

Os Schwab moravam a duas casas da nossa.

— Eugene está namorando Rita Sanocki.

— A filha de Irma e Morris?

Fiz que sim com a cabeça.

— Sempre achei que ela tinha cara de porco.

— Vovó!

— Você chamou Roy Ziemniak de baixinho, querida. Eu não quero ser cruel com Rita, mas você sabe muito bem a que me refiro. Ela tem olhos e nariz de porco.

A garçonete se aproximou para anotar o pedido, e, quando ela se afastou, vovó declarou:

— Quando eu tinha a sua idade, já tinha duas propostas de casamento. Está na hora de você começar a namorar.

— ACHAMOS UM RAPAZ para você — anunciou a Dra. Wycomb na noite seguinte, durante o jantar, enquanto comíamos costelas de carneiro, pãezinhos amanteigados e alcachofras (outra comida que eu nunca havia provado antes e que, aparentemente, a Dra. Wycomb mandava vir da Califórnia em uma caixa uma vez por ano). Vovó havia me mostrado como retirar as folhas e passá-las na manteiga, e como retirar a pele da carne com os dentes da frente de forma educada. — Marvin Benheimer é filho de um colega meu, gastroenterologista — ela continuou. — Ele está no segundo ano na Universidade de Yale, e é bem alto. Ele vem pegar você amanhã às 19 horas.

— Que legal! — exclamou vovó.

— Ele vem me pegar *aqui*? Amanhã?

— É noite de ano-novo — respondeu vovó. — Achamos que seria um presente para você, após ter passado a semana inteira com duas velhas.

— Eu gosto de ficar com vocês.

— Você não precisa se casar com ele, Alice — disse vovó. — Considere isso um ensaio. É importante saber como se comportar bem em diversas situações sociais.

Eu não podia dizer a vovó que ela estava me subestimando — embora eu não tenha tido um encontro de verdade, Larry Nagel nem foi o primeiro garoto que beijei. No aniversário de 14 anos de Pauline Geisseler quando estávamos na oitava série, brincamos de salada mista. Bobby Sobczak me escolheu, e, na minha vez, escolhi Rudy Kuesto. Os dois estavam com gosto de amendoim porque era um dos salgadinhos da festa de Pauline.

— Não se preocupe — disse a Dra. Wycomb —, Marvin é um rapaz direito. Ele a levará para jantar, depois a levará para Palmer House, onde sua avó e eu tomaremos um drinque com os pais dele, e todos passaremos a virada de ano juntos. Não parece tão ruim, parece?

Antes que eu pudesse responder, vovó pousou o garfo no prato e sorriu.

— Parece perfeito — afirmou ela.

ELE ESTAVA DE terno e gravata, e eu escolhi a mesma roupa que usei na viagem de trem de Riley para Chicago, mas sem o broche e o suéter verde de lã. "É masculino", foi a opinião de vovó sobre o suéter, quando apareci na sala para mostrar minha roupa para ela e para a Dra. Wycomb. E quando protestei, dizendo que sentiria frio, ela disse que a caminhada até o restaurante seria curta. Marvin subiu ao apartamento antes de irmos e, quando Myra perguntou o que ele gostaria de beber, ele disse:

— Aceito uma Miller, se tiver. — E acrescentou, com o mesmo tom de entusiasmo não justificado que o locutor usava no comercial: — A champanhe das cervejas!

Nesse momento, pude sentir que vovó evitou olhar na minha direção, negando-se a aceitar o que ficou claro para mim logo que coloquei os olhos nele: Marvin não era nem um pouco atraente.

Quando nos levantamos para ir, a Dra. Wycomb disse:

— Aqui está uma chave, por via das dúvidas, e eu escrevi meu endereço e telefone para você, no caso de alguma emergência.

Ela me entregou um pedaço de papel.

— Gladys, eles estarão a três quarteirões daqui — disse vovó. — E Marvin não tem passagem na polícia, pelo menos não que eu saiba.

— A Dra. Wycomb sabe que minha ficha é limpa — declarou Marvin, e todas rimos.

No entanto, eu sentia uma sensação desagradável no estômago. Comecei a me sentir assim enquanto penteava o cabelo no banheiro e a sensação não passou nem mesmo depois que conheci Marvin e percebi que não precisava me sentir intimidada por ele. Enquanto me ajudava a vestir o casaco, vovó sussurrou:

— É, ele é meio bobão... Mas lembre-se: é só um ensaio.

No elevador, a caminho do saguão principal, não pude evitar perguntar:

— Qual a sua altura?

E Marvin respondeu, como quem estava acostumado com a pergunta e não se cansava de respondê-la:

— Um e noventa e oito.

O nome do restaurante era Buddy's, o que me fez pensar que não se tratava de um lugar chique e que talvez estivéssemos bem-vestidos demais. O restaurante, porém, *era* chique, e nós éramos as pessoas mais novas de lá. Alguém pegou nossos casacos na entrada e o maître nos conduziu até o salão, onde a iluminação era fraca, com cortinas pesadas e cadeiras de espaldar alto.

Depois que nos sentamos, Marvin disse:

— Para ser sincero, quando meu pai disse que eu teria de levá-la para jantar, achei que você fosse feia de doer, mas você até que é bem bonita.

De forma meio fria, agradeci.

— Não fique ofendida. Eu não diria nada se você *fosse* feia.

— Ah — respondi. — Tudo bem.

— Você ainda está no colegial, certo? — Quando eu respondi que sim, ele completou: — Aconselho você a ficar bem longe de Bryn Mawr. De todas as *Sete* Irmãs, as garotas de lá são as mais burras.

— Quem são as Sete Irmãs?

Ele me olhou como se estivesse tentando decidir se eu estava falando sério. Depois, sem ser rude, explicou:

— Você é mesmo de uma cidade pequena... Sete Irmãs é o nome dado às contrapartes femininas das universidades da Ivy League. Por exemplo, Radcliffe equivale a Harvard, Barnard a Columbia, e assim por diante. Em New Haven, a faculdade que faz parte das Sete Irmãs é Vassar, embora fique a uma hora e meia de distância daqui.

— Eu quero ir para a Universidade Ersine para Professores, em Milwaukee. É uma faculdade só para garotas, então talvez seja uma das Sete Irmãs. Mas não sei.

— Essa não é uma das *Sete* Irmãs.

— É, pode ser que não seja. Não sei.

— Não — negou ele. — Com certeza não é.

Aquela sensação desagradável de antes ainda não tinha passado. Além disso, agora eu também sentia um calor se espalhando pelo meu corpo e se concentrando nas bochechas e no pescoço.

— Se eu pedir, tenho certeza de que eles lhe servirão um drinque — sugeriu ele.

— Não, água está bom — Encostei a ponta dos dedos no rosto e, como suspeitava, minha pele ardia. — Você pode me dar licença um minuto?

O banheiro também era chique; a servente, uma moça negra que não parecia ser muito mais velha do que eu, estava sentada próxima à pia, e cada cabine tinha uma porta de madeira que ia até o teto. Dentro da cabine, o porta-papel higiênico era dourado. Como mamãe havia me ensinado, forrei o assento do vaso com papel antes de me sentar e, quando terminei de urinar, apoiei os cotovelos nos joelhos e cobri o rosto com as mãos. Não era como se eu fosse realmente vomitar naquele momento, mas era uma possibilidade. Será que eu era covarde a esse ponto? Apesar de não estar dando a mínima para o que Marvin pensava a meu respeito, talvez meu corpo soubesse mais do que a minha mente.

Sabendo que a servente estava ali, próxima à pia, esforcei-me para levantar, dei a descarga e ajeitei as roupas. Lavei as mãos e, quando a mulher me entregou uma toalha, desculpei-me (eu tinha visto o pratinho de moedas):

— Desculpe, mas esqueci a bolsa na mesa.

Quando voltei ao salão, Marvin disse:

— Tomei a liberdade de pedir a entrada. Você gosta de escargot?

— Está ótimo.

É claro que eu nunca tinha comido aquilo, mas sabia bem o que era e parecia horrível. Quando o garçom trouxe a pequena tigela branca, cheia de glóbulos marrons boiando em uma poça de manteiga derretida, tive de olhar para o outro lado. Como prato principal, Marvin tinha pedido um fricassé de coelho. Sorrindo, acrescentou:

— Com minhas desculpas ao Sr. Pernalonga!

Eu pedi um filé, por ser algo que não me traria surpresas. Assim, eu poderia dar três garfadas e deixar o resto no prato.

Marvin se debruçou intencionalmente sobre a mesa.

— Aqui vai um dilema moral para você. Você construiu um abrigo antibombas no quintal, e os seus vizinhos, não. Quando os soviéticos atacam, você corre para o abrigo, mas os vizinhos vêm implorar por comida e água. O que você faz?

— O quê? — perguntei.

— Alice, você acompanha as notícias atuais? E não estou falando sobre o que Jackie Kennedy vestiu esta semana nem sobre quem desenhou o vestido dela.

— Eu leio os jornais, às vezes.

Um dos meus órgãos deu uma cambalhota para dentro do meu estômago, o que foi distração suficiente para que a condescendência de Marvin não me ofendesse.

— Você atira em todos eles — disse ele. — É isso que você faz! Se os seus vizinhos não se planejaram a tempo, a sobrevivência deles não pode ser sua responsabilidade!

Foi nessa hora que o garçom chegou com os pedidos. Meu bife era um pedaço de carne marrom ainda presa ao osso, acompanhado de ervilhas e cenouras brilhosas de aspecto ameaçador e uma batata assada inchada. Eu sabia que não conseguiria comer nada daquilo, não conseguiria nem tocar na comida.

— O que ninguém percebe sobre Kruschov — começou Marvin, mas eu o interrompi.

— Sinto muito, mas não estou me sentindo bem. Preciso ir embora.

— Agora? — Marvin parecia confuso.

— Sinto muito — desculpei-me, levantando. — Por favor, fique. Eu sei voltar para a casa da Dra. Wycomb.

— Tem certeza?

— Não quero que as duas refeições sejam desperdiçadas. Sinto muito mesmo.

Apressei-me para sair do restaurante e pegar o casaco na chapelaria. O atendente falou algo enquanto me entregava o casaco, mas saí sem responder. Estava confusa e o meu corpo estava pelando. Concentrei-me apenas em não deixar aquela agitação horrível dentro de mim emergir e se tornar algo público e visível. Se eu pelo menos conseguisse chegar ao apartamento vazio da Dra. Wycomb, poderia me sentar no chão do banheiro ao lado do vaso e deixar tudo aquilo sair de maneira organizada; e esse momento passaria sem espectadores.

Continue seguindo em frente, eu pensava, e, enquanto repetia essa frase na cabeça, durante esse momento de desespero e irresolução, que eu estava dentro de um palíndromo, um purgatório de náusea. O frio era intenso do lado de fora, e o que fora um alívio assim que eu saíra do restaurante agora era uma tortura. Então, por milagre, cheguei ao prédio da Dra. Wycomb. O porteiro me cumprimentou enquanto eu entrava, e o ascensorista também pareceu me reconhecer. "Feliz ano-novo!", disse ele, mas não respondi, consciente da grosseria do silêncio porém temendo abrir a boca.

Vi, então, o papel de parede dourado, o corredor, a porta do apartamento da Dra. Wycomb, e minhas mãos tremiam enquanto eu tentava abrir a porta com a chave que ela me entregara. Havia música tocando quando entrei no apartamento — era jazz, e o volume estava alto —, e foi por isso que, apesar da náusea, não segui direto do saguão de entrada pelo corredor que levaria até os quartos. Achando que o apartamento estaria vazio ao retornar, fiquei surpresa e curiosa. (Será que era Myra que estava ouvindo aquela música alta? Não podia ser, porque já era tarde da noite quando ela foi para casa.) Segui então para a sala de estar. Um pouco antes de cruzar o batente, ouvi a risada de vovó e, logo depois disso, eu a vi sentada no colo da Dra. Wycomb, e elas estavam se beijando. Na boca.

A Dra. Wycomb vestia um roupão de banho de cor vinho; vovó, um sutiã bege e uma anágua enfeitada com renda da mesma cor. Ela e a Dra. Wycomb se olhavam nos olhos, suas bocas um pouquinho abertas e os olhos fechados. O beijo continuou durante vários segundos e ainda não tinha terminado quando me afastei. A surpresa foi tanta que o choque superou rapidamente o enjoo. Eu tinha de sair do apartamento, não havia alternativa. E foi exatamente o que fiz, tomando cuidado para não fazer barulho. No saguão, a náusea voltou com toda a força, e, quando dei por mim, eu já tinha feito. Em cada lado do elevador, havia um vaso metálico grande, de quase 1 metro de altura, com um laço vermelho amarrado e enfeites verdes de natal que criavam um efeito artístico. Eu me aproximei do que estava mais perto, afastei os enfeites e, com horror, amargura e glória, vomitei nas profundezas do vaso.

FIQUEI ENCOLHIDA NO chão acarpetado durante um bom tempo, exausta. Sabia que precisaria me mexer e ir para o saguão principal, ou bater à porta e esperar até que vovó e a Dra. Wycomb me deixassem entrar de volta no apartamento, mas nenhuma das opções era atraente. Em vez disso, enroscada na minha saia e no casaco, perto do elevador, comecei a cochilar. Acho que se passou mais ou menos uma hora, mas pode ter sido bem menos ou bem mais, até que o ascensorista me encontrou. Foi ele quem bateu à porta da Dra. Wycomb, e, quando ela atendeu, me senti como uma gazeteira.

— Ela passou mal aqui fora — disse o ascensorista. — Eu não sei quem vai limpar, pois preciso ficar no elevador hoje à noite.

O olhar da Dra. Wycomb rapidamente se virou para o meu rosto.

— Acho que comi algo estragado — murmurei.

— Obrigada, Teddy — disse a Dra. Wycomb ao ascensorista. — Cuidarei da situação.

Ela me levou para dentro, gritando:

— Emilie! Alice voltou mais cedo.

— Ele era tão detestável assim? — A voz de vovó ficava mais alta à medida que se aproximava de nós. — Alice, você realmente precisa dar... — Então ela me viu, e exclamou: — Nossa senhora! Você está pálida.

Ela já havia se vestido, notei, e usava o seu terninho marrom.

— Ela vomitou e suspeito que também esteja com febre e desidratada — informou a Dra. Wycomb.

Juntas, elas me colocaram na cama e mediram a minha temperatura — 39 graus, aparentemente — e a Dra. Wycomb continuou:

— É importante ingerir líquidos. Emilie, pegue um pouco de refrigerante para ela na geladeira.

Quando vovó me trouxe o copo, tomei um pouco — era doce e borbulhante — e peguei no sono logo depois, dessa vez um sono bem mais profundo que o do corredor. Quando acordei, já eram quase 4 horas, como mostrava o relógio redondo que ficava na mesa de mármore, e vovó dormia na outra cama. Da terceira vez que acordei já estava claro, e senti cheiro de café. Levantei-me para usar o banheiro, e, quando voltei, vovó esperava por mim fumando um cigarro.

— Você certamente sabe como virar o ano em grande estilo — disse ela.

— Sinto muito se fiz com que perdessem a festa naquele hotel ontem.

— Se os pais de Marvin forem como o filho, tenho certeza de que você nos poupou de uma chatice. Devo dizer que para uma garota doente você está no melhor lugar de toda a Chicago. Você tem a melhor médica da cidade de prontidão a seu dispor.

Voltei para a cama e fiquei lá pelo resto do dia, só me levantando para ir ao banheiro. Nem tomei banho. Sob as cobertas, eu alternava entre suar e tremer de frio, meu corpo doía, e elas mediam a minha temperatura de tempos em tempos.

— Vai passar naturalmente — disse a Dra. Wycomb. — Você vai se sentir melhor em um dia ou dois.

— Aposto que ela já vai estar bem melhor amanhã — declarou vovó. — Você não acha, Alice? — Nosso trem para Riley estava marcado para o fim da manhã seguinte.

— Não vamos decidir isso agora — disse a Dra. Wycomb.

Lá pelas 20 horas, quando vovó me trouxe duas aspirinas e um copo de água fresca, ela falou:

— Acho que os seus pais iriam preferir que você voltasse amanhã, mesmo passando mal, do que depois. Se ficarmos outra noite aqui, haverá telefonemas para cá e para lá, teremos de mudar os bilhetes de trem e seu pai vai ficar muito aborrecido.

Ou seja: seriam pedidas explicações. Seriam viagens entre o apartamento da Dra. Wycomb e o Pelham, e teríamos de estender a reserva de um quarto que nunca usamos. Essa corrente de mentiras havia permitido que vovó encostasse os lábios nos de outra mulher, uma mulher velha que não era nem mesmo atraente — então, não conseguia mais pensar nisso, naquele fragmento de momento, naquela visão perturbadora e estranha.

Como não respondi, vovó completou:

— Descanse. Nosso trem só sai às 11 horas, então teremos bastante tempo para arrumar as malas amanhã cedo.

Mesmo de olhos fechados ouvi quando ela se levantou, mas não tenho certeza se estava sonhando ou falando de verdade quando murmurei:

— Não sei por que você me trouxe.

— Trouxe aonde? — perguntou vovó, então descobri que falara em voz alta. — A Chicago?

Eu me virei para ela.

— O quê?

A expressão dela era desconfiada e alerta. Ela ficou me olhando por alguns segundos.

— Você falou enquanto dormia — respondeu ela, por fim.

ANTES DE PEGARMOS o trem, minha temperatura estava um pouco acima dos 37 graus. Na verdade, porém, quando passamos por Dodsonville — última parada antes de Riley — eu me sentia quase normal. Meus pais vieram falar conosco, ansiosos:

— Vocês subiram até o topo de um edifício bem alto? — perguntou mamãe. — Foi maravilhoso?

No carro, papai disse a vovó:

— Foi muita bondade sua levar Alice.

Isso me pareceu um pedido de desculpas.

— A casa ficou tão silenciosa sem vocês duas — declarou mamãe. — Eu até comecei a ler uma das revistas da vovó.

Vovó sorriu para mim e eu quase sorri de volta, mas então me lembrei de tudo e virei o rosto para olhar a paisagem da janela.

DENA LIGOU NO dia seguinte.

— Você precisa vir aqui — pediu, chorosa. — É uma emergência.

— O que aconteceu?

— Venha logo.

Eu estava de pé na cozinha e, depois de desligar o telefone, coloquei o casaco e fui correndo para a casa dela. Do outro lado da rua, bati à porta dos Janaszewski — a campainha deles estava quebrada desde 1958, e eu estava com muito frio e muito preocupada para esperar, então abri a porta e fui entrando.

— Olá? — chamei.

Na sala de estar, as irmãs de Dena, Marjorie e Peggy, brigavam para ver de quem era a vez de colocar um disco para tocar. Peggy olhou para mim e disse:

— Dena está lá em cima.

Logo depois, voltou à disputa.

No segundo andar, a porta do quarto que Dena e Marjorie dividiam estava aberta, mas lá dentro parecia vazio. Mesmo assim, chamei:

— Dena?

Uma mão surgiu debaixo de uma das camas e me chamou. Eu me agachei, depois fiquei de joelhos e levantei a colcha que cobria a cama.

— O que aconteceu? — perguntei. — Será que eu tenho de entrar aí?

— Minha vida acabou.

A voz de Dena estava fraca de tanto chorar.

Virei de barriga para cima para que pudesse me arrastar para debaixo da cama. Na mesma hora, senti a poeira entrar na minha garganta. Havia alguns objetos não identificáveis, como sapatos e alguns brinquedos, que eu tive de afastar para poder caber ao lado dela.

— O que houve? — perguntei.

Ela engoliu em seco e respondeu em tom triste:

— Raspei as costeletas.

— Mas você não tem costeletas.

— Eu sei. *Agora* não tenho mesmo.

Tentei levantar a colcha para que a luz do dia pudesse entrar onde estávamos.

— Não dá para ver nada — disse. — Você precisa sair daí e vir até a luz.

Eu me arrastei para sair, e depois de um minuto ela me seguiu.

Quando ela se sentou no chão, encostada na cama, seu rosto estava vermelho e inchado, os olhos molhados e o cabelo, que era de um castanho mais claro do que o meu, mas cortado à mesma maneira, estava bagunçado na parte de trás, como o de uma criança. Ela pegou o espelho que estava virado para baixo sobre o carpete. Eu conhecia aquele espelho muito bem, já que passara boa parte da minha vida olhando para ele, geralmente junto com Dena. A parte refletora era do tamanho aproximado de um rosto, e a alça e a parte de trás, de plástico cor-de-rosa. Segurando o espelho em frente ao rosto, Dena virou-se de perfil, olhando com medo para a própria orelha.

— Eu ainda não sei do que você está falando — disse eu.

— Primeiro cortei as costeletas, mas ficou esquisito, então usei um barbeador.

Eu me aproximei e passei a ponta do dedo na área em questão.

— Você fez um bom trabalho, está completamente liso. Deixe-me ver o outro lado.

Quando ela virou o rosto, passei o dedo na pele do outro lado também.

— Ficou bom — declarei.

— Mas pense em quando começar a crescer. Vou ficar com uma penugem. Alice, eu vou ficar com uma barbicha!

— Você pode raspar de novo.

— Raspar todos os dias, para o resto da vida?

— Ninguém vai notar, eu prometo.

— Robert fala que meninas peludas são que nem macacos. Você conhece Mary Hafliger...

— Dena, não diga isso. Ela não tem como evitar.

Mary Hafliger, que fazia parte do Spirit Club junto comigo, tinha pelos grossos e escuros nos braços, e eu já tinha ouvido as pessoas da sala comentando a respeito disso.

— Tem sim — respondeu Dena. — Ela podia, pelo menos, descolori-los.

— Mary é legal — falei. — Você se lembra daqueles papais-noéis que estávamos vendendo antes do Natal? Foi ela que colou a barba em todos eles, uma a uma, e levou quase uma semana.

Dena riu, debochada.

— É, aposto que ela colou as barbas.

Dena fora bem-sucedida no seu plano pré-adolescente de se tornar uma líder de torcida, e os membros do Spirit Club ficavam bem abaixo das animadoras de torcida na hierarquia escolar. Mais de uma vez, ela havia me encorajado a mudar de um grupo para o outro — se eu fizesse o teste para ser líder de torcida, ela me recomendaria, mas eu não tinha a menor intenção de ficar pulando e gritando na frente de outras pessoas.

Dena ainda estava segurando o espelho, olhando para a própria imagem e, devagar, cerrou os lábios. A vontade de chorar parecia ter passado. Depois, colocou o espelho novamente sobre o carpete e sussurrou:

— Agora sou só metade virgem.

— Como assim?

— Feche a porta.

Ela gesticulou na direção da porta, e, quando eu a fechei, ela disse:

— Eu deixei Robert colocar até a metade.

— Você não tem de fazer o que ele diz, Dena. Ele deveria respeitar você.

— Por que você acha que ele não colocou até o fim? — perguntou ela com um sorriso.

Eu já sabia que ela havia deixado Robert colocar a mão embaixo da sua saia ou da calça, apesar de não ser dentro da calcinha, pelo menos era o que ela dizia. Achei esses relatos excitantes, mas também perigosos. Como a nossa professora de economia doméstica havia nos dito, alguns homens, depois de excitados, não conseguem se controlar. Devíamos nos preocupar não só com a nossa reputação, mas também com o risco de engravidar. Algumas garotas do colégio Benton County Central tinham a fama de não serem mais virgens. O que as pessoas falavam sobre Cindy Pawlak era que não só ela não era mais virgem, como fizera sexo com várias pessoas; a história mais escandalosa foi com o motorista do ônibus da escola, um homem casado que morava em Houghton. Havia também umas garotas, geralmente vindas do interior, que ficavam grávidas e precisavam abandonar os estudos, e, se tivessem sorte, casar. Também havia a história de Barbara Grob, uma garota que estava um ano a nossa frente. Ela era uma líder de torcida de cabelos louros que supostamente tinha decidido, na primavera, ir morar com os primos em Eau Claire, mas todo mundo sabia que ela tinha ido para um convento ter o bebê, que depois iria para adoção. Quando voltou para a escola, parecia exausta e tinha ganhado peso, então nem tentou voltar para a equipe de líderes de torcida. Ainda assim, mesmo que o sexo não nos fosse completamente desconhecido, eu não esperava que Dena fosse até o *fim*; esperava que ela comesse pelas beiradas, se vangloriando e provocando, mas sem ceder.

— Você não quer se guardar para o casamento? — perguntei.

Esse era o meu plano, e parecia bastante razoável, já que era bastante provável que nos casássemos em poucos anos. Em Riley, mesmo as garotas que iam para a faculdade ficavam noivas antes de se formarem, e se você estivesse com 25 anos sem um casamento em vista, era considerada solteirona. Ruth Hofstetter, que trabalhava na loja onde eu e mamãe comprávamos tecido para nossas roupas, tinha 28 anos e nenhum namorado, e toda vez que deixávamos a loja, mamãe e eu conversávamos sobre como isso era triste, especialmente porque Ruth era simpática e bonita.

— É um pouco tarde para isso — declarou Dena. — Existe muito pouca diferença entre ir até a metade e ir até o final.

— Você acha que vai se casar com Robert?

— Talvez.

— Dena, se você se casar com outro, ele vai descobrir quando você não sangrar na noite de núpcias.

Dena falou com zombaria:

— Nem todas sangram. — Ela pegou o espelho novamente e ficou se olhando. — Você não sabe de nada.

EU ESTAVA evitando vovó, mas, em uma tarde no início de fevereiro, mamãe estava na mercearia quando voltei da escola, e vovó estava sentada na sala de estar fumando e lendo um romance de Wilkie Collins. Pendurei a mochila perto da porta e fui até a cozinha lanchar e ela me seguiu. Enquanto pegava o mel do armário — eu planejava passar mel em uma torrada —, ela disse:

— Você está muito mal-humorada desde que voltamos de Chicago. Existe alguma coisa sobre a viagem sobre a qual você gostaria de conversar?

— Não — respondi.

— Não quer saber mais nada sobre a Dra. Wycomb?

Balancei a cabeça negativamente.

Ficamos em silêncio, e então vovó começou:

— Não vou dizer que nunca fiz nada na vida que me deixasse com vergonha, mas há muito tempo não faço nada. Se nem todos concordarem com as minhas decisões, tudo bem. O que as outras pessoas pensam nunca tornou as coisas certas ou erradas.

Nesse momento, odiei minha avó. Que hipócrita, pensei, fingindo ser destemida e franca enquanto distorcia a verdade e me envolvia em suas distorções. De costas para o fogão, olhei para ela com intensidade.

— As pessoas são complicadas — continuou ela —, e as que não são, são chatas.

— Então talvez eu seja chata.

Olhamos uma para a outra, e, com um tom de voz genuinamente triste, ela disse:

— Talvez você seja mesmo.

ROBERT BEIKE E Dena já namoravam havia alguns meses na época do baile de formatura colegial, por volta de maio, e Dena tinha decidido, desde março, que Larry Nagel iria me levar. Algumas semanas antes do baile, isso aconteceu; quando saí da aula de química no final da manhã, ele estava em pé no corredor, com os braços cruzados. Trocamos olhares, e eu tinha certeza do motivo pelo qual ele estava ali. Estava caminhando com uma amiga, Betty Bridges, e murmurei para ela:

— Vá na frente, eu alcanço você depois.

Depois que ela se foi, Larry perguntou em um tom de voz especialmente morno:

— Você vai ao baile?

— Acho que sim — respondi.

— Quer ir comigo?

— Claro.

— Tudo bem, então — disse ele, sem nenhuma nuança no tom de voz. — Vejo você por aí.

Então ele seguiu pelo corredor, que era a mesma direção na qual eu estava indo, mas já que ele nem tinha parado para pensar que talvez nós pudéssemos caminhar juntos ou continuar a conversa, eu esperei ele desaparecer. Para ser honesta, eu não esperava que ele ficasse comovido ou feliz por eu ter aceitado ir ao baile com ele, quando todo o cenário fora montado por Dena. Será que eu ficara comovida ou feliz com o convite dele? Eu esperava ver algum resquício daquele rapaz impulsivamente doce que me beijara na porta de casa, e, de alguma forma, a frieza usual dele tornara aquela capacidade de ser doce ainda mais doce. Certamente, em algum momento da noite do baile, haveria outras evidências dessa doçura.

Mamãe costurou para mim um vestido muito parecido com um modelo tirado da *Mademoiselle* — era verde, com um decote da época e uma saia de tule — que eu pretendia usar com luvas brancas que iam até acima dos cotovelos e que faziam eu me sentir, no sentido bom e ruim da coisa, como a rainha da Inglaterra. Poucas horas antes da formatura, descobri uma sacola de papelão no armário, e dentro dela havia uma bolsa verde que era num tom quase idêntico ao do vestido. Desci as escadas com a bolsa nas mãos. Na cozinha, mamãe colocava um assado no forno.

— Muito obrigada — agradeci. — Combina perfeitamente.

Ela sorriu.

— Espero que você se divirta muito.

Ela fechou a tampa do forno e eu, impulsivamente, a abracei. Eu me sentia mais próxima dela agora que me afastara de vovó. Por causa da minha posição no Spirit Club, eu ficara responsável por levar duzentos cupcakes para a escola naquela manhã, que seriam as guloseimas da festa. Na noite anterior, mamãe tinha ficado acordada comigo até meia-noite colocando a cobertura amarela.

Um pouco mais tarde, enquanto meus pais e minha avó jantavam, eu desci as escadas ainda descalça, mas já usando as luvas e a faixa de cabelo que combinavam com o vestido. Quando cheguei à sala de jantar, eles me aplaudiram.

— Faça a sua reverência — comandou vovó, e porque a tensão era só entre nós duas, na presença dos meus pais, como eles não sabiam de nada, eu obedeci. Como não obedeceria? Era uma noite de primavera; na casa ao lado, o Sr. Nofke aparava a grama e o cheiro de mato cortado entrava pelas janelas da sala de jantar.

Para minha surpresa, papai se levantou, estendeu a mão e pediu:

— Você me concede a honra desta dança?

— Ah, deixe-me colocar música!

Mamãe foi correndo até a sala de estar para ligar o rádio, e acho que era a orquestra do Glenn Miller que estava tocando.

Papai elevou nossos braços até que formassem um arco acima das nossas cabeças, e então, ele me girou. Conforme íamos dançando, mamãe dizia:

— Alice, esse vestido realça muito bem a sua silhueta.

Papai me abraçou de leve, me preparando para girar e inclinar, e disse:

— Endireite essa postura! Até mesmo os garotos mais baixos preferem garotas com boa postura, porque é um sinal de autoconfiança.

Empinei o peito e elevei o queixo.

— Deite-a nos seus braços — gritou vovó, mas mamãe imediatamente disse:

— Cuidado com as costas, Phillip.

Enquanto os saxofones se elevavam, senti meu corpo se inclinando para trás, e pude ouvir mamãe e vovó aplaudindo de novo. Pode ter sido só o sangue que me subiu à cabeça durante a dança, ou a emoção provocada pela música, mas, naquele momento, senti um amor tão imenso pela minha família, inclusive por vovó, que quase comecei a chorar. Eles tinham o coração tão bom e eram tão bons para mim, eu tinha tanta sorte que, mesmo depois, senti como tudo era frágil.

De volta à posição vertical, papai me falou com cuidado, para que nem mamãe nem vovó escutassem:

— Você é uma moça muito bonita. Não deixe o seu acompanhante se aproveitar de você hoje à noite.

ROBERT, LARRY, Dena e eu jantamos no Tatty's. Essa era a tradição de Riley; vestir-se nas melhores roupas e ir comer um hambúrguer gorduroso; e, me lembrando de histórias de meninas que acabaram em lágrimas antes de sequer chegarem ao baile de formatura, com os vestidos de seda cheios de ketchup ou outros temperos, tomei o cuidado de colocar minhas luvinhas brancas na bolsa e de colocar três guardanapos espalhados no colo antes de comer. Robert tinha nos levado de carro, e foi no banco de trás com o Larry que senti meu otimismo diminuindo com relação àquela noite, quando ele tentou, sem nenhum entusiasmo, prender a rosa ao colete do meu vestido, falando:

— Você consegue fazer isso sozinha?

Do restaurante seguimos para a escola. O ginásio estava quente, lotado, a música estava bem alta, exatamente como achei que deveria ser. As fitas amarelas e azuis se entrecruzavam sobre nossas cabeças e os cupcakes de cobertura azul e amarela eram comidos com vontade — eu procurei saber como os meus se saíam, mas como eles estavam todos juntos na mesa, não conseguia diferenciá-los uns dos outros. Enquanto isso, uma banda vinda de Madison chamada Little Brothers e formada por quatro homens de terno e gravata estava no palco e tocava "Who Put the Bomp".

— Ei, Alice — chamou Robert.

Eu olhei para ele.

Ele sorria com lascívia.

— Larry está realmente ansioso para dançar com você.

Tanto Dena quanto Larry riram, e eu senti um grande medo de que Dena, por meio de Robert, tivesse dado muitas esperanças a Larry sobre eu estar fisicamente disponível para a noite. Nessa época, Dena e Robert já haviam feito sexo seis vezes — uma para cada mês de namoro, como ela explicara, mesmo que metade delas fosse retroativa. Ela me contou que não queria transar com ele com tanta frequência para que não deixasse de ser uma coisa especial. Além disso, sem ele saber se eles iriam ou não transar, Robert sempre lhe dava mais presentes. Uma semana antes, ele tinha dado a ela um poodle branco de pelúcia que tinha o seu próprio ossinho dourado.

Quando Larry e eu começamos a dançar, para o meu alívio, ele não começou a me apalpar imediatamente. Na verdade, ele dançava bem, melhor do que eu, e ficamos lá, música após música. Elas eram todas rápidas, e, enquanto tocava "The Watusi", ele gritou no meu ouvido:

— Robert trouxe um pouco de... — imitou o ato de beber de uma garrafa. — Nós vamos nos encontrar no estacionamento.

— Mas os professores estão por toda parte.

— Ninguém vai nos ver dentro do carro de Robert.

— Eu tenho de ir ver os meus cupcakes.

— Faça como quiser — disse ele, dando de ombros.

Enquanto Larry caminhava para longe, vi Dena e Robert, que antes estavam dançando perto de nós, já perto da porta do ginásio. Fui para a mesa com as comidas e as bebidas, onde Betty Bridges ajudava a servir ponche. Eu ainda estava longe da mesa quando senti uma mão me segurar pelo braço Eu me virei e Andrew Imhof estava diante de mim.

— Você gostaria de dançar?

— Claro! — respondi, mas então reconheci as primeiras notas de "Lonesome Town", de Ricky Nelson, e completei: — Mas essa é uma música lenta.

Ele sorriu.

— Isso importa?

— Acho que não — retruquei, mas fiquei pensando: "Será que seria falta de etiqueta dançar música lenta com outra pessoa sem ser o meu acompanhante?"

Enquanto caminhávamos para a pista de dança, fiquei imediatamente consciente do que parecíamos. Era uma sensação de que se as pessoas nos vissem, talvez ficassem com alguma impressão. Mas que impressão é essa era mais difícil de dizer.

Encontramos espaço no mar de casais e olhamos um para o outro. Depois de alguns segundos de hesitação, pousei a mão esquerda sobre o ombro direito dele, e ele colocou a mão direita na minha cintura, demos as mãos que ficaram livres, posicionando-as no alto. Eu estava com as minhas luvas.

— Quem é a sua acompanhante? — perguntei.

— Bess Coleman.

Ele apontou com o queixo e eu vi que Bess estava dançando debaixo da cesta de basquete com Fred Zurbrugg, um dos melhores amigos de Andrew.

— Você e Bess estão...?

Mais tarde, pensei que, se eu estivesse interessada em Andrew de alguma forma, não teria sido tão direta naquela noite.

Ele balançou a cabeça negando.

— Você veio com Larry, não foi?

— Dena armou para nós, mas estou começando a duvidar da capacidade dela para formar casais.

Andrew riu.

— É, você é realmente boa demais para Nagel.

Ficamos em silêncio. Depois de um tempo, Andrew perguntou:

— Você se lembra de quando sua avó pensou que eu fosse uma menina?

— Eu nunca achei que você tivesse entendido!

— Depois que ela disse para minha mãe que a filha dela era uma gracinha, não foi muito difícil de entender.

— Ela nunca disse isso! — protestei.

— Mas foi quase isso.

— Foi só porque...

— Eu sei. — Ele cobriu os olhos e as pestanas com a mão direita, e mexeu a cabeça negativamente. — Eu não os desejaria nem para o meu pior inimigo! Meu irmão diz que a Max Factor devia me contratar para ser modelo de rímel, mas ele não fala isso de uma forma elogiosa.

— Ele deve ter inveja — declarei.

No palco, um dos membros da banda cantava solo em uma parte da música: "*Goin' down to lonesome town/ Where the broken hearts stay...*"

— Não quis dizer que Larry não é um cara legal. — O tom de voz de Andrew havia ficado mais sério. — Ele só não é a pessoa que eu imaginaria com você.

Eu podia imaginar o que Dena responderia nessa situação, que devia ser o mesmo que muitas garotas diriam: "E *quem* você imaginaria comigo?" Mas foi tão bom aproveitar o momento sem levá-lo adiante, sentindo as possibilidades, em vez das limitações, que eu não disse nada. Mais tarde, lembrei que naquele exato instante eu pensei que tinha certeza de que Andrew seria meu namorado, mas não era como se aquela fosse a primeira vez que esse pensamento passava pela minha cabeça. Será que eu já não sabia disso a vida inteira? Então, por que ter pressa? Experimentar outras pessoas antes era quase obrigatório antes de ficarmos juntos.

— Você comeu algum cupcake? — perguntei.

— Comi, estão muito bons. E também tem batatas fritas na mesa.

— Eu que fiz vários daqueles cupcakes — contei. — Não os azuis, mas os que têm cobertura amarela.

— Eu *achei* que aquele gostinho vinha da cozinha de Alice Lindgren! — disse ele, e eu lhe dei um tapinha de leve no braço. — Estavam deliciosos, muito mesmo — elogiou ele.

Nós dois sorríamos, e depois de um tempo ele ofereceu:

— Se você quiser, pode repousar a cabeça no meu ombro.

Eu hesitei.

— Será que sou alta o suficiente?

Mas é claro que essa não era a minha única dúvida.

— Você não é obrigada — disse ele. — Faça só se quiser.

Quando recostei a cabeça em seu ombro, nossos corpos ficaram juntos como nunca antes. Dava para sentir o calor dele, sua solidez, e uma calma tomou conta de mim; fez a conversa que estávamos tendo parecer sem sentido, as palavras não tinham importância, elas pareciam confetes ou gotas de chuva, e estar ali com ele era a realidade.

Quando a música acabou, nos separamos. Bob Sobczak se aproximou de Andrew e eu fui até Betty Bridges na mesa das bebidas. Passaram-se 10 minutos até que Dena voltasse, com as bochechas coradas e hálito de bebida.

— Você estava dançando com Andrew? — perguntou ela, em um tom levemente acusatório, se intrometendo e sendo extremamente curiosa.

Eu achei que ela estivesse lá fora todo esse tempo, o que significava que alguém poderia ter ido falar para ela.

— Quando todos vocês saíram, acho que ele me viu sozinha — respondi. — Ele deve ter ficado com pena de mim.

Mas eu sabia que essa não era a verdade. Em um determinado momento da música, Andrew respirou fundo, e eu tive quase certeza de que ele estava sentindo o cheiro do meu cabelo.

EM AGOSTO daquele ano, vovó voltou a Chicago para visitar Gladys Wycomb, e papai, mamãe e eu fizemos as malas, entramos no nosso carro — um Chevrolet Bel Air 1956, azul-turquesa, com um ornamento prateado no capô, semelhante a uma gaivota de papel — e seguimos para o norte, atravessando o Wisconsin até chegarmos à Península Superior de Michigan. Íamos visitar a ponte de Mackinac, também conhecida como "Poderosa Mac". Quando nos aproximamos de Saint Ignace, papai, que tinha dirigido todo o percurso até lá, parou e trocou de lugar com mamãe para que pudesse ficar livre para apreciar a paisagem, enquanto cruzávamos a ponte. O caminho sobre aquelas águas azuis parecia interminável e, quando chegamos à outra extremidade, mamãe manobrou o carro e voltamos para o norte. Era uma ponte com pedágio, 50 centavos, o que não era muito, mas mesmo assim uma indulgência incomum da parte de papai. Estacionamos na margem de St. Ignace. Mamãe e eu estávamos de jaqueta, mesmo sendo verão, e papai, feliz, balançou a cabeça, dizendo:

— Imaginem todo o concreto, todo o aço, todos os cabos percorrendo 8 quilômetros sobre as águas do canal. É um verdadeiro milagre da engenharia!

O céu além da ponte estava carregado de nuvens pesadas e dava para sentir no ar o outono se aproximando. Em Riley, ainda estava calor.

— Vamos passear um pouco? — sugeriu papai.

Caminhamos pelo calçadão, onde, em intervalos, encontrávamos binóculos presos a postes que funcionavam com moedas. Papai se deteve em vários deles, apesar de eu não conseguir perceber o que poderia mudar na paisagem de um para outro.

— Antes de construírem a ponte, as pessoas levavam quase uma hora para cruzar este trecho de balsa — informou ele. — Mas, às vezes, a fila era tão grande que era necessário esperar entre dez e doze horas até conseguir lugar para o carro.

Acenei com a cabeça, indicando que compreendia, embora tudo em que eu conseguisse pensar fosse no pronunciamento que eu estava prestes a fazer: *Vovó está tendo um caso com a Dra. Wycomb*, diria. Cheguei a pensar que, agora que eu descobrira seu segredo, ela não voltaria mais para Chicago. Ou talvez ela não tivesse se dado conta de que eu sabia. Mas acho difícil, senão ela teria pedido mais explicações sobre o meu ressentimento.

— Imagina ter paciência para esperar 12 horas? — perguntou mamãe.

Será que eu deveria ter suspeitado de vovó? Eu lera *O poço da solidão* aos 14 anos, tendo pegado o exemplar em sua prateleira e devolvido o livro sentindo-me um pouco confusa com a ideia de duas mulheres se apaixonarem, mas não o suficiente para fazer perguntas a respeito. De qualquer modo, aquele livro contava uma história de décadas antes, ocorrida na Inglaterra.

O fato de vovó — a mulher que morava lá em casa e usava o mesmo sabonete que eu, de quem eu pegava os sapatos de salto alto e as joias emprestados quando era criança, para me fantasiar e brincar — estar envolvida em uma relação homossexual não fazia o menor sentido. Ela havia se casado e tivera um filho! E mesmo que isso fosse verdade, por que ela não tinha sido mais cuidadosa para que eu não precisasse me tornar cúmplice daquele segredo? Ela estava me obrigando a escolher entre ela e meus pais — que tipo de escolha era essa? De certo modo eu sempre a amei mais profundamente, e a amava até mais do que eles, mas pensei que estivéssemos conspirando para esconder esse fato perturbador.

Passamos por mais um par de binóculos e meu pai se inclinou para observar através dele. Quando se juntou a nós, pegou na mão de mamãe, e pude notar a leveza de seu entusiasmo.

Durante as três noites seguintes, dividimos um quarto em um hotel em St. Ignace. O hotel chamava-se The Three Breezes e tinha uma piscina na qual papai nadou bastante, mas mamãe e eu achamos que a água estava fria demais. No dia em que passeamos pelas dunas às margens do lago Michigan, pensei: *Vou contar para eles dentro de 15 minutos. Em mais 15 minutos. Assim que voltarmos para o carro.* No dia seguinte, pegamos a balsa para a ilha de Mackinac, onde andamos em uma carruagem puxada por cavalos, comemos trufas e almoçamos no restaurante do Grand Hotel.

— Talvez você possa voltar aqui um dia, para a sua lua de mel — disse mamãe, apertando meu joelho por baixo da mesa.

Elas estão tendo um caso, pensei, *e a Dra. Wycomb dá presentes caros para a vovó, e talvez até esteja lhe dando dinheiro.*

Durante o nosso último jantar em St. Ignace, meus pais beberam duas garrafas de vinho, e depois, papai convenceu mamãe a nadar com ele na piscina do hotel. O céu estava escuro, mas a piscina era iluminada. A risada deles chegava ao quarto. Fui dormir e, na manhã seguinte, abri os olhos e pensei: *Eles já sabem.* Meus pais dormiam na cama ao lado da minha; mamãe respirava fundo e papai roncava de leve, tentando ser educado até enquanto dormia. *Eles já sabem*, pensei, *e se eles não sabem, é porque optaram por não saber.* E isso certamente explicava a hesitação inicial de papai em permitir que eu fosse com ela para Chicago no inverno anterior. Então, percebi que não diria nada, porque não era necessário e esse não era o meu papel. Fiquei satisfeita por não ter pronunciado as palavras que planejara.

Para dizer a verdade, o que ficou comigo daquelas férias, além da minha suspeita e da agonia que me consumiram, foi papai caminhando no calçadão logo que chegamos. O vento batia em seus cabelos, e ele estava agitado de tanta felicidade, esforçando-se para explicar a mamãe e a mim exatamente as razões pelas quais a Poderosa Mac era tão impressionante. Naquela época, achei — e acho até hoje — que aquele foi o momento mais feliz da vida dele.

DEMOROU MAIS, porém voltamos de carro pegando a rota sul: cruzando uma vez mais a Poderosa Mac (dessa vez, me deixaram dirigir), descendo pela Península Inferior de Michigan, passando pela fronteira a sudoeste de Indiana e entrando a noroeste de Illinois, onde, na estação de trem em Bolingbrook, a 48 quilômetros de Chicago, pegamos vovó. Fomos juntas no banco traseiro, mas ela parecia ter desistido de mim havia meses, e concentrou-se na leitura de *Anna Kariênina.*

— É a segunda vez que você lê esse livro, não é? — perguntou mamãe, e vovó respondeu em um tom sarcástico:

— É a quarta.

Estávamos de volta em Wisconsin, um lugar que, no fim do verão, é extremamente bonito. Quando eu era pequena, todos a minha volta sabiam disso; durante a minha vida adulta, nunca parei de me surpreender pela quantidade ínfima de pessoas com quem interajo que sabiam de algo de real importância sobre os estados entre a Pensilvânia e o Colorado. Algumas dessas pessoas passaram semanas, até mesmo meses, trabalhando nesses estados, e, a não ser que também fossem da região, para elas o lugar não passava de um número abstrato de possíveis votos e de convenções partidárias; de cidades onde ficavam em hotéis com colchas marrons brilhosas na parte de cima e cheias de bolinhas do lado de baixo; eram pessoas para quem o café da manhã continental se resumia a rosquinhas empacotadas e cereais de algum distribuidor, e para quem as academias de ginástica consistiam apenas em uma bicicleta ergométrica e uma esteira quebrada. Essas pessoas costumam jantar no Perkins e depois reclamar da qualidade dos restaurantes.

Temos de admitir que a área possui um desalinho específico que sempre achei reconfortante, mas pensar apenas em Wisconsin ou na região Centro-Oeste como um todo como nada além de "bonito" é ignorar o poder extraordinário da terra. A abundância do verde da grama e das árvores em agosto, as encostas das colinas (muito pouco do Centro-Oeste é plano, como os forasteiros costumam imaginar), o cheiro rico do solo, o sol de fim de tarde iluminando um campo de trigo, ou os grilos trinando ao anoitecer em uma rua residencial: tudo isso sempre me dava uma sensação de paz. Há espaço para respirar e um senso de realidade no lugar. As estações são muito bem definidas, mas vão e voltam, vão e voltam, e o mundo parece muito mais estável do que para alguém que ache vantajoso morar em uma cidade costeira.

É certo que cidades pitorescas podem ser encontradas na Nova Inglaterra, na Califórnia ou no noroeste do Pacífico, mas não consigo deixar de achar que elas são pitorescas *demais*. Na costa leste, lugares como Princeton, Nova Jersey ou, digamos, Farmington, Connecticut, me parecem estranhos de forma agressiva, exageradamente presunçosos, chegando, por vezes, à xenofobia, paranoicos ao extremo na cautela com aqueles que podem, de alguma forma, ameaçar o charme local. Desconfio que essa cautela esteja ligada ao alto valor dos imóveis ou ao medo de que não haja espaço ou dinheiro suficientes e o que resta de ambos precise ser defendido com unhas e dentes. Acho que a costa oeste também tem o mesmo autorrespeito — todo aquele papo sobre a proximidade com o mar *e* as montanhas — e uma beleza que acho ostensiva demais. O Centro-Oeste, porém, é atraente sem que haja a necessidade de exagerar seus atributos. É o lugar onde me sinto mais em paz e mais eu mesma.

NO FIM DE SEMANA ANTERIOR ao início do meu último ano no colégio, saía do açougue dos irmãos Jurec em um final de tarde de sábado, carregando meio quilo de carne moída que mamãe me pedira para comprar, quando ouvi a buzina de um carro me chamando. Olhei para o lado e vi um Ford Thunderbird verde com teto branco. Inclinando-se para fora da janela do passageiro, bronzeado e sorridente, estava Andrew Imhof. Acenei enquanto descia da calçada, passando entre dois carros estacionados. Quando me aproximei, pude ver que ao volante estava seu irmão, Pete, e que o carro era para duas pessoas.

— Bem-vinda de volta — cumprimentou Andrew.

— Como sabia que eu estava fora?

— Depois de não ter encontrado você lá em Pine Lake, achei que pudesse estar doente, mas Dena me contou. Só que não fomos juntos, eu só a encontrei ao chegar lá...

— Ele não está mais comendo na mão dela — debochou Pete. — E ele quer deixar isso bem claro.

Pete se debruçou sobre o volante e riu com sarcasmo.

Ele era quatro anos mais velho do que nós; depois que terminou o colégio, foi estudar na Universidade de Wisconsin-Madison, e tudo indicava que tinha se formado em junho daquele ano. Ele e Andrew não se pareciam muito; ambos tinham olhos amendoados, mas Pete não tinha os cílios impressionantes de Andrew, e enquanto Andrew era magro e tinha pelos claros, Pete era mais encorpado e tinha pelos mais escuros. Tinha ares de homem maduro, mas não era muito atraente.

Andrew revirou os olhos na direção do irmão e me disse:

— Não ligue para ele. Então, você foi para Michigan, não foi?

— Papai queria que visitássemos a ponte Mackinac. Depois seguimos para a ilha Mackinack, onde não há carros, só carruagens.

— Onde há cavalos, há bosta — intrometeu-se Pete. — Não é?

— Finja que ele não está aqui — pediu Andrew.

— Parece que muita gente esteve em Pine Lake. Dena falou que foi a parte mais divertida das férias de verão dela.

— É mesmo? — Andrew riu. — Foi só Bobby desafiando qualquer um para um duelo na piscina com uma garota nos ombros. A festa mesmo vai acontecer no final de semana que vem, na casa do Fred. Você já ficou sabendo? Se a temperatura estiver abaixo de 23 graus, faremos uma fogueira.

Pete se inclinou para a frente de novo.

— E Andrew promete que vai assar um belo salsichão para você! A conversa está ótima e tudo, mas eu preciso ir a outros lugares, maninho. Será que dá para você e Alice terminarem logo isso?

Andrew pareceu não ter mais nada a dizer, então Pete ligou o motor.

— Desculpe — falou Andrew. — Nos vemos na escola na terça. Não é legal estarmos no último ano?

Eu sorri.

— É sim; a grande turma de 1964.

O Thunderbird verde afastou-se, e eu voltei para casa carregando o pacote de carne moída para mamãe. Senti uma energia inesperada, provocada por uma onda de novos pensamentos: Andrew estava lindo bronzeado; era estranho o fato de Pete saber meu nome; eu estava doida para as aulas começarem logo, para aproveitar as matérias novas e as vantagens de sermos os alunos mais velhos; estava torcendo para que a temperatura ficasse abaixo de 23 graus na festa de sábado, para que eles acendessem a fogueira e eu pudesse ficar diante dela, com aquela onda de calor cercando o meu corpo, olhando as chamas dançando e me lembrando, como sempre me lembro diante do fogo, de que ele está vivo e eu também.

NOS DIAS QUE se seguiram, sempre que via Andrew, sentado algumas fileiras na minha frente na arquibancada da reunião no primeiro dia de aula ou pegando livros no seu armário em um corredor lotado de alunos no intervalo das aulas, sabia que teríamos pouca chance de conversar ou até de nos ver, então nem tentava. Eu estava sempre com Dena ou com alguma outra amiga, e ele, cercado pelos colegas do futebol, e eu sabia que o que eu queria dizer para ele precisava ser entre nós dois, quando estivéssemos sozinhos. Na verdade eu nem sei o que eu queria dizer, mas, com certeza, se estivéssemos a sós eu conseguiria inventar algo.

Durante toda aquela semana, tive a sensação de que estávamos abrindo caminho um para o outro — mesmo quando nos cruzávamos na saída do laboratório de ciências, seguindo em direções opostas, eu sentia isso. Não me surpreendi quando, na tarde de uma quinta-feira, meia hora depois de o sinal que indicava o término das aulas ter tocado, saí da biblioteca e deparei com ele vindo do ginásio, já vestido com o uniforme do treino de futebol americano, com camiseta de jérsei e aquelas calças curtas, segurando o capacete na mão direita. Ao me recordar disso, acho difícil confiar na lembrança que tenho desse episódio; difícil de acreditar que eu não esteja dando um significado que não existiu na época. Era uma tarde ensolarada (a temperatura acabou não ficando abaixo de 23 graus nem naquele sábado, nem nas duas semanas seguintes), as cigarras cantavam, a grama e as árvores estavam bem verdes e nós andamos um na direção do outro — ele apertava os olhos por causa do sol — e sorrimos. Eu o amava, eu o amava completamente, e sabia que ele me amava também. Eu podia sentir isso. Naquele momento, pude antecipar aquilo que eu mais queria e ainda além. Já tinha acontecido, e eu me abriguei na segurança de saber que tudo era certo e definitivo.

Ou talvez isso seja apenas o que penso agora. Mas foi tudo o que tivemos! Aproximamo-nos um do outro, ele vindo do ginásio e eu da biblioteca: foi quando caminhei até ele, enquanto ele me aguardava no altar; foi quando fizemos amor; foi cada aniversário de casamento, cada reencontro nos aeroportos e estações de trem, cada reconciliação após as brigas. Foi toda a nossa vida juntos.

Pareceu-me natural que, quando estivéssemos um diante do outro, nos abraçássemos, mas não fizemos isso. Arrependo-me muito de não tê-lo feito, mas esse certamente não é o meu maior arrependimento. Ficamos lá, com aquela energia tensa pairando entre nós por não termos nos abraçado, e ele disse:

— Me desculpe pelo meu irmão naquele dia. — Ele gesticulava com as mãos como se Pete estivesse lá naquele momento. — Espero que ele não a tenha ofendido.

— Não ofendeu, não. Ele é engraçado, mas vocês são bem diferentes.

— Espere aí... *Eu* não sou engraçado?

— Você também é engraçado — respondi. — Os dois são engraçados.

— Que diplomática. Muito obrigada. Você vai ao jogo amanhã?

— Vou vender pipoca.

Uma das minhas responsabilidades no Spirit Club era trabalhar na barraca de comida.

— Ouvi dizer que você vai deslanchar este ano — disse.

— Bom, eu esperei bastante tempo. — Ele riu, de forma mais reticente do que amarga. — Com certeza, ninguém me confundiria com Pete.

Isso era verdade; antes de entrarmos no colegial, Pete já era um astro do Knights. No entanto, declarei:

— Mas você parece bem durão com esse uniforme.

Ao me dar conta do que tinha dito, senti o rosto queimar.

— É mesmo? — Andrew olhava para mim. — Quer dizer que eu posso proteger você?

Nós dois sorrimos; qualquer referência que um fizesse o outro entendia, qualquer comentário era uma piada ou um elogio... E de repente me dei conta de que estávamos *flertando*.

Então, não consegui me conter e perguntei:

— Por que você começou a namorar Dena?

— Porque eu tinha 11 anos — respondeu ele, ainda sorrindo. — Eu não sabia o que era melhor para mim.

— Mas você continuou com ela... por mais quatro anos!

— Você ficou com ciúmes?

— Eu achei que foi meio... — fiz uma pausa — estranho.

— Quando eu namorava Dena, eu podia passar mais tempo perto de você.

Será que ele estava me provocando?

— Se isso é verdade, não foi muito legal com Dena — falei.

— Alice! — Ele parecia surpreso e preocupado por ter me desagradado.

Olhei para o chão. De qualquer modo, o que eu estava tentando dizer? O assunto importante que eu tanto queria conversar com Andrew quando estivéssemos sozinhos estava me confundindo.

— Que tal eu tentar ser mais gentil com você daqui para a frente? — sugeriu ele.

Ergui o olhar.

— Também vou tentar ser mais gentil.

Ele riu.

— Você é sempre gentil. — Houve uma pausa. — Isso é um coração? — perguntou ele, pegando no pingente de prata do meu cordão.

Ele o segurava de forma delicada, com a ponta dos dedos, tocando a parte côncava da minha clavícula.

— Vovó me deu quando fiz 16 anos.

— É bonito. — Ele colocou o pingente de volta no lugar. — É melhor eu ir treinar, para não levar bronca de ninguém. Mesmo que a gente não consiga se ver amanhã depois do jogo, você vai à festa de Fred no sábado, não vai?

Concordei com a cabeça.

— Você sabe se as pessoas vão chegar na hora ou se estão pensando em chegar mais tarde?

— Devo sair de casa umas 19h30. Você deveria sair a essa hora também.

Andrew era bem direto para um rapaz que estava no colégio; acho que isso vinha de uma autoconfiança natural. Quando fui para a faculdade, os rapazes e as garotas faziam joguinhos do tipo: a garota tinha de esperar determinado número de dias para retornar uma ligação, ou o rapaz só ligava de volta quando a moça não falava com ele em uma festa, ou ele a via com outro. Talvez, diferentemente dos rapazes e das garotas que conheci na faculdade, Andrew gostasse de mim de verdade. Depois penso que não, acho que não gostava. Talvez, por conta do que aconteceu mais tarde, eu tenha inventado um grande amor para nós; foi concedido a mim o terrível privilégio de decidir o que teria acontecido sem que existisse ninguém à minha volta para me contradizer. Talvez eu esteja totalmente errada.

Depois que nos despedimos, virei-me para olhá-lo, admirando-o por um segundo vendo-o caminhar pelas arquibancadas, passar pela pista de corrida e depois chegar ao campo de futebol. O cabelo castanho-claro, os ombros ligeiramente largos realçados pelas ombreiras, as panturrilhas bronzeadas com pelos claros surgindo daquela calça que acabava antes dos tornozelos... Quando você é uma menina do colegial, não há nada mais maravilhoso do que um rapaz do colegial.

E, apesar dos meus medos de estar manipulando o passado, toda vez que eu duvidava de que Andrew nutria sentimentos por mim e que esses sentimentos teriam crescido com o tempo, até que tivéssemos idade suficiente para que algo real acontecesse entre nós, penso nele olhando o meu pingente e me perguntando o que era. Fica óbvio para mim que aquilo não passou de uma desculpa para me tocar. Afinal, todo mundo sabe o que é um coração.

NAQUELA NOITE, eu estava lavando louça com mamãe depois do jantar quando bateram na porta da frente. Papai e vovó jogavam Scrabble na sala, e ouvi quando ele abriu.

— Olá, Dena.

— Ofereça um pouco de ponche de pêssego a ela — disse mamãe, e Dena, entrando na cozinha, respondeu:

— Não, obrigada, Sra. Lindgren. Também acabamos de jantar.

Para mim, ela murmurou:

— Preciso falar com você.

— Mãe, posso ir falar com Dena? — pedi.

Assim que chegamos ao meu quarto, que ficava no andar de cima, Dena cruzou os braços e declarou:

— Se você e Andrew começarem a namorar, eu jamais perdoarei você.

Fechei a porta e me sentei na cadeira de balanço que estava no canto. Isso fez com que me sentisse como uma visita no meu próprio quarto. Meus pais a tinham me dado de presente quando entrei no colegial, achando que eu a usaria para leituras, mas eu preferia ler na cama. Dena estava encostada na escrivaninha.

— Andrew não é meu namorado.

— Mas você quer que ele seja. Nancy viu vocês dois flertando na porta da biblioteca depois da aula.

Como eu poderia negar? Mesmo quando aconteceu, eu sabia que era exatamente isso o que eu estava fazendo.

— E eu já sei que vocês dois dançaram no dia da festa de formatura.

— Eu não achei que você ainda gostasse dele — respondi.

— Não importa. Se você é minha amiga, não vai roubar um cara que foi meu.

— Dena, Andrew não é um par de sapatos.

— Então é verdade que você quer ficar com ele?

Desviei o olhar.

— Se eu o quiser de volta, consigo — disse ela. — Ele ainda arrasta uma asa para mim.

Considerando a minha conversa com Andrew mais cedo naquele dia, isso era improvável, mas eu não podia subestimá-la: ela já tinha me surpreendido com sua capacidade de virar a cabeça de Andrew.

Com cautela, falei:

— Vocês terminaram há dois anos, e agora você está com Robert. Você nem fala mais de Andrew.

— Então você acha que eu tenho de dizer todos os dias "O que será que ele está aprontando?", "Espero que ele esteja feliz agora!". Será que é isso que eu deveria dizer?

Seu rosto foi tingido de um tom de cor-de-rosa, como se estivesse ultrajada, e foi esse senso de sinceridade e moralidade que me irritou.

— Dena, *você* roubou ele de mim! E você sabe disso. Na quinta série, você escreveu aquele bilhete idiota, e mesmo depois que ele disse que gostava de mim, você o ameaçou para ser seu namorado. Como acha que me senti na época? Mas eu continuei sendo sua amiga, e agora é a minha vez.

Dena me fulminou com o olhar.

— Não cobiçai a casa do próximo — declarou ela, com raiva. — Não cobiçai a mulher do próximo, o escravo ou a escrava, nem o boi, nem a mula, nem nada que pertença ao próximo!

Nunca acreditei inteiramente na religiosidade de Dena — os Janaszewski eram católicos, mas eu sabia que costumavam ir pouco à igreja. Então, respondi:

— Não sou mais culpada disso do que você.

Dena deu um passo em direção à porta, mas, antes de sair, me lançou mais um olhar maligno.

— Você e Andrew são iguais. Os dois são quietos e egoístas.

A DE SOTO WAY sai de Riley, seguindo para o norte, onde a Farm Road 177 cruza com ela, a aproximadamente 8 quilômetros da cidade. A noite de sábado, 7 de setembro de 1963, estava clara. Eu vestia uma saia azul-clara de feltro, uma blusa branca com o colarinho tipo Peter Pan e um cardigã angorá cor-de-rosa bebê. O batom era cor-de-rosa claro, o perfume de lírio do vale (comprado na Marshall Field, enquanto vovó comprava a sua estola, e foi o meu grande souvenir da viagem a Chicago), e usava o meu colar com pingente de coração. Em condições normais, eu teria ido até a casa de Fred Zurbrugg com Dena e Nancy Jenzer — Nancy era a única de nós que tinha carro, um Studebaker Lark branco —, mas diante dos acontecimentos recentes, peguei emprestado o carro dos meus pais.

Eu nunca estivera tão bonita, tenho certeza. Nunca tinha usado antes minha saia e minha blusa preferidas, com o meu colar preferido. Depois do jantar com meus pais e vovó, fiz as sobrancelhas, raspei as pernas e pintei as unhas. Enquanto me vestia, fiquei ouvindo um disco das Shirelless — às vezes sentia um desejo incontrolável de ouvir a música "Soldier Boy" — e, ao me olhar no espelho, perto da escrivaninha, foi como se a música se concentrasse dentro de mim e eu estivesse guardando essa energia para usar mais tarde. De forma estranha, a briga com Dena, em vez de diminuir, só acrescentou energia à noite, amplificando o zumbido de antecipação que havia no ar.

Quando apareci na sala de estar, mamãe disse:

— Como você está bonita! — E todos se viraram para me olhar.

Mamãe, papai e vovó estavam jogando bridge com uma vizinha, a Sra. Falke, que era viúva, como vovó, só um pouco mais nova.

— Quem é o rapaz? — perguntou vovó.

— É só uma festa de comemoração da volta às aulas — respondi. — Vão acender uma fogueira.

— Sei.

Eu sabia que vovó não acreditava em mim, mas a compreensão que se passou entre nós naquele momento, que no passado teria sido de cumplicidade, agora possuía um quê de hostilidade. Entretanto, dei um beijo no rosto de cada um — até mesmo na senhora Falke, porque seria rude ignorá-la depois de beijar a todos.

— Você sabe a hora do toque de recolher — recomendou papai.

Respondi:

— Às 23 horas.

— Divirta-se — disse mamãe enquanto eu saía.

No carro, mudei da estação de rádio preferida de papai, que tocava músicas orquestradas, para a minha, que estava tocando *"Dream Baby"*, do Roy Orbison. Dei a ré na descida da garagem, colocando meu braço atrás do banco do carona como papai havia me ensinado, e isso sempre me trazia a sensação de estar tentando abraçar um fantasma. Estava escurecendo, mas a noite ainda não caíra totalmente.

Eu ficava imaginando se Andrew e eu nos beijaríamos naquela noite, se nos afastaríamos das outras pessoas para talvez caminhar no pomar de maçãs próximo à fazenda da família de Fred. Eu suspeitava que haveria bebidas alcoólicas na festa, mas se fosse oferecido a mim, eu não aceitaria — não queria que Andrew pensasse mal de mim. Ao mesmo tempo, estava contente por ter beijado aqueles outros garotos, Bobby e Rudy na sétima série, Larry, no inverno anterior e depois novamente quando ele me deixou na porta de casa no dia da formatura, quando ambos parecemos concordar que nunca mais voltaríamos a nos falar e talvez justamente por isso tenhamos nos beijado pela última vez. Agora, quando um beijo tivesse importância, eu não estaria totalmente despreparada.

Eu não conseguia imaginar Andrew tentando tirar vantagem de mim ou falando de nós dois para os outros caras; eu confiava nele. E seria ele a pessoa com quem eu acabaria perdendo a virgindade, não nos dias seguintes, mas se nos casássemos, ou até mesmo se ficássemos noivos, já que isso era praticamente a mesma coisa. Essa linha de raciocínio fez com que meus pensamentos se voltassem para Dena, e pensei se iria ou não cumprimentá-la na festa. Eu seria educada, decidi. Tentaria atrair seu olhar e, se ela parecesse receptiva, diria oi. Mas se ela virasse o rosto com mau humor, eu não falaria nada e deixaria passar um tempo antes de ligar para ela, na semana seguinte. Não queria me envolver em nenhum tipo de conflito em público — sem dúvida, seria uma grande diversão para os nossos colegas de turma se brigássemos, além de nos tornarmos a atração da noite, mas isso seria humilhante.

E era esse o pensamento que minha mente agitada e instável tinha escolhido quando, dirigindo rápido pelo cruzamento entre a De Soto Way e a Farm Road 177, colidi ruidosamente com um borrão pálido de metal. Tudo aconteceu muito rápido. Eu estava deitada de costas na estrada de cascalhos; a porta do motorista se abriu e eu fui lançada a uns 2 metros de distância do carro, com estilhaços de vidro espalhados à minha volta. Já estava escuro, o sol tinha se posto havia meia hora, e fiquei deitada no chão, primeiro confusa e, depois, tão assustada e preocupada que tive dificuldade de respirar. A batida (como ocorreu, de onde veio o outro carro?) foi uma explosão aguda, acompanhada por vidro quebrado, e agora os dois carros emitiam zumbidos de metal retorcido se ajustando à nova forma. O estranho é que a música do meu rádio continuava tocando "Venus in Blue Jeans". O outro carro devia ter vindo da direita, da Farm Road 177 para entrar na De Soto Way, pensei, porque, quando levantei a cabeça, vi que o capô do Bel Air dos meus pais tinha ficado totalmente destruído do lado do motorista. Dei-me conta de que estava no meio da estrada e precisava me mexer. Tentei me apoiar nos cotovelos, mas senti o braço esquerdo queimar de dor. Apoiei o peso no outro braço e me arrastei até a parte de trás do carro, tentando me esquivar dos pedaços de vidro; não havia acostamento, apenas uma vala rasa que a percorria, então não havia para onde ir. Senti algo pingando no lado esquerdo da minha testa, e quando passei a mão meus dedos ficaram sujos de sangue.

Só me sentei quando vi um fazendeiro e sua esposa se aproximando, embora estivesse fraca demais para gritar por eles. O fazendeiro era um homem robusto, de cabelos brancos, e vestia um macacão. Ele não corria, mas andava de forma apressada e desajeitada, e a esposa o seguia alguns metros atrás, usando um vestido caseiro. Eles tinham ouvido a batida e chamaram uma ambulância, informou o fazendeiro. Quando ele me perguntou o que tinha acontecido, nós nos viramos para olhar os carros, uma massa confusa de metal retorcido e vidros quebrados, e foi quando percebi duas coisas: o outro carro era um Ford Thunderbird verde, e havia uma figura curvada, imóvel e desfalecida no banco do motorista.

Pude ouvir o som da minha própria histeria aumentando, ofegante devido ao pânico — era ele ou não era ele? O fazendeiro falou com a esposa, e depois a esposa se agachou, envolveu-me com os braços e tentou me acalmar.

— Querida, quando a ambulância chegar, vão cuidar daquele rapaz.

Creio que eles pensaram que eu estivesse balbuciando coisas sem sentido, mas foi a esposa quem entendeu primeiro. Erguendo a cabeça, ela disse calmamente para o marido:

— Ela acha que conhece aquele rapaz. Ela diz que eles são da mesma turma.

Chegaram duas ambulâncias, que, naquela época, eram camburões da polícia ajustados para encaixar macas e contavam apenas com uma única sirene vermelha no teto. Quando ergueram a minha maca, vi, de forma chocante e inconfundível: era ele. A cabeça estava em um ângulo estranho, mas, sem dúvida, *era* ele. Dentro da ambulância, apesar dos meus soluços incontroláveis, uma enfermeira mediu minha pulsação e me examinou, enquanto outra enfermeira e dois policiais verificavam o Thunderbird. A esposa do fazendeiro apareceu na parte traseira da ambulância em que eu estava e disse que ligaria para meus pais se eu dissesse o meu nome e o número do telefone da minha casa. Ela suspirou e continuou:

— Querida, a placa de "Pare" foi tão mal colocada que era apenas uma questão de tempo até uma coisas dessas acontecer.

As ambulâncias estavam paradas ao sul do acidente, e eu me ergui um pouco, olhando pela janela e vi, pela primeira vez, a placa à qual a mulher se referia. Ela estava colocada em um campo, à direita da estrada — e era uma placa que dizia que eu deveria ter parado.

Minha ambulância partiu antes da outra, e, embora eu ainda não tivesse entendido tudo muito bem, eu sabia que a situação era muito grave e ainda muito pior do que eu imaginara segundos após a colisão: o outro motorista era Andrew e a culpa pelo acidente tinha sido minha. Imaginei — apesar de ninguém ter me dito nada até chegarmos ao hospital e meus pais me encontrarem — que Andrew estava morto. Minha suspeita foi confirmada. Ele quebrara o pescoço.

PENSO NESSA ÉPOCA como se eu fosse uma ostra dentro da concha. Sem ficar escancarada e exposta — aquela carne pálida e horrenda com as bordas pretas ou arroxeadas, esticadas no interior da concha, cheia de muco, fezes e aquele sangue incolor — nem totalmente fechada. Ela mantém uma abertura de alguns centímetros. Você pode espiar se quiser, e não seria difícil abri-la ainda mais. No entanto, isso não é necessário. Todos sabem o que há lá dentro.

Para qualquer pergunta que me fizessem, a resposta seria "é claro". Como *você* se sentiria se matasse alguém? E, mais do que isso, se você fosse uma adolescente de 17 anos e tivesse matado o rapaz por quem acreditava estar apaixonada? É claro que eu desejei ter morrido no lugar dele. É claro que pensei em tirar minha própria vida. É claro que achei que jamais fosse encontrar a paz ou a felicidade novamente, que eu jamais seria perdoada, que eu jamais *deveria* ser perdoada. É claro.

Abrir a concha causa uma dor agonizante. Sou assombrada pelo que fiz e, ainda assim, mal consigo pensar nas cenas específicas. Foram tantos momentos terríveis — na verdade, uma vida inteira deles —, o que não quer dizer uma vida inteira terrível. Com certeza, porém, os momentos logo depois do acidente foram os piores.

Se eu dissesse agora que não há um só dia em que não pense no acidente e em Andrew, seria tanto verdade quanto mentira. Há ocasiões em que dias se passam sem que eu diga ou pense no nome dele, sem me lembrar dele se afastando de mim, usando o uniforme de treino de futebol americano, segurando o capacete ao lado do corpo. Ainda assim, o acidente está comigo o tempo todo, correndo pelas minhas veias, sendo bombeado pelo meu coração, grudado na minha pele e nos meus cabelos, no meu fígado e nos meus pulmões. Andrew morreu e eu fui a responsável pela sua morte. Então, como uma amante, eu o carrego dentro de mim.

MEUS PAIS não entenderam, de início, ainda no hospital, que o acidente tinha sido culpa minha; presumiram que a responsabilidade tivesse sido dos dois. Eles chegaram enquanto o médico imobilizava meu pulso esquerdo em uma bandagem parda, vergonhosa por sua inconsequência, por ser mais uma justificativa para a condescendência dos outros do que um ferimento real. Também me deram 25 miligramas de Librium e fizeram um curativo na minha cabeça, enquanto uma enfermeira passava um líquido amarelo translúcido nos cortes dos meus braços e pernas.

Fui eu que contei aos meus pais que havia uma placa de "Pare" no local do acidente e que a preferência era dele. Eles ainda usavam as mesmas roupas de quando eu os deixara uma hora antes; papai vestia uma camisa de sarja enfiada para dentro da calça, e mamãe, um vestido de botões com um cinto, e imaginei que os fizera saltar do sofá, abandonando o jogo de cartas, e pensei em como estivera com eles tão pouco tempo antes. A mudança nos eventos pareceu bizarra e desconcertante, tudo aconteceu rápido demais.

Na sala de espera vazia, quando um oficial de polícia nos confirmou que Andrew estava morto, mamãe ficou ofegante, papai segurou sua mão e nenhum de nós disse nada. O policial me fez algumas perguntas sobre o acidente, inclusive qual era a minha velocidade na hora (eu não estava correndo), e depois conversou a sós com papai. Eles ainda estavam falando no momento em que o Sr. e a Sra. Imhof chegaram e foram acompanhados até a saída; o choro da mãe de Andrew podia ser ouvido por todo o corredor. Papai concluiu a conversa com o policial e disse:

— Dorothy, vamos levá-la para casa.

— Você acha que ela deveria ir falar com os pais do rapaz? — perguntou mamãe.

— Por enquanto, vamos deixá-los em paz — respondeu papai.

No estacionamento, vi que eles pegaram a perua dos Janaszewski emprestada. Fomos para casa em silêncio (no que eles estariam pensando durante o percurso?) e, na Amity Lane, papai nos deixou na porta de casa, manobrou o carro e foi até o outro lado da rua para devolver as chaves. Vovó nos aguardava na porta da frente — o que era incomum, já que ela quase nunca se levantava, nem mesmo quando chegávamos em casa e a encontrávamos lendo no sofá da sala — e disse:

— Graças a Deus você está bem!

Mamãe a interrompeu em um tom mais ríspido do que jamais a ouvi usar:

— Precisamos entrar, Emilie.

Vovó nos seguiu.

— Imagino que o carro tenha ficado destruído...?

Em minha visão periférica, pude ver mamãe meneando a cabeça como quem diz *Nem queira saber.* A Sra. Falke ainda estava lá, fumando, sentada à mesa de cartas, e disse:

— Alice, ficamos muito apreensivos com a situação. O que aconteceu com o seu braço?

Mamãe interveio:

— Alice, vá para o seu quarto.

Não olhei nem para vovó nem para a Sra. Falke enquanto me encaminhava para a escada. Parei de chorar depois que a enfermeira me deu um Librium, mas ainda sentia a garganta arder, meus olhos pareciam ter se esvaído em lágrimas, e as bochechas estavam inchadas. Décadas mais tarde, tive uma amiga chamada Jessica que era bem mais nova do que eu, e contei para ela sobre esse dia. Eu quase nunca tocava nesse assunto com ninguém, mas eu e Jessica éramos muito íntimas e contei a ela em um dia próximo ao aniversário do acidente — uma época sempre difícil para mim. Jessica não acreditou que eu cheguei em casa do hospital e fui direto para o quarto. Ela não conseguia acreditar que meus pais e minha avó tivessem me deixado sozinha. Era uma época tão diferente, havia muito menos conversas sobre sentimentos e é claro que estávamos totalmente despreparados; não era o tipo de tragédia que vinha com um manual de instruções.

Entrei no quarto sem acender a luz, tirei os sapatos e me enfiei embaixo das cobertas, ainda com a saia e a blusa que estava vestindo (o cardigã eu nunca mais vi; devo tê-lo deixado no carro). Era impossível: eu tinha mesmo causado a morte de uma pessoa? E essa pessoa que havia morrido era Andrew? Andrew Imhof estava morto por minha causa? Eu me preocupava com algumas coisas, com testes, com a tensão entre mim e vovó e, algumas vezes, quando me lembrava, com Kruschov bombardeando os Estados Unidos. Mas isso? Isso era impossível.

E eu pensava: *Andrew*. Lembrava-me do seu sorriso, dos impressionantes olhos amendoados, das panturrilhas bronzeadas, da minha cabeça apoiada no ombro dele no baile na primavera anterior. Ele sempre gostou de mim e nunca escondeu isso — os anos com Dena, pensei, não contavam de verdade, e por que fingi que haviam contado? E me lembrei de ter sentido o reconhecimento dele. As pessoas reconhecem você ou não, e isso não tem nada a ver com conhecer você, porque pode ser somente saber o seu nome, onde você mora, ou qual a profissão do seu pai. Reconhecer alguém é saber que essa pessoa tem pensamentos próprios, e acha engraçadas ou excruciantes as mesmas coisas que você. É lembrar de algo que você disse meses ou anos após ter dito. Andrew sempre foi gentil comigo, sempre me notou. Quem mais na minha vida era tão sincero comigo, além dos meus familiares mais próximos?

Então por que, quando Andrew me ofereceu sua atenção e afeição, desde a infância, muito antes de Dena fazer valer seus direitos sobre ele, por que eu havia esperado e o mantido a distância? Porque foi exatamente isso que eu fiz; sabia disso agora e sabia antes também enquanto o fazia. Fui passiva e ambivalente, achei que tivéssemos muito tempo pela frente. Depois, pensei que, se já fôssemos namorados, teríamos ido àquela festa juntos e eu não estaria dirigindo sozinha.

A parte mais confusa e repugnante era a calamidade dupla. Se Andrew tivesse sido morto em um acidente de carro no qual eu não estivesse envolvida, ainda seria uma perda devastadora para mim. Ou mesmo se eu tivesse batido no carro de um desconhecido e a pessoa tivesse morrido; isso também seria devastador. Mas as duas coisas juntas e ao mesmo tempo era insuportável. Ele se fora, e eu causara isso. Hoje em dia, a cada ano leio reportagens em algum jornal ou revista sobre tragédias semelhantes; dois irmãos morrem na mesma rua e na mesma noite, em acidentes de moto diferentes; ou marido e mulher, cada um em um carro, batem de frente. "Que bizarro" é o tom desses artigos, como os jornalistas e as pessoas acham interessante e improvável. Quais são as chances de essas coisas acontecerem? Essas histórias não me parecem nem interessantes nem improváveis.

NÃO FOMOS ao funeral. Faltei as aulas durante uma semana e pouquíssimas pessoas falaram comigo, coisas boas ou ruins. Saiu um artigo sobre a morte de Andrew na primeira página do *The Riley Citizen*, mas na época eu não fiquei sabendo, pois meus pais esconderam de mim, e muitos anos se passaram até que eu tivesse o ímpeto de ler esse artigo. No colégio, não se falava muito sobre o assunto, mesmo na minha ausência, apesar de eu ter descoberto, na primavera seguinte, que o anuário fora dedicado a Andrew. Mas até isso ficou restrito a apenas uma página, com a inscrição *In memoriam* com uma foto, o nome dele e as datas de nascimento e morte: ANDREW CHRISTOPHER IMHOF, 1946-1963. A professora de literatura, Sra. Schaub, me deu um cartão com uma cópia de um soneto de Shakespeare, aquele que começa "Em mim poderás ver impressa a estação do ano/ Em que folha nenhuma ou pouca se pendura",* e não soube ao certo o que pensar. Só consegui ler o bilhete de forma rápida, e passei os olhos pela frase: "uma época difícil para você", na letra cursiva escrita em caneta azul da Sra. Schaub, a mesma letra com que corrigira, elogiando, meus trabalhos sobre *Beowulf* e *Os contos de Canterbury*. Era isso o que eu queria, ser tratada como uma aluna qualquer, ser uma pessoa normal — e não aquela benevolência excessiva, nem ser alvo dos olhares furtivos dos colegas de turma, nem a hostilidade aberta deles, apesar de isso ser bem mais raro. No meu segundo dia de aula, passei por Karl Ciesla, um ex-colega do time de futebol de An-

* Tradução retirada de: William Shakespeare, *Sonetos*, tradução de Jerônimo de Aquino, São Paulo: Melhoramentos, 1956. (*N. da T.*)

drew, e ele murmurou: "Há uma razão por que não deveria ser permitido que garotas como você tirem a carteira de motorista."

Porém, o mais comum era que houvesse uma aura ao meu redor, e eu sabia disso; parecia uma nuvem de surpresa e vergonha que me tornavam digna de pena e uma pessoa inacessível. Acho que é por isso que quase ninguém além de Karl Ciesla demonstrou raiva de mim, apesar de eu ter certeza de que muita gente sentia isso. Além disso, eu tinha anos de crédito por ser uma boa garota, um histórico confortável. Uma vez, durante a semana, fiquei em casa e estava sentada à mesa da cozinha tentando comer um sanduíche de atum que mamãe fizera para o almoço, e um pensamento fez com que eu me empertigasse na cadeira e entrasse em pânico. E se as pessoas achassem que eu tinha feito de propósito? Que eu quis, de alguma forma estranha, tê-lo só para mim ou que ele havia me dado um fora e que aquilo era uma vingança? Mas ninguém parecia pensar assim ou, pelo menos, ninguém havia me acusado disso. Afinal, não havia nenhuma ligação óbvia entre mim e Andrew a não ser fazermos parte da mesma turma.

Realmente, quase ninguém disse nada, ninguém sugeriu que eu fosse a um psicólogo, nem mesmo vovó, que lia Freud e Jung. Na manhã do domingo seguinte ao acidente, mamãe bateu à minha porta e disse:

— Seu pai acha que não tem problema se você não for à igreja hoje, mas nós rezaremos por Andrew, só eu e você.

Deixei-a conduzir a oração (a ferida no cotovelo esquerdo doía quando eu dobrava o braço), mas a total falta de conforto ao fazer isso foi a primeira indicação de que eu começava a perder a fé. Na noite de segunda-feira, papai entrou no quarto e falou:

— Fui ver o Sr. Imhof e eles não vão apresentar queixa contra você. O município também não. O Sr. Imhof é um homem honrado, e temos muita sorte.

Eu estava sentada à escrivaninha e, de forma sóbria, ele deu uns tapinhas no meu ombro. Fiquei menos atônita com as boas notícias que ele trouxe do que com a ideia da possibilidade de haver uma queixa contra mim registrada na polícia; eu ficara tão abalada com todo o resto que essa possibilidade nem me passara pela cabeça.

E isso foi praticamente tudo que meus pais disseram sobre o acidente. Parece que um consenso foi estabelecido em Riley, incluindo os membros da minha própria família, que o melhor seria não mencionar o ocorrido.

UMA PESSOA foi direta comigo. Ao final do primeiro dia de aula, quando fui guardar os livros no armário antes de ir para casa, Dena estava me esperando. Sem ter certeza do que me aguardava, mantive certa distância dela.

— Sinto muito por ter feito você ir dirigindo sozinha — disse ela, caindo no choro.

— Dena — nos abraçamos, e as lágrimas dela rolaram sobre o meu pescoço e sobre a minha camisa.

— Eu sei que ele gostava mais de você — murmurou ela. — Sempre gostou, e se você tivesse ido comigo e com Nancy, nada disso teria acontecido.

Dei um passo para trás para poder vê-la; o rosto dela estava vermelho e borrado.

— A culpa não foi sua — declarei.

No meu íntimo, eu já havia considerado a culpa de Dena, mas havia reprimido esse pensamento. Não importava quais foram os eventos que levaram até aquele momento no carro, fui eu que não vi o sinal de "Pare".

— Não consigo imaginá-lo... Você sabe... — Ela fez uma pausa e depois sussurrou: — *Morto.*

Na mesma hora, a imagem da cabeça dele naquele ângulo estranho com o rosto obscuro invadiu meus pensamentos. Por que eu não fui até ele? Por que não escalei a janela do passageiro para abraçá-lo, naquele momento em que ele estava tão sozinho, entre o vidro quebrado e os metais retorcidos? Eu me torturei de diversas formas nos meses e anos que se seguiram ao acidente, e uma delas foi pensar que ele teria se salvado caso tivesse o toque de outra pessoa, o meu toque. Mas não penso mais nisso. Mesmo que eu tivesse entrado no carro, ainda assim ele estaria morto e eu teria me convencido de que aquilo também tinha sido um erro.

Perguntei para Dena:

— As pessoas estão com raiva de mim?

— Robert acha que a sua família deveria se mudar, mas ele é um idiota. Eu respondi que quem deveria se mudar era ele.

Robert pensava que minha família deveria se mudar? Ele já estava formado desde o ano anterior e já trabalhava na mercearia White River.

— O que mais disseram? — perguntei.

Dena fungou.

— Você tem lenço de papel?

Eu tinha. Peguei na mochila e ofereci a ela. Depois de assoar o nariz, ela continuou:

— Quando descobri, achei que a polícia viria atrás de mim para me prender. Estava com tanto medo que fiz Marjorie dormir comigo na cama.

— Mas ninguém sabe que brigamos — retruquei. — Dena, sério, não foi por isso que tudo aconteceu.

Ela mordeu os lábios, em uma tentativa de evitar mais lágrimas.

— Eu só não deveria ter tentado impedir que ele virasse seu namorado — lamentou-se ela. — Mas não acho que teria *conseguido* impedi-los, e foi só por isso que tentei.

EU JÁ NÃO IA MAIS À IGREJA com meus pais e vovó. Fiquei na cama no domingo após o acidente, e depois no outro, e no seguinte a esse, e não parecia que eles tivessem alguma expectativa de que um dia eu fosse voltar a ir com eles. Na verdade, apesar de ser difícil pensar nisso, creio que a minha ausência tornava a ida deles à igreja mais fácil; a congregação não ficaria olhando para eles sem parar, e, se o fizessem, seria com bem menos intensidade. No último domingo de setembro, esperei até que meus pais e vovó saíssem, peguei um envelope já selado da gaveta da escrivaninha e saí. Não havia dirigido desde o acidente, e nunca dirigira aquele carro antes — era um modelo mais novo e a cor era diferente do Chevrolet Bel Air. No dia em que papai o trouxe para casa, na semana seguinte ao acidente, ouvi mamãe perguntando, em um tom de ansiedade: "Preto, Philip?", e ele respondeu, exaurido: "Dorothy, eles só tinham esse."

Era uma manhã fria de outono e saí da cidade a 30 quilômetros por hora, com o coração disparado no peito e as mãos trêmulas. Percebi que nunca mais sofreria um acidente; eu precisava ser extremamente cuidadosa. As ruas estavam vazias e calmas porque todos estavam na igreja — inclusive, presumi, os pais de Andrew, que eram católicos. O vazio das ruas teve um efeito tranquilizante. Quando cheguei à De Soto Way, já estava confiante o suficiente para acelerar um pouco mais. Não cheguei ao limite de velocidade — embora eu nunca tenha corrido antes do acidente, jamais correria na vida —, mas atingi uma velocidade boa, e se houvesse algum carro atrás de mim não teria buzinado. Por sorte, não havia ninguém atrás de mim e eu estava sozinha naquela via; não ia lá desde o acidente. Eu me sentia sozinha de um modo como nunca me senti desde o acidente, sozinha de um modo que eu não conseguia ficar em casa. Mesmo quando estava sozinha no meu quarto, de porta fechada, havia pessoas do outro lado da porta — mamãe, papai ou vovó, sozinhos ou juntos —, e essas pessoas sabiam. Podiam até ser solidários, mas ainda assim sabiam que eu estava no quarto e que eu havia feito algo terrível, mesmo sem querer. Eles perambulavam por outras partes da casa, respiravam, suspiravam e se viravam, mas a presença deles constituía uma pergunta, mesmo que não verbalizassem, mesmo que estivessem conscientemente evitando perguntar qualquer coisa: *Você não vai sair do quarto? Está chorando agora ou não? Quanto tempo será suficiente para que esse sofrimento passe e não se oculte em cada canto, nem esteja subjacente em cada conversa, incluindo aquelas que a princípio parecem tratar de outro assunto?* É claro que eles não me perguntaram nada disso, o que significa que não tive de respondê-las. E eu estava disposta a mentir, estava disposta a fingir que eu estava bem e que a vida estava voltando ao "normal". Não queria que carregassem o meu fardo, preferia que ele fosse só meu, uma mochila de angústia. Na estrada, porém, ladeada por carvalhos e bordos e nogueiras, senti-me grata pela minha insignificância. Eu não passava de uma garota tola e desconhecida. A região de Wisconsin — esculpida e desenhada pelas geleiras, assolada por tornados, inundada por tempestades, sofrida com a seca para depois ser inundada de novo — não dava a mínima para o que eu havia feito.

Eu sabia que precisava prestar atenção ao me aproximar da Farm Road 177, e não parava de repetir para mim mesma: *Vire à direita, vire à direita, vire à direita.* O mundo se resumiu a essas palavras e, quando finalmente virei, o local do acidente ficou para trás. Passei pelo lugar sem chorar nem hiperventilar, sem nem ao menos diminuir a velocidade. A partir dali, eu precisava me concentrar em encontrar a entrada para a casa dos Imhof — fora à casa deles uma vez, na festa de aniversário de Andrew, quando estávamos na primeira ou segunda série — e, depois de quase 2 quilômetros, lá estava: a caixa de correio preta com uma bandeirinha vermelha de metal e campos de milho recém-colhido ladeando o estreito caminho da entrada.

A casa era branca com janelas verdes e parecia um lugar onde qualquer pessoa teria uma infância feliz. Havia um balanço imóvel na varanda da frente e um celeiro vermelho uns 20 metros atrás da construção, galinhas ciscavam na frente das portas duplas, que estavam abertas. Não havia nenhum carro por perto, a não ser uma caminhonete velha vermelha do tipo que as famílias usavam para circular dentro das próprias terras, mas não nas estradas. Segurando o envelope, subi os três degraus que levavam até o pórtico. Coloquei o envelope entre a porta de madeira e o mosquiteiro e torci para que nem o Sr. nem a Sra. Imhof pisassem nele quando entrassem em casa. *Jamais serei capaz de expressar a vocês o quanto lamento,* foram as palavras que escrevi no cartão. *Sei que lhes causei uma dor terrível. Se houvesse qualquer coisa no mundo que eu pudesse fazer para mudar o que aconteceu, eu faria.* Escrevi cinco rascunhos do bilhete. Em um deles, havia a frase *Passarei o resto da vida tentando me redimir pelo que aconteceu,* mas resolvi cortá-la, por dar a entender que eu ainda tinha uma vida inteira a ser vivida. *Este pingente é meu e Andrew um dia me disse que gostava dele, então pensei que isso poderia lhes oferecer algum conforto,* escrevi, concluindo. Foi por isso também que decidi entregar em mãos em vez de enviar pelo correio; eu tinha removido o coração de prata da corrente antes de colocá-lo no envelope.

Ainda não tinha voltado para o carro quando ouvi um barulho atrás de mim, uma porta se abrindo, e me virei, apavorada, mas também com um pouco de esperança. Além da surpresa e do susto, havia o pensamento irracional de que talvez pudesse ser Andrew. E mesmo quando já estava olhando para a casa novamente, a dificuldade em enxergar as feições da figura por trás da tela de mosquito prolongou essa impossibilidade. Depois, percebi que era Pete Imhof. Claro que não era Andrew.

Ele não abriu a tela de mosquito de imediato, mas ficou ali por vários segundos, acho que me observando. Eu tinha certeza de que ele estava sem camisa. Por fim, apontei para o envelope e disse:

— Deixei um bilhete.

Então, por mais absurdo que pareça, coloquei a mão sobre o peito e continuei:

— Sou Alice Lindgren.

Ele abriu a porta com a tela de mosquito e me senti na obrigação de me aproximar dele. Subi os degraus da varanda e parei diante dele na varanda. Ele estava mesmo sem camisa — usava uma calça de veludo cotelê marrom e estava sem sapatos nem meias. Tentei afastar o olhar, mas notei que pelos escuros lhe cobriam o peitoral. Os pelos eram mais abundantes em volta dos mamilos, que, grandes e rosados, formavam uma linha que ia descendo pelo esterno, passando pelo umbigo e continuava sob a calça, onde parte da barriga sobressaía acima do cós da calça. Os braços também eram cobertos por pelos escuros, exceto nos ombros, onde ele era visivelmente musculoso. Papai, o único homem que eu já tinha visto sem camisa, incluindo aquela vez na piscina do hotel de St. Ignace no verão anterior, também era musculoso — aos 59 anos, seus músculos eram compactos —, apesar de o peitoral ser branco e quase nu.

— Meus pais não estão em casa — informou Pete. — Eles foram à igreja.

O rosto dele estava inchado, e a barba, por fazer. Eu havia pensado muito nos pais de Andrew nas últimas semanas, mas a verdade era que eu mal pensara em Pete. Nem mesmo tinha certeza se ele ainda morava em Riley, embora tenha me dado conta naquele momento que o carro em que eu havia batido possivelmente era dele.

— Achei — comecei, hesitante — que seria melhor vir aqui quando não houvesse ninguém em casa. Sinto muito por ter acordado você.

E então, como era de se esperar, seguiu-se um silêncio em que o eco do maior pedido de desculpas que eu devia a ele ficou pairando entre nós: *Sinto muito por ter matado o seu irmão.*

— Você não me acordou — respondeu Pete.

Baixei os olhos (ele tinha pelos escuros até nos dedos dos pés) e os ergui novamente para olhar os olhos amendoados, tão parecidos com os de Andrew.

— Sinto muito — declarei, mantendo meu olhar fixo no dele. — Pelo que fiz.

E, para não chorar, apertei os dedos com força. Eu não podia chorar na frente de um membro da família Imhof.

— Todos sabem disso — afirmou Pete.

Olhei para ele.

— Todos sabem que você sente muito — ele acrescentou.

O tom da voz dele não era nem rude nem compreensivo, apenas neutro como quem declara um fato. E, mesmo sabendo que ele não duvidava da minha sinceridade, senti uma necessidade de convencê-lo disso, o que acabou soando falso.

— Você não precisa escrever uma carta para os meus pais — continuou ele. — Eles já sabem que você sente muito. Minha mãe tem pena de você.

— Então devo levá-la de volta?

Ele deu de ombros. Ficamos em silêncio por quase um minuto. Por fim, ele disse:

— Está esperando que eu a convide para entrar?

Eu estava prestes a responder que não, quando ele acrescentou:

— Faça como quiser. — E virou-se, entrando na casa. Eu o segui porque por alguns instantes pareceu menos estranho entrar do que apenas ir embora.

No interior da casa, não havia nenhuma luz acesa e, quando passamos por uma sala de estar, vi uma lareira de pedra, um sofá forrado de veludo azul e um piano antigo bem conservado. Uma escada de madeira com um corrimão lustroso levava ao primeiro andar, mas usamos outra escada estreita e acarpetada, que ficava na cozinha. No andar de cima, havia duas portas, uma aberta e outra fechada e, no quarto de porta aberta, estava a primeira lâmpada acesa da casa. Era um quarto pequeno com uma cômoda grande, uma escrivaninha pequena, uma única cama (que estava desarrumada, com os lençóis brancos e marrons espalhados e amontoados ao pé da cama e um livro aberto em cima do colchão) e uma mesinha de cabeceira, sobre a qual havia um abajur e um cinzeiro.

Ele se sentou na cama e eu fiquei de pé no batente da porta. Apontei para o livro e disse:

— Já li esse.

O título era *Atlas Shrugged.*

— É interessante, mas muito longo — opinou ele.

— É, não é um dos meus favoritos.

Ele ficou me olhando sem dizer nada. Foi quando deu dois tapinhas no espaço ao lado dele e perguntou:

— Por que não vem até aqui?

Engoli em seco e dei um passo à frente. É importante que eu diga que eu era cúmplice: eu o seguira para dentro da casa e, depois, pelas escadas. Nada foi premeditado, mas eu era cúmplice. Quando ficamos sentados um do lado do outro, acho que não se passaram mais do que dois ou três segundos antes que ele pressionasse a boca molhada, sedenta, exigente e ácida contra a minha, me apertando com força e se mexendo de forma tão desesperada que eu não poderia chamar aquilo de beijo. Alguns segundos se passaram até que a mão dele segurasse firme o meu seio direito, apertando e soltando e apertando de novo. Apesar de o desejo dele ser mais forte do que o meu, e de ele ser mais forte do que eu — e apesar de ele já estar sem camisa —, não tive medo. O que senti foi um enorme alívio. Nas últimas semanas, eu tinha tentado tanto me recompor, agir como as pessoas esperavam que eu agisse e dar os primeiros passos para compensar o meu terrível erro, e agora estava apenas me submetendo. Ninguém estava me olhando, nem falando de mim, também não havia ninguém fazendo perguntas gentis. Não estava sendo condenada nem perdoada. Ele estava me pedindo algo, algo errado, algo que ele queria e eu poderia dar.

Ele enfiou a mão por baixo da minha blusa e sob o sutiã. Achei que todos os botões arrebentariam se eu não a abrisse logo, então a desabotoei. Quando já estava nua da cintura para cima, ele me empurrou para o colchão, abriu minhas pernas e aproximou o rosto dos meus seios, pressionando-os contra suas bochechas e lambendo meus mamilos. A barba por fazer roçava contra a minha pele, mas não era tão ruim, e quanto mais ele me apertava e me agarrava, mais excitado ficava. Ele tirou a minha calça e minha calcinha ao mesmo tempo — eu estava de calça jeans, e ele teve de desabotoar e abrir o zíper primeiro — e fiquei completamente nua, a não ser pelas meias brancas com enfeite de lacinho. Ele me puxou para cima e me virou de costas; foi quando disse:

— Não, quero que fique de quatro.

Foi a primeira vez que um de nós disse alguma coisa em vários minutos.

Nunca contei isso a ninguém e jamais contaria. No mundo de hoje, qualquer garota de 19 anos beija outra em algum reality show para animar os telespectadores; as mulheres na televisão entram em banheiras de água quente com biquínis minúsculos enquanto os seios falsos pulam alegremente — para esse mundo, minha história pode não parecer tão chocante. Mas era 1963, eu estava no último ano do colegial e nem sabia que aquela posição sexual existia; nunca havia escutado antes a expressão vulgar mas adequada, "cachorrinho". Não sabia o que eu e Pete estávamos fazendo, não tinha certeza se aquilo *era* sexo, e depois de alguns minutos com ele se mexendo dentro de mim, senti uma explosão quente e imaginei o que devia ter sido. Ele apertou a lateral da minha coxa, me induzindo a deitar. Quando o fiz, ele se deitou em cima de mim e pude sentir a ereção grudenta se encolhendo.

Ficamos assim, os dois olhando para o colchão: sua cabeça apoiada no meu ombro esquerdo, ao lado da minha; o peito dele contra as minhas costas; o pênis flácido aninhado entre as minhas nádegas; suas pernas contra as minhas. O corpo dele era quente e pesado, e minha mente estava em branco. Eu sentia apenas aquele peso acolhedor que, como um escudo, me cobria inteira.

Não foi surpresa nenhuma o fato de ter doído um pouco, ter sido rápido e eu não ter experimentado o alívio físico que ele teve. Eu era tão ingênua que nem sabia que deveria ter sido bom para ambos. Também fora imprudente, mas nada disso importava. Deitada de bruços no colchão, não conseguia ver o rosto dele próximo ao meu, embora visse a ponta dos dedos dele tocando de leve meu ombro. Sentia o cheiro da pele dele, uma mistura de cebolas fritas com sabão. Então, descobri a sensação de me deitar nua nos braços de um rapaz.

Outro minuto se passou até que Pete saísse de cima de mim. Quando ele se levantou, minhas costas ficaram completamente expostas; eu estava ao lado do abajur, era uma tarde de domingo e, por instinto, me virei e puxei o lençol. Ele ficou pelado diante de mim, com o corpo escurecido de pelos e uma expressão impassível:

— Meus pais vão chegar a qualquer momento. Você precisa ir embora.

MESMO QUANDO EU já estava na De Soto Way, tudo parecia chocante e inexplicável. *Transar* com o irmão de Andrew? Quarenta minutos antes, eu era uma virgem com um bilhete de condolências nas mãos, depois Pete Imhof enfiara o pênis em mim, por trás, e eu não fizera nada para detê-lo? Eu praticamente o convidara a fazer aquilo! Conforme dirigia de volta à cidade, pensei ter inventado toda a cena, mas o líquido que escorria entre as minhas pernas era incontestável.

Ainda assim, eu me sentia mais leve do que na ida. Aparentemente, eu traíra as pessoas — meus pais, minha avó e talvez até Andrew —, mas não era assim que eu me sentia. Era como se algo estivesse errado, um telefone fora do gancho, uma pia cheia de louça suja, e eu simplesmente tivesse limpado e colocado as coisas nos seus devidos lugares.

Em casa, estacionei, entrei e, quando apareci na sala de estar, mamãe exclamou:

— Aí está você!

Ela já estava de pé e veio na minha direção, apoiando as mãos sobre os meus ombros. Eles estavam comendo o almoço de domingo: carneiro com feijões verdes e pãezinhos.

— Ficamos preocupados — disse papai. — Não sabíamos aonde você tinha ido.

— Eu tinha algo para fazer.

— Da próxima vez, deixe um bilhete — ralhou papai. — Dorothy, deixe a menina se sentar para que possa comer.

Eu queria muito subir para o quarto e tomar um banho, mas isso pareceria suspeito. Eu já tinha tomado banho naquela manhã. Ao me sentar à mesa, imaginei se os fluidos de Pete tinham vazado da minha calcinha, manchando a minha calça jeans.

— O que você tinha para fazer? — perguntou vovó.

Seguiu-se um grande silêncio.

— Era um negócio para o colégio — respondi.

Outro silêncio encheu a sala — acho que, ultimamente, eles estavam fazendo mais isso ou, ao menos, eu estava reparando mais — e, então, mamãe disse:

— Alice, as meninas Frick cantaram "A Mighty Fortress is our God" hoje. Elas cantam tão bem!

Ninguém respondeu, e ela continuou:

— Sabe, Cecile me contou que as meninas querem se apresentar na feira estadual no verão que vem.

— As pessoas gostam mesmo de aparecer — declarou papai.

Apesar de ele viver dizendo isso — a última vez fora quando a Sra. Janaszewski ganhara três vezes seguidas no bingo da igreja de St. Ann e a foto dela aparecera no dia seguinte na primeira página do *Riley Citizen* —, uma apresentação na feira estadual não parecia tão inadequada assim.

— Bem, não acho que isso já esteja definido — terminou mamãe.

Sei que deveria ter ajudado — ela estava tentando —, mas eu estava paralisada pelo cheiro agridoce que vinha de dentro de mim, o qual, apesar de nunca ter sentido antes, reconheci na hora.

— Tive uma colega de colégio que tinha uma voz linda — contou vovó. — Ela se chamava Leona Stromberg.

Vovó apoiou o garfo e a faca na borda do prato, e mesmo sem ter comido nem metade da comida, acendeu um cigarro enquanto falava:

— Quando ela cantava, era tão bonito que chegava a dar arrepios. Em um verão... Deve ter sido em 1909 ou 1910, o circo veio para a nossa cidade. Ela convenceu alguém a deixá-la fazer uma audição, e ouvi falar que ela foi contratada mais pela aparência do que pela voz, o que é uma pena. Não que ela não fosse igualmente bela, mas seu verdadeiro dom era a voz, e, pelo que entendi, a colocaram como assistente do mágico. Em todo caso, ela foi embora de Milwaukee junto com o circo. Ela devia ter uns 18 anos e viajava para todos os cantos. Uma noite, o circo estava se apresentando em Baltimore, e sabem o que aconteceu no meio da apresentação? Um tigre comeu o nariz dela.

— Ah, meu Deus! — exclamou mamãe.

— Isso é assunto para se falar à mesa? — perguntou papai.

— Somos todos adultos — respondeu vovó, piscando para mim, coisa que não fazia havia um bom tempo. — A essa altura, esqueci de dizer, ela havia mudado de nome. Não era mais Leona Stromberg, mas Mimi Étoile. "Étoile" é "estrela", em francês. *Parlez-vous français?*

Vovó olhou para mim. Neguei com a cabeça. A imagem de Pete Imhof surgiu em minha mente como uma labareda, e me esforcei para ignorar isso.

— Eu também não — continuou vovó. — Mas voltemos à nossa heroína. Mimi, antes conhecida como Leona, não tinha mais nariz, o que significava que não tinha mais trabalho também. Afinal, o circo não queria que as pessoas vissem o seu lado negro todos os dias. Então, qualquer um pensaria que ela estava sem sorte; não tinha dinheiro guardado, estava sem marido e longe de casa. Mas veja só: quando o dono do circo se apresentou para despedi-la, eles se apaixonaram. Como o rosto dela estava todo enfaixado, ele teve de escutá-la com muita atenção, e a voz dela era única. Ele era vários anos mais velho do que ela, estava perto dos 50, mas ele a cortejou e se casou com ela, mesmo sem nariz. E, até onde se sabe, eles viveram felizes para sempre.

— Essa história é bastante peculiar — opinou papai.

— Ela continuou a acompanhar o circo? — perguntou mamãe.

— Durante algum tempo, sim. Mas então ele comprou uma casa em Denver, e ele também ficava por lá quando o circo não precisava dele. No fim, como não era mais nenhuma criança, ele vendeu o circo e ficava com

Mimi durante o ano inteiro. O clima em Denver é bem temperado, apesar de ser próximo às montanhas.

Engoli a última garfada de feijão.

— Vocês me dão licença?

— Querida, fiz tapioca doce — disse mamãe.

— Tenho prova de história amanhã. — Eu me levantei e continuei falando enquanto deixava a sala, para que parecesse que era esse o motivo pelo qual eu ainda olhava para eles. — Preciso estudar.

No meu quarto, troquei de calcinha. Não sabia o que fazer com a que estava manchada — não queria arriscar colocá-la na roupa suja, porque mamãe poderia encontrá-la —, então eu a enrolei e a coloquei no fundo da gaveta de meias. No banheiro, antes de fazer xixi, passei um pedaço de papel higiênico que ficou coberto por uma película clara e opaca. Na segunda vez que me limpei, molhei o papel antes. Depois dei descarga, livrando-me dos dois pedaços, como se destruir as evidências pudesse desfazer o ato.

NO FINAL DA tarde do dia seguinte, quando papai ainda estava no trabalho, vovó lia a *Vogue* na sala, fumando, e mamãe e eu preparávamos o jantar. Fui até a sala de estar e perguntei:

— Mamãe quer saber se você quer o molho em cima do brócolis ou à parte.

Vovó olhou para mim.

— À parte seria ótimo.

Não saí de imediato.

— Aquela história sobre Mimi Étoile é verdadeira?

Vovó me olhou, firme:

— Se fosse, não seria interessante?

NA MANHÃ DAQUELA QUARTA-FEIRA, enquanto comia meu mingau na cozinha, mamãe disse:

— O Spirit Club tem uma reunião hoje à tarde, não tem, querida?

E mesmo sem ter ido a nenhuma das reuniões desde o acidente, resolvi ir naquele dia, por causa do tom alegre e determinado da voz dela. Na verdade, a forma como ela pensava chegava a ser comovente. Ela achava que se falasse com alegria, podia parecer que eu não tinha matado Andrew.

Foi uma reunião comum, com uma discussão de 45 minutos sobre se a faixa "Avante, Benton Knights" para o jogo de futebol de sexta, contra o Hudson North High, deveria ser pendurada na manhã seguinte ou só no dia do jogo. Eu não disse uma palavra, a não ser para votar que a faixa deveria ser pendurada na manhã seguinte. O Spirit Club era composto por 16 moças e um rapaz do segundo ano, esbelto e ansioso, chamado Peter Smyth, que era obcecado por Elizabeth Taylor e adorava, em qualquer oportunidade, imitá-la no papel de prostituta no filme *Disque Butterfield 8.*

No dia seguinte, quando eu estava saindo da cantina depois do almoço, Mary Hafliger, presidente do Spirit Club, se aproximou de mim.

— Podemos conversar em particular? — perguntou ela.

Concordei com a cabeça e saímos juntas da cantina para conversarmos no estacionamento. Era um dia ensolarado, e as folhas das árvores ao redor do estacionamento estavam vermelhas e douradas.

— É difícil dizer isto a você — começou ela —, mas achamos que você deveria sair do Spirit Club.

Fiquei abalada, mas nem um pouco surpresa. Por certo que eu esperava alguma censura, mas nunca estaria preparada para esses momentos.

Engoli em seco.

— Tudo bem.

— Sabia que você entenderia — continuou ela. — É só que você deixa as pessoas tristes.

Pensei em quando tinha defendido os braços peludos de Mary, naquela conversa com Dena na primavera anterior, e depois me perguntei se tinha deixado as pessoas tristes no dia anterior. Não acontecera nada além de brigas e, em intervalos variados, Peter Smyth gritando: "Mamãe, encare os fatos. Eu sou a maior vadia de todos os tempos!"

Mas será que eu poderia culpá-la? Percebi de repente que eu era Mimi Étoile, eu era a garota que tivera o nariz arrancado por um tigre e, agora, lembrava as pessoas alegres das dores da vida. Ou talvez não, talvez eu não fosse Mimi, porque ela tivera um final feliz. Além disso, era só um nariz.

A OUTRA VEZ FOI depois do colégio, na sexta-feira. Ele estava com a caminhonete vermelha enferrujada que eu vira na fazenda dos pais dele. Estacionou perto do campus e ficou sentado no banco do motorista. Quando eu estava passando bem ao lado da caminhonete, ele chamou, baixinho:

— Alice!

Eu me virei e o reconheci; não disse nada, só entrei na caminhonete. Não nos falamos até chegarmos à entrada da casa dele. Fiquei surpresa; sem ter total consciência disso, pensei que fôssemos a algum lugar mais isolado e que talvez até usássemos o banco da caminhonete.

— Mas e os seus... — comecei, e ele respondeu:

— Eles foram passar o fim de semana fora, na casa dos meus tios em Racine.

Já na casa, segui Pete pelas escadas; estava decidida e não estava nervosa. Em um primeiro momento, foi como da última vez. Nós dois de quatro, com ele atrás de mim. Depois que desabamos no colchão, acabamos nos virando, ficando de costas, um ao lado do outro, e ele ficou de lado, olhando para mim; como ele era mais alto, sua boca ficava mais ou menos na altura do topo da minha cabeça. Ficamos assim por um tempo. Ainda estávamos deitados dessa forma quando ele começou a me acariciar, passando os dedos para cima e para baixo no meu tórax, cada vez indo mais para baixo. Quando ele chegou onde queria, hesitei, o que não significava que não queria ser tocada. Ele parou com os movimentos, mas não afastou a mão e também não disse nada. Talvez estivesse esperando que eu protestasse. Ao ver que não fiz nada, ele continuou. Fechei os olhos. No começo, a minha respiração era superficial e tranquila, mas foi ficando cada vez mais intensa e mais alta, o que podia ter sido humilhante se eu ainda fosse eu mesma, se o mundo ainda existisse, mas eu não era eu e o mundo não existia mais. Quando abria os olhos via o teto branco, o topo das cortinas em um padrão de xadrez amarelo e marrom, e quando os fechava, via a escuridão turva do espaço sideral, com cometas e asteroides e, ao abrir os olhos novamente, teto, cortinas. A diferença era enorme, como estar sentada na minha escrivaninha em casa em um momento e, de repente, estar diante da Grande Muralha da China. Não ficou claro se ele rolou para cima de mim ou se eu o puxei, mas ele estava agora em cima de mim, novamente dentro de mim, e estávamos cara a cara, nos mexendo e nos agarrando. Eu apertava suas nádegas, e aconteceu ao mesmo tempo para nós dois, eu cruzei as pernas sobre ele para puxá-lo mais para mim, para fazer com que entrasse o mais fundo possível. Em retrospectiva, toda essa época com Pete estava tão nublada e marcada por tanto arrependimento e dor que tento não pensar a respeito. Às vezes, ainda estremeço. Mesmo assim, confesso que o que aconteceu naquele dia no quarto dele, aquela sincronia que experimentamos, jamais aconteceu em décadas de casamento com o homem que amo.

Deitada na cama com Pete Imhof, com o peso dele sobre mim, enquanto nossos batimentos cardíacos e nossa respiração ofegante se acalmavam, pensei em como não havia nada além daquilo, nada sobre nenhum assunto que pudéssemos dizer um para o outro. Aquilo era a única coisa mais forte do que a tristeza.

DENA CONCLUIU QUE A MORTE de Andrew fora um ato de Deus. Ela me disse isso enquanto eu estava sentada na cama dela, observando enquanto ela se maquiava para sair com o pessoal naquela noite de sábado. Eles iam ao Tatty's. Ela me convidou mais de uma vez, mas recusei. Ela comentou:

— Você precisa parar de pensar em Andrew. Ele foi um anjo que foi levado de nós cedo demais, mas não nos cabe perguntar por quê.

Ela me contou que, como andara com dificuldade para dormir, sua mãe marcara um encontro com o padre Krauss, amigo da família, e ele a ajudara a compreender que tudo fazia parte de um plano divino.

— Você deveria conversar com o seu pastor — aconselhou ela.

Não respondi, e ela continuou:

— Está olhando para a minha costeleta, não está?

— Eu não estou olhando para nada em particular.

— Nancy disse que eu deveria deixá-la crescer, mas quantos meses isso levaria? Três?

Não contei para Dena sobre o irmão de Andrew, não conseguiria. O assunto não me parecia interessante, não chegava nem a ser um debate moral que deveríamos discutir; era algo inexprimível.

— Não há nenhum problema com as suas costeletas — falei.

Quando minha família foi à igreja naquele domingo, peguei o carro e fui até a fazenda dos Imhof. Bati na porta e Pete demorou tanto para atender que achei que não estivesse em casa, mas bati uma última vez, só por insistência. A temperatura havia caído desde a noite anterior e eu estava de casaco.

Ao abrir a porta, ele disse:

— Foi burrice sua vir até aqui. E se meus pais estivessem em casa?

— Você disse que eles foram para Racine.

— Mas não disse quando voltariam!

— Quer que eu vá embora?

Ele me lançou um olhar aborrecido.

— Já que está aqui, é melhor entrar.

Ele me deu as costas e caminhou até a cozinha e, como nas vezes anteriores, eu o segui.

Além de mais ou menos uns cinco ou seis ovos mexidos, ele também estava fritando uma salsicha e torrando duas fatias de pão e, enquanto eu olhava, ele se serviu um copo de suco de laranja. Quando colocou toda aquela comida no prato, sentou-se à mesa da cozinha e eu fiz o mesmo. Tirei o casaco e o dobrei, colocando sobre a cadeira ao meu lado. Nenhum de nós falou nada até que Pete terminasse de comer. Ele se recostou, cruzou os braços e olhou para mim.

— Vamos lá para cima? — perguntei.

Apesar de ser uma pergunta atirada, parecia tão óbvio que esse seria o passo seguinte que falar qualquer outra coisa soaria falso. Além disso, assim que estivéssemos entrelaçados na cama dele, eu sabia que aquela hostilidade dele acabaria.

No entanto, ele ignorou minha pergunta e quis saber.

— Quais são os seus sonhos e as suas esperanças, Alice? Você pretende ficar em Riley para sempre?

— Não sei.

— Eu jamais ficaria aqui — disse ele. — Quero me mudar para Milwaukee ou Chicago, para ser alguém na vida.

Eu era, obviamente, jovem demais para saber que não havia sinal mais claro de um homem que não será ninguém na vida do que a repetição desse tipo de afirmação. Também fiquei surpresa por estarmos conversando sobre esse tipo de coisa. O desejo de subir as escadas era como uma barra de ouro sobre o meu peito.

— Fui a Chicago uma vez com a minha avó — contei.

— É mesmo? Parabéns.

Embora o comentário dele tenha tido o efeito desejado — fazer com que me sentisse estúpida —, não consegui entender se ele já havia ou não estado lá.

— Eu poderia gerenciar a fazenda, mas a lavoura é para os broncos — continuou ele. — Tive de acordar às 6 da manhã hoje para alimentar as galinhas. As costas ficam quebradas quando se trabalha na terra, você fica dependente do tempo, e tudo para quê? Quero um emprego de colarinho-branco, nos negócios ou no ramo bancário. Andy gostava daqui, mas jamais entenderei por quê.

Ficamos em silêncio. Acho que ele não pretendia mencionar o irmão, ou talvez tivesse se esquecido, temporariamente, do meu vínculo com Andrew. Talvez tivesse até esquecido sua morte.

Durante todo aquele tempo, as luzes da cozinha ficaram apagadas e ficamos sentados lá no escuro, em silêncio. Até que, de um jeito nada amistoso, ele disse:

— Venha aqui.

Levantei-me e dei a volta na mesa. Ele vestia a mesma calça marrom que na primeira vez e um moletom com listras largas, vermelhas e pretas.

— Fique de joelhos — disse ele.

Quando eu me ajoelhei diante dele, perguntei:

— Assim?

Com sarcasmo, ele respondeu:

— É, finja que está na igreja.

Ele ficou me olhando enquanto abria os botões e o zíper, e baixou a calça junto com a cueca branca até os tornozelos. O pênis dele estava assustadoramente pequeno, mas ele pegou minha mão, levando-a até ele, e disse:

— Pegue nele e esfregue.

Logo a ereção foi tomando vida.

— Chegue mais perto — ordenou ele. — Agora coloque na boca.

Enquanto falava, puxava a minha cabeça para perto com uma das mãos.

Anos antes, na quinta série, Roy Ziemniak, o filho do nosso dentista, havia descrito esse ato para mim e para Dena, mas não sabíamos se devíamos acreditar ou não. Agora sabia que ele estava falando a verdade.

Eu me engasguei duas vezes no primeiro minuto, depois tentei manter um ritmo, para cima e para baixo, e pensei "vou contar até 25", e fiz questão de contar carneirinhos entre os números, para que os segundos fossem lentos: "um carneirinho, dois carneirinhos...". Acima de mim, podia ouvir os gemidos de Pete, que ficavam cada vez mais intensos. Depois de 35 segundos, ergui a cabeça. Os olhos dele estavam fechados, mas logo se abriram e ele disse, com uma voz meio sonolenta e meio desesperada:

— Agora você tem de ir até o fim.

Quando acabei, comecei a chorar. Não queria que ele percebesse, e acho que ele não percebeu, pois estava preocupado; já estava tudo molhado por causa da minha salivação que eu não conseguira engolir. Quando enfim ele gozou na minha boca, afastei rapidamente o rosto e a maior parte daquilo caiu sobre as coxas pálidas e peludas dele. Só ficou um pouco na minha boca, que limpei logo para não descer pela garganta. Ele se debruçou para vestir a cueca e as calças, e eu baixei a cabeça, minhas lágrimas correndo, quentes e soltas. Talvez tenham se passado mais de trinta segundos até ele perguntar:

— Você está *chorando*?

Eu estava sentada sobre os calcanhares, mudei de posição e sentei no chão com os joelhos dobrados. Abracei-os e apoiei a testa entre os joelhos, chorando tanto que meus ombros se sacudiam.

— O que há com você? — escutei Pete dizer.

Quando olhei para cima, ele estava em pé, diante de mim. Um minuto antes, ele estava sentado e eu de joelhos, e agora ele estava mais alto e eu, mais baixa. Nossos olhares se encontraram, e pude sentir meu rosto se contraindo (teria sido tão diferente com Andrew; eu teria sentido prazer em satisfazê-lo e, depois, ele me abraçaria e me beijaria). Eu disse:

— Sei que não há nada que eu possa fazer para você ou para sua família que vá trazê-lo de volta, mas eu também sinto saudades dele.

— Você não está achando que vocês dois estavam apaixonados, está? — A fúria na voz de Pete foi um aviso para que eu não respondesse. — E que estavam namorando?

Não respondi, mas não chorava mais e meu corpo tinha entrado em um estado de alerta. Soube, de repente, que tinha de sair daquela casa bem depressa, e que as chances de voltar algum dia eram ínfimas.

— Meu irmão não era seu namorado — declarou Pete.

Enxuguei os olhos e coloquei o cabelo atrás das orelhas. Enquanto me levantava, me apoiei em uma cadeira.

— Está ouvindo? — perguntou ele. — Ele não era seu namorado.

Enquanto vestia o casaco, me ocorreu que ele pudesse tentar barrar a minha saída.

— O que você acabou de fazer — disse ele — só as putas fazem, e meu irmão nunca namoraria uma puta.

Saí da cozinha, seguindo pelo corredor, passei pela sala de estar e pela escada. Pete me seguiu, e quando alcancei a porta ele ficou a mais de 3 metros de distância. Abri a porta, girando a maçaneta, e ele continuou:

— Viu? Você não consegue nem se defender, porque sabe que é uma puta.

O fato de que tanta crueldade tenha surgido entre nós de forma tão rápida só podia significar que ela estivera ali o tempo todo. Olhei para ele e disse a única coisa que eu tinha certeza de que era verdade:

— Queria que tivesse sido eu em vez dele.

FOI NESSA ÉPOCA da minha vida que entrei em decadência total. Eu tentava apenas seguir adiante. Percebi que, com Pete, eu havia tentado consertar uma situação — uma tentativa perversa, mas ainda assim uma tentativa — que agora eu entendia que não tinha conserto. Só que eu conseguira piorar ainda mais as coisas. E não era como se eu pudesse me consolar com a ideia de estar me martirizando: eu gostei quando Pete tocou o meu corpo, gostei do aspecto físico da coisa (um homem nu e peludo, cinco anos mais velho do que eu, que me acariciou de formas que não devia ter tentado e eu não devia ter permitido — e é claro que foi muito excitante). Também gostei do enredo, pensando no que aconteceria em seguida, pensando que eu estava próxima de Andrew sem ter de me lembrar da morte dele. Mas o resultado final acabou sendo rancor sobre a tragédia, além de segredos incriminadores e mau comportamento que só magoariam ainda mais as pessoas próximas a mim caso elas descobrissem. A solução foi retroceder e me fechar, e isso não exigiu esforço algum. Na verdade, foi o contrário — foi rendição.

Eu ia à escola, fazia todos os trabalhos, os quais terminava, em sua maioria, na sala de estudos. Depois do segundo ano, frequentar essa sala era opcional e antes eu costumava passar esse tempo no ginásio com Dena, ficávamos sentadas na arquibancada olhando os garotos de mocassim lançando bolas à cesta e nos abaixando toda vez que a bola ameaçava nos atingir. À noite, eu assistia à televisão ou jogava cartas com meus pais só para que não pensassem que eu tinha deixado de fazer essas coisas com eles e, nas refeições, eu falava o suficiente para que não se preocupassem e achassem que poderia fazer algo impulsivo e destrutivo, o que não era o caso. Eu não teria energia para tanto.

Tentei ler romances, que já haviam sido o meu refúgio mais confiável, mas mesmo imersa na Escócia do século XVI ou na Manhattan de hoje em dia eu sempre podia sentir o temor sobre a minha vida no limite do fim da página; um temor que se erguia como uma onda. Às vezes, esse temor simplesmente me tomava por completo, e não havia nada que eu pudesse fazer para impedir. Era pior nas manhãs, logo que eu acordava. Eu me sentia enjoada, literalmente nauseada e, algumas vezes, se eu ficasse imóvel, costumava passar. Mas, na maioria das vezes, eu tinha de correr para o banheiro e vomitar no vaso, tentando não chorar. O relógio marcaria 5h15 ou 5h20, e parecia impossível que o dia já tivesse começado errado.

À noite, eu me deitava na cama com as luzes acesas e os olhos fechados e ficava ouvindo "Lonesome Town". Eu sentia a música me acalmando e me ninando, da mesma forma que uma pessoa pode segurar outra dentro da água, quase sem peso algum. "*You can buy a dream or two/ To last you all through the years*", cantava Ricky Nelson, "*and the only price you pay/ Is a heart full of tears.*" Eu não parava de mexer no cordão de prata que usara aquela vez do lado de fora da biblioteca; uma parte de mim desejava que eu não tivesse dado o pingente aos pais de Andrew, mas o fato de sentir falta dele significava que eu tinha feito a escolha certa.

EM UMA MANHÃ, no início de novembro, saí do banheiro depois de vomitar — ainda não eram nem 6 horas— e vi vovó de pé no corredor escuro, parecendo um fantasma com seu roupão de cetim cor-de-rosa e chinelos brancos.

— Você estava passando mal?

— Estou bem — respondi com suavidade. — Meu estômago está doendo, mas já me sinto melhor.

Ela me analisou.

— Isso não é jeito de emagrecer, sabia? Pode ser um velho truque que muitas meninas usam, mas faz mal aos dentes e deixa as bochechas inchadas. Não vai demorar muito até ficar parecendo um esquilo.

— Vovó, eu não provoquei o vômito.

— Se está preocupada com o peso, seria muito mais elegante começar a fumar. O cigarro diminui o apetite, assim como queima calorias.

Eu sabia que cigarros faziam mal à saúde — o Sr. Frisch nos disse isso na aula de biologia —, mas não queria discutir com ela.

Vovó segurou meu queixo com a mão, para que eu não pudesse olhar para nenhum outro lugar a não ser para ela. Desde a sétima série eu era mais alta do que ela, mas como ela costumava usar saltos, a diferença de altura era eliminada. Agora, eu estava olhando para ela.

— Não se puna assim — disse ela. — Isso nunca torna as coisas melhores.

CERTA VEZ, eu estava no colégio, ouvindo o barulho de todas as pessoas que se apressavam para suas obrigações que não tinham a menor importância, e eu me perguntei se não seria melhor se eu ficasse em casa, se não seria melhor eu desistir de tudo. Mas ficar em casa não fazia com que me sentisse melhor; era ruim, de uma forma diferente. Aos poucos, comecei a perceber que eu precisava sair de Riley, ir para uma universidade e nunca mais voltar. Precisava me matricular em outra faculdade que não fosse o curso de pedagogia da Ersine em Milwaukee, que tinha menos de duzentas alunas em toda a faculdade. Era provável demais, em uma comunidade tão pequena, que a minha história poderia vazar, pois alguém de lá talvez conhecesse alguém de Riley, ou uma das minhas colegas de colégio talvez se matriculasse também. Imagino que fosse um sinal do meu provincianismo naquela época achar que seria um movimento radical me candidatar a uma vaga na Universidade de Wisconsin, em Madison. Essa universidade contava com mais de 20 mil alunos entre a graduação e a pós-graduação e pensei que aquele seria de fato um bom lugar para eu me esconder.

NA SEGUNDA VEZ QUE VOVÓ me pegou vomitando, ela não esperou na porta; sentou-se na minha cama e ficou folheando as páginas de um exemplar do livro *The Rise of Silas Lapham* que estava na minha mesinha de cabeceira. A voz dela estava rouca por ser tão cedo quando disse:

— Foi tolice da minha parte, não foi? Achar que você estava tentando emagrecer.

Fiquei perto da cômoda sem responder.

— Vamos para Chicago para resolver esse problema. Talvez na semana que vem. Preciso dar alguns telefonemas. Você pode fazer o que achar melhor, mas aconselho a não dizer uma só palavra aos seus pais. Não consigo pensar no que isso ajudaria.

Tive um impulso de me fazer de desentendida, mas entendi perfeitamente bem. À noite, enquanto escutava "Lonesome Town", tive certeza. Ela estava certa.

— Mas não é... — Hesitei. — Isso não é ilegal?

— Por certo que sim, mas acontece toda hora. Não podemos legislar a natureza humana.

— Você não acha que eu deveria tê-lo?

De forma calma, ela disse:

— Acho que isso a mataria. Se as circunstâncias fossem diferentes, diria para você ir viver em um retiro para moças em Minnesota ou na Califórnia. Mas você não tem essa força no momento. Será forte de novo um dia, mas não está forte agora.

Enquanto ela falava, senti meus lábios tremerem e os olhos se encherem de lágrimas. Sussurrei:

— Você me perdoa por desapontá-la?

— Sente-se aqui ao meu lado — pediu ela, e, quando me sentei, ela acariciou minhas costas, a palma da mão fazendo movimentos circulares sobre a malha branca da camisola. Após alguns segundos, ela começou:

— Temos de cometer erros. É assim que aprendemos a ter compaixão pelo próximo. — Ela fez uma pausa. — Você não precisa me dizer de quem é. Isso não tem a menor importância.

PEGAMOS UM ônibus em vez de irmos de trem. Seguindo as instruções de vovó, fui para a escola como se fosse um dia normal, mas antes de acabar a primeira aula, fui chamada à sala do diretor, onde vovó esperava por mim. Caminhamos rápido até o ponto e pegamos o ônibus para Chicago.

— Tenho certeza de que existem médicos em Riley que também fazem isso, mas eu teria de perguntar para algumas pessoas, e não quero que elas fiquem comentando — disse vovó.

Na estação rodoviária da Broad Street, entramos em um táxi e seguimos até o hospital. Vovó me instruíra a não comer nem beber nada desde a noite anterior e, no táxi, senti o estômago revirar de ansiedade.

— Dei a eles o nome de Alice Warren — avisou vovó. — Só por precaução.

Warren era o nome de solteira dela.

— Você não acha que vão me prender, acha?

— Não, você não vai ser presa — respondeu vovó.

— E o médico vai usar instrumentos limpos, não vai?

Vovó fez uma expressão de surpresa.

— Achei que você tivesse entendido que é Gladys quem realizará o procedimento. Por isso viemos até aqui.

Vovó não pôde entrar no centro cirúrgico. Eu estava com uma camisola azul de hospital e, quando deitei na mesa, a enfermeira me fez colocar os pés em estribos de ferro.

— A doutora quer conversar com você antes de anestesiá-la — informou a enfermeira.

Dez ou 12 minutos depois, a Dra. Wycomb apareceu vestindo um jaleco branco. Ela apertou a minha mão, e o calor do toque dela fez com que eu percebesse o quanto estava frio.

— Sei que isso é difícil, Alice — disse ela. — Mas tudo acabará antes que você perceba, e logo você ficará boa. Realizaremos um procedimento chamado dilatação e *curetagem* que funciona assim: ampliarei a entrada do seu útero e usarei um instrumento muito fino para a curetagem. Talvez você sinta um pouco de cólica e talvez sangre por alguns dias. É melhor usar absorvente. Mas você sairá daqui andando.

Concordei com a cabeça já me sentindo um pouco zonza. Eu não sabia nem o que o termo curetagem significava, mas assim que voltei a Riley fui procurar no dicionário; a definição era *raspagem.*

— Se surgirem quaisquer problemas nos próximos dias, quero que me liguem — pediu a Dra. Wycomb. — Sua avó tem o número do meu telefone.

Ela não estava distante — ainda segurava a minha mão —, mas falava em tom decidido e agia de forma profissional, de um jeito que fez com que eu entendesse que ela devia ser muito boa no que fazia.

— Só mais uma coisa: deixarei esses itens aqui com Emilie, e quero que pegue com ela quando chegar em casa. Não há necessidade de discutir sobre isso com sua avó.

A Dra. Wycomb apanhou uma pequena sacola de papel pardo que eu não tinha notado antes, e tirou de dentro dela um objeto que eu não reconheci; era um objeto côncavo de borracha branca, que ela me entregou junto com um tubo encapado, também branco.

— Encha o diafragma de espermicida antes de inseri-lo em você mesma — orientou ela. — Depois empurre o diafragma bem para dentro da sua vagina para que cubra o colo do seu útero. Pratique algumas vezes antes de se encontrar em uma situação em que precise usá-lo. E lembre-se de que o espermicida sozinho não funciona. Se suas amigas disserem o contrário, elas estão enganadas.

Antes, era inimaginável, intolerável ouvir a amiga de vovó usando as palavras *espermicida* e *vagina*. Mas agora, tantas coisas inimagináveis e insuportáveis tinham acontecido. Além disso, as palavras em si foram ofuscadas pela implicação daquele comentário.

— Não acontecerá de novo — assegurei. — Eu não sou...

Mas o que queria mesmo dizer era *Eu realmente sou aquela garota que eu parecia ser no inverno passado*, mas é claro que a necessidade de fazer tal afirmação já anularia o efeito.

— Estou conversando com você sobre saúde, não sobre questões morais — respondeu a Dra. Wycomb. — Uma vez que a pessoa dê início à vida sexual, é muito provável que continue ativa. — Ela afagou meu braço. — Sinto muito pelo acidente de carro — disse ela, e então chamou a enfermeira.

QUANDO ACORDEI da anestesia, estava em um quarto diferente. Abri os olhos, fechei-os e os abri novamente. Vovó estava sentada ao meu lado, lendo. Pisquei várias vezes; minha mente estava confusa.

— Devo escrever um bilhete de agradecimento à Dra. Wycomb? — perguntei.

— Acho que não será necessário.

Vovó colocou o marcador entre as páginas do livro e fechou-o.

— Ela virá aqui ver como você está. Se quiser, pode agradecê-la pessoalmente. Como se sente?

— Que horas são?

— Já passa das 14 horas. Você dormiu por quase uma hora.

— Mas mamãe... Ela não vai estar me esperando em casa?

— Eu disse a ela que me encontraria com você para irmos fazer compras. Alice, se quiser contar a eles, a decisão é sua.

— Eu jamais contarei a eles — afirmei, o que acabou sendo verdade.

Quando a Dra. Wycomb entrou no quarto, eu ainda estava confusa e disse:

— Espero que você não seja presa por minha causa.

A Dra. Wycomb e vovó trocaram olhares, e então ela disse:

— Esse procedimento é muito comum, Alice. Você é a minha terceira paciente nesta semana.

DE VOLTA A RILEY, eu mal conseguia olhar para os meus pais. Cresci ouvindo papai repetir: *Seja bom no que quer que faça*, e como eu o decepcionara, como decepcionara a todos. Nos fins de semana, quando a Sra. Falke ia jogar cartas com meus pais e vovó, eu ficava sentada no topo das escadas, ouvindo o barulhinho das cartas, e, para mim, eles pareciam crianças.

Sangrei durante alguns dias, mas depois parou. Não senti dor nem nada. Quando a imagem de Pete ou de Andrew me vinha à cabeça — as imagens vinham em momentos diferentes, e por razões variadas — eu tentava afastá-las. Esperei o tempo passar.

No dia 22 de novembro, uma sexta-feira, eu estava saindo da cantina depois do almoço, seguindo os outros alunos, quando uma garota do segundo ano chamada Joan Skryba e um calouro, Millie Devon, se aproximaram de nós, correndo e chorando. Apesar de estarem gritando, o que diziam parecia incoerente. Achei não ter entendido de primeira e, quando finalmente entendi, pareceu tão improvável — o presidente dos Estados Unidos? O presidente Kennedy? Então outra pessoa, um garoto, veio da cantina dizendo a mesma coisa, e todos falavam ao mesmo tempo, e uma garota perto de mim que não era nem minha amiga, Helen Pajak, pegou na minha mão e apertou-a com força. Só acreditei quando vi a Sra. Moore, a professora de matemática, chorando abertamente. Pouco mais de uma hora antes, o presidente Kennedy fora baleado em Dallas.

Tudo pareceu ficar em suspenso. Nas aulas restantes daquele dia, não falamos sobre nenhum outro assunto, mas as pessoas não estavam mais excitáveis. Estávamos, simplesmente, surpresos. Então, mais ou menos uma hora depois, ouvimos a notícia de que ele havia morrido, e se o presidente Kennedy tinha acabado de ser assassinado, o que viria depois? Que sentido ou lógica haveria naquilo, que regras ainda existiriam no mundo? Normalmente, depois da aula, ainda mais em uma sexta-feira, o corredor em que ficavam nossos armários era uma balbúrdia de risadas, gritaria e do som das portas de metal batendo. Mas naquele dia, ficou tudo em silêncio.

Não chorei por ele, nem naquele dia nem nunca, apesar de, como todo mundo, ter ficado impressionada com a cobertura feita pela televisão. Aquela noite foi a única vez que me lembro de minha família assistindo à televisão enquanto jantávamos; levamos nossos pratos para a sala de estar. Tudo fora cancelado em Riley e em todos os lugares — eventos esportivos, jogos —, os restaurantes, lojas e salas de cinemas fecharam, e pouquíssimos carros circulavam pelas ruas. Não havia nada para se fazer a não ser se perguntar o que havia acontecido. Nos dias que se seguiram, vimos a foto de Lyndon Johnson no jornal, prestando o juramento de posse perante Sarah Hughes no Força Aérea Um, assistimos às cenas de Lee Harvey Oswald sendo assassinado por Jack Ruby no centro de operações da polícia e ouvimos o pronunciamento de Johnson no Dia de Ação de Graças: "Devemos transformar essa tragédia escura e partirmos para uma nova era grandiosa para os Estados Unidos..." E tudo isso deixou tanto a mim quanto meus pais e vovó estupefatos.

Mas a verdade é que eu admirava Kennedy. Ele era inteligente, bonito e cheio de vigor. Ainda assim, a morte dele trouxe um alívio para minha tristeza. Não que eu tenha ficado feliz; por certo que não. Mas aquele fato horrível ofuscava os horrores que eu havia causado. Não na minha opinião, só na das outras pessoas. Para elas, agora, o que eu fizera parecia pequeno. E percebi isso de imediato naquela tarde, no colégio. Essa morte era muito pior e mais séria do que a de Andrew e não tinha nada a ver comigo. Nenhuma parte dela era culpa minha. Se isso não era algum tipo de absolvição, era o mais próximo que eu conseguiria.

Até hoje me envergonho dessa reação. Durante toda a minha vida, só admiti meus verdadeiros sentimentos sobre aquela tarde para uma única pessoa.

PARTE II

Sproule Street, 3859

QUANDO EU tinha 27 anos, um mês depois de terminar com Simon Törnkvist, decidi que, se não estivesse casada até os 30, compraria uma casa sozinha. Embora eu não tenha contado isso a ninguém, manter essa ideia em mente me dava segurança, pois isso fazia com que a minha vida parecesse menos com algo pelo qual eu apenas esperava e mais como algo que eu planejava. Quando eu dirigia por Madison, às vezes pensava: *Uma casa como aquela.* Três quartos, no máximo, com um quintal não muito grande, em uma rua com árvores altas. Também não queria uma casa de esquina porque pareciam devassadas demais. Trabalhando como bibliotecária no colégio primário Theodora Liess, eu ganhava 833 dólares líquidos por mês e, assim que tomei aquela decisão, passei a guardar 200 dólares por mês em uma caderneta de poupança; depositava o dinheiro na agência local do Wisconsin State Bank & Trust nas manhãs do último sábado de cada mês.

Não saberia dizer quando, exatamente, eu planejava ligar para um corretor de imóveis — no dia em que fizesse 30 anos? Ou no dia seguinte? Meu plano nunca foi tão específico, e acabou não acontecendo nem perto do que imaginara, pois, dois meses antes do meu aniversário, em fevereiro de 1976, papai morreu. Ele sofreu um ataque cardíaco, assim como o pai dele, e, apesar de ter passado dos 50 anos — duas décadas a mais que vovô —, na época aquilo me pareceu um adiamento duvidoso da pena de morte. Hoje, é claro, não penso mais assim.

Nevou no enterro de papai, e mamãe, vovó e eu tentamos — uma pelo bem da outra e também por sermos do Centro-Oeste — ser estoicas. Mamãe estava muito preocupada em saber se o meu vestido preto de crepe que compramos na Prange era suficiente para me proteger do frio; ou talvez só estivesse fingindo. De volta a casa, recebemos as irmãs de mamãe com seus respectivos maridos e foi muito estranho, pois eu não os encontrava havia décadas. Outras pessoas, que também frequentavam a igreja luterana, apareceram, além dos colegas do banco em que papai trabalhava, e todos levaram flores e comida (ensopados, na maioria dos casos, mas o gerente-adjunto levou um pernil inteiro). Quando eles se foram, o silêncio tomou a casa, intensificado pela neve.

Eu precisei voltar a Madison no fim da tarde de domingo — conseguira uma substituta por três dias na semana anterior, mas no dia seguinte precisava estar de volta à escola — e mamãe me levou até o carro, abraçando a si mesma para se proteger do frio. Assim que me acomodei no banco, ela fez um gesto pedindo que eu abaixasse o vidro e disse:

— Coloque o cinto de segurança.

E eu respondi:

— Já coloquei.

Quando me afastei dela e da casa em que fui criada, finalmente fiquei sozinha e comecei a chorar. Ao alcançar a estrada, a neve aumentou, e, mesmo que ainda não houvesse acúmulo, comecei a pensar nas orientações que papai me dava para dirigir na neve: *Vá devagar. Mantenha uma boa distância do carro da frente. Em caso de derrapagem, vire o volante devagar.* Assim que abri a porta do meu apartamento em Madison — eu morava no segundo andar de uma casa na Sproule Street — ouvi o telefone tocar e, quando atendi, era exatamente quem eu achava que era: minha mãe, que, sem dúvida, devia estar ligando a cada dez minutos para saber se eu havia chegado bem. Minhas costas doíam pela tensão de dirigir na neve e por tudo o que passáramos.

Nos 18 meses que se seguiram à morte de papai, fui a Riley todos os fins de semana para ver se mamãe e vovó estavam bem. Costumava chegar de carro logo antes do almoço de sábado, e uma vez levei pizza. Mas em vez de livrar mamãe da obrigação de fazer o almoço, como fora a minha intenção, deixei-a ainda mais agitada. Então, com exceção daquela ocasião, nunca mais levei nada, a não ser roupa para lavar. Nós três nos sentávamos na sala de jantar e comíamos refeições que me pareciam antiquadas, como bolo de carne com purê de batatas. Eu sempre planejava voltar no domingo à tarde, depois da missa (sem discutir, voltei a frequentar a igreja depois do enterro de papai, só por mamãe, mas, nos fins de semana em que eu ficava em Madison, eu nunca ia à igreja). No entanto, pensar no momento da despedida e imaginá-las sentadas na sala de estar — mamãe tricotando e assistindo ao programa *60 minutes* e vovó lendo — sempre me deixava tão triste que eu acabava ficando por mais uma noite, dormindo no meu antigo quarto. Na manhã seguinte, se fosse durante o ano letivo, eu tinha de sair às 6 horas para chegar em Madison e trocar de roupa antes do trabalho. A interestadual 94 ainda estava escura nesse horário, e quase vazia.

Acho que todos esses motivos me levaram a não procurar uma casa para mim até 1977. Na verdade, o meu corretor de imóveis foi uma mulher chamada Nadine Patora, que era animada, gordinha mas bonita e uns dez anos mais velha do que eu. Como eu planejava comprar uma casa simples — eu pagaria 40 mil dólares no máximo —, ela me tratou com mais paciência do que era de se esperar. Até o início de julho, já tínhamos visto mais de trinta casas e apenas uma me agradara a ponto de considerá-la uma opção. Era uma casinha de tijolos de apenas um andar, na vizinhança de Nakoma, mas, após pensar sobre ela por alguns dias, não fiz nenhuma oferta. Eu queria uma casa que realmente amasse, uma em que ficasse satisfeita em morar para sempre, depositando uma energia infinita nela, e não uma casa que fosse apenas adequada. Caso contrário, por que não continuar morando em uma casa alugada?

— Aposto que você também é exigente com os homens — disse Nadine com um sorriso malicioso, enquanto nos dirigíamos a uma propriedade aberta para visitação, num domingo à tarde.

Eu ri.

— Acho que é por isso que ainda estou solteira.

— Mas isso é bom. — Nadine se inclinou e deu tapinhas no meu joelho. Ela era divorciada e tinha duas filhas adolescentes. — Aprenda com alguém que se contentou com a primeira opção que apareceu.

A maioria das casas parecia interessante nos anúncios que Nadine trazia para me mostrar, porém, no instante que eu entrava nelas e, às vezes, até mesmo do lado de fora, já sabia que não eram para mim: ou as janelas eram pequenas demais, ou os armários da cozinha eram deprimentes, ou os quartos tinham um cheiro estranho e eu não queria correr o risco de achar que isso mudaria quando mudasse de dono. Então, quando Nadine me ligou na quinta-feira após o Dia da Independência, dizendo "Encontrei a sua nova casa", eu sinceramente não acreditei nela.

Era uma casa pequena com dois quartos, localizada na McKinley Street, que não era tão bonita quanto a rua em que eu morava naquele momento, mas era bastante improvável que eu pudesse arcar com as despesas de uma casa na vizinhança em que morava. E a McKinley tinha uma energia agradável, que pude sentir assim que eu e Nadine chegamos; passamos por um senhor que levava o cachorro para passear e por duas crianças em trajes de banho, pulando entre os irrigadores de jardim. Paramos na frente de uma casa pintada de branco com uma entradinha estreita e, assim que entramos, percebi que a sala tinha bancos embutidos sob as janelas e que a cozinha era pequena e antiquada, mas bastante iluminada. Mesmo antes de pensar de forma consciente que eu talvez gostasse de morar ali, peguei-me imaginando onde colocaria os móveis, pensando se a minha mesa redonda caberia naquela cozinha e em que parede do quarto principal, que ficava no andar de cima, eu colocaria a cabeceira da cama. A casa estava vazia — Nadine contou uma história enrolada sobre o dono anterior, que se mudara para o Tennessee havia seis meses, mas que só colocara a casa à venda uma semana antes da nossa visita. Olhei atrás das cortinas do banheiro e abri todos os armários. Fui até o porão. Havia um pequeno armário de carvalho preso na parede do corredor do segundo andar, mais ou menos à altura dos ombros. Ele tinha fechadura nas portas e era aproximadamente do tamanho de um armário de remédios, daqueles que colocamos no banheiro e que têm um espelho na frente, só que um pouco mais profundo — pequeno demais para caberem os lençóis ou qualquer coisa mais prática. Parecia o local ideal para se guardarem cartas de amor, talismãs secretos e bugigangas.

De volta ao carro de Nadine, afirmei:

— Quero essa casa.

— Como você ficou tão decidida de repente?

— Você estava certa; ela é perfeita.

— Está bem, então. — Nadine parecia contente. — Já que você tem tanta certeza assim e não quer nem pensar mais sobre o assunto e decidir amanhã, quanto está disposta a oferecer por ela?

O preço pedido era 38.400 dólares.

— Trinta e sete mil? — perguntei, incerta.

Ela negou com a cabeça.

— Trinta e dois mil. Ele vai fazer uma contraproposta, baixando o preço dele, você vai aumentar a sua oferta e vocês chegam a um meio-termo. — Ela olhou para o relógio; eram quase 17 horas de uma quinta-feira. — Você quer dar a ele 24 horas para decidir?

— Podemos fazê-lo tomar uma decisão tão rápida?

— Se você preferir, daremos a ele 48 horas.

— Não, 24 está de bom tamanho. Só não quero pressioná-lo.

Na verdade, eu preferia que ele desse a resposta em 24 horas; iria a Riley no sábado e queria evitar ao máximo falar com Nadine ao telefone perto de mamãe ou vovó. Não tinha contado a elas que compraria uma casa porque não queria que mamãe tentasse me dar o dinheiro, sabia que ela não poderia arcar com aquela despesa, principalmente após a morte de papai. O meu plano era contar-lhes assim que o negócio fosse fechado. Então, em vez de apenas mencionar a possibilidade, eu poderia convidá-las para irem a Madison, e lhes mostraria a casa nova quando já pudesse chamá-la de *minha*. Nós três nos sentaríamos na varanda da frente e beberíamos limonada, pensei — supondo que tivesse comprado cadeiras para a varanda.

— Ai, meu Deus! — exclamou Nadine. — Você está oferecendo o pagamento em dinheiro! Mas escute... É provável que as negociações aconteçam durante todo o fim de semana, vou ver o que posso fazer. — E deu um soco de leve no meu ombro. — Não acha isso empolgante? Cruze os dedos, docinho.

NAQUELA NOITE, QUASE vinte minutos depois de eu ter apagado as luzes e ido dormir, o telefone tocou. Pensei, na hora, que talvez fosse Nadine com notícias, mas, quando atendi, uma voz muito mais familiar declarou:

— Nem pense em faltar ao churrasco dos Hicken.

— Dena, achei que você tivesse um encontro hoje, senão já teria ligado para contar que fiz uma oferta para comprar uma casa.

— Conseguiu finalmente encontrar uma que atendesse aos seus padrões de exigência? Minha nossa! Vamos lá vê-la agora!

— Agora não — respondi rápido. — Seríamos presas por invasão de propriedade.

A essa altura, eu já havia me sentado à mesa da cozinha — que era onde eu mantinha o telefone — vestindo a minha camisola branca, sem manga. Estava dormindo na sala de estar desde o término das aulas da escola, em junho. Ainda não eram nem 22h30 e, por isso, não podia reclamar com Dena por ter ligado tarde. Ela gostava de zombar do meu horário de ir para a cama, e a minha desculpa mais comum — que eu precisava levantar cedo para ir para o colégio — não colaria, já que estávamos nas férias de verão.

— A casa fica na McKinley Street — contei. — Talvez possamos ir lá amanhã, mas não quero ficar falando sobre isso para não dar azar.

Dena deu um suspiro.

— Você não sabe mesmo se divertir. Falando nisso, encontrei com Kathleen Hicken, em Eagle, e ela me disse que você contou a ela que virá para casa neste fim de semana. Alice, não me obrigue a fazer social para aquelas pessoas sozinha. Rose Trommler me odeia.

— Não seja ridícula.

— Todas aquelas mulheres são gordas, e os maridos, uns chatos.

— Em primeiro lugar, isso não *é* verdade, mas se realmente se sente assim, por que faz tanta questão de ir?

— Eu preciso ir — disse Dena. — Charlie *Blackwell* estará lá e eu planejo seduzi-lo.

Dei uma gargalhada.

— Tenho certeza de que você se sairá muito bem sem mim.

— Charlie Blackwell — disse ela. — Um homem da família Blackwell.

— Ai, Dena... Tem certeza de que quer se misturar com essa família?

Os Blackwell, como era do conhecimento de todos em Wisconsin, fizeram fortuna vendendo carne processada. (Havia várias fábricas em Milwaukee e disseram que era possível comprar as salsichas Blackwell em qualquer mercearia do país — não que fosse necessário, pensei. Eu as comera durante toda a infância, mas, na vida adulta, passei a achar um tanto gordurosas). Harold Blackwell, o chefe da família daquela geração, foi governador de Wisconsin de 1959 até 1967, e depois tentou uma candidatura infrutífera à presidência, em 1968. Uma semana depois, houve um comício na Universidade de Wisconsin, no qual uma mulher chamada Donna Ann Keske — uma aluna caloura vinda de Racine — ficou tetraplégica quando a polícia, para deter o protesto, usou a força. O governador Blackwell tinha aparecido no *Face the Nation* e chamado os manifestantes contra a Guerra do Vietnã de "sujos e mal-educados", demonstrando não dar a mínima para o protesto que já teria sido infeliz em condições normais, sendo categoricamente insensível a tudo, devido às circunstâncias do tumulto. Apesar de Blackwell ser um republicano de Wisconsin, nem mesmo o meu pai o teria apoiado, mas ele desistiu da candidatura à presidência logo após as primárias de New Hampshire; ele tinha um ar de desdém estampado no rosto, como se achasse que os eleitores comuns não teriam inteligência suficiente para votar nele. Agora, estava fora da política — tenho a ligeira impressão de que ele se tornara reitor em alguma universidade, mas não sei ao certo qual —, mas um dos seus quatro filhos fora eleito prefeito de Milwaukee um ano antes.

— Sabe de uma coisa? — falei. — Se Charlie é o irmão Blackwell que estou pensando, então ele é a mesma pessoa com quem Jeanette e Frank tentaram armar um encontro para mim há uns dois anos. Mas talvez ele seja outro irmão.

— Eles quiseram armar um encontro entre vocês, e você não aceitou? — Dena parecia incrédula.

— Eu estava namorando Simon na época.

Mas, na verdade, eu teria recusado de qualquer jeito — riqueza, Partido Republicano e salsichas não me pareciam exatamente uma combinação muito atraente.

— Ed é congressista, mas Charlie também está prestes a concorrer à eleição ao norte daqui — disse Dena —, acho que próximo a Houghton. Ninguém sabe ainda, mas Kathleen me contou que ele anunciará sua candidatura na primavera. Você não acha que mereço me casar com um homem poderoso?

— Acho.

Quando falou de novo, Dena pareceu menos confiante:

— Alice, os Hicken e todas aquelas pessoas são muito preconceituosos. E Kathleen só me convidou porque sou sua amiga. Preciso que vá comigo para me dar apoio moral.

Dena já fora casada; o ex-marido dela era um homem mais velho, executivo do ramo publicitário, que já havia se divorciado duas vezes quando Dena o conheceu, na época em que trabalhava como aeromoça para a TWA. Eles moraram em Kansas do final da década de 1960 até o início dos anos 1970 e, em 1975, sem terem tido filhos, também se divorciaram. Dena então se mudou para Madison e, com o dinheiro que recebeu, abriu uma loja na State Street, na qual vendia roupas e acessórios de moda para os estudantes locais: calças boca de sino, terno de calça ou minissaia, cachecóis finos e bolsas de mão aveludadas, xales de crochê e bijuterias étnicas duvidosas. Entrar na loja — que se chamava D's — sempre fazia com que me sentisse velha, e mesmo que a mercadoria não me agradasse, sempre acabava comprando alguma coisa.

Deixando as compras inadequadas de lado, o fato de Dena morar na cidade era uma alegria imensa, principalmente porque quase todas as pessoas que eu conhecera na faculdade estavam casadas. Não era impossível continuar sendo amiga de uma mulher casada, mas a amizade mudava, a disponibilidade diminuía, ainda mais depois de ter filhos. Mas, mesmo antes disso, ela já não precisava tanto de você; sua amizade era algo extra.

No entanto, Dena e eu nos falávamos ao telefone todos os dias, quatro vezes ao dia, mesmo que fosse um segundo após desligarmos por uma de nós ter esquecido de falar algo: "Qual era o nome daquele cabeleireiro do salão Styles que cortou o seu cabelo mês passado?", ou "Quando vier, hoje à noite, pode trazer o disco dos Carpenters?". Ela podia aparecer para me mostrar a roupa que escolhera antes de sair para um encontro ou ligar dizendo: "Estou com vontade de ver um filme" — dez minutos depois, nos encontrávamos no cinema. Saíamos para dar longas caminhadas nas manhãs de domingo — Dena também não ia mais à igreja, e chamávamos essas andanças de "terapia", dando um tom mais respeitável à substituição das orações — e costumávamos nos encontrar para jantar. Ela sempre me convidava para tomar um drinque depois e desaprovava a minha necessidade de ir para casa dormir. Ela tinha muito mais encontros do que eu; uma vez me disse que havia conseguido uma receita médica para a pílula logo na primeira semana que havia sido contratada pela TWA, no mesmo ano em que nos formamos no colegial, e que ela nunca havia parado de tomá-la desde então. Quanto aos meus hábitos de sair, geralmente meus conhecidos tentavam me arrumar encontros, e às vezes eu ia apenas para não ser desmancha-prazeres, mas, nas noites de sábado, ficava muito mais satisfeita indo assistir a uma peça com uma amiga. Dena também costumava me provocar por conta da minha amizade com Rita Alwin, uma professora de francês do colégio primário Liess que era negra e mais velha que nossas mães — ou ficando em casa, lendo. Pessoas como os Hicken, que eu via a cada um ou dois meses, formavam um segundo círculo social: fui da mesma irmandade, na Universidade de Wisconsin, que muitas daquelas esposas, fui aos bailes de fraternidade com alguns daqueles maridos (uma noite, sob o céu estrelado às margens do lago Mendota, na primavera do nosso último ano do colegial, Wade Trommler anunciou, completamente bêbado, que me considerava a garota ideal), e mantivemos contato após a formatura, enquanto eles formavam casais e tinham filhos. Admito que meu entusiasmo para passar algum tempo com eles oscilava, assim como a minha tolerância por ficarem sempre implicando com o meu estado civil. Sempre me impressionei com o fato de os casados acharem que possuem o dom especial de dar conselhos inspiradores sobre o assunto, como se você não tivesse a menor ideia do que eles estão falando, até que, por fim, trazem à tona o assunto de você não ser casada.

— Dena, sinto muito — disse —, mas já avisei a Kathleen Hicken que não poderei ir. Mamãe e vovó estão esperando por mim.

— Vá para casa no domingo — pediu Dena. — Não faz diferença nenhuma, já que é verão.

— Você não precisa de mim na festa — retruquei. — Use aquele seu vestido frente única e Charlie não conseguirá tirar os olhos de você.

— Olha só — começou Dena —, não estamos negociando. Pegarei você no sábado às 17h30.

— Achei que o churrasco começasse às 17 horas.

— Vamos chegar atrasadas de propósito, é de bom-tom. E brindaremos à sua mais nova aquisição.

ATÉ AQUELE MOMENTO, o verão estava sendo especialmente bom. A tristeza pela morte de papai já se amenizara depois de um ano e meio, sem a crueldade da surpresa. Além disso, eu estava cheia de planos, e não só porque procurava uma casa, mas também por causa do meu projeto na biblioteca.

Formei-me pela Universidade de Wisconsin, em 1968, lecionei por dois anos para uma turma da segunda série, uma idade em que as crianças costumam ser tempestuosas, depois voltei para a faculdade para fazer mestrado em biblioteconomia. Quando dava aulas, percebi que a parte do dia que eu mais gostava era a aula de biblioteca: *A menina e o porquinho*, *Harold and the Purple Crayon* e *Blueberries for Sal*. As crianças se sentavam no chão de pernas cruzadas, com os olhos arregalados e inclinadas para a frente, com ansiedade. Se eu fosse bibliotecária, esse período duraria para sempre. Depois que terminei o mestrado em 1972, fui trabalhar no colégio Liess e, cinco anos mais tarde, aos 31 anos, ainda trabalhava lá.

O meu projeto para aquele verão era este: havia criado dez bonecos de papel machê de personagens de livros infanto-juvenis, dentre os quais estavam Eloise; a mamãe coelho e seus filhotes, da historinha *The Runaway Bunny*; e o Sr. Espirro, da série *Mr. Men* (usei arame de galinheiro para fazer o cabelo triangular espetado da cabeça enorme que ele tinha). Tivera a ideia no outono anterior, quando vi uma menina fantasiada de Píppi Meia-Longa no Dia das Bruxas. Na primavera, escrevi para as editoras pedindo permissão — acho que nada teria acontecido se tivesse usado as imagens de qualquer jeito, mas a ideia de ser uma bibliotecária que infringira as leis de direitos autorais me causou arrepios — e, no início de junho, já havia comprado o material. Quando as aulas recomeçassem, depois do Dia do Trabalho, eu havia planejado já ter todos os personagens arrumados nas prateleiras da biblioteca ou, no caso do modelo de canoa inspirada no livro, pendurado logo na entrada.

O que me surpreendeu foi a dimensão que o projeto tomou — a princípio, achei que fosse levar apenas algumas semanas. Porém, quanto mais tempo passava, mais eu me envolvia. Primeiro, trabalhava na minha própria sala de estar, mas os personagens começaram a ocupar muito espaço e eu não queria que alguém que viesse me visitar (quase sempre Dena) os visse antes de estarem terminados, então cobri o chão do quarto e até mesmo a cama com papel pardo e comecei a dormir no sofá da sala. Quando trabalhava, colocava uma saia de brim e uma das camisas velhas de papai, pois era comum derrubar a mistura de farinha com água em mim mesma; eu também transpirava bastante, por não ter um aparelho de ar-condicionado.

Todas as manhãs, antes que esquentasse, eu atravessava o campus e ia até o lago Mendota. O brilho do sol iluminava a água, enquanto uma marola batia de leve na margem (as caminhadas solitárias não eram terapia, apenas passeios), então voltava para casa e trabalhava até a hora do almoço, ou até tarde da noite caso Nadine não tivesse nenhuma casa para me mostrar. Durante os meus passeios, e algumas vezes também no meio da noite, acabava surgindo uma ideia de como deixar as sobrancelhas de Pierre Eu-não-me-importo, Maurice Sendak, mais realistas (cortei uma peruca preta, porque quando usei o lápis, elas ficaram muito sem graça). No começo da noite, parava o trabalho e preparava uma salada de tomate com milho, ou grelhava uma costeleta de porco e, depois de jantar, ia até a janela do quarto, tomava uma cerveja e admirava o meu progresso. Não mencionara o projeto para ninguém e, às vezes, me preocupava se os outros professores o achariam estranho demais ou excessivo, mas quando imaginava as crianças entrando na biblioteca no primeiro dia de aula, voltava a ficar animada.

NADINE ME LIGOU no início da tarde de sexta-feira.

— O vendedor fez uma contraproposta. Interessa-se em 35.500?

Se vinte por cento seriam pagos de entrada, como havia combinado com o analista de crédito no banco, isso significaria separar 7.100 dólares.

— Está bem — disse eu.

— Minha nossa, negociar com você é fácil demais! Não vai reclamar nem um pouquinho?

Eu ri.

— Quero a casa.

— Está bem, aguarde um pouco.

Ela me ligou de volta em vinte minutos e disse:

— Deixe-me ser a primeira a lhe dar os parabéns pela sua nova propriedade!

Exultei de alegria.

— Por que não vem até o meu escritório para assinar os papéis? Recomendo que ligue para o inspetor ainda hoje. Posso dar só mais uma sugestão?

— Claro — respondi.

— Compre uma garrafa de champanhe. Você tem muito que planejar.

DENA ME PEGOU na tarde do dia seguinte para o churrasco dos Hicken, mas antes fomos até a McKinley Street. No carro, Dena cantarolava: "*Home, home on the range, where the deer and the antelope play...*" Quando mostrei a ela onde deveríamos estacionar, a casa estava diferente, mas, ao mesmo tempo, igual ao que lembrava. De certo modo parecia mais vívida, mais *real.* Havia uma árvore de abeto no quintal e a grama era verde-escura; a casa era uma caixa branca, e o chão de madeira da varanda da frente era de um marrom descascado. Não havia garagem, apenas um caminho de pedra para as rodas, separados por uma faixa de grama. Saber que tudo aquilo pertenceria a mim era estarrecedor e estimulante ao mesmo tempo. Ainda não estava com as chaves da casa, mas Dena insistiu que espiássemos pelas janelas e passeássemos pelo terreno dos fundos, que era em declive.

— É bonita, não é? — perguntei.

Dena concordou com a cabeça de forma vigorosa, e continuou cantando: "*... Where seldom is heard a discouraging word/And the skies are not cloudy all day.*"

Apesar de chegarmos atrasadas ao churrasco, Charlie Blackwell chegou ainda mais tarde, e Dena e eu já estávamos lá atrás, sentadas juntas em um banco de piquenique que havia no gramado. Foi então que ele surgiu nos fundos da casa, saindo pela cozinha, e apareceu no deque segurando um pacote com seis latinhas de cerveja em cada mão. Ele estava usando docksiders sem meias, um short cáqui desfiado, um cinto com uma fivela retangular prateada e uma camisa de botão cor-de-rosa desbotada que, mesmo a alguns metros de distância, dava para perceber já fora de boa qualidade. Ele segurou as seis latinhas próximas às orelhas e as sacudiu — uma coisa estúpida de se fazer com cerveja, pensei — e, bem à vontade, gritou a todos:

— Olá, pessoal!

Havia mais ou menos 15 pessoas lá, e vários homens se aproximaram dele de uma vez; Cliff Hicken deu-lhe um tapinha nas costas para saudá-lo. Charlie abriu uma das cervejas que trouxera e, depois que tirou o anel da latinha, um pouco do líquido efervesceu, então ele colou os lábios na lata, sugando a espuma que transbordava. Depois disse algo e, quando ele e outro homem começaram a rir, percebi que a risada dele era a mais alta. Sussurrando, disse para Dena:

— Ele é perfeito para você.

— Meus dentes não estão manchados de batom, estão? — Ela se virou para mim, exibindo os dentes.

— Você está ótima — respondi. Ela esperou dez minutos, para não parecer tão óbvia, e fiquei assistindo enquanto ela cruzava o jardim para ir se oferecer, como se fosse um presente, a Charlie Blackwell. Um dia antes, eu fora à biblioteca pública e procurara por artigos recentes que o mencionassem — muito antes de haver internet, eu me orgulhava dessa habilidade para encontrar informações; minha especialidade eram livros de referência e microfichas. E mesmo não encontrando muito sobre Charlie em si, além de ver que era filho do governador anterior ao atual, vi que, se ele concorresse mesmo naquele distrito que Dena mencionara, onde ficava Houghton, estaria concorrendo contra um candidato à reeleição de 40 anos.

Quando Dena se afastou, Rose Trommler, que estava sentada na outra extremidade do banco de piquenique, ao lado de Jeanette Werden, disse:

— Essa Dena Gimino é mesmo uma figura.

Gimino era o sobrenome de Dena agora; ela não era mais Janaszewski. Fingi não ter entendido o que Rose queria dizer com aquilo e concordei, completando:

— Dena é a pessoa mais divertida que conheço. Ela é exatamente a mesma desde o jardim de infância!

Rose e eu bebíamos vinho branco; Jeanette estava grávida de seis meses e, portanto, não bebia. Rose se aproximou.

— Sei que não devia perguntar isso, mas ela não enlouquece você de vez em quando?

Rose e o marido eram vizinhos de porta dos Hicken; fomos da fraternidade Kappa Alpha Theta na faculdade, e ela não era má pessoa, mas adorava uma fofoca.

— Não mais do que eu provavelmente a enlouqueço — respondi, com leveza.

— Ela está praticamente se jogando em cima de Charlie Blackwell — observou Jeanette. — Será que deveríamos avisá-lo?

Olhei diretamente nos olhos dela.

— Avisá-lo de quê? — perguntei, em um tom de voz neutro, mas nem ela nem Rose disseram nada em resposta. — Tenho certeza de que ele sabe cuidar de si mesmo.

— E você, Alice? — perguntou Rose, mergulhando uma batata frita no molho de cebola. — Você deve estar de olho em alguém especial.

— Não mesmo — respondi, sorrindo, para demonstrar que não me incomodara com a pergunta.

A ironia era que não me importava mesmo, pelo menos não da forma como elas imaginavam. Nos momentos em que não me sinto tão caridosa penso naquelas mulheres; *poderia ter me casado com qualquer um dos maridos de vocês, mas não quis.* No entanto, eram raras as mulheres casadas capazes de acreditar que uma mulher ficava solteira porque era dona das suas decisões quanto a se casar ou não. Ajeitei-me no banco.

— Jeanette, é verdade que você e seu marido foram para Sheboygan no feriado de 4 de Julho? Deve ter sido ótimo.

— Bem, a mãe de Frank brigava com Katie e Danny de um jeito que parecia que ela nunca tinha estado perto de crianças antes. — Jeanette meneou a cabeça. — Parecia um disco quebrado, que ficava repetindo "coloquem isso no lugar, parem de correr", e se não era para eles ficarem soltos, por que fomos para lá afinal? Frank cresceu entre cinco irmãos, mas diz que o temperamento dela era ainda pior no passado.

— Deve ter sido difícil — comentei.

— Mas você tem sorte de ter a companhia de outros adultos, Jeanette — declarou Rose. — Quando Wade e eu levamos as crianças para La Crosse, ele passou tanto tempo fora, pescando, que me senti uma viúva. Disse para ele: "Wade, se não tomar cuidado, seu filho não vai nem se lembrar do seu rosto."

Jeanette riu e eu também, apenas para ser agradável, apesar de a observação ter me lembrando de mamãe e de vovó — viúvas de verdade — e do quanto eu preferia estar em Riley, sentada com elas, do que com aquelas duas mulheres. Ou então preferia estar trabalhando nos meus personagens de papel machê — estava na metade de Babar (a parte trabalhosa era o tronco) e ainda não tinha começado a tartaruga Yertle —, ou, ainda, preferia estar sozinha com um papel e uma caneta, planejando as coisas para a minha nova casa.

— Alice, é verdade que você não tem um namorado sério desde aquele camarada alto? — perguntou Rose — Qual era mesmo o nome...

— Simon.

Mais uma vez, tentei sorrir com gentileza e, depois, dei a ela a confirmação daquilo que tinha certeza que ela queria — a admissão do meu fracasso —, porque achei que isso fosse fazer com que ela deixasse o assunto para lá.

— Acho que sou um caso perdido — declarei.

— Frank conhece um cara muito bonito no escritório da promotoria — insinuou Jeanette.

— Jeanette, não é bonito da sua parte querer que Alice saia com um criminoso — brincou Rose.

Jeanette deu um tapinha na outra mulher.

— Você sabe que não foi isso que quis dizer. Ele é um dos advogados e é dono de um lugar formidável em Orchard Ridge. Se você não tiver nada contra iguanas...

— Acho que não sou do tipo que gosta de répteis. — E me levantei. — Vou pegar um pouco mais de vinho. Alguém quer alguma coisa?

— Quando voltar, lembre-me de falar sobre o novo diretor do colégio de Katie — disse Jeanette. — Ele é alto e grande e tem uma esposa chinesa pequena e magra.

Concordei balançando a cabeça algumas vezes, peguei o copo vazio como prova de que não estava saindo por intolerância a elas, e saí.

No deque, passei por Dena e Charlie Blackwell no exato momento em que ela encostava a ponta dos dedos no braço dele. *Bom para ela,* pensei. Dentro da casa, usei o toalete feminino do primeiro andar e, na saída, quase colidi com Tanya, a mais velha das duas filhas dos Hicken.

Ela estava segurando um livro de capa dura.

— Você poderia ler para mim?

O livro era *Madeline's Rescue,* aquele em que Madeline cai no rio Sena e é salva por um cachorro.

Olhei em volta. Havia alguns adultos na cozinha, incluindo Kathleen Hicken, a mãe de Tanya, mas estávamos fora do campo de visão dela e duvidei que alguém fosse notar a minha ausência.

— Claro.

Sentamos no sofá da sala de estar; Tanya sentou-se ao meu lado. Ela era uma menina de cabelo louro, cortado na altura do ombro, e grandes olhos castanhos.

— Você sabe o meu nome? — perguntei. — Alice. E você deve ser Tanya, não é?

Ela concordou com a cabeça.

— Quantos anos você tem? — quis saber.

— Eu tenho 5 anos e 3 meses.

— Cinco anos e 3 meses! Isso quer dizer que seu aniversário será em abril?

— É, no dia 23 — disse ela. — O aniversário da Lisa é no dia 4 de janeiro, mas ela só tem 2 anos. — Lisa era a filha mais nova dos Hicken.

— Meu aniversário também é em abril. É no dia 6, 17 dias antes do seu.

Abri o livro e comecei a leitura: "Em uma casa bem velha em Paris, que era toda coberta por trepadeiras." Fiz uma pausa. Tanya grudou em mim, como se tivesse esperança de poder mergulhar no livro. Era um impulso que eu entendia bem.

— Aposto que sabe o que vem depois — falei, e repeti: — "Em uma casa bem velha em Paris, que era toda coberta por trepadeiras..."

— "Moravam 12 menininhas em duas linhas retas" — Tanya completou.

— "Elas saíam de casa às nove e trinta/ Em duas linhas retas, sob sol ou sob chuva./ A menorzinha delas era..."

— Madeline — respondeu Tanya.

Virei a página, que mostrava uma ilustração de Madeline caindo da ponte.

— Ah não! — falei.

— Mas ela não se afoga não — contou-me Tanya, de maneira tranquilizadora.

Continuamos a ler e, ao chegarmos à página seguinte, Tanya acrescentou:

— Eles chamam o cachorro de "Genevieve".

Ela continuou a fazer esses comentários, fossem editoriais ou explicativos: "A mulher gorda é malvada", "Genevieve tem filhotes" e, quando chegamos ao final, ela disse:

— Pode ler de novo?

Olhei para o relógio.

— Está bem, mas depois preciso voltar lá para fora e conversar um pouquinho com os adultos. Seu papai já está colocando a carne do jantar na churrasqueira, não está?

— Eu vou comer palitinhos de peixe frito ao molho tártaro.

— Isso parece muito chique, mocinha — falei.

Como se estivesse me confortando, me ajudando a não ficar intimidada, Tanya disse:

— Não... Molho tártaro é igual a maionese.

E decidi que gostava ainda mais dela.

Estávamos quase no final da segunda leitura do livro quando Charlie Blackwell apareceu no batente da sala de estar. Ergui a cabeça, nosso olhares se encontraram, sorri e continuei a leitura. Não achei que o que eu e Tanya estávamos fazendo necessitasse de nenhuma explicação. Além disso, eu acreditava que o segredo de interagir com crianças — ou ao menos parecia ser um segredo, com base no comportamento de alguns pais — era apenas falar com elas normalmente. Não se deixar distrair por outra pessoa, não falar outra coisa por cima das cabeças delas, não usá-las como esteio, nem mimá-las, satisfazendo todas as suas vontades. Só é preciso prestar atenção, mas não de forma excessiva.

Mas ele não saiu de lá. Podia senti-lo de pé no batente, nos observando e, quando chegamos à última página, ele colocou a cerveja sobre o móvel e aplaudiu. O aplauso cobriu o som dos gases de Tanya, e achei bom isso ter acontecido porque, mesmo apesar da pouca idade, ela parecia ter suficiente noção de si mesma para saber que soltar um pum na frente de um homem desconhecido a teria deixado sem graça.

— Preciso ir ao banheiro — sussurrou ela, descendo do sofá e passando rapidamente por Charlie Blackwell, que estava na porta.

— Será que a assustei? — perguntou ele, arrastando a fala de uma forma diferente do sotaque de Wisconsin, ao mesmo tempo agudo e educado.

— Acho que ela precisa ir a um lugar — respondi.

— Então acho que você não tem mais desculpas para ficar se escondendo. — Ele deu um gole na cerveja e riu.

— Não estou me escondendo. Estávamos lendo uma história.

— É mesmo?

Sem dúvida, ele era bonito, mas sua conduta arrogante não era tão atraente; ele tinha mais de 1,80 metro, o corpo era atlético, um pouco bronzeado, e o cabelo era castanho claro, volumoso, ondulado e ressecado, do tipo que não se mexia quando ele balançava a cabeça. As sobrancelhas davam um toque travesso ao rosto e o nariz, adunco, tinha narinas largas, como se estivessem dilatadas o tempo todo. Tudo isso lhe conferia um ar de impaciência que, imagino, enfatizava sua estatura na visão de algumas pessoas — querendo dizer que tinha outros lugares mais interessantes para estar e que a atenção que lhe daria seria limitada.

— Às vezes eu acho que a companhia das crianças é melhor do que a dos adultos — falei, irônica.

— *Touché!*

Ele não pareceu ofendido — ainda estava sorrindo —, mas na mesma hora senti remorso por saber que fora rude.

— Ou talvez eu não tenha muito a dizer aos adultos — completei.

— Isso nunca impediu ninguém de falar... — A expressão dele era travessa. — Ao menos, nunca me impediu de falar.

O tom de deboche que usou para falar de si mesmo me pegou desprevenida, e acabei sorrindo. Ao me levantar para voltar ao jardim, eu disse:

— Eu já deveria ter me apresentado. Sou Alice Lindgren.

— Ah, mas eu sei quem você é. Acha que me esqueceria do nome da garota que se recusou a sair comigo?

— Eu não. — Parei, desconcertada. — Isso foi anos atrás, e eu estava envolvida com outra pessoa. Não foi pessoal.

— Pensei que tivesse ouvido um boato terrível sobre mim ou, pior ainda, alguma verdade terrível. — Depois que falou isso, ele sorriu; era óbvio que estava acostumado a ser admirado.

— Se existem verdades sobre você circulando por aí, seria melhor dar um jeito nelas antes de pensar em concorrer a qualquer cargo público. — Eu podia ter feito pose e fingido que não sabia quem ele era, mas não vi motivo para isso. Todos no churrasco sabiam quem ele era, tendo ou não sido apresentados a ele. E ele sabia que sabíamos; senão, também teria se apresentado quando eu o fiz.

— Antes de algum cargo público, hein? As notícias correm.

— Madison é uma cidade pequena.

— E, ainda assim, só nos conhecemos agora. Como você explica *isso*?

Dei de ombros.

— Você mora aqui há tanto tempo assim? Tive a impressão de que... a sua família não é de Milwaukee?

— *Au contraire, mademoiselle.* Nasci em Madison. Passei do jardim de infância até a classe de alfabetização no Duncan Country Day e voltei para fazer uma parte da sétima série.

— Eu trabalho no Liess — contei. — Sou a bibliotecária.

— Ah! Eu percebi que você sabia o que estava fazendo enquanto lia. A filhinha de Kathleen e Cliff soube exatamente a quem pedir, não é mesmo?

— Agora você acredita que eu não estava me escondendo?

— Quando eu era criança, tinha um vizinho que morava na mesma rua que eu, e ele estudava no Liess — disse Charlie. — O nome dele era Norm Baker, mas nós o chamávamos de "Ratinho". Era um bom garoto. O rosto dele era pálido e o nariz bem rosado, que ficava todo se estremecendo, mas ainda assim era um bom garoto. Acho que não o vejo desde 1952.

— O colégio deve ter mudado bastante desde a época do "Ratinho".

Charlie riu.

— Você está dizendo que ele não é mais pintado de branco-leite?

— Não exatamente.

Seguiu-se um silêncio, e acho que foi para preenchê-lo e evitar a possibilidade de Charlie insinuar que o fato de a escola não ser mais tão alva fosse algo ruim (não sei se ele deduziria isso, mas não quis correr o risco) que anunciei:

— Comprei uma casa ontem.

Ele ergueu as sobrancelhas.

— Está brincando? Só você ou...? — Não foi com discrição que olhou para o meu dedo anelar da mão esquerda.

Ignorei a pergunta.

— Fica na McKinley Street. Se souber onde é a loja de ferragens de Roney, vai saber onde fica a casa, algumas ruas atrás.

— Meus parabéns! Você acabou de comprar para si um pedacinho do sonho americano. — Ele elevou a mão esquerda, no estilo "toca aqui"; para que eu acertasse sua mão, precisaria ir até ele, o que, pouco à vontade, acabei fazendo. Batemos as mãos e ele disse:

— Está em boas condições? Já viu o encanamento, o telhado e todos esses detalhes?

— Parece que está tudo em ordem com a casa, embora o inspetor ainda não tenha aparecido por lá. Bati com o nó dos dedos, três vezes, contra a parede: — Isola!

— Se houver qualquer problema, posso ir dar uma olhada. — Ele fez uma pausa. — Não sei nada de manutenção e reforma, mas estou tentando deixá-la impressionada. Como estou me saindo?

Apesar de rir, senti um aperto no estômago. Não; aquele churrasco era sobre a atração de Dena por Charlie Blackwell, não a minha.

E então, ele perguntou:

— O que você acha de eu levar você para jantar para celebrarmos a vida, a liberdade e o alcance dos juros de 10 por cento do empréstimo imobiliário? Você está livre na terça?

— Os juros não são mais tão altos assim... — respondi. — Estão mais para 7 por cento.

— E o outro cara? Ainda está na jogada? — A voz dele ainda era agradável, mas dava para perceber que ele ficara surpreso por eu não ter aceitado o convite de imediato. Percebi pela forma como os cantos da boca ficaram frouxos, de repente. — Quer que eu o desafie para um duelo? É isso o que está tentando dizer?

Não tinha nenhuma intenção de macular os sentimentos de Charlie Blackwell. Tentei parecer o mais sincera possível quando disse:

— Infelizmente estarei muito ocupada pelas próximas semanas. Tenho muitos planejamentos de aula para fazer.

— Você não consegue inventar uma desculpa melhor do que essa? Ter de fazer planejamentos de aulas em julho é como dizer que tem de lavar o cabelo!

— Não é você — respondi. — Não mesmo.

Estávamos a alguns metros de distância, e tive o impulso de acariciá-lo no rosto com a palma da mão. Naquele momento, ele estava mais vulnerável, menos presunçoso do que achara a princípio. Então me aproximei, diminuindo o espaço entre nós, mas só encostei no cotovelo dele, através da camisa cor-de-rosa. Estando tão próxima, pude sentir o calor que emanava do corpo dele e o cheiro de cerveja e verão. Inclinei a cabeça e sugeri:

— Vamos voltar para a festa?

PENSEI QUE IRÍAMOS embora logo depois que a comida fosse servida, mas começamos um jogo de mímicas que era longo e muito divertido e, antes da última rodada para o meu time, Dena se aproximou, encostou os lábios na minha orelha e disse:

— Acho que vou vomitar.

Coloquei o braço dela ao redor do meu pescoço e o meu braço ao redor da cintura dela e a levei rapidamente até a casa; nos dois degraus que levavam para fora do deque, ela perdeu um pouco do equilíbrio e eu tive esperança de que os outros convidados estivessem bastante entretidos com o jogo para não nos notar. Já passava das 21 horas, mas ainda fazia mais de 26 graus lá fora e só então começava a escurecer. Os mosquitos já estavam começando a atacar, mas Kathleen Hicken teve o cuidado de acender algumas velas de citronela que ajudaram, em parte, a afastar os insetos.

No banheiro do primeiro andar, levantei o assento do vaso e disse:

— Dena, incline-se para a frente.

Ela já tinha se acomodado no chão, deitada de costas e com a cabeça o mais longe possível do vaso sanitário.

— Vamos lá Dena, você precisa cooperar.

— Como é possível que, ao 31 anos, nenhuma de nós duas esteja casada e com filhos? — disse ela, enrolando a língua. — Eu deveria ter tido *três filhos* a esta altura. Mindy, Alexander e... Qual era mesmo o nome que eu escolhi para a terceira?

— Não lembro — respondi.

— Não me *fale* isso.

Ela era tão petulante quanto os meus alunos da classe de alfabetização ou da primeira série quando já havia passado tempo demais desde o último lanche.

— Você lembra sim!

— Era Tracy? — perguntei.

— Tracy não é um nome especial.

— Dena, se você vai vomitar, precisa se debruçar sobre o vaso. Pode segurar na minha mão, para eu levantar você?

Dena não participara de nenhuma das últimas rodadas do jogo de mímica. Mesmo assim, fiquei surpresa de ela estar tão bêbada e eu não ter notado enquanto estávamos lá fora. Ela levantou os dois braços, me obedecendo de uma forma não muito característica dela e, com muito esforço, a levantei até que estivesse sentada.

— Tente dar um impulso para a frente — orientei.

— Você não se casou nenhuma vez — falou ela.

— Sabe de uma coisa, Dena? Para mim está tudo bem.

Ela olhou para mim, com os olhos vidrados:

— Mas você já esteve grávida. Já desejou que ainda tivesse o bebê?

Uns dois anos antes, contei para Dena sobre o aborto que fizera tempos antes; ela era a única pessoa para quem eu contara isso e pareceu ter dado bem menos importância ao fato do que eu. Ela continuou:

— Quando eu trabalhava na TWA, conheci uma garota que fez isso três vezes.

No banheiro dos Hicken, eu disse:

— Dena, você quer que eu a ajude ou não?

— Eu já contei que quando você namorava Simon eu imaginava que ele tinha um pau fino e muito grande? Porque, você sabe, né? Ele era tão alto e magro...

Na verdade, ela estava certa, mas não queria dar a ela a satisfação de confirmar suas suspeitas.

— Você já notou — continuou ela — que toda vez que encontramos com Rose Trommler, ela ou ganhou ou perdeu 10 quilos?

— Realmente, ela parece um pouco mais pesada hoje — admiti.

— Ela é como o Super-Homem quando entra na cabine telefônica. Sai da sala vestindo tamanho 38 e volta vestindo 46!

Então Dena arrotou, e eu estava tão perto dela que pude sentir um vento ácido no meu rosto.

— Puxa vida, Dena, tenha dó! Devo esperar lá fora?

— Já está vindo — disse ela, finalmente se debruçando de forma correta sobre o vaso sanitário. Ficamos quietas, as duas.

Talvez tenha se passado apenas um minuto, e eu disse:

— Theresa! O nome da sua outra filha era Theresa. Acabei de lembrar.

Dena estava prestes a responder quando arrotou de novo, mas foi um arroto pequeno enquanto anunciador do jato monstruoso que o sucedeu. Segurei o cabelo dela para trás e olhei para o lado enquanto ela terminava de expelir tudo. Trabalhar com crianças fez com que eu me tornasse menos fresca em relação a essas coisas — elas sempre vinham para você com as mãos grudentas, por causa dos acidentes —, mas chegava um momento em que nojento era simplesmente nojento. Ainda mais em se tratando de uma mulher adulta.

Dei a descarga e, quando a água voltou ao nível normal, Dena cuspiu dentro do vaso algumas vezes. A voz dela parecia mais sóbria, na verdade, quando disse:

— Charlie Blackwell não gosta de mim.

Ela se levantou, abriu a torneira, colocou uma das mãos sob a corrente e trouxe até a boca. Depois de engolir, completou:

— Ele mais parece com alguém que veio da costa leste do que alguém daqui. É muito convencido.

— Conversei com ele rapidamente — contei.

— Outra noite de sábado pela privada, não é? — falou, esboçando um sorriso.

— Este não é o momento para você analisar sua vida. Agradecerei aos Hicken e levarei você para casa.

— Preciso me deitar um pouco.

Ela abriu a porta do banheiro e eu a segui até a sala de estar. O livro sobre a história de Madeline ainda estava sobre o sofá, e eu o coloquei na poltrona. Eu teria preferido ir embora a esperar enquanto Dena desmaiava no sofá, o que pegaria muito mal para nós duas.

No entanto, Kathleen pareceu satisfeita quando a encontrei na cozinha e contei que Dena não estava passando bem e estava descansando.

— Deve ser sinal de que a festa estava boa! — exclamou Kathleen.

— Vou dar mais meia hora para ela — respondi.

— Não precisa, pode deixá-la aqui até de manhã.

Kathleen gesticulou no ar.

— Assim, você não precisa tentar colocá-la na cama sozinha.

— É mesmo? — Mordi o lábio. — Se você realmente não se importa, então eu posso ir a pé para casa, deixo as chaves do carro dela com você para ela ter como voltar amanhã.

— Está bem. Ela nem vai precisar de despertador. — Kathleen sorriu enquanto limpava o balcão com um pano. — Garanto que as meninas vão acordá-la antes de o galo cantar!

NO JARDIM, a festa parecia estar no fim. Muitas pessoas estavam de pé, algumas já tinham ido embora, e eu me juntei às outras mulheres que estavam sobrecarregadas com pratos de papel, tigelas de batata frita, taças de vinho vazias e latinhas de cerveja. Alguns minutos mais tarde, quando fui agradecer a Kathleen antes de ir embora, perguntei mais uma vez:

— Tem certeza quanto a Dena?

E ela respondeu:

— Alice, não se preocupe mais com isso.

Também agradeci a Cliff, peguei a bolsa, dei uma última olhada em Dena — estava deitada de lado, roncando — e saí. Eu morava a meio quilômetro a oeste da casa dos Hicken. Já havia caminhado meio quarteirão quando ouvi passos apressados atrás de mim. Virei o rosto e vi Charlie Blackwell.

— Tem algum lugar melhor para ir? — perguntou ele.

— Tenho certeza de que a festa já está terminando — respondi.

— É justo. Posso oferecer uma carona?

Tentei analisar o rosto dele, que, sob a luz do poste da rua que estava a alguns metros de distância, parecia meio corado e, ao mesmo tempo, pálido.

— Quantos drinques você bebeu?

— Você sabe ser direta!

Desde o colegial, eu jamais havia entrado em um carro cujo motorista pudesse estar sequer levemente embriagado.

— Quer saber? — falei. — Prefiro ir andando. Foi um prazer conhecê-lo.

Quando me virei para continuar o caminho, Charlie se colocou ao meu lado.

— Pelo menos me deixe acompanhá-la. Há um limite para o número de rejeições que um cavalheiro consegue suportar em uma noite, Alice.

Continuamos caminhando, e ele disse:

— Então você não tem medo de escuro?

Olhei para ele com o canto dos olhos por um tempo.

— Você só pode estar brincando.

— Vou contar um segredo, mas você tem de prometer que nunca vai contar a ninguém. Promete? — Sem esperar pela minha resposta, ele continuou: — Eu tenho *pavor* de escuro. Muito medo mesmo. Meus pais têm uma casa em Door County, mas eu prefiro ter de amputar as pernas a passar uma noite lá sozinho.

— Do que você tem tanto medo, exatamente?

— É exatamente isto: não fazer ideia do que há lá! Mas sabe de uma coisa? Não estou com medo agora e é porque você está ao meu lado. Delicada como é, parece ser muito competente. Tenho certeza de que se alguma coisa acontecesse conosco, você cuidaria da situação.

— Você sempre derrama elogios sobre as mulheres que mal conhece?

— Você acha que eu mal a conheço? Nossa, que engano meu! Achei que já estivéssemos íntimos a esta altura.

Ele levou a mão até o coração, como se estivesse magoado, mas se recuperou rapidamente.

— Vou dizer tudo o que sei. Primeiro: você comprou uma casa sozinha, o que significa que é independente, inclusive economicamente. Segundo: já está preparando os documentos do colégio mesmo sendo julho, o que mostra que é responsável. Ou então, mentirosa, mas prefiro deixar essa questão em aberto. — Ele erguia um dedo de cada vez enquanto fazia suas observações. — Terceiro: você é uma excelente jogadora e sabe fazer mímicas muito bem. — Isso não era verdade; a minha representação de *A noviça rebelde* fora particularmente horrível. — Quarto: ou você tem um namorado e está dizendo que não tem por causa da irresistível atração que sente por mim, ou você não tem nenhum namorado e está me recusando cedo demais. Em qualquer uma das duas situações, são desafios que estou disposto a vencer. Concluindo: sei tudo sobre você.

Enquanto caminhávamos, dava para sentir Charlie me olhando, todo sorridente.

— Eu entendo você, e tenho a sensação de que teremos um futuro longo e feliz, e tenho certeza de que você também sente isso. Mas você precisa ser fã de beisebol. Gosta de beisebol?

— Não diria que eu sou fã a ponto de morrer por isso.

— Mas vai ser.

Charlie balançou no ar um bastão invisível.

— Os Brewer estão finalmente conseguindo se organizar. Estão com vários talentos jovens no time, e marque minhas palavras: esta temporada promete muitas vitórias.

— A verdade é que a única razão pela qual fui à festa dos Hicken esta noite — contei — foi para ajudar Dena a conquistar você.

— Dena? — Ele parecia confuso. — A divorciada?

— Quem contou isso a você? Não; deixe para lá. Você é igualzinho a Rose e Jeanette. Dena é uma pessoa maravilhosa. Ela foi comissária de bordo por mais de cinco anos e viajou por todo o país.

— E mesmo assim não aprendeu a beber.

— Ela não comeu muito — respondi. — Foi isso.

— Vou dizer uma coisa — começou ele. — Dá para perceber pelo rosto dela que gosta de viver intensamente. Mas quem sou eu para julgá-la? Ela parece uma boa moça. Mas não é uma garota, se é que me entende, para se casar com uma estrela em ascensão do Partido Republicano.

A arrogância dele, extraordinária, era tanto divertida quanto irritante.

— Sou democrata registrada — respondi. — Isso é algo que você pode incluir no seu dossiê sobre mim. E devo dizer que você tem uma confiança excepcional em si para alguém que vai concorrer contra um candidato à reeleição de 40 anos.

Em vez de se sentir ofendido, Charlie parecia muito satisfeito.

— Adoro mulheres que sabem pesquisar. Sabe quem daria uma excelente esposa?

Ele apontou para mim.

— Você é ridículo — disse.

— Como é que uma mulher *adorável* como você não foi fisgada até agora?

— Talvez eu não queira ser fisgada — respondi. — Será que isso já passou pela sua cabeça?

Não preciso dizer que eu queria muito me casar e ir para a cama com um homem todas as noites; eu queria caminhar de mãos dadas pelo centro da cidade, preparar refeições que davam muita dor de cabeça se fossem para apenas uma pessoa — como rosbife e lasanha. Eu queria ter filhos e sabia que seria uma boa mãe; não seria perfeita, mas seria uma boa mãe. E já tinha decidido que não deixaria minhas filhas terem o cabelo mais longo do que a altura do queixo, porque via como minhas alunas ficavam fúteis, tendo como projeto familiar a manutenção das mechas. Apesar disso tudo, porém, valia a pena poder mentir para Charlie Blackwell.

— Não me diga que é uma dessas feministas? — perguntou ele. — Você não poderia; é bonita demais para isso.

Olhei para ele, séria.

— Eu nem vou me dignar a responder. E, francamente, não sei por que está tão interessado na minha vida sentimental.

— Estou interessado mesmo! E isso porque você me enfeitiçou.

Parte da minha frustração com ele era porque os comentários que fazia eram muito parecidos com tudo o que eu gostaria de ouvir de um homem, mas queria que fossem comentários reais. Eu ansiava por sentimentos verdadeiros, e não por aquelas provocações e gracejos.

Quando chegamos à porta da casa em que eu morava, Charlie disse:

— Acho que você deveria me convidar para uma xícara de café. Andam dizendo por aí que estou bêbado.

Inclinei a cabeça, exasperada, mas permiti que ele me seguisse pelo pequeno corredor de entrada e pelas escadas acarpetadas que levavam ao segundo andar. Ele ficou atrás de mim enquanto eu destrancava a porta do meu apartamento. Na cozinha, liguei a cafeteira quando ele perguntou:

— Será que você tem uma cerveja? Porque se der no mesmo para você, eu prefiro uma cerveja.

Peguei duas latinhas da geladeira e joguei uma para ele. Quando abriu a lata, fez um brinde:

— A Alice — disse ele —, uma mulher de beleza, virtudes e de excelente paladar para álcool.

— Já lhe disseram que você não tem jeito? — perguntei, assistindo com horror enquanto ele saía da cozinha e seguia pelo corredor em direção ao quarto em que eu estava trabalhando nos bonecos das histórias.

— Por favor, não entre a... — comecei a dizer, mas ele estava mais à frente do que eu e, obviamente, não me escutou. Além disso, a porta do quarto estava aberta. Quando cheguei até ele, ele estava de pé no meio do quarto, olhando para os personagens de papel machê um a um.

— São para a biblioteca em que trabalho — contei, e minha voz soou meio alta em meio ao silêncio. Não podia imaginar como ele reagiria aos bonecos e nem como eu queria que ele reagisse. Ele não era, repetia para mim mesma, o público-alvo. Ele ficou quieto por um minuto e, depois, em um tom absolutamente sério, declarou:

— São incríveis.

Engoli em seco.

— Reconheço Ferdinand — disse ele, apontando para o touro com flores ao redor dos chifres. — E aquele é Mike Mulligan com sua escavadeira, Mary Anne.

— Eles não estão fiéis às proporções — falei.

— Eu era totalmente apaixonado por Mary Anne — disse ele, sorrindo. — Tinha certeza de que eles conseguiriam cavar aquele celeiro em apenas um dia. Olha! E tem Eloise! Sempre a achei meio chatinha.

— As meninas gostam mais dela do que os meninos.

— Quem é aquele?

Ele moveu o queixo na direção do canto do quarto, onde estavam folhas verde-claras — eu as cortara de um pedaço de seda brilhosa — penduradas sobre um tronco marrom.

— Aquela é a árvore do livro *A árvore generosa* — respondi. — Essa obra foi publicada quando já estávamos no colegial, presumindo que... Quantos anos você tem?

— Trinta e um — respondeu ele. — Sou da turma de 1964.

— Eu também. E foi nesse ano que o lançaram. É o meu livro favorito. Acho que devo ter lido umas setenta vezes, e o final me faz chorar até hoje.

Só de falar sobre a história fazia com que minha voz ficasse cheia de emoção, e me senti envergonhada.

— Por que você ia querer chorar setenta vezes? — perguntou Charlie, embora o tom fosse doce e não gozador. Ele fez um gesto para a sua direita. — Quem é o homenzinho chinês?

— Aquele é Tikki Tikki Tembo. É um garoto que cai em um poço e todos que oferecem ajuda a ele precisam repetir o seu nome, que é muito longo. Tikki Tikki Tembo é a versão resumida. O nome todo dele é... Confie em mim, é longo.

— Agora vai ter de dizer.

— Quer ouvir mesmo?

Ele fez que sim com a cabeça.

Respirei fundo. Eram raras as vezes em que falava sobre o meu trabalho durante algum encontro, mas é claro que não estávamos em um encontro.

— Tikki Tikki Tembo-no sa rembo-chari bari ruchi-pip peri pembo — disse, e, quando terminei, estávamos sorrindo um para o outro.

— Mais uma vez! — pediu ele. Repeti, e ele disse: — Isso foi impressionante.

Agradeci com um aceno de cabeça.

— Os seus alunos devem ser loucos por você — afirmou ele.

— Bem, eu não sou boba. Os alunos começam a se rebelar contra os professores no colegial, mas enquanto estão na escola primária, brigam para sentar no seu colo.

Ele estava olhando para mim — ainda de pé no meio do quarto e eu, próxima ao batente — e só posso descrever a expressão do rosto dele como de encantamento; não faço a menor ideia do motivo, mas Charlie Blackwell se encantou por mim. E eu reconheci isso, sentindo uma pontada repentina que era uma mistura de tristeza, remorso e um princípio de esperança, pois ninguém olhava para mim daquele jeito desde Andrew Imhof. Nos últimos 14 anos, eu tivera vários encontros, alguns relacionamentos, e fora pedida em casamento uma vez, mas nenhum daqueles homens se mostrara encantado por mim.

— Alice, o que você faria se eu a beijasse agora? — perguntou Charlie.

Olhamos um para o outro, e um clima de timidez e promessas ficou pairando no quarto. Depois de um longo tempo, respondi:

— Acho que, se quiser descobrir, vai ter de tentar.

CONHECI SIMON Törnkvist em uma sapataria, quando eu tinha 26 anos; ele estava comprando sapatos com solado de madeira e eu, sandálias Dr. Scholl. Ele media um 1,95 metro, era magro, usava óculos com armação no estilo John Lennon, dourada e redonda. O cabelo era macio e louro, tinha uma barba rala, loura; do olho esquerdo, um pouco caído, saía uma cicatriz que ia desde a parte externa da bochecha até a orelha, e a mão esquerda fora amputada. Esses ferimentos foram decorrentes da Guerra do Vietnã, o que presumi antes de ele me contar. E como ele era canhoto, sua letra era infantil; mas isso foi algo que descobri mais tarde.

Enquanto aguardávamos o vendedor trazer os sapatos, fiz um comentário sobre o tempo quente e fora de época de março. Após concluirmos nossas compras, ficamos parados na calçada, do lado de fora da loja, conversando, talvez por uns dez minutos, e então ele levantou o braço esquerdo. Ele usava uma camisa de mangas compridas e tecido aveludado cor de ferrugem, e a manga estava dobrada até a altura do cotovelo, presa por um alfinete no ombro. Ele perguntou:

— Isso a incomoda?

— Não — respondi.

— Então, gostaria de ir ao cinema qualquer dia desses?

Assistimos ao filme *O poderoso chefão*, e fiz questão de me sentar à sua direita, caso ele quisesse pegar na minha mão, mas ele nem tentou. Depois do filme, fomos jantar em um restaurante na Doty Street. Então ele comentou que achava que o filme estava sendo supervalorizado, mas não explicou em que sentido. Era um ano mais novo do que eu — o que me surpreendeu, pois eu tinha a mania boba de achar que as pessoas mais altas do que eu eram mais velhas e as mais baixas, mais novas — e trabalhava como despachante para uma empresa de encanamentos enquanto cursava a universidade. Ainda não havia decidido em que se formaria, porém estava pensando, disse ele, em filosofia ou ciência política. Crescera em uma fazenda de ervilhas nos arredores de Oshkosh.

Não achei a conversa muito interessante. No entanto, durante todo o tempo em que estivemos juntos, senti um estremecimento interno, como se minhas costelas fossem se quebrar e eu precisasse me concentrar bastante para mantê-las no lugar. Reconheci a sensação como atração física. Simon me deixou em casa (imaginei se ele teria algum apetrecho especial para dirigir — o avô de Dena, que perdera a mão direita em um acidente de trator, usava um —, mas Simon não tinha, e era um motorista perfeitamente competente, mesmo usando apenas uma mão). Quando chegamos ao apartamento, deslizei no banco na direção dele e lhe dei um beijo no rosto. Nunca havia tomado a iniciativa antes, mas o fato de ele ser mais novo me deu essa coragem.

Ele ficou surpreso, mas foi receptivo e nos aproximamos. Ele me envolveu com o braço direito e esperei que ele também usasse o outro, o toco esquerdo, mas ele não o fez. Hoje eu sei — embora não soubesse na época, e só tenha descoberto anos mais tarde, lendo um artigo — que existem pessoas com fetiche por amputados; mesmo que negar essa inclinação em mim possa parecer uma defesa, sinceramente não acho que tenha sido um fetiche.

Reconheço, olhando em retrospectiva, que não teria me sentido atraída por ele se não fossem aqueles ferimentos. No entanto, eu não me sentira atraída pelos ferimentos em si. É que se ele me envolvesse com o braço sem mão, estaria depositando em mim sua confiança, se tornando vulnerável para que eu pudesse me aproximar, e eu teria a oportunidade de demonstrar que eu valia aquele voto de confiança. E, sem julgá-lo, cuidaria dele.

No entanto, apesar da pergunta que fizera fora da loja de sapatos, Simon não aparentava ter uma grande sensibilidade com relação às próprias sequelas físicas. Ele também tinha cicatrizes, como descobri nos encontros seguintes, do lado esquerdo do peito. Na província de Phuoc Long, no início do inverno de 1970, a companhia dele sofrera uma emboscada e ele fora atingido por um tiro de bazuca. Mas era bem direto em relação a isso e a quase tudo; mais de uma vez se referira ao Vietnã como uma guerra de fachada, embora não costumasse expressar suas opiniões políticas com frequência e, quando o fazia, era de forma bem sucinta. Certamente, ele não era o primeiro homem que eu conhecia que fora para a Guerra do Vietnã. Vários rapazes da minha turma do colégio Bentom County Central foram convocados, e Bradley Skilba foi morto em Tay Ninh, em setembro de 1968, três meses antes de nos formarmos; em 1969, Yves Haakenstad voltou para casa em uma cadeira de rodas, paraplégico; Randall Larson morreu a nordeste de Katum, em 1970. De vez em quando, pensava em como tudo seria diferente se Andrew Imhof tivesse morrido no Vietnã em vez de no cruzamento da De Soto Way com a Farm Road 177. Imagino que teria sido mais fácil para a família dele; a perda seria mais como uma tragédia terrível, e menos como um desperdício. E, com certeza, teria sido mais fácil para mim, sem ter de conviver com a culpa sufocante. Mesmo assim, eu ainda sentiria saudades dele, pois ele estaria morto do mesmo jeito, e talvez fosse ainda pior pensar que ele tivesse morrido longe de casa, em outro país; no fim, não parecia uma tristeza melhor.

Nas primeiras vezes em que eu e Simon transamos, foi difícil, excitante, demorado e novo. Desde Pete Imhof, eu só havia dormido com Wade Trommler, meu namorado por dois anos na faculdade, e, apesar de termos terminado depois que eu recusei sua proposta de casamento no verão anterior ao nosso último ano, sempre fui grata a Wade por sua gentileza e seu carinho, tão diferente de Pete. Até conhecer Wade, tivera alguns encontros eventuais e sempre soube que alguns rapazes teriam me convidado para sair caso eu os tivesse encorajado. Entretanto, assim como Wade, todos aqueles homens me pareciam sempre muito inocentes, beirando a infantilidade.

No último ano do colégio, parei de pensar no casamento como um direito de nascença. Além de não me considerar naturalmente merecedora e de não acreditar que o universo estivesse olhando por mim, também não queria me casar com nenhum homem a menos que pudesse me mostrar a ele de forma verdadeira. Não tinha a menor intenção de enganar ninguém, mas não conseguia me imaginar revelando meus segredos para a maioria deles, mostrando que eu era mais complexa do que parecia. Ao pensar no empenho e nas explicações necessários, sentia-me desencorajada e também mais calma. Eu não havia me planejado nesse sentido, como fizeram as outras mulheres que conheci, entrando quase em pânico para encontrar o homem certo. Aceitei que os anos por vir se desdobrariam do seu próprio jeito, e que eu podia controlar apenas alguns aspectos disso. Ficar sozinha não me parecia um destino tão terrível quanto me casar só por casar.

Então conheci Simon, uma variação que não havia previsto. Ele não representava solidão nem alegria falsa, mas uma terceira possibilidade: uma união redentora. Pensei que essa possibilidade tinha de ser a segunda melhor coisa do que ser aceita por inteiro, ou seja, aceitar outra pessoa por completo. Ainda concordo em parte com essa ideia, embora veja todo o resto que pensei sobre Simon e sobre a minha capacidade de cuidar dele como futilidade e ignorância.

Namoramos por 11 meses, tempo no qual morávamos a 2,5 quilômetros de distância, e nos víamos duas vezes por semana Eu estava ocupada dando aulas e ele, indo às aulas e trabalhando na empresa de encanamentos, o que deveria ter sido outro sinal: não que eu não quisesse, de forma consciente, mudar minha agenda por ele, eu apenas jamais pensara sobre isso. Apesar de ele ter uma irmã mais nova que era casada e um irmão mais novo que era doente mental e que morava com os pais na fazenda, nunca conheci ninguém da sua família. No entanto, após três meses, o levei para almoçar comigo em Riley em um domingo. Ao fim da visita, apesar de o Vietnã ser um assunto que nunca viera à tona, papai — também veterano de guerra — apertou a mão dele e disse:

— Jovens como você são a glória deste país.

No carro, de volta a Madison, Simon retrucou:

— Seu pai é tão ingênuo que chega a doer.

Será que eu era algum tipo de autômato? É o que me pergunto agora, não só por não ter respondido ao comentário, mas por todo o tempo que passei com Simon. Mas o que tínhamos se parecia com uma relação, tinha todos os contornos e rituais de uma relação, então, quem poderia dizer o contrário? Eu fazia o jantar às quartas-feiras, íamos ao Majestic assistir a um filme todas as noites de sábado (ele era o meu único amigo além de Rita Alwin, a professora de francês, com quem nunca precisava insistir para assistirmos a um filme estrangeiro) e, depois do cinema, voltávamos para a minha casa e transávamos; depois disso ele ia embora, por volta da meia-noite. Depois das primeiras vezes, eu não chegava mais ao clímax de forma tão regular com Simon, embora atribua essa característica errática mais ao excesso de excitação inicial da minha parte do que ao fracasso posterior dele. Logo ficamos acostumados um com o outro e, se ele estava de mau humor, isso era um fator de união; confortá-lo era uma oportunidade, e não penso assim unicamente pelas questões do que se esperava de uma mulher da minha geração, não mesmo. Pensava assim porque eu era eu, e ele era ele.

Meus pais pareciam gostar da ideia. Mamãe jamais perguntou de forma direta quando iríamos ficar noivos, mas ela jogava indiretas do tipo: "Você acha que se seu pai ajudasse Simon a conseguir um emprego no banco, ele se interessaria?", ou "Ginny Metzger me contou que Arlette achou um vestido de noiva com um rendado muito bonito por 70 dólares em Milwaukee". Enquanto isso, tudo o que vovó havia perguntado fora: "Ele parece o Sr. Lloyd, você não acha?" Isso era uma referência ao professor de artes licencioso de um braço só de *Primavera de uma solteirona*, e eu sabia que Simon não causara uma boa impressão em vovó, mas só descobri o quanto ela não gostara dele meses mais tarde.

No Natal daquele ano — era 1973 —, enquanto eu passava a ferro uma camisa no quarto de vovó, ela estava lendo, sentada na cama, quando falou:

— Você simplesmente não pode se casar com aquele seu amigo.

Ela nem tivera o trabalho de olhar para mim enquanto falava. Eu me virei:

— Está falando de Simon?

— Ele é um desmancha-prazeres.

Fiquei perplexa.

— Vovó, ele já sofreu muito.

Ela meneou a cabeça.

— Não estou dizendo que ele teve uma vida sem dificuldades, mas aposto que é assim desde criança.

— Está sugerindo que eu termine tudo com ele?

Vovó pensou na pergunta e, depois, respondeu:

— Acho que sim.

Fiquei em silêncio.

— Já que Dena está em Kansas, quem mais poderia lhe dar conselhos além de mim? — perguntou vovó. — Não se ofenda, estou pensando no que é melhor para você.

— Talvez você não queira que eu me case... — retruquei, omitindo a parte "com um homem".

Vovó e eu nunca conversamos sobre Gladys Wycomb, nem antes, nem depois das viagens dela a Chicago. Com a sequência de eventos que se deu no outono de 1963, nós fizemos as pazes sem usar palavras — eu devia muitas coisas a ela — e, com o tempo, voltamos à nossa interação normal. Embora fosse uma normalidade que precisava ser vigiada e observada. Eu tentava julgá-la menos pelas suas atitudes, sendo mais respeitosa e tendo mais consideração por ela do que quando eu era adolescente, mas apenas o fato de eu tentar evidenciava a falta de naturalidade na nossa relação, que jamais retornaria.

— Por que eu não iria querer que você se casasse? — zombou vovó. — Isso é um absurdo. Casamento não é nenhum piquenique, é justamente o oposto. Vou dizer quais são os dois problemas que vejo em seu namorado.

Senti-me dividida, tentada a impedi-la de continuar e, ao mesmo tempo, muito curiosa para saber o que ela pensava.

— Em primeiro lugar — começou ela —, ele é sem graça. Não é uma pessoa espirituosa. Veja bem: muitas mulheres se casam com homens sem graça, mas o seu Simon não é nem um homem gentil, e essa é uma combinação terrível. Tudo bem casar-se com um homem que é sem graça e gentil, ou com um que é cruel mas fascinante. Algumas pessoas sentem-se atraídas por esse tipo. Mas casar-se com um homem que é chato *e* grosseiro é a receita para a infelicidade.

Conforme escutava, sentia o meu rosto enrubescer e não era por causa do calor do ferro de passar roupas.

— Você mal o conhece — retruquei.

— Sou uma excelente observadora do comportamento humano. Você está se prendendo a um homem que é quase um peixe morto. Escute o que digo: se você optar por se casar com ele, estarei sorrindo na igreja, porque sei que tomou a decisão de olhos bem abertos. Mas se eu nunca tivesse dito nada, ficaria pensando se não poderia ter evitado uma boa dose de coração partido.

— Bom, não pode ser culpada disso agora. — Usei um tom de voz leve, querendo dizer que a perdoaria pelos comentários ríspidos, mas ela ainda não parecia querer ser perdoada.

— Está muito claro para mim que isso é sobre o jovem Andrew Imhof — declarou ela. — Você está tentando substituir um homem morto por um ferido, e se eu achasse que isso funcionaria, a deixaria tentar. Não é nada imoral, mas é uma fantasia. Um infortúnio não cancela os outros.

É claro que pensei que ela estivesse errada sobre Simon. Eu tinha quase certeza disso, mas, conforme os dias se passavam, aquelas palavras continuavam ecoando na minha cabeça. Certa vez, lembrei-me delas quando estávamos em um restaurante italiano, uma noite, e fiquei na ponta dos pés para beijá-lo antes de entrarmos no carro, mas ele virou o rosto e disse: "Você está com hálito de alho."

Ainda assim, nós nos víamos duas vezes por semana e, numa quarta-feira à noite, um mês antes do nosso primeiro aniversário de namoro, enquanto servia para nós uma porção de frango ao creme no meu apartamento, perguntei:

— Você alguma vez nos imaginou casados?

Por causa do vapor do frango, Simon havia tirado os óculos e os limpava com um guardanapo. Ele respondeu:

— Não, nunca.

Naquele momento, eu soube que tanto aquela conversa quanto o nosso relacionamento haviam terminado, mas a situação pareceu me obrigar a insistir.

— Mesmo depois de um ano de namoro?

— Acho que não acredito em casamento. — Ele colocou os óculos. — Acho que é uma instituição falida. Mas tenho certeza de que não quero filhos.

Não sei ao certo com que expressão fiquei nessa hora (embora estivesse tanto frustrada quanto surpresa, além de me sentir estúpida por não ter descoberto essas coisas sobre ele meses antes ou por não ter procurado saber), pois Simon continuou:

— Suponho que você queira filhos.

— Simon, eu sou professora e não trabalharia com crianças se não gostasse de ficar perto delas.

Ele colocou a mão sobre a minha e disse:

— Vamos conversar sobre isso outra hora.

Duas semanas depois, ao telefone, ele deixou claro:

— Acho que não temos compatibilidade no longo prazo.

Ao que respondi:

— Acho que você está certo.

Acho que essa foi a maneira mais fria de se terminar um relacionamento de toda a história. Quando fui para casa, vovó tentou me confortar:

— Tenho certeza de que você tomou a melhor decisão.

E como eu não queria que ela sentisse pena de mim, simplesmente concordei com a cabeça, jamais revelando que a decisão não fora uma iniciativa minha.

COMO CHARLIE tinha ficado até tarde no meu apartamento na noite anterior, eu havia dormido tão pouco que na hora em que cheguei a Riley naquele domingo estava com uma tontura, com uma sensação de culpa e exausta; uma dor de cabeça havia se formado na faixa acima dos meus olhos.

Notei que o carro de mamãe, um Ford Galaxie cor creme, não estava na entrada da garagem. Quando entrei em casa, vovó estava sentada no sofá da sala de estar — magra e bem conservada, sustentada à base de nicotina e literatura —, e ofereceu o rosto para que eu a beijasse.

— Acho que a sua mãe tem um segredo.

— Um segredo bom ou ruim?

A expressão de vovó era uma mistura de concentração e confusão, a que faríamos se provássemos um tempero cujo nome não conseguíssemos nos lembrar.

— Acredito que ela tem um envolvimento amoroso com Lars Enderstraisse.

— O Sr. Enderstraisse? O carteiro?

— Ele até que é bonito. Um pouco corpulento porque não deve se alimentar direito, já que mora sozinho.

— Você acha que ele e mamãe estão saindo? Desde quando?

O Sr. Enderstraisse trabalhava na agência do correio da Commerce Street desde que eu era criança; parecia ser um homem bondoso. Tinha um bigode de pontas caídas e uma barriga redonda.

— Não precisa ficar nervosa — completou vovó. — Sua mãe é uma mulher madura, e merece aproveitar a vida.

— Mas você tem certeza disso?

— Ela tem tido longas conversas ao telefone lá para cima; só posso supor que seja para impedir as minhas tentativas de escutar. E tem dado umas saídas misteriosas. Quando pergunto onde esteve, ela me dá respostas vagas.

— E como o Sr. Enderstraisse se encaixa nisso?

— É onde ela está agora. Ele está com herpes, ou ao menos é o que Dorothy diz. Então ela foi levar uma sopa fria para ele.

— Mas se você sabe onde ela está, não foi uma saída misteriosa.

Vovó franziu a testa.

— Não seja insolente comigo.

— Eu só quis dizer que... — Fiz uma pausa. — Vovó, acho que também estou tendo um romance.

Ela se interessou de imediato.

— Mas Dena se interessou por ele primeiro — continuei — e eu não sei o que fazer. Eu gosto muito dele, apesar de tê-lo conhecido apenas ontem à noite.

— Minha nossa! — Vovó cruzou as pernas. — Traga um chá gelado para mim, por favor, e aí você me conta a história toda.

Servi o chá que estava em uma jarra na geladeira para nós duas, levei os copos até a sala e fiz um resumo dos eventos da noite anterior, pulando as partes da intoxicação de Dena e da visita de Charlie ao meu apartamento que se estendeu pela noite toda. Tentei deixar implícito, sem dizer diretamente, que ele se despediu de mim depois de me deixar em casa. Eu tinha uma dúvida genuína sobre qual seria a reação de vovó, dada a sua afeição por Dena. Ela nunca fora uma fã em particular da menina enquanto eu crescia, mas desenvolvera um carinho especial por ela no verão em que eu havia me formado na faculdade. Isso aconteceu em 1968: vovó tinha me anunciado uma tarde que gostaria de experimentar maconha, já que andava ouvindo muito sobre o assunto. Eu mesma nunca havia provado a erva antes e, sem entusiasmo, fiz a proposta indecorosa à Dena quando a encontrei na cidade. Quando era comissária de bordo, ela podia voar de graça para Milwaukee, depois ir me visitar em Madison ou ir embora para casa, em Riley. Depois desse dia, enquanto meus pais estavam fora em uma pescaria, nós três nos sentamos no quarto de vovó e fumamos um baseado. "Não estou entendendo por que falam tanto disso", comentou vovó. "Mas fico grata a vocês, meninas, por terem satisfeito a minha curiosidade." Depois que o baseado queimou até o fim, vovó acendeu um cigarro comum.

Assim que terminei de descrever a situação com Charlie, vovó tomou um gole de chá.

— Isso vai ser realmente estranho entre você e a Dena.

— Então, você acha que não devo vê-lo novamente?

Ela apoiou a bebida em um porta-copos que estava sobre a mesa.

— Eu não tomaria nenhuma decisão apressada. Espere para ver como as coisas vão se desenrolar.

— Não sei nem se ele vai me ligar, mas conhecê-lo me deixou esperançosa. Não sei bem como descrever.

— Ele foi uma companhia agradável — explicou vovó.

Será que era algo simples assim? E, se fosse, por que parecia especial? Ouvi o carro de mamãe se aproximando do lado de fora.

— Não dê uma palavra sobre Lars Enderstraisse — pediu vovó, estalando os dedos, depois levando o indicador à boca. — Fique quieta.

Às 20 horas daquele dia, vovó já estava no quarto, enquanto eu e mamãe ficamos assistindo ao *Homem de 6 milhões de dólares*, embora nenhuma de nós estivesse realmente prestando atenção; ela bordava um estojo para óculos e eu dava uma folheada na última edição da *Vogue* de vovó. Durante um dos intervalos comerciais, virei-me para ela e disse:

— Mamãe, se algum dia você quiser começar a namorar...

Antes que eu pudesse terminar a frase, ela respondeu:

— Mas de onde você tirou essa ideia?

— Não estou dizendo se você deveria ou não, mas caso fizesse... Se você se sentisse pronta para isso, ninguém seria contra.

— Alice, pense em como o seu pai se sentiria se ouvisse você falar desse jeito.

Ela deixou o bordado de lado e saiu da sala, e enquanto eu imaginava se a havia ofendido tanto assim mamãe voltou com a mão esquerda fechada, segurando algo. Depois de se sentar novamente ao meu lado, abriu os dedos, revelando um broche de ouro.

— Será que você poderia vender isso para mim?

O broche tinha a forma de um galho de árvore, com pequenos diamantes incrustados nas folhas e um ornamento redondo bem pequeno — como que para lembrar uma maçã, ou talvez alguma outra fruta vermelha — que ficava pendurado. Nunca havia visto aquela joia antes.

— Pertenceu à minha mãe, mas não tenho onde usá-lo — disse ela.

— Ainda assim, deve ser bom guardá-lo como lembrança.

Mamãe parecia ter tão poucos vínculos tangíveis com a família dela que era difícil entender o motivo pelo qual estaria se livrando de um deles. Ela passou o broche para mim e toquei nele com a ponta dos dedos; era gelado e polido.

— Você poderia usá-lo na igreja, no Natal — sugeri, e, sem aviso, mamãe caiu em prantos.

— Mãe, o que foi? — perguntei, repousando a mão sobre as suas costas. Não a via chorar desde a morte de papai.

— Eu fiz tudo errado — disse ela.

— Sobre o que você está falando?

— Eu sabia que era um equívoco desde o início. Mas quis dar o benefício da dúvida a esse jovem. Além disso, pensei que seria uma oportunidade de gerar um pé-de-meia para vovó e eu, e para você também, que trabalha tanto no colégio. E ele disse que o retorno anual poderia chegar a até 300 por cento do investimento inicial.

— Mãe, de que você está falando? Conte-me tudo desde o início. — Apesar do nervosismo que isso gerou, percebi que era importante que uma de nós mantivesse a calma. — Quero ajudá-la, mãe, mas preciso entender o que aconteceu.

— Um rapaz mais ou menos da sua idade veio até aqui e foi bastante simpático. Ele era muito inteligente.

— E você deu dinheiro a ele? — Tentei não deixar nenhuma emoção transparecer na minha voz.

— Cometi um erro terrível.

As lágrimas começaram a jorrar de novo, e tentei acalmá-la:

— Mãe, tudo bem. Vamos dar um jeito. Mas preciso perguntar: quanto você deu a ele?

— Foi do seu pai, do seguro de vida de seu pai. — A voz dela estava trêmula.

Senti o nervosismo voltar, causando arrepios no meu corpo.

— Foi o dinheiro do seguro de vida de papai? — perguntei, e ela concordou com a cabeça. — Você deu todo o dinheiro a ele?

— Não, querida. Eu jamais faria uma coisa dessas.

— Então deu quanto?

Estava surpresa comigo mesma pela neutralidade da minha voz.

— A princípio, ele me pediu 10 mil dólares, mas eu disse que não recrutaria nenhum outro investidor. Eu disse que não entendia de finanças e que não fingiria entender. Então ele respondeu que abriria uma exceção para mim se eu fizesse um investimento duplo, porque a maioria das pessoas precisaria recrutar um investidor.

— Então você deu o dobro da quantia para ele?

Os olhos dela se encheram de lágrimas de novo e ela disse:

— Alice, estou tão envergonhada! Não sei onde estava com a cabeça, eu simplesmente...

— Mamãe, por favor, não fique assim. Você não lembra se estava comprando nada? Ações, fundo imobiliário ou qualquer outro tipo de produto?

— Era um fundo de investimentos.

— Não posso deixar de perguntar — falei, devagar — se não foi um daqueles esquemas de pirâmide.

— Por certo que não. — Pela primeira vez em vários minutos, o tom de voz de mamãe fora firme. — Era um fundo de investimentos, e o dinheiro seria reembolsado assim que novos membros entrassem.

— Então talvez ainda vá dar algum retorno...

Ela balançou a cabeça.

— Ele não conseguiu membros suficientes, e precisava pagar os custos administrativos.

— Quem é esse homem? Isso parece incrivelmente suspeito.

— Eu sei, querida. Desejava não ter feito um investimento duplo, mas, se eu tivesse encorajado meus amigos a entrar nesse esquema, estaria me sentindo muito pior agora.

— Então, além do que sobrou da apólice do seguro de vida do papai, você tem mais algum dinheiro guardado?

— Minha nossa, Alice! Vovó e eu não vamos parar na sarjeta, se é com isso que está preocupada. Caso o pior aconteça, podemos hipotecar a casa. Você sabe que o banco do seu pai nos daria juros mais favoráveis, apesar de que, para poupá-lo dessa vergonha, talvez eu recorra a outro banco. Ele ficaria arrasado com o que fiz.

Uma hipoteca? Ainda sem saber a quantia que ela tinha guardada, tampouco quais eram as suas despesas mensais, temia que se eu a forçasse a falar os números, ela ficaria devastada.

— Não fique se torturando — falei. — Você estava tentando cuidar de você mesma e de vovó, e acho que é exatamente o que papai gostaria que fizesse.

— Ele era um homem tão responsável! Sabia que eu recebo metade da pensão dele todo mês e, quando fizer 62, receberei também o dinheiro do seguro social?

Se isso acontecesse, seria apenas em 1987, um ano que estava tão distante que a ideia me trazia pouco conforto.

— Você não deve contar nada disso à sua avó — pediu mamãe. — Não podemos deixá-la preocupada, por causa da idade dela.

— Está bem, mas acho que esse sujeito do investimento deveria ir para a cadeia. Sei que está envergonhada, mas acho que deveria dar queixa contra ele.

Nesse momento, o rosto de mamãe assumiu uma expressão de falsa inocência que jamais vira antes.

— Nós não o... — Hesitei. — Nós não o conhecemos, não é?

— Querida, isso não importa muito.

— Mãe, você precisa me dizer quem foi!

— Riley é uma cidade tão pequena, você sabe como as pessoas comentam tudo — disse ela, e logo pensei na observação semelhante que fizera a Charlie Blackwell, me referindo a Madison. No entanto, era mesmo uma verdade quanto a Riley. — Depois que vendermos o broche, veremos como vamos ficar — continuou mamãe. — É vitoriano, sabe? Isso quer dizer que é valioso. Se der para cobrir o que perdi, fingimos que nada disso aconteceu.

— Mamãe, com quem foi que você fez esse investimento?

Ela não parecia estar com raiva, o que não se aplicava a mim. Ela só parecia triste e cansada.

— Não quero que ninguém entre em uma fria. Entendeu? Você não pode contar para ninguém! Tenho certeza de que ele não teve a intenção de me magoar, mas era inexperiente e deu um passo maior do que as pernas. — Acho que ela ainda queria dizer mais alguma coisa, porém, no fim, disse apenas: — Foi Pete Imhof.

DEPOIS DE PASSAR A NOITE me revirando na cama da minha infância, comi o bacon e os ovos que mamãe preparara para o café da manhã e não voltamos a conversar sobre o que acontecera na noite anterior. Vovó ainda estava dormindo. Quando acabei de comer, li o jornal de Riley e, logo que mamãe saiu da cozinha, abri de um salto a gaveta na qual ela guardava o caderninho de telefones. O número dele estava lá, assim como o endereço na Parade Street. Alguns minutos depois, saí a pé; disse a mamãe que havia visto uma blusa que me interessara em uma das vitrines do centro enquanto dirigia para Riley, na tarde anterior.

Como era segunda-feira, seria possível que a minha ida até a casa dele antes das 17 horas, horário em que estaria no trabalho, fosse improdutiva. Mas eu estava tão agitada que fiquei relutante em ficar perto de mamãe e de vovó. Primeiro, iria até lá para ver exatamente onde era e, depois, voltaria mais tarde, para tentar encontrá-lo antes de eu sair da cidade. Se não conseguisse alcançá-lo, teria de esperar até o dia seguinte, o que eu certamente não queria. Entre outras razões, não podia deixar de me perguntar se Charlie Blackwell me ligaria e, se ligasse, se eu gostaria de estar em Madison. (Paquera antes da difusão da secretária eletrônica, correio de voz ou e-mail — como isso parece estranho nos dias de hoje.)

Quando eu pensava em Charlie Blackwell, algo que acontecera bastante nas últimas 24 horas, eu me derretia toda. Nosso primeiro beijo durara vários minutos e acabamos nos sentando e depois nos deitando no sofá, comigo de costas e com a cabeça no braço da mobília e ele por cima de mim.

Conversamos muito e nos beijamos muito, e os lábios dele eram quentes, molhados, íntimos e novos; às vezes, apenas olhávamos um para o outro com os rostos ridiculamente perto e sorríamos. Ambos éramos maduros o suficiente para saber que era improvável que aquilo durasse ou se tornasse algo genuíno, mas esse fato fez com que aproveitássemos ainda mais a situação, sabendo que poderia acabar dentro de algumas horas. Ficar deitada embaixo dele me trouxe uma alegria tremenda.

Logo depois da meia-noite, ele disse:

— Acho melhor ir embora antes que eu deixe de lado o meu cavalheirismo e tente seduzi-la.

Apesar de estarmos com todas as peças de roupa, o meu sutiã fora desabotoado no decorrer da noite e percebi a ereção dele quando disse isso. É certo que poderíamos ter dormido juntos, as pessoas já faziam isso, era 1977. Eu tinha um diafragma (não aquele dado pela Dra. Wycomb, mas uma versão mais moderna) guardado em uma frasqueira, embaixo da pia do banheiro, que eu não usava desde Simon. E essa fora a primeira vez na vida que ficara tentada a dormir com um homem na primeira noite em que nos conhecemos, mas fiquei apenas um pouco tentada — seria como pular as etapas normais de se conhecer alguém. Além disso, Dena jamais falaria comigo de novo.

Um pouco relutante, sugeri:

— Talvez você devesse apenas me dar um beijo de boa-noite e perguntar se estou disponível para um encontro durante a semana.

— Espere um segundo — ele fingiu estar chocado. — Você quer dizer que consegue encaixar um encontro para nós no meio dos seus preparativos para a biblioteca?

— Isso não é muito gentil da sua parte. — Inclinei a cabeça para o lado. — Queria ter aceitado o seu convite mais cedo. Achei que não deveria por causa de Dena.

— Ainda bem que você reconsiderou.

Quando olhei para ele novamente, ele estava sorrindo, e a força daquele sorriso foi quase suficiente para que eu suprimisse a ideia de Dena com raiva.

Mas ele não me convidou para sair de novo antes de ir embora, não combinamos nada concreto e, assim que ele se foi, desejei que isso tivesse acontecido. O meu pensamento não era específico sobre estar gostando de Charlie Blackwell, mas fora o mesmo pensamento que me fizera ficar imaginando onde eu colocaria a mobília da casa na McKinley Street antes de perceber que eu gostaria que ela fosse minha. No entanto, pensei, como poderia comprar uma casa quando a situação financeira de mamãe era tão precária? Não seria melhor manter o dinheiro guardado, no caso de o problema ficar ainda pior do que eu imaginava?

E o que eu faria sobre Dena? Enquanto caminhava até a Commerce Street na direção leste, me afastando do rio Riley, pensava na seriedade da minha traição, que parecia muito mais grave sem a presença de Charlie me distraindo. Eu precisava falar com ela. Primeiro, precisava pensar no que dizer e, então, precisava falar com ela. Não, antes precisava saber o que havia entre mim e Charlie, se ele não passava de um caso ou se pretendíamos realmente nos ver de novo; daí precisaria pensar no que eu diria a Dena, e só então falaria com ela.

Chegando à Commerce Street, passei pelo açougue dos irmãos Jurec, pela taverna de Grady, pela padaria Stromond, na qual, se você tivesse menos de 12 anos eles lhe davam um biscoito doce na forma de um osso de cachorro. No espaço em que antes fora ocupado pela loja de tecidos, agora havia um restaurante chinês — um restaurante chinês em Riley! — e ouvi dizer que Ruth Hofstetter, a balconista atraente cujo estado civil, aos 20 e muito anos, entristecia a mim e a mamãe, havia se tornado a proprietária da loja antes de vender tudo para ir se casar com um fazendeiro viúvo de Houghton. Ruth deveria estar entrando na casa dos 40 naquela época, e a nossa diferença de idade me pareceu bem menos chocante do que antes, quando eu ainda estava no colegial e ela tinha os seus 27, 28 anos. E acabara de me ocorrer que eu provavelmente me casaria com um homem de 40 ou 50 anos, assim como Ruth o fizera, ainda mais se não me casasse logo. E isso não me pareceu mais censurável do que impossível de compreender a fundo. Como alguém poderia, no seu primeiro casamento, ser a noiva de um homem velho? Como você carregaria consigo o sonho de criança do vestido de cetim com lírios brancos e se uniria a um noivo de mãos gordas, manchas de idade na pele e cabelos grisalhos e ralos? Dick Cimino tinha 48 anos quando se casou com Dena, apesar de, no caso dela, essa ter sido a ideia de ter um "casamento temporão", um paizão para enchê-la de presentes e atenções.

A resposta para como Ruth teria feito, pelo menos é assim que suponho, é que ela mesma era mais velha; se alguém se casasse com um homem mais velho era porque essa pessoa era mais velha e aparentava ser mais velha. Então, a diferença entre os dois não seria tão gritante. Ou, inversamente, ele poderia ser bem jovial por dentro e as quedas e rugas que tivesse seriam como uma fantasia que ele estaria vestindo.

No ponto onde a Commerce Street cruzava com a Colway Avenue, senti uma mudança na vizinhança. Não que fosse pobre; nenhum ponto de Riley era realmente pobre, só havia mais casas com a tinta descascada e com a mobília suja nas varandas da frente. O sol já se escondera atrás das nuvens, mas ainda estava quente.

Virei na Parade Street, observando os números. No endereço dele havia uma estrutura de dois andares, com uma lateral cinza de vinil; ficava claro que havia sido construída como apartamentos, sem nunca ter sido uma casa. Meu coração acelerou quando tentei abrir a porta de entrada, que não estava trancada, e logo eu estava em pé na portaria com paredes cinzentas e piso de linóleo azul. Havia uma escada de madeira com os degraus cobertos por uma passadeira de plástico transparente. O corredor cheirava a fumaça de cigarro. A porta dele era no fim do corredor do primeiro andar, à esquerda. Antes de tocar a campainha pensei que talvez ele estivesse em casa, porque para se morar em um lugar como aquele só se estivesse desempregado. Depois pensei que tinha sido uma observação esnobe da minha parte e, sem dúvida, incorreta, e então ele abriu a porta.

Pete pareceu surpreso, mas como se fosse divertido me ver parada ali.

— Alice Lindgren — disse ele. — Quanto tempo.

Apesar de estar nervosa, eu também estava com raiva e deixei a raiva me guiar.

— Como pôde? — explodi.

Ele apenas sorriu, o que me enfureceu ainda mais. Ele vestia uma regata branca, uma calça jeans rasgada e chinelos. Uma barba escura e grossa cobria seu rosto e ele ganhara uns 20 quilos desde a última vez que o vira. (Uma vez, enquanto estava voltando da escola e comprava milk-shakes no Tatty's com Betty Bridges, vi que ele estava sentado no balcão, do outro lado do restaurante, de costas para nós, e eu mal me mexi ou falei enquanto ele não foi embora, o que aconteceu uma hora depois. Essa fora a única vez que o vira em quase 14 anos.)

Ele caminhou vagarosamente até o sofá do qual parecia ter se levantado para abrir a porta. A televisão ao meu lado estava ligada — estava passando *The Price Is Right?* (Pete Imhof assistia a esse programa?) — e, na mesa de centro à frente do sofá, havia palavras-cruzadas inacabadas do jornal de Riley, com uma caneta sem tampa largada por cima e um cinzeiro, no qual um cigarro recém-fumado ainda soltava fumaça. Só depois de acender um novo, tragar e soltar a fumaça pelas narinas, foi que disse:

— Negócios dão errado o tempo todo.

— Pete, é evidente que foi uma fraude!

— Desde quando se tornou especialista em gerenciamento de ativos?

Ele pareceu tão indignado que, pela primeira vez, me ocorreu que não fora intencional. Ele devia ter ido até mamãe por ter ouvido falar que papai morrera e presumido que ela ganhara alguma herança; estava tentando levantar dinheiro para o seu esquema. E devia ter pensado que, de fato, lucraria alguma coisa. Talvez não tivesse agido apenas por rancor a mim.

— Seja como for — falei —, você não deveria ter envolvido uma pessoa que está vulnerável em um empreendimento de risco. Mamãe precisa daquele dinheiro para viver e para sustentar minha avó de 82 anos.

— Alice, eu também perdi dinheiro. Para ser preciso, 35 mil, que é bem mais do que os outros perderam.

— Você precisa devolver o dinheiro para minha mãe. — Tentei ser o mais firme e persuasiva possível.

Ele fungou.

— Não se pode tirar leite de pedra.

— Então encontre outro jeito de consertar essa situação.

— Se eu ficar sabendo de alguma próxima oportunidade na qual ela possa se interessar...

— Nem pense em procurá-la de novo.

— Você precisa decidir o que quer.

Meu olhar foi penetrante, mas ele continuou:

— Por que não relaxa?

Ele estendeu o maço de cigarros, me oferecendo — eram Camels —, mas recusei.

— Se preferir cerveja, tenho muitas — disse ele. — Sei que está cedo, mas não vou julgar você.

Cruzei os braços.

— Estou vendo que você não está usando nenhuma aliança. Ainda é solteira?

Olhei para ele fixamente, e minha raiva parecia uma tempestade dentro de mim, um tornado de fúria. Lembrei do dia em que me chamou de puta na casa da família dele; era uma lembrança que eu jamais esquecera, mas que armazenara o mais fundo possível em minha mente.

— Sei de uma coisa que vai aparar as arestas entre nós. — Ele sorria com malícia. — E seria divertido para nós dois.

— Você é nojento — respondi.

— Você não costumava pensar assim. — Ele sorriu, e quando não sorri de volta a expressão dele se tornou amarga. — Esqueça o dinheiro, Alice. Sua mãe é uma mulher madura e passou a vida inteira casada com um gerente de banco; tenha dó. Aquela transação tinha muito potencial, mas poucas pessoas subiram a bordo, e tivemos de dividir o prejuízo.

— Isso não convence — argumentei.

Olhamos um para o outro com desprezo, e ele meneou a cabeça.

— Você é muito cara de pau mesmo. Do que está me acusando exatamente? De ferrar com a sua família? Logo você que, de todas as pessoas, deveria entender que erros acontecem.

Esse era o trunfo dele. Eu não havia forçado a jogada? Porque, desse modo, o erro seria meu e não dele, e eu sentiria culpa e não raiva. E a culpa não era um sentimento muito mais elegante do que raiva? Não tinha muito mais a ver comigo? Sim. Não importa o que Pete Imhof tenha feito ou dito, não importa quão manipulador ou cruel tenha sido; o meu erro seria sempre o pior. Tomar conhecimento disso tinha sido o que me impediu de virar a mesa de centro dele e atirar o cinzeiro do outro lado da sala ou de estapeá-lo na cara. Enquanto deixava o apartamento, só disse uma frase:

— Nunca mais se aproxime de nenhuma de nós.

EU JÁ HAVIA ANDADO por algumas quadras antes de começar a chorar, e fiquei tão preocupada de ser vista por alguém que conhecia, que me enfiei no primeiro beco que encontrei entre as casas; acho que estava invadindo o terreno de alguma propriedade. Fiquei lá, recostada contra a lateral branca de alumínio de uma das casas enquanto meus ombros sacudiam de tanto soluçar, agradecida pelo barulho do ar-condicionado sobre a minha cabeça. Não que eu achasse que não merecia ter sido punida; certamente eu merecia. Haviam se passado quase 14 anos desde aquela noite em que eu batera no carro de Andrew Imhof — e o temor se apoderava de mim a cada final de agosto e início de setembro, que chegaria em poucas semanas, tão certo quanto a presença anual do florescer dos cornisos ou dos vaga-lumes. Mesmo assim, Andrew ainda estava morto e eu, em choque para sempre. Nunca havia passado.

E quanto aos problemas que haviam surgido para mim nas últimas 48 horas — mamãe perdendo 20 mil dólares enquanto eu me encontrava, inesperadamente, atraída pelo homem por quem Dena estava interessada: que direito eu tinha de reclamar de qualquer uma das duas situações? No fim, eu tinha mais sorte do que azar. No entanto, era difícil não pensar no que teria feito de diferente e como poderia ter evitado aquela sequência de eventos. Eu era uma pessoa que saía do meu caminho para ser considerada atenciosa e responsável; não era como se eu não me importasse com o que as pessoas pensavam ou sentiam.

Não faça isso, pensei comigo mesma. *Não comece a sentir pena de si mesma. Está tudo bem.* As lágrimas começaram a secar — na verdade, quanto mais velha eu ficava, menos chorava e, quando o fazia, durava pouco. *Seja prática. Pense no que precisa fazer e resolva um problema de cada vez; não pense em tudo como uma coisa só. Você não cometeu uma nova injúria contra Andrew; é o mesmo erro surgindo novamente. Não dá para desfazer o que foi feito; você precisa seguir em frente, tentando não causar mais infelicidade.* Na hora, percebi que não poderia concluir a compra da casa da McKinley Street e, mesmo que Charlie me ligasse, não poderia vê-lo de novo; aquelas eram as minhas soluções, e não havia sido difícil tomá-las.

Engoli as lágrimas, enxuguei os olhos com um lenço que carregava na bolsa e saí do beco entre as casas. Havia muito tempo que me tornara a minha própria confidente.

EU NÃO TINHA DECIDIDO o que faria com antecedência — tinha uma vaga noção de que procuraria uma loja que comprava e vendia joias antigas —, mas, na 94 Street, indo para Madison, após passar por três cartazes que divulgavam a mesma loja, resolvi parar. Fiquei surpresa com o fato de uma mulher ser a dona da loja ou mesmo que uma mulher estivesse atrás do balcão naquela tarde. As seções estavam repletas de televisões e aparelhos de som, motocicletas e jaquetas de couro e, atrás de uma prateleira envidraçada, havia um Buda de jade.

Mamãe me dera o broche sem nenhuma proteção; não estava nem mesmo embrulhado em papel pardo. E foi assim que o entreguei à mulher, desejando, de imediato, ter esperado para tê-lo guardado em uma das caixinhas de joias de veludo que ganhara (sempre pareceram bonitas demais para irem parar no lixo). Com certeza, isso teria dado ao broche uma aura mais pomposa.

— Gostaria de vender isto — disse.

Achei que o melhor seria falar pouco para não revelar minha ignorância quanto ao jargão usado. Eu era a única cliente na loja, então pelo menos não havia plateia.

A mulher devia ter mais ou menos a idade de mamãe, e usava várias pulseiras e anéis (as unhas eram compridas e estavam pintadas de vermelho-escuro). No pescoço, havia uma corrente com uma enorme cruz de prata pendurada. O cabelo avermelhado era curto e volumoso e a sua voz era grave e amigável.

— Está um calor danado lá fora, não é? — comentou ela, enquanto examinava o broche.

— Wisconsin em julho — concordei, em tom agradável.

Por favor, pensei. *Por favor, por favor, por favor.*

Ela observou atentamente o broche com uma lente de aumento.

— Vou levar minha neta para nadar hoje, aposto que a praia estará lotada. Dou 90 dólares pelo broche.

Demonstrei surpresa. Ela olhou para mim, e eu tentei recompor minha expressão para uma normal.

— Realmente, será que você... — Parei de falar. — Tenho certeza de que é vitoriano!

De pé, ao lado de uma televisão enorme, eu mesma me senti ridícula.

— Noventa dólares — repetiu a mulher, que parecia menos amigável. É certo que ela ouvira inúmeras histórias de calamidades financeiras; dureza era uma qualidade que lhe caía bem.

Peguei o broche de volta.

— Pensarei a respeito.

— A oferta vale até as 20 horas; depois disso, se você o trouxer, terá um novo preço.

— Obrigada pela ajuda.

E então, para não parecer rancorosa nem desesperada, porque não queria *ficar* desse jeito, acrescentei, antes de sair:

— Aproveite o mergulho.

LIGUEI PARA NADINE da minha cozinha, e, quando disse quem era, ela perguntou:

— Como estão as arrumações?

— Eu me sinto horrível por fazer isso... — comecei. — Sinto muito, ainda mais porque você se esforçou tanto para me ajudar a encontrar a casa certa, mas... Podemos desfazer o negócio? Podemos, não é? É legalmente possível? O proprietário pode ficar com o adiantamento.

Havia separado 500 dólares para esse fim — não era nada, mas era um bom negócio; era menos do que um pagamento à vista e do que um mês de hipoteca.

— Está tentando me pregar uma peça? — perguntou Nadine.

O que mais chamou a minha atenção nesse momento, muito mais do que perder a casa, foi a estranheza social de voltar atrás com uma pessoa que fora tão boa para mim. Igualmente poderoso foi o medo que senti de não ser possível fazer isso, pois talvez já fosse tarde demais.

— Alice, todas as pessoas reconsideram. — Nadine pareceu relevar o que disse. — Vou lhe dizer o que quero que faça. Escreva uma lista com todas as suas preocupações e as examinaremos juntas, para ver se batem. Comprar uma casa é um grande passo, mas tenho certeza de que será muito feliz.

— Não posso comprar a casa — respondi. — Surgiu um imprevisto.

— Está preocupada com a inspeção? — perguntou Nadine.

— O problema não é com a casa em si. Não posso comprar mais nenhuma casa.

Durante um momento excruciante, Nadine ficou em silêncio. Depois, ela disse:

— Sabe, já deparei com muitos clientes loucos, mas nunca achei que você fosse um deles.

— Serei eternamente grata pela sua ajuda — declarei.

Não considerei dar os motivos reais pela mudança de planos, pois isso seria uma invasão à privacidade de mamãe, mas decidi, mais tarde naquela semana, escrever um bilhete para Nadine. Isso atenuaria a situação pelo menos um pouco.

— Gostaria de saber se existe mais alguma multa além do dinheiro do adiantamento. Preciso pagar algum tipo de taxa a você?

— Não. — A voz dela era fria, como nunca ouvira antes. — Você está livre para ir embora. Tudo o que deu foi a sua palavra.

ESTAVA NO MEU apartamento trabalhando em Babar — que usava um conjunto de papel machê verde com uma gravata vermelha e uma coroa amarela do mesmo material —, contentíssima com a forma que ele tomara, a não ser pelo fato nada insignificante de o peso do tronco dele ter feito com que a cabeça pendesse para frente, como se estivesse dormindo. A solução que dei foi amarrar um peso em uma corda ao redor do pescoço dele; o peso, que na versão de teste era um copo de geleia do armário da despensa, ficaria escondido nas costas dele. Infelizmente, a corda ficava visível e parecia um laço muito pequeno. Talvez uma solução melhor, pensei, seria dar voltas no pescoço dele com um arame e anexar um gancho (poderia pendurá-lo contra a parede para que as crianças não percebessem) que o deixasse pendurado na parede pelo arame. Enquanto pensava nisso despontavam, simultaneamente, considerações sobre Charlie Blackwell e sobre o fato de ele ainda não ter ligado, e caso não tivesse tentado ligar nenhuma vez, como me sentiria insultada — seria uma demonstração de que realmente não havia se interessado por mim e me quisera apenas para a noite. Também pensava em como isso tornaria tudo mais simples. Não precisaria explicar para ele o porquê de não podermos mais nos ver. Em todo caso, havia decidido não mencionar nada sobre ele para Dena. Confessar seria indulgente, uma tentativa de absolver a mim mesma, mais do que de deixá-la ciente. Enquanto meu cérebro alternava entre Babar, Charlie e Dena, o telefone tocou e meu coração acelerou um pouco (seria Charlie?). Mas, quando atendi, foi a voz de Dena que disse:

— Se você vier hoje à noite, farei um ensopado de legumes. Tenho uma berinjela que está prestes a me atacar.

— O que devo levar? — perguntei.

— Eu nunca digo não a uma boa garrafa de vinho. Droga, tenho um cliente. Ligo de volta em alguns minutos.

Minutos depois, tocou o telefone de novo.

— O tinto combina melhor com ensopado, não acha?

Houve uma pausa, e então Charlie disse:

— Alice?

Senti algo que oscilava entre prazer e ansiedade.

— Sinto muito, esperava que fosse outra pessoa.

— Quer que eu ligue de volta?

— Não. — Fiz uma pausa. — Posso falar agora, se você puder.

— Bem, fui eu que liguei para você. — Ele pareceu se divertir.

Houve um silêncio, e na mesma hora que ele perguntou:

— Como você está?

— Estou trabalhando no Bab... — Nós dois paramos para deixar o outro falar.

Por fim, ele disse:

— Tive uma ideia para os nossos planos de hoje à noite.

Tínhamos planos para aquela noite? De fato *era* terça, a noite que ele sugerira na primeira vez que me convidara para sair. Mas eu não havia recusado esse convite? E ele não fizera outro.

— Estou pensando no Gilded Rose — continuou ele. — Tenho de fazer um discurso em Waupun antes, então, se você não se importar, podemos combinar um pouco mais tarde? Oito e meia está bom para você?

O Gilded Rose era o restaurante mais chique de Madison; praticamente o único restaurante chique, e eu nunca havia ido lá. Minha amiga Rita, que foi levada lá pelo sobrinho e pela esposa dele, disse que o coquetel de camarão de lá custava 5 dólares.

— Charlie, não posso sair com você — respondi.

— Já não discutimos isso?

— Pensei melhor. Não é que você não seja atraente, nem que eu não esteja... — parei de falar, mas não havia motivos para não ser franca com ele, especialmente se pudesse poupar seus sentimentos — atraída por você. Mas Dena é a minha melhor amiga, e isso seria injusto com ela.

— Essa é a coisa mais ridícula que já ouvi.

Esperava que ele concordasse ou pelo menos confirmasse a veracidade do meu argumento. Eu estava passando por neurótica, e por que ele deveria insistir em sair com alguém que demonstrava as próprias neuroses assim, tão rápido? No entanto, a completa rejeição aos meus motivos não me insultou; ao contrário, aquilo fez com que me sentisse feliz e me deu a esperança de que ele talvez estivesse certo. Essa esperança ia contra a certeza que tinha de que ele não estava.

— Conheci a sua amiga dez minutos antes de conhecer você — disse ele. — Se ela acha que tem algum direito sobre mim, ela é louca, e se você acreditar nisso, é tão louca quanto ela.

— Charlie, colocar em dúvida a sanidade mental de uma mulher não é, provavelmente, a melhor forma de cortejá-la — contestei. Ele deu uma risada sem graça.

— Mas aposto que nossos caminhos vão se cruzar de novo — continuei. — Então, o que acha de nos despedirmos como amigos?

— Sabe quando foi a última vez que convidei alguém para ir ao Gilded Rose? — Ele ainda não parecia aborrecido, estava determinado. — Nunca! Sou um cara pão-duro, mas esse é o tamanho do esforço que estou fazendo para conquistar você.

— Fico lisonjeada, Charlie, de verdade.

— Está bem. O que acha do seguinte. — Interrompeu-se. — Esqueça o jantar. Venha assistir ao meu discurso. Não será um encontro, será um passeio cívico pelo campo.

— O discurso de hoje à noite?

— É um daqueles eventos do Lions Clube. Não foi você que mencionou gostar de escutar pessoas que não têm nada a dizer?

— Está fazendo isso por que está concorrendo ao Congresso?

— Quem disse que estou concorrendo ao Congresso? É assim que começam os rumores, querida.

Ele falava rápido e parecia de bom humor. Quando eu falava com ele, o mundo não parecia um lugar tão complicado.

— Prometo que não será um encontro — disse ele. — Teremos uma sala cheia de fazendeiros septuagenários nos acompanhando.

— Mulheres podem entrar nesses eventos?

— Está brincando? Os Lions amam as suas Leoas. Preciso ir mais cedo para conversar com alguns conhecidos. Se você puder me encontrar lá, o endereço é Oak Street, 2.726, assim que se sai da rua principal de Waupun. O discurso começa às 19 horas. — Ele deu uma risada irônica. — Os tampões de ouvido são opcionais.

NAQUELA TARDE, fui a uma loja próxima ao capitólio que vendia não apenas joias antigas como várias antiguidades. Fiquei mais confortável naquele lugar do que na loja de penhores, porém o homem atrás do balcão — por volta dos 60 anos, um sujeito magro com um bigode estreito e uma entonação exagerada que me levava a ter quase certeza de que era homossexual — me ofereceu apenas 75 dólares pelo broche de mamãe.

— Mas é verdadeiro, não é? — perguntei. Com ele, fiquei menos tímida de mostrar a minha ignorância sobre a revenda de uma joia.

— Tem 14 quilates — respondeu ele. — Contém mais metal na base do que ouro. Eu diria que é vitoriano.

Na loja de penhores, meu sentimento irreal de esperança e o pressentimento de que o broche não poderia resolver os problemas financeiros de mamãe, mas sem ter absoluta certeza disso, tudo me deixou vulnerável e, por isso, fiquei decepcionada. Daquela vez, tinha poucas expectativas. Não tentaria convencer aquele homem de nada.

ASSIM QUE DESLIGUEI o telefone depois de conversar com Charlie, liguei para Dena e perguntei se poderíamos adiar o ensopado de legumes para a noite seguinte. Disse que havia esquecido que marcara antes com Rita Alwin. Dena respondeu:

— Tudo bem, mas estou avisando que os melhores dias daquela berinjela já se passaram.

Tentei justificar a mentira dizendo a mim mesma que quando havíamos nos falado mais cedo ela mal me dera chance de confirmar presença. Mas essa desculpa me pareceu um tanto ou quanto esfarrapada e me deixou inquieta durante o banho e enquanto passava rímel e batom. Melhorei de humor no carro — Jimmy Buffett tocava no rádio e era uma tarde realmente muito agradável para dirigir, com o sol parecendo um medalhão sobre os campos.

O Lions Clube de Waupun era uma construção baixa de tijolos que dividia o estacionamento com uma pequena empresa. Quando entrei, logo antes das 19 horas, havia em torno de sessenta cadeiras e quarenta pessoas sentadas, e a maior parte da audiência havia escolhido se sentar nas fileiras mais afastadas. (Algo que aprendi rápido sobre uma reunião é que o sucesso de quórum deve sempre ser avaliado de forma proporcional. É sempre melhor ter 25 pessoas e vinte cadeiras do que 150 pessoas e seiscentas cadeiras. No entanto, preciso confessar que, hoje em dia, a ideia de uma aparição pública para 25 ou 150 pessoas me deixa nostálgica.) Eu me sentei na metade da plateia, e quando Charlie me viu — estava de pé na frente do palanque, vestindo um blazer de risca de giz branco e azul, uma calça bege e uma camisa de colarinho engomado branca, com uma gravata de listas largas, vermelha e marrom — fez um gesto para que eu me aproximasse. Da forma mais discreta possível naquele momento, neguei com a cabeça. Ele inclinou a cabeça e perguntou: "Por que não?", e tive uma sensação flamejante de que nos conhecíamos muito pouco. Se ele achava que eu era o tipo de pessoa que gostaria de estar sentada na primeira fila ou que, Deus me livre, gostaria de ser evidenciada de qualquer forma durante qualquer discurso, então ele não tinha a menor ideia de quem eu era.

Ele foi apresentado por um cavalheiro que se identificara como presidente do clube e, ao ouvir a biografia de Charlie, também me lembrara do quão pouco eu o conhecia; à medida que o somatório dos títulos e das conquistas dele ganhava força, me ocorreu que eu não tinha a mais vaga ideia de qual era a profissão daquele homem, nem se concorrer para o Congresso era um trabalho em si. Ele se formara na Universidade de Princeton em 1968, descobri, e trabalhara de 1968 até 1973 no ramo de hotelaria na costa oeste. Depois, fora para a faculdade Wharton da Universidade da Pensilvânia, se formando em 1975. ("Administração?", pensei.) Nos últimos dois anos, era vice-presidente executivo da Blackwell Meats, supervisionando o gerenciamento de produtos e as vendas (então ele tinha um emprego de verdade), e estava, atualmente, construindo uma casa em Houghton. Mas espere um segundo... Houghton?

Charlie se posicionou no palanque e ajustou o microfone.

— Nós, do sexto distrito de Wisconsin, somos um grupo forte de cidadãos — começou ele. — Somos pessoas autoconfiantes, excelentes, orgulhosas sem ser arrogantes, que olhamos para o futuro sem desrespeitar o passado.

Olhei para a minha esquerda para observar os rostos das pessoas na minha fileira. Como alguém poderia não perceber que aquele discurso fazia parte de uma campanha política? E nem mesmo isso, pois, como discurso para uma campanha, era muito ruim. Não era eletrizante, parecia apenas confiante, inteligente e — agora podia admitir — incrivelmente bonito.

— Não é nenhum segredo que enfrentamos dificuldades — continuou ele. — Nosso estado precisa de mais empregos, de um serviço de saúde mais abrangente e de menos despesas para as famílias dos trabalhadores. Isso sempre foi prioridade para todos os Blackwell, e são prioridades também para mim.

Quando ele terminou, poucas perguntas foram levantadas por alguns homens (com a exceção de duas mulheres com aparência de avós, toda a audiência era composta por homens), mas era uma plateia típica do Centro-Oeste, educada e respeitadora. Mesmo a pergunta com o maior potencial de confronto — "Que tal se você angariasse empregos abrindo uma fábrica Blackwell aqui em Waupun?" — pareceu mais de caráter jocoso ou foi, de qualquer forma, encarada com graça. Fiquei no meu lugar até que o salão se esvaziasse e ficassem apenas Charlie, o presidente do Clube, que o apresentara, outro homem que começou a desmontar as cadeiras e um jovem cavalheiro que estava ao lado de Charlie. Puxei da minha bolsa o livro que havia começado a ler na noite anterior — *Coelho em crise* — e, depois de alguns minutos, o jovem homem se aproximou de mim. Quando ainda estava a alguns metros de distância, ele estendeu a mão, se apresentando.

— Hank Ucker. Você deve ser Marian, a bibliotecária.

— Alice Lindgren — respondi, levantando-me para cumprimentá-lo com um aperto de mãos. Eu não conhecia a referência a "Marian"; a ouvia sempre, geralmente de homens que acabara de conhecer. Tais referências tendiam a ser, é claro, acompanhadas de alusões a traseiros, óculos e uma frigidez que ocultava selvageria sexual.

Hank Ucker gesticulou em direção ao romance de Updike.

— Sempre gostei de uma boa história com animais.

Na verdade, *Coelho em crise* era sobre um homem na Pensilvânia cujo casamento dera errado, mas não o corrigi. Hank Ucker era mais baixo do que Charlie, e mais ou menos uns 2 centímetros mais alto do que eu, com o início de calvície se insinuando na testa e olhos que pareciam inteligentes e levemente estrábicos atrás de uma armação de óculos de tartaruga. O nariz era grande e arrebitado e uma papada estava começando a se formar no pescoço. Apesar de ter presumido que ele também tinha em torno de 30 anos, parecia um daqueles homens que já nascem na meia-idade, e de fato, nas décadas que se seguiram, a aparência dele mudou muito pouco. Aos 50, ainda tinha pele de bebê.

— Excelente discurso do nosso amigo Blackwell — disse ele. — Não concorda?

— Você trabalhará nessa campanha? — perguntei.

Fingindo-se de desentendido, Hank Ucker perguntou:

— Que campanha?

Hesitei.

— Estou brincando — disse ele. — Mas estamos mesmo mantendo isso em segredo para que a oficialização seja um grande estrondo. Você nunca foi casada, não é?

Pisquei os olhos.

— Pergunto apenas porque você é tão bonita — acrescentou, e a completa ausência de flerte na energia subjacente ao comentário foi impactante. — Imagino que uma mulher como você tenha vários pretendentes.

— E o senhor é casado, Sr. Ucker?

— Pode me chamar de Hank. E sim, sou casado. — Ele levantou o dorso da mão esquerda, balançando os dedos e mostrando a aliança de ouro. — Acabamos de comemorar cinco anos de casados.

— Meus parabéns.

— É uma instituição que eu realmente recomendo. Talvez você já tenha tido uma experiência dos seus incontáveis prazeres?

Ele fez esse comentário de forma jovial. Na verdade, ele *era* jovial, praticamente angelical, mas acabou se mostrando uma pessoa completamente calculista. Em um tom tão jovial quanto o dele, respondi:

— Tenho *quase* certeza de que nunca fui casada.

Foi quando Charlie se aproximou por trás de Hank, colocando as duas mãos sobre os ombros dele, fazendo uma curta massagem.

— Não escute nada do que este homem disser — brincou Charlie, e pude perceber a sua dúvida quanto a me beijar no rosto ou não, tentando decidir entre ser cedo demais ou exposição demais.

Então, ele pegou a minha mão entre as dele, apertando-a. Devagar e de forma discreta, tirei a mão. Enquanto nós três caminhávamos em direção à porta principal do saguão, eu disse:

— Gostei do discurso.

Charlie deu de ombros.

— Podia ter sido melhor, podia ter sido pior. Acho que teria ajudado se o público não fosse tão letárgico.

Ainda estávamos dentro do prédio e, do outro lado do saguão, o presidente do clube estava desligando o microfone. Eu me perguntei se o homem estava nos ouvindo, embora Charlie não parecesse se preocupar com isso.

— Isso foi apenas um aquecimento, Alice — disse Hank, abrindo a porta para nós. — Pense em hoje multiplicado por mil, e isso pode lhe dar uma ideia.

Charlie me deu uma cotovelada de leve.

— Não precisa se preocupar com isso, Ucks. Ela não se impressiona facilmente.

Quando estávamos no estacionamento, Hank disse:

— Foi um prazer conhecê-la, Alice. — Ele pegou a minha mão direita e a beijou. O ato foi tanto agressivo quanto engraçado, mesmo que eu não tenha entendido muito bem por que achei isso.

Charlie jogou um molho de chaves para ele.

— Nos falamos pela manhã, campeão.

— Você sabe onde me encontrar — respondeu Hank. Deu alguns passos e olhou para trás. — Caso esteja preocupada, Alice, Harry e Janice ficam juntos de novo no final.

Devo ter olhado para ele com expressão de quem não entendeu, porque ele apontou para o livro que eu ainda carregava fora da bolsa e continuou:

— *Coelho em crise* é um trabalho mais maduro do que *Coelho corre*, mas, para ser sincero, achei ambos os livros autoindulgentes.

— E você é perito em autoindulgência, não é, Ucks? — brincou Charlie, enquanto Hank se dirigia para o próprio carro. Depois, como se isso tivesse acabado de lhe ocorrer, Charlie falou:

— E agora? Acho que vou precisar de uma carona.

Revirei os olhos.

— Bom, fiquei sabendo que você não mora em Madison de verdade, então acho que não saberia aonde levá-lo.

— Ah, isso. — Charlie fez um gesto com a mão. — Por motivos óbvios, é preciso morar no mesmo distrito em que se está concorrendo, então Hank alugou um local para mim em Houghton. Minha casa fica mesmo em Madison, mas está no nome do meu irmão.

— Isso é muito sorrateiro!

— Não, na verdade, é bastante comum. Existe um lugar que vende hambúrgueres no caminho daqui até Beaver Dam que é de outro mundo. Será que você é o tipo de garota que gosta de hambúrguer com queijo e bacon?

— Isso está me parecendo um encontro, Charlie.

Ele riu.

— De forma alguma. Somos apenas dois adultos de sexos opostos, saindo juntos em uma noite de verão para conversar.

Enquanto Charlie falava, Hank saía de carro do estacionamento; deu uma buzinada.

— O seu assistente de campanha, ou seja lá o que ele for, acabou de entregar o final do livro que — falei. — Você percebeu?

Charlie fez uma expressão de falsa ameaça.

— Puxa, Hank passou dos limites. Amanhã ele vai se ver comigo.

— Estou falando sério! — respondi. — Não havia por que fazer isso.

— Ele estava apenas brincando com você. Provavelmente, deve estar querendo conversar sobre livros, ele já leu muito, mas é desajeitado demais para dizer isso. E quanto a nós, pessoas menos inclinadas ao intelecto

— Charlie pegou na minha mão novamente, mas dessa vez eu deixei —, que tal um hambúrguer?

O RESTAURANTE chamava-se Red's; as paredes de madeira tinham acabamento barato, os assentos da nossa mesa eram de vinil preto e a fórmica da mesa estava arranhada com iniciais, declarações de amor e de ódio.

— Os anéis de cebola frita daqui são de outro mundo — disse Charlie. — Se eu pedir uma porção, você também come?

De forma geral, eu costumava me manter longe das batatas fritas e anéis de cebola — cuidava do meu peso —, mas concordei, sabendo que quando chegassem, estaria tão nervosa que não conseguiria comer muito.

A garçonete que estava nos servindo tinha mais de 50 anos e usava um crachá no qual se lia "EVELYN".

— Obrigado, querida — agradeceu Charlie quando ela colocou sobre a mesa dois copos de plástico com água gelada. Depois que pedimos, ele perguntou: — Você vai fazer aquele hambúrguer malpassado como eu gosto? Cheio de sabor?

A garçonete sorriu de forma indulgente.

— Vou pedir ao cozinheiro.

Quando ela já estava longe, perguntei:

— Você a conhece?

— Por essas bandas, Alice, conheço todo mundo. — Ele deu aquele sorriso típico. — Tudo bem, nunca a vi antes na vida. Mas aposto que se eu dissesse que estou concorrendo a um cargo público, até o final do jantar teria o voto dela.

— Então que pena que estejam escondendo esse fato. Foi você que pediu para Hank me perguntar se eu já havia sido casada?

Charlie assoviou.

— Nossa, ele sabe mesmo ir direto ao ponto... Não, com certeza não pedi a ele que fizesse nada do gênero.

Na verdade, eu acreditava em Charlie. Ele parecia alguém que adorava os próprios defeitos e, portanto, não escondia nada.

— Imagino que ele devesse estar examinando você para saber se é compatível com a posição de namorada de um candidato ao Congresso. Ele não entende que a pergunta é se eu sou bom o suficiente ou não para namorar *você*. Devia tê-la avisado sobre ele. A sutileza não é sua melhor característica, mas juro por Deus que Ucks é absolutamente brilhante. Aos 27 anos, foi o primeiro da turma de direito da Universidade de Wisconsin, e o cara ainda foi criado no Partido Republicano de Wisconsin. Não dá para pensar em alguém mais dedicado. Ele começou o estágio no partido quando tinha entre 16 e 17 anos e, depois que se formou como membro da irmandade Phi Beta Kappa, tornou-se assistente do meu pai.

— Vocês são amigos?

— Ele não é a pessoa que chamo para ir tomar cerveja, mas um dos motivos é porque ele se abstém de bebidas alcoólicas. De uns tempos para cá, porém, passamos muitas horas juntos, e ele se mantém a distância. É um cara de qualidade e o mais inteligente que já conheci. Quando a corrida ficar mais acirrada, contratarei especialistas, mas tenho certeza de que não há ninguém mais talentoso como estrategista do que Ucks. Ele tem a espetacular capacidade de perceber a situação como um todo e antecipar os ataques que podem vir do outro lado. Tenho certeza de que vou ter de lidar com um monte de acusações daquela droga de nepotismo, e a função dele é colocar um ponto final na questão e seguir em frente. Nós controlamos a pauta.

A garçonete trouxe as cervejas. Charlie pedira uma Miller e eu o acompanhara. Ele encostou o gargalo da garrafa dele contra a minha.

— Saúde.

— E quais são as outras perguntas que determinam se sou ou não uma namorada adequada para um candidato ao Congresso? — perguntei. — Hipoteticamente falando, é claro.

Ele tomou um grande gole.

— Há o problema do seu partido de afiliação. — O tom ainda era de brincadeira, ele não parecia estar falando sério. — Por que você tem de ser democrata, hein? Tipo, Jimmy Carter, por exemplo, como pode suportar aquele pateta, agricultor de amendoins?

— Ele pode ser facilmente comparado a Nixon.

Charlie balançou a cabeça.

— Nixon está fora de questão. Novo dia, nova ordem.

— Acho que é padrão que professores de escolas públicas sejam democratas — respondi. — Você ficaria surpreso com o número de alunos que tenho que precisam do benefício do almoço cedido pela escola.

— Presumo que sejam os filhos das mães negras da assistência social que vieram de Chicago, não?

— Não me parece uma forma muito gentil de definir a situação.

— Você tem um coração mole — afirmou Charlie. — Por isso, acha que é democrata. Ficará mais velha, ganhará algum dinheiro e, aí, verá em que posição se encontra.

— Nós dois não temos a mesma idade?

— Só que eu cresci com essa visão. Já penso assim há mais tempo.

— Não sou democrata porque deixei de pensar em certas questões — retruquei. — Sou democrata porque preciso ser.

— Nossa Senhora, será que nunca pensou em escrever discursos? Você não está me convencendo, mas várias pessoas engoliriam essa merda. Perdoe-me pelo meu francês.

— Sabe, cresci em Riley, bem perto de Houghton — contei. — A escola secundária de Houghton era nossa rival. Então, se precisar saber qualquer coisa sobre o local no qual supostamente vive posso ajudá-lo, mas só o farei se parar de debochar do meu partido político.

— Bom, sendo assim, nem preciso explicar a você por que só moro lá no papel — declarou ele. — Vou lá uma vez por semana, pego a correspondência, certifico-me de que nenhum guaxinim destruiu tudo e saio fora daquele buraco.

— Se é tão ruim assim, poderia ter escolhido algum outro lugar.

Charlie sacudiu a cabeça.

— O sexto distrito vai até Appleton, mas temos fábricas ao norte e, por isso, já temos representantes lá. Mais ao sul é a fortaleza de Alvin Wincek, que é onde precisamos nos concentrar. Viu, você tem muita sorte de ter crescido em Riley, em vez de em Houghton. Meersman é o seu representante, não é? Ele é um bom exemplo para você de jogador para o Partido Republicano, Bud Meersman.

— Eu nunca votei em Riley — respondi. — Da primeira vez em que pude votar foi em 1968, mas me registrei em Madison.

— Por favor, não diga que votou em Humphrey.

— Charlie, sou democrata — respondi. — É claro que votei nele.

— Foram pessoas como você que fizeram meu pai perder a corrida — disse Charlie, e, apesar de haver várias razões que eu poderia ter apontado como responsáveis pela não candidatura do governador Blackwell à presidência em 1968 (ele não havia sequer sido um dos três candidatos republicanos finalistas), não parecia estar brincando.

A garçonete apareceu trazendo três cestas ovais vermelhas de plástico, nas quais a comida encontrava-se arrumada e embrulhada em papel manteiga.

— Veja se está do seu gosto — disse ela, e então Charlie respondeu:

— Tenho certeza de que vai estar, Srta. Evelyn.

Enquanto cortava meu hambúrguer ao meio, perguntei:

— Por que então você frequentou um colégio na costa leste?

— Está se referindo à minha educação na Ivy League? — Ele pronunciou essas palavras de um jeito afeminado. — Acredite, é pior do que Princeton e Penn. Primeiro, fui mandado para um internato: um lugarzinho chamado Exeter, que é basicamente uma fundação que cria esnobes. Fica em New Hampshire; mamãe foi criada em Boston, e ainda se sente atraída pelo estilo de vida da costa leste. Você pode tirar a menina de Massachusetts, mas não pode tirar Massachusetts da menina, essa história. Então, cumprimos nossa pena em Exeter, depois passamos mais quatro anos em "Old Nassau", que é como os conhecedores chamam Princeton, depois veio Wharton. Fiz vários ótimos amigos e acabei aprendendo uma ou duas coisas, apesar dos meus grandes esforços contra isso. Mas, não se engane, os fundadores da Nova Inglaterra não são a minha gente. É tudo muito "Mimsy, por que não serve o gim-tônica?", muito frio e superficial. Se você for a uma festa de casamento de lá (fui padrinho de um camarada de New Canaan), é tudo tão tenso que mais parece um funeral. E isso não faz o meu estilo.

— Mas sendo filho do governador, eu achava que você teria crescido fazendo parte do Country Clube de Madison e tudo mais.

Charlie esclareceu:

— O Country Clube de Madison é para novos-ricos, querida. O Country Clube de Maronee é que contém a nata da sociedade. Fica ao norte de Milwaukee.

— Isso foi uma piada?

— O quê? — A expressão dele era defensiva, mas também despreocupada, como se tivesse sido acusado de ter comido o último biscoito do pacote.

— Escute o que está dizendo — falei. — Esqueça os seus colegas de Princeton: o esnobe aqui é *você*.

— Não há nada de errado em separar o joio do trigo, e não digo isso em termos de dinheiro. Essa é a mentalidade da Ivy League: "O seu pai fez parte de tais e tais clubes, a sua avó pertencia às Filhas da Revolução Americana"? Essas coisas são apenas rótulos. Mas é fato que não podemos negar que algumas pessoas são de qualidade e outras não.

— Não faço a menor ideia do que você quer dizer com isso. — Acho que teria me virado contra ele nesse momento, pelo menos um pouco ou talvez mais, se não fosse por ele ter coçado a sobrancelha, rido e falado:

— É, eu também não.

Ele deu uma mordida no sanduíche. Ao contrário de mim, ele não partira o hambúrguer ao meio, mas segurava o pão com as duas mãos e estava comendo com entusiasmo.

— Acho que sou tão hipócrita quanto todos os outros — disse ele. — Mas para que um cara desenvolva uma dupla personalidade, não há nada melhor do que o pai ser eleito governador quando você está na sétima série. Quero que entenda que não estou reclamando. Orgulho-me muito dele. É que você vira realeza nos eventos públicos, alvo nos vestiários, depois é mandado para algum internato, e quando as pessoas escutam que você veio de Wisconsin, pensam que você foi criado em um celeiro. Na minha primeira semana em Exeter, um camarada me perguntou, e não estou brincando quanto a isso, se havia eletricidade onde eu cresci. Então, no final das contas, o preconceito que enfrentei reforçou o orgulho que tenho de onde vim e de quem sou, mas dito isso, me prontificaria a entrar para o time de boliche de Bob, o mecânico? Provavelmente não. — Ele me deu um olhar atravessado. — Pelo menos não até ter anunciado oficialmente a minha candidatura e um fotógrafo do *The Houghton Gazette* estar lá para documentar o fato. A verdade — ele se inclinou para a frente — é que não sou um elitista. Acredita em mim, não acredita?

— Não sei bem no que acreditar.

Um olhar sincero de preocupação cruzou seu rosto, e essa sinceridade me conquistou. Eu tinha certeza de que as visões de Charlie não eram muito diferentes das dos homens que haviam estado no churrasco dos Hicken. A única diferença era que Charlie era muito honesto quanto a isso. Eu disse:

— Aposto que você, quando era um garotinho atormentado da sétima série, era incrivelmente fofo.

O sorriso dele reapareceu na mesma hora.

— Pode ter certeza disso! Como está o seu hambúrguer?

— Está delicioso. — Ele já tinha terminado o dele, e eu ainda estava na minha primeira metade.

— Tive uma ideia — disse Charlie. — Quer ouvir?

— Claro.

— Vou acertar a conta. Depois voltamos para Madison. Pode deixar que eu dirijo. Vamos para o seu apartamento, tiramos todas as roupas, entramos na cama e mostro a você que os republicanos sabem algumas coisas sobre alguns assuntos. — Ele fez uma pausa. — Quando você tiver acabado de comer, é claro.

Se eu tivesse expressado choque ou desagrado, teria sido falso — eu já passara por muita coisa na vida, coisas muito mais chocantes e desagradáveis do que uma proposta sexual. Além disso, ele falou de uma forma tão ingênua, que chegou a ser doce. Talvez eu devesse ter fingido estar ofendida, não porque realmente me ofendera, mas apenas em prol da adequação. No entanto, isso também pareceu bobo. Eu tinha 31 anos. Para o inferno com as minhas preocupações de estar pulando os estágios corretos de se conhecer alguém, para o inferno com inventar argumentos — argumentos contra namorar Charlie — sobre os quais eu não queria ter razão. Sim, era verdade que eu não tinha nenhuma certeza sobre ele, e também era verdade que ficar com ele prejudicaria a minha amizade com Dena. Mas a responsabilidade e os cuidados que eu havia tentado aplicar por tanto tempo — desde o acidente, apesar de, em muitos aspectos, muito antes disso — não serviram para nada, especialmente nos últimos tempos. Além disso, Charlie era um homem muito atraente. Eu *queria* tirar a roupa e ir para a cama com ele.

Deixei o hambúrguer de lado.

— Já acabei de comer.

De volta ao meu apartamento, Pierre e o Sr. Espirro estavam encostados na minha cama e, perto deles, estava o bebê coelho da história *The Runaway Bunny*, que eu havia vestido de peixe. (A mamãe coelho estava na sala de estar, esperando pela vara de pescar e pelas galochas.) Com cuidado, coloquei os personagens sobre o chão, perto da parede e, quando me virei, Charlie estava sem camisa, desabotoando as calças.

— O que foi? — disse ele. — Achou que estivesse brincando?

— Deixe-me pelo menos colocar um disco.

Quando passei por ele, fiz um gesto como se fosse bater ao lado de sua cabeça, mas não encostei nele. Notei (espero que tenha sido de forma sutil) que o peitoral dele era musculoso, bronzeado e coberto por pelos castanho-claros. Na sala de estar, primeiro peguei um disco de John Denver, mas depois lembrei que ele havia apoiado o presidente Carter. Imaginei que Charlie pudesse pensar que eu estava tentando dizer algo com aquilo, então, coloquei Stevie Wonder.

Um corredor curto ligava a sala ao quarto e, enquanto voltava para o quarto, vi que Charlie estava completamente nu, encostado na porta, com os braços cruzados contra o peito e um sorriso enorme no rosto. Quando me aproximei, ele descruzou os braços e os abriu para me abraçar, acariciando minhas costas e beijando o topo da minha cabeça. Em retribuição, beijei seu ombro nu coberto de sardas. Nossas bocas se encontraram, as línguas se entrelaçaram e senti sua ereção se formando, dando pequenos impulsos na minha direção, antes de ficar totalmente ereta. É uma sensação muito boa e ímpar poder abraçar um homem quando ele está sem roupas e você, vestida;

eu podia sentir o cheiro da pele dele e o gosto da cerveja que ele tomara no jantar, e fui eu que tirei a minha blusa pela cabeça e a deixei cair ao chão. Ele se inclinou para a frente e enterrou o rosto nos meus seios; não abriu o meu sutiã, apenas abaixou os bojos.

Logo todas as minhas roupas também tinham sido tiradas e estávamos rolando na cama; eu estava com as pernas enroscadas ao redor dele, peguei o pênis ereto nas mãos e o trouxe na minha direção. Parecia tão elementar, tão necessário para nós estarmos juntos daquela forma e, então, foi como acordar abruptamente, mas o segurei nos braços e disse:

— Espere, o meu diafragma está...

— Não, eu tenho proteção. Estamos bem.

Estava na carteira dele, dentro do bolso da calça no chão, e enquanto eu observava ele pegar o preservativo, já estava entorpecida demais para ficar sem graça de olhar fixamente para ele. A bunda dele era pequena como a da maioria dos homens. Como ele poderia ser um político inescrupuloso com uma bundinha tão linda? De volta à cama, ele se ajoelhou no colchão — eu estava deitava de costas, com ele por cima de mim — e talvez pareça rude dizer que esse tenha sido o momento em que soube que poderia amá-lo, o momento em que vi seu pênis. Com os homens do meu passado, os pênis sempre haviam sido criaturas estranhas, cômicas e, ao mesmo tempo, perdidas. Mas senti uma grande devoção por Charlie da primeira vez que vi o dele, aquele mastro roliço, ereto, de tonalidade rósea, as veias inchadas e a cabeça como um capacete. Todo ele era tão completamente *de* Charlie, que senti que não havia nenhuma parte do corpo dele que eu não quisesse tocar, e nenhuma forma que ele não pudesse me tocar.

Quando ele colocou a camisinha, segurou com força a minha cintura, abaixou o corpo para perto do meu e mergulhou dentro de mim, murmurando:

— Não consigo acreditar que algo tão gostoso como isso possa ser legal.

Ao que respondi:

— Estou muito feliz que você esteja aqui, agora. — E ele gemeu, encostado no meu pescoço.

Ele gozou alguns minutos depois, desmaiando em cima de mim; estávamos os dois quietos, eu o abracei sem falar e, depois de mais alguns minutos, ele elevou a cabeça para que pudéssemos nos ver e disse:

— Eu queria ter me segurado mais um pouco, mas você é essa deusa de seios deliciosos...

— Charlie! — Esse foi o único momento da noite em que fiquei envergonhada.

— Você não sabia que seus seios são deliciosos?

Cobri os lábios dele com minha mão. Quando ele a afastou, disse:

— Agora é a sua vez. Sou destro, então, para uma maior destreza, é melhor se ficarmos assim. — Ele apontou para a esquerda com o queixo e me rolou na cama.

— Você não precisa fazer isso.

— Alice, eu sempre desejo a satisfação máxima do cliente.

— Não sei... Eu simplesmente não...

— Você já teve um orgasmo antes, não teve? Tudo bem se nunca tiver tido um, apesar de que, se esse for o caso, enganaram você fortemente, lhe deram menos troco do que deviam.

— Não, eu já tive — respondi. — Só não é, você sabe... sempre.

— Isso é inaceitável. É uma simples função biológica.

— Muito perspicaz de sua parte.

— Ei, eu li *Medo de voar*, sei tudo sobre relações sexuais casuais.

— Fico agradecida. — Hesitei. A minha demora para chegar lá se tornara uma questão no final do relacionamento com Simon; às vezes, ele desistia. — Fico feliz que queira tentar — falei —, mas temo que possa não funcionar e não gostaria de estragar essa noite, que foi tão boa até agora.

— É evidente que você não tem a menor noção do meu talento nesse departamento.

Virei a cabeça para que pudéssemos nos olhar nos olhos.

— Hoje não.

Ele franziu o centro.

— Não entendo como alguém pode recusar o...

— Charlie, não estou no clima — disse, e sabia que havia distância em minha voz.

Nenhum dos dois disse mais nada, até que ele se pronunciou, em uma tentativa de aproximação:

— Quer ouvir as outras informações que acrescentei ao meu dossiê sobre você?

Estivéramos sob um tipo de encantamento que havia se quebrado. Eu não queria ser fria com ele, mas também não queria simular alegria. Respondi:

— Talvez mais tarde.

— Não, são coisas positivas. Fui atualizando o arquivo no decorrer da noite. — A voz dele era morna e reconciliatória. — Começarei pelo início: Alice Marie Lindgren, nascida em 6 de abril de 1946. Filha única e amada de Phillip e Dorothy, neta de... hmmm, acho que vou precisar de uma pista.

— Emilie. — Quis me certificar de parecer mais gentil. Se ele estava tentando, eu também poderia. Além disso, fiquei surpresa e lisonjeada ao ouvi-lo recitar aqueles fatos. Apesar de serem informações reveladas nas horas em que passamos deitados no sofá da sala na noite do sábado anterior, não esperava que se lembrasse de tudo, em parte porque ele havia bebido, em parte porque estávamos jogando conversa fora.

— Aluna graduada com honra e boa garota para todos os propósitos — continuou ele. — Por falar nisso, qual é a sua religião?

— Minha família é luterana, mas só frequento a igreja quando estou com eles.

— Você não vai à igreja? *Mon dieu*, fui para a cama com uma ateia!

— Ah, por favor — falei, e Charlie aconchegou-se em mim.

— Continuando: turma de 1968 da Universidade de Wisconsin. Graduada com honra ao mérito?

Neguei com a cabeça.

— Não, mas visto que você estudou em Princeton, não sei por que me acha tão inteligente.

Ele riu.

— Digamos que eu não tenha ficado conhecido no campus pelas minhas boas notas. Por sorte, o dossiê é sobre você, não sobre mim. Depois da universidade, você deu aulas para a segunda série do colégio... Será que pode me dar uma ajudinha nessa também?

— Harrison — respondi. — Mas duvido que tenha dito antes, então não descontarei pontos.

— Leitora assídua de *A árvore generosa*, chora com a mesma frequência. Não, estou só provocando... Dei uma olhada no livro e entendi por que você é fã. E ele não é cheio de palavras difíceis para uma pessoa estúpida como eu.

Ele havia procurado *A árvore generosa* nos três dias desde que tínhamos nos visto pela última vez? Fiquei atônita. (Mais tarde, veio à tona a informação de que ele não havia de fato comprado o livro, mas lera tudo de uma vez, em pé, na livraria; mas mesmo assim.)

— Depois voltou para fazer mestrado na Universidade de Wisconsin — continuava ele. — Professora do colégio Theodora Liess, onde nossa heroína permanece trabalhando até hoje, encantando as crianças durante o ano escolar com seu charme e sua beleza, e gastando o verão construindo animais de papelão grandes e altamente coloridos.

— São de papel machê, mas fiquei impressionada, no geral.

— Espere! Ainda há mais uma atualização no dossiê. — Ele apertou os olhos, fingindo estar lendo um livro invisível. — Atualmente cortejada por um jovem político. Não sabe ainda, mas está prestes a se apaixonar perdidamente.

— É mesmo? É isso o que diz aí? — Tentei tirar o livro invisível das suas mãos, mas ele o puxou para trás.

— Estes documentos são confidenciais, Srta. Lindgren, e a senhorita não possui acesso. — Ele se virou e me beijou na boca e, de início, o beijo foi apenas uma distração, mas, depois, era só nisso que conseguíamos prestar atenção, na pressão e no afastamento das nossas bocas.

No entanto, Charlie estava errado; eu sabia, já sabia de fato que estava me apaixonando.

ENCONTREI COM DENA na loja dela. Eu havia sugerido um almoço, pensando que poderia fazer a minha confissão e acabar logo com aquilo e que até a hora em que nos encontraríamos naquela noite para o nosso ensopado de legumes a conversa já teria terminado e faria parte do passado. No entanto, assim que entrei na loja, percebi que estava enganada. O lugar estava cheio de clientes e Dena estava preocupada, tensa e, ao mesmo tempo, satisfeita. Quando saímos, ela disse para a moça atrás do balcão:

— Se Joan Dorff não vier pegar a bolsa de veludo cotelê até as 13 horas, ligue e diga que não poderemos mais reservá-la.

Andamos até uma lanchonete de sanduíches próxima e, quando abrimos o cardápio, falei:

— A propósito, é por minha conta.

— Merda, se soubesse teria sugerido o Gilded Rose. Estamos celebrando a sua casa nova?

Parecia muito cedo para trazer à tona o real motivo do encontro. Talvez estivesse me preocupando demais, talvez passássemos apenas um momento estranho.

Dena disse:

— Antes que eu esqueça, vi um sofá lindo na Second Time Around que você deveria comprar para a sua sala de estar. Custa 300 dólares, mas conheço a dona da loja e posso convencê-la a diminuir o preço.

— Dena, eu saí com Charlie Blackwell — contei.

Imediatamente, seus olhos se estreitaram, mas eu continuei:

— Na festa, você disse que não tinha gostado dele. — Na verdade, ela dissera que achava que ele não tinha gostado dela, mas uma coisa não era tão diferente da outra e essa versão me pareceu mais diplomática. — É claro que não planejei, mas... Acho que houve uma química entre nós. Antes de conhecê-lo, achei que você seria mais compatível com ele, e acabou que... — Senti estar perdendo a força. — Nossa amizade é tão importante para mim, Dena, e só por isso estou sendo sincera. Eu sei que...

Ela me cortou:

— Você não dormiu com ele, dormiu?

Hesitei.

— Você só pode estar brincando comigo. — Ela suspirou com desgosto. — É como se sempre que eu me interessasse por alguém, imediatamente você também se interessasse por ele. Você sempre foi invejosa.

— Isso não é verdade.

— Então, como explica isso? Porque essa não é a primeira vez.

Não diga, Dena, pensei. *Por favor, para o nosso bem.* Engoli em seco.

— Se eu não sentisse uma química verdadeira com Charlie, não teria deixado as coisas progredirem. Mas quando estou com ele... — Mas percebi que era impossível. Não conseguiria justificar meu comportamento sem parecer que eu estava me gabando.

— Por quê? Está pensando em se casar com ele?

— Não acho que isso esteja totalmente fora de questão — respondi, e acho que me surpreendi com a resposta tanto quanto ela. Não que não tivesse pensado vagamente no assunto, mas jamais teria imaginado que arriscaria expressar tal pensamento em voz alta. Rapidamente, acrescentei: — Mas ainda estamos nos conhecendo.

— É porque ele é rico?

— Claro que não! Ainda nem... Ainda não conversamos sobre dinheiro. Nem sei se ele é *tão* rico assim.

— Mas ele é — afirmou Dena. — É cheio da grana.

— Talvez a família dele seja, mas...

— Não. — A voz dela era seca. — Todos eles são.

A garçonete se aproximou e Dena ergueu a mão.

— Eu não vou ficar.

A moça olhou para mim.

— Será que você poderia nos dar licença? — pedi, e ela concordou, se afastando. — Dena, não vá embora. Ou vá, caso ache que isso realmente é necessário, mas, por favor, não deixe essa situação incômoda entre nós. Você é minha amiga mais próxima.

Ela balançou a cabeça.

— Depois que você se divorcia percebe que sair de um casamento é muito mais difícil do que deixar para trás uma amizade.

— Mas eu a conheço há muito mais tempo do que Dick a conhecia — falei, o que pareceu levemente patético, até para os meus próprios ouvidos.

— Da última vez que você aprontou uma coisa assim, éramos adolescentes, o que sabíamos da vida? — lamentou Dena. — Somos adultas agora, e isso significa que você está se mostrando como realmente é: uma pessoa que vai atrás do homem em quem a sua melhor amiga está interessada.

Eu quase desejei que ela estivesse gritando, mas ela não chegara a erguer a voz.

— Estou farta da sua falsidade — declarou Dena. — Você sempre levou a fama de boa moça, então vá ser a esposa de um congressista! Quer saber? Gaste todo o seu tempo fazendo companhia aos Trommler e aos Hicken e a todos esses casais reprimidos. Deixe Charlie enchê-la de joias e de carros.

Mesmo sem ter pedido nada, os guardanapos estavam estendidos nos nossos colos; Dena amassou o dela, jogou-o em cima da mesa e se levantou.

— Espero que ele lhe dê tudo o que você quiser.

Fiquei sentada enquanto ela ia embora, e me senti levemente constrangida por ter sido abandonada, sem conseguir acreditar em uma reação tão exagerada; acontecera o que eu temia, mas não o que eu esperava. Então, um pouco mais profundas do que essas emoções, senti uma enorme gratidão por ela, assim como sentira por Pete Imhof, pois nenhum deles mencionou o nome.

Na vez seguinte que fui a Riley, só contei para mamãe e para vovó que não ficaria o fim de semana todo quando já tínhamos acabado de comer. Da forma mais discreta possível, disse:

— Tenho planos em Madison para hoje à noite, então acho que vou embora à tarde.

Era um sábado quente, e tínhamos acabado de comer sanduíches de salada de frango.

— É mesmo? Hoje à tarde? — perguntou mamãe.

E vovó quis saber:

— Que tipo de planos?

Desde a morte de papai, eu jamais ia para lá sem passar a noite.

Lancei um olhar para vovó — ela podia ter presumido que meus planos envolviam Charlie e também podia ter presumido que, se eu quisesse ser mais específica, teria sido, então respondi:

— Será uma reuniãozinha de um grupo de pessoas em um terraço.

Ao menos, isso era verdade: eu conheceria alguns amigos de Charlie.

Quando mamãe se levantou para retirar os pratos, vovó segurou meu pulso. Assim que mamãe entrou na cozinha, ela murmurou:

— Sua mãe fez uma torta alemã para a sobremesa de hoje à noite só por sua causa.

— Ah, eu não podia imaginar. Então, acho que posso ficar.

Mamãe voltou à sala de jantar, e vovó disse:

— Dorothy, parece que a sua filha está com um namorado novo.

— Minha nossa! — Foi mamãe, e não eu, quem ficou vermelha nesse momento.

— Ainda não é oficial. — Lancei um olhar irritado para vovó. — O nome dele é Charlie, foi criado em Madison e em Milwaukee, e o conheci por intermédio de Kathleen Hicken e do marido dela, vocês se lembram deles? — Apresentar essas informações fora um subterfúgio, uma forma de não fornecer os detalhes mais importantes da criação de Charlie, nem das suas aspirações ao Congresso. Estava em dúvida quanto à reação da minha família quando eu compartilhasse as novidades, dada a máxima de papai do quanto as pessoas gostavam de aparecer. Além disso, sentada ali com elas, percebi que eu não fazia a menor ideia quanto às tendências políticas de mamãe. Sempre soube que vovó era democrata e papai, republicano, mas não sabia nem se mamãe votava.

Vovó comentou:

— Ter um pouco de companhia pode ser ótimo. Você não concorda, Dorothy?

Mamãe, ainda de pé, levantou a jarra de chá gelado.

— Ele parece encantador, Alice — respondeu ela, desaparecendo na cozinha.

Quando ela abriu a torneira, vovó sussurrou:

— Estava tentando abrir espaço para ela comentar sobre Lars Enderstraisse.

— Vovó, eu realmente duvido que eles estejam juntos — sussurrei em resposta. — Seja qual for o motivo para as saídas misteriosas de mamãe, tenho certeza de que elas não têm nada a ver com ele.

— Você acha que é a única a ser cortejada? — Vovó riu, e, usando um volume normal, falou: — Existe alguém aqui com uma opinião muito elevada sobre si mesma.

NAQUELA TARDE, vovó e eu lemos na sala, ela sentada no sofá e eu na cadeira, e, quando fui procurar mamãe, ela estava no jardim, aparando os pés de tomate.

— Se por você estiver tudo bem, acho que fico para o jantar — falei. — Meus amigos não vão se reunir antes das 21 horas. — Isso era mentira, mas o rosto de mamãe se iluminou.

— Ah, isso é ótimo. Fiz uma sobremesa da qual sei que vai gostar.

Ao observá-la — de joelhos, usando um chapéu de feltro —, senti uma mistura de afeto e culpa. Por que não tinha dito a Charlie desde o princípio que não estaria livre aquela noite? Nossos horários eram flexíveis, poderíamos nos ver no decorrer da semana seguinte. Mas a verdade era que não queria permanecer em Riley. As forças do amor e da obrigação familiares não podiam competir, naquele momento, com as promessas de sexo de uma relação recém-iniciada. A luz das estrelas, cerveja e nossos corpos nus se abraçando — era isso o que eu desejava, e não um lugar à mesa de jantar, na companhia de duas mulheres velhas, comendo vitelas à milanesa e torta alemã. Se a paixão estava me deixando egoísta, eu não achava que era porque antes eu não tivera essa capacidade, mas porque nunca estivera apaixonada, ou pelo menos não por um longo período.

Eu me abaixei ao lado dela.

— Os tomates estão bonitos.

Mamãe colocou um maço de ervas na pilha.

— Querida, Dena deve ter comentado com você sobre Marjorie. Lilian está tendo dificuldades com ela.

Tentei manter a expressão neutra. É claro que Dena não havia falado nada sobre Marjorie, uma das suas irmãs mais novas.

— Mas você sabe como é aquela família — disse mamãe. — As meninas sempre foram muito teimosas. Mack podia ser um grande disciplinador, mas Lilian compensava sendo tolerante, então sempre foi "oito ou oitenta" com as meninas — A última coisa que ouvira falar de Marjorie era que ela se envolvera com David Geisseler, irmão mais novo da nossa colega de colégio, Pauline Geisseler; David já tinha dois filhos com uma mulher com quem nunca fora casado, e ele e Marjorie trabalhavam como bartenders no Loose Caboose, na Burlington Street. — Não posso culpar Lilian por estar preocupada — continuou mamãe.

Durante todo o tempo eu carregava um envelope — não estava selado e não havia nada escrito — e o entreguei a mamãe.

— Foi uma boa ideia vender o broche — disse a ela. — Levei a uma loja de antiguidades.

— Ah, Deus a abençoe.

E, sem olhar o conteúdo, ela dobrou o envelope e o guardou dentro do bolso da saia.

Tive de morder a língua para não dizer *Tenha cuidado com isso.* O mais próximo a que cheguei, me esforçando para ser casual, foi:

— Acabou que ele era mesmo valioso.

— Que maravilha — respondeu ela, de forma vaga. — Alice, andei tendo alguns problemas com parasitas que estavam se alimentando dos meus tomates, mas a Sra. Falke me disse para plantar cravos com eles, e acabaram ficando muito bonitos. A Sra. Falke é muito humilde, mas leva jeito para a jardinagem.

Fechei os olhos e, por alguns instantes, a casa na McKinley Street, com seu portão, os assentos na janela e o armário embutido secreto apareceram em minha mente, então abri os olhos e mamãe estava arrancando algumas ervas daninhas do solo, a minha leal e amável mãe, usando o seu chapéu de feltro, e a casa desapareceu. O cheque era de 7.100 dólares, bem menos do que mamãe havia dado a Pete Imhof e exatamente a quantia que havia separado para dar de entrada.

JÁ PASSAVA DE meia-noite quando Charlie e eu deixamos o terraço. Os amigos dele acabaram se mostrando bastante parecidos com as pessoas do churrasco dos Hicken e, de fato, havia algumas pessoas que estiveram lá: Will Werden, que era primo em primeiro grau de Frank Werden, estava lá com a esposa, Gayle, e assim que Charlie acabou de me apresentar a todos, duas das mulheres e eu percebemos que já havíamos nos conhecido anos antes, em um chá de bebê. Havia dez pessoas no total, todos casais, e todos os outros casais eram casados com exceção do acionista e amigo de Charlie, Howard, que levara a namorada, Petal, uma menina de 21 anos que se formara na universidade dois meses antes.

— Há quanto tempo você acha que ela inventou esse nome? — sussurrou para mim uma das mulheres que conheci no chá de bebê. O nome dela era Anne e ela revirou os olhos ao dizer isso. — Não sabemos onde Howard encontra essas mulheres.

Essa foi uma colocação amigável da parte de Anne e fiquei grata por isso, mas, depois que conversei com Petal (não era culpa dela ser dez anos mais nova do que o restante de nós), vi que era inteligente, tinha se formado em história da arte e em italiano. No final da noite, Anne me puxou de lado e disse:

— Charlie está louco por você.

Eu ri, pois era mais fácil do que dizer alguma coisa. Mesmo Will Werden me deu uma cutucada em determinado momento, e disse:

— Não sabia que você e Charlie eram um casal. — Mais uma vez, eu apenas sorri.

Houve algumas mudanças de lugar no decorrer da noite; pessoas se levantando para usar o banheiro ou os pais que havia no grupo saindo para ligar de um telefone público a fim de verificar com as babás se estava tudo bem. Na maior parte do tempo, Charlie e eu ficamos sentados um ao lado do outro, e mesmo quando estávamos conversando com outras pessoas, sentia a atenção dele, com uma das mãos sobre o meu joelho, ou por trás, na minha cintura, e notei a rapidez com que se virava caso eu dissesse seu nome ou encostasse de leve no seu braço. Por várias vezes, se aproximava e perguntava: "Está tudo bem?" ou "Como estamos indo?". A temperatura devia estar próxima dos 21 graus, uma noite de verão, e o lago Mendota estava escuro, refletindo algumas luzes trêmulas.

Depois, nós nos despedimos de todos — outro casal saiu na mesma hora que nós — e, enquanto contornávamos o Memorial Union para pegarmos o carro na Gilman Street, onde Charlie estacionara, ele me deu a mão. Como se nossos dedos agissem de forma independente, eles se entrelaçaram, enquanto caminhávamos e conversávamos.

— Seus amigos são agradáveis — falei.

Chegamos ao carro de Charlie, um Chevy Nova *hatch* cinza, e perguntei:

— E se eu dirigisse? — Eu havia tomado apenas um copo de cerveja.

Charlie me passou as chaves, e enquanto eu ligava a ignição ele disse:

— Olhe aqui. — Quando olhei, ele se aproximou e me beijou. Depois, continuou: — Passei a noite toda querendo fazer isso.

Desliguei o carro, inclinei a cabeça na direção dele e nos beijamos mais, nos abraçamos, e eu fiquei feliz por estarmos sozinhos, apenas nós dois, abraçados com força. Não que não tivesse gostado de conhecer os amigos dele — eu gostei —, mas, de repente, todas as conversas que tivemos no decorrer da noite pareciam obstáculos que precisávamos superar para ganharmos aquele prêmio.

Charlie se afastou uns 2 centímetros.

— Não me esqueci do que estou devendo a você. Vamos para o meu apartamento.

Confusa, respondi:

— Você não está me devendo nada. — Logo depois, entendi. Ele estava sorrindo, e eu disse: — Ah, aquilo...

— Não aceito "não" como resposta. Você precisa exigir as coisas às quais tem direito.

E, mesmo sentindo um nervosismo de antecipação enquanto dirigia, eu queria permanecer para sempre naquele limbo; teria ficado satisfeita em ir dirigindo até o Canadá, sabendo que algo magnífico aconteceria quando chegássemos lá.

Foi a primeira vez que fui ao apartamento de Charlie e notei na hora que ele havia deixado praticamente todas as luzes acesas. O apartamento dele era menor e menos mobiliado do que o meu, e a sala de estar parecia mais com um depósito de equipamentos esportivos: havia uma bolsa de couro marrom para tacos de golfe recostada em uma das paredes e, em uma pilha bagunçada, um taco de beisebol, luvas, raquetes de tênis, uma bola de futebol e o primeiro bastão de *lacrosse* que eu já vira na vida. Ele também tinha uma televisão bem grande, um aparelho de som de tamanho considerável, um pufe preto e um sofá francês estilo barroco completo, com pés curvados, forrado com tecido de cabra angorá vinho. (Depois descobriria que ele havia conseguido o sofá ao explorar o porão da casa dos pais, em Milwaukee, que era onde estavam armazenados todos os bens da avó paterna dele, intocados, desde a morte dela havia 17 anos.) Não havia nada pendurado nas paredes. Vi uma estante de livros com cinco prateleiras, duas das quais vazias. Nas outras três, uma continha livros, outra, bugigangas e outra, porta-retratos: o pai de terno e gravata e a mãe em um vestido vermelho brilhoso — eles se olhavam nos olhos; Charlie e mais três homens um ao lado do outro — presumi que fossem seus irmãos, todos de paletó de lã; ele e outro camarada usando casacos xadrez, agachados ao lado de um cervo morto com sangue escorrendo pela boca — Charlie sorria enquanto o outro homem se inclinava como se fosse beijar os chifres da caça; Charlie aos 20 ou 21 anos, segurando um cartaz "Blackwell para presidente". Na prateleira de livros, havia um dicionário, uma biografia de Willie Mays, alguns best sellers como *The Deep*, de Peter Bencheley, e, sim, *Medo de voar* e uma coleção de textos literários que temos de ler na faculdade: *Paraíso perdido*, *Sonho de uma noite de verão* e *Fausto*. Descansando na última prateleira estavam uma bola de beisebol autografada, uma caneca de cerveja, vários copinhos para beber tequila, um peso de papel esmaltado preto e laranja e uma cobra de borracha verde-amarelada.

Reparei em tudo isso, absorvi rapidamente e não me importei. Ele era, de fato, um homem solteiro — claro que era, caso contrário, não estaria saindo comigo. O lugar estava limpo, sem poeira nem desordem. Não havia nada no quarto a não ser uma cama tipo box sem cabeceira. Os lençóis eram de listras azuis e brancas, bem esticados até os travesseiros, e o ventilador de teto já estava ligado. Na porta do quarto, Charlie me beijou de novo e foi caminhando comigo, eu de costas e ele me guiando até a cama. Quando estava deitada de costas, ele deitou em cima de mim, sorrindo.

— Assim está bem melhor.

Eu estava usando uma saia de sarja e uma túnica marrom com flores cor-de-rosa e laranja. Ele se inclinou e usou as duas mãos para levantar a túnica da minha cintura até acima do sutiã e, depois, dos ombros. Ser despida dessa forma foi estranhamente agradável e me senti como uma criança: zelada e cuidada. O sutiã foi o próximo e, enquanto o atirava por cima da minha cabeça, ele olhou para mim, deitada sob a luz do quarto dele — sob o ventilador de teto, havia uma única lâmpada sem cúpula —, e ele disse:

— Você é tão linda que eu nem acredito. — Ele se aproximou e beijou um dos meus mamilos, depois o outro, devagar e de forma metódica, primeiro com os lábios fechados, depois abrindo a boca para sugá-los de uma maneira que me pareceu respeitosa, quase reverente.

Depois, desabotoou a minha saia, abriu o zíper e eu curvei as costas para ajudar a saia a deslizar. Ele também atirou a saia em algum lugar. Minha calcinha era de algodão cor-de-rosa e ele enfiou o polegar sob o elástico da cintura, puxando-a um pouco para baixo até que chegasse ao quadril, dizendo:

— Oi, rosinha.

— Oi — respondi.

E, enquanto nos olhávamos, me senti como nas outras vezes em que estava embaixo dele, no meu apartamento: relaxada e imensamente feliz. O que eu mais queria era exatamente o que estava prestes a acontecer. Que forças haviam conspirado para me dar aquela sorte fora do comum?

Ele passou o dedo indicador na minha pele, começando no umbigo e indo até a parte da frente da minha calcinha, diminuindo a velocidade quando chegou na altura do osso púbico, e, ao tocar a abertura entre as minhas pernas, o tecido de algodão sob o dedo dele estava úmido, ao que ele comentou:

— Parece que alguém está se divertindo.

Ergui as mãos; ele tinha tão pouca gordura na barriga que pude deslizá-las para dentro da cueca samba-canção sem desabotoar a calça. Sua ereção era quente e rígida e, quando esfreguei os dedos na ponta, ele suspirou, mas depois se retraiu, balançando a cabeça.

— Agora é a sua vez. Depois pensamos em mim.

— Podemos fazer isso juntos — falei, tocando-o sobre o tecido da calça, mas ele afastou as minhas mãos.

Então ele tirou minha calcinha — que agarrou ao redor dos meus tornozelos, até que a chutei —, deixando-me nua sobre os lençóis de listras brancas e azuis, com ele agachado perto de mim, bronzeado e másculo, vestindo uma camisa de botões amarela. As narinas dilatadas, a sombra da barba por fazer, os cabelos castanho-claros, o sorriso perfeito, tudo isso me fez sentir uma atração total e irrestrita por ele. Ele inclinou a cabeça para beijar o meu esterno, meu umbigo e minha barriga, meu osso púbico e a parte alta das coxas. Então, ficou de joelhos no chão e usou os cotovelos para separar as minhas pernas, para me abrir, trazendo o seu rosto para perto e me lambendo, fazendo movimentos firmes e repetitivos, e parecia difícil de acreditar (Charlie Blackwell com o rosto enterrado entre as minhas pernas?), mas também inteiramente inevitável: além da lógica, da linguagem e do decoro. Possivelmente, pensei, vivera toda a minha vida até então para ser lambida por aquele homem. Eu ouvia os meus gemidos — estava apoiada nos cotovelos com os pés próximos do chão enquanto ele se mantinha de joelhos, com os braços sob as minhas coxas —, e ele fazia movimentos rápidos com a língua, atingindo um ponto específico. O rosto enterrado entre as minhas pernas, a cabeça se movendo para a frente e para trás, e lambidas fortes e determinadas — foi tudo muito rápido e forte demais para que eu me segurasse por muito tempo e suspirei ofegante e gritei. Senti tremores se espalhando pelo meu corpo e as minhas coxas envolveram a cabeça dele com força e, quando poucos segundos depois, ele se aproximou para beijar a minha testa, comentei:

— Espero não ter sufocado você.

Então, ele respondeu:

— Não consigo imaginar um jeito melhor de morrer. — Em seguida, sussurrou ao pé do meu ouvido: — Quero você agora.

Assim que colocou a camisinha, enrosquei as pernas ao redor dele e o senti deslizar para dentro de mim. Ele não fez muito barulho ao gozar, a respiração ficou um pouco mais ofegante. Depois, ficamos parados. Naquele momento, senti uma sonolência calma tomar conta de mim. Poderia ter caído no sono ali mesmo, sem escovar os dentes nem lavar o rosto, nem mudar de posição. Poderia tê-lo feito, mas não o fiz; em vez disso, saí em menos de uma hora para voltar, sozinha, ao meu apartamento. Fazer sexo com um homem era uma coisa, mas passar a noite com ele era outra — mesmo que o meu senso de etiqueta pessoal estivesse ultrapassado, sentia dificuldade em ignorá-lo.

Encostado no meu pescoço, Charlie sugeriu:

— Devíamos fazer isso pelo resto de nossas vidas. — E completou: — Sei que está sorrindo.

DE REPENTE, começamos a passar muito tempo juntos. No meu apartamento, eu havia mudado os personagens de papel machê para a sala para que pudéssemos nos deitar na cama e, apesar de não deixá-lo passar as noites, ele acabava indo embora cada vez mais tarde — uma, duas, às vezes três da manhã. E porque quase sempre pegávamos no sono depois de fazer amor, eu comecei a programar o despertador para as 2 horas e, quando tocava, Charlie gemia, dizendo: "Pelo amor de Deus, faça essa coisa parar." Então nos enroscávamos um no outro e dormíamos mais vinte ou trinta minutos, eu acordava de supetão e o empurrava pelas costas, dizendo:

— Você tem de ir embora agora mesmo.

E ele fingia se esconder, cobrindo a cabeça e reclamando:

— Estou sendo exilado. A rainha está me expulsando do castelo!

Por diversas vezes, ele perguntou:

— Você não acha que seria muito gostoso acordarmos juntos e fazer umas travessuras pela manhã das quais ninguém além de nós dois precisaria ficar sabendo?

O fato de eu achar impróprio passarmos a noite um na casa do outro era o nosso único ponto de discordância. Ele era uma pessoa muito fácil de lidar, eu me sentia muito confortável com ele, de formas que me surpreendiam. Com Simon, se quiséssemos nos beijar e as bocas errassem o alvo, ele fingia que nada havia acontecido; também não fazia nenhum comentário caso a barriga de um de nós roncasse. Com Charlie, tudo era declarado. Uma vez, após o jantar, enquanto assistíamos televisão na sala da casa dele, ele enfiou a mão na minha blusa para acariciar a minha barriga, e eu disse:

— Não faça isso, estou com gases.

E ele respondeu:

— Pode soltar se quiser. Vou continuar achando você a garota mais bonita de Madison.

É claro que não soltei — não conseguiria. Mas ele não parecia ter essas inibições. Alguns dias depois, entrei na cozinha atrás dele, senti um cheiro desagradável de terra e perguntei:

— Você acabou de soltar um...?

— Não me lembro, mas é possível. — Ele riu. — Na minha família, chamamos isso de "tocar a corneta".

Ele me atraía tanto e confiava na própria aparência de um jeito que estava mais para uma ingenuidade de menino do que para arrogância. Sempre queria ficar abraçadinho e até usava essa expressão, que eu nunca ouvira um homem usar. Na noite em que cozinhei peixe com salsinha para o jantar, ele lavou a louça e, quando terminou, veio até a sala de estar, onde eu estava no sofá, lendo. Sem dizer uma palavra, ele ergueu meu livro, se deitou em cima de mim e perguntou:

— Você não vai abraçar seu homem?

No apartamento dele, gostávamos de usar a grelha da varanda, preparando hambúrgueres ou filés (não havia percebido, na noite em que fomos ao Red's, que estávamos comendo uma das duas refeições preferidas de Charlie). A geladeira dele estava quase sempre vazia, salvo por alguns itens, todos pertencentes à mesma categoria: ketchup, mostarda, molho inglês, pacotes de pão de hambúrguer que nunca eram fechados corretamente depois de terem sido abertos, o que fazia com que ficassem velhos, e uma prateleira cheia de cervejas. O freezer, por sua vez, estava sempre lotado com vários pacotes de filé desossado e de carne moída Blackwell. O apartamento dele ficava no primeiro andar e ele mantinha uma grelha preta simples de carvão vegetal sobre um tripé de metal no quintal de concreto para onde costumava ir pulando a janela da cozinha, em vez de sair pela porta da frente, dando a volta pela lateral. Eu ficava empoleirada em um banco da cozinha enquanto ele entrava e saía pela janela, olhando a carne e, quando o jantar ficava pronto, carregávamos os nossos pratos até a sala, sentávamo-nos no sofá e assistíamos a um jogo de beisebol. Sei que muitas mulheres não considerariam uma noite como essa agradável, mas eu gostava de como o jogo facilitava a conversa, de como poderíamos falar ou ficar confortáveis com o silêncio, e Charlie me parecia especialmente doce explicando uma jogada: "Essa foi uma ótima defesa, porque quando a bola está vindo bem na sua direção é muito difícil perceber a profundidade" ou "Ele perdeu dois excelentes lançamentos e, por isso, foi eliminado".

Charlie tomava o café da manhã todos os dias em uma lanchonete na Atwood Avenue e me encorajou a ir encontrá-lo nesse lugar, mas tive medo de que pudéssemos deparar com alguém conhecido, pois a pessoa poderia ficar com a impressão de que tínhamos passado a noite juntos. ("Então, por que não fazemos isso?", brincava ele, mas eu atingira a maturidade antes de a revolução sexual ter se estabelecido e na época em que comecei a cursar a faculdade havia toque de recolher — 22 horas nos dias de semana e meia-noite nos fins de semana —, não sendo permitida a entrada de homens nos dormitórios da nossa irmandade. Eu estava tendo dificuldades para abalar as estruturas já formadas desde aquela época.) Além disso, eu precisava trabalhar durante o dia; queria terminar os personagens de papel machê até o início das reuniões do corpo docente no final de agosto e, à medida que as semanas foram passando, eu estava mesmo começando a organizar meus planos de aula. Tinha orgulho de mim por não ser o tipo de bibliotecária que reaproveitava o mesmo material e, naquele ano específico, estava muito animada com um livro chamado *Sadako and the Thousand Paper Cranes*, o qual planejava usar com a terceira série como porta de entrada para uma unidade sobre origamis.

Quanto aos horários de Charlie, ele descrevia o período como "a calmaria antes da tempestade", e usava essa expressão repetidas vezes, tanto comigo quanto com outras pessoas. Eu hesitava em perguntar muito sobre a sua iminente candidatura ao Congresso porque o assunto me deixava nervosa e também não me parecia inteiramente real. Será que ele queria mesmo passar metade do ano morando em Washington D.C., sentar-se em um escritório no Capitólio e ficar debatendo programas de ação, angariando votos na tribuna da Casa? Charlie, o incansável, atlético, piadista e espontâneo? Parecia uma encenação em alguma peça. E, é claro, se fosse eleito (era improvável, mas se fosse), o que aconteceria conosco?

Quanto ao trabalho na empresa Blackwell Meats, ele não ia, ao menos não que eu soubesse, à sede, nos arredores de Milwaukee, mais do que duas vezes na semana. Ele dirigia até Milwaukee com regularidade, embora fosse mais para ir jogar golfe ou tênis com um dos irmãos, seguido de um almoço com Hank Ucker e possíveis colaboradores para seu fundo de campanha: advogados de grandes firmas, o diretor-executivo de uma empresa de motores internacional, homens a quem Charlie se referia como "pretensiosos". Uma vez, só por experiência, perguntei se ele considerava a atividade nos frigoríficos Blackwell um trabalho de tempo integral e, sem hesitar, ele respondeu:

— Alice, vou tentar resumir o que sou: ser um Blackwell é o meu trabalho de tempo integral.

Eu ia cada vez menos a Riley nos finais de semana, pois Charlie e eu costumávamos ir nadar na praia de B.B. Clarke Beach ("Você devia usar biquíni", disse ele da primeira vez que fomos, quando viu meu maiô listrado branco e vermelho), depois íamos jogar badminton na casa dos Hicken ou nos encontrar na cobertura com Howard e a mais nova namorada — ele tinha terminado com Petal —, onde Howard e Charlie bebiam vários engradados de cerveja (Charlie sempre ia dirigindo, mas era eu quem dirigia na volta). Depois voltávamos para casa e Charlie ia grelhar alguma coisa. Nunca conseguimos ir ao Gilded Rose, nem mesmo tocamos nesse assunto novamente. Não me importava.

A forma como havia me sentido na presença de Charlie desde o churrasco dos Hicken foi como se estivesse deixando a descrença de lado. Parecia tão improvável a nossa compatibilidade que, a princípio, namorá-lo me pareceu uma combinação de diversão e uma leve irresponsabilidade. Uma vez, no fim da tarde de um domingo, antes de maio, havia me deparado com Maggie Stenta, uma das professoras da segunda série da Liess, em uma mercearia cooperativa que eu costumava frequentar e começamos a conversar enquanto as crianças de Maggie corriam pelos corredores.

— Você gostaria de vir até a minha casa? — perguntou Maggie. — Vamos comer sanduíches de carne com molho apimentado.

Apesar de ter formulado mentalmente uma lista de coisas a fazer, aceitei o convite, o que significava segui-la até a casa dela, e acabei esquecendo o leite em uma sacola no banco de trás do meu carro. Na casa dela, Maggie perguntou:

— Você quer um pouco de sangria? Tivemos visita ontem à noite e vai estragar se não bebermos.

Sentamo-nos em cadeiras que estavam no jardim, os filhos de Maggie pulando em uma cama elástica — o mais velho, Jill, era meu aluno — e o marido dela dentro de casa, no segundo andar. Maggie gritou para ele: "Bob, pode fazer o jantar? Estou sem energia." Depois, uma vizinha chamada Gloria apareceu e disse ter visto um lagarto se esconder debaixo do sofá da sala na casa dela: "Não era um muito grande, devia ter uns 10 centímetros", explicou ela (o que pareceu entreter Maggie), então fomos até lá para levantar o móvel, e o lagarto fugiu — era verde-oliva — para dentro de uma fenda no chão. Então, Maggie decidiu que precisávamos de uma rede, objeto que não havia em nenhuma das duas casas. Deixamos as crianças com o marido dela e caminhamos até uma loja de ferragens que ele disse que estaria fechada e que, de fato, estava. Na volta, Maggie perguntou, afavelmente:

— Já viu crianças mais malcomportadas do que as minhas? — Voltamos à casa de Gloria e vasculhamos o porão, que era exageradamente atravancado, mas não vimos nenhum sinal do lagarto. Já eram sete da noite, precisava preparar trabalhos para a turma do dia seguinte, estava em um leve estado alterado de consciência por conta da sangria (acabei chamando um táxi, duas horas depois) e, sem dúvida, o leite que ficara no carro estragara. Mas o que senti em toda aquela tarde e noite era o que sentia perto de Charlie o tempo todo: *Esta não é a minha vida real. Existem outras coisas que preciso fazer. Estou me divertindo.*

EM MEADOS DE AGOSTO, estava cortando o cabelo no Salon Styles — havia acabado de me sentar na cadeira, após lavar o cabelo — quando Richard, meu cabeleireiro, perguntou:

— Você soube o que aconteceu com Elvis?

— Acho que não.

— Ele morreu. Ouvi no rádio que foi um ataque cardíaco, mas me pareceu mais que ele era chegado em medicamentos.

No enorme espelho diante de mim, pude ver meus olhos se arregalarem de espanto.

— Ele não era muito velho, era?

— Tinha apenas 42 anos. — Richard havia partido o meu cabelo molhado ao meio e segurava dois chumaços, um de cada lado da cabeça, pelas pontas. — Quantos dedos vamos tirar hoje?

NAQUELA MESMA NOITE, no horário em que ela já teria voltado do trabalho, disquei o número de Dena. O tom amigável com que atendera antes de saber que era eu me magoou um pouco.

— Sou eu. Alice — disse. — Pensei em você hoje por causa da notícia da morte... Imagino que saiba que Elvis morreu, e você se lembra quando a sua mãe nos levou para ir ver *Jailhouse Rock* na noite de estreia, e que depois ela nos preparou sanduíches de pasta de amendoim com banana?

— Dena não respondeu de imediato, então acrescentei: — Sua mãe ficou muito chateada?

— Ainda não falei com ela.

— Bem, só estive pensando na sua família. — Fiz uma pausa. — Dena, sinto a sua falta. Eu sinto muito e estou com saudades.

Ela ficou em silêncio. Em seguida, perguntou:

— Você ainda está saindo com ele?

— Entendo a sua raiva de mim, é óbvio, mas isso não deveria acabar com a nossa amizade. Não era a minha intenção provocar você.

— Então ainda está saindo com ele?

— Dena, você namorou muito mais caras do que eu. Fica parecendo que... Bem, você é bonita e dinâmica, e tenho certeza absoluta de que conhecerá alguém com quem vai sentir que tem uma conexão forte. Ficará *grata* por não ter ficado com Charlie.

— Deve ser bom ser clarividente. — A voz dela era seca.

— O que tenho com ele é diferente de tudo o que já tive no passado — expliquei. — Eu não seria presunçosa sobre a nossa amizade, mas o que sinto por ele é diferente de tudo o mais.

— Você me ligou para dizer isso?

Eu estava sentada à mesa da cozinha, olhei para o aparador de prato que era de vinil laranja com uma estampa de borboleta, e soube que Dena não me perdoaria. Ainda assim, continuei:

— Sua irmã está bem? Há algumas semanas, mamãe mencionou...

— Alice, pode parar, tá? — cortou ela. — Pare com isso.

— Se mudar de ideia — comecei, mas ela me interrompeu:

— Me deixe em paz. É só o que peço a você.

NA NOITE SEGUINTE, enquanto estávamos na fila da mercearia, Charlie se virou e perguntou:

— Espere... Você não tinha comprado uma casa?

Congelei, mas apenas por um ou dois segundos.

— Não passou na inspeção.

— Qual foi o problema?

— Uma viga no porão estava rachada e, por isso, toda a estrutura ficou instável.

Nadine uma vez me contara sobre uns clientes que haviam feito uma oferta em uma casa que apresentava esse exato problema. A mentira me deixou desconfortável, mas como poderia explicar a Charlie a cadeia de eventos que me levaram a mudar de ideia? Como poderia contar a ele sobre mamãe e seu investimento furado antes que ele a conhecesse e visse por si mesmo que ela não era nem avoada nem excêntrica? E como poderia explicar de qualquer maneira o relacionamento que minha família tinha com a de Pete Imhof? Eu jamais contara sobre Andrew para Wade Trommler ou Simon Törnkvist; com Wade, em particular, ficava imaginando se ele descobrira por conta própria, já que eu não era a única pessoa de Riley vivendo em Madison; até onde eu sabia, ele não fazia a menor ideia.

— Que pena — disse Charlie.

— Acho que não era para ser.

Nossa vez havia chegado e comecei a passar as nossas compras. Decidira fazer uma salada de lentilha como acompanhamento do bife naquela noite, e Charlie havia me acompanhado até a mercearia; aparentemente, era como se nunca houvesse estado ali antes, pois, quando entramos, ele disse: "Sempre suspeitei que você fosse hippie."

Coloquei no balcão as lentilhas, o alho, o queijo feta, as nozes, o azeite de oliva e o aneto fresco. Charlie não estava olhando para mim quando perguntou:

— Quanto acha que custaria para consertar a estrutura?

— Ah — hesitei.

Senti que estávamos nos aproximando de um assunto delicado, com vários subassuntos complicados. Dois dias antes, no apartamento dele, enquanto carregava o prato com filé da cozinha para a sala, reparava na mesa da sala um cheque datilografado feito para Charles Blackwell, de 20 mil dólares. No entanto, também vinha de Charles Blackwell — o nome dele estava impresso no canto superior esquerdo. Nunca havia visto nenhum cheque nem próximo daquele valor, e não podia imaginar para o que seria, ou o que significava enviar um cheque de si para si. Nem encostei no papel; me acomodei no sofá, esperando que Charlie se juntasse a mim. Quando ele voltou, carregando o próprio prato, sentou-se, virou o cheque ao contrário sem perceber e continuamos a conversa que estávamos tendo na cozinha.

Na mercearia, respondi:

— Consertar a estrutura teria, provavelmente, quase o mesmo valor da casa toda. Não vale a pena.

A caixa começou a passar as compras e, atrás de nós, o próximo cliente já começava a colocar produtos no balcão. Era uma mulher esguia, mais ou menos da nossa idade, que usava uma blusa de manga curta e uma saia envelope, era sardenta, com o cabelo bem vermelho que as pessoas que têm não costumam gostar em si mesmas, mas que eu sempre achei um tanto charmoso.

— Era a sua casa dos sonhos ou você estava em dúvida quanto a ela? — perguntou Charlie.

Tentando manter a compostura, eu disse:

— Estava em dúvida.

Não poderia continuar aquela conversa por muito mais tempo ou começaria a chorar. Não apenas porque perder a casa havia sido devastador — eu, sinceramente, não havia pensado muito nisso —, mas porque tudo fora muito pesado e estranho. Se eu dissesse *Por favor, me dê a casa de presente se não se incomodar*, será que Charlie concordaria? Percebi que a mulher ruiva estava carregando o tipo de comida que se compra quando se mora sozinha: uma caixa de cereais, algumas maçãs, um único iogurte desnatado. Enquanto esperávamos a caixa somar o nosso total, Charlie disse:

— Estou ansioso para provar a nossa salada hippie. — Ele se inclinou para beijar o meu pescoço.

Com uma clareza abrupta, percebi como tinha subido a uma nova categoria. Eu havia sido a mulher de cabelos vermelhos; por uma década da minha vida adulta, havia comprado iogurte e cereais; ficara na fila perto de casais enquanto os assistia se aninharem um no outro e, agora, fazia parte do casal. E não seria lançada de volta, tinha quase certeza, à categoria anterior Mas reconhecera a vida dela, eu a conhecia tão bem! Queria pegar na mão sardenta dela e dizer (por certo devíamos compartilhar alguns códigos — ou talvez não, talvez me achasse apenas prepotente): *O outro lado é bom, mas também é bom o lado em que você está. Aproveite enquanto está nele. A solidão é mais difícil e é a parte mais difícil; mas outras coisas são mais fáceis.*

ALGUNS MESES antes, Rita Alwin e eu havíamos comprado ingressos para assistir a *Romeu e Julieta* em um teatro experimental pequeno e, quando fomos naquela semana, percebemos que o experimentalismo era a nudez dos atores durante todo o espetáculo, que também não era muito bem encenado. Rita e eu ficamos nos olhando, dando risadas e, durante o intervalo, ela disse:

— Acha que já assistimos o suficiente?

Fomos beber uma taça de vinho em um bar que ficava em uma esquina próxima e, sentada na minha frente, Rita continuou:

— Há algo de diferente em você.

— Cortei o cabelo. — Apalpei-o de forma brincalhona.

Meu cabelo estava na altura do queixo naquela época, ainda cheio e escuro (tinha secretamente o orgulho de não ter um único fio de cabelo branco), e estava meio picotado nas laterais. Alguém me dissera, no verão anterior, que eu estava parecendo com a Sabrina de "As Panteras", mas fiquei mais preocupada do que lisonjeada com a observação, pois havia sido feita por uma menina da segunda série.

— Não é o cabelo — completou Rita. — É mais como se você estivesse brilhando. — Ela se aproximou. — Está apaixonada?

— O quê? Não, não, apenas um pouco bronzeada. — Depois, continuei: — Bem, ando me encontrando com um cara chamado Charlie.

— Eu sabia! — Rita tinha 60 anos e nunca havia se casado e, apesar de ser atraente, acho que não saía com ninguém. Ela ficara sabendo de Simon, mas eu raramente comentava com ela os meus relacionamentos mais casuais (achava entediante demais quando as mulheres discutiam sem cessar sobre suas confusões amorosas). — Traga esse homem para o piquenique de "volta às aulas" — disse Rita. — Como ele é?

— Ele é engraçado, bonito e... sei lá, ele é divertido. E muito bonito.

Rita estendeu o braço para acariciar o meu. Fiquei surpresa com o fato de ela ter ficado tão feliz. Ela disse:

— Sabia que um dia isso aconteceria com você.

NÃO ACHEI QUE ISSO fosse possível, mas a casa de Charlie em Houghton fez com que seu apartamento em Madison parecesse o máximo em termos de decoração de interiores. Eu o acompanhei até lá em uma tarde de sexta-feira mesmo sem nenhum motivo especial — íamos juntos a todos os lugares — e descobri que ele ou Hank Ucker havia alugado uma unidade em um prédio de quatro andares vazio a poucas quadras do centro. O apartamento de Charlie tinha dois quartos e cozinha estilo americana; um carpete marrom cobria toda a sala, as cortinas eram bege e havia um sofá formado por peças separadas cor de trigo e padrão em zigue-zague azul e vermelho e uma mesa de centro pequena de vidro. Em um dos cantos, havia uma televisão desligada da tomada no chão. Os armários estavam vazios, assim como os armários da cozinha, sendo que não havia nem sabonete nem papel higiênico nos banheiros, nenhuma toalha, nenhum pano de prato na cozinha e nem mesmo lenços de papel ou guardanapos; havia uma embalagem inteira de detergente na pia da cozinha e, quando lavei as mãos depois de usar o banheiro, Charlie puxou a camisa de dentro da calça e disse:

— Pode secar aqui. — Enquanto esfregava as mãos contra o tecido da sua camisa de botões, ele continuou: — Ah não! Agora você vai gostar menos de mim.

— Por que você precisa de um apartamento com dois quartos se nunca fica aqui?

— Em algum momento, pode aparecer algum repórter xereta. — Charlie riu. — Um apartamento de um quarto só seria muito suspeito, como se estivesse alugando apenas para poder me eleger neste distrito. E eu detestaria ser um político cínico para os cidadãos de Houghton.

— Deveríamos sair e fazer compras.

— É isso o que as mulheres sempre dizem. — Fiz uma cara feia, e ele continuou: — Estou brincando. Maj me prometeu arrumar tudo para mim antes de eu me mudar, mas se está tão ávida para acrescentar o seu toque feminino, fique à vontade.

Maj era, aparentemente, como Charlie e os irmãos chamavam a mãe — um apelido para "majestade". E ela realmente gostava do apelido, disse-me Charlie, que também não conseguia se lembrar de quando havia começado a chamá-la assim, mas era provável que tivesse sido quando o seu irmão mais velho estava no colegial e Charlie ainda na quarta ou quinta série. Perguntei se tinham algum nome para o pai e, como se nenhuma outra possibilidade tivesse lhe ocorrido, Charlie respondeu que o chamavam de "papai", apesar de ter acrescentado que os netos o chamavam de "Pee-paw" e à avó de "Vó-jestade".

— Estou falando de irmos comprar sabonete, pois algumas pessoas consideram higiene mais importante do que decoração — retruquei. — Esse lugar é deprimente e não precisa ser. Está deprimente e parece fraudulento.

— Mas *é* fraudulento. — Ele se aproximou de mim e me beijou.

— Charlie, se você vai concorrer ao Congresso por este distrito, deveria passar algum tempo aqui. Existem lugares piores para se morar do que Houghton.

— Você acha que eles deveriam usar essa frase como lema da cidade?

— Acredite ou não, estou tentando ser útil. — Olhei em volta. — Faremos um acordo. Acomodamos você aqui de verdade. Compraremos lençóis, toalhas e comida, nada que possa estragar, apenas alguns itens para deixar na despensa. Aí, poderemos passar a noite aqui. — Ainda não havíamos passado uma noite inteira juntos, o que parecia cada vez mais bobo da minha parte.

Charlie respondeu:

— E se ficássemos abraçadinhos antes e só depois fôssemos às compras?

— Não vou ficar abraçadinha com você em uma cama sem lençóis.

— É difícil negociar com você, Lindy. — Lindy era o novo apelido que Charlie me dera, abreviação do meu sobrenome. — Você não está secretamente na folha de pagamento da Câmara de Comércio, está?

Estávamos sorrindo um para o outro e era sempre assim com Charlie — minha impaciência sempre acabava virando divertimento. Ele me entretinha e eu gostava de mimá-lo. Sentia como se realmente pudesse ajudá-lo, pois minha calma e meu senso de organização complementavam sua energia e seu humor, e vice-versa.

— Se eu estivesse na folha de pagamento — respondi — jamais contaria a você.

FIZEMOS AMOR naquela tarde, e acabamos usando o sofá porque mesmo após comprarmos os lençóis, eu quis lavá-los antes de arrumar a cama.

— Quem faz uma coisa dessas? — perguntou Charlie, e respondi:

— Todo mundo.

Ele franziu o cenho.

— Mas são novinhos!

Pelados no sofá, ele me acariciou até que houvesse aquele desenrolar de calor rápido e interno, depois, mergulhou em mim e quando acabamos ficamos deitados lá, enquanto o suor que cobria nossos corpos secava, e comentei:

— Coitado de Hank Ucker. Um dia ele vai se sentar neste sofá sem ter noção do que já aconteceu aqui.

E Charlie respondeu:

— Mas isso deixaria Ucks muito feliz. No entanto, quando mamãe se sentar aqui...

— Não continue. É embaraçoso demais.

— Precisa conhecer logo os meus pais — disse ele. — Eles estão em Seattle agora, mas estamos todos planejando nos encontrar em Halcyon, lá em Door County, para o feriado do Dia do Trabalho. Ah, e no Natal, você precisa vir também. Maj faz um ganso fabuloso. O truque é deixá-lo marinando em cerveja.

A impressão que eu tinha era de que os pais de Charlie passavam mais tempo viajando do que em casa. Tecnicamente, eles moravam em Milwaukee,

mas sempre visitavam os amigos em Denver ou Boston, ficavam em Door County (aparentemente, tinham uma terceira residência em Sea Island, Geórgia), viajando de avião para uma universidade em Virgínia para que Harold Blackwell discursasse ou ainda para alguma conferência de negócios na cidade de Oklahoma para que ele fizesse a introdução ao tema da conferência. Tudo isso me parecia exaustivo, embora eu admita ter viajado de avião apenas duas vezes: aos 20 anos, fui com meus pais e minha avó até Washington e papai e eu subimos pelas escadas até o topo do Monumento a Washington enquanto mamãe e vovó tomaram o elevador; aos 26 anos, antes de começar a juntar dinheiro para comprar uma casa, fui para Londres com Rita Alwin durante as férias de primavera, uma viagem na qual andamos nos ônibus de dois andares e assistimos a espetáculos como *O mercador de Veneza* e *A ratoeira*. O próprio Charlie já tinha viajado bastante. Quando algum lugar era citado em uma conversa, ele costumava mencionar de forma casual, sem lhe ocorrer que o fato de ele já ter visitado tal lugar poderia impressionar ou aborrecer o interlocutor: Honolulu, Charleston e Palm Springs, Martha's Vineyard, Dallas, Nashville e Nova Orleans. Baltimore, declarou ele, era "imunda". Portland, em Oregon, sossegada demais.

— Meu irmão, Arthur, está começando a desconfiar de que há algo novo acontecendo — disse Charlie. — Ele está tentando me apresentar uma garota há semanas e, no outro dia, eu disse para ele esquecer isso, o que é um tanto ou quanto, como posso dizer... — ele riu — fora do comum. — Arthur, pelo que havia entendido, era o irmão mais próximo de Charlie, tanto em termos de idade quanto de intimidade; todos os outros irmãos eram casados. — Você não aceitaria se alguém mais a chamasse para sair, aceitaria? — perguntou Charlie.

— É claro que não, Charlie. Eu não durmo com alguém como algo casual.

— Foi o que pensei. Só estou me certificando de que estamos de acordo.

— Sabia que estamos bem próximos agora de onde mora a *minha* família? — comentei. — Talvez devêssemos ir até lá amanhã.

— Você acha que eu passaria na inspeção das senhoras Lindgren?

— Se você se comportar...

Charlie riu.

— Então não posso brincar com a sua avó pedindo para ela puxar o meu dedo?

Já eram 18h30, então, nos levantamos, nos vestimos e preparamos o jantar. Havíamos comprado pratos, talheres, potes e panelas na Scorilio's, que era a única loja de departamentos existente em Houghton (insisti em também lavar as peças antes de usarmos). Depois, paramos em uma mercearia para comprar macarrão, molho e pão. (Charlie sussurrara: "Você acha que os outros clientes estão olhando para você, pensando 'que mulher livre', por estar indo passar a noite com o seu namorado?") De volta ao apartamento, ao cozinhar o jantar, tudo pareceu tão lânguido: pegamos o rádio-relógio que estava no quarto e sintonizamos em uma estação de jazz e, em meio a tudo isso, um pensamento que já havia me ocorrido mais de uma vez, embora antes se apresentasse de forma enevoada, se cristalizou: a quase certeza de que o beijo que eu havia testemunhado anos antes entre Gladys Wycomb e vovó fora um beijo pós-coito. Na época, não havia reconhecido; fora suficiente — e demais para mim — presenciar a cena em si, mesmo sem saber se aquilo tinha sido antes ou depois de qualquer outra coisa. Mas, em retrospectiva, era inegável: aquela qualidade de prazer calmo e afetuoso surge entre duas pessoas quando não estão mais buscando concretizar o ato, pois já o completaram, e fica então aquele relaxamento prazeroso. É improvável que eu tivesse feito uma declaração sobre tal coisa nas primeiras semanas de namoro com Charlie, mas com a idade, decidi que o desfecho é a melhor parte. As negociações potencialmente problemáticas de um relacionamento são substituídas por preocupações prazerosamente superficiais: quando se levantar da cama, onde você deixou a sua camisa ou o que comer. Nenhum dos dois está mais tentando convencer o outro a ir logo até o fim ou prolongar tanto quanto puder; não há nenhuma tentativa de *conseguir* nada e pode-se apenas aproveitar a companhia um do outro.

POR VOLTA DAS 3 HORAS, acordei e percebi que minha mão estava repousada na virilha de Charlie. Estávamos nus sob o lençol, como Charlie me persuadira a ficar na nossa noite inaugural juntos. Ele estava de barriga para cima e eu, de lado perto dele, com minha cabeça no travesseiro dele e minha mão repousando sobre sua coxa esquerda. Fiquei mortificada. Mas se eu a retirasse dali, não seria como um alerta chamando atenção para o fato, antes de tudo? O mais devagar que pude, deslizei os dedos a alguns centímetros de distância e ele se mexeu, como eu havia temido. Um dos braços dele estava ao redor das minhas costas e, sem abrir os olhos, ele virou a cabeça, me beijou no cabelo e voltou a dormir na hora.

Fiquei com os olhos abertos no escuro. Será que eu, de fato, não estava com segundas intenções? Pensando, mesmo que de forma subconsciente, até onde conseguiria ir, o que seria considerado indecoroso e quanto poderíamos abusar casualmente do espaço um do outro? Mas ou ele não reparou ou então não ligou. Coloquei a mão de volta onde estava antes e adormeci.

QUANDO CHEGAMOS a Riley no dia seguinte, bati na porta e vovó atendeu. Ela estava usando um vestido de fibra sintética laranja e sem mangas, meia-calça transparente e sapatos de salto laranja. Havia um cinto fino de couro branco ao redor da minúscula cintura, e os braços nus eram exageradamente esqueléticos. Ela olhou para mim e para Charlie diversas vezes — teve de dobrar o pescoço — então uniu as mãos e disse:

— Ah, isso vai ser *bom*! — E me ofereceu o rosto para que eu a beijasse.

— Este é Charlie — apresentei. — Charlie, esta é minha avó, Emilie Lindgren. Vovó, pensei em ligar, mas estávamos por aqui e eu...

— Querida, adoro surpresas. — A voz dela continha um tom travesso quando acrescentou: — Espero que você também goste.

A realidade era que não havia ligado antes de propósito, não só para não atrair a atenção para o fato de que eu e Charlie havíamos passado a noite juntos em Houghton, como para que mamãe não se sentisse na obrigação de preparar uma refeição especial em um prazo tão curto. Elas almoçavam sempre às 12h30, e chegamos lá às 13h45.

— Sra. Lindgren, prometi à sua neta que me comportaria muito bem hoje — declarou Charlie.

Mas antes que vovó pudesse responder, mamãe perguntou:

— Quem é, Emilie?

Depois, mamãe veio até a sala de estar e seus olhos se espantaram.

— Alice, que bom que está aqui, mas achei que só viria na semana que vem.

— Estamos só dando uma passada rápida — informei. — Gostaria de apresentá-la ao... Este é Charlie. Charlie, esta é minha mãe.

— Dorothy Lindgren — respondeu ela, cumprimentando Charlie com um aperto de mãos. Seguiu-se um longo silêncio, então mamãe falou, com menos entusiasmo do que eu poderia ter previsto: — Por que não vêm se sentar aqui na outra sala?

Será que fora uma má ideia? Não foi até que entrássemos na sala de jantar, na qual elas não costumavam permanecer por tanto tempo após o almoço, que compreendi; lá estava ele, sentado à mesa, usando uma camisa de lã xadrez de meia manga, tomando uma xícara de café que parecia um regalo em especial nas mãos de um homem tão corpulento como Lars Enderstraisse. Sem olhar para ela, senti de imediato o triunfo de vovó; também pude sentir o desconforto trêmulo de mamãe.

— Querida, você conhece o Sr. Enderstraisse — disse ela. — Lars, você se lembra de minha filha, Alice? E este é o amigo dela... Qual o seu sobrenome, Charlie?

— Blackwell — respondi rapidamente.

— Por favor, me chame de Lars — pediu o Sr. Enderstraisse.

Charlie e eu nos sentamos nos lugares onde não havia nem pratos nem guardanapos dispostos.

— Vocês aceitariam um pouco de presunto? — perguntou mamãe, e eu respondi:

— Já almoçamos. Sinto muito por não ter ligado antes, mas estávamos em Houghton. — Nesse momento, já estava arrependida da decisão de chegar sem avisar. Outro silêncio tomou conta da sala, e mamãe insistiu:

— Deixe-me pelo menos servir a vocês algo para beber.

E eu respondi:

— Não precisa, estamos bem.

Mas Charlie falou:

— Aceito uma cerveja, se tiver.

— Vou ajudá-la. — Eu me levantei. — Alguém mais quer algo?

— Cerveja não cai bem no estômago de Lars — anunciou vovó com autoridade. Apesar de eu ter sido a única a notar, vovó emanava uma autossatisfação suprema.

— Fico inchado, com gases e coisas assim — explicou o Sr. Enderstraisse. Ele foi cordial ao falar, e por isso me perguntei se ele e mamãe estariam mesmo namorando. Nunca o vira sem o uniforme dos correios.

— Alice, sente-se — pediu mamãe, e, devagar, obedeci.

— Alice, aposto que ainda não ouviu sobre o assalto à casa dos Schlingheydes. — Vovó olhou para mim e para Charlie. — É a conversa do momento na vizinhança. Don e Shirley permaneceram dormindo durante todo o roubo e, pela manhã, viram que a janela da cozinha estava quebrada e que a televisão sumira, junto com a prataria de Shirley. A parte mais bizarra é que eles encontraram metade de um sanduíche de peru no balcão da cozinha, com apenas algumas mordidas, e a outra metade não existia. Consegue imaginar um sujeito que consegue ter cabeça para preparar um lanche no meio de um roubo a uma casa? Ele havia passado até maionese no pão.

— Quando foi isso? — perguntei.

Vovó olhou na direção da cozinha e ergueu a voz para perguntar:

— Dorothy, foi na noite de sábado?

— De segunda — respondeu mamãe, enquanto aparecia, trazendo a cerveja de Charlie. — A mim, parece uma pessoa bastante perturbada.

Ela entregou a cerveja a Charlie, que disse, com bom humor:

— Uns amigos dos meus pais foram roubados uma vez na década de 1960, e o ladrão deixou para trás um dos sapatos.

É claro que Charlie não fazia a menor ideia da irregularidade representada pela presença de Lars Enderstraisse.

— Espero que estejam mantendo as portas bem trancadas — falei.

— Ah, o departamento de polícia de Riley vai capturar esse sujeito em um piscar de olhos. — O tom de voz de vovó era festivo. — Se o xerife Culver conseguir se manter fora da taberna Grady mais de uma hora, aquele ladrão não terá a menor chance. — Sem sobreaviso, vovó inquiriu Charlie: — O que foi que você fez para merecer uma visita à casa ancestral de Alice?

— Eu ganhei o coração dela — brincou Charlie, e senti uma curiosidade nervosa se ele e vovó gostariam um do outro. Embora ambos compartilhassem de grande vivacidade, eu não tinha certeza se era do mesmo tipo e, de vez em quando, variedades diferentes de uma mesma tendência podiam ser pior do que uma total disparidade. Por baixo da mesa, Charlie pegou minha mão.

— Charlie, você também é professor? — perguntou mamãe.

— Não, senhora. Trabalho na indústria de carnes. — Quando ele apertou minha mão, fiquei pensando se tinha reparado que eu estava nervosa. — Divido o meu tempo entre Houghton, Madison e Milwaukee.

Será que Charlie presumira que eu dissera a elas previamente a que família ele pertencia? E já que eu não havia dito antes, será que deveria dizer agora, enquanto minha omissão ainda estava nos limiares de se tornar uma mentira deslavada?

Vovó acendeu um cigarro que extraíra de um maço ao lado do prato dela.

— Deve estar dando uma pequena fortuna aos postos de gasolina.

— Charlie, ouvi Alice dizer que o seu sobrenome é Blackwell — intrometeu-se Lars Enderstraisse. — Por acaso tem alguma relação com as salsichas Blackwell ou com o antigo governador?

— Espero que não! — exclamou vovó, com entusiasmo. — Que atraso de vida foi aquele homem para o nosso estado!

Em voz alta, como se pudesse encobrir o erro já feito, comentei:

— Harold Blackwell é o pai de Charlie.

Houve uma pausa, e foi Charlie quem quebrou o silêncio, dizendo:

— Não há nada como política para fomentar uma discussão ardente, não é mesmo? — Ele deu um sorriso murcho, mas mesmo assim foi um sorriso.

— O *seu* pai é Harold Blackwell? — Uma expressão de confusão tomou conta do rosto de mamãe.

— E Charlie vai se candidatar ao Congresso no ano que vem — completei. — Mas ainda é segredo, então não contem a ninguém.

Olhei para ele de relance, para ver se estava irritado, e ele parecia estremecido, embora eu não conseguisse dizer se fora por conta do comentário de vovó ou pela minha falta de discrição. Não era melhor, de qualquer forma, abrir logo o jogo e acabar com todo o suspense? Ou será que aquela visita resultaria em morte súbita para a nossa relação, revelando quão pouco, no cenário da minha criação, realmente tínhamos em comum?

— Candidato ao Congresso, minha nossa! — exclamou mamãe, e me lembrei de minha própria ignorância quanto às tendências políticas dela. — Que época fervorosa para você.

— Só anunciarei minha candidatura em janeiro — informou Charlie. — Sinceramente, sei que tenho caminhos difíceis a trilhar, concorrendo contra Alvin Wincek. Mas posso dizer, com honestidade, que seria um prazer servir as pessoas do sexto distrito de Wisconsin.

Por favor, não use a sua voz de discurso, pensei. Eu nem conseguia olhar para vovó.

— Você é republicano como o seu pai? — perguntou ela e, quando ousei olhá-la, percebi que ela encarava Charlie de forma direta.

— Com certeza! — confirmou ele em tom defensivo e jovial.

— Madison é uma cidade progressista e acho que isso o deixa em desacordo com os seus colegas — implicou vovó.

— As aparências enganam. — Charlie ainda mantinha um tom de voz cheio de civilidade. — Os protestos feitos pelos estudantes são estrondosos e estridentes, mas a espinha dorsal de Madison são as famílias de trabalhadores da classe média.

Queria gritar: *Parem com isso vocês dois.*

— Um republicano que admiro muito é Gerald Ford — intrometeu-se mamãe. — Que situação difícil ele enfrentou, e sua pobre esposa, lutando contra os próprios problemas de saúde...

— Jerry é um soldado leal da nossa infantaria — disse Charlie. — Ele é um homem que conhece seus pontos fortes e também suas limitações.

Houve uma pausa enquanto todos tentávamos determinar o rumo que aquela conversa tomaria. Charlie tomou as rédeas.

— Sra. Lindgren, sua casa é encantadora — elogiou ele, deixando bem claro que a Sra. Lindgren a quem se dirigia não era vovó, mas mamãe. — Há quanto tempo a senhora mora aqui?

— Ah, minha nossa, já faz... Ajude-me, Emilie. Acho que viemos para cá antes do nascimento de Alice, então presumo que sejam quase 31 anos. Bem, Charlie, você deve ter conhecido a melhor amiga de Alice, Dena. Mack e Lilian, os pais dela, moram do outro lado da rua, e eles se mudaram para cá apenas seis meses depois de nós.

— Já conheci Dena — disse Charlie, com entusiasmo. — Ela é a alma da festa.

— Ah, sim. É uma espoleta. Lilian contou que os negócios na loja da filha vão muito bem.

— Como está a irmã de Dena? — perguntei.

— Acho que já está melhor — sorriu mamãe. — Charlie, Alice contou a você que o pai dela era gerente da agência de Riley do Wisconsin State Bank and Trust?

Charlie sorriu também, embora de forma inexpressiva.

— Eles também têm agências em Madison — acrescentei. — Há uma depois da praça em West Washington.

— É o melhor banco da região — afirmou mamãe, com fervor. — Têm certeza de que não querem nada para comer? Ontem à noite, Alice, fiz aquela sobremesa de maçã de que você tanto gosta, e você tinha razão quanto a colocar creme de leite na massa.

— Isso eu garanto! — afirmou Lars. — Devo dizer que se soubesse hoje de manhã que me sentaria à mesa com o filho do antigo governador de Wisconsin, teria trazido comigo uma máquina fotográfica. Todos os meus colegas do departamento de correios ficarão com inveja quando contar a eles na segunda-feira. — Dirigindo-se a Charlie, completou: — É onde trabalho, na agência da Commerce Street.

Controlei-me para não demonstrar vergonha nem reagir com uma superficialidade adolescente.

— Você ficaria surpreso de saber que mesmo em uma cidade pequena como Riley as pessoas enviam suas correspondências para locais bem incomuns — contou Lars. — Outro dia, um cavalheiro enviou um pacote para Bruxelas, na Bélgica.

— Audrey Hepburn nasceu lá — informou vovó.

Seguiu-se um silêncio e Charlie, que não parecia nem preocupado, nem interessado no trabalho de Lars, perguntou:

— Sra. Lindgren, será que perdi a chance de experimentar a sobremesa de maçã?

— Claro que não! — Mamãe levantou-se. — Alice?

— Não, obrigada. Mas deixe-me ajudá-la — ofereci.

Na cozinha, uma panela com papel-alumínio estava sobre uma das bocas do fogão e mamãe ligou o forno, colocando a panela dentro.

— Charlie não se importaria de comer frio.

— Mas fica muito melhor aquecido. Gostaria que tivesse sobrado sorvete de creme... Acha que devo ir correndo na mercearia buscar um pouco?

— Não, mamãe, com certeza não.

— Não fazia a menor ideia de que ele era filho do governador Harold Blackwell — disse ela, e logo depois acrescentou: — Sei que a presença de Lars deve ser uma surpresa. Um dia fui comprar selos e ficamos conversando. Ele é um homem muito gentil, Alice.

— É, parece ser mesmo. Desculpe não ter ligado antes para dizer que viríamos.

— Ninguém jamais poderá substituir o seu pai para mim. — A expressão em seu rosto era ardorosa, como se esperasse descrença da minha parte.

— Mãe, por mim está tudo bem. Que bom para você poder socializar. Vocês dois deveriam vir jantar conosco em Madison e até mesmo trazer a vovó junto ou, se quiser ir sozinha com Lars, também pode, enquanto vovó estiver em Chicago.

Mamãe pareceu confusa.

— Vovó lhe disse algo sobre ir a Chicago?

— Ué, não está próximo da época em que ela costuma visitar a Dra. Wycomb?

Mamãe negou com a cabeça.

— Sua avó não vai ver Gladys Wycomb há anos.

Fiquei surpresa.

— Ela não tem mais energia?

— Bem, ela está com 82 anos — concordou mamãe —, mas é tão lúcida que nos esquecemos disso com facilidade. — Mamãe pegara o cronômetro de cozinha em formato de ovo e observei enquanto ela o ajustava para tocar em sete minutos. Conforme fazia isso, falou:

— Gostaria de agradecer, Alice, por você ter vendido o broche. Sei que provavelmente não conseguiu tanto quanto valia, mas qualquer quantia já é de grande ajuda.

NÃO FICAMOS LÁ por muito mais tempo; acho que todos nós, com exceção de vovó, achamos o encontro desgastante. Mamãe insistiu que levássemos para viagem um pouco da sobremesa que Charlie não comera, e nós cinco nos despedimos na sala de estar.

— Agora entendo por que Alice fala com tanto carinho do lugar onde cresceu — disse Charlie a mamãe em voz alta e tom confiante, mas também distante (mais tarde perceberia que essa é a forma como ele fala com os eleitores). Quando vovó o cumprimentou, com um aperto de mãos, ela declarou:

— Nunca votei no seu pai, mas sempre admirei o estilo de sua mãe se vestir. Uma vez a vi em uma foto usando uma estola de raposa deslumbrante.

Charlie não sorriu quando respondeu:

— Transmitirei a ela o seu elogio.

Já no carro, saindo da cidade, depois que chegamos à autoestrada, nenhum de nós falou nada por quase dez minutos.

— Sinto muito se foi uma situação estranha — desculpei-me, finalmente. — Você foi ótimo.

Ele não disse nada.

— Está com fome? — perguntei.

— Você me repreendeu quanto a minha forma de agir, mas devia guardar algumas das suas aulas de etiqueta para a sua avó.

— Charlie, ela tem 82 anos. Estava implicando com você.

— Você deve achá-la bem mais engraçada do que eu. Pode ficar furiosa por eu dizer isso, mas existem várias moças republicanas no mundo loucas para saírem comigo.

— Tenho certeza que sim.

— Se vamos ficar juntos, preciso do seu apoio. Concorrer a um cargo público já é pressão suficiente para um homem. Assisti ao meu pai passar por isso, agora assisto ao meu irmão, e não é fácil. É exaustivo. Preciso ir à luta e convencer os eleitores de que mereço o voto deles, mas se não consigo convencer nem minha própria namorada, devo estar bem mal mesmo, não é?

Fiquei quieta por um tempo, mas depois afirmei:

— Eu votaria em você.

— Que sorte a sua então eu não estar concorrendo no seu distrito

— Você não acredita em mim?

Ele olhou para o lado.

— Claro que acredito. Por que não acreditaria?

— Charlie...

— Que bom que não precisa colocar dinheiro nisso. — Ele me olhou de soslaio. — Por assim dizer.

— Você está sendo injusto comigo.

— Alice, lealdade é tudo para a minha família. Nada é mais importante. Quando alguém insulta um dos Blackwell, acabou-se. Quando comecei no colégio, os garotos achavam que podiam me chamar para a briga ou que estavam tirando onda com a minha cara; nunca me importei. Não tento convencer as pessoas. Apenas as deixo de fora. Por isso, escutar a sua avó...

— Gostaria que ela não tivesse dito nada daquilo.

— Enquanto servidor público, preciso me unir aos meus aliados e tentar ganhar as pessoas que estão em cima do muro. Mas, os detratores... Esqueça. Eles jamais estarão do seu lado. E, se você for inteligente, não é assim que vai aproveitar o seu tempo.

Ficamos calados, mas depois eu disse:

— E se fizermos um acordo? E se não falarmos sobre nada relacionado a política? Passar os dias ao seu lado durante este verão foram os momentos mais divertidos da minha vida, de verdade. Mas não quero fingir que acredito em coisas que não acredito. Não quero ficar em um comício repetindo o seu slogan. — Eu havia perdido a conta do número de vezes que participei de comícios, cantando os slogans políticos, em cima do palco, enquanto câmeras filmavam tudo, em todos esses anos. — E se eu o apoiasse não como político, mas como pessoa? — continuei. — E se colocássemos as nossas diferenças de lado, sem você tentar me convencer de nada e vice-versa, e só aproveitássemos os nossos momentos juntos? Estou louca, ou isso é possível? Posso garantir que *jamais* direi a ninguém que discordo da sua visão. Isso não é da conta de ninguém além de nós dois.

— Deixe-me ver se entendi direito — pediu ele. — Vou concorrer para uma vaga no Congresso usando o crachá de republicano enquanto você é uma hippie que promete não admitir isso em público nem perto da minha família, e juntos seremos felizes?

Hesitei.

— Algo assim.

— E não posso nem ao menos tentar convencê-la de que Jimmy Carter é um maluco patético? — O tom dele se tornara mais leve; não precisava que ele me dissesse que estávamos do mesmo lado de novo porque eu sabia que estávamos. — Respondendo à sua pergunta: não, você não está maluca. Já namorei muitas mulheres malucas e você não se qualifica como uma.

— Obrigada.

Ele estava olhando para mim de novo.

— Você é uma mulher incomum, Alice

Dei um sorriso irônico.

— Algumas pessoas diriam o mesmo de você.

— Você tem um senso de si mesma muito forte. Não precisa provar nada a ninguém.

Será que eu concordava com aquilo? Nunca pensei em mim como alguém que tivesse um forte senso de si própria; eu simplesmente me *sentia* eu mesma.

— Tenho uma imagem em minha mente — contou ele. — Estamos velhos, mais velhos do que meus pais agora. Temos 80, ou quem sabe até 90 anos. E estamos sentados em uma cadeira de balanço da varanda na frente da casa. Talvez seja em Door County. E estamos felicíssimos apenas por estar na companhia um do outro. Você consegue imaginar isso?

Meu coração acelerou. Será que ele ia me *pedir em casamento*?

— Acho que nunca vou me cansar de você — completou ele. — Acho que sempre vou achá-la interessante.

Foi nesse momento que meus olhos se encheram de lágrimas. Mas não chorei e ele não me pediu em casamento (claro que ele não faria isso, estávamos namorando havia um mês) e, por mais um longo período, nenhum dos dois deu uma palavra.

Havíamos acabado de chegar na Sproule Street quando eu disse:

— Existe uma coisa que preciso lhe contar.

— Parece que teremos uma conversa promissora. — Ele parou em frente ao meu apartamento e se virou para mim, os olhos apertados e os lábios tentando esboçar um sorriso. Sabia que eu precisava tomar a dianteira rápido ou perderia a coragem.

— Quando eu estava no terceiro ano, me envolvi em um acidente. Eu estava dirigindo, bati em outro carro e o motorista morreu.

— Nossa Senhora! — exclamou Charlie, e tive dúvidas se contar a ele havia sido uma boa ideia. Então ele estendeu a mão para me puxar em sua direção. — Venha aqui.

Eu o impedi de me abraçar com um dos braços.

— Tem mais. Era um garoto que eu conhecia. Eu era apaixonada por ele e acho que ele também era apaixonado por mim. Nunca houve repercussões judiciais a respeito do acidente, mas a culpa foi minha.

Novamente, Charlie tentou me abraçar e eu balancei a cabeça.

— Você precisa ouvir tudo. Eu me senti muito culpada depois. Até hoje me sinto, embora não seja tão dura comigo mesma quanto fui na época. Mas acabei... — respirei o mais fundo que pude — acabei dormindo com o irmão de Andrew. Esse era o nome do rapaz que morreu, Andrew Imhof, e o irmão dele é Pete. Foram apenas algumas vezes e ninguém ficou sabendo disso. Mas engravidei e fiz um aborto. Vovó providenciou tudo com uma médica que ela conhecia, amiga dela, para que fizesse a cirurgia. Nunca contei a Pete, nem aos meus pais, nem a ninguém.

— Alice... — Ele me puxou para que pudéssemos nos abraçar e dessa vez eu permiti, e a sua pele era quente e estava perfumada exatamente da forma como eu esperava que estivesse. Na minha nuca, ele murmurou: — Eu sinto muito, Lindy.

— Não sei ao certo se mereço que você me compreenda.

Ele se afastou para que pudéssemos nos olhar nos olhos.

— Você acha que nunca cometi nenhum erro?

— De tal magnitude?

— Para ser bem honesto, achava que tinha engravidado uma garota na faculdade. A menstruação dela não veio por dois meses seguidos e ficamos muito nervosos. Ela estudava em Sweet Briar e eu em Princeton, e fiquei pensando se poderia escapar fingindo que não era meu, mesmo sabendo que eu era o único cara com quem ela havia dormido. Quando, por fim, ela ficou menstruada, nunca mais falei com ela. Então, o que acha disso?

— Você era jovem.

— Você também era. As pessoas erram feio. Simples assim. Começou com Adão e Eva e, até onde sei, há um constante fluxo de erros humanos pairando sobre a nossa existência. Posso dar uma sugestão? Vamos lá para dentro para que eu possa abraçá-la de forma apropriada.

— Está bem, contanto que eu conte a você todo o resto. Bem, mamãe acabou de perder uma boa quantia em dinheiro em um esquema de aplicação em pirâmide, e foi por isso que não comprei a casa e não porque ela não passou na inspeção. Ah, sim... E tenho quase certeza de que a minha avó é lésbica.

Para minha surpresa, Charlie caiu na gargalhada.

— Sua avó. — Ele tentou se recompor. — Desculpe, é só que... Aquela velha senhora cola velcro?

— Cuidado com a língua, Charlie.

— Você tem provas?

— Ela tem uma... Uma amiga. A médica de quem falei, elas são um casal há anos. Acho que vovó se tornou frágil demais para ir até Chicago para se encontrar com ela, mas são muito dedicadas uma à outra.

— Não acredito! — Charlie parecia estar genuinamente admirado. — Qualquer pessoa que ache mulheres mais atraentes do que homens não vai conseguir brigar comigo. O que mais? Isso está ficando interessante.

— Acho que isso é tudo — respondi. — Não, também preciso contar que Dena está sem falar comigo porque estamos namorando. Eu estava certa quando disse que ela ficaria furiosa.

Quanto mais pensava no assunto, mais percebia que o comportamento dela refletia mais a frustração com a própria vida do que comigo — a decepção de não estar casada e de não ter filhos. Talvez tivesse mesmo depositado as últimas esperanças em Charlie antes de conhecê-lo, o que me pareceu irrealista da parte dela, e a raiva que sentia de mim parecia excessiva.

Charlie fez um gesto com a mão.

— Ela vai superar. — Ele tirou as chaves da ignição. — Não estou cortando a conversa, mas vamos continuar lá dentro.

Mesmo sem saber se era sexo o que ele tinha em mente — é provável que sim —, foi o que aconteceu assim que pisamos no meu apartamento. Ele me abraçou apertado e logo estávamos nos agarrando, nos acariciando, impacientes para nos livrar da tensão e de toda verbosidade. Disséramos palavras demais, elas haviam começado a se sobrepor umas às outras e a se misturar e agora só havia o corpo dele em cima do meu, a ereção dele dentro de mim, e o ritmo de nossos quadris. Posso parecer uma mulher das cavernas com essa afirmação, mas se existe algo melhor do que sexo para restabelecer a tranquilidade entre um casal eu não sei o que é.

Depois, ele me abraçou por trás, ficamos deitados, e ele falou:

— Quero cuidar de você, protegê-la e mantê-la sempre a salvo. — Dessa vez, eu realmente chorei, lágrimas reais escorreram pelo meu rosto.

— Gostaria que isso fosse possível — respondi. — Gostaria que qualquer pessoa pudesse fazer isso por outra.

— Vire-se para mim — pediu ele. Eu obedeci. Então, confessou: — Eu amo você, Alice. — Com o polegar, enxugou a lágrima que escorria pelo canto do meu olho.

— Também amo você — respondi, e pareceu uma expressão tão inadequada para demonstrar todo o meu afeto, minha gratidão e meu alívio, minha excitação infletida pela culpa sobre tudo o que viria pela frente. Como aquilo havia acontecido? E graças a Deus acontecera.

— Sobre as coisas que me contou no carro, sei que são sérias — continuou ele. Estávamos frente a frente, e ele acariciava meu quadril por baixo do lençol. — Mas, de agora em diante, nossa viagem será tranquila. Vai ficar tudo bem.

VOVÓ LIGOU NO FINAL da manhã do dia seguinte, enquanto eu estava enxaguando um pincel que havia usado para pintar o casco da tartaruga Yertle.

— Charlie é ótimo — afirmou ela.

Fiquei surpresa.

— Você está tentando me provocar?

— Bem, o estilo político dele é de lascar, mas ele mamou na teta do conservadorismo por muito tempo. Tenho certeza de que você conseguirá persuadi-lo a passar para o nosso lado.

— Vovó, ele vai se candidatar ao Congresso como republicano.

— Ele não tem a menor chance de ganhar, querida. O velho Wincek já tinha o sexto distrito nas mãos antes de você nascer. De qualquer forma, imagino que deva ser mais um rito de passagem da família Blackwell do que uma tentativa legítima de vencer por parte de Charlie. Por que não deixar que resolva logo isso? Mas ele é louco por você, não tenho dúvidas.

— E você gostou dele apesar dos detalhes políticos?

— Ele é adorável! Muito vivaz e bem-educado. Ele é mesmo um ótimo partido, e sua mãe concorda. Neste exato momento, ela está costurando o seu enxoval de noiva. Falando nisso... Será que deveria dizer "eu te disse" com relação à sua mãe e Lars, ou prefere dizer por mim?

— Acho que você acabou de dizer.

— Aquele assunto sobre ele ficar inchado e cheio de gases, bem na mesa do almoço... Claro que não foi o modo cortês de Lars que atraiu sua mãe, mas não devemos julgá-la por querer aproveitar a vida.

— Vovó, foi você que jogou a isca para ele.

Ela riu.

— Bem, acho que sim; só um pouquinho, talvez.

— Fico feliz que tenha aprovado Charlie — falei. *Mesmo que*, pensei, *a recíproca não seja verdadeira.*

— Alice, segure bem esse homem. — Vovó parecia em êxtase. — Você encontrou a pessoa certa.

NA SEMANA SEGUINTE, a última antes de as aulas começarem, levei os personagens de papel machê para a biblioteca. Fiz duas viagens para que todos coubessem dentro do meu Capri, delicadamente dispostos um por cima do outro. Apesar de ninguém tê-los visto além de Charlie, eu tinha quase certeza de que eles haviam se transformado no que eu idealizara. Até mesmo a cabeça de Babar ficara no lugar depois que coloquei um gancho por trás.

Enquanto arrumava Eloise em uma prateleira, ouvi uma voz por trás de mim dizer:

— Ficaram muito bons, Alice.

— Big Glenn!

Era assim que todos nós, professores e alunos, chamávamos o zelador do Liess, um homem negro e alto entrando na casa dos 70 anos que trabalhava no colégio havia mais de meio século. Corri até ele e o abracei.

— Você e Henrietta tiveram um verão agradável? — Eu não conhecia a esposa de Big Glenn, mas ela fazia um bolo invertido de abacaxi que já era famoso entre os professores e todo ano, em uma manhã de maio, antes do fim das aulas, ele deixava um na sala dos professores e, antes das 8h20, o bolo já havia sido devorado, como se o seu consumo fosse uma competição.

— Ficamos em paz, com certeza, sem aqueles desordeiros nos cercando — disse, sorrindo, Big Gleen.

— Você está falando dos alunos ou dos professores? — Ele riu, e continuei: — Aposto que sentiu nossa falta.

Ele deu um passo à frente e diminuiu o tom da voz.

— Não saia repetindo isso por aí, mas ouvi dizer que o marido de Sandy está muito doente.

Estremeci.

— De novo? — Sandy Borgos era professora da primeira série, uma mulher amigável com o dobro da minha idade que costumava tricotar durante as reuniões de professores e, sempre que possível, usava um xale bege feito por ela mesma. Seu marido fora diagnosticado com câncer de garganta dois anos antes, mas ouvira dizer que, no último ano, ele tinha apresentado remissão completa.

— Agora está nas mãos de Deus — disse Big Glenn. — Ficou sabendo de Carolyn, alguém contou a você? — Big Glenn era, entre outras coisas, uma pessoa muito bem informada sobre as fofocas do colégio.

Neguei com a cabeça. Carolyn Krawiec trabalhava no jardim de infância, era sete ou oito anos mais nova do que eu e trabalhava no Liess havia pouco tempo — eu mal a conhecia.

— Ela não voltará este ano — contou Big Glenn. — Se envolveu com um namorado novo e foi com ele para Cedar Rapids, Iowa. — Ele arqueou as sobrancelhas de forma significativa. Isso era parte da transação: a abstenção de desaprovação explícita em favor de olhares em código.

— Uau.

— Deve ser amor. — O tom de Big Glenn era um tanto ou quanto duvidoso, mas senti uma onda de atitude defensiva. Talvez fosse *mesmo* um amor verdadeiro.

— Há quanto tempo ela contou para Lydia? — Lydia Bianchi, de 55 anos, era a diretora, de quem eu gostava muito. Ela era casada, mas não tinha filhos, o que levantava especulações por parte de seus subordinados (ou seja, nós) se o seu caso fora uma escolha ou uma decepção particular.

— Há não mais do que uma ou duas semanas — respondeu Big Glenn. — O cavalheiro é do ramo farmacêutico, vem para Madison regularmente, então a conclusão é que se encontravam assim. — Ele deu de ombros. — Devo ter me esquecido de como é a paixão entre os jovens.

— Já contrataram alguém para substituí-la?

— Você está interessada?

— Não mesmo. Ficarei aqui na biblioteca.

Foi quando ouvi, de algum lugar de dentro de mim, que a verdade era o oposto. Eu a deixaria. Eu iria embora. Se Charlie e eu ficássemos juntos, se as coisas progredissem entre nós como não havia especificado para ninguém, inclusive para mim mesma desde aquela conversa com Dena na lanchonete, então, meus dias como professora estavam contados.

Enquanto conversava com Big Glenn, podia sentir o momento presente escapando de mim. Percebi que logo iria embora e, quando o fizesse, em minha ausência, os outros professores também comentariam sobre mim.

TODOS SEMPRE DISSERAM que não havia tornados em Madison por causa dos lagos. A cidade é um istmo, termo que as crianças que crescem lá aprendem desde cedo. E, enquanto Wisconsin não era atingido por tornados com a mesma regularidade que as cidades dos estados ao sul e a oeste de nós, costumávamos ter alguns avisos por ano e talvez uma advertência em relação a uma grande tempestade anual. Em Riley, quando eu era menina, tínhamos treinamento contra tornados toda primavera. Se estivéssemos em aula, guardávamos tudo e nos sentávamos de pernas cruzadas no chão da sala e nos corredores, joelho contra joelho com as crianças ao nosso lado, todos virados para a parede, com as cabeças baixas e as mãos cruzadas em cima da cabeça. Se estivéssemos do lado de fora — os treinamentos podiam acontecer também durante o recreio, o que parecia um grande desperdício —, um professor nos guiaria até uma vala na colina gramada atrás da escola, e ficaríamos deitados de bruços, de mãos dadas, formando um círculo irregular ou uma flor humana, os nossos corpos as pétalas que apontavam para fora. No colegial, fazíamos piada sobre os absurdos: *aquilo* seria capaz de nos salvar? Imaginava uma rede de crianças sendo soprada para as alturas, fazendo força para se manterem unidas umas às outras.

O aviso contra o tornado que aconteceu no fim de agosto de 1977 foi em uma tarde de domingo e, na noite anterior, Charlie e eu tínhamos ido a uma festa na casa de um casal de conhecidos dele que se chamava Garhoff. Percebi que as pessoas estavam fumando maconha no banheiro do andar de cima, o que me surpreendeu — já havia ido a festas nas quais pessoas fumavam baseados, mas os Garhoff tinham filhos que dormiam naquele mesmo andar. Fomos embora um pouco antes da meia-noite, Charlie veio ao meu apartamento por uma hora, tentando me persuadir a deixá-lo passar a noite — "como em Houghton", era o argumento dele. "As chamas do inferno ainda não lamberam os nossos corpos depois disso."

Mas não permiti. Sabia que, na manhã seguinte, ele iria com Hank Ucker a uma igreja em Lomira, seguido por um café da manhã com panquecas. Enquanto isso, estava ansiosa para limpar meu apartamento — havia louça na pia, várias roupas para lavar acumuladas, contas a serem pagas, coisas que negligenciamos felizes no início de um relacionamento.

No domingo, cuidei da limpeza e da organização por várias horas enquanto o céu escurecia de azul para cinza-chumbo. Lá pelas 14 horas, a temperatura sofrera uma queda de aproximadamente 9 graus desde o amanhecer, fechei as janelas da cozinha e do banheiro e liguei o rádio. Um tornado estava se aproximando de Lacrosse, seguindo, aparentemente, em direção ao sudoeste, e não estava claro se ia ou não atingir Madison. Liguei para Charlie e, quando ele atendeu, disse:

— Ainda bem que está seguro, em casa.

— *Nunca mais* na vida comerei panquecas. Deus do céu, Lindy, essas velhinhas não aceitam "não" como resposta!

— Já olhou o tempo lá fora? — Eu estava de pé em frente à pia da cozinha, que dava para o quintal dos fundos e para a área da casa atrás da minha. — Nem os pássaros estão cantando.

— Você não está preocupada, está?

Podia ouvir a televisão ligada, e falei:

— Está assistindo ao beisebol?

— O Brew Crew está derrotando o White Sox, muito obrigado. A vitória é ainda mais doce depois das nossas últimas duas derrotas.

— Você se incomodaria de ficar ao telefone? — perguntei. — Não precisamos falar.

— Por que você não vem para cá? Ou quer que eu vá para a sua casa?

— Lembra-se de que minha televisão é em preto e branco?

— Então venha para cá, e eu a deixo esfregar a minha barriga.

— Prefiro não dirigir agora, no caso... — comecei a dizer, e, do lado de fora, uma chuva forte desabou de forma abrupta. Então, percebi que não era chuva, e sim granizo.

— Mike Caldwell é o próximo a rebater — disse Charlie. — Tinha minhas dúvidas quanto a ele, mas está jogando bem. Steve Brye, do contrário... — Foi nesse momento que um raio caiu, seguido por um estrondoso e horrível trovão, e todas as sirenes dispararam, soando ameaçadoras.

— Estou indo para o porão e você deveria ir também — aconselhei. — Por favor, Charlie, não continue assistindo ao jogo.

— Você sabe que está tudo bem, não sabe? — A voz dele era calma e gentil.

— Charlie, desligue a televisão.

Como se estivesse indo à praia, peguei uma toalha e um livro (era *O legado de Humboldt*), caiu outro raio e me apressei para sair logo do apartamento. A entrada para o porão ficava atrás das escadas do corredor do primeiro andar. Havia mais um apartamento no prédio, uma unidade térrea pertencente a um doutorando chamado Ja-hoon Choi e, apesar de já ter esperado passar outros tornados com ele anteriormente, o carro dele não estava parado na garagem, então não achei que estivesse em casa. A escadaria do porão era de madeira e instável, havia ar entre as tábuas e uma única lâmpada cujo fio puxei com força assim que cheguei até o fim. O nosso senhorio guardava ali equipamentos antigos de navegação a vela e algumas mobílias para áreas externas, mas, na maior parte, o local estava vazio. Abri uma espreguiçadeira com braços de metal e assento de poliéster xadrez, mas estava tão enferrujada e coberta por teias de aranha que voltei a fechá-la e a coloquei de volta onde a achara. Depois, fiquei apenas em pé, segurando a toalha, o livro e a lanterna. Nos últimos minutos, havia ficado difícil suprimir pensamentos sobre a falta de confiabilidade na sorte. *Não vai acontecer nada comigo* — era no que todos acreditávamos, era no que precisávamos acreditar para abrir caminho no mundo diário. *Outra pessoa.* Não eu. Mas, de vez em quando, *é você*, ou alguém próximo o bastante para que faça parecer que foi com você. As pessoas que nunca passaram por coisas terríveis confiam no destino, na noção de que o que há de ser vai ser; o restante conhece outra verdade. Imaginei uma árvore voando pela janela da sala de Charlie, arrancando-o do sofá, ele ficando preso no vento, voando em círculos e sendo jogado com violência em alguma rua ou em algum telhado. É um fenômeno que parece cômico para aqueles que não vivem em uma área propensa a tornados — a vaca ou a geladeira voadora — e mesmo para nós que vivemos em estados que são atingidos por tornados pode ser engraçado nas épocas de calmaria. Mas chovia granizo lá fora, estava escuro como a noite, e senti a ansiedade tomando conta de mim. *Não pode acontecer duas vezes com a pessoa que amo*, pensei, mas não fui capaz de convencer a mim mesma.

Depois, por cima do barulho do granizo caindo e do berro das sirenes, ouvi algumas batidas que acabei percebendo virem do primeiro andar. Não fiz nada, mas logo subi os degraus o mais rápido que pude, imaginando encontrar Ja-hoon Choi pela janela da porta da frente. Em vez disso, vi Charlie.

Abri a porta.

— Charlie! Meu Deus! — Ele entrou no prédio, todo ensopado. Joguei-me nos braços dele e disse: — Você não devia ter dirigido até aqui!

Quando nos beijamos, os lábios dele estavam escorregadios.

Levei-o de volta para o porão e, quando estávamos a salvo lá, ele apontou para a toalha que eu estivera segurando por todo aquele tempo e perguntou:

— É para mim? — Ele secou a cabeça e, quando parou de se enxugar, vasculhou o local, dizendo: — Lugar interessante.

— Não acredito que esteja aqui.

— Há alguns galhos caídos em Williamson, mas aposto o que quiser que o tornado passou direto por nós. É só uma tempestade. — Ao mesmo tempo em que ele falava essas palavras, as sirenes pararam. — Viu só? — Ele riu. — Deus concorda comigo.

— Mesmo assim, não foi seguro pegar o carro para...

Ele cobriu minha boca com uma das mãos, me cortando.

— Pensei em uma coisa no caminho até aqui, mas vai precisar parar de me dar sermões. Se eu tirar a mão, você vai parar?

Concordei com a cabeça, e ele retirou a mão.

— Decidi que devemos nos casar — disse ele. — Chega de ficar correndo embaixo de chuva. Devíamos morar debaixo do mesmo teto, dormir na mesma cama à noite, acordar juntos pelas manhãs, e quando houver um tornado posso proteger você e assistir ao jogo de beisebol ao mesmo tempo.

Ficamos olhando um para o outro.

Sem certeza, perguntei:

— Você está dizendo... Isso é... Você está me pedindo em casamento?

— Parece que sim. — Ele sorriu, mas com um pouco de nervosismo.

Eu respondi:

— Está bem! — E sorri, radiante.

Quando Charlie me abraçou, foi tão forte que meus pés saíram do chão — literalmente, não de forma figurada. E lá estávamos, no porão, naquele porão encardido: a minha vida estava mudando e estávamos no lugar mais desagradável do planeta. Ainda era eu mesma, não me sentia atirada para nenhuma outra existência e o cômodo não se enchera de luz. Apenas mais tarde esse momento tomaria as proporções adequadas, me enchendo de brilho. Enquanto ainda estava acontecendo, tudo parecia uma novidade estranha, excitante e tênue, que era o oposto de como me sentiria mais tarde: um momento importante, familiar e tranquilizante. Olhando de volta para o passado, aquilo parecia uma pausa inevitável no fluxo da minha narrativa, mas só porque tudo parece ser inevitável quando olhamos de um ponto no presente.

Além disso, havia perdido Dena e, em troca, me casaria; havia trocado uma amizade por um romance, companheirismo por um marido. Será que a troca fora justa, uma barganha razoável, algo que a maioria das pessoas faria?

As pessoas não se refeririam mais a mim como excêntrica ou digna de pena por ser a mulher que nunca se casara; minha existência não seria mais uma questão que as outras pessoas tentariam explicar.

Mas o que me deixava mais perplexa era que estava prestes a me casar com o homem que eu amava; minha escolha não fora ficar com alguém simplesmente por ficar nem o extremo oposto, permanecendo solteira. O alívio genérico de ter um par poderia ter sido conquistado me casando com Wade Trommler, em 1967, ou com qualquer outro homem depois disso. A parte mais interessante era que eu havia conseguido muito mais. Charlie era doce, engraçado, cheio de energia, incrivelmente atraente — os seus punhos com pelos castanho-claros no dorso, as camisas modernas que usava, seu sorriso e seu carisma — e, tendo esperado até os 31 anos, às vezes me sentia a última bolacha do pacote, mas, depois, havia achado um homem que não era perfeito, mas perfeito o suficiente, perfeito para mim. Não havia sido punida, no fim das contas. Estava sendo recompensada, embora fosse difícil dizer pelo quê.

Fazia apenas seis semanas que havíamos nos conhecido.

AS REUNIÕES DE PROFESSORES na volta às aulas aconteceram na quarta e na quinta-feira antes do feriado do Dia do Trabalho e, na verdade, nós professores não éramos nem um pouco diferentes dos alunos do colegial, buscando as novidades depois de alguns meses separados, comparando as férias, nos certificando sobre quem ficara mais magro ou mais bronzeado. Durante o discurso de boas-vindas da diretora no ginásio, sentei-me na arquibancada perto de Rita e de Maggie Stenta, a professora da classe de alfabetização com quem fora comer sanduíches de carne, junto com seus filhos, e com quem também havia bebido sangria na primavera anterior. Como era a diretora, Lydia Bianchi estava descrevendo os cronogramas para os ônibus depois da aula, mas Rita se aproximou e perguntou:

— Como vai o seu *namorado*?

Maggie se virou.

— Você está namorando?

Inclinei a cabeça como se não tivesse ouvido e não pudesse desviar a atenção de Lydia. Na verdade, eu ainda não sabia bem como falar de Charlie; não queria ser efusiva nem me gabar. Passaram-se três dias e ainda não tínhamos comentado sobre o nosso noivado com ninguém. Queríamos contar para nossas famílias primeiro e, como íamos passar o final de semana do feriado do Dia do Trabalho em Door County com a família Blackwell e voltar a Riley no final de semana seguinte, parecia melhor esperar e contar as novidades pessoalmente. O que pensariam os pais dele se, ao mesmo tempo em que estivessem me conhecendo, descobrissem que eu estava prestes a me tornar sua nora? Eu não conseguia imaginar.

Anualmente, todos os professores eram convocados a assistir ao mesmo filme de meia hora sobre piolhos — era motivo de muitos murmúrios e eu, em particular, estava assistindo pela sexta vez. O filme seria exibido na biblioteca naquela quinta-feira, após o almoço. Estava voltando da cantina com Rita e ainda estava no corredor quando Steve Engel, um professor de ciências de 1,98 metro, bateu com a cabeça no remo da canoa de *Paddle-to-the-Sea* que estava pendurado na entrada da biblioteca.

— Barco legal — o ouvi dizendo em voz alta, para ninguém em específico.

Depois de mudá-los algumas vezes de posição, encontrei lugar para cada um dos bonecos de papel machê: os coelhinhos do *The Runaway Bunnies*, Mike Mulligan e Mary Anne, foram colocados nas prateleiras mais baixas, onde ficavam os livros para as crianças mais novas; Ferdinand ficou de guarda perto do catálogo de fichas; a árvore generosa recebeu um lugar de honra, na minha mesa. Uma parte de mim não podia acreditar que eu tivesse terminado todos aqueles dez personagens, ainda mais me distraindo alegremente com Charlie. Era provável que houvesse gasto duzentas horas no projeto — admito que a maior parte delas foi antes de Charlie — e não tinha dúvida de que muitas pessoas teriam considerado a minha atividade uma colossal perda de tempo.

Quando o filme acabou, Deborah Kuehl, a enfermeira do colégio que era organizada de uma forma quase obsessiva e que estava à frente da exibição do filme, continuou explicando a adoção de uma nova política de tolerância zero contra lêndeas.

— Não posso acreditar que ela esteja fazendo isso logo depois do almoço — murmurou Rita.

Apesar de Deborah ter um jeito rápido de expor as informações, ela era generosa com os seus conhecimentos médicos e não se importava quando os professores lhe pediam conselhos. Ela olhava a sua garganta inflamada para dizer se era infecção por estreptococos ou se seu dedo que ficara preto por ter prendido na porta precisaria de tratamento com anti-inflamatório.

Quando Deborah perguntou se havia dúvidas, Rita levantou a mão.

— Só queria elogiar a biblioteca. O lugar não está fabuloso? Alice fez todos os personagens sozinha.

Pude sentir todos os professores nas fileiras à nossa frente e atrás de nós olhando para mim.

— Você está sendo bastante incentivadora, Rita, mas estava esperando perguntas quanto à política de tolerância zero contra lêndeas. — Deborah varreu a plateia com os olhos. Ninguém mais havia levantado a mão, e ela pareceu um pouco desapontada. Cheia de formalidade, embora com igual generosidade, continuou: — As esculturas dão, de fato, um toque colorido ao lugar. Parabéns, Alice, por sua criatividade.

Rita começou a aplaudir e murmurei "Rita, não, por favor", mas já havia contagiado a todos. Pude sentir meu rosto ficando vermelho.

Aconteceu que, quando as crianças voltaram às aulas na semana seguinte, pareciam ter adorado a novidade dos bonecos e também os estavam encarando pelo que eram, ou seja, decoração de fundo. Mas os personagens não aguentaram bem durante o ano todo: logo ao fim do primeiro dia, um dos chifres de Ferdinand havia se soltado, acidente causado pela superanimação de um aluno da segunda série e, depois da sala de leitura com os alunos da quinta série, alguém desenhou um bigode em Eloise (tinha quase certeza de quem eram os dois meninos que haviam feito). Quando acabou o ano letivo, acabei jogando todos eles fora, com exceção da árvore generosa, que ainda tenho; quando a mudo de lugar, a embrulho com cada vez mais cuidado, como se fosse um vaso de valor inestimável. E posso dizer que, honestamente, não me importei com o curto ciclo de vida dos outros personagens. Gostei da experiência de fazê-los, e se a minha busca fosse por grande reverência ou por uma intensa expressão de gratidão, então não poderia trabalhar com crianças.

Na época, eu não podia imaginar que os aplausos depois do filme sobre piolhos seriam o meu momento de maior realização profissional. Foi o maior reconhecimento público que recebi por ter sido eu mesma e não uma extensão de qualquer outra pessoa ou, pior ainda, um símbolo. Percebi que 35 professores aplaudindo na biblioteca de um colégio fora um humilde triunfo e, no entanto, emocionante. Nos anos que se seguiram, recebi uma quantidade enorme e vulgar de atenção, mais atenção do que qualquer pessoa presunçosa ou insegura poderia desejar, mas nunca aproveitei nem um milésimo do que aproveitei daquela vez.

NAQUELA NOITE, CHARLIE e eu estávamos jantando na casa dele, sentados no sofá da sala com os pratos no colo enquanto os Brewers jogavam contra os Detroit Tigers, e eu disse:

— Se nos casarmos na primavera, que tal fazer a cerimônia no Arboretum? Acha que seus pais ficariam chateados se não nos casássemos em uma igreja?

— Eu sabia que você era ateia! — declarou ele, apontando para mim. — Não, não acho que eles se importariam com o fato de ser ao ar livre, mas vamos precisar nos casar bem antes. Preciso estar acomodado em Houghton até janeiro.

— Sozinho ou comigo?

— É assim que funciona geralmente, Alice, marido e mulher debaixo do mesmo teto. — A expressão de Charlie era vexatória. Ele estava descalço, vestindo um short branco e uma camisa polo branca porque ainda não havia tomado banho depois da partida de tênis com Cliff Hicken naquela tarde. — Está ficando excitada com a minha fragrância de homem viril? — perguntou, enquanto estávamos no quintal fazendo hambúrgueres. Ele pressionou o corpo contra o meu e dançamos um pouquinho. Apesar de eu ter feito um show, tapando o nariz (pareceu-me que era isso o que ele queria), eu achava que ele ficava bonito quando estava suado, e o cheiro dele não era nem um pouco desagradável.

— Mas então quando seria o casamento? — perguntei. — Janeiro é daqui a cinco meses, Charlie.

— Um casamento nada mais é do que uma festa na qual a noiva usa um vestido branco. Podemos até nos casar amanhã, se quisermos!

— Seu romantismo está puxando o tapete de sob os meus pés.

— O que acha de outubro? — sugeriu ele. — Você está livre em outubro?

Considerei a proposta. Bem antes do que eu havia imaginado, mas era possível.

— Não vejo por que não.

— Esse é o espírito da coisa. Não queremos uma cerimônia muito formal nem muito sofisticada, não é? Ou queremos? Todos os meus irmãos e suas esposas fizeram a recepção em um country clube, com direito a fila de cumprimentos e tudo mais. Menos John, que se casou com Nan, que é da costa leste. Então, eles fizeram a cerimônia na propriedade dos pais dela, em Bar Harbor. Tive uma ideia: que tal se nos casássemos em Halcyon? Há bastante espaço por lá, muitas camas, e ninguém poderia desejar um cenário mais espetacular do que aquele.

— Amanhã eu respondo, depois que vir o lugar. Mas se nos casarmos em outubro talvez o chão esteja coberto de neve.

Charlie pensou nisso por alguns momentos, depois reclamou:

— Você é prática demais.

Hesitei.

— Vou terminar o ano letivo no colégio, certo? Mesmo quando estivermos morando em Houghton, poderei pegar o carro e vir até Madison?

Charlie deu de ombros.

— Se isso for importante para você.

— Não me sentiria bem em abandoná-los no meio do ano. Algumas pessoas fazem isso, mas Lydia, nossa diretora, odeia quando isso acontece.

— Contanto que este seja o seu último ano no Liess, faça como quiser. Com certeza precisarei de você por perto no próximo verão. Ser a esposa de um candidato é um trabalho em si e Maj o conhece melhor do que ninguém.

— Não vou precisar falar em público, vou? Nem fazer discursos, não é?

Ele riu.

— Essa é uma condição para se casar comigo?

— Charlie, eu nem consigo falar nas reuniões de professores!

— Tudo bem, tudo bem, não precisará fazer nenhum discurso. — Ficou em silêncio por alguns segundos e, quando falou de novo, tinha um tom mais sério. — Eu não vou ganhar. Você sabe disso, não sabe?

— Você não está sendo muito otimista.

— Minha candidatura não é uma mentira, não vejo a mim mesmo como testa de ferro de ninguém. Não é isso que estou dizendo. Colocarei tudo de mim na campanha, mas os números não são favoráveis. O foco não é ser eleito, ainda não. O foco é lançar o meu nome, mostrar às pessoas que sou adulto. Sou uma pessoa séria, com ideias sérias sobre o estado de Wisconsin.

Olhando para ele, tive um pensamento inquietante. Não conseguia imaginar a mim mesma dizendo a alguém: *Sou uma pessoa séria, com ideias sérias.* Não acho que seria necessário.

Com cautela, contestei:

— Não existem várias pessoas apostando tempo e dinheiro em...

Ele balançou a cabeça.

— É assim que funciona. Estamos fundando uma base.

— Uma base para quê? Está planejando se candidatar novamente ao Congresso daqui a dois anos?

— Pretendo deixar em aberto as minhas opções. Talvez não aconteça em dois anos, e sim mais para a frente, quem pode afirmar de antemão? Talvez almeje uma posição no Partido Republicano, talvez me candidate ao Senado. Muito do processo político não é nada além de fazer as coisas no tempo certo.

Coloquei o hambúrguer no prato.

— Isso me parece incrivelmente cínico.

— Eu não dito as regras, Alice — respondeu Charlie.

— Mas parece bem feliz em segui-las.

— Que droga, Alice. — Ele também parou de comer o hambúrguer, repousando o prato na mesa de centro, na frente do sofá. A mesa era de fórmica branca de má qualidade e ele havia me dito, com um orgulho próprio, que a havia catado na calçada alguns meses antes, quando seus vizinhos a jogaram fora junto com o lixo. — Achei que fosse me apoiar. Não foi isso o que me disse no carro, ou entendi errado?

— Você nunca quer apenas uma vida comum? Não vejo como se tornar uma figura pública possa ser melhor do que continuar como um cidadão comum.

— Para começar, estamos falando de serviço, não de ego. Algumas pessoas entram nesse mundo para satisfazer o próprio narcisismo, com certeza, mas não os Blackwell. Alice, se você estiver tentando me fazer desistir da candidatura, estamos com um problema sério.

— Você me deu a impressão de que seria uma experiência única.

— O que significa que também achou que eu fosse perder. Uma hora você finge consternação por eu estar gastando dinheiro alheio com a campanha e, em seguida, fica torcendo pela vitória do meu opositor.

Ficamos em silêncio.

— Não vamos brigar — pedi.

Ele embolou o guardanapo e o atirou do outro lado da sala, na direção da lareira. Quando ousei olhar para ele, percebi que estava zangado.

— Quer que eu vá embora?

— Não seria má ideia.

Eu me levantei e levei o prato até a cozinha; minhas mãos tremiam. Será que ainda estávamos noivos? Será que ainda éramos um casal? Já que não havíamos contado a ninguém sobre o casamento, também não precisaríamos avisar sobre o término. Talvez houvesse algo de vaporoso na nossa relação desde o início, algo irreal. Podíamos terminar tudo e não haveria nada a ser explicado. Se alguém perguntasse, poderia apenas dizer que a relação havia minguado.

Dirigindo de volta ao meu apartamento, pensei que talvez tivesse acontecido para melhor. Será que estava mesmo disposta a abrir mão da minha independência para me tornar apenas incentivadora dele? Por que eu iria querer uma vida de longos discursos, como aquele que presenciei no Lions Clube, em Wanpun? Colocando de lado a questão de não concordar com a sua plataforma política, aquele tipo de discurso era apenas entediante. As repetições, as adulações feitas à meia-voz, o desdém feito com integridade e a falsa clareza — tudo era tão artificial e tão tolo quanto pretendia ser genuíno e importante. E Charlie esperava que eu não apenas tolerasse a sua participação naquele mundo como ficasse feliz quanto a isso? E será que eu poderia criar expectativas de que ele fosse até a biblioteca para me escutar lendo *Bread and Jam for Frances* para as crianças?

Tais pensamentos turvaram minha mente por mais de duas horas — eu estava deitada na cama por cima das cobertas, lendo *O legado de Humboldt* — e, de repente, parei de ler no meio de um parágrafo da página 402, com minhas certezas se desintegrando todas de uma vez, deixando-me apenas com um sentimento muito ruim, pesado e insistente. Os motivos pelos quais eu e Charlie estávamos discutindo me pareceram abstratos e sem substância. Mal conseguia me lembrar das palavras que havíamos usado e tudo o que desejava era estar novamente sentada ao lado dele, deitada embaixo dele, com meus braços ao seu redor e, os dele, em volta de mim. Ele era o oposto de vaporoso; tudo mais era vapor, mas ele era sólido e centrado. A possibilidade do término da relação era devastadora; eu não podia suportar.

Não cedi à tentação de ligar para ele — seria melhor esperar até a manhã seguinte. Mas estaria sendo presunçosa de achar que a raiva dele seguia a mesma linha de tempo que a minha ao imaginar que já havia me perdoado também. Mesmo assim, se eu fosse capaz de ligar para ele, se pudéssemos fazer tudo ficar bem de novo, o alívio seria tão grande que talvez valesse o risco. No banheiro, lavei o rosto, escovei os dentes e fiz as sobrancelhas, só para me ocupar. Voltei para o quarto e troquei de roupa, colocando uma camisola de algodão sem mangas. Vi que eram 22h20 e decidi não ligar antes das 23 horas. Não ia nem mesmo me planejar para isso; deixaria essa possibilidade em aberto e, se conseguisse me conter, assim o faria, mas, caso contrário, às 23 horas pensaria no que diria.

Deitei-me de lado, com a luz acesa e a janela aberta, e entrou uma brisa quente. Tentei não chorar. E daí se eu tivesse de ficar sentada, ouvindo os discursos dele sobre impostos pelos cinquenta anos seguintes? Talvez pudesse aprender como ler um romance o deixando dentro da bolsa, de um ângulo que ninguém percebesse o que eu estaria fazendo. Não, não deixaria que isso fosse um impedimento, uma restrição para me tornar esposa de Charlie; todas as vezes que estivemos juntos, senti a minha vida se abrir em um mar de possibilidades, cheia de plenitude e promessas de diversão. Nunca fui uma pessoa que encara a vida como uma aventura. Para mim, a vida mais parecia uma série de obrigações a serem cumpridas, algumas muito recompensadoras e outras, enervantes. Mas agora via possibilidades de farra e travessuras. Estavam me oferecendo um guia pessoal para uma viagem pelo país da boa-aventurança, e eu estava me esquivando, como havia feito com Andrew Imhof. O que havia de errado comigo?

Quase saltei da cama e saí correndo até a cozinha, já havia tirado o telefone do gancho e estava prestes a discar os números quando ouvi a campainha tocar e, quando voei pelas escadas para abrir a porta, nos olhamos nos olhos e, sem dizermos nenhuma palavra, nos abraçamos com força, então ele disse:

— Se você não quiser que eu me candidate de novo, depois dessa vez, não o farei. Que se dane, não preciso nem mesmo me candidatar agora!

E eu respondi:

— Mas é claro que você precisa.

— Prometo que não vou tentar fazer lavagem cerebral em você — disse ele. — Se quiser votar em Fidel Castro não vou nem fazer cara feia!

Apesar de não ter chorado, quando eu ri, foi o tipo de risada profunda, soluçante, como acontece logo depois das lágrimas.

— Será que podemos decidir logo que não vai haver mais desentendimentos entre nós? — Ele olhava para mim, segurando meu rosto com as mãos. — Porque eu simplesmente não consigo suportar. Não consigo.

Eu ainda ria de um jeito nervoso.

— Charlie, eu sinto muito.

— É óbvio que ainda estamos nos conhecendo — disse ele. — Sem dúvida que algumas pessoas vão dizer que fomos apressados. Mas nunca tive essa certeza antes. A ideia de conhecer você melhor e de passarmos as próximas semanas e até anos juntos, não há nada que eu queira mais.

— Charlie, eu sei que você foi criado para essa vida, e acho honrável. Você acredita na possibilidade de fazer um mundo melhor e eu admiro isso.

Conforme eu falava, aquilo foi se tornando verdade. Havia um ceticismo antes que abandonei naquele momento e esse desapego foi duradouro, quase permanente. Existia uma coisa chamada discussão acalorada, e eu e Charlie não estávamos livres dela, mas tínhamos tão pouca vontade de guardar rancor que o mínimo gosto dessa emoção nos parecia acre. Podíamos concordar e podíamos evitar discussões, e eu era boa nas duas coisas; devido à minha geração, ao meu gênero, à geografia e, acima de tudo, devido ao meu temperamento, eu era boa tanto em concordar quanto em fugir.

Se contasse a história da minha vida (tenho rejeitado repetidas vezes essa oportunidade), e se fosse sincera (não seria, é claro — as pessoas nunca são), provavelmente me sentiria tentada a afirmar que, naquela noite, de pé no meu apartamento, eu de camisola e Charlie de jeans e camiseta vermelha, eu havia feito uma escolha; havia escolhido o nosso relacionamento acima das minhas convicções políticas, o amor acima da ideologia. Mas, de novo, seria falso testemunho; seria mais como contribuir para uma linha de narrativa satisfatória do que para a precisão. Minhas convicções eram internas — eu raramente via motivo para expressá-las em voz alta e, se visse, todo o meu perfil político seria resumido pela declaração de que eu me sentia mal pelas pessoas e que ficara feliz sobre o aborto ter sido legalizado. Por isso, não escolhi nada naquele momento. Conhecera Charlie havia poucas semanas e só a ideia de viver sem ele já fazia com que me sentisse um peixe fora d'água. Deixar de ser democrata e me tornar republicana, ou ao menos fingir que sim, ofuscando as pessoas com um sorriso, era um preço pequeno a pagar para que a água voltasse a jorrar, me permitindo respirar.

Charlie sorria.

— O que foi? — perguntei.

— Acabei de perceber — as narinas dele se dilataram um pouco — que poderemos fazer o nosso primeiro sexo reconciliatório.

EU HAVIA COMPRADO um pé de manjericão em um pequeno jarro de terracota para dar de presente à mãe de Charlie, por estar me recebendo, mas já estávamos quase no meio do caminho para Halcyon quando comecei a questionar minha escolha. Essa dúvida ocorreu no momento em que me dei conta de que Halcyon, Wisconsin, não era, como havia pensado previamente, baseada nas referências passageiras de Charlie, uma cidade. O lugar era um conjunto de habitações construídas ao longo de 700 acres de uma faixa de terra ao leste que era a península de Door County, e, para ser dono de uma das casas, era preciso fazer parte do Clube de Halcyon. Aparentemente, só podia se tornar membro alguém pertencente a uma das cinco famílias que habitavam o lugar: Niedleff, Higginson, de Wolf, Thayers e Blackwell. O primeiro beijo de Charlie, ele me contou com alegria, foi com Christy Niedleff quando ele tinha 12 anos e ela, 14; Sarah Thayer, a matriarca da família Thayer, era irmã de Hugh de Wolf, patriarca da família de Wolf; Hugh de Wolf e Harold Blackwell, o pai de Charlie, foram colegas de quarto em Princeton; Emily Higginson era madrinha do irmão de Charlie, Ed, e esses foram os detalhes internos que pude reunir apesar de ainda haver muitos, muitos detalhes desconhecidos. Charlie os contava com cada vez mais gosto, conforme nos aproximávamos do nosso destino. As famílias haviam comprado a área juntas em 1943, informou ele; cada uma delas tinha uma casa, um cais próprio, e todos faziam as refeições em uma área do clube compartilhada e mantida por eles. Ah, e naquela semana acontecera o Aberto de Halcyon, uma competição de tênis antiga e remanescente, na qual os campeões de cada ano, das partidas individuais e em dupla, ganhavam um troféu de prata que seria exposto na cornija da lareira com seus nomes gravados. Charlie ganhara as partidas individuais em 1965, 1966 e em 1974, e o irmão dele, Arthur, ganhara as de dupla em 1969.

— Vocês fazem *todas* as refeições na sede do clube? Café da manhã, almoço e jantar?

— A manteiga de amendoim é de outro mundo —, declarou Charlie. — E a torta de maçã nos faz ter orgulho de ser americanos.

— Mas quem cozinha? Vocês se revezam?

— Não, há empregados.

A voz dele era casual — é claro que havia empregados —, e tentei absorver essa informação de modo rápido e invisível. Assim como não achei que precisasse me desculpar por ter nascido na classe média, também não achei que Charlie devesse se desculpar ou ficar envergonhado dos privilégios que tivera.

— Na maior parte do tempo, quem cuida de tudo é Ernest com a esposa, Mary — continuou ele. — São pessoas incríveis, um daqueles casais que brigam feito cão e gato, mas é visível que são loucos um pelo outro. Eles costumam contratar alguns jovens da cidade. Uma das sobrinhas deles, que droga, não consigo me lembrar o nome, ela foi... Acho que *abundância* seria uma forma gentil de falar. Isso aconteceu há uns vinte anos. Enquanto ela se debruçava, todas as manhãs, para nos servir as torradas, meus olhos não podiam se conter no lugar. Eu e meus irmãos ficávamos como porcos no chiqueiro, até que Maj descobriu o que estava acontecendo e disse a Mary para comprar para a sobrinha um uniforme que coubesse nela. — Charlie tamborilava os dedos no volante; ele estava com um bom humor excepcional. — O que costumava haver no final de semana do Dia do Trabalho — disse ele — e que acho que mais ninguém quer se dar ao trabalho eram musicais anuais. Walt Thayer tocava piano, Maj e a Sra. de Wolf escreviam as letras e eu jurava que teria uma carreira na Broadway, o que quase matou Maj de ataque do coração, como você pode imaginar.

— Sobre o que eram esses musicais?

— Apenas sobre coisas que aconteciam durante o verão. Ficávamos aqui por dois meses e meio, até três meses por ano, então havia um monte de festas, e não apenas entre as crianças, os adultos também se soltavam. Era só apresentá-los aos amigos "Gin" e "Tônica" que tudo podia acontecer. Sabe aqueles flamingos cor-de-rosa, ornamentos de jardim populares entre as camadas mais baixas da população branca?

Quando eu estava no primeiro ano do colegial, nossa vizinha, a Sra. Falke, comprara um par daqueles para enfeitar o jardim. Mas apenas respondi:

— Sei.

— Bem, Billy e Francie Niedleff compraram dois e colocaram na frente da nossa casa. Depois que descobrimos quem tinha feito aquilo, Maj quis se vingar, então, protegidos pela escuridão da noite, ela os colou na proa da corveta da Sra. Niedleff, que, por consequência, os devolveu ao nosso quintal algumas noites depois, com eles usando bonés de beisebol dos Cubs feitos de papelão, porque papai detestava os Cubs. E assim foi, durante todo o verão, até que as peripécias terminaram com papai indo ao banheiro uma noite e... O que ele encontrara dentro da banheira? Um flamingo de verdade! — Charlie riu. — Digo a você que não sei qual dos dois ficou mais assustado.

— Mas o que fizeram com o animal? Não ficaram com ele, ficaram?

— Acho que o levaram para o zoológico de Green Bay, no dia seguinte. O bicho conseguiu fazer uma caca enorme na frente deles, mas ele estava no banheiro. Você pode culpá-lo?

Charlie ainda gargalhava, quando comentei:

— Talvez não devêssemos mencionar o nosso noivado à sua família neste final de semana. Tudo bem? Podemos convidar os seus pais, mamãe e vovó para almoçarem em Madison e, então, falamos para todos ao mesmo tempo.

Charlie se virou para mim e perguntou:

— Será que está mudando de ideia?

— Acho mais respeitoso não contar primeiro a nenhuma das duas famílias — respondi. — Além disso, me parece coisa demais a ser dita aos seus pais: "Esta é Alice e, a propósito, ela é minha noiva."

— Não está preocupada com eles gostarem de você ou não, está?

De uma forma não inteiramente sincera, respondi:

— Não.

Passamos por vidoeiros altos e, acompanhando a ansiedade pela futura apresentação aos pais de Charlie, também sentia aquela inquietação, de quando temos consciência de estar perto de água sem que a imagem em si tenha aparecido. A viagem de Madison até Halcyon durava aproximadamente quatro horas, e já haviam se passado mais de três quando atravessamos uma série de pequenas estradas que acabavam levando a uma maior, de terra, na qual ficamos quicando dentro do carro por mais 5 quilômetros. Então, finalmente, vi o lago Michigan por entre as árvores, ainda distante, mas azul e brilhante com o sol. Charlie saiu da estrada, dirigindo o carro através de uma extensão de grama verdejante, ponteada de bordos, sempre-vivas e, aparecendo em espaços irregulares, prédios de telhas brancas de diferentes tamanhos. Imaginei que o maior fosse a sede do clube.

— Halcyon, doce Halcyon — disse ele, buzinando várias vezes em rompantes curtos. Ele apontou para o prédio maior. — Aquele é o álamo, o lugar no qual Maj e papai, mais alguns netos, dormem. É possível que coloquem você lá, mas é mais provável que fique em um daqueles. — Ele estava apontando para um dos pequenos chalés. — Aqueles são Catfish, Gin Rummy e Old Nassau. E está vendo aquele ali? — Ele riu. — Foi onde fumei meu primeiro baseado e quase incendiei a casa toda. Eu o chamo de Itty-Bitty.

Ele colocou a cabeça para fora da janela e vi que alguém saíra da casa maior e se aproximava de nós, alguém com o semblante muito parecido com o de Charlie, só que com cabelo mais escuro. Charlie dirigiu bem na direção dessa pessoa — ele estava indo a aproximados 20 quilômetros por hora, não rápido demais, mas nem tão devagar assim, dada a proximidade — e quanto mais perto chegava, maior ficava o sorriso do homem, que caminhava com total desdém e, no último segundo, quando eu já estava me encolhendo, Charlie pisou no freio, e o outro cara gritou:

— Você é uma titica de galinha, Chas!

Charlie parou o carro próximo a uma caminhonete com o painel lateral de madeira — havia cinco carros estacionados perto dos fundos da casa — e o outro homem se aproximou da minha porta, apoiando os braços no teto do carro, enquanto me espiava através da janela aberta.

— Então você é a razão pela qual não temos notícias de Chasbo há semanas — disse ele. — Agora entendo por quê.

— Fique longe, seu pervertido — brincou Charlie, e havia um tom alegre em sua voz que eu nunca ouvira antes, não daquela forma. — Alice, quero que conheça meu irmão, Arthur.

Apertamos as mãos pela janela.

— Eu a admiro — declarou ele. — Não é toda mulher que está disposta a sair com um retardado.

Charlie já estava fora do carro nessa hora e, antes que eu soubesse o que estava realmente acontecendo, ele havia atacado Arthur pela lateral e eles estavam rolando pela grama, lutando e rindo. Abri a porta do carro e saí. O cheiro do ar puro e adocicado do norte de Wisconsin quase fazia Halcyon valer o nome pretensioso. Olhei ao redor para os cinco prédios. Tinha quase certeza, apesar de Charlie não ter explicitado nada, que aquelas estruturas representavam apenas a propriedade dos Blackwell, o complexo da família deles e não Halcyon inteira, como havia pensado em um primeiro momento ao ver as casas. Como a minha recente incursão no mundo imobiliário havia me ensinado a pensar em termos de tamanho, presumi que a casa maior tivesse quase 500 metros quadrados; três das outras deviam medir entre 75 e 80 metros quadrados cada; e a última, Itty-Bitty, não passava de 20 metros quadrados. Um canteiro de pequenas flores se formava na base de um olmeiro, e a grama era de um verde tão rico que fiquei tentada a tirar os sapatos. Dei a volta pelo lado do casarão. Talvez fossem 6 metros de calçamento de ardósia encaixado na grama e, além da calçada, havia uma colina de uns 35 metros que terminava em uma praia rochosa estreita e, só depois, a água. Um longo deque se estendia até o lago. Ali, havia pessoas deitadas em toalhas ou sentadas em cadeiras dobráveis. Na água, uma pessoa com calção vermelho saltou de um bote enquanto eu assistia.

Quando voltei ao carro, Charlie e Arthur estavam em pé e vieram na minha direção, ofegantes e felizes.

— Diga-me, Alice — pediu Arthur —, o problema de impotência de Chasbo ainda existe ou já foi curado?

— Foi curado pelo mesmo médico que tratou a sua flatulência. — Charlie estava rindo. — "Super camarada."

— Melhor flatulento do que brocha — retrucou Arthur, e Charlie se defendeu:

— Continue tentando se convencer disso, metralhadora anal.

— Alice, seja sincera — continuou Arthur. — Foi a língua de prata de Chas que ganhou você?

Charlie colocou um dos braços ao redor dos ombros de Arthur.

— Tudo o que sei aprendi com meu irmão mais velho.

Os dois estavam sorrindo o mesmo tipo de sorriso, e Arthur disse:

— Sejam bem-vindos a Halcyon. Vocês querem uma cerveja?

Abrimos o porta-malas e levamos nossas coisas para dentro.

— Não tenho certeza de onde Maj acomodará Alice, mas vamos colocar as suas coisas aqui no álamo, por enquanto — completou Arthur.

Eu segurei a minha bolsa e o vasinho de manjericão (que agora me parecia, oficialmente, um presente caipira), e ele carregou a mala que eu comprara no inverno anterior, na loja de Dena, que era de um estampado colorido em formas curvas, em vinil marrom e rosa, com tiras de couro marrons. Quando chegamos à porta com tela de mosquiteiro, Charlie perguntou:

— Quem está por aqui?

— Vejamos... Ed e John foram pescar com Joe Thayer, e Ginger está com enxaqueca. — Arthur levantou as sobrancelhas de forma duvidosa. — Mamãe e papai estão na água com os meninos e com Liza e Jadey, e o bebê foi de carro até a farmácia buscar repelente. Cuidado com os mosquitos, que picam sem pena nesta estação. Tio Trip está dormindo e Nan está jogando tênis com Margaret. Estou deixando alguém de fora?

— Tio Trip está aqui? — quis saber Charlie.

Arthur sorriu.

— O feriado do Dia do Trabalho estaria completo sem ele?

Naquele momento, conforme Arthur abria a porta de tela e eu e Charlie o seguíamos até o interior, os dois poderiam muito bem estar falando grego que teria sido o mesmo — poucos daqueles nomes significavam algo para mim e me senti como se fosse levar um tempão até que tudo aquilo fizesse algum sentido. Mas eu estava enganada; quando aquele fim de semana acabou, eu já havia decodificado um resumo preciso, embora a duras penas: Ed era o irmão mais velho, o congressista, e Ginger, sua esposa, dada a enxaquecas ou a fingi-las, dependendo do que as pessoas quisessem acreditar (de qualquer jeito, era consensual entre os outros Blackwell, fora Ed, que Ginger era infeliz e rígida, e que ela talvez servisse, na pretensão deles, como a moral da história para mim); os meninos eram os filhos deles, Harry tinha 10 anos, Tommy tinha 8 e Geoff, 4; também incluído entre os "meninos" estava o filho de Arthur, Drew, de 3 anos; Jadey era a esposa de Arthur e o bebê era a filha deles de 11 meses, Winnie. John era o segundo irmão mais velho, marido de Nan; Liza, de 9 anos, era a filha mais velha do casal e Margaret, de 7, a mais nova. Tio Trip não era tio de ninguém, mas havia sido o terceiro colega do quarto triplo dividido entre Harold Blackwell, e Hugh deWolf na Universidade de Princeton, no outono de 1939 e na primavera de 1940 e, por fim, "pai" se referia a Harold Blackwell e "Maj" era Priscilla Blackwell. Joe Thayer, com quem Ed e John haviam ido pescar (os Blackwell tinham cinco barcos: um veleiro, uma lancha, dois barcos a remo brancos e uma canoa) era, aos 36 anos, o filho mais velho de Walt e Sarah Thayer — Thayer era uma das famílias de Halcyon — e também advogado em Milwaukee. Além disso, Joe era um homem que, 11 anos depois, em uma noite no campus de Princeton, eu me veria beijando na boca. Mas esse era mais um dos meros detalhes entre todos os que desconhecia naquela tarde.

Entramos no casarão — o álamo — por uma porta que dava na cozinha. Tanto a existência de uma cozinha quanto a falta de luxo me surpreenderam. A geladeira era branca com as quinas arredondadas (parecia ser dos anos 1940 e fazia muitos ruídos). Havia um fogão de quatro bocas, e uma mesa de carvalho com acabamento lustroso estava encostada na parede, e em todos os lados da mesa havia cadeiras amontoadas, com almofadas finas azul-marinho. Na parede, um relógio com a frente cor de creme estava pendurado, tinha os ponteiros pretos e o nome da marca, Schlitz, bem ao centro. O que me ocorreu foi como o lugar estava cheio de coisas — igual a qualquer outra cozinha de família grande, tinha estoques de cebola e de batata em uma cesta de arame pendurada no teto, um porta-temperos próximo ao fogão, caixas de cereais empilhadas em cima da geladeira e pacotes de batata frita sobre a mesa. Apontei para os salgadinhos e falei:

— Achei que vocês só comessem na sede do clube.

— Alice, um homem não pode viver só de café da manhã, almoço e jantar — respondeu Arthur.

— A única coisa que os Blackwell sabem fazer melhor do que comer é beber — completou Charlie. — Falando nisso... — Ele abriu o refrigerador e tirou três latinhas de cerveja, uma para ele, uma para mim e uma para

Arthur. Depois que Charlie abriu a lata dele e tomou o primeiro gole, que foi longo, falou: — Nossa, como é bom estar aqui!

Arthur se virou para mim.

— Presumo que Chas já tenha feito o discurso sobre o encanamento daqui para você.

Olhei para Charlie. "Oops", disse ele, sorrindo, e se dirigiu a Arthur:

— Fiquei com medo de que ela não viesse.

— Então lhe ofereço uma lição de matemática — falou Arthur. — Neste momento, há... Chas, são 17 ou 18 pessoas aqui? Bem, e só há um banheiro, e não quero dizer só aqui nesta casa, mas em todo o condomínio. É verdade que Maj e papai possuem um lavatório, mas está fora dos limites para qualquer um de nós. O que quero dizer é: apreciamos que seja rápida.

Concordei com a cabeça.

— Está bem.

— Os canos não são os melhores, então dê uma descarga antes, e sempre dê a descarga — ensinou Charlie.

— Se fizer um cocô gigante, faça de um cabide de arame o seu melhor amigo. — Arthur fez um gesto de corte com as mãos viradas de lado.

Isso não me deixou chocada; para ser honesta, nem sei se ele estava tentando ou se estava apenas sendo ele mesmo. Arthur me pareceu bem infantil, mas eu não me importava com isso — não era por acaso que eu trabalhava em um colégio —; além disso, por estar conhecendo a família de Charlie, estava levando tudo na esportiva. Perguntei:

— Esse é o mesmo banheiro no qual o pai de vocês se encontrou com um flamingo?

— Você contou isso a ela? — Arthur riu, balançando a cabeça. — Clássico, é um clássico, definitivamente. Devia ter ouvido aquela coisa berrando e rosnando. Quem poderia imaginar que flamingos fizessem tanto barulho? Deixe-me terminar de lhe mostrar a casa.

Nós três fomos da cozinha para a sala de estar, um cômodo muito amplo que continha, na parede norte, a maior lareira que eu já tinha visto na vida — dava para ficar em pé dentro dela. Na parede acima, havia os troféus de animais caçados: uma cabeça de alce bem acima da lareira e várias cabeças de veados (pelo menos havia duas, com chifres de seis pontas) e, mais abaixo, havia uma truta e um salmão, um pavão, um peru selvagem e um tetraz. Em um dos cantos, havia o que imaginei ser a obra-prima da coleção — um urso empalhado que, de pé, devia medir 2,5 metros, e estava com a boca aberta em um rugido feroz. Ele tinha pelos brancos no peito, em formato de coração — mas havia sido removido da sua seriedade por um chapéu de caubói que colocaram em sua cabeça. Fiquei pensando se aquele urso não assustava os netos menores.

A mobília da sala não combinava entre si e era desbotada. Dois sofás brancos de bambu dominavam o ambiente e suspeitei que o estofado fora vermelho no passado, mas agora, apresentava um tom de cor-de-rosa escuro desbotado. As almofadas dos sofás traziam pinturas simples de temas marinhos e exibiam faróis, barcos e conchas. Em uma prateleira embaixo da mesa de centro, também de bambu, havia jogos de tabuleiro guardados em caixas velhas e, em alguns casos, rasgadas (vi Scrabbles, Banco Imobiliário e Candy Land, assim como alguns quebra-cabeças). Na parede da frente, janelas de persianas erguiam-se da altura da cintura até o teto e se estendiam de um lado ao outro da sala. Muitas estavam abertas, revelando uma varanda com cerca e muitos móveis de vime sobre um vasto tapete de palha. Na extremidade do cômodo, entre duas paredes, havia uma rede pendurada na qual — demorei um instante para perceber — um homem de meia-idade dormia profundamente. Além da varanda, havia o lago Michigan.

— Os quartos são por aqui. — Arthur nos guiou por um corredor curto que levava a dois quartos pequenos. No primeiro, havia mais um tapete de palha, uma cama de casal enorme e baixa, forrada com uma colcha branca, e duas mesas de cabeceira amontoadas com livros de capa dura e papéis; também havia uma penteadeira cuja tinta azul-clara estava descascando. No segundo quarto, havia um beliche verde e uma televisão que não parecia ser nova sobre a cômoda. Só quando vi os outros dois quartos do outro lado da casa, os quais continham muitas camas de solteiro e estavam vagos, a não ser por alguns brinquedos e peças de roupa esquecidos, foi que me dei conta de que o primeiro quarto devia pertencer aos pais de Charlie.

— Se não for problema, gostaria de usar o famoso banheiro agora — pedi.

— Por ali. — Charlie indicou com a cabeça e, enquanto eu ia até lá, Arthur me chamou e recomendou: — Dê a descarga antes de começar e quando terminar.

Passei por um corredor onde casacos e camisas de flanela velhos estavam pendurados em cabides, e diversas parafernálias domésticas ficavam amontoadas sem o menor cuidado em uma prateleira mais alta, acima das roupas: um Frisbee, sapatos para neve, uma pipa de plástico, um exemplar do catálogo de Milwaukee e um galão empoeirado de metal com tinta cinza.

Do lado de fora da porta do banheiro, estava afixada uma porcelana oval com a inscrição "lavabo" em caligrafia caprichada. Mas não se tratava apenas de um lavabo e percebi isso ao abrir a porta, quando deparei com um banheiro do tamanho da nossa sala em Riley. Lá, havia uma máquina de lavar e de secar, uma banheira antiga de porcelana, um vaso sanitário velho com uma tábua preta de plástico, uma corrente para puxar a descarga em uma caixa d'água localizada sobre o vaso, uma pequena pia de porcelana, uma pequena mesa de madeira ao lado da pia sobre a qual havia quatro canecas, contendo duas ou três escovas de dente cada, uma prateleira cheia de livros de bolso e alguns de capa dura — *As confissões de Nat Turner*, um exemplar grande e verde de *Trindade*, de Leon Uris —, e uma janela coberta por uma cortina branca, não inteiramente opaca, de voile de algodão, através da qual era possível enxergar os carros estacionados e escutar não só a brisa no jardim como também o som distante das pessoas mergulhando e tomando sol no deque. Fechei a porta e estava levantando a saia — para conhecer a família de Charlie, escolhera um vestido de gola amarelo de tricô com mangas curtas e cinto, junto com minhas sandálias azuis da Dr. Scholl —, quando percebi que a porta se abrira sozinha. Depois de uma segunda tentativa de fechá-la, dei-me conta de que a porta não fechava direito; o trinco não funcionava do modo correto e a delicada madeira da porta havia se desencaixado do caixilho. Claro. Comecei a sentir uma leve angústia (um único banheiro para 18 pessoas! E pelos três dias seguintes!), mas não me deixei dominar, peguei da prateleira os exemplares de *Trindade* e *As confis-*

sões de Nat Turner para prender a porta — até onde sabia, estavam ali para isso mesmo. Como medida de precaução, fechei a janela que ficava atrás da cortina; não havia nenhuma tela.

Quando saí do banheiro, os dois estavam na sala de estar e Arthur mostrava a Charlie um artigo sobre o irmão deles, Ed, na *Washingtonian*, uma revista que eu não conhecia.

— Nossa, Eddie está ficando careca! — exclamou Charlie, segurando a revista para me mostrar. — Vou dar meus pêsames a ele por isso. Alice, você não quer colocar o biquíni?

— Acho que seria mais digno conhecer seus pais enquanto ainda estou com minhas roupas normais.

Arthur deu uma risada.

— Se está procurando dignidade, veio ao lugar errado. — Ele foi até uma pequena mesa que ficava entre duas cadeiras brancas de bambu e pegou um porta-retratos tamanho 10 x 8, para que eu visse. — Apresento a você a prova A.

— Essa não! — Charlie riu. — Quer que ela termine comigo aqui e agora?

Arthur passou a fotografia para mim. Na parte de cima da moldura prateada, havia um monograma com as letras "PBH" bem nítido, com o "B" maiúsculo no meio. A foto mostrava uma mulher loura vestida de noiva, Arthur de fraque e, espalhados ao lado de cada um deles, uma fileira de pessoas jovens sorridentes; ao lado da noiva, estavam seis moças com o mesmo vestido cor-de-rosa de cetim e, ao lado do noivo, seis rapazes de fraque. O que estava mais perto de Arthur era Charlie.

— Que bonito! — elogiei. — Quando foi que se casaram?

— Em 1971, mas isso não importa. Olhe mais de perto.

— Só vou dizer uma coisa: é melhor você se cuidar — ameaçou Charlie. — Não estou falando com você, Alice.

Eu ainda analisava a fotografia. Então eu vi e Arthur percebeu e disse:

— É um belo par, não acha? Mas acho que já sabia disso.

No lugar em que era para estar o zíper de Charlie havia uma saliência rosada, pendurada. Ligeiramente fora de contexto, mas inconfundível: ele havia (ou ao menos eu esperava que tivesse sido ele mesmo e não outra pessoa a fazê-lo) tirado o saco de dentro da calça para exibi-lo na foto.

Olhei para Charlie — os Blackwell eram exatamente como os meninos da quinta série do Liess, daqueles que falavam palavrão em voz alta só para ver a reação do professor — e disse, com suavidade:

— É uma pose incomum para uma fotografia.

— Jadey demorou cinco anos para me perdoar por isso, mas cada minuto valeu a pena. — Charlie riu. — Ela sabe que tudo foi em nome de uma boa diversão.

— Minha esposa é uma grande admiradora de um saco em black-tie — completou Arthur. — Grande *mesmo*.

Charlie pegou a minha mão e a apertou.

— Prometo que não farei nada disso no nosso casamento.

Arthur riu à beça — sem ter ideia de que estávamos mesmo noivos —, e foi quando ouvimos passos vindos da escada que dava na varanda e, depois, uma voz refinada de mulher de meia-idade, que gritou:

— Fee-fi-fo-fum, sinto o cheiro do sangue de uma namorada intrometida.

— Devo chamar sua mãe de Priscilla ou de Sra. Blackwell? — sussurrei.

Charlie caminhou em direção à varanda e eu o segui, e ele perguntou:

— Ei, Maj, Alice quer saber se deve chamá-la de Priscilla ou de Sra. Blackwell.

— *Charlie!* — sibilei.

A mãe dele riu.

— Depende — respondeu ela. — Depende do quanto eu gostar de Alice.

Ela tinha cabelos brancos na altura do queixo que estavam penteados para trás, e a umidade segurava os fios no lugar como acontece poucos minutos depois que se sai da água. Usava um maiô azul-marinho e um relógio, nada mais, nem mesmo chinelos ou uma toalha. Media quase 1,80 metro e as pernas, o colo e os ombros eram tanto enrugados quanto bronzeados; o corpo era esbelto e atlético. ("Eu era capitã de campo do time de hóquei, tanto em Dana Hall quanto em Holyoke", mencionou mais tarde naquele fim de semana e murmurei minha aprovação, não porque estava realmente impressionada, mas porque senti que deveria.)

Ela ainda não tinha olhado na minha direção. Esticou o braço e colocou os dedos sob o queixo de Charlie — observei o estranho fato de Charlie e sua mãe não se abraçarem — e, depois de analisar o rosto do filho, declarou, em um tom doce:

— Esse corte de cabelo deixa você com cara de judeu.

Sem hesitar, parecendo sincero, Charlie riu.

— Pelo menos ainda tenho cabelo, o que não posso dizer do seu filho mais velho.

Mas ela não estava mais prestando atenção nele; sem a menor vergonha e sem se desculpar, ela me olhou de cima a baixo.

— Nossa, você é bonita!

Dei um passo à frente e entreguei o vasinho de terracota que continha o manjericão.

— Agradeço muito por me receber.

— Alice trouxe um pouco de maconha cultivada em casa — falou Charlie. — A melhor de Madison.

— É manjericão — retruquei rapidamente.

A Sra. Blackwell se dirigiu a Charlie:

— Aposto que você queria que fosse maconha — disse ela, e pude perceber um tom de orgulho em sua voz, que se tornou mais nítido quando acrescentou, olhando para mim: — Meus filhos são incorrigíveis, menos Eddie, que é tão correto que dói. Charlie me contou que você é de Riley, então deve conhecer a família Zurbrugg.

Concordei com a cabeça.

— Fred e eu estudamos juntos.

Os Zurbrugg eram as pessoas mais ricas de Riley, e talvez fossem as únicas; possuíam uma das maiores fazendas de laticínios do estado e é claro que, no dia do acidente, era a caminho da festa de Fred que eu estava indo.

A Sra. Blackwell acrescentou:

— Os gladíolos de Ada Zurbrugg fazem a inveja do nosso Clube de Jardinagem em Milwaukee. Não sabemos qual é o truque dela. Mas é uma pena o que aconteceu a Geraldine, não é mesmo? Era uma criança tão querida.

— Aconteceu alguma... — Hesitei. Geraldine era a irmã mais velha de Fred e, se algum grande infortúnio havia caído sobre ela, eu não sabia nada a respeito.

— Bem, ela está do tamanho de uma baleia! — exclamou a Sra. Blackwell. — Deve estar pesando uns 110 quilos! Uma tragédia.

— Não a vejo há alguns anos.

— Devia ser ilegal para certas pessoas usarem biquíni... — A Sra. Blackwell riu com entusiasmo. — Alice, você vai ficar em Itty-Bitty. Chas, ajude-a a se acomodar e explique a ela sobre o lavatório. — Ela se virou para mim e disse: — Halcyon pode ser um tanto ou quanto rústico, mas tenho certeza de que você não se importará com as pequenas dificuldades. Você diria ser uma garota das individuais ou das duplas?

Demorei alguns segundos para fazer a conexão mental sobre o que ela estava falando.

— Ah, eu não jogo tênis. — Sorri com desgosto. — Mas Charlie me contou sobre o torneio, e parece uma tradição muito divertida.

— Se você não joga tênis, que diabos você faz? — Ela fingira uma confusão que tenho certeza que não existia. Ela emanava astúcia.

— Bem... — Fiz uma pausa. Aquela pergunta fora retórica ou literal? Ninguém respondeu, então eu disse: — Gosto de ler.

Pela primeira vez na nossa conversa, não me esforcei para parecer nem positiva nem sincera; simplesmente me expressei, pois já podia perceber que Priscilla Blackwell era o tipo de pessoa que detestaria alguém que tentasse convencê-la de estar à altura. Também achava que fosse o tipo de pessoa que detestaria alguém que não tentasse isso, mas acho que detestaria menos.

Charlie tocou as minhas costas com uma das mãos.

— Alice é um gênio — elogiou ele. — Ela já leu todos os livros do mundo. — Se essa afirmação havia sido absurda, também fora doce. Ele completou: — Ouvi dizer que Ginger está com enxaqueca.

A Sra. Blackwell bufou.

— Ginger é uma chata. — Ela consultou o relógio de pulso. — Os drinques serão servidos às 18 horas em ponto e nós iremos para a sede do clube às 19h20. — Ela estava olhando novamente para mim, quando falou, por fim: — É melhor se trocar para o jantar.

HAVIA DOIS BELICHES em Itty-Bitty, um frigobar (Charlie pegou uma cerveja assim que entramos no chalé) e um armário no qual não havia nada pendurado, exceto cabides de arame; claro, não havia banheiro. Dos quatro colchões, apenas um estava arrumado: lençóis brancos estavam devidamente esticados, com um único travesseiro forrado com uma fronha branca e um cobertor marrom dobrado ao pé da cama.

Charlie sentou-se nele, inclinando-o se para a frente para não bater com a cabeça na cama de cima, enquanto eu pendurava as minhas roupas.

— Essa escolha é a ideal — disse ele. — Estava preocupado que ela fosse colocá-la junto de algum sobrinho ou sobrinha barulhento, mas agora você vai ter privacidade para ler, dormir e... — Ele riu — divertir visitantes noturnos.

— Não conte com isso — pendurei uma blusa em um dos cabides. — Não quero arriscar ser pega pela sua mãe. Você já trouxe outras namoradas a Halcyon antes, não trouxe?

— Isso é algum código para saber quantas namoradas já tive? Você pode me perguntar diretamente.

— Não é um código, mas já que mencionou...

— Onze — respondeu ele. — Antes de você. Você é a décima segunda. E você? Com quantos caras já...?

— Contando com você, quatro. — Guardei minhas sandálias brancas no chão do armário.

— É mesmo? Quatro? — Charlie parecia surpreso.

— O que você pensou?

— O irmão do cara do colegial, eu e...?

— Namorei Wade Trommler durante a faculdade e, há poucos anos, um cara chamado Simon.

— Você transou com Trommler Trombone? Sério? — Charlie não parecia estar com ciúmes mais do que entretido. — Isso não tem preço. Cara, Wade deve ser, facilmente, o homem mais sem graça do planeta. Não me leve a mal, ele é um cara legal e tudo, mas é tão sem graça quanto uma máquina de lavar louça. Como ele se saiu?

— Por que quer falar sobre isso?

Durante um jogo recente de badminton na casa dos Hicken, Wade e Charlie haviam ficado no mesmo time, mas eu não pensava mais em Wade como um ex-namorado, apenas o via como o marido de Rose.

— Isso quer dizer que ele se saiu bem ou mal? — quis saber Charlie.

— Ele foi bem — respondi. — Mas está certo quanto a ele ser gentil e também quanto a ser sem graça.

— Ele não foi nenhum Charlie Blackwell, não é?

Fui até ele e o abracei. Ele ainda estava sentado e aconchegou o rosto contra meu peito.

— Há apenas um Charlie Blackwell — afirmei, mas não pude deixar de acrescentar: — Ainda bem!

— E o outro camarada? Simon de quê?

— O sobrenome dele é Törnkvist. Tenho certeza de que não o conhece. Ele era meio hippie e também uma pessoa muito séria.

— E na cama?

— Ah, Charlie, por favor...

— Estou tentando ter uma total noção de quem é Lindy. Para caminhar em direção a um futuro juntos, precisamos honrar nosso passado.

Com docilidade, puxei sua cabeça para trás para olhá-lo nos olhos.

— Essa frase foi tirada de algum discurso?

Ele riu com malícia.

— Talvez.

— Acho que Simon era assombrado por ter ido ao Vietnã — continuei.

— Arrá! — Charlie concordou com a cabeça. — O tipo amargurado de hippie. Foi muito sábio de sua parte deixá-lo para trás.

— Não faça pouco dele — pedi. — É um homem decente. Você não... — Tinha um pressentimento sobre a resposta para essa pergunta, mas não certeza. — Você não foi ao Vietnã, foi?

— Não pude, tenho pés chatos. — Charlie estava descalço, já usava o calção de banho e estendeu as pernas, flexionando os pés.

— Seus irmãos foram?

— Primeiro, Ed estava cursando direito, depois se casou com Ginger, então, conseguiu adiamento do alistamento e acabou que Arthur e John também tinham pés chatos. Quais as chances de algo assim acontecer, não é? — Charlie ria. Fazendo aspas no ar, disse: — Foram os anos que passei no ramo da "indústria hoteleira", também conhecido como o vagabundo dos esquis. Fui instrutor em Squaw Valley e deixei crescer uma barba como a dos homens das cavernas. Depois pergunto a Maj se ela guardou alguma foto dessa época, porque só vendo para acreditar.

Foi estranho ter sido lembrada de Simon enquanto estava dentro de um chalé para hóspedes no complexo de férias da família Blackwell, e foi estranho pensar como aquele lugar era certamente bem diferente da fazenda de ervilhas em que ele crescera e na qual morava a sua família. Imagino que ele iria achar os Blackwell muito autoindulgentes, vulgares e convencidos, ao mesmo tempo em que eles, por sua vez, achariam Simon obstinado e sem senso de humor — não que fossem sequer cruzar o caminho um do outro algum dia. Então, o que significava eu ter tido a capacidade de habitar os dois lados do campo sem muita dificuldade? Será que eu era mutável, sem uma identidade fixa? Eu podia ver os argumentos de ambos os lados, os prós e os contras de pessoas como os Blackwell e de pessoas como Simon. Ainda assim, era difícil imaginar Charlie, ao contrário de mim, mudando de posição e crença conforme a pessoa com quem namorasse; seria sempre Charlie. Ele havia me dito que eu tinha um grande senso de individualidade, mas agora eu me perguntava se a verdade não era o extremo oposto — se o que ele vira em mim como força fora apenas um modo flexível de me acomodar ao jeito dele, se o que vira em mim não havia sido apenas reflexo da própria vontade e personalidade. Eu era bem-educada e bonita, e, se queria me casar com ele, isso significava que ele também era digno. Mas não, essa linha de pensamento não tinha quase nenhuma utilidade. Muitas mulheres teriam se casado com Charlie. Quanta pretensão imaginar que a minha afirmação determinava a posição dele em algum tipo de caminho impetuoso ou oficial. Eu deveria ser digna de riso para uma pessoa como Priscilla Blackwell, que, sem dúvida, me viu como uma professora humilde do interior. Eu *era* uma professora humilde do interior. (Então, sob essa conclusão que fingi ter tirado, havia a conclusão à qual eu realmente chegara: no final das contas, eu estava certa. Muitas mulheres teriam mesmo se casado com Charlie, mas seriam mulheres como Dena e não como eu. Não estava me casando por dinheiro nem por status social, mas porque gostava da companhia dele. Do ponto de vista dele, eu era uma pessoa séria — ele me via como eu via Simon. E foi a minha seriedade que basicamente deu segurança a Charlie, justificando o seu jeito brincalhão de ser como uma distração superficial que fazia alusão a reservatórios secretos de sabedoria e estabilidade. Se Charlie Blackwell fosse uma pessoa mimada e supérflua de verdade, Alice Lindgren jamais teria se casado com ele; nós dois precisávamos acreditar nisso. Mas, como já disse, essa era a conclusão à qual eu fingia não ter chegado.)

Charlie acariciava as minhas nádegas.

— Vamos logo, coloque o biquíni — pediu ele. — Quero dar um mergulho antes do jantar.

DUAS HORAS DEPOIS, enquanto subia os degraus que levavam até a porta de tela do álamo, faltando um minuto para as 18 horas, vi que a varanda estava vazia. Naturalmente, me perguntei se havia entendido errado o lugar ou a hora para os tais drinques e minha apreensão se tornou maior quando vi o irmão de Charlie, John, subindo a ladeira do gramado que dava no lago, ainda usando sunga, de mãos dadas com a filha de 7 anos, Margaret. Ao se aproximar, deu um sorriso retraído.

— Vamos nos arrumar bem rápido — disse-me ele. — Na velocidade da luz, não é, Margaret? Alice, você está muito bonita.

Uma toalha surrada estava pendurada ao redor do pescoço de John e, na mão direita, ele carregava uma boia de borracha. Tanto ele quanto Margaret tinham os narizes e os ombros queimados de sol.

Conhecera John e vários outros membros da família Blackwell no deque, naquela tarde. Todos foram simpáticos — as crianças estavam muito ocupadas mergulhando e brincando — e tive dificuldade de lembrar quem era quem, com exceção de Harold Blackwell que, quando eu e Charlie chegamos, estava saindo da água por uma escada de madeira. Ele era uma versão mais velha do governador a quem só havia prestado atenção passageira nos jornais ou na televisão, na época em que estava no colégio e na faculdade. Só que, naquele momento, em vez de estar de terno e gravata, ele usava sunga. Os pelos grisalhos estavam molhados e grudados contra a pele do peito e os mamilos eram como moedas cor de malva. Ver os mamilos do ex-governador foi uma experiência desconcertante na qual tentei não me estender. (Na época, pensei que Dena teria gostado da estranheza daquele encontro, mas senti uma pontada de remorso logo a seguir, porque não poderia descrevê-lo a ela. Depois me distraí conhecendo os outros membros da família.) Quando Charlie nos apresentou, Harold Blackwell pegou minhas mãos.

— É um prazer enorme tê-la aqui — disse ele, que não parecia a mesma pessoa da televisão, pois eu me lembrava dele como um homem genérico de meia-idade, distante e cheio de si. Será que o tempo o havia mudado?

Ele emanava um ar de bondade que era, ao mesmo tempo, cheio de tristeza e autenticidade — uma pessoa triste cuja tristeza, de todas as possíveis consequências, deixara mais bondoso.

Eu tinha acabado de abrir a porta de tela da varanda do álamo quando uma senhora de meia-idade negra e magra, de vestido preto e avental branco, apareceu de dentro da casa, carregando uma bandeja na qual equilibrava creme de siri e bolachas salgadas e que colocou sobre uma grande mesa redonda. Já dispostas sobre a toalha de mesa branca, havia garrafas de vinho, uísque, licor e vermute doce e seco, assim como um balde de gelo prata, um limão, um prato com cerejas em conserva, guardanapos verdes para coquetel e muitos copos — taças de vinho, copos longos e outros para drinques tradicionais — os quais refletiam de forma encantadora os raios solares do fim de tarde. Um cooler de plástico cheio de gelo e de latas de Pabst e de Schlitz com a tampa aberta encontrava-se ao lado da mesa.

— Olá — cumprimentei-a. — Sou Alice Lindgren. Eu e Charlie somos... Sou convidada dele.

A mulher me cumprimentou de um jeito particularmente frio.

— O que quer beber?

— Cheguei cedo demais? — perguntei. — Posso ajudá-la a colocar a mesa?

Na mesa de vime entre as cadeiras, notei pequenas tigelas com amendoim e, em separado, Cheetos; inspecionando mais de perto, também vi que os guardanapos de coquetel eram ornamentados com uma bola amarela quicando e neles estava escrito em letras brancas "JOGADORES DE TÊNIS NÃO COMETEM FALTAS"!

A mulher me perguntou:

— Aceita um vinho branco? É isso o que gostaria de beber?

— Seria ótimo. — Quando a vi abrindo uma garrafa, gostaria de ter recusado, mas parecia tarde demais. Ela me passou a taça e quando dei o primeiro gole, uma voz masculina gritou:

— Sra. Ruby! — Um vulto passou por mim se movendo rápido e a mulher de avental foi erguida do chão. O vulto era Charlie; ele a tinha abraçado e girado com ela nos braços e, quando a colocou de volta no chão, a Sra. Ruby o encarou, alisando o avental, e disse:

— Você não tem um pingo de juízo.

Charlie sorriu.

— Sra. Ruby, quero que conheça a minha futura esposa, Alice Lindgren. Alice, a Sra. Ruby foi o meu primeiro amor.

Podia ter ficado chateada com a revelação de Charlie sobre o nosso noivado — pareceu-me uma violação do acordo que fizéramos no carro —, mas quando a Sra. Ruby me cumprimentou com um aperto de mão parecia tão desinteressada quanto antes da chegada de Charlie. Será que ele havia apresentado a ela outras noivas em ocasiões anteriores? Não era impossível.

— Não toque no creme de siri, Charlie Blackwell — ralhou ela, mas eu o vi com o dedo indicador mergulhado na vasilha de cristal que estava ao lado das garrafas de vinho. A Sra. Ruby deu um suspirou alto. — Será que não pode usar uma faca, como uma pessoa civilizada?

— O gosto fica melhor assim — respondeu Charlie, lambendo o dedo. — Alice, você quer um drinque?

Mostrei a ele a taça de vinho.

— Excelente — respondeu ele. — Você está estonteante, por sinal.

Ele se inclinou para me beijar na boca; era claro que estava operando no seu modo performático. Já havia percebido isso em algumas ocasiões em Madison, quando estávamos em grupo. Algumas vezes, apesar de bobo, era charmoso e ainda capaz de ouvir o que as pessoas diziam, mas, em outras, se perdia por completo em um frenesi de palhaçadas e ficava surdo para as deixas das pessoas que não estavam tão bêbadas nem tão envolvidas na brincadeira quanto ele. Eu simplesmente passara por tais episódios, esperando pelo momento da noite em que poderíamos ir para casa, às vezes trocando olhares solidários com as esposas ou namoradas de outros homens. Não queria encorajá-lo nem tinha vontade de dizer a ele como se comportar.

— A Sra. Ruby pode confirmar que esta foi a única vez, na história da família, que fui o primeiro a chegar aqui — contou Charlie. — Não queria que pensasse que estava no lugar errado, Lindy. O tempo padrão dos Blackwell é... Acho que mais ou menos uns 45 minutos atrasados?

— Não seja tão generoso —- respondeu ela.

Charlie gesticulou na sua direção.

— Essa mulher cuidou de mim desde o dia que cheguei da maternidade e, juro por Deus, daria a minha vida por ela.

— Aposto que daria — provocou a Sra. Ruby, desaparecendo dentro da casa.

— Ela é engraçada, não acha? — comentou Charlie. — Uma peça única.

Acho que não concordava muito com a afirmação, mas quando a Sra. Ruby saiu e e eu me tornei a única plateia, ele se acalmou um pouco. Ainda assim, dava para perceber que estava com a marcha engatada para continuar assim a noite toda. Não podia culpá-lo — era óbvio que para os Blackwell as reuniões em família envolviam não só espírito esportivo, mas também um tipo de competição entre eles mesmos. Estar rodeada pelas pessoas daquela família (as impressões que tive retornaram repetidas vezes ao longo dos anos) me deixou surpresa e com inveja da energia que o clã compartilhava, da convicção que tinham, de como eram numerosos, e também fui tomada por uma gratidão por ter crescido em uma família calma e pequena. Eram tantas piadas que só os Blackwell entendiam e precisavam dar conta, tantos apelidos em referência a algum incidente passado, tanta demonstração de superioridade; certamente, eu não era a única a achar aquilo exaustivo.

Na meia hora seguinte todos apareceram, vindos de dentro do álamo ou dos outros chalés; muitos estavam com os cabelos molhados. Os homens usavam ternos de algodão ou um paletó azul-marinho com calça cáqui e as mulheres, vestidos de verão. Elas seguravam as mãos das crianças — as meninas estavam de vestido verde ou cor-de-rosa, com pregas na altura do peito, com balões ou maçãs bordados, e sapatos tipo boneca, os meninos usavam macacões, com meias brancas dobradas e sapatos de couro branco.

Os drinques foram servidos — a maioria dos adultos tomava drinques tradicionais, e as crianças, coquetéis de fruta ou Coca-Cola com groselha — e a Sra. Ruby circulava com o creme de siri. Fui apresentada aos membros da família que ainda não havia conhecido. Logo ficou claro que não havia nenhuma conversa em que eu precisasse fazer mais do que concordar e rir.

— Estamos *tão* curiosos sobre você — disse Nan, esposa de John, irmão de Charlie, mas não me fez nenhuma pergunta nos dez minutos em que ficamos todos parados ali.

John e Charlie guiaram a conversa, concentrando-se primeiro na qualidade dos peixes no lago e, depois, em uma discussão sobre se a vitória de 1 a 0 dos Brewers sobre os Tigers de Detroit, na noite anterior, podia ser atribuída ao bom desempenho dos Brewers ou ao desempenho ruim dos Tigers. Não me importei com isso; sempre tive uma queda por pessoas falantes porque era como se estivessem fazendo o trabalho por mim. Não costumo ter muito a dizer — quase sinto inveja das pessoas que possuem opiniões acaloradas e que as defendem com veemência e certeza — e me contento em apenas ouvir. Existem alguns assuntos que me interessam (quando outra pessoa leu o mesmo livro que eu, gosto de comparar as reações), mas não suporto fingir ter opinião sem de fato ter. As poucas vezes que o fiz me deixaram com um tipo amargo de vazio e um arrependimento incômodo.

Depois, conversei com o tio Trip, também muito eloquente, que me explicou que dividia o próprio tempo — por motivos de negócios ou de prazer, não ficou claro — entre Milwaukee, Key West e Toronto. Na época, esse triângulo de cidades me pareceu o mais estranho possível, mas a verdade é que, para os amigos dos Blackwell, essa combinação de lugares era até bastante comum. Milwaukee e Sun Valley, Milwaukee e as montanhas de Adirondack, Minneapolis, Cheyenne e Phoenix, Chicago e San Francisco. Eles atuavam na indústria têxtil ou de mineração, tinham uma galeria em Santa Fé ou eram consultores de alguma coisa — isso foi antes de as consultorias se tornarem algo tão comum como hoje em dia — ou apenas tinham acabado de retornar de um cruzeiro para o golfo do Alaska que fora, como relatado por eles, magnífico.

Quanto ao emprego dos irmãos de Charlie, Ed, o mais velho, era congressista; John, o segundo mais velho, era diretor-executivo da empresa Blackwell Meats (naquela tarde, no deque, Charlie o apresentara como "o rei da salsicha do Rei das Salsichas"); Arthur, dois anos mais velho do que Charlie, trabalhava como advogado da família. Nenhuma das esposas deles trabalhava fora.

Havia muitas pessoas na varanda, e eu conversava sobre o superintendente dos colégios públicos de Wisconsin com John, o que é o mesmo que dizer que eu ouvia John falar sobre como o superintendente atual, Ruka — a quem ele se referia como Herb —, reagira as tacadas de golfe que ele fizera no Country Clube de Maronee. Nesse momento, Liza e Margaret, as filhas de John, passaram por nós correndo, apressadas, para desaparecer de novo por entre os adultos. A mais nova, Margaret, voltou e me chamou, dando um tapinha no meu antebraço. Ela olhava para cima com uma expressão de nervosismo, excitação e mistério que me fez ter quase certeza de que fora enviada pela irmã maior.

— Você é a namorada do tio Chas?

— Margaret, o que devemos dizer quando interrompemos uma conversa? — censurou John.

— Com licença — falou Margaret. — Com licença, você é a namorada do tio Chas?

— Sou sim — respondi.

— Você usa perfume?

Eu ri.

— Algumas vezes.

— Você sabe brincar de cama de gato?

— Sei. E *você*, sabe fazer uma cama de gato?

— O barbante é da Liza, mas ela disse que se você brincar eu também posso.

Olhei para John.

— Acho que fui intimada.

John sorriu como se estivesse sentindo algum constrangimento (apesar de eu não acreditar que fosse sincero, todos os Blackwell pareciam entender que um pouco de autodepreciação era sinal de afeto — e, é claro, quanto mais privilegiada a fonte, maior afeto na autodepreciação).

— Não precisa ir — disse ele para mim. Depois continuou, se dirigindo a Margaret: — Como se diz à Srta. Lindgren?

— Obrigada, Srta. Lindgren — repetiu Margaret, enquanto me dava a mão e me guiava pela porta da varanda até os degraus onde Liza esperava por nós. A poucos metros de distância, os primos delas duelavam com gravetos finos de madeira.

Estávamos na terceira iteração de uma figura que Liza chamava de "boca do caranguejo" quando ouvimos o som de alguém batendo em um copo para pedir atenção, silenciando toda a varanda. O meu relógio marcava 19h40. Será que as crianças já haviam comido? Estavam se comportando excepcionalmente bem, caso não tivessem.

— Se vocês permitirem, esse velho gostaria de dizer algumas palavras — começou Harold Blackwell, e houve gritos e assovios de apoio; Arthur, levando os dedos até a boca, assoviou. Charlie estava logo depois da porta de tela, que ele abriu, fazendo sinal para eu entrar. Quando fiquei ao lado dele, ele me tomou pela mão e perguntou:

— Está tudo bem?

Concordei com a cabeça.

— É um tremendo prazer para Priscilla e eu receber todos vocês aqui. — Harold Blackwell olhou ao redor da varanda. — Somos uma família muito abençoada — apesar de ainda achar que suas palavras fossem soar um pouco artificiais e padronizadas, fui novamente surpreendida por sua doçura e sinceridade. — Contemplando o grupo que está aqui reunido, não posso deixar de dizer quão orgulhoso me sinto — continuou o homem, e achei que ele fosse chorar. (Tentei imaginá-lo, enquanto candidato à presidência, pronunciando as palavras "mal lavados e mal-educados", e foi difícil; a antiga noção que tinha dele era ilusória, e havia sido substituída pela daquele homem a poucos metros de distância, com o rosto enrugado, cabelo castanho como o de Charlie, mas ralo e penteado para trás, mostrando a vulnerabilidade do seu couro cabeludo.) Ele não chorou. Ao contrário, ele sorria quando disse: — Estamos muito contentes de conhecer Alice. Desejo boas-vindas especiais a você, minha querida.

— Saúde — brindou Charlie, sacudindo as pedras de gelo do copo. Ele estava bebendo uísque.

John gritou:

— Alice, acha que consegue domar o garanhão selvagem da família Blackwell?

— Ela ainda não foi derrotada — respondeu Charlie.

— Será que eu ouvi derrotada ou *emprenhada*? — gritou alguém, e parecia o tipo de comentário que Arthur faria, mas podia ter vindo até do tio Trip.

— Acalmem-se, cavalheiros — pediu Harold. — Apenas espero que todos vocês tenham, um dia, a oportunidade de estar diante de três gerações e de sentir o amor e o orgulho que permeiam meu coração esta noite. Que Deus os abençoe para sempre e proteja a família Blackwell, e que a luz do seu espírito emane através de cada um de nós.

Então ele ergueu o copo e todas as vozes consentiram; algumas pessoas completaram com "amém". As conversas retomaram naquele minuto, quando Arthur limpou a garganta com força e subiu em uma cadeira.

— Parece um momento tão propício quanto qualquer outro — disse ele. — Quando fiquei sabendo que Chasbo traria uma nova namorada à nossa casa, quis escrever algo em sua honra. Então fiz um poema. — Ao ouvir isso, muitas pessoas tiveram o ímpeto de vibrar de modo estridente, inclusive Charlie. Arthur puxou do bolso um pedaço de papel dobrado, olhou para ele e depois o guardou de volta. — Tenho certeza de que já sei de cor.

— É melhor tomar cuidado, Shakespeare! — bradou Charlie.

— Está bem. — Arthur engoliu e concordou com a cabeça uma vez — Espere, é um poema satírico, já falei isso?

— Comece logo essa porcaria de poema — gritou John.

Arthur olhou diretamente para mim e sorriu.

"A ninfomaníaca Alice
Usou como falo um bastão de dinamite
Acharam a sua xota
no norte de Dakota
e suas tetas pra lá de Moçambique."

No silêncio que se seguiu, pude ouvir as pequenas ondas que batiam nas margens abaixo de nós e um dos meninos que brincavam no jardim gritar: "Mas é *meu*!" Logo depois, na varanda, ouvi uma sonora gargalhada e percebi, rapidamente, apesar de não conseguir acreditar, que o riso viera da Sra. Blackwell. Logo todos estavam rindo e aplaudindo. Fiquei tão chocada que podia ter chorado — teriam sido lágrimas de espanto, não de tristeza ou de dor —, mas eu sabia que era muito importante não chorar. Mantive a cabeça erguida e estampei no rosto um sorriso vítreo. Não olhei para Charlie porque tive medo de ver nele alguma expressão de alegria. Fiquei pensando: *Será que as crianças ouviram? Será que a Sra. Ruby ouviu?*

— De novo! — pediu a Sra. Blackwell. — Bis!

E, caso alguém não tivesse escutado da primeira vez, Arthur recomeçou: "A ninfomaníaca Alice"...

Quando terminou, a Sra. Blackwell, ainda sorrindo cheia de contentamento, provocou:

— Desafio qualquer um que diga que os meus filhos não são as pessoas mais inteligentes do mundo cristão. Artie, você se superou!

— Longe de mim louvar qualquer um dos meus irmãos mais novos — falou Ed —, mas esse poema é uma obra-prima. (Ed era o que supostamente devia ser o mais correto entre eles.)

Tio Trip me cutucou.

— Não é todo dia que alguém escreve um poema em sua homenagem, não é?

Dei uma risada falsa, pois foi ao melhor que consegui fazer.

Charlie e eu ainda estávamos um ao lado do outro, sem nos olharmos, mas eu tinha certeza de que ele estava sorrindo quando falou para mim entre os dentes:

— Está horrorizada, não está?

— Arthur não escreveu aquilo. — Também praticamente não movi os lábios. — A primeira vez que ouvi esse poema foi de um garoto chamado Roy Ziemniak, em 1956.

Charlie riu.

— Implorar, emprestar ou roubar — disse ele. — Esse é Arthur! — Depois, completou: — Você está indo bem. Sei que não é fácil.

Ele se virou para mim e ficamos frente a frente; a expressão dele não era de alegria, era de hesitação. Naquele momento, a sua expressão me era muito familiar; talvez fosse apenas em contraste a todas as outras pessoas que eu acabara de conhecer, mas aquela familiaridade me surpreendeu. Os olhos castanhos de Charlie com os cantos enrugados, o cabelo castanho ondulado e os lábios cor-de-rosa claros secos, que eu havia passado uma boa parte das últimas sete semanas beijando — todos esses aspectos eram reconfortantes. Era muito mais difícil não encostar nele do que teria sido tocá-lo, do que pressionar a palma das mãos contra o seu rosto ou pescoço, do que me inclinar para beijá-lo, e que abraçá-lo e ser abraçada de volta. Também era reconfortante saber que, no devido tempo — se não naquela noite, muito em breve, e por muitos anos a seguir —, estaríamos novamente sozinhos depois da interação com aquelas pessoas. Eu me sentia com tanta sorte que parecia praticamente um milagre que, de todas aquelas pessoas na varanda, era ele que estava comigo, ele era a minha contraparte. Não era Arthur, graças a Deus, nem John, nem Ed, mas Charlie — ele era meu. Por certo, ele também era piadista, mas eu percebia que o seu coração era mais solidário do que o dos irmãos, que ele entendia melhor o mundo e o comportamento humano; as brincadeiras de Charlie pareciam ser muito mais fruto de uma decisão tomada do que apenas reflexo. (É claro que, mais tarde, fiquei pensando: será que quando somos objeto da afeição de alguém, automaticamente consideramos que essa pessoa tem um coração solidário e uma boa compreensão de mundo? Talvez a nossa impressão esteja correta desde que também se aplique a você; na sua presença, o outro possui aquelas qualidades pelo mesmo motivo que *você* é o objeto da afeição dele. O outro não é um observador tanto quanto é observador de você, não é gentil tanto quanto é gentil com você.)

Enquanto Charlie e eu nos olhávamos, cercados pelas conversas e pelos sons dos copos dos Blackwell, me ocorreu que se eu tivesse visitado Halcyon antes de termos ficado noivos, haveria uma boa chance de que isso jamais acontecesse. Nos contextos de nossas famílias, as diferenças entre nós só aumentavam. Naquele momento, no entanto, achei bom não ter sabido de antemão no que estava me metendo; fiquei contente por já ser tarde demais.

CAMINHAMOS PARA A SEDE do clube como se fôssemos uma caravana desordenada, e do outro lado da mata de pinheiros apareceu mais um condomínio à direita, um agrupamento de casas cujos tamanhos e estruturas eram muito semelhantes ao dos Blackwell. Pelo que havia entendido, a família de Charlie era dona do terreno mais ao norte; próximo a outra casa, vi um monte de homens, mulheres e crianças, guiados por um octogenário de cabelos grisalhos que arrastava o pé direito e se apoiava em uma bengala de madeira escura. Ele vestia calças azul-marinho ornamentadas com pequenas tartarugas verdes.

— Harold, não vou permitir que você coma todos os pães de batata-doce! — bradou o homem, com voz idosa, e Harold Blackwell devolveu:

— Eu nem sonharia com isso, Rumpus! — Ao menos foi o que entendi Harold dizer, mas duvidei dos meus próprios ouvidos, até que me vi sentada próxima àquele mesmo homem no salão de jantar. Quatro mesas se estendiam em todas as direções a partir do centro do salão, como se formassem uma grande cruz, e não eram divididas por família, como eu havia imaginado que seriam (mais tarde percebi que nem poderiam ter sido, pois havia quatro mesas e cinco famílias), e sim por meras instruções de aprovação ou desaprovação, aparentemente arbitrárias, das matriarcas. A Sra. Blackwell colocou as crianças sentadas em uma das mesas, os filhos mais velhos e suas esposas em assentos espalhados e, por último, se concentrou em mim e em Charlie.

— Chas, vá sentar-se perto da Sra. deWolf, porque ela está louca para ouvir a sua teoria sobre Jimmy Connors. Alice, você fica bem aqui. — Ela apontou para o penúltimo lugar da mesa. — Acho entediante demais quando os casais sentam-se um ao lado do outro, você não acha? — Assenti com a cabeça, incapaz de me lembrar do último local em que estivera no qual os assentos fossem marcados.

Uma toalha de linho branco cobria as mesas, e os aparelhos de jantar eram completos. A louça e a prataria eram bonitas o suficiente, mesmo que não parecessem novas, e a sede do clube como um todo compartilhava com o álamo a mesma aparência desgastada — as cortinas verde-escuras de algodão estavam desbotadas, os tacos do chão, arranhados, e as cadeiras de madeira eram desconfortáveis, como as que existem junto às escrivaninhas de um dormitório. Um vaso grande com hortênsias lilases ocupava a interseção entre as quatro mesas e, sobre a lareira, uma bonita pintura a óleo enfeitava o cômodo, retratando águas escuras, possivelmente do lago Michigan.

Quando tomamos os nossos lugares — notei que os homens esperaram pelas mulheres e estas, por sua vez, haviam acomodado primeiro as crianças —, o homem ao meu lado, o senhor com a calça de tartaruga, estendeu a mão para me cumprimentar.

— Rumpus Higginson — apresentou-se ele.

— Alice Lindgren. — Enquanto apertávamos as mãos, senti um leve orgulho por não ter rido, por não ter sequer esboçado um sorriso nem contraído os lábios, prendendo o riso. (Duas semanas depois, em Madison, abri o *Wisconsin State Journal* e vi que a primeira página era um artigo sobre a expansão do Wall Bank — rival do Wisconsin State Bank & Trust, que empregara meu pai por mais de trinta anos —; uma pequena foto acompanhava o artigo. Ainda que granulada e do tamanho de um selo postal, reconheci o homem, que se identificava como Leslie J. Higginson; ao que tudo indicava, ele havia sido o fundador do banco. Isso significava que meu pai certamente ouvira falar sobre ele, apesar de duvidar que papai tivesse sequer imaginado que tal homem atendesse por "Rumpus".)

O primeiro prato servido foi um creme de batata e alho poró, servido em tigelas rasas brancas, salpicado com cebolinha. Durante a sopa, Rumpus ou Sr. Higginson — não sabia como me dirigir a ninguém, de verdade — me indagou:

— Já veio muitas vezes a Door County, Allison?

Não o corrigi.

— Para falar a verdade, é a primeira vez, mas o lugar faz jus à sua reputação.

— Você não podia ter escolhido um dia melhor — disse Rumpus, balançando a cabeça. — Está simplesmente belíssimo.

Por ter sido designada àquele lugar, fiquei pensando se a Sra. Blackwell não estaria tentando me exilar, no entanto, ela se sentou na minha diagonal, apenas um lugar para o lado. (Será que era para ficar de olho em mim? Não, era tolice minha.) Então, ela disse:

— Rump, diga-me que não é verdade que Cecily e Gordon se mudaram para Los Angeles... Se esse for o caso, não temos esperanças de vê-los novamente.

— Ah, pelo amor de Deus! — protestou Rumpus. — Um voo para a Califórnia não é nada para uma viajante inveterada como você, Priscilla.

Ela sacudiu a cabeça.

— Da última vez em que estive em Los Angeles, disse a mim mesma: "Já chega." O trânsito é terrível, a comida é detestável e a equipe de apoio do Biltmore mostrou-se um time de incompetentes! A cidade se autodenomina classe A, mas eu a acho bastante provinciana. Sei que existem pessoas que não acreditariam que alguém de Wisconsin pudesse ter a audácia de fazer tal reclamação, mas elas estão enganadas — dizia a Sra. Blackwell. — Encontrei com Cecily em Sea Island em março e disse: "Querida, se vocês dois estão pensando em se mudar para a costa oeste, é a última vez que ouvirão falar de mim e de Harold."

— Mas o problema é mesmo Gordon, não é? Sei que ele está entusiasmado quanto a cultivar relações com os investidores asiáticos, e esse arranjo se torna bem mais conveniente...

Boa parte da conversa prosseguiu assim, enquanto íamos da entrada para o prato principal, frango assado. Eles falaram sobre outro casal, chamado Bancroft, que, inferi, morava em Milwaukee e estava reformando a cozinha da casa, mas tivera o infortúnio de contratar um empreiteiro imprestável; discutiram sobre um casal chamado LeGrand, cujo filho estava cursando o segundo ano da faculdade de medicina em Dartmouth, mas a Sra. Blackwell questionou se ele tinha "inteligência" o suficiente — ela bateu com o dedo na testa — para merecer o diploma ("As notas dele na Universidade de Wisconsin eram piores do que as de Chas em Princeton!", exclamara ela); por fim, eles falaram sobre um violoncelista vienense que estava tocando na Orquestra Sinfônica de Milwaukee nos últimos meses e que estava hospedado na casa de Emily e Will Higginson, o filho e a nora de Rumpus.

— Os italianos dizem que os hóspedes são como peixes. — A Sra. Blackwell riu. — Depois de três dias, começam a cheirar mal. (Claro que rapidamente fiz as contas: se Charlie e eu havíamos chegado na sexta à noite e ficaríamos até a segunda de manhã, não seriam quatro dias, seria? Embora apenas eu fosse convidada, pois Charlie era da família.)

Durante todo o jantar, assenti com a cabeça em intervalos aparentemente apropriados, sorri quando eles sorriram e ri quando eles riram, e até mesmo respondi uma pergunta sobre o meu gosto musical.

— Allison, você prefere a época clássica ou a romântica? — inquiriu Rumpus.

— Sempre apreciei a *Quinta Sinfonia* de Mahler — respondi.

Nesse meio-tempo, fiquei meio alta e, depois, completamente bêbada, de uma forma que nunca tinha ficado antes em toda a minha vida. Os garçons e as garçonetes, que, em sua maioria, pareciam ter uns 14 anos, completavam as taças de vinho com certa frequência. Na segunda vez que precisei ir ao banheiro, bem na hora que estavam servindo o café e a sobremesa, as paredes pareciam se mexer conforme eu andava.

Havia uma sala de estar fora do salão de jantar e tanto as paredes de lá quanto as dos corredores que levavam ao banheiro eram cobertas por fotografias emolduradas, em sua maioria em preto e branco: os moradores de Halcyon segurando um peixe ou jogando tênis (essa última atividade tinha fotos em movimento e também estáticas, com os jogadores cruzando as raquetes na frente dos corpos). Um retrato mostrava a Sra. Blackwell segurando a mão de uma criança que podia muito bem ser Charlie, parados na entrada do que eu acreditava ser aquela casa. A Sra. Blackwell não havia sido muito bonita, mas poderia ter sido considerada atraente — tinha cabelos escuros, pele vistosa e sem rugas e um brilho astuto no olhar. Ao voltar do banheiro, eu estava observando a foto quando uma mulher apareceu do nada e se atirou nos meus braços.

— Estou *tão* feliz em conhecer você! — exclamou ela. Ela falou de um jeito lento, que soava como o de Charlie, e parecia ser do sul.

Mesmo depois que ela parou de me abraçar, continuou segurando firme na parte superior dos meus braços, olhando para mim com grande entusiasmo. O cabelo dela era louro, quase branco, e estava preso em um rabo de cavalo, os dentes da frente eram grandes e a pele estava bronzeada. Ela era bonita, mas, naquele momento, estava próxima demais de mim.

— Contaram-me sobre o poema grosseiro que Arthur declamou e estou *mortificada*. Eu estava com o bebê em Gin Rummy, mas, se estivesse lá na hora, jamais teria permitido que ele fizesse aquilo. Você deve estar pensando que somos a família mais *infame do mundo*.

Então, ela arregalou os olhos, e não estou exagerando quando digo que ela continuou em um tom bastante agudo:

— Ah, meu Deus, você nem sabe quem eu sou! Minha nossa! — Ela começou a rir, levando uma das mãos ao peito. — Sou Jadey! A esposa de Arthur! Sou Jadey Blackwell! Ah, Alice, precisa perdoar os meus terríveis modos!

— É um grande prazer conhecê-la. — Podia ouvir a minha voz soando expansiva, definitivamente um tom desconhecido para mim. — Mas o seu marido esqueceu que há um final alternativo para o poema satírico. — As palavras *alternativo* e *satírico* haviam sido difíceis de pronunciar, mas fiquei feliz de ter conseguido sobrepujá-las. — O que ele disse foi "e suas tetas pra lá de Moçambique", mas também podia ser "e o seu cu foi parar num alambique". Você sabia que se casou com um plagiador?

Jadey me olhou mais de perto, depois sussurrou:

— Meu Deus, você está bêbada? — Eu neguei com a cabeça, mas ela continuou: — Bem, eu também estaria! Deve ter ficado fora de si! Só posso imaginar como este fim de semana está sendo para você. Eles gostam demais de implicar, não é? No meu primeiro ano de casada, passei o tempo todo no limite do choro; eu *amadureci* com os Blackwell. Mas eu odiava *todos* eles, e depois que Arthur me *obrigou* a me casar com ele, pensei comigo mesma: "Você está louca, Jadey? Você *sabia* que aquela família é um bando de desordeiros!"

Será que Jadey era louca? Eu estava com ela havia apenas um minuto e sentia que poderia responder à pergunta da forma correta.

— *Fique bem aqui* — pediu ela. — Vou chamar Charlie. Coitadinha, está bêbada como um gambá.

Como estava mesmo bêbada, não me importei de ficar ali sem fazer nada; olhei para o troféu de prata que estava acima de mim, repousando sobre a lareira — tinha uns 30 centímetros — e, quando Charlie veio da sala de jantar, com Jadey logo atrás dele, eu já estava com o troféu nos braços, espremendo os olhos para tentar ler.

— Onde está o seu nome? — perguntei a Charlie, que se divertiu com a situação, mas também pareceu um pouco perturbado.

— Vamos colocar isso de volta no lugar, dedinhos curiosos. — Ele tirou o objeto das minhas mãos, colocou-o de volta sobre a lareira e pediu a Jadey: — Diga a Maj que Alice está sentindo a mesma coisa que o bebê.

Jadey fez uma cara feia.

— Vou dizer que ela está com cólica, Chas?

Ele acenou com a mão de forma desinteressada.

— Invente qualquer coisa. Vou levá-la de volta a Itty-Bitty.

Jadey colocou as mãos na curva do meu pescoço e o efeito de ela ter se posicionado dessa maneira foi algo entre uma avó que quer apertar as suas bochechas e o seu namorado, ao se aproximar para beijá-la.

— Alice, nós vamos ser as *melhores* amigas — declarou ela. Em seguida, falou mais baixo: — Ginger e Nan são *divertidas*. Elas têm boas intenções, mas são um poço de preocupações. Quando ouvi falar de você... — ela estava falando alto e rápido de novo — soube de imediato. Disse a mim mesma: "Alice parece ser das minhas."

O que será que Jadey tinha ouvido a meu respeito? E quando? Naquele mesmo dia ou antes? E de quem ouvira?

— Você parece ser uma pessoa muito especial — declarei, e Charlie caiu na gargalhada. Ele disse a Jadey:

— Ela não é assim. Sério, nunca a vi desse jeito.

— Ela é adorável — elogiou Jadey, segurando a porta do clube para nós enquanto saíamos. — Não a deixe cair, Chas.

A ardósia que cobria a calçada estava iluminada apenas pelas estrelas e pela meia-lua, e a distância que precisávamos caminhar parecia infinitamente maior do que parecera ser na vinda. Charlie tinha um dos braços ao redor das minhas costas e o outro segurava o meu cotovelo.

— Vá com calma, mulher festeira — alertou ele. — Foi *tão* ruim assim se sentar ao lado de Rump Higginson durante o jantar?

Estávamos passando pelo condomínio mais próximo à sede do clube — havia descoberto, algumas horas antes, que pertencia aos Thayer —, e falei:

— Todo mundo aqui é tão rico.

Charlie riu, mas de um modo não tão sincero. Depois de um piscar de olhos, perguntou:

— Você gosta disso?

— As pessoas ricas são bizarras! — exclamei. (Essa observação Charlie citou para mim inúmeras vezes ao longo dos anos.) Eu amo você, Charlie, mas todo esse rebuliço sobre partidas de tênis, Princeton e o hotel Biltmore... Se você fosse o supervisor da Fissbinder ou algo assim, tudo seria bem mais fácil.

— Você está falando da Fassbinder, a fábrica de queijos?

— Eles também fazem manteiga — informei. — Quer ir nadar?

— Não sei se é uma boa ideia...

— Era para você ser o mais divertido deles, não era? — Cutuquei-o nas costelas. — Charlie, o cara maneiro. Está com medo agora? Lembra-se de quando me contou que tinha medo do escuro?

— Estou fazendo o melhor para manter a linha na frente da minha namorada bêbada.

— Sei que você tem medo do escuro porque escrevi isso no meu dossiê. O meu dossiê sobre *Charlie Van Wyck Blackwell.* — Pronunciei cada um dos nomes dele de modo provocante. — E, nesse momento, não posso protegê-lo porque estou... — pensei no que Jadey dissera — bêbada como um gambá.

— Está mesmo — retrucou Charlie. — Só estou tentando descobrir se você é uma bêbada boa ou ruim.

— Se me deixar ir nadar — falei —, ficaremos pelados e você pode enfiar o seu pênis em mim enquanto estivermos na água.

— Nossa! — exclamou Charlie. — Está bem, acabei de decidir que você deveria virar alcoólatra. É uma bêbada de primeira!

— É a minha primeira vez — expliquei.

— Desculpe, mas é um pouco tarde demais para eu acreditar nisso.

— Não, não — contestei. — A minha primeira vez bêbada.

— Mas já parece profissional.

— Não, de verdade... Dá para perceber que você não acredita em mim, mas estou dizendo a verdade.

Ao chegarmos ao condomínio dos Blackwell, ele disse:

— O problema é que não sei quanto tempo temos até que os outros cheguem, e se estivermos nadando no lago depois de Jadey ter dito que você estava passando mal...

— Não acho que você tenha medo do escuro. — Encostei a ponta do dedo na ponta do nariz de Charlie. — Acho que você tem medo da sua mãe.

Ele riu.

— Você também teria. — Desconfio que a inclinação do próprio Charlie pela bebida, tendo passado a vida inteira em meio ao álcool, o tornara especialmente tolerante com a bebedeira alheia. — Adoraria aceitar a oferta de "enfiar o pênis em você", mas e se fizéssemos isso dentro de Itty-Bitty?

— Não, vamos fazer aqui. — Escorreguei dos braços dele e me deitei na grama. Estávamos em frente ao álamo; a Sra. Ruby poderia ainda estar lá dentro ou já poderia ter se retirado para a casa atrás da sede em que ficava o dormitório das outras famílias de empregados de Halcyon, mas, de qualquer jeito, havia me esquecido dela. A grama estava fresca e as folhas, ligeiramente grudentas.

— Deus do céu — proferiu Charlie. — Quem é *você*? — Ele me pegou no colo e me levou meio carregada, meio arrastada para dentro de Itty-Bitty. Todas as luzes estavam apagadas e ele me colocou na cama de baixo de um dos beliches antes de acender a lâmpada. — Vou fazer xixi — avisou. — Não saia daqui.

Sabia que ele não tinha andado até o álamo para usar o banheiro e que, em vez disso, ficara nas proximidades do chalé, porque eu podia ouvir o barulho do xixi dele no chão, ali deitada. Dei umas risadinhas, pensei em provocá-lo quando voltasse, fiquei imaginando como seria sentir o pênis dele na minha mão. Mas esse foi o último pensamento que tive, pois caí em um sono profundo. Como Charlie me contou no dia seguinte, quando ele voltou para Itty-Bitty eu já estava roncando.

POR VOLTA DAS 4 DA MANHÃ, quando a escuridão da noite já havia se tornado um cinza que antecede o amanhecer, uma fisgada na barriga me acordou e percebi que precisava urgentemente de um banheiro. Teria sido melhor se eu precisasse vomitar, pois isso eu poderia fazer do lado de fora, mas não. Ainda assim, fiquei ali deitada na cama de baixo do beliche por vários minutos, pois a perspectiva de correr pelo gramado até o álamo, depois me sentar no vaso sanitário e fazer vários barulhos grosseiros em uma casa em que todos estavam dormindo era só um pouco pior do que permanecer na cama. Será que eu precisava trocar de roupa antes de correr para o banheiro? Será que havia algum tipo de protocolo estabelecido e esperavam que eu o adivinhasse? Quando não aguentava mais, levantei-me e percebi, para minha surpresa, que não estava de camisola e sim com o vestido da noite anterior; cheirava a comida e álcool. Saí correndo descalça pela grama molhada e fria. Fiquei com medo de a casa estar trancada, mas não estava. (Depois entendi que nunca a trancavam, nem mesmo no inverno, quando durante meses ninguém ia para lá e apenas um caseiro tomava conta da propriedade. "Se vândalos quiserem entrar, melhor que usem a porta do que as janelas", declarou a Sra. Blackwell, irônica, como se tivesse um incrível espírito esportivo. Era muito difícil para mim, principalmente no início, antecipar a reação dela diante de alguma situação em particular. Mas não importava qual fosse a sua reação, quando a minha não combinava com a dela, eu ficava com a sensação de que isso acontecia por eu ter vindo de uma classe diferente. Ou, ao menos, eu sabia que ela atribuiria tal discrepância a esse fato, e, como acreditava nisso de todo o coração, era bem possível que fosse verdade.)

Entrei por uma porta dos fundos — não a que dava na cozinha, mas uma que dava no corredor do banheiro. Como havia esperado, a casa encontrava-se em completo silêncio. Fechei a porta do sanitário, dessa vez já sabendo como posicionar os livros, e então sentei-me e senti como se uma cobra estivesse se desenrolando dentro da minha barriga — de uma forma muito rápida. Ainda assim, eu não conseguia soltá-la. Eu queria, mas me sentia incapaz, com medo dos barulhos que faria. Inclinei-me para a frente, abraçando a barriga, tentando não choramingar. *Estão todos dormindo*, disse para mim mesma, mas estava paralisada. Depois a cobra se ergueu, mostrando as presas e a língua bifurcada, e tudo que havia dentro de mim saiu de forma acelerada, em um esguicho prolongado e mortificante. Lembrando-me dos avisos sobre a fragilidade do encanamento, puxei a corrente da descarga de imediato. Mas eu não havia terminado — sabia que não terminara — e a água do vaso ainda não voltara ao nível normal quando outro jato grotesco explodiu de dentro de mim. Quanta humilhação ter bebido tanto, e também, quanta burrice. (Depois desse episódio, nunca mais fui além de dois drinques em uma noite.) Agora, minha barriga estava vazia, deliciosamente vazia, ainda que irritada e debilitada. Limpei-me, depois dei descarga pela segunda vez e, ao me levantar, quando a água voltara para o vaso, vi que só dar descarga não seria suficiente; borrões marrons ficaram agarrados à porcelana do vaso. Deveria enfiar a mão ali dentro? Estava acostumada a limpar o banheiro depois que as crianças o usavam; geralmente, apenas urina, mas os mais novos tinham acidentes frequentes, ou então alguém tinha vomitado, e se Big Glenn estivesse ocupado, colocava pó de serragem em cima do carpete eu mesma em vez de esperar por ele. Dei uma terceira descarga, e quando a água desceu em movimento espiralado, peguei um chumaço de papel higiênico e limpei as manchas e faixas mais notórias antes que a água subisse de novo. Joguei o papel no vaso, dei descarga pela quarta vez — será que Priscilla Blackwell estava, naquele exato momento, me escutando molestar o encanamento de sua casa? — e lavei as mãos. O sabão era oval e azul, com várias rachaduras, usado até ficar da espessura de uma palheta de guitarra; enquanto o movia entre as mãos, ele se quebrou em dois, e eu pensei — fora uma reação tão casual, que me veio de forma tão natural: *Odeio este lugar.*

Esse era o tipo de pensamento que nunca passava pela minha cabeça, e mesmo naquele momento senti um remorso imediato. Minha dor de barriga não era culpa dos Blackwell, assim como não seria culpa deles se uma tempestade de verão caísse sobre nós! (Ah, mas como eles amavam aquele único banheiro deles, e como amavam aquela mobília desbotada e coberta de musgo, o deque instável, os pires lascados, as molduras esmaecidas dos retratos e os colchões duros. Eles amavam aquela forma artificial e seletiva de viver rusticamente, e o bem-estar que sentiam com as próprias convenções e com o mal-estar potencial que algum visitante poderia sentir. Na casa em que cresci, também só tínhamos um banheiro, mas nunca ocorreu a ninguém de minha família se *orgulhar* disso. Não me surpreendeu nada — até lá já havia entendido — quando, poucas semanas depois, acompanhei Charlie até a residência principal dos Blackwell em Milwauke que fazia até mesmo o álamo parecer ínfimo; suspeito que a casa de Milwaukee chegasse a 3 mil metros quadrados, uma construção colossal sob um telhado de ardósia. Ela se expandia na horizontal com diversos picos e chaminés, janelas agrupadas e seções que se sobressaíam ou recuavam; a combinação entre as pedras e o tamanho lembrava um castelo. O gramado da frente era aparado de forma meticulosa, como se fosse um campo de golfe, e, na garagem, havia quatro carros — isso geralmente significava, entre os empregados domésticos, visitantes e membros das gerações mais recentes, que havia mais três ou quatro carros estacionados pelo caminho de cascalho que levava até a garagem. Nos fundos, havia uma piscina que eles mantinham a punitivos 15 graus; Charlie se referia a ela como "encolhe-saco". O piso no interior da casa era de tábua corrida, coberto por enormes tapetes orientais; havia candelabros, cortinas que caíam até o chão, móveis pesados, pinturas a óleo de natureza morta, de frutas e crânios e, na sala de jantar, cobrindo uma parede inteira, um quadro mostrando uma caçada inglesa: lordes e damas, campos e árvores, cães e pássaros. Além disso, havia sete banheiros. Então, é claro que a privação de Halcyon os divertia. Eles amavam aquelas privações como as crianças do subúrbio amam dormir em barracas de camping no próprio quintal. No entanto, arquivei essa sensação, essas observações do meu subconsciente sobre os Blackwell no mesmo lugar em que arquivei as ideias sobre Charlie ter se casado comigo porque eu lhe dava credibilidade: no fundo da minha mente. Acho que as pessoas de cidades costeiras têm uma tendência maior de acreditar ser necessário expressar todas as suas impressões do que nós do centro-oeste, incluindo sensações desagradáveis que os outros nos provocam. Também acho que faça parte dessa crença decidir se tais sensações deveriam se tornar assuntos dignos de discussão, talvez com um terapeuta, acreditando na possibilidade de conduzir as próprias ideias até a sua resolução ou, ao menos, de investir tempo comparando-as com as dos seus companheiros que, sem dúvida, possuem sentimentos parecidos.)

Não, eu não odiava aquele lugar, nem culpava a família de Charlie pela minha dor de barriga nem por nada mais. O ódio era uma emoção tão melodramática, tão tempestuosa e boba! Se os Blackwell incitavam em mim certo ceticismo, eu dificilmente seria a primeira pessoa a ter reservas quanto aos futuros parentes ou quanto à riqueza deles.

Coloquei os livros de volta na prateleira e abri a porta do banheiro devagar, para minimizar os rangidos. Ao passar para o corredor ouvi uma pessoa tossindo, mas não fazia a menor ideia de onde estava vindo o som. Refiz meus passos pela grama úmida e, logo antes de entrar em Itty-Bitty, olhei para a minha direita: as águas do lago estavam calmas e cinzas, um cinza mais escuro que o do céu, tão sombrio, severo e adorável que fiquei sem ar. Não, não era pretensão nem afetação que levava os Blackwell ali — eu havia sido muito injusta ao presumir isso. Em vez disso, eles reconheciam a beleza de Halcyon e podiam dar-se ao luxo. Será que os meus próprios pais, caso tivessem tido tempo e dinheiro, não teriam apreciado passar alguns meses, a cada verão, em um lugar como aquele?

Ou talvez, parada ali nos degraus de Itty-Bitty, eu estivesse sendo mais compreensiva com os Blackwell porque estava cansada e querendo voltar para a cama. Talvez fosse apenas a fadiga que tinha me tornado mais disposta a me render ao futuro que eu e Charlie havíamos começado a planejar do que tentar me libertar dele.

ALGUMAS HORAS mais tarde, durante o café da manhã na sede do clube, Arthur me provocou, do outro lado da mesa:

— Alice, a palavra do dia é "pernas". Por favor, espalhe por aí.

Jadey, que estava sentada ao lado dele segurando o bebê no colo, deu um tapa de brincadeira em Arthur e disse:

— Ela ainda nem tomou café! — Jadey não fez nenhuma referência ao nosso encontro na noite anterior e fiquei grata por isso, apesar de detectar em sua expressão uma alegria discreta.

Descobri que o café da manhã era um evento bem mais casual do que o jantar, com as pessoas aparecendo e desaparecendo a esmo e, se você quisesse comer torrada, bolinhos ou cereal com leite gelado, podia se servir de um bufê disposto em uma longa mesa; se quisesse ovos, bacon ou waffles, devia pedir ao garçom, que era um adolescente pálido e magrinho, com um pomo-de-adão enorme.

Algumas crianças já estavam em trajes de banho e muitos adultos, antecipando-se às competições do dia, já estavam com as roupas brancas de tênis; as mulheres usavam saias plissadas tão curtas que beiravam a indecência, caso não tivessem sido aprovadas em algum ponto inespecífico do passado. Priscilla Blackwell usava uma dessas saias minúsculas e meias bem curtas com pompons rosa atrás, no tornozelo. (Era 1988, antes de a Comissão dos Supervisores de Halcyon — que tinha a sua própria carta patente e exigia primeiro que os membros fossem homens e, segundo, que fossem eleitos para que então dois homens de cada família servissem durante cinco anos cada — decretar que era admissível usar roupas de outras cores nas quadras de tênis de Halcyon. À frente dos que eram contra essa decisão estavam principalmente Billy Niedleff, com 76 anos e o filho do meio, Thaddeus, com 40 anos na época, que continuaram resmungando, pelos dez anos seguintes, sobre o declínio dos padrões.)

Quando chegamos a Halcyon na tarde anterior, temi que o final de semana passasse devagar, mas o que aconteceu foi o oposto. Apesar de estar com uma forte dor de cabeça durante o café da manhã, antes do almoço a dor já havia se atenuado. Passei a maior parte do dia sentada sobre um cobertor na lateral da quadra de tênis assistindo aos jogos, vendo Charlie jogar ou ficando ao lado dele, quando não era a sua vez de competir. Ele suava de forma vigorosa durante as partidas, então enchia um copo com água de uma grande garrafa térmica próxima à rede, derramava o copo sobre a cabeça e depois a sacudia, como um cachorro. Mais cedo, quando fora me buscar no chalé para o café da manhã, eu já estava acordada e pronta, esperando por ele, e, assim que entrou pela porta de tela, me chamou:

— Onde está a minha beberrona preferida?

Eu supliquei:

— Charlie, me perdoe pelo meu comportamento de ontem à noite.

Ele retrucou:

— Apenas a parte de você que desmaiou na cama depois de ter me deixado todo excitado ontem é que precisa ser desculpada, mas tentamos de novo depois. — Ele se inclinou para me beijar e senti um grande alívio por estar com um homem que não guardava rancores; ao menos, não de mim (Simon fora o oposto). Depois, ele avisou: — Traga a sua escova de dentes para o clube, pois Maj teve de chamar um encanador esta manhã para consertar o banheiro do álamo e o cara está tendo que operar um milagre enquanto eu e você estamos tendo essa conversa. No momento, John é o principal suspeito da cagada.

Acenei com a cabeça de forma neutra e, que John me perdoe pela mentira e pela omissão, mas não disse absolutamente nada.

Na quadra de tênis, depois de derrotar Emily Higginson por 7 a 3 e 6 a 4, a Sra. Blackwell se dirigiu a mim:

— Pelo visto, não há nada que resista a uma boa noite de sono, não é mesmo?

Tive quase certeza de que ela sabia que eu havia bebido demais e me perguntei se não saberia também que o problema com o encanamento fora minha culpa, mas tudo o que fiz foi murmurar, concordando.

Havia levado um romance comigo para a quadra de tênis — intitulado *Fogo pálido*, comprado em homenagem à morte do autor, Nabokov, no início do verão —, mas devido ao sol e às conversas, acabei não lendo sequer uma palavra. Passei um bom tempo brincando com o bebê de Jadey e Arthur, Winnie (como era uma mulher solteira entrando nos 30, tinha o cuidado de não paparicar demais os filhos dos outros com receio de estar passando um atestado de desespero; a necessidade dessa precaução me incomodava e fazia com que eu anunciasse, de modo audacioso, *sempre* ter gostado de bebês, desde criança. Mas Jadey era o tipo de mãe generosa que agia como se eu estivesse lhe fazendo um favor ao ficar com Winnie no colo). De fato, durante todo aquele dia e no seguinte houve muitas conversas, atividades e refeições, muitas mudanças de roupa, colocando e tirando a roupa de banho, mesmo que não estivesse completamente seca e indo de volta para a água (que estava na temperatura ideal: fria e refrescante, sem estar gelada como era comum no lago Michigan); depois fomos de lancha até uma cidade que ficava a alguns quilômetros para tomar um sorvete, retornamos a Halcyon, coloquei uma saia, fomos jantar e, de repente, percebi que estava com o rosto e com os braços bronzeados. No domingo de manhã, um padre episcopal, o reverendo Ayrault, chegou às 10 em ponto para celebrar uma missa completa para os Blackwell na varanda do álamo, com direito a comunhão; disseram que ele havia dirigido de Green Bay com aquele propósito, e durante o almoço ele se sentou ao lado da Sra. Blackwell no clube.

— Muito legal da parte dele vir lá de Green Bay até aqui — comentei com Charlie, que respondeu:

— Republicanos deixam o bom reverendo de pau duro.

Os vencedores da temporada de Halcyon foram premiados com seus respectivos troféus na tarde de domingo; eram figuras pequenas, douradas e baratas que pareciam prontas para sacar, assentadas em uma base de madeira. Os jarros de prata seriam gravados depois, mas foram entregues aos vencedores: das partidas individuais, Roger Niedleff e, das duplas, Dwight deWolf e o cunhado, Wyman Lawrence. Nas partidas individuais femininas, Sarah Thayer foi a vencedora e, nas duplas, Priscilla Blackwell com uma das noras, Nan.

— Roger é um pateta competitivo — resmungou Charlie, enquanto os vencedores recebiam os troféus. Esse momento foi acompanhado pela música "The Star-Spangled Banner", que Nina deWolf, de 12 anos, colocou para tocar em um gravador. No que diz respeito à Sra. Blackwell, ela posava de forma magistral. No caminho de volta das quadras de tênis para o álamo, uma distância de aproximados 800 metros, pensei na hora de ir embora, no dia seguinte, e senti uma ligeira nostalgia. Havia acabado de me acostumar com os ritmos de Halcyon.

Chegávamos ao álamo quando Jadey nos alcançou e me pegou pelo braço:

— Venha comigo até o lago, vamos lavar os cabelos. Tenho vinte minutos antes de o bebê acordar e de recomeçar toda a confusão. Ela correu até Gin Rummy, o chalé no qual estava com o marido e os filhos, e eu lancei um olhar zombeteiro para Charlie.

— Ouviu o que ela disse. Apresse-se.

— Ela lava o cabelo no *lago*?

— É para evitar a fila do banheiro.

Na verdade, a impressão que tive alguns minutos depois, quando Jadey e eu estávamos dentro d'água, próximas ao deque, com o frasco de xampu apoiada no degrau da escada de madeira, foi que ela lavava o cabelo no lago simplesmente porque achava divertido. Ela elevou as mãos até a cabeça, massageando o couro cabeludo até que ficasse todo ensaboado.

— Lembra-se de quando você fazia isso nos acampamentos de verão? — perguntou ela.

Ri sem expressar nenhum compromisso, já que nunca havia ido a nenhum acampamento de verão.

— Queria ter dito antes que achei o seu biquíni lindo — acrescentou. — É da Marshall Field?

— Não, é de uma loja em Madison que pertence a uma amiga minha.

O biquíni de Jadey era da Lilly Pulitzer, e o meu tinha listras vermelhas e brancas. Ainda não estava ciente de que Jadey era uma compradora soberba — ela possuía um sexto sentido para descobrir se ia começar alguma liquidação ou, ao contrário, se valia a pena pagar o preço inteiro porque, se você esperasse, as peças acabariam. Já havia passado pela minha cabeça que Jadey e Dena teriam se dado bem, ou não — como acontecera entre Charlie e vovó, a personalidade das duas podia ter entrado em choque.

— Você tem sorte de ter os seios tão empinadinhos — observou Jadey. — Já fez 30?

— Trinta e um — respondi.

— Isso não é justo! Acabei de completar 27.

— É, mas olhe os meus pés de galinha. — Cheguei o rosto mais perto do dela e virei de perfil para o lado direito.

— Charlie também gosta que você use lingerie sexy? Arthur vive me pedindo para comprar umas roupas que deixariam qualquer *prostituta* envergonhada. E eu digo a ele: "Até que tenha passado pelo *inferno* de dar à luz você mesmo, não pode sequer imaginar o que aconteceu com o meu corpo. Precisa me dar cinco anos de paz antes que eu esteja a meio caminho de poder pensar em ser uma boneca de novo."

Eu ri, apesar de ter notado outras vozes que apareceram no lago. Além de nós, a cerca de 50 metros, um dos Higginson dava voltas perpendiculares ao próprio cais; não reconheci que membro da família era, mas, quando chegamos, ele havia feito uma pausa no meio de uma das braçadas para nos cumprimentar.

Jadey e eu estávamos com água na altura do peito, e o lago tinha uma tonalidade azul escura agora, o sol a oeste do céu estava forte e amarelo.

Jadey inclinou-se para trás, mergulhando a cabeça e os ombros e, quando reapareceu, o xampu havia saído e a umidade deixara seus cabelos louros quase dourados. Ela se arqueou para trás, batendo pernas para poder boiar.

— Como Maj está tratando você? Ela pode ser bem durona, não acha?

Levantei um dedo para indicar uma pausa, então tapei as narinas e mergulhei. Quando emergi, Jadey explicou:

— As pessoas dizem que ela queria uma menina, mas só dava à luz filhos homens, até que, finalmente...

— Shhhh! — Não pude suportar; não a informação em si, sobre a qual até estava curiosa, mas a ideia de que outras pessoas, inclusive a própria Sra. Blackwell, pudessem estar nos ouvindo secretamente.

Jadey riu.

— Você é uma bibliotecária mesmo!

— Não — sussurrei, e gesticulei na direção da casa. — Tenho medo de que eles possam...

— Entendi. — Jadey concordou com a cabeça, diminuindo o volume da voz. — De qualquer forma, essa é a teoria de por que ela não gosta de garotas: porque ela se sente *rejeitada* por elas. Pareço Sigmund Freud, falando essas coisas?

Ela estava sorrindo de uma forma autodepreciativa, e fiquei pensando se pegara aquela mania dos Blackwell ou se carregara consigo o hábito desde sempre. Ela havia me contado mais cedo que seus pais eram amigos dos Blackwell e que ela conhecera Arthur quando estava na sétima série e ele no colegial, apesar de só terem começado a namorar quando ela já estava na faculdade. Ela também me contou — eu havia perguntado — que Jadey era o apelido dado pela mãe no seu nascimento; o nome real era Jane Davenport Aigner e, é claro, ela havia tomado para si o sobrenome Blackwell ao se casar com Arthur.

— Não sinta medo de Maj, é isso o que quero dizer — completou Jadey. — Cão que ladra não morde.

— Não acho que eu tenha medo dela.

Realmente não tinha. Em Halcyon estava sob a sua guarda, mas um pensamento não saía da minha mente: a sensação de que a Sra. Blackwell poderia me conceder algo: algum tipo de aval ou aprovação, que, em essência, não me importava. Teria importado a Dena. Mas tudo o que eu queria era uma relação agradável. Não sentia necessidade de ser próxima da mãe de Charlie nem precisava ser uma de suas favoritas. Se ela *não gostasse* de mim seria algo inquietante, mas se conseguíssemos conviver já seria suficiente. E, no decorrer do fim de semana, tive a sensação de que ela estava ficando mais terna comigo — no fim da tarde anterior, antes da hora dos coquetéis, ela passara por mim e Charlie, enquanto jogávamos Scrabble na varanda do álamo, e dissera:

— Acabe com ele, Alice.

Jadey começou a nadar de costas, impulsionando um braço após o outro, e eu observei impressionada. Nadar nunca foi o meu forte. Apesar de meu pai ter me ensinado em Pine Lake, Riley, não consegui ir muito além do nado cachorrinho e jamais conseguiria ter o desempenho de Jadey e o seu deslizamento na água, melhor até do que o estilo livre daquela pessoa da família Higginson.

Jadey virou-se de frente, nadando de volta na minha direção.

— Você tem sorte de ser mais velha — declarou ela. — Sem ofensa. É só que eu estava com 21 anos quando me casei com Arthur, e era tão facilmente intimidada. Se Maj me dissesse "bu", eu já saía chorando pelos cantos. Além disso, Arthur costumava... — Nesse momento, ouvimos claramente o choro de um bebê. Jadey revirou os olhos. — Jamais tenha filhos — falou, nadando em direção à escada.

— Jadey — chamei por ela, que olhou para trás —, obrigada por ter sido tão legal sexta à noite.

NA TARDE DE DOMINGO, durante os coquetéis (se havia algum dia da semana em que os Blackwell se abstinham de bebidas eu nunca vi), pude conversar pela primeira vez, cara a cara, com o irmão de Charlie, Ed. Apesar de termos compartilhado os mesmos espaços por várias vezes nos dias anteriores, quase não havia falado com ele de forma direta. Percebi que o evitava só por ele ser congressista — não que secretamente estivesse querendo falar com ele, mas por certo não queria parecer que estava. No entanto, foi ele quem se aproximou de mim na varanda, dizendo:

— Espero que não nos tenha achado opressivos.

(Claro, eles se orgulhavam da própria opressividade, como acontece com todas as famílias grandes e felizes.)

— Não, tudo foi ótimo — respondi.

— Fiquei sabendo que você é bibliotecária de um colégio de ensino fundamental. Confesso que não leio tanto quanto gostaria, mas com certeza acho que ensinar é uma ótima profissão para mulheres.

— Imagino que os seus filhos sejam ótimos alunos. — Não estava apenas tentando agradar; havia notado que Harry, Tommy e Geoff eram bem articulados para a idade que tinham e eram levados, porém não selvagens.

— São bons meninos — retrucou Ed. — É uma tarefa difícil para Ginger, mas não há nenhum momento ocioso. — Com o cabelo mais fino, percebi que Ed era o mais parecido com o pai. Ele também era o único Blackwell um pouco acima do peso, e usava óculos. — Posso dizer que criar três filhos me faz apreciar muito mais o trabalho que Maj teve no passado. Não sei como ela aguentou criar nós quatro.

— Você acha difícil ficar indo e voltando, entre Milwaukee e Washington? — Então eu havia levado a conversa para esse lado, no fim das contas; esperava que não fosse falta de educação.

Ed balançou a cabeça.

— Na verdade, é um privilégio — respondeu ele. — Servir a este país, Alice, é uma honra enorme. E meus filhos sabem disso. Quando o pai deles não está em casa para colocá-los na cama à noite, não é fácil, mas eles ficam orgulhosos que eu esteja com a mão na massa, protegendo os interesses dos cidadãos de Wisconsin.

Ao escutar a fala de Ed, percebi que a escolha de palavras que ele provavelmente havia usado tantas vezes antes não as tornava falsas. Será que não seriam verdadeiras, se ele acreditasse mesmo nelas? Esse foi o meu primeiro pensamento. O segundo foi: *Por favor, por favor, não deixe Charlie ganhar a eleição.*

Como se pressentisse minha traição psíquica, Charlie se materializou ao nosso lado.

— Eddie, você está dentro do pôquer das 10? Gil deWolf acabou de ligar.

— Alice, como se sente em ser consorte de um jogador inveterado? — Ed empurrou os óculos até a ponta do nariz e olhou por cima com uma seriedade gozadora. — É algo que você aprovaria?

— O único pôquer que Alice joga é *strip* pôquer — brincou Charlie, e eu o cutuquei.

— Charlie!

Ed riu, apontando para o irmão.

— Precisa tomar conta da sua carteira com esse cara aí ou ele vai roubá-la sem sentir. E agora, sobre o que será isso?

O filho do meio de Ed, Tommy, havia se aproximado aos prantos, anunciando, cheio de pesar:

— Drew pegou a minha mola e está estragando ela.

Ed deu de ombros para Charlie e para mim.

— O dever me chama.

— Não se importa se eu for até os deWolf por algumas horas depois do jantar, se importa? — perguntou Charlie.

Neguei com a cabeça.

— Preciso mesmo arrumar a mala.

— Ansiosa para a grande fuga?

— Gosto da sua família, Charlie — declarei. — Eles foram muito hospitaleiros neste final de semana. Bem, tirando a declamação do poema satírico. Mas já superei aquilo.

— Sabe de uma coisa? Eu gosto de você. E acho que está muito bonita neste exato momento. — Charlie inclinou-se para me beijar na boca. Foi apenas um estalinho, mas na mesma hora ouvi alguém gritar:

— Olhem os pombinhos!

Depois, John, que estava perto, também exclamou:

— Meu bom Deus, será que não conseguem ficar sem se agarrar por um segundo?

Dei um passo para trás, apesar de não estarmos nos tocando de nenhuma forma imprópria. A varanda ficou em silêncio e, da outra ponta, tio Trip gritou:

— Chasbo, agora que Alice já viu o tipo de linhagem da qual você veio, acha que ela vai querer continuar com você?

— Espero que sim — respondeu Charlie.

E eu podia sentir os olhos dos Blackwell me observando. Sorri. *Não se acovarde.* Essas não foram as palavras usadas por Jadey, mas fora a mensagem.

John completou:

— Alice, se não se cuidar, é possível que Charlie faça aquela pergunta.

Houve uma pausa curta e, antes que alguém pudesse preenchê-la com alguma piada infame, eu disse:

— Na verdade — minha voz estava rouca e limpei a garganta da maneira mais educada que pude —, Charlie já me pediu em casamento e eu já aceitei.

Podia ter imaginado a parte seguinte, mas acho que ouvi um engasgo — vindo de uma mulher, provavelmente Ginger. Charlie colocou uma das mãos na minha cintura e então Harold, que estava em pé perto da rede, manifestou-se:

— Nossa, isso é maravilhoso! São ótimas notícias. Não podíamos ficar mais felizes pelos dois.

Logo todos os Blackwell estavam falando ao mesmo tempo.

— Está de sacanagem! — exclamou Arthur, enquanto ele e John abraçavam Charlie.

Ed virou-se para me beijar no rosto e Arthur me deu um cascudo, me parabenizando:

— Bem-vinda à família, Al!

Harold passou por Charlie para acariciar a minha mão, e Jadey me envolveu em um abraço, gritando:

— Eu sabia! Eu sabia! Eu disse que seríamos as melhores amigas, e agora é ainda melhor, porque vamos ser *irmãs*!

Havia acabado de me soltar do abraço de Jadey quando vi a Sra. Blackwell se aproximando; ajeitei o cabelo. Todos os outros sumiram ao meu redor.

Que eu não tinha medo da mãe de Charlie era mais ou menos verdade, pelo menos, no abstrato. Mas também era verdade que quando ela voltava a atenção para mim, quase sempre sentia, não de uma forma positiva, como se fôssemos as únicas pessoas no lugar e que eu precisava de cautela total.

Ela não me abraçou nem me beijou; não me tocou de forma alguma. Parecia tanto entretida quanto dúbia enquanto me olhava por um longo momento antes de se pronunciar. Por fim, disse:

— Que moça esperta que você é.

NO CARRO, voltando para Madison, Charlie comentou:

— Não estou com raiva, realmente não estou. Em um mundo ideal, teria sido melhor contar a Maj e a papai antes, sem que ninguém mais estivesse por perto. Com certeza, mas o que está feito está feito.

— Você acha que sua mãe ficou insatisfeita, ou *sabe* que ela ficou assim?

— Maj gosta que suas opiniões sejam levadas em consideração. — Ele sorriu. — Como todas as mulheres gostam. Escute, foi você quem quis esperar para contar aos nossos pais juntos, mas todos iam ficar sabendo de qualquer jeito, então não vejo qual a diferença. — Ele estendeu a mão até o outro lado do banco para apertar a minha. — Se Maj estiver insatisfeita com qualquer coisa, é com a forma como ela ficou sabendo. Não é com relação a você.

— Nunca tive problemas para me dar bem com as pessoas — respondi. — Se ela fosse gostar mais de ter uma nora que fizesse parte de uma família mais próxima, não a culpo. Ela está acostumada a essa vida. Mas acho que ela se acostumará comigo também, e não quero que se preocupe de ter de interferir entre nós.

Um minuto se passou até que Charlie se manifestasse, olhando para a frente pelo para-brisa:

— Só para você saber, eu escolheria você em vez deles.

— Não seja ridículo — respondi.

— Poderíamos fugir até... Fale um lugar onde sempre quis ir. Eu fantasio com o México, mas provavelmente ir até lá só me faria pegar giárdia, então acho que a Califórnia pode ser uma aposta mais segura.

— Não estou *tão* preocupada assim.

— Podíamos ter uma cabana à beira-mar — Charlie continuou. — Dormiríamos em redes, viveríamos dos moluscos que eu pescasse e você usaria um sutiã de casca de coco.

E se eu tivesse aceitado não a versão de desenho animado, mas uma de verdade? Uma mudança para outro estado, com vidas esculpidas por nós, em vez de herdadas, com distância e espaço? O que teríamos — ou o que Charlie teria de provar, longe de sua família? Será que o que estava para acontecer nos anos seguintes poderia ter sido evitado, será que eu poderia ter evitado apenas me rendendo? Será que Charlie previa melhor o futuro do que eu havia imaginado? Talvez o futuro tivesse uma clareza muito maior para ele do que para mim. Ou talvez ele estivesse apenas blefando.

— Somos de Wisconsin, Charlie. É aqui que devemos ficar.

ENTÃO AS AULAS começaram, trazendo aquele som inimitável e inconfundível de crianças gritando e correndo pelos corredores, antes de o sinal tocar pela manhã. Eu empilhava as fichas de devolução de livros na minha mesa e observava o cuidado com que as crianças seguravam o lápis para escrever o nome e via o orgulho daqueles que tinham acabado de aprender a usar letras cursivas. Li *Tico and the Golden Wings* para a classe de alfabetização e *Flores para Algernon* para os alunos da terceira série — acredito que as crianças de 11 anos, mesmo sem admitir, ainda gostavam de escutar histórias lidas em voz alta — e, com os alunos da quarta série, fiz aves de papel na unidade sobre origamis. Havia as reuniões nas segundas de manhã e o recreio e havia os almoços na cantina: cachorro-quente com molho apimentado, pizza de pepperoni, pêssego em calda e, nas sextas alternativas, café da manhã para almoço, que os alunos adoravam e os professores odiavam — torradas, batata frita e salsichão. Acabávamos de comer às 11h45, com o estômago cheio de uma mistura de açúcar, amido e carne de segunda, sem vontade de fazer nada a não ser deitar, mas tendo de dar uma aula que começaria antes do que você gostaria, para alunos frenéticos discutindo sobre quem se sentaria em um dos pufes durante a hora de leitura ou quem seria o próximo da fila para levar a *Enciclopédia Brown* para casa. Todos os dias, quando éramos liberados pela escola às 15 horas em ponto, eu me sentia exausta e feliz.

Mas havia uma diferença: enquanto nos anos anteriores eu dedicara várias horas extras ao colégio, mesmo quando não estava dando aulas, agora não dedicava quase nenhuma. Apenas uma vez fiquei na biblioteca até mais tarde, preparando-me para o dia seguinte. Em outra ocasião, fiquei depois que o sinal da tarde havia tocado e fui até a sala de Rita para discutir questões sobre alguns alunos que estavam me deixando preocupada — queria saber se ela também havia notado a urticária no braço de Eugene Demartino e se também achava que Michelle Vink e Tamara Jones estavam tramando contra Beth Ribel. Mas, com o início daquele ano letivo, eu me apressava para o carro quando as aulas acabavam e experimentava uma leve irritação quando precisava ajudar na tarefa dos ônibus. Sentia o pungir da minha outra vida, a vida ao lado de Charlie — queria ir à mercearia comprar o que comeríamos à noite, ir para casa para ajeitar tudo antes que ele chegasse ou depilar as pernas. Se fosse um dia em que ele não havia ido se encontrar com Hank Ucker nem até o emprego em Milwaukee, então eu só pensava em ficar com ele, deitados juntos na minha cama, deixando o sol morno das tardes de setembro entrar pela minha janela, nos deleitando com aquilo que era nosso, novo e excitante enquanto ainda era nosso, novo e excitante. Na biblioteca, continuei sendo enérgica e paciente com as crianças. Fora da biblioteca, havia vezes em que deixava a bolsa com o material do colégio na porta de casa ou até mesmo dentro do carro e não abria até o momento seguinte em que precisasse usá-la. Em vez disso, beijava Charlie, seus ombros, seu abdome liso, a pele salgada de todo o seu corpo, e ele se movia dentro mim de novo e de novo; eu amava ficar embaixo dele, amava recebê-lo. Agora que estávamos noivos, finalmente o deixava passar a noite na minha casa, ou dormia no apartamento dele, e ele estava certo de que era deliciosamente gostoso acordar juntos. Agradeci, não pela primeira vez, por ser bibliotecária e não precisar lançar notas.

NOSSO CASAMENTO aconteceu em um sábado, 8 de outubro, em Milwaukee; foi às 11 horas, celebrado no saguão de entrada da casa dos Blackwell, oficializado pelo reverendo Wesley Knull, bispo da Diocese Episcopal de Milwaukee. Houve um almoço logo depois, e servimos champanhe, limonada, sanduíches de salada de ovo e agrião com as bordas cortadas que foram preparados pela Sra. Ruby e por sua filha, uma jovem de 19 anos chamada Yvonne.

Quando contei a mamãe e a vovó que iria me casar com Charlie — fizera a viagem a Riley sem ele — mamãe chorou de alegria e vovó permaneceu sentada, simulando uma pequena dança de alegria. Expliquei em seguida para mamãe que o casamento não custaria muito, pois usaríamos a propriedade dos Blackwell e os seus empregados; se ela quisesse fazer um cheque de 90 dólares para o champanhe, seria mais do que suficiente. Eu havia chegado a esse número imaginando o menor número que poderia parecer plausível a ela. Não sei ao certo quanto exatamente o casamento custou aos Blackwell, mas deixei-os absorver as despesas. Além disso, de um jeito que desestimulasse perguntas adiante, admiti a mamãe que eu e Dena havíamos nos desentendido e que, por isso, ela não seria convidada para o casamento. Ainda assim, ganhei uma molheira de presente dos pais dela.

Quarenta e nove convidados compareceram: 29 eram da família Blackwell, 12 eram amigos de Charlie (homens que ele conhecera em Exeter, Princeton ou Wharton) acompanhados pelas respectivas esposas; Hank Ucker e a esposa; Kathleen e Cliff Hicken, que foram os únicos convidados do grupo mais extenso de Madison; e quatro eram mamãe, vovó, nossa vizinha de longa data, a Sra. Falke, e minha amiga mais próxima da Liess, Rita Alwin; Rita foi a única pessoa negra na festa além da Sra. Ruby e de Yvonne. Poderia ter sido um casamento muito diferente, com uma festa grandiosa, mas eu não via a necessidade disso; não desejava que fizessem um estardalhaço. Só tivemos duas damas, Liza e Margaret Blackwell, que levaram as flores; não houve dança, apenas um harpista tocando próximo ao bufê. Jadey me maquiou e penteou antes da cerimônia, em um quarto no andar de cima, e o meu vestido foi um conjunto branco de saia e blusa que havia comprado na Prange poucas semanas antes. O top era de algodão branco com um decote em V e cintura marcada e a saia, abaixo do joelho; calcei os meus sapatos de salto brancos. (Quando Priscilla Blackwell deu uma espiada no quarto no qual eu estava me vestindo, exclamou: "Que traje precioso! Está parecendo uma das pioneiras se preparando para ir desbravar as Grandes Planícies.") Carreguei um buquê pequeno feito com cinco lírios brancos; Charlie usou um lírio branco na lapela, assim como seu pai; a Sra. Blackwell, mamãe e vovó usaram *corsages*.

Entrei sozinha, caminhando por um corredor formado entre as fileiras de cadeiras dobráveis de madeira branca — acabou que nem precisamos alugá-las, pois os Blackwell possuíam quase duzentas delas, assim como as mesas de armar; eles as armazenavam no porão da casa, que era inacabado e vasto, e os empregados retiravam as peças de lá a cada comemoração ou festa para arrecadação de fundos. Quando vi Charlie esperando por mim ao lado do reverendo Knull, não senti nenhum tipo de emoção memorável; fiquei um pouco envergonhada por chamar tanta atenção para mim e para o afeto que eu e Charlie sentíamos um pelo outro. Qual era a razão de declarar os nossos sentimentos de forma tão pública? O único motivo era por uma convenção, e também havia argumentos piores. Reconhecia que era necessário para todos os outros presentes. Ao passar pela fileira da *frente*, vi mamãe e vovó sorrindo radiantes. A cerimônia foi curta; logo a seguir, houve os brindes dos irmãos de Charlie, o que foi uma fonte de preocupação antecipada para mim, mas eles foram brutos de um jeito inofensivo.

Na recepção, quando Charlie estava conversando com mamãe, aproximei-me de vovó e sentei-me ao seu lado; a Sra. Falke estava no banheiro e vovó observava o lugar, fumando um cigarro.

— Você está entrando para uma família grã-fina — declarou ela. Olhamos uma para a outra, e ela acrescentou: — Eles têm sorte de tê-la aqui.

— Posso tomar um gole? — Gesticulei na direção do seu copo de champanhe, que estava sobre a mesa, e vovó concordou com a cabeça. — Mamãe me contou que você não tem ido visitar a Dra. Wycomb há algum tempo, e se for por causa da agitação do trem, posso levá-la de carro até Chicago, a qualquer hora. Até mesmo em um dos próximos finais de semana. Tudo vai ficar bem calmo agora que passou o casamento.

Vovó pareceu espantada.

— A não ser que você não queira que eu faça isso — completei, rapidamente. — Apenas pensei...

— Se aparecêssemos na porta de Gladys, temo que ela não nos deixasse entrar. — Vovó sorriu com tristeza. — Eu e ela chegamos a um impasse alguns anos atrás.

— Mas... — Hesitei. — Aconteceu alguma coisa?

Então havíamos chegado ao assunto que eu cuidadosamente evitara durante o maior tempo que pude e, em vez de me sentir nervosa ou desgostosa, fui tomada por uma sensação de relaxamento; perguntei-me por que eu havia me esforçado tanto para fugir desse assunto.

— Gladys queria que eu me mudasse para Chicago — respondeu vovó. — Depois que você foi para a faculdade, em particular, ela ficava me perguntando: "O que há em Riley para você agora?" Ela não conseguia entender porque nunca teve filhos e netos. Acreditava que eu estivesse perdendo os meus últimos anos em uma cidade pequena e quadrada, quando eu e ela podíamos estar tendo uma vida cosmopolita juntas. Mas nunca considerei isso uma possibilidade real. O seu pai jamais teria entendido, e escolher entre meu filho e Gladys não era uma escolha justa.

Engoli em seco.

— E vocês perderam contato?

— Ela agora tem outra amiga. — A expressão de vovó era irônica enquanto tragava o cigarro. — Uma mulher mais jovem, se não me engano. Não seria difícil ser mais jovem do que eu, mas era bem mais jovem do que ela, inclusive. Papa-anjo, não é assim que chamam essas pessoas?

— Sinto muito, vovó. Sinto muito que... — Fiz uma pausa. *Sinto muito por ter sido infantil quanto ao que você queria do mundo, por não ter sido capaz de aceitar algo que não fazia mal algum. Eu agi como se fosse algo vergonhoso porque alguém, em algum momento, me deu a impressão de que deveria ser assim e não me dei o trabalho de julgar a situação por mim mesma.* — Sinto muito que as coisas tenham acabado dessa forma — completei.

— Bem, essa história já é bem antiga. — Ela levantou a taça de champanhe. — Pode me conseguir uma bebida de verdade? Os republicanos não gostam de drinques tradicionais?

— Tenho certeza de que consigo encontrar alguém para preparar um para a senhora.

Enquanto me levantava, vovó disse:

— A sua nova sogra me parece ser uma galega astuta.

— Acho que ela não me aprova.

Vovó bateu as cinzas do cigarro no cinzeiro.

— Então, você deve estar fazendo algo certo.

MAIS TARDE, QUANDO tirávamos o carro da garagem, Charlie deu um tapa na própria testa, dizendo com sarcasmo:

— Droga, esquecemos de fazer a dança do dinheiro!

Em Riley, talvez em Madison também, havia muitos casamentos em que era comum os noivos dançarem com os convidados por dinheiro. Suspeitava que Charlie nunca tivesse ido a nenhum casamento do tipo.

Passaríamos a noite em uma pousada em Waukesha, uma casa vitoriana pintada de cinza-azulado.

— Parece mal-assombrada — declarou Charlie, enquanto subíamos o pavimento de cascalho na entrada da garagem.

Eu havia escolhido aquele lugar devido à recomendação de uma professora, e respondi:

— Então você devia ter escolhido outro lugar.

— Você fica sempre tão mal-humorada quando se casa? — perguntou ele, e sorrimos um para o outro ainda dentro do carro.

Por volta das 3 horas, acordei com Charlie me sacudindo.

— Preciso fazer xixi.

Eu o afastei e disse:

— Estou dormindo!

— Venha comigo, por favor. — O banheiro ficava do lado de fora do quarto, a 6 metros de distância, no final do corredor. Ele se apoiou em mim e acendeu a luz do abajur que estava no meu criado mudo. — Venha comigo, é só um minuto. Serei rápido.

Eu cobri os olhos com a parte interna do cotovelo.

— Apague isso — falei.

— Por favor. — A voz dele era sedutora e chorona. — Este lugar me dá arrepios.

Levantei um dos braços.

— Você realmente quer que eu vá com você até o banheiro?

— Lindy, você soube desde o dia em que nos conhecemos que eu tenho medo de escuro. Não foi propaganda enganosa.

Inclinei a cabeça, mas só um pouquinho; estava sorrindo também. No corredor, um abajur ligado à tomada iluminava de leve, e nenhum de nós dois conseguiu encontrar o interruptor de luz principal. Fui na frente e, toda vez que o chão rangia, Charlie sussurrava:

— Escutou isso? — E eu cochichava de volta:

— Fique calmo. Essa casa deve ter uns cem anos.

No banheiro, apoiei-me em um radiador baixo que ficava contra a parede enquanto ele se punha de frente para o vaso. Depois que ele acabou, virou-se e me beijou na boca.

— Eu sabia que tinha me casado com a mulher certa.

— Lave as mãos e vamos voltar para a cama — respondi.

QUANDO VOLTEI a adormecer, sonhei, como havia muito tempo não sonhava, com Andrew Imhof. Estávamos em algum tipo de cômodo grande, vago e cheio de gente — possivelmente em algum auditório de escola mal iluminado — e não nos falamos nem fizemos contato visual, mas eu tinha consciência suprema de cada movimento dele. Ele era tudo no que eu conseguia prestar atenção, apesar de fingir o contrário. Então, de forma abrupta, ele desapareceu e senti-me profundamente desapontada. Eu havia planejado ir falar com ele e sabia que era isso que ele queria que eu fizesse, mas havia postergado por tanto tempo que perdera a chance. Quando acordei, eram seis e meia da manhã e uma luz tênue entrava no nosso quarto da pousada; havíamos dormido em uma cama alta com dossel, sob um cobertor de retalhos tão pesado que eu estava suando. A sensação de desapontamento permaneceu comigo — o que eu queria era o rapaz do sonho. Sem virar a cabeça para olhar para Charlie, eu soube. Não queria isso, queria o outro, queria Andrew. Ficar com Andrew teria sido completamente natural; tudo teria ficado no seu devido lugar e eu teria apenas de seguir o fluxo. E aquela sensação de ser adorada por um rapaz tão bonito, aquela sensação de ter 17 anos com a vida pela frente... Como fazia tanto tempo assim, e como meu caminho havia se transformado naquele? O desapontamento não ocorreu por eu ter tido de acompanhar Charlie até o banheiro — isso era quase amável. Foi por todo o resto: agora, eu estava *casada* (casada) com um aspirante a político que vinha de uma família presunçosa e grosseira, tinha uma sogra que não gostava de mim, e meu marido basicamente (admiti isso raras vezes, mesmo na privacidade da minha própria cabeça) não tinha nenhum emprego. Eu havia nascido para envelhecer em Riley; meu destino nunca fora vulgaridades e opulências.

Charlie se mexeu na cama, me puxando para perto e, quando por fim olhei para seu rosto, o sonho começou a se dissipar. Rolei na direção dele, sentindo com a ponta dos dedos dos pés os pés dele, sentindo os seus pelos da canela na pele da minha perna e aqueles joelhos magros que ele tem — que quase me machucavam quando ele dobrava as pernas —, e pressionei o meu tronco contra o dele, me aconchegando entre seu peito e ombros. Reconheci o cheiro da pele dele e ele era muito bonito; não tão bonito quanto Andrew Imhof havia sido, porque Andrew era adolescente, perfeito e dourado, mas, com certeza, se Andrew estivesse vivo, não seria tão bonito quanto fora na época. Se o que eu tinha com Charlie não fosse tão cheio de esperanças quanto o que havia tido com Andrew — mas é claro que não era a mesma coisa. As esperanças do passado haviam se mantido apenas por não terem se realizado. Charlie e eu já nos conhecíamos bem mais do que Andrew e eu jamais nos conhecemos. Se Charlie não sabia o nome da padaria da Commerce Street, nem por que a taverna Grady pegara fogo em 1956, se ele não entendia completamente de onde eu vinha, ele entendia quem eu era agora. Ele sabia como eu gostava do bife, sabia a cor da minha escova de dentes e a expressão que eu fizera ao ter percebido que esquecera os vidros do carro abertos antes de chover. E se eu fosse feita para ficar em Riley, será que não teria ficado? Charlie não era a razão pela qual eu havia me mudado para Madison — eu que escolhera ir para lá quase uma década antes e poucas vezes duvidei de minha decisão.

Foi naquele momento, naquele lugar, que ocorreu o primeiro e único incidente paranormal do nosso casamento. Charlie mudou de posição dormindo, mas abriu os olhos, olhou para mim e, sem preâmbulos, disse:

— Você precisa perdoar a si mesma pelo jovem que matou — (Ele havia sido o primeiro a usar essa palavra: *matou*; apesar de eu a ter repetido várias vezes, mesmo que apenas em pensamento, ninguém nunca a havia usado comigo. Anos mais tarde, seria dessa forma que as pessoas escreveriam sobre mim nos artigos, em especial na internet, mas Charlie foi o primeiro a usá-la.) — Pelo seu próprio bem e pelo meu também — suplicou, ainda com a voz rouca de sono, ainda que certeiro e insistente. — Se não perdoar a si mesma, estará transformando aquele acidente em um evento importante demais e estará fazendo *dele* uma pessoa importante demais — Charlie fez uma pausa. — E eu quero ser o amor da sua vida.

Fiquei tão surpresa que não lembro o que disse — provavelmente, nada mais do que "está bem" — e voltamos a dormir, Charlie mais rápido do que eu. Quando acordamos, uma hora mais tarde, não mencionamos o assunto. Não conversamos sobre nada de grande importância, e meu marido ficou tentando me persuadir a transar: "Precisamos consumar esse casamento imediatamente" — mas eu não quis até que chegássemos em casa naquela tarde, porque as paredes da pousada eram tão finas que eu havia ouvido o dono da casa espirrar na noite anterior. No café da manhã, descemos as escadas para comer torradas com geleia de cereja. Havia deixado o atordoamento do meu sonho para trás e a mágoa súbita havia desaparecido e, agora que estávamos de pé e vestidos, perambulando no que era um dia comum, podia perceber a irracionalidade máxima do sonho. Eu *realmente* amava Charlie; eu era uma mulher de muita sorte.

Mas o sonho voltou — a verdade é que ele sempre voltava. Se contar o meu casamento como um todo, estimo ter sonhado com Adrew Imhof a cada duas ou três semanas, quase sempre como na noite do casamento: presente, mas evasivo. Ele se mantém por perto, não nos falamos e sou tomada por uma saudade pungente. Quando acordo, a saudade leva mais tempo para se dissipar do que o sonho em si.

No entanto, também pensei que o sonho podia ser um tipo de dádiva: permitia que eu me lembrasse de Andrew sem a memória esmagadora da minha própria culpa. Talvez o fato de Charlie ter me inocentado tenha tido algum efeito, junto ao tempo que passou. Foram tantos anos até a noite do meu casamento... Dificilmente era a mesma pessoa que havia sido naquela noite de setembro, uma garota do colegial e, por não ser mais eu exatamente que batera com o carro, podia perdoar a menina que havia causado o acidente como teria perdoado, muito antes, qualquer colega de colégio que estivesse ao volante naquela noite.

Então, o sonho era a primeira vez em que eu experimentava a nossa separação não como a perda de Andrew, mas puramente como a minha. Não era mais: *Sinto muito pelo que fiz com você*, mas: *Volte para mim. Volte porque já se passaram 14 anos e eu sinto muito a sua falta.*

NA PRIMAVERA seguinte, no início de maio, cruzei por acaso com a minha antiga corretora, Nadine Patora. Era um sábado de manhã, Charlie e Hank estavam fora em uma maratona de compromissos, correndo de uma conferência sobre fabricação de laticínios da 4-H em Kimberly para uma casa de repouso em Menasha e, de lá, para um jantar em Manitowoc, enquanto eu escolhia maçãs no mercado. Senti o peso do olhar de alguém e ergui o rosto. Nadine estava de pé do outro lado da bancada, bem na minha frente. Sem saber o que fazer, sorri para ela.

— Ouvi dizer que se casou. — Ela apontou para a minha aliança, que era um simples aro dourado.

Percebi que não escrevera para ela uma carta me desculpando pela desistência da compra do imóvel. Tivera essa intenção, mas durante o namoro com Charlie, acabara esquecendo.

— Nadine, eu sinto muito pelo que...

— Vi o casamento anunciado no jornal — declarou ela. — Deveria ter tido a polidez de me contar a verdade.

— Minha decisão não teve nada a ver com o casamento — respondi.

— Não sei com que corretor de imóveis fizeram negócio, mas vou lhe dizer uma coisa: eu fui boa para trabalhar com você enquanto era uma moça solteira com um orçamento apertado, e sei, mesmo que você não saiba, que também teria feito um trabalho de primeira classe achando a casa certa para você e o seu marido. Quando se está nesse negócio há tanto tempo quanto eu, muitas áreas se tornam conhecidas.

— Não, não — retruquei rápido. — Não compramos nenhuma casa. Alugamos um apartamento em Houghton.

— Existem arquivos públicos, Alice. Na segunda-feira mesmo posso procurar com quem fizeram negócio e quanto pagaram.

— Estou dizendo a verdade — continuei. — Estamos alugando.

Nadine cerrou os lábios.

— O filho do antigo governador está concorrendo ao Congresso e você espera que eu acredite que ele esteja vivendo em um apartamentinho qualquer?

EU E DENA não nos confrontamos mais, embora eu sinta dizer que talvez tenha sido por eu não ter falado novamente com ela antes de me mudar de cidade. No dia em que ela me abandonou sozinha no restaurante, não havia pensado que a nossa amizade tivesse chegado ao fim, apesar das suas declarações contrárias; achei que ela fosse me perdoar. Ainda acho que podia ter sido assim, exceto por todas as circunstâncias — geográficas, mais do que as outras — que nos mantiveram afastadas. Se eu tivesse tido a coragem de entrar na loja dela algum dia depois de um longo tempo, ou se ela tivesse encontrado um namorado sério enquanto eu ainda estava em Madison, acho que poderíamos ter sido capazes de continuar de onde havíamos parado.

No entanto, só a vi em uma ocasião antes de me mudar e não tive coragem de ir dizer “oi”. Isso aconteceu alguns meses antes de eu encontrar

Nadine. Era a tarde de um dia de semana escuro de fevereiro, enquanto eu saía de uma papelaria na State Street, após ter comprado um cartão de Dia dos namorados para Charlie. Vi Dena do outro lado da rua, ela estava de costas e eu fui pega de surpresa; fiquei parada onde estava, sem me mexer, encostada na parede externa de tijolos da loja, até que ela tivesse percorrido todo o quarteirão. Não a vi mais nenhuma vez durante trinta anos.

EM NOVEMBRO DE 1978, Charlie perdeu para Alvin Wincek a eleição congressional para o sexto distrito: 58% dos votos contra 42%. Charlie se saiu melhor do que as pessoas haviam esperado, mas ainda não chegara nem próximo da vitória. Eu já havia entregado o aviso prévio para a diretora do Liess, Lydia Bianchi, na primavera anterior e passara o verão e o outono rodando com Charlie em cadeiras dobráveis na traseira de uma caminhonete que levava faixas laterais onde estava escrito: "BLACKWELL PARA O CONGRESSO". Eu o ouvi se apresentar a centenas de eleitores e fazer o mesmo discurso centenas de vezes, entreguei a ele comprimidos quando ele perdera a voz e continuara falando, segurei a sua mão e o aplaudi, comi cebolas e batatas fritas, aplaudi-o novamente e comi mais cebolas e mais batatas fritas e, quando Charlie fez o discurso de admissão da sua derrota no centro de campanha na noite de eleição, nós dois tínhamos chorado um pouco, e se as nossas lágrimas não foram exatamente pelo mesmo motivo, também não foram por motivos completamente diferentes. Havíamos passado juntos por algo grandioso; o nosso querer estava muito mais amalgamado do que quando namorávamos.

Em fevereiro, três meses depois da eleição, compramos uma casa em um subúrbio ao norte de Milwaukee — Maronee — e nos mudamos em 31 de março de 1979. Eu estava na décima semana de gravidez e havia descoberto no consultório médico no dia anterior de fecharmos o contrato; na casa nova, Charlie mal me deixava mexer nas caixas. Ambos estávamos felicíssimos. Havíamos parado com todos os métodos anticoncepcionais algumas semanas após o casamento, e como já haviam se passado 17 meses desde então e eu completara 33 anos, a chegada da menstruação se tornara um evento desanimador; com uma frequência cada vez maior vínhamos discutindo a possibilidade de adoção.

A casa que compramos na Maronee Drive tinha cinco quartos e havia custado 163 mil dólares. Se Nadine tivesse sido a nossa corretora, teria ganhado quase 5 mil dólares, mas usamos um sujeito chamado Stuey Patrickson que jogava squash com o primo de Charlie, Jack. Um dos quartos ficou para nós, outro foi designado como o quarto do bebê, um ficou como escritório de Charlie, um como quarto de hóspedes e, do último, fizemos uma pequena sala de ginástica na qual Charlie podia levantar peso; até pedimos para instalarem um espelho grande em uma das paredes, embora ele costumasse praticar no Country Clube de Maronee, cujo campo de golfe ficava do outro lado da nossa rua. (A nossa academia de ginástica foi uma pequena questão austera, na época, mas que se tornou cada vez mais chique conforme crescia o interesse nacional pela prática de exercícios.) Charlie e eu não discutimos a possibilidade — não ocorreu a mim e acho que também não ocorreu a ele — de que eu pudesse igualmente ter um escritório em nossa casa. O corredor do segundo andar era espaçoso e, em uma das extremidades, próximo à janela, colocamos uma mesa na qual, acompanhada da minha Árvore Generosa de papel machê, eu pagava contas e escrevia bilhetes de agradecimento. Eu havia me tornado muito boa em escrever esse tipo de bilhete; após o nosso casamento, tínhamos recebido dezenas e dezenas de presentes da família Blackwell e de amigos que não convidamos para a cerimônia. Durante anos, foi assim que mantive as pessoas de Milwaukee organizadas em minha cabeça: os LeGrand, que haviam nos dado o forninho elétrico; os Wendorf, que haviam nos dado a bandeja de porcelana branca etc.

Charlie e eu nos acomodamos com muita facilidade à nova vida juntos; a obstinação do namoro havia passado, mas a passagem foi mais orgânica do que lamentável. Eu estava satisfeita com o ritmo de manutenção da casa. Antes, achei que pudesse sentir tédio, mas havia muito a ser feito quando nos mudamos, pintores e empreiteiros a contratar (reformamos o banheiro da suíte), e eu também tinha um jardim para manter. Todas as manhãs, quando Charlie saía para trabalhar — ele trabalhava na Blackwell Meats de quatro a cinco vezes na semana — eu lia por pelo menos uma hora, e havia trabalhado o suficiente para reconhecer tal privilégio como um grande luxo. Admito que, no início, ao terminar um capítulo, olhava para tudo ao meu redor e ficava estremecida pelo que via; imersa no mundo fictício, me esquecia do que havia me tornado, escapava da minha mente que eu era uma mulher casada, dona de uma casa, e que vivia com o meu marido em um subúrbio de Milwaukee. Nesses e em outros momentos, eu pensava no meu apartamento na Sproule Street, nos meus ex-alunos e antigos colegas, na minha amizade com Dena e com Rita (eu dera de presente a ela o broche de mamãe quando pedi demissão da escola — apesar de ser bonito, ele me trazia tantas más recordações que eu mesma nunca o havia usado). Ponderando, não me lamentava pelas mudanças que ocorreram em minha vida, apenas sentia uma pequena dor pelo que não era mais meu.

Charlie e eu estávamos recém-casados e então, muito rapidamente, éramos apenas mais um casal, socializando com frequência com os irmãos dele e com outros casais que também eram membros do mesmo clube que nós e que iam à mesma igreja. Charlie costumava jogar squash ou tênis depois do trabalho e me trazia flores uma vez por semana. Aos domingos, se Harold e Priscilla estivessem na cidade, íamos até a casa deles para jantar — aprendi a chamá-los pelo primeiro nome em vez de Sr. e Sra. Blackwell — e viajávamos, às vezes, com Jadey e Arthur. Nos primeiros cinco anos de casamento, visitamos o Colorado, a Califórnia, a Carolina do Norte, Nova York, Nova Jersey e fiquei apenas um pouco decepcionada quando Charlie decidiu por nós que não acompanharíamos os pais dele em uma viagem para o Havaí. Naquela época, nossa filha, Ella, já estava com 2 anos e era muito agitada para ir de avião.

Nos primeiros anos de casamento, fomos muito felizes — pela maior parte do nosso casamento temos sido felizes, apesar de termos experimentado alguns altos e baixos, como todo casal. Essa não é necessariamente a história que o público deseja ouvir — de que os bons momentos compensaram os maus ao extremo, mas é a realidade. Quanto mais tempo estávamos juntos, mais forçado nos parecia ter sido o nosso namoro condensado. Noivos após seis semanas! Casados após outras seis! Como fomos impulsivos, como fomos audaciosos e tolos. Será que nem sequer conhecíamos um ao outro? Mas acho que sim. De muitas maneiras, acho que ainda somos as mesmas pessoas que éramos, apesar de as circunstâncias terem mudado de forma substancial.

Durante aquela primeira eleição congressional e nas eleições mais recentes, quando formadores de opinião e jornalistas subestimavam Charlie, eu não ficava surpresa; afinal, quando nos conhecemos pela primeira vez, eu também o subestimara.

PARTE III

Maronee Drive, 402

COMO OS NOSSOS ingressos para o teatro eram para as 19h30, Charlie havia prometido chegar em casa às 18h15. Eu havia preparado frango à Marsala para que jantássemos com Ella antes de sair. Mas já eram 18h40 e Charlie ainda não havia voltado. Ella era louca pela babá, uma aluna do segundo ano da faculdade chamada Shannon, que já havia chegado. Liguei para o escritório dele, mas foi uma mensagem eletrônica que atendeu na voz da sua secretária, explicando que ele estava ausente ou em alguma reunião. Será que ele se esquecera da peça — era uma apresentação de *A gaivota*, de Tchekov — e fora até o country clube jogar squash ou levantar peso? Era uma quarta-feira de maio e, apesar de termos ingressos de temporada para o Marcus Center, geralmente assistíamos às apresentações nas noites de sexta ou de sábado.

Procurei no jornal e constatei que os Brewer jogariam em casa, um jogo contra os Detroit Tigers. Essa era a explicação mais plausível para a ausência de Charlie, mas, só para ter certeza, liguei para o country clube e a operadora me transferiu para o prédio desportivo no qual Tony, um jovem de 17 anos que servia o bar da antessala (construída com painéis de carvalho) que ficava entre os vestiários feminino e masculino, me disse não ter visto Charlie. Isso ainda poderia significar que ele havia entrado nas quadras de squash ou na sala de musculação pela porta lateral, ou que fora até a casa dos pais, onde ele e Arthur gostavam de assistir aos jogos de beisebol juntos, em paz e sem barulho. Harold e Priscilla se mudaram para Washington em 1986, dois anos antes, quando Harold fora eleito presidente do Comitê Nacional Republicano, e a casa deles continuava abarrotada de mobília

Liguei para Jadey (ela e Arthur também moravam na Maronee Drive, quase 2 quilômetros a oeste de nós) e o filho deles, Drew, que tinha 15 anos, disse:

— Mamãe foi levar Lucky para passear.

— Seu pai já chegou em casa? — perguntei.

— Não, ele vai trabalhar até mais tarde hoje.

Quando desliguei, já eram 18h50, e levaríamos exatos 25 minutos até o centro. Shannon e Ella sentaram-se à mesa da cozinha, Ella estava terminando o jantar. Atravessei o aposento e dei um beijinho na testa dela. Depois, disse às duas:

— Quero que subam às 20h30, apaguem as luzes às 20h45 e nada de televisão.

— Mamãe, os seus brincos parecem percevejos — comentou Ella.

Eu ri. Os brincos em questão eram de ouro e, de fato, se pareciam um pouco com percevejos. Eu vestia um terninho em um tom de cor-de-rosa velho: um conjunto de saia e jaqueta, e sapato de salto alto Ferragamo também cor-de-rosa.

— Lembre-se de arrumar o conjunto de chá da Barbie antes — pedi a Ella e, depois, olhei para Shannon. — Há um pouco de carne assada na geladeira, se quiser esquentar. Devemos estar de volta lá pelas 22h30. Vou dar uma passada na casa dos pais do Sr. Blackwell, porque acho que ele está lá, mas se por acaso ele passar aqui, diga para ele ir me encontrar direto no centro.

No entanto, ele não estava na casa dos pais. A princípio, ao estacionar na entrada da casa que mais se parecia com um castelo, notei que as luzes da cozinha estavam acesas e achei que o encontraria lá, mas quando me aproximei da porta lateral a pé, vi pela janela que era apenas a Sra. Ruby; ela estava ajustando o cinto de uma capa de chuva bege.

Ela abriu a porta para mim, e perguntei:

— Charlie não está aqui, está?

— Já tentou o country clube?

— Acho que ele também não está lá. — Olhei o meu relógio de pulso. — Era para assistirmos a uma peça que começa às 19h30.

O olhar da Sra. Ruby era impassível. Ao longo dos anos, eu observara que os Blackwell competiam para serem criticados por ela; se ela brigasse com Arthur, digamos, por ter apoiado um copo na mesa da sala de estar sem descanso de copo, ele consideraria isso como uma pequena vitória, mas não era uma competição da qual eu gostaria de participar. Se a Sra. Ruby era rabugenta, também era uma mulher que trabalhava duro; em mais de um feriado eu entrara na cozinha para encontrá-la lavando a louça às 23 horas e, quando eu voltava à casa pela manhã, ela estava colocando a mesa para o café às 8 em ponto. Havia apenas alguns anos, descobrira que ela tinha um quarto anexo à cozinha e um banheiro adjacente próprio, mas dormir na casa dos Blackwell em vez de ir para casa à noite me parecia mais uma desvantagem do que um benefício de trabalho conquistado.

Foi exatamente nesse ponto, às 19 horas, que percebi que provavelmente perderia o início da peça, então por que me preocupar? Acenei em direção à porta dos fundos.

— Imagino que esteja indo embora.

— Só estou me certificando antes se a casa está pronta para receber o Sr. e a Sra. Blackwell.

Eu havia esquecido que Harold e Priscilla viriam passar o fim de semana na cidade, e que, no sábado à noite, todos iríamos jantar com eles. Fiz uma anotação mental de ligar para Priscilla e perguntar se ela queria que eu levasse alguma coisa.

Gesticulei para que a Sra. Ruby passasse na minha frente, mas, de forma quase imperceptível, ela inclinou a cabeça; eu saí primeiro e ela veio atrás. Estava uns 16 graus do lado de fora e o céu escurecia mais tarde como era de costume no final de maio, e as árvores no gramado dos Blackwell formavam um dossel carregado de folhas novas. Enquanto cruzávamos o cascalho da entrada da garagem, percebi que o meu carro era o único estacionado, então perguntei para a Sra. Ruby:

— Quer uma carona?

— Não senhora. Vou de ônibus.

— Então pelo menos me deixe levá-la até o ponto. Fica na Whitting, não é? — Algumas vezes, ao fim da tarde ou no início da noite, eu passava de carro por ali e a via esperando o ônibus.

— Não precisa — respondeu ela.

— Mas eu insisto. — Ri um pouco. — Gostaria de fazer *algo* de útil com a minha noite. — Quando ela entrou no carro, tive a nítida sensação de que estava apenas fazendo a minha vontade.

Seguimos em silêncio; o show da RPN que eu estava escutando antes tornou a ligar quando girei a ignição, eu o desliguei no caso de não ser do gosto dela (Charlie se referia à estação como a Rádio "Púbica" Nacional) e, quando estávamos nos aproximando da esquina da Montrose Lane com a Whitting Avenue, perguntei:

— Será que a senhora não gostaria de ir ao teatro comigo? Tenho ingressos para *A gaivota* que serão desperdiçados se não usarmos. Por favor, não se sinta obrigada a aceitar, mas daqui até lá é rapidinho.

Ela não respondeu de imediato, e pensei se deveria explicar o enredo da peça ou o autor para ela, ou se seria presunçoso de minha parte assumir que a Sra. Ruby jamais ouvira falar de Tchekov.

— Não sei se estou vestida de acordo — respondeu ela, por fim, e dei uma olhada, com medo de que ela pudesse estar usando o vestido preto do uniforme, mas vi que, sob a capa de chuva, ela usava calça social vermelha e um suéter preto.

— Você está ótima — confirmei. — Eu é que estou um pouco enfeitada demais, para dizer a verdade. Já foi alguma vez ao Marcus Center?

— Jessica já foi com a escola ouvir os cânticos natalinos.

Jessica era filha de Yvonne, neta da Sra. Ruby, e eu sabia que as duas moravam com ela; o pai de Jessica não estava na foto. Yvonne já havia ajudado em algumas festas que eu e Charlie demos no início do nosso casamento, enquanto frequentava o curso de enfermagem, e agora trabalhava na cidade, na emergência do hospital St. Mary. Yvonne era uma mulher mais simpática do que a mãe e eu sempre gostei dela; Ella adorava Jessica, que era poucos anos mais velha. Nos dias em que a Sra. Ruby trazia a neta para a casa dos Blackwell, se Jessica já tivesse chegado da escola e Yvonne precisasse ir trabalhar, as duas meninas brincavam de Barbie por horas a fio na cozinha de Priscilla. Então notei que não via Jessica nem Yvonne havia um bom tempo, desde que Harold e Priscilla deixaram Washington. Eu quis saber:

— Jessica ainda está cursando a Harrison Elementary?

— Sim, senhora. Está sim. — Com um pouco de incerteza, a Sra. Ruby acrescentou: — Acho que aceito o convite para a tal peça.

Fiquei chocada e encantada, mas permaneci contida intencionalmente. Eu disse:

— Excelente. — Depois, enquanto acelerava, comentei: — Jessica é muito inteligente. Por acaso ela estaria terminando a quarta série agora?

— Ela está na sexta série com o Sr. Armstrong — respondeu a Sra. Ruby. — No boletim dela só tem 10. Ela é vice-presidente do conselho estudantil e líder do grupo jovem da Igreja Batista.

— Isso é incrível! — exclamei. — Onde ela vai cursar o segundo grau?

— Vai estudar na Stevens.

O meu esforço para não demonstrar negatividade foi consciente. Stevens era, sem sombra de dúvida, o pior colégio de segundo grau de Milwaukee. Morávamos no subúrbio e Ella frequentava um colégio particular, a Biddle Academy, mas não era necessário ser um leitor assíduo do *Milwaukee Sentinel* para saber como os colégios públicos da cidade iam mal, e o Stevens era o pior de todos. No ano anterior, uma arma levada para a escola por um aluno da sexta série disparara de alguma forma no intervalo das aulas e, no último mês, dois alunos do primeiro ano tinham sido expulsos por vender crack. (Alunos do primeiro ano! E, pelo amor de Deus, crack. Isso tudo me fez lembrar de por que eu havia optado por ensinar crianças mais novas, apesar de que não poderia ter percebido uma coisa dessas na década de 1970.)

— Qual é a matéria preferida de Jessica? — perguntei.

— Acho que é literatura, mas ela é boa em tudo — respondeu a Sra. Ruby. — Se quiser poupar tempo, é melhor pegar a Howland Boulevard.

— Que bom que ela está indo tão bem! — exclamei. — Como está Yvonne?

— Não está dormindo nada desde a chegada do bebê. Aquele lá com certeza adora um colo.

— Minha nossa, não sabia que Yvonne tinha tido um bebê... Quando foi isso?

— Antoine Michael — contou a Sra. Ruby. — Completa dois meses em 1º de junho.

— Sra. Ruby, que emocionante! Eu adoraria ir vê-lo.

Achei que o meu carinho por bebês poderia ser expurgado do meu sistema assim que tivesse tido o meu, mas nunca sumira. Eu ainda ficava fascinada com as pequeninas unhas, nariz e lóbulos minúsculos, a maciez perfeita da pele — pareciam seres mágicos, vindos de outro planeta. Quando Ella começou a andar e, depois, ficou um pouco mais velha, eu amava cada nova fase; ela era sempre engraçada, graciosa e, é claro, irritante, mas admito que lamentei um pouco quando ela não era mais uma recém-nascida. Essa foi a transição mais difícil.

— Talvez Ella e eu pudéssemos visitá-los algum dia, à tarde — sugeri e, quando a Sra. Ruby não respondeu, acrescentei: — Ou encontraremos tempo para que a sua família venha até a nossa casa. Acha que um almoço no domingo da semana que vem daria certo? Ou... — Eu não sabia a que horas os Sutton voltavam da igreja, então talvez domingo não fosse o ideal. — O que acha de segunda? Na próxima segunda é o Memorial Day, não é?

— Acho que poderíamos ir.

— Ah, Ella vai ficar contentíssima. E Yvonne está... O pai do bebê...

— Clyde mora conosco também. Ele e Yvonne casaram-se no verão passado.

— Sra. Ruby, eu não fazia a menor ideia de quantas coisas estavam acontecendo na sua vida nesse momento! Como Yvonne e Clyde se conheceram?

— Ele também trabalha no hospital, na cantina. — A Sra. Ruby riu. — Vendeu a Yvonne café e torta...

— Que bom para eles!

Quando chegamos ao Marcus Center, parei o carro em um estacionamento da Water Street e nos apressamos para entrar. Os lanterninhas já estavam fechando as portas do teatro, mas conseguimos entrar e encontrar os nossos lugares antes de as luzes se apagarem. Eu nunca assistira àquela peça antes e a achei muito boa — a atriz que interpretou Mme. Arkadina era magnífica. Foi apenas no segundo ato que fui tomada por uma inquietação. *Onde* estava Charlie? Será que era seguro presumir que ele estava no jogo de beisebol ou será que poderia estar em um lugar completamente diferente?

No intervalo, encontrei um orelhão no saguão principal e mais uma vez não houve nenhuma resposta no escritório dele e, em casa, Shannon disse que não tivera notícias. Fiquei dividida entre irritação e ansiedade. Eu tinha mais motivos para acreditar que ele apenas se esquecera da peça ou a evitara de propósito do que para pensar que algo estivesse errado. Nos últimos meses, Charlie me acompanhava ao teatro cada vez de forma mais relutante e, às vezes, deixávamos de comparecer aos eventos quando a minha vontade de ver uma apresentação não era forte o bastante para que eu tentasse persuadi-lo. A verdade das nossas vidas era que havia dois anos ele andava de mau humor, quase sempre agitado e irritadiço.

Até certo ponto, Charlie sempre fora agitado, desde que eu o conhecera; batucava com os dedos na mesa quando sentia que iria ficar muito tempo em um jantar e murmurava para mim: "Aposto que até Deus já pegou no sono" durante os sermões na igreja, mas, no passado, havia sido muito mais uma agitação física e ocasional do que existencial. O seu mau humor era diferente; não era direcionado a mim, mas havia se tornado uma constante tão forte, que a exceção era quando ele não estava nesse estado de ânimo.

Tentei localizar precisamente onde isso tudo começara e parecia ter sido próximo da época em que ele completara 40 anos, em março de 1986. Para minha surpresa, ele não quisera nenhuma festa — ele, eu e Ella celebramos com hambúrgueres e bolo de cenoura em casa — e, nos meses que antecederam e se seguiram ao aniversário, Charlie falou com frequência sobre o seu legado. Ele dizia: "Preciso descobrir que tipo de marca vou deixar. Quando vovô Blackwell tinha a minha idade, já havia fundado uma empresa com trezentos empregados e, quando meu pai tinha 40, ele havia deixado de ser procurador-geral do estado para se tornar governador." Se eu tivesse de ser completamente transparente, admitiria o seguinte: havia muitas coisas sobre Charlie que eu sabia que as outras pessoas poderiam imaginar que me deixariam irritada — a sua rudeza, o seu ego saudável, o seu desconforto em geral — embora não deixassem. Porém a sua fixação com o próprio legado (até passei a odiar a palavra) eu achava intolerável. Tinha a impressão de ser tão indulgente, tão tolo, tão masculino; eu nunca, jamais ouvi nenhuma mulher cismar com o próprio legado e certamente jamais encontrei nenhuma mulher que entrasse em pânico por causa disso. Uma vez, da maneira mais delicada possível, expressei essa opinião sobre gênero a Charlie, e ele retrucou: "É porque são vocês que dão à luz." Não achei essa resposta satisfatória.

Qualquer que fosse a fonte do descontentamento de Charlie, no final de 1986, e na primeira metade de 1987, ela estava exacerbada, permanecendo assim por nove meses seguidos devido ao declínio no lucro da Blackwell Meats. Começou, então, um debate que durou vários meses sobre se deveriam abrir o capital da empresa, ideia que Charlie aprovava, mas à qual John, seu irmão e ainda CEO, se opunha. Os outros cinco membros da diretoria da empresa eram Arthur, Harold, o irmão de Harold, o filho do irmão de Harold e o marido da irmã de Harold. Os votos ficaram divididos, empatados, com Harold tomando o lado de John. Isso significava que a decisão teria de ser tomada por Arthur, que, depois de muito refletir sobre os prós e os contras, votou com John contra Charlie. Charlie poupou o pai e Arthur, concentrando toda a sua raiva em John. Antes, em novembro, havíamos todos passado por uma experiência tensa durante o Dia de Ação de Graças, e Priscilla precisou marcar lugares bem distantes para John e Charlie à mesa. Apesar de o estremecimento ter se atenuado nos seis meses seguintes — afinal de contas, John e Charlie se viam todos os dias no trabalho —, Charlie ainda se irritava em sua privacidade com o que percebia ser pura ignorância de John (um ponto sensível para Charlie, em particular, era que John nunca frequentara a faculdade de administração), e o rancor era um lembrete vívido de que se outra pessoa criticasse um dos Blackwell era inaceitável, mas tudo bem se um Blackwell criticasse outro. Enquanto isso, eu tentava não deixar o conflito dos homens afetar meu relacionamento com a esposa de John, Nan — a convidava para almoçar com maior frequência do que de costume ou então sugeria que fôssemos juntas de carro para as reuniões da Liga Júnior — e Ella, sem nenhuma ideia de que pai e tio andavam tendo atritos, continuava venerando as primas: Liza, que havia me ensinado algumas da cama de gato na minha primeira visita a Halcyon, agora tinha 20 anos e estava terminando o primeiro ano em Princeton e, Margaret tinha 17 e começaria em Princeton no outono.

No entanto, Charlie estava cada vez mais desinteressado em participar das reuniões de família — certamente, ele não iniciou nenhuma — e era apenas garantido que se apresentasse em um brunch ou em um almoço dos Blackwell quando os pais dele estavam na cidade, o que não era mais do que a cada seis ou sete semanas. Um mês antes, em abril, John e Nan haviam comprado uma mesa com oito lugares em um evento beneficente em prol do museu de arte, nos convidaram para nos sentar com eles e Charlie decidiu não ir de última hora. Era uma tarde de domingo, ele havia bebido muito enquanto assistia a um jogo de beisebol na sala de televisão e, quando subiu as escadas em direção ao quarto, percebendo que eu havia pendurado o smoking atrás da porta, disse:

— Não vou colocar esse uniforme mesmo!

— Charlie, o evento é black-tie — respondi.

— Que pena. Vou vestido do jeito que estou ou então pode ir sem mim.

Primeiro achei que estivesse brincando, mas ele manteve a recusa da troca de roupa, o que era o mesmo que se recusar a ir. Quando perguntei o que eu deveria dizer a John e Nan — sabia que eles haviam pago 100 dólares por pessoa —, ele deu de ombros.

— Diga a verdade.

Em vez disso, disse que ele estava passando mal. Ao chegar em casa naquela noite, ele ainda estava assistindo à televisão, um drama policial. Sorriu com travessura e perguntou:

— Você perdoa o seu marido salafrário?

Como não valia a pena contrariá-lo, perdoei. Mas, naquela segunda-feira, pedi panfletos de duas instituições para tratamento de alcoólicos, um local e a outra em Chicago. Quando mostrei os panfletos a Charlie, ele respondeu com raiva:

— Isso é só porque não quis mudar de roupa? Você está falando sério? Porra, Lindy, se manca!

Em algum momento durante a primavera, o mau humor de Charlie se expandiu para incluir não apenas os irmãos, mas também a vigésima reunião da turma de Princeton, que aconteceria no início de junho. Antecipando o evento, ele recebera um livro com capa de couro no qual os alunos apresentavam uma atualização sobre as suas vidas pessoais e profissionais e, antes de ir se deitar, lera em voz alta em tom de escárnio e menosprezo:

— "Tornar-se sócio da firma Ellis, Hoblitz e Carson foi um feito apenas superado pelo indescritível prazer de observar o nascer do sol sobre a cratera Haleakala em Mauí, enquanto Cynthia e eu celebrávamos 15 anos de casados..." Vou lhe contar que esse cara não sabia a diferença entre "o cu e as calças" durante a faculdade. Ah, isto aqui também é bom: "Acho aviltante pensar que a minha pesquisa oncológica literalmente salve vidas..." Sempre soubemos que O'Brien era homossexual.

Não achei aqueles trechos nem o modo como Charlie os leu agradáveis, em grande parte porque estava tentando ler um livro e ele estava me interrompendo. Não tínhamos de comparecer à reunião, comentei certa vez, induzindo a uma refutação mordaz: "É claro que temos de ir! Que tipo de estupidez leva alguém a faltar às Reuniões?" (Era como os ex-alunos de Princeton chamavam o evento — não era a reunião, mas Reuniões, com "R" maiúsculo.) Estava claro que o livro tocara em um ponto fraco, que enquanto trabalhava para a empresa de carnes da família sediada em Maronee, pelo menos nos dias bons, Charlie questionava que impressão isso causaria em um contexto mais nacional. Apesar de ter tentado ser solidária com suas inseguranças, não podia deixar de sentir que, na balança, aquele era um problema que só os afortunados tinham.

Nas semanas mais recentes, ele estava chegando do trabalho cada vez mais tarde e raramente ligava para dizer onde estava. Às vezes, eu descobria que ele passara no country clube, em outras, que parara em um bar para tomar um drinque (que era o que mais me chateava, pois parecia moralmente errado — em Riley, maridos e pais de família frequentavam bares, mas em Marone não) e, em algumas ocasiões, ele havia ido direto do escritório para um jogo dos Brewer. Os Blackwell tinham sempre quatro ingressos para as temporadas, que antigamente pertenciam a Harold e que agora eram divididos entre os irmãos de Charlie, mas quase sempre ficavam sem uso. Nessas noites, quando eu perguntava com quem ele havia ido, uma vez fora com Cliff Hicken (ele e Kathleen, os amigos que deram o jantar no pátio no qual eu e Charlie havíamos nos conhecido, e que também haviam se mudado de Madison para Milwaukee três anos depois de nós, quando Cliff aceitara um emprego como vice-presidente de uma companhia de consultoria financeira) e uma vez com um colega de trabalho mais novo do que ele, mas, várias vezes, parecia ter ido sozinho. Nessas ocasiões, ele chegava em casa quando eu estava indo para a cama, e eu sentia uma mistura de raiva e angústia, mas estava cansada demais para um confronto. Então, postergava para a manhã seguinte uma conversa séria, mas não tinha coragem de começar um novo dia com o que tinha acontecido de pior no dia anterior. De qualquer maneira, apesar de ele nunca ter comentado nada a respeito, em muitas dessas manhãs, eu tinha a sensação de que Charlie estava com uma ressaca forte demais para fazer qualquer coisa além de se obrigar a levantar da cama e ir tomar um banho.

Havia me ocorrido que ele poderia estar tendo um caso, mas não achei que realmente estivesse. Ainda transávamos com frequência, talvez a mesma frequência de antes, e ele era, em pequenos detalhes, tão carinhoso quanto sempre fora. No meio da noite, pegava a minha mão e dormíamos de mãos dadas; na semana anterior, eu tinha acordado por volta das 3 da manhã com ele acariciando meus pés com os dele. Quando nos levantamos, perguntei:

— Você estava tentando algo comigo na noite passada?

E ele respondeu:

— Lindy, não finja que esse não é o seu jogo favorito.

O constante mau humor não havia apagado a sua personalidade costumeira; era mais como se a acompanhasse, como um apêndice acoplado à motocicleta. E quanto à possibilidade de estar tendo um caso, ele parecia no geral mais preocupado do que reticente.

AO FINAL DO INTERVALO, juntei-me novamente à Sra. Ruby no teatro e perguntei:

— Está gostando?

E ela respondeu de forma cuidadosa:

— É interessante.

Quando a peça acabou e as luzes se acenderam, fui abordada por vários conhecidos meus e de Charlie e, quando apresentei a Sra. Ruby a eles (em vez de chamá-la de Sra. Ruby, o que soaria estranho naquele contexto, eu disse: "Esta é Ruby Sutton"), pude perceber que vários deles ficaram imaginando quem seria ela; a única pessoa que parecia tê-la reconhecido foi uma mulher mais velha chamada Tottie Gagneaux, que apertou os olhos em reconhecimento e quis saber:

— Você não é a empregada de Priscilla?

Rapidamente, retomei as rédeas:

— Sabia que eles vão estar na cidade neste fim de semana? Estão vindo do Arizona, se não estou enganada, apesar de ser difícil acompanhar o itinerário deles com tantas viagens...

Estava chovendo um pouco quando saímos do teatro e a Sra. Ruby me explicou como chegar à sua casa. Descobri que ela morava em Harambee, em uma modesta casa de um andar só e com telhado simples que ficava em uma colina, com uma escada íngreme de concreto que levava à porta. Enquanto ela saía do carro, pude ver, através das cortinas da janela da frente, a luz azul bruxuleante de uma televisão ligada. Uma pessoa com um bebê no colo — obviamente Yvonne — abriu um pouco a cortina e espiou o meu carro pela janela.

— Muito obrigada pela sua companhia hoje à noite — agradeci, e a Sra. Ruby respondeu:

— Sim, senhora. — E antes de bater a porta do carro, acrescentou: — Boa-noite, Alice.

Tive a nítida sensação de que, nos 11 anos desde que nos conhecêramos, aquela era a primeira vez que ela dizia meu nome.

DIRIGINDO DE VOLTA PARA CASA, sentia-me estranhamente leve e alegre. A noite havia tomado um rumo diferente do esperado, mas parecia ter seguido em uma boa direção — enquanto Charlie teria se entediado em assistir à peça *A gaivota*, achei que a Sra. Ruby havia apreciado o espetáculo. No entanto, quando estacionei na garagem, senti uma centelha de dúvida. O carro de Shannon não estava mais lá e, quando a porta da garagem se abriu depois que apertei o controle, vi o Jeep Cherokee de Charlie. Será que o jogo de beisebol havia sido adiado por causa da chuva?

Destranquei a porta da frente e, assim que pisei em casa, ouvi passos pesados se aproximando. Charlie me encontrou no corredor.

— Espero que essa porcaria dessa peça tenha sido boa.

— Ella está bem?

— Está ótima. Mandei Shannon para casa às 21 horas e estava esperando por você.

— Liguei para cá e falei com ela durante o intervalo, então você deve ter chegado logo depois.

— Intervalo, né? — Ele cruzou os braços. Sempre que ele saía para trabalhar de manhã ou quando chegava em casa à noite, nos abraçávamos e nos beijávamos repetidas vezes. Até agora, não tínhamos feito nem um, nem outro. Com uma voz sarcástica, ele perguntou:

— Já tomou a sua dose diária de cultura?

Eu não disse nada.

— Será que nem se perguntou onde eu poderia estar? — continuou ele. — Por um ou dois minutos, enquanto assistia aos atores recitando as falas?

— Presumi que tivesse ido ao jogo. Charlie, liguei para o country clube, liguei para Jadey e Arthur, fui até a casa dos seus pais e, me desculpe, mas esta não é a primeira vez que você me deixa sem saber onde está.

— Então, não passou pela sua cabeça nem sequer por meio segundo que pudesse ter acontecido alguma coisa?

— Aconteceu alguma coisa?

— Eu não sei. O que você acha? — *Você estragou tudo*, era o que dizia a expressão dele, e também: *Tenho todo o tempo do mundo para esperar você perceber isso.*

Senti um misto de medo, uma apreensão que chegava aos ossos, e de indignação. Se havia algo errado, por que ele estava fazendo aquele joguinho comigo? E se não havia nada de errado, a pergunta ainda era a mesma: por que estava fazendo aquele joguinho comigo?

— Não faça isso — pedi.

Ficamos nos olhando por vários segundos e não sorri para acalmar a situação, não sorri mesmo. Estava disposta a ser solidária com Charlie quando ele achava que todos estavam conspirando contra ele, mas não quando agia como se eu também estivesse fazendo isso.

Por fim, em um tom de voz surpreendentemente casual, ele falou:

— A empresa está completamente fodida. — Ele se virou e foi andando, passou pela sala de estar e foi até a sala de televisão, e eu o segui. (Na verdade, eu não era nem um pouco inflexível; eu o *seguiria*, eu o *amansaria* em troca de um pouco de respeito e, às vezes, em troca de menos do que respeito, apenas uma mera neutralidade. Se alguém estivesse nos assistindo, eu provavelmente passaria a imagem de capacho, mas acreditava em escolher as minhas brigas e eram raras as coisas que eu queria mais do que evitá-las.)

A televisão estava ligada no jogo ao qual ele aparentemente não havia ido e, na mesa em frente ao aparelho, havia um pacote aberto de Doritos, uma garrafa com uísque pela metade e um copo para drinques tradicionais com dois dedos do líquido âmbar. Charlie sentou-se no meio do sofá com uma postura largada que parecia não muito convidativa a me sentar junto. Então, escolhi uma das poltronas pesadas que ladeavam o sofá.

Gesticulando na direção do pacote de biscoito, perguntei:

— Você viu que tinha frango à Marsala?

— Comi um filé.

Ele agarrou uma almofada que estava ao lado dele, uma almofada coberta de veludo cotelê marrom-escuro, e ficou abraçado a ela de forma tão infantil que poderia ter sido engraçado ou doce, caso ele não estivesse borbulhando de raiva. Estava olhando para a tela da televisão quando disse:

— Onze pessoas em Indianápolis vomitaram as tripas depois de um banquete esportivo de alguma turma de segundo grau na noite de segunda-feira, e qual você acha que era a entrada do tal banquete? Se estiver pensado em chilli com carne moída Blackwell, então *plim plim plim*, acaba de ser a vencedora! Agora, o Departamento de Agricultura dos Estados Unidos está nos investigando, e John decidiu recolher os produtos. Estamos falando de, no mínimo, centenas de milhares de quilos de carne, talvez milhões, em pelo menos cinco estados. E quer saber qual é a melhor parte? Aposto com você o que quiser que a culpa não é nossa. Até onde sabemos, os merdas de Indiana compraram carne fora da validade, mas... Se a grande corporação de Milwaukee pode levar a culpa, por que não?

— Charlie, sinto muito.

Ele levantou a cabeça.

— Você sente muito e eu também. Passei uma hora conversando com algum imbecil do *Sentinel* hoje à noite, quando não dou a mínima para nada disso. Gosto de grelhar carne e de comer carne, fim de papo. Estou cansado de fingir que ligo para a integridade das salsichas; não fiz faculdade de administração para trabalhar com controle de qualidade.

— E como estão Arthur e John?

— Quero que Arthur e John se fodam.

Enquanto ele falava, um jogador dos Brewer foi eliminado, encerrando a jogada, e Charlie arremessou a almofada que estava segurando contra a televisão. Depois inclinou-se, apoiando a cabeça entre as mãos, e eu me levantei para me sentar perto dele. Repousei a mão sobre as suas costas, acariciando-as por cima da camisa social branca, sem dizer nada.

Ainda apoiando a cabeça entre as mãos, ele confessou:

— Estou cansado dessa merda.

— Eu sei. — Continuei acariciando as suas costas. — Eu sei que está.

— Estou quase me demitindo. Já tive a minha cota.

— Tudo bem se você se demitir — afirmei. — Apesar de saber que você vai querer fazer isso da maneira mais diplomática possível.

Bem no início do nosso casamento, tive a estranha percepção de que a renda de Charlie não afetava o nosso padrão de vida. Na verdade, aos 25 anos ele havia herdado um monopólio de 700 mil dólares, e mesmo tendo gasto 27 mil do próprio bolso na sua campanha congressional de 1978 e mais 163 mil quando compramos a casa, quase não tocamos nesse dinheiro, e ele ganhava um salário bom. Com a exceção da queda vertiginosa no mercado de ações, em outubro de 1987, os nossos investimentos prosperaram e, agora, divididos em várias contas, tínhamos mais de 1 milhão de dólares. Ainda achava importante que Charlie mantivesse um emprego — importante para o que ele pensava de si mesmo, para sua capacidade de dar uma resposta quando as pessoas perguntassem qual a sua ocupação, e também não podia imaginar nada mais desastroso para o nosso casamento do que ficarmos os dois em casa o dia todo —, mas não me importava com que trabalho seria, e concordei por também achar que ele provavelmente encontraria algo de que gostasse mais do que a indústria de carne.

Como pedira demissão apenas oito meses após o casamento, não contribuíra em nada para os ganhos da família e sempre soube que o *nosso* dinheiro não era exatamente nosso; no entanto, era eu quem assinava os cheques e acompanhava a movimentação das contas. De vez em quando, me lembrava daquele cheque de 20 mil dólares que vira em uma das primeiras vezes que fora ao apartamento de Charlie e em como ficara espantada com aquilo. Certas coisas, eu sabia agora, necessitavam de um cheque com vários zeros: a pintura externa de uma casa, uma contribuição anual respeitável para os fundos da Biddle Academy, a aquisição de uma utilitário completo da Volvo e os pagamentos mensais eram fenômenos com os quais Charlie parecia ter pouca experiência.

Acho que como os impostos pagos por nós a cada mês de abril em dividendos sobre os nossos investimentos eram mais numerosos — mesmo tomados por inflação — do que o meu salário de professora jamais fora, eu me sentia confortável, em silêncio e segredo, em doar ocasionais quantias a instituições de caridade que eu suspeitava ter menos apelo para ele do que para mim. As doações costumavam ser de 100, 200, 300 ou, às vezes, até 500 dólares: se eu lesse no jornal sobre algum banco de alimento de uma área pobre do centro da cidade, algum programa de alfabetização, alguma casa de apoio a adolescentes que corria o risco de fechar, sentia uma inquietação se expandindo — familiar a mim àquela altura — quando me sentava na sala de televisão ou na cozinha da nossa casa de cinco quartos, na Maronee Drive. Então fazia um cheque, enviava, e a inquietação acabava por um tempo, até a vez seguinte. Apesar de Charlie só examinar as nossas finanças uma vez ao ano, na época de pagar os impostos, eu não incluía as minhas doações na lista de deduções que entregava ao nosso contador. Claro que, depois que você faz uma doação, também passa a fazer parte da mala direta da organização por toda a eternidade e, uma vez, ao organizar a nossa correspondência, Charlie pegou um envelope do banco de alimentos e disse:

— Já reparou que eles nos mandam alguma merda todo mês?

Na sala de televisão, Charlie se sentou e eu aproveitei a oportunidade para me aproximar e beijá-lo no rosto. Ele se virou e me beijou e, enquanto nos abraçávamos, um abraço lateral, sentados, a hostilidade do nosso encontro no corredor se evaporou.

— Se você deixar a empresa, o que acha que gostaria de fazer? — perguntei.

— Jogar na primeira base para os Brewer. — Ele riu.

— Sei que já lhe disse isso antes, mas sempre achei que você daria um excelente técnico de beisebol para os alunos do segundo grau. Você conhece tanto do assunto, é uma atividade ao ar livre e aposto o que quiser que os jovens achariam o seu entusiasmo contagiante.

O sorriso dele esmoreceu.

— É sério — continuei. — As posições para o segundo grau são competitivas, é óbvio, mas se começasse pelo ginásio, podemos até ver se há vagas disponíveis na Biddle Academy, e traçar o seu caminho até o topo, em alguns anos você...

— Meu Deus, Alice! É isso que você acha que eu valho? — Eu olhei para baixo, e ele completou: — Estou tentando não magoar você, então por que não tenta não me magoar também? Nossa! Técnico do time do segundo grau...

Respondi:

— Bem, eu achei muito gratificante trabalhar em um colégio.

— Alice, eu fui aluno de *Princeton.* Fui aluno de *Wharton.* Concorri ao *Congresso.* — Fiquei quieta. — Não é que eu não tenha várias opções. Não é esse o problema — disse ele. — Papai ficaria contentíssimo se eu me juntasse a ele no Comitê Nacional Republicano, Ed adoraria que eu subisse a bordo como orientador político tanto aqui quanto em Washington. A pergunta é: O que seria importante para mim? O que eu acharia mais gratificante?

— *Por favor, não diga*, pensei, e ele falou: — Qual é o trabalho que eu posso fazer agora que vai criar o tipo de legado do qual eu sinta orgulho?

— Eu apoio inteiramente se quiser ir trabalhar com Ed no escritório do distrito, mas sabe o que penso sobre nos mudarmos para Washington.

— Está dizendo que não iria?

Suspirei.

— Não iria com alegria. Washington fica muito longe de Riley e eu apenas acho que, nesses dias, Ella tem muita sorte de ainda ter a bisavó em sua vida.

— Mas ela também poderia ver Maj e papai o tempo todo. Isso não é o mesmo que trocar seis por meia dúzia?

Essa não era nem um pouco a forma como eu via as coisas, mas simplesmente disse:

— Os seus pais podem viajar com muito mais facilidade do que a minha avó.

Vovó não deixava mais a casa da Amity Lane, e mamãe mandara instalar uma cadeira tipo elevador para que ela não precisasse mais subir as escadas até o segundo andar. O assento e o encosto da cadeira eram em courino bege e, algumas vezes, enquanto ascendia, vovó acenava como se pertencesse à realeza, como se fosse a rainha da Inglaterra. Eu até tentara dar o nome de vovó a Ella, mas Charlie queria que fosse o nome da mãe dele; então chegamos ao acordo de misturar os dois nomes e, não pela primeira vez, mamãe foi mais ou menos ignorada.

Charlie tomou um gole de uísque.

— Achei que o meu caminho fosse estar mais claro a esta altura, sabe? O meu destino.

Como eu odiava essa conversa... Quem, além dos alunos do terceiro ano, refletia sem ironia sobre o próprio destino?

— Querido, não sei se existe algo parecido com destino, mas se existir, certamente você não vai encontrá-lo ali. — Apontei para a garrafa de uísque.

Charlie riu.

— Como podemos ter certeza antes de eu beber até o final?

Não insisti no assunto. Em vez disso, falei:

— Se quiser continuar na empresa, daremos um jeito de nos sair melhor, e se quiser seguir adiante, sei que vai encontrar uma posição que lhe agrade. Você tem uma boa vida, e nós temos uma boa vida juntos; temos um ao outro e temos Ella. Tente se lembrar disso, está bem?

Ele ainda estava sorrindo.

— Só vou me tornar técnico do time do segundo grau se você for a chefe das líderes de torcida e me mostrar os seus pompons.

Eu me inclinei para beijá-lo no rosto.

— Não conte com isso.

ESTAVA À TOA NA FILA de carros após a escola, esperando para buscar Ella na Biddle, quando uma mulher bateu no vidro da janela do passageiro do meu Volvo entreaberta. A mulher estava se curvando, e percebi que era a professora da segunda série de Ella, Ida Turnau.

— Alice, posso falar com você um segundo? — perguntou.

A Sra. Turnau era uma mulher pequena, de pele rosada, mais ou menos da minha idade, com um rosto muito bondoso. (Apesar de chamá-la de Ida quando conversávamos, sempre pensava nela e me referia a ela em casa como Sra. Turnau.) Eu a conhecera porque havia acompanhado algumas das excursões do colégio: em uma pizzaria em Menomonee Falls, as crianças puderam entrar na cozinha e preparar as próprias pizzas; em Old World Wisconsin, assistiram a um protesto falso a favor da temperança e observaram uma demonstração da fabricação do linho, e temo dizer que me interessei mais pelos dois eventos do que Ella e os seus colegas de turma.

— Essa situação é muito constrangedora — começou a Sra. Turnau. — Mas vi no noticiário de ontem sobre o recolhimento das carnes e fiquei pensando... Acha que estaria tudo bem se evitássemos servir os hambúrgueres Blackwell na festa de encerramento do ano letivo? Odeio fazer isso e tenho certeza de que até lá o problema já vai ter sido resolvido, mas é que sei que os pais vão perguntar.

A festa da terceira série aconteceria na nossa casa em duas semanas.

— Ah, sim. Claro — respondi. Fiquei tentada a repetir o que Charlie havia me dito (que era improvável que a contaminação tivesse ocorrido por culpa da Blackwell Meats), mas essa provavelmente não era a questão. — Com certeza.

— É só para que os pais não fiquem preocupados — explicou a Sra. Turnau. A fila de carros andou alguns metros e ela acrescentou: — Vou deixá-la ir. Foi bom ver você, Alice.

Depois que ela se foi, percebi que o carro adiante era o Volvo de Beverly Heit, cujo filho estava um ano na frente de Ella. (Ouvira dizer que os professores da Biddle chamavam os pais de "A máfia dos Volvos", apelido do qual eu era cúmplice. Embora, mais de uma vez, tenha sentido o ímpeto nunca expresso de gritar aos professores de Ella: *Eu sou um de vocês! Sei que pareço ser um deles, mas, na verdade, sou um de vocês!*) Buzinei bem de leve e, quando vi que Beverly estava me olhando pelo espelho retrovisor, acenei. Beverly acenou de volta, depois levantou o pulso e deu tapinhas no relógio: Isso está demorando demais! Concordei com a cabeça, respondendo: *Eu sei*!

Sendo fruto de escolas públicas e, como antiga empregada de duas delas, havia resistido inicialmente a matricular Ella na Biddle. Não que Charlie e eu tivéssemos discutido a questão, porque não discutimos. A Biddle, que começava com um pré-escolar Montessori e percorria todas as séries até o final do terceiro ano do segundo grau, era também o colégio no qual todos os primos e primas de Ella estudavam ou haviam estudado, no qual o irmão de Charlie, John, era presidente do conselho de administração, que Charlie frequentara da primeira até a oitava série e no qual Jadey se formara, em 1967. (Até 1975, a escola mantinha as divisões dos meninos e das meninas em lados opostos do campus, e agora era dividida entre ala norte e ala sul.) Apesar de os colégios públicos de Maronee serem extremamente bem financiados, a uma distância considerável das de Milwaukee, o fato de Ella frequentar o Biddle havia sido previamente determinado. Ainda assim, eu me perguntava se os alunos seriam esnobes, se os professores estariam satisfeitos consigo mesmos em excesso. No entanto, acabei me apaixonando pelo prédio de tábuas brancas da ala sul do Biddle, com a frente de colunatas e suas tradições — na segunda série, todos tinham um amiguinho correspondente japonês (a de Ella chamava-se Kioko Akatsu) e, na terceira série, todos os estudantes, inclusive os meninos, bordavam com ponto de cruz um marcador de livro — com as suas inclinações secretas levemente hippies: as canções que Ella aprendia nas aulas de música e vinha para casa cantando eram "If I Had a Hammer", "One Tin Soldier" e "Imagine". Pude observar como a não obrigatoriedade de seguir um currículo determinado pelo governo permitia que os professores fossem mais criativos, e esperava com ansiedade em particular por quando Ella estivesse cursando a quinta série e, como parte de uma unidade sobre a América do Norte na época colonial, toda a turma teria de se vestir a caráter, os meninos usando um chapéu de três pontas e calça pescador, e as meninas, vestidos longos com aventais e um chapéu amarrado embaixo do queixo, e eles preparariam um banquete com milho cozido, sidra de maçã e carne de um veado morto por algum dos pais.

Levou mais de cinco minutos até o carro chegar à frente do colégio e, assim que cheguei, Ella entrou voando no banco do passageiro, com a mochila roxa apoiada em um dos ombros e segurando um monte de papéis nas mãos; ela os entregou a mim antes mesmo de ter fechado a porta.

— Você tem de assinar o canhoto da permissão dizendo que eu posso escorregar no Slip 'n Slide,* mesmo a festa sendo na nossa casa — disse ela.

— Eu tenho de assinar? — repeti.

Ela virou-se, sorrindo para mim — Ella tinha, sem sombra de dúvida, o melhor sorriso que eu já vira, tão vivaz, malicioso e afetuoso —, e pediu:

— Eu quis dizer: será que você poderia assinar, por favor, minha linda mãezinha? Você trouxe as minhas bolachas doces integrais? — Mas antes

---

* Brinquedo que consiste em uma grande extensão de plástico contornado por todos os lados por uma dobra tubular que pode ser encaixada em mangueiras comuns de jardim. A água enche o tubo e passa a espirrar água por pequenos furos na superfície do plástico, tornando-a escorregadia. (*N. da T.*)

que eu tivesse a chance de responder, ela tinha encontrado a caixa no espaço entre os bancos, já havia aberto e começado a comê-las, deixando as migalhas caírem na frente da camisa. Mãezinha era um termo novo e irônico para Ella, não que a minha filha de 9 anos tivesse a menor ideia de qual era a ironia. Chamar-me de mãezinha em vez de mãe era uma mania que pegara da amiga, Christine, que tinha irmãs mais velhas experientes e irreverentes. Como eu não gostava muito de ser chamada assim, preferia que Ella chamasse a mim e a Charlie pelos primeiros nomes, como ela fizera por um breve período quando tinha uns 4 anos, aparentemente adotando a forma como chamávamos um ao outro.

— Posso mudar de estação? — perguntou, e, antes que eu reagisse, ela havia se inclinado para a frente e mudado da NPR para a 101.8 FM, ao que a voz de Bon Jovi cantando "You Give Love a Bad Name" irrompeu pelos alto-falantes do carro. Ella cantava alto o refrão: "*Shot through the heart / And you're to blame*"...

Minha filha, minha querida filha única e barulhenta, alegre, teimosa e irrepreensível — eu a adorava. Uma das coisas que eu não havia previsto sobre a maternidade era o quanto me divertiria. Eu sabia, por conta da experiência como bibliotecária, que lidar com crianças era quase sempre um deleite, algumas vezes um deleite inimaginável, mas era diferente, era mais divertido quando a criança que despertava toda essa alegria era a minha, quando passava horas e horas com ela diariamente, e conhecia cada expressão, cada entonação, cada desejo, ansiedade e entusiasmo dela. As suas obsessões atuais incluíam colecionar adesivos, brincar de amarelinha, esmaltes (a tia Jadey tinha um estoque muito maior do que o meu), biscoitos amanteigados de amendoim e Uno; um dos seus desejos mais profundos era ganhar um pequinês, o que estava fora de questão por ela ser alérgica a pelo de cachorro, e ela queria assistir ao filme *Dirty Dancing — Ritmo quente*, mas eu disse que só deixaria quando ela estivesse na sexta série, por causa da classificação etária do filme.

Eu costumava me surpreender com a inteligência de Ella, que conhecia muito mais da cultura pop do que eu na sua idade: ela pedira a fita de exercícios de Jane Fonda como presente de Natal (não demos porque não queríamos que ela ficasse obcecada com o próprio peso — além disso, ela já jogava futebol, squash e softbol); ela havia me encorajado a fazer permanente no cabelo, dizendo que me deixaria com uma aparência mais jovem; e, na semana anterior, nos perguntara durante o jantar se era possível pegar Aids em um assento sanitário. Charlie respondera: "Não, a não ser que esteja usando o banheiro na casa de Billy Tork." Isso era uma referência ao amigo do decorador de interiores de Jadey, com quem Charlie havia se encontrado apenas algumas vezes. Fuzilei Charlie com o olhar e retruquei: "Não, Ella, não é possível, mas ainda deve forrar o assento antes de usar por causa de outros germes."

No carro, Ella e Bon Jovi ainda estavam cantando quando pedi:

— Querida, diminua um pouco o som.

Ela se inclinou para a frente e o cabelo comprido e castanho-claro caiu sobre seu rosto. Claro que a minha filha tinha cabelo comprido, chegando à metade das costas — estivera enganada sobre a única restrição maternal que tive certeza de que conseguiria impor, pois desde menina Ella protestara com veemência toda vez que eu cortava mais do que um ou dois dedos do seu cabelo. Apesar de ter passado mais horas do que gostaria me preocupando em desembaraçar nós (uma vez, tentando tirar um chiclete sabor uva), admitia que Ella era muito bonita: além dos olhos azuis, tinha um nariz arrebitado coberto de sardas douradas. Sentia-me aliviada por ela se mostrar, até então, ignorante quanto à própria beleza. Nas vezes em que havia resistido às minhas investidas de cortar o seu cabelo parecera mais uma declaração de livre arbítrio do que um ato de vaidade.

Eu sabia que Ella era um pouco mimada e, possivelmente, mais do que um pouco. Suponho que ela não era boa em dizer "não", em parte por ter herdado a personalidade bajuladora do pai e, em parte, porque não conseguimos ter mais filhos; não consegui engravidar de novo depois de ter Ella. Havíamos até considerado a possibilidade de eu tomar remédios para fertilidade ou lançar mão da fertilização in vitro (isso foi logo quando surgiu o procedimento), mas fui cautelosa, concluindo que se o meu corpo estava rejeitando a gravidez, talvez houvesse um motivo e eu não deveria forçar a situação. Expressei esses pensamentos a Charlie, ainda que não tenha expressado uma sensação mais profunda que forçar a vinda de uma segunda criança poderia ser ganancioso, mais do que eu merecia. Havia uma simetria agridoce em ter tido um aborto e um filho; tentar ter outro com muita avidez talvez fosse abusar da sorte. Tenho certeza de que Charlie ficou desapontado — uma família de um filho só era, para ele, uma aberração, mas ele não insistiu além de algumas conversas que tivemos e acabou encontrando tanto júbilo em Ella quanto eu.

Virei à esquerda para sair do estacionamento, ainda atrás de Beverly Heit; os Heit moravam a quase 800 metros da nossa casa e eu provavelmente a seguiria por todo o caminho de volta.

— Minha querida, como foi o seu dia no colégio? — perguntei.

— A Sra. Turnau mandou Megan para a sala do diretor porque ela não parava de perguntar às pessoas se elas queriam um sanduíche de cocô.

— Um o quê? — falei, surpresa.

— Um sanduíche de cocô. Ah, eu amo essa música!

"So Emotional" havia começado a tocar no rádio; alguns meses antes, Ella comprara uma fita nova de Whitney Houston. Fora a primeira vez que comprara uma fita com o próprio dinheiro. Ela se aproximou do rádio para aumentar o volume, mas tomei a dianteira e o desliguei.

— Mãe!

— Ella, você precisa ter mais respeito quando alguém estiver falando com você. — Olhei para ela. — Agora, diga: o que diabos é um sanduíche de cocô?

Ella deu de ombros. Megan era Megan Thayer, filha de Joe e Carolyn, outra família de Halcyon. Eles haviam se separado durante o inverno e Jadey me contara que Carolyn havia recentemente preenchido os papéis do divórcio; o boato era de que Carolyn havia recebido um dinheiro da família e se sentira livre para terminar o casamento. Charlie e eu não éramos muito próximos nem de Joe nem de Carolyn, mas acabávamos nos encontrando com um bom número de pessoas de Halcyon em Milwaukee, porque, assim como nós, eles eram membros do Country Clube de Maronee, eu fazia parte do Clube de Jardinagem e da Liga Júnior com as outras esposas, e nossos filhos estudavam no mesmo colégio. Isso significava que, com frequência, Charlie e eu dividíamos um cobertor com Carolyn e Joe em algum dos jogos de futebol de Ella e Megan, ou conversávamos com eles em eventos destinados a arrecadação de fundos. Quando surgiu a notícia de que eles estavam se separando, tive a impressão de que muitas pessoas ficaram impressionadas, mas eu realmente não estava. Joe era um homem delicado, levemente melancólico e muitas mulheres em Maronee o achavam bastante bonito, com um tipo de beleza clássica: alto e esbelto, com nariz longo e cheio de dignidade e a cabeça coberta por cabelo grisalho com uma onda na parte da frente. Enquanto isso, Carolyn era uma mulher complicada que não parecia particularmente feliz. A história mais famosa dela era que uma vez, quando foram anfitriões de um jantar, ela trouxera da cozinha o prato principal, um cassoulet de pato, e um dos convidados, um camarada chamado Jerry Greinert, que era muito amigo deles, dissera, brincando: "Esse prato de novo, não", e Carolyn reagiu atirado a travessa de comida no chão, dando as costas e saindo de casa furiosa.

— Posso ligar a música de novo? — perguntou Ella.

— Ainda não. As pessoas implicam com Megan?

— Se quiser saber a resposta para essa pergunta, só vai descobrir se me deixar ligar o rádio antes.

— Seja legal com ela — pedi. — Quando você e Christine estiverem brincando no recreio, veja se ela quer se juntar a vocês.

Apesar de Megan e Ella se conhecerem bem (havia apenas 44 alunos na segunda série e, além disso, elas passavam boa parte do verão a apenas algumas casas de distância), nunca haviam sido amigas de verdade. Megan era alta, tinha ombros largos e cabelos escuros, era uma atleta forte, mas também cautelosa e ansiosa em excesso, qualidade que era incômoda tanto para os adultos quanto para as crianças; no verão anterior em Halcyon, ela havia me perguntado se Ella daria uma festa do pijama no aniversário seguinte e, se fosse dar, se ela — Megan — seria convidada.

Continuei orientando Ella:

— Mas se Megan oferecer a você um sanduíche de cocô, diga que não quer.

Com grande exasperação, Ella respondeu:

— Mãezinha, eu *já* disse que não queria.

— Ah... Que bom. Mesmo assim, seja legal com ela. Você tem um coração tão grande, querida.

— Posso ligar o rádio?

Estávamos a 1 quilômetro de casa.

— Não muito alto — pedi.

APESAR DE A INVESTIGAÇÃO do Departamento de Agricultura estar em andamento, ainda não estava claro como a carne em Indianápolis fora contaminada. Naquela noite, Charlie chegou em casa do trabalho em uma hora razoável e, por hábito ou por provocação, acendeu a churrasqueira. (Ele ainda insistia em usar uma de carvão por conta do sabor.) Eu havia planejado dar uma caminhada rápida com Jadey e, depois que liguei para ela, nos encontramos a meia distância entre as nossas casas e cortamos caminho pelo campo de golfe através da estrada usada pelo carrinho. Nos fins de semana, essa rota tinha os seus riscos — mais ou menos cinco meses antes, uma bola havia atingido Lily Jones no ombro —, mas eu amava o gramado verde, as matas de pinheiros e o céu na primavera ao entardecer. Tirando as bolas de golfe, era tudo incrivelmente tranquilizante.

Jadey vestia uma calça de moletom branca, uma camiseta vermelha e uma faixa branca que prendia o cabelo para trás; nós duas usávamos o cabelo mais curto agora, mais ou menos na altura do queixo, embora o dela tivesse mais camadas do que o meu. Havíamos acabado de passar pelo lago dos patos quando ela disse:

— Já descobri como me vingar de Arthur. Primeiro vou perder peso, depois vou arrumar um amante. Quer entrar em uma dieta comigo?

— Espero que esteja brincando.

Ela levantou o braço esquerdo e beliscou a carne anexa ao bíceps.

— Arthur está certo. Quem cometeria adultério com isso?

Algumas semanas antes, Arthur tinha, de acordo com Jadey, anunciado que ela precisava perder peso; desde então ela se recusava a transar com ele. Apesar de ser solidária a ela, a história parecia incompleta. Por mais mau gosto que Arthur tivesse, ele não era cruel, e eu não conseguia imaginá-lo expressando esse pensamento da forma tão áspera como ela afirmara; talvez ele tenha apenas respondido alguma pergunta que ela mesma fizera. Desde quando a conheci, Jadey tinha ganhado uns 15 quilos, mas ainda era uma mulher muito bonita. Ela se tornara mais tenra, menos menina, mas *não era* mais uma garota, já estava com 38 anos, e qual o problema de aparentar a idade que se tem? Eu mesma havia provavelmente engordado uns 5 quilos na última década, em grande parte os quilos extras que não perdi depois do nascimento de Ella, mas parecia uma troca justa. Quis saber:

— Será que posso perguntar com quem você está planejando ter um caso?

— Vamos dizer que todos os interessados serão considerados com seriedade.

— Essa é uma péssima ideia, Jadey.

— Ah, deixe disso, não banque a fiscal da moralidade comigo.

— Bem, é uma ideia moralmente horrível, mas eu estava pensando em termos logísticos. Você consegue se imaginar tendo de se divorciar, dividir a custódia dos filhos e ficar longe de Drew e Winnie? — Nenhum dos irmãos de Charlie e suas esposas haviam enviado os filhos para o internato, o que era um precedente de grande alívio para mim, que teria lutado com unhas e dentes para não enviar Ella. — Ou que tal assim: tente imaginar Arthur se casando de novo.

Jadey balançou a cabeça.

— Eu cortaria a garganta dele antes. Mas não seria fascinante saber quem ele escolheria? Sempre achei que ele tivesse uma queda por Marilyn Granville.

— Ela é casada.

— E eu também.

— Você é muito mais bonita do que Marilyn — respondi.

— Eu sou, não sou? — Jadey me deu um sorriso zombeteiro, mas depois franziu a testa. — Que pena que Arthur não ache isso.

— Ele sabe quanto você está chateada?

— Já tem quase um mês desde a última vez que visitou o deque da hospitalidade do navio a vapor Jadey, então ele deve desvendar o mistério logo, logo.

— Ele procurou você e você o repeliu?

— Se procurou? — perguntou Jadey. — Alice, o papa é católico?

— E você disse não?

— As virgens de 16 anos dizem não. Eu me *oponho.*

Jadey, estou preocupada. Sexo é uma parte importante do casamento.

— Eu nem sinto falta. Ficou tão previsível que sinto como se já tivéssemos feito mesmo antes de começar; preciso me beliscar para me manter acordada. Percebi recentemente que fui casada com Arthur por quase metade da minha vida. Dá para acreditar nisso? Por que ninguém me disse que aos 21 anos era muito cedo para se comprometer com outra pessoa?

— Meu médico diz que devemos transar duas vezes por semana.

— E você escuta o que ele diz?

— Bem... — Geralmente, eu era menos acessível do que Jadey nos assuntos que considerava particulares. Não havia ninguém em quem eu confiasse mais, no entanto tinha consciência de que a maior qualidade de Jadey era igualmente a sua mais séria desgraça: ela falava demais. Anos antes, no Natal, Charlie a havia presenteado com uma almofada que ele escolhera sozinho e da qual tinha muito orgulho, supostamente modelada como a de Alice Roosevelt Longworth. Tinha um fundo branco e dizia em letras verdes: "SE VOCÊ NÃO TEM NADA DE GENTIL PARA DIZER, SENTE-SE AO MEU LADO."

Mas se Jadey e eu havíamos chegado a tal ponto na conversa, me pareceu injusto ficar cheia de pudor, então continuei:

— Tento, pelo menos, uma vez por semana.

— E você sente prazer?

— Às vezes não estou com vontade antes de começar, mas ainda fico feliz quando acaba. Faz com que me sinta mais próxima dele.

— E você sempre... chega lá?

— Quase sempre — respondi. — Ocasionalmente, estou apenas cansada demais.

— Eu só consigo quando as crianças estão fora de casa.

— Por isso não consegue mais se divertir. Talvez se você comprasse alguns livros, vídeos ou qualquer outra coisa...

— Você quer dizer *pornografia*? Alice Blackwell está me recomendando *pornografia*? — Ela adotou um tom hipócrita. — Jamais imaginei que nessa vida...

— Jadey, deixe disso. — Cutuquei o braço dela. Havia dois homens a pouco menos de 15 metros de distância, passando por nós pelo campo de golfe em um dos carrinhos, e havia 90% de chances (tal como era no Country Clube de Maronee) de que os conhecêssemos.

— Mas vocês não usam esses recursos, não é? — Pelo menos ela havia baixado um pouco o tom de voz.

— Charlie vê umas revistas de vez em quando.

— E isso não a *incomoda*?

Dei de ombros.

— Os homens tendem a ser mais visuais do que as mulheres.

— Ele cuida do assunto com as próprias mãos, por assim dizer?

— Imagino que sim.

— Você imagina? Onde ele costuma ficar quando olha as tais revistas e onde está você nessas horas?

— De vez em quando, se ele não consegue dormir, ele vai para o banheiro.

Nesse momento, percebi que havíamos entrado em um território que não dizia respeito a Jadey, e também percebi que ser casada com um homem que às vezes olhava pornografia ou que se masturbava não era um grande problema. E sim, Charlie com certeza se masturbava, gostava de se masturbar olhando a *Penthouse*. Ele não tinha assinatura, mas comprava um exemplar de tempos em tempos e, embora não conversássemos sobre o assunto, ele também não tentava escondê-lo. Eu teria ficado horrorizada se ele tivesse deixado alguma dessas revistas na sala de estar, ou se Ella encontrasse alguma, mas como era discreto (as mantinha na parte inferior do criado mudo, que ficava trancado com chave) eu não me importava.

Às vezes eu ficava com a impressão de que por conta das minhas leituras frequentes eu me chocava menos facilmente do que as pessoas ao meu redor, que eu sabia mais informações factuais — sobre sexo, sim, mas também sobre furacões, danças folclóricas e Zoroastrismo. Além dos romances que lia a cada uma ou duas semanas, ainda assinava a *Time*, a *Economist*, a *New Yorker* e a *House and Garden*, e se encontrasse um artigo que achasse particularmente interessante, ainda tentava pesquisar mais a respeito do assunto na biblioteca pública de Maronee.

Jadey continuou:

— Não acha que ele olhar para outras mulheres é um insulto a você?

— Apenas presumo que a maioria dos homens olha para outras mulheres e que a maioria das mulheres olha para outros homens. Você com certeza é uma dessas pessoas.

Ela riu.

— Esse é o problema: não consigo pensar em ninguém com quem gostaria de ter um caso. — O carro de golfe já havia passado por nós a essa altura, e um dos dois homens que estavam nele gritou: "Olá, mulheres Blackwell!" Eu os reconheci: um era Sterling Walsh, dono de uma empresa de desenvolvimento imobiliário, e o outro era Bob Perkins, grande amigo do irmão de Charlie, Ed.

Jadey virou-se para mim, dando um único e significante aceno de cabeça na direção do carrinho de golfe.

— Definitivamente não — apontou. — Arthur tem muito mais apelo do que qualquer um deles. Pelo menos vai me apoiar com a dieta? Nunca consigo levar a sério quando faço sozinha.

— Você não precisa fazer dieta. É só passar a comer direito, e podemos conversar com mais frequência. Devíamos caminhar em Halcyon também.

Ambas as famílias iam passar os meses de julho agosto por lá, e Charlie e Arthur voltariam algumas vezes para Milwaukee.

— Já ouviu falar na dieta em que se come meia toranja a cada refeição?

— Jadey, as garotas da minha irmandade costumavam experimentar essas coisas e, no terceiro dia, ficavam enjoadas só de olhar para uma toranja. — Mas fui pega de surpresa nesse momento pela imensa ternura que sentia por Jadey. Apesar de ela ter crescido com uma educação muito mais próxima da de Arthur e Charlie do que da minha (o pai dela havia feito fortuna como fornecedor de cimento, e ela fora criada em uma casa tão grande quanto a de Harold e Priscilla), ainda sentia como se fôssemos exilados que haviam se encontrado em um país estrangeiro. Então, perguntei:

— Gostaria que você me respondesse uma coisa... Já pensou alguma vez que Charlie bebe demais?

Jadey franziu uma das sobrancelhas.

— Os rapazes Blackwell sabem como se divertir; não Ed, mas os *nossos* rapazes. Não acho que ele beba demais. Quer dizer, o que Charlie faria bêbado que não faria sóbrio? Não é? O mesmo vale para Arthur.

— É, concordo. — Foi um grande alívio escutá-la pronunciar tais palavras; elas eram quase idênticas a um dos lados da discussão que andava tendo comigo mesma nos últimos meses.

— Quanto Arthur bebe, em média, em uma noite comum? Por exemplo, se vocês estiverem jantando?

— Ele toma umas cervejas. Eu tomo umas cervejas! Que diabos, Drew bebe umas cervejas! Sou uma péssima mãe, não acha? — Riu. — Não é à toa que todos pensam que as pessoas de Wisconsin são beberronas.

— Então, Arthur deve beber umas três cervejas? Ou mais?

— Alice, pare de ficar me rondando. Quanto Charlie costuma beber?

Devagar, eu disse:

— Bem, tem sido uísque nos últimos dias, e acho que é mais ou menos um terço da garrafa, talvez um pouco menos. É difícil dizer ao certo, porque ele compra caixas no atacado.

— Um terço da garrafa por noite?

— Acho que sim.

— E ele age como se estivesse bêbado?

— Semana passada ele bateu com a testa ao entrar na cozinha, como se tivesse calculado mal a largura da porta. No mais, é como se vivesse de mau humor. Ele não chega a ser maldoso, mas anda sem ânimo nenhum. Não repita nada disso a Arthur, por motivos óbvios.

— Você quer dizer sobre quando fazem amor?

— Charlie não vai mais jogar squash de manhã, nunca leva Ella para o colégio — desabafei. — E eu não sei se é porque está de ressaca ou apenas... Não sei.

— Já experimentou conversar com ele a respeito?

— Eu falo para ele pegar leve, mas não diria que ele necessariamente escuta.

— Bem, vou prestar atenção para ver se percebo qualquer coisa incomum quando estivermos na casa de Maj e PeePaw, no sábado. — Jadey fez uma careta. — Apesar de que talvez essas não sejam circunstâncias normais, com a bruxa à solta em Indianápolis... Mas se isso puder tranquilizá-la de alguma forma, Arthur também não estava no melhor dos humores quando chegou em casa ontem à noite.

— Charlie está grelhando bifes para o jantar enquanto estamos aqui — comentei. — Você comeria alguma carne Blackwell no momento?

Ela concordou com a cabeça.

— Não foi culpa da Blackwell Meat. Mais pessoas teriam ficado doentes até agora, e pode apostar que temos homens falando com cada sala de emergência da região. Coitadas daquelas pessoas do evento esportivo, não acha?

Ficamos em silêncio, rodeadas pela grama verde e macia do clube, e uma brisa de primavera soprava trazendo consigo o cheiro do solo. Jadey continuou:

— Esse é o problema de sermos casadas com eles. Somos forçadas a ver como as salsichas são fabricadas.

NO JANTAR, consegui comer o filé, apesar de não poder dizer que havia gostado. Sem consultar Charlie, preparei para Ella um sanduíche de creme de amendoim — teria me deixado muito mais tensa saber que ela estaria ingerindo carne Blackwell do que se apenas eu ingerisse — e ou ele não reparou ou preferiu não comentar. Depois do jantar, Ella tomou banho e eu lavei o seu cabelo, um pedido que, para a minha tristeza, sabia que cessaria em um futuro próximo, depois me deitei na cama com a minha filha e li alguns trechos de *O cisne encantado*; para mim, era a parte mais doce de todos os dias. Antes que eu apagasse a luz, Ella intimou o pai, gritando esganiçado:

— Papai! Papai, está na hora de eu ir dormir! — E ele veio, como se intimado. Por metade do tempo, ele a provocava mais do que a acalmava, fazendo cócegas, dançando, fazendo barulhos e caras ultrajantes que a faziam gritar e pular no colchão, mas, naquela noite, ele estava tão parado que ela cochichou para mim depois que ele saiu:

— O papai está zangado comigo?

Passei a mão no seu cabelos, alisando-os sobre o travesseiro. Ella tinha um quarto ridiculamente feminino, todo cor-de-rosa e branco (havíamos deixado que ela escolhesse as cores), e uma cama de casal que parecia uma indulgência para alguém na terceira série, mas que era, na verdade, a cama que eu tinha antes de me casar com Charlie.

— Papai não está zangado, querida — respondi. Depois, o telefone tocou e escutei Charlie atendê-lo.

— Posso alugar *Dirty Dancing, Ritmo quente* quente neste fim de semana? — quis saber Ella.

— Você vai poder alugar quando estiver na sexta série.

— Mamãe, não é realmente quente só porque diz isso no título.

Eu me inclinei e beijei-a na testa.

— Hora de ir dormir, mocinha.

QUANDO ENTREI na sala de televisão, fiquei assustada ao ver Hank Ucker sentado em uma das poltronas assistindo ao jogo de beisebol com Charlie. Sem se levantar, Hank me cumprimentou, curvando-se em seu lugar.

— O brilho materno emana positivamente de você, Alice — elogiou ele. — Você lembra uma Madona da Renascença.

— Eu a vejo mais como a cantora safada Madonna — retrucou Charlie, rindo. — Venha aqui, amor.

Quando me aproximei ele me deu um tapinha carinhoso no traseiro.

— Hank, não sabia que teríamos o prazer da sua companhia hoje à noite. Você quer comer ou beber alguma coisa?

Já eram quase 21 horas, então pensei em quanto tempo ele planejava ficar. Até onde eu sabia, Hank ainda morava em Madison. Apesar de não tê-lo visto por alguns anos, ouvira dizer que ele havia deixado sua posição como chefe de equipe do líder minoritário do senado de Wisconsin para ajudar a gerenciar a campanha de eleição de um republicano de Fond du

Lac ao Senado norte-americano, um homem que a princípio parecia não ter a menor chance, mas que nas últimas semanas havia ultrapassado a candidata incumbente em diversas pesquisas.

— Um copo de água gelada seria magnífico — respondeu Hank.

Charlie, que bebia uísque, zombou do amigo:

— Estou vendo que ainda vive uma vida de esbórnia.

Hank deu aquele sorriso vagaroso e não confiável que era próprio dele.

— Como sempre.

Saí de fininho para a cozinha, enchi o copo com água gelada para Hank e, quando retornei à sala, eles conversavam sobre Sharon Olson, a candidata incumbente contra quem o candidato de Hank estava concorrendo.

— É uma pena que tenha chegado a ponto de argumentar sobre o gosto dela por partidos negros — comentou Charlie, rindo.

Os números na pesquisa do candidato de Hank haviam, sem dúvida, sido reforçados pela recente revelação — o fato não parecia nenhuma revelação de verdade para mim, mas revelação foi a palavra que os programas locais usaram — de que Olson, uma democrata branca, havia tido um primeiro rápido casamento sem filhos com um homem negro, no fim da década de 1960. Olson estava atualmente casada com um advogado branco com quem tinha dois filhos adolescentes e uma filha, e eu não entendia como o primeiro casamento dela poderia ter envolvimento com qualquer assunto (o primeiro marido se mudara havia tempos para Seattle, onde também exercia a advocacia), mas uma série de propagandas mostravam-na de mãos dadas com o noivo no primeiro casamento, acompanhados de música agourenta e concluindo com uma pergunta em letras vermelhas austeras em uma tela preta: SE SHARON OLSON NOS ENGANOU SOBRE ISSO... SOBRE O QUE MAIS ELA VEM MENTINDO?

Hank sorriu com malícia.

— É uma pena mesmo; pobre garota.

Passei o copo de água para Hank e disse:

— Se vocês me derem licença, preciso colocar algumas leituras em dia. Hank, foi bom ver você.

Mais de uma hora depois, ouvi a porta de entrada abrir e fechar e um motor de carro ser ligado, e voltei para o andar de baixo.

— Está pensando em concorrer a algum cargo público?

— Meu Deus, acalme-se! — A voz de Charlie estava um pouco frouxa e a garrafa de uísque, como notara, estava no fim, embora eu não conseguisse lembrar se estava cheia antes.

— Considerando que estamos no meio de junho, em que eleição acha que eu poderia realisticamente entrar? Sério — disse Charlie. — Pode ficar calma.

— Sabe que nunca confiei em Hank.

— E também acha qualquer um que queira ser eleito para um cargo público é um charlatão cheio de si, não é, amor?

— Você está colocando palavras na minha boca.

Ele me lançou um olhar lascivo.

— Estou pensando em outra coisa que gostaria de colocar na sua boca.

— Não pode simplesmente me dar uma resposta direta sobre o motivo de Hank Ucker ter vindo até aqui?

Ficamos nos olhando, ele ainda sentado ao sofá, eu de pé a alguns metros, e ele respondeu:

— Recebi um telefonema de Arthur antes de Hank chegar; parece que eu estava certo sobre não termos culpa com relação à contaminação. Não foi a loja em que o pessoal do banquete esportivo comprou a carne que tinha problemas, foi a geladeira do porão da casa da mãe de um dos atletas que estava armazenando a carne. Parece que um rato roeu o fio da tomada. — Charlie elevou o copo. — *Bon appétit.*

— Pobre mulher... Deve estar se sentindo muito mal.

— Só fico satisfeito por termos recolhido 500 toneladas de carne. Ainda bem que a região norte do Centro-Oeste está a salvo por hoje dos açoites da carne Blackwell.

— Vocês fizeram a coisa certa.

Charlie gesticulou na direção da televisão.

— Você acabou de perder John no canal 12 de notícias. Ele disse: "Nossa carne não é o escroque." — Charlie recostou-se, rindo da própria piada.

— Fico feliz que tudo tenha se esclarecido. — Sentei-me e me inclinei para pegar a última edição da *New Yorker* na mesa de centro. — Sabia que Yvonne Sutton teve neném?

— Quem é Yvonne Sutton?

— A filha da Sra. Ruby.

Charlie balançou a cabeça com assombro.

— Não podemos dizer que essas pessoas não sabem se reproduzir.

— Charlie, Yvonne tem dois filhos. Ela não está exatamente contribuindo para a superpopulação.

— Presumo que não seja do mesmo pai que Jessica.

— O pai é o marido dela e também trabalha no St. Mary. — Fechei o jornal, já que não estava lendo. — Eu os convidei para virem aqui almoçar no Memorial Day.

— Não acha igualitário de sua parte ter feito isso? Talvez eles possam mostrar à nossa filha como fazer trancinhas.

Alguns anos antes, quando Ella ia fazer 5 anos, ela nos pedira uma Barbie de presente. Compramos uma, a Barbie Hora de Sonhar, que vinha com uma miniatura de ursinho de pelúcia cor de pêssego, mas quando Ella desembrulhou o pacote, começou a chorar. Ela queria uma Barbie "igual à da Jessica", continuou insistindo, e, no fim, entendi que ela queria uma Barbie negra. Acabei trocando a Barbie Hora de Sonhar por uma Noite e Dia que vinha com um terninho de negócios cor-de-rosa e um vestido da mesma cor, com um top brilhante e uma saia transparente, e que tinha a pele morena escura e o cabelo preto. Quase senti orgulho de Ella e acho que Charlie achou engraçado, apesar de ter dito: "Mostre isso a Maj e tanto você quanto Ella serão excomungadas." A ironia era que, apesar de Charlie sempre bater na mesma tecla do racismo da mãe, ele fazia muito mais comentários racistas do que ela. Como os comentava dando uma piscada de olhos, ao menos parecia achar que significava também que se sentia menos culpado e nada mais do que isso, e apesar de eu discordar e de particularmente não apreciar quando ele usava palavras ofensivas na frente de Ella, parara de tentar censurá-lo havia muito tempo.

Na nossa sala, comentei:

— Jessica vai para a Stevens no ano que vem, e isso me deixa muito preocupada.

— Tenho certeza de que ela vai ficar bem.

— Mas parece que ela é uma ótima aluna e faz várias atividades extracurriculares.

— Encontrou com ela recentemente?

— Vi a Sra. Ruby a noite passada, enquanto procurava por você, na casa dos seus pais. — Mencionar que ela havia me acompanhado até a peça pareceu desnecessário. Acrescentei: — Aposto que Jessica iria obter muito sucesso em um lugar como a Biddle.

— Parece-me que ela está bem.

— Você sabe que colégio é o Stevens?

Charlie abriu um sorriso.

— Onde acha que vou quando quero repor o meu estoque de crack? — Depois, continuou: — Não vou concorrer a nada, está bem? Hank passou aqui para discutirmos opções para o futuro, mas você está certa: é tarde demais para eu tentar me eleger a qualquer cargo este ano.

— Que bom — respondi.

Ele estendeu uma das pernas, deixando à mostra o pé com a meia, que ficou balançando no meu colo.

— Eu amo você com certeza, Lindy, mesmo que a sua mente estreita e liberal pense que sou um republicano conivente.

Repousei a mão no peito do pé dele.

— Amorzinho, se eu tivesse uma mente estreita, não o amaria.

QUANDO O TELEFONE tocou na tarde de sexta-feira, eram 13 horas e eu estava esfregando os ladrilhos do chuveiro da nossa suíte (nunca contratei uma empregada ou uma governanta, e sei que Priscilla e as minhas cunhadas achavam isso estranho, mas realmente achava relaxante fazer a faxina). Tirei a luva de borracha amarela da mão direita e, enquanto entrava no quarto, depois de tirar o telefone do gancho, ouvi Lars Enderstraisse dizer:

— Alice, sinto muito por ser eu a pessoa a ligar para você...

Imediatamente meu coração parou, ficou pendurado sem se mover dentro do meu peito, e, depois, gaguejando as palavras, perguntei:

— Foi mamãe?

E ele respondeu:

— Não, não foi Dorothy. Foi Emilie. Acho que ela tomou algum remédio que causou uma hemorragia interna, uma hemorragia no cérebro, então estamos no Hospital Luterano.

Esse era o hospital no qual eu havia nascido e para o qual eu e Andrew Imhof havíamos sido levados naquela terrível noite de setembro de 1963.

— Mas ela não está... Ela está viva?

— Ela não está consciente, mas os médicos estão trabalhando duro. Sua mãe está conversando com um deles agora. Nós estamos do lado de fora da UTI e esperamos que eles nos deixem vê-la em breve...

— Vovó está na UTI?

— Como ela já tem idade avançada, eles estão tomando todas as precauções.

— Vou para aí assim que puder — respondi.

ACONTECERA NO FIM DA MANHÃ daquele dia, sem qualquer motivo óbvio — ela estava caminhando da sala de jantar para a sala de estar e acabara caindo no chão, inconsciente — o que os médicos estavam tentando descobrir era se a hemorragia no cérebro de vovó havia causado a queda ou fora causada por ela. Mamãe ouviu um barulho surdo, mas não foi nem mesmo muito alto, "fez o mesmo som de um pacote dos correios ao ser entregue", disse ela, que se apressou para ver o que era e encontrou a vovó caída. Mamãe tentou sem sucesso reanimá-la, então chamou uma ambulância.

No hospital, ela ficou pedindo desculpas como se fosse a culpada, dizendo:

— Eu sinto tanto que você tenha precisado vir correndo até aqui...

— Mãe, é claro que eu viria.

Em algum momento no final da tarde, Lars foi até a loja de conveniências que havia do outro lado da rua e comprou uma caixa de biscoitos, mas nem eu nem mamãe comemos; ele então ofereceu às outras pessoas que também estavam na sala de espera. Havia uma televisão em um dos cantos e estava passando novelas e, depois, programas de entrevistas, mas parecia que ninguém estava assistindo e que todos estavam acanhados demais para desligá-la. Os comerciais em especial, com anunciantes animados e músicas alegres, soavam como uma afronta

Liguei para Charlie do telefone público da sala de espera, depois falei com Jadey para ver se ela poderia buscar Ella no colégio e, algumas horas mais tarde, liguei para a casa de Jadey novamente para falar com Ella, para explicar o que estava acontecendo. Esperava que, ao ouvir a minha voz, ela entendesse que eu estava bem e ela também, mas, em vez disso, foi a voz dela que me chateou; eu queria tanto estar ao lado de Ella a abraçando que tive de conter minhas lágrimas. Com a sua voz séria, embora de menina, perguntou:

— Vovó vai morrer? — Vovó era como Ella chamava minha avó, assim como eu fazia; ela chamava a minha mãe de vó e se referia a Lars (ele e mamãe haviam se casado discretamente em 1981) como Papa Lars.

Respondi:

— Espero que não, minha querida.

Lá pelas 17 horas, liguei de novo para o escritório de Charlie.

— Ainda estou aqui e sem notícias. Pode ir buscar Ella?

— Acha que Jadey poderia ficar com ela um pouco mais? Combinei uma partida de squash com Stuey Patrickson, às 17h30.

Do orelhão no canto, vasculhei a sala de espera: um jovem marido estava sentado cobrindo um dos olhos com a mão, descansando ou chorando; uma criança brincava com um caminhão no carpete; mamãe lia uma McCall's do mês anterior enquanto Lars Enderstraisse permanecia sentado ao lado dela, comendo mais um biscoito. (Nunca pensava em Lars como meu padrasto. Não que não gostasse dele, de fato eu havia desenvolvido uma grande afeição por ele e, para minha surpresa, vovó também; ela havia ensinado a ele como jogar Scrabble, e ele se tornara muito hábil em particular com as traiçoeiras palavras de duas letras, o que significava que era um oponente consideravelmente mais desafiador para vovó do que mamãe costumava ser. Ainda assim, não via Lars como uma figura paterna; era apenas o marido de mamãe, sua companhia.)

— Alice? — chamou Charlie.

E respondi:

— Eu preferia que você fosse buscá-la agora. Não quero que Ella fique preocupada.

— Ela está chateada?

— Bem, hoje devo passar a noite aqui na casa de mamãe. Ainda não nos permitiram ver vovó e estou relutante quanto a voltar para Milwaukee enquanto as coisas estão no ar.

— Você não levou nem uma escova de dentes, não é? — comentou ele.

— Posso comprar uma.

— Se você vier para casa, pode pegar o carro se precisar voltar a Riley. A viagem leva o quê... Trinta e cinco minutos?

Da forma como Charlie dirigia, talvez, mas não comigo ao volante. Além disso, eu sabia que a avidez dele para me fazer voltar a Milwaukee tinha menos a ver com um desejo particular de me ver do que com o seu (ainda persistente) medo de escuro; meu marido tinha medo de passar a noite sem mim em nossa casa. Dependendo das circunstâncias, eu achava essa fobia bonitinha ou irritante.

— Que tal assim? Vou ligar para Jadey e você e Ella podem ficar lá.

— Você se lembra de como aquele maldito cachorro deles latiu e babou na minha cara a noite toda da última vez?

— Charlie, a minha avó está na UTI. As suas opções são ficar em casa, ir passar a noite com Arthur e Jadey ou então vir com Ella até aqui, para ficar na casa de mamãe. Por que não o deixo pensar por alguns minutos, enquanto você decide, e eu ligo de volta depois?

Primeiro ele ficou quieto, mas depois disse:

— Não, você está certa, está totalmente certa. Vou buscar Ella agora e, se você não se importar de ligar para Jadey, posso cancelar com Stuey. E sua mãe e Lars?

— Estão bem.

— E como você está?

— Também estou bem — respondi, embora naquele momento, acho que por causa da pergunta, tenha sentido a tristeza tomando conta de mim.

Depois, Charlie admitiu:

— Sei que pensa que detesto passar a noite longe de você por não querer ficar em casa sozinho, mas também é porque sinto saudades de você, Lindy.

— Você e Ella querem vir para cá?

Percebi que seria improvável. Na primeira visita à casa da minha família em Riley, Charlie havia conseguido esconder o que acredito ter sido, olhando agora, a perplexidade por ter achado o nosso espaço demasiadamente pequeno. Nos anos seguintes, de forma acentuada, ele se tornara bem menos diplomático. Ele diria: "Ter de dividir o banheiro com Lars é uma punição cruel e incomum." Mesmo nos feriados que comemoramos lá, quase nunca passávamos a noite, e Charlie tentava regularmente influenciar mamãe, vovó e Lars a passar a Páscoa ou o Natal seguinte na casa dos pais dele; eles haviam aceitado o convite algumas vezes no início do nosso casamento e acho que não se sentiram particularmente à vontade. Eu tinha total certeza de que nem Priscilla nem Harold sabiam que Lars havia sido um empregado dos correios — ele se aposentara em 1980 — e, enquanto eu não teria negado o fato, também nunca fizera questão de contar. A ironia era que o casamento com Lars havia deixado mamãe muito mais segura financeiramente. Desde o episódio com Pete Imhof, ela nunca mais tocou em assunto de dinheiro comigo, mas ela e Lars até mesmo fizeram viagens juntos para Myrtle Beach e Albuquerque.

— Sinceramente, acho que seria melhor ficarmos na casa de Arthur e Jadey — confessou Charlie. — Ella e eu ficaríamos atravancando o caminho na casa de sua mãe. Ligue para mim se precisar de qualquer coisa e me ligue de qualquer jeito antes de ir dormir.

— Ella planejou ir para a casa de Christine amanhã, então, certifique-se de que ela esteja pronta para você ir buscá-la às 10 horas. E faça com que ela tome a vitamina depois do café da manhã.

— Você vai voltar a tempo para o jantar na casa de Maj e de papai, não vai?

Hesitei.

— Vamos dar um passo de cada vez.

Podia sentir que Charlie estava se controlando para não me dizer como a minha presença era importante, exceto que realmente não era por motivo algum além da importância que os Blackwell davam aos seus jantares completos, com todos a bordo.

Eu disse:

— Charlie, tenho certeza de que a sua família vai compreender.

ÀS 18 HORAS daquele dia, o último horário de visita da UTI, mamãe e eu finalmente fomos chamadas para vermos vovó e passamos por aquelas portas duplas. Como permitiam apenas duas pessoas por vez, Lars continuou na sala de espera.

Ela ainda estava inconsciente. Estava deitava sob um lençol, usando uma camisola de hospital branca estampada com pequenos flocos de neve verde-azulados e azul-marinho. Havia vários monitores ligados e um deles estava soando um bipe. Havia um tubo preso com fita adesiva na dobra do antebraço dela e mais dois emergiam de suas narinas.

— Ela é tão pequena? — murmurou mamãe.

Eu estava pensando exatamente a mesma coisa. No cenário da cama de tamanho desproporcional, era de partir o coração o quanto a minha avó parecia extremamente idosa e pequena.

Fui até ela, saudando-a com uma voz simpática:

— Oi, vovó. Somos nós, Alice e mamãe...

— Aqui é Dorothy — interrompeu mamãe. — Minha nossa, vovó, estamos muito felizes em vê-la. Você nos deu um baita susto hoje.

— Você deve estar querendo descansar, então não vamos ficar aqui muito tempo — comentei. — Mas o médico disse que o seu estado é estável agora, o que é uma notícia maravilhosa. — Era impossível saber se ela podia nos escutar; a probabilidade esmagadora era que não pudesse. — Não sei se lembra, mas a senhora caiu hoje de manhã e por isso está no hospital. E agora já está se recuperando. — Esse era o diagnóstico que eu desejava, não o do médico; ele não usara nenhuma palavra mais encorajadora do que *estável*. — Os médicos e enfermeiras estão cuidando muito bem da senhora. — Essa inferência também era otimista; eu não tinha muita ideia do que havia se passado atrás das portas duplas quando estavam fechadas. O Dr. Furnish, o médico encarregado, explicara alguns minutos antes para mim, Lars e mamãe que vovó tivera o que se chamava de hemorragia intracerebral, e que recebera várias transfusões de sangue, mas eles estavam evitando uma intervenção cirúrgica devido à idade e às condições debilitadas; ele também nos preveniu que talvez houvesse sequelas. O Dr. Furnish não era particularmente caloroso, mas parecia competente. Enquanto falava, eu tomava notas no verso de um recibo que encontrei na bolsa.

— Vovó, acho que você não gostaria muito da sala de espera daqui — mamãe comentou. — As cadeiras são forradas com um tecido laranja que a senhora acharia cafona.

— E Lars comprou biscoitos com cara de amanhecidos que eu e mamãe fomos espertas o suficiente para não comer, mas todas as outras pessoas os enfiaram goela abaixo. — Tentei parecer animada e engraçada.

— Emilie, você precisa melhorar e vir para casa a tempo do final de temporada de *Assassinato por escrito* — continuou mamãe.

Acrescentei:

— Mas se você me livrar do jantar na casa de Priscilla e Harold Blackwell amanhã à noite, eu lhe devo uma.

— Alice! — exclamou mamãe.

— Estou brincando — expliquei. — Vovó sabe disso.

Continuamos nesse estilo, meio conversando com vovó e meio conversando uma com a outra pelos 30 minutos permitidos, e a única resposta que tínhamos era o bipe do monitor. Assim que saímos pelas portas duplas que levavam de volta à sala de espera, mamãe puxou um lencinho do bolso e esfregou os olhos.

— Sei que vovó teve uma vida longa e não pretendo questionar os planos de Deus — declarou ela. — Mas, Alice... Eu não estou pronta.

ENTÃO, MILAGROSAMENTE, vovó despertou. Liguei para o hospital por volta das 7 horas do dia seguinte, logo que saí do chuveiro, e eles me informaram que ela havia recobrado a consciência durante a noite. Estava cochilando de novo, contou uma enfermeira, e, apesar de estar meio tonta por causa dos sedativos, era quase certo que ela tivesse condições de conversar conosco quando fôssemos visitá-la às 9 horas.

Mamãe parou na lojinha de presentes da recepção para comprar um balão — flores não eram permitidas na UTI —, então, entrei no quarto de vovó sozinha. Os olhos dela estavam fechados, mas quando eu disse "Olá, olha quem está aqui", ela os abriu de imediato.

— Vovó, bem-vinda de volta! — exclamei. — Sentimos a sua falta! — Quando me coloquei ao lado de sua cama, me inclinei para a frente e a beijei no rosto.

Ela piscou algumas vezes, depois disse:

— Eles me deram frango apimentado e estou com a garganta seca.

Será que ela ao menos sabia quem eu era? Perguntei:

— Posso pegar água para você?

Havia um jarro de plástico branco sobre a mesa de cabeceira e, ao lado dele, um copo verde com um canudo acoplado. Levei o canudo até os lábios de vovó e, quando ela sugou a água, uma gotícula transparente escorreu pelo canto da boca. Apesar de estar recebendo líquidos através do soro, tinha certeza de que vovó não comera nada, nem frango apimentado nem qualquer outro tipo de alimento, desde que chegara ao hospital.

Quando ela terminou de beber e recostou a cabeça de volta no travesseiro, disse:

— Eles estão jogando no telhado, sabia?

Hesitei.

— Quem?

Ela acenou com a cabeça demonstrando sabedoria.

— Eles estão.

Coloquei as duas mãos sobre o meu coração.

— Sou eu, vovó, Alice. Você está no hospital, mas já está melhorando, e eu vim aqui visitar você.

Ela fez uma expressão de consternação.

— Acha que não sei quem você é? Não estou *senil*. — Ela apontou para mim. — Por que está usando a blusa de Dorothy? Ela a deixa com uma aparência desalinhada.

Sorri.

— Tive de passar a noite em Riley, inesperadamente, então mamãe me emprestou essa.

— Você deveria usar roupas próprias para a sua idade.

— Vovó, como se sente? Por favor, me avise se precisar descansar.

Ela não respondeu de imediato; em vez disso, olhou ao redor do quarto e disse:

— Tenho pensando em seu pai.

Senti uma onda de ansiedade. Apesar de não ter certeza se acreditava no céu, era difícil não imaginar que ao falar *tenho pensado em seu pai* ela não quisera dizer *tenho me comunicado com o seu pai* ou, quem sabe, *ele tem me chamado*. Mas tudo o que eu disse foi:

— É mesmo?

— Ele era muito devotado a Dorothy — continuou vovó. — Tive a oportunidade de observar o casamento dos seus pais bem de perto durante muitos anos e vi quanto eles se gostavam. — Ela me observou com atenção. — Qual é mesmo o nome do seu marido?

Engoli em seco.

— Charlie. Charlie Blackwell.

— Isso mesmo, o filho do governador. Vocês dois também são muito devotados um ao outro.

Tentei sorrir.

— Bem, espero que sim.

Ela olhou para mim com astúcia.

— Isso soou tépido.

— Não, não quis dizer... Eu apenas... Ultimamente, ele anda bebendo mais do que acho que deveria — consegui explicar por fim.

Ela fez um gesto de desdém, ou ao menos tentou gesticular, porque, com o soro na veia do antebraço, ela estava sem mobilidade completa.

— Não mantenha o seu marido em uma coleira muito apertada, minha querida. Isso sempre dá errado.

— Ah, eu não... Na verdade, acho que estou fazendo o oposto.

— Você não é rígida com ele?

Balancei a cabeça.

— Então talvez esse seja o problema, talvez ele preferisse que você fosse fosse mais dura com ele.

Hesitei; será que aqueles eram o momento e o lugar adequados para desabafar? Mas vovó sempre havia gostado de conversar sobre as pessoas e parecia genuinamente interessada.

— Isso pode lhe parecer ridículo, mas acho que ele está tendo algum tipo de crise da meia-idade. A vigésima reunião da turma de faculdade dele vai ser daqui a duas semanas e ele obviamente está preocupado de não estar à altura dos colegas.

— Ele frequentou a Universidade de Harvard — declarou vovó com um tom estranho, como se estivesse se gabando para mim sobre outra pessoa que não o meu próprio marido.

— Você está certa quando diz que ele frequentou uma universidade na costa leste, mas foi Princeton. De qualquer forma, imagino que ele achava que, a esta altura, já teria conquistado mais coisas. Ele vem de uma linhagem de homens de sucesso, como o avô e o pai, e tenho certeza de que a senhora se lembra de que o irmão dele, Ed, está no Congresso. — Eu não sabia se ela se lembrava mesmo, mas ela concordava com a cabeça conforme ouvia. — Mas eu simplesmente não acho que Charlie tenha nascido para ser um titã dos negócios ou um político. Não que eu me importe; não me casei com ele com essas presunções. Ele é tão engraçado e vivaz, tem tantos amigos, e é um excelente pai, eu só... Não consigo entender por que isso não é o suficiente, por que a nossa vida juntos não é suficiente. É o suficiente para mim, e não entendo por que não é para ele.

— Ele tem mais ambição do que talento.

Tentei não encarar o comentário como uma ofensa.

— Não sei se eu diria isso; é um tanto exagerado. Ele é muito inteligente. Talvez seja eu, talvez ele me ache entediante. — Na verdade, era doloroso me lembrar da tarde em que eu e Charlie havíamos dito um ao outro que nos amávamos pela primeira vez; foi no mesmo dia que ele conheceu mamãe, vovó e Lars, e me lembrar como ele iniciara a confissão dizendo que sempre me acharia interessante era particularmente doloroso. A razão era que eu me perguntava, com uma frequência cada vez maior, se isso ainda era verdade. Que elogio maravilhoso, tão inesperado, e como havia feito com que eu me sentisse *reconhecida*. Eu não era apenas uma morena graciosa para Charlie; ele compreendia que eu era uma pessoa que pensava sobre os assuntos, alguém que lia e tinhas opiniões próprias, mesmo que as mantivesse para mim, e todas essas qualidades faziam com que ele me valorizasse. No entanto, olhando para trás, será que ele alguma vez já desejara, ter se casado com alguém mais estimulante, alguém que não achasse que um sábado agradável consistia em um jantar com a filha de 9 anos e, mais tarde, antes de dormir, a leitura de quarenta páginas de algum livro de Eudora Welty? Mesmo a ausência de aspereza real em nosso casamento talvez fosse decepcionante — não havia nenhuma oportunidade para sairmos gritando ou batendo portas, nenhum dos problemas desagradáveis e deliciosos da raiva, nenhum encontro sexual carregado.

Vovó falou:

— Todo mundo fica chato em algum momento. A pessoa mais fascinante que já conheci foi uma mulher chamada Gladys Wycomb. Será que já a apresentei a ela?

Concordei com a cabeça.

— Ela foi a oitava mulher no estado de Wisconsin a se formar em medicina, uma garota verdadeiramente brilhante. Por certo, porém, quando eu ia visitá-la, dentro de alguns poucos dias estávamos as duas lendo nossos respectivos livros à mesa de jantar. Não me incomodava nem um pouco com isso. Que alegria pode ser maior do que ter o privilégio de ficar entediado junto?

— Concordo com você, mas não sei se Charlie concordaria.

— Ele sabe que você está tendo dúvidas quanto a ele?

— Não sou eu que estou com dúvidas sobre ele, é ele que está se questionando sobre o próprio emprego e sobre os caminhos que tomou na vida, que... — Fiz uma pausa. Será que eu não estava mentindo, mesmo que inadvertidamente? Era eu que estava duvidando dele. Olhei para o chão, coberto de placas brancas de linóleo. Quando ergui o olhar, perguntei: — Sei que ficou impressionada com Charlie da primeira vez que o viu, mas ainda se sente da mesma forma? — O que eu estava fazendo perguntando uma coisa dessas para a minha avó dopada, como se ela fosse algum tipo de médium casamenteira? Ou será que eu só tivera coragem de fazer a pergunta justamente porque ela estava sob o efeito de remédios? Nem mesmo com Jadey eu costumava ser tão franca.

— Ele me deixou impressionada porque percebi que ele adorava você, e você merecia ser adorada — respondeu vovó. — Sinceramente, acho que está fazendo muito barulho por nada. Vá para casa, coloque um vestido bonito, use sapatos de saltos altos e batom, divirta-se com ele, agrade-o e nunca se esqueça do quanto os homens são inseguros. Eles são assim porque se levam muito a sério.

Nesse momento, percebi que aquelas instruções funcionaram como uma corda de resgate; tão simples, tão fáceis de serem executadas. Senti um alívio imenso por ter alguém me dizendo o que fazer! Depois, ela pediu:

— Você poderia me dar um pouco de água? Eles têm me servido frango apimentado, e não quero esse gosto na boca.

— O seu copo está bem aqui. — Ajudei-a a beber mais uma vez e, quando ela terminou, tirei da bolsa o livro que levara comigo. — Estou com o seu exemplar de *Anna Kariênina* aqui. Quer que eu leia alguns trechos?

— Seria ótimo.

— Do capítulo em que ela e Vronski se encontram ou do início?

— De quando eles se encontram.

Enquanto abria o livro, eu disse:

— Espero que a senhora não tenha ficado com má impressão de Charlie. Tenho certeza de que está certa quanto a eu estar exagerando as coisas.

Ela já havia fechado os olhos e apenas concordou com a cabeça.

— "Capítulo 18" — comecei, e limpei a garganta. — "Vronski seguiu o condutor e subiu no estribo do vagão, detendo-se à entrada do compartimento para dar passagem a uma senhora que saía."*

Quando mamãe chegou, alguns minutos depois, trazendo o balão, vovó já havia adormecido de novo.

VOLTANDO PARA MILWAUKEE, parei em um posto de gasolina. Já havia pagado e estava devolvendo a mangueira de gasolina à bomba, quando uma voz de homem me cumprimentou:

— Alice, que coincidência!

Olhei para cima, e, a alguns metros de distância, de pé perto de um carro do outro lado da divisão de concreto, Joey Thayer fazia uma saudação com a mão. Ele usava uma camisa polo amarela para dentro do short de algodão e estava caracteristicamente bonito, mas também parecia que tinha perdido peso havia pouco tempo, peso que não tinha necessidade de perder: o osso das maçãs do rosto estava mais saliente e, apesar de ter mais de 1,80 metro, havia uma magreza aparente nos ombros. Não que eu estivesse também muito atraente — como vovó observara, eu vestia a camisa "desalinhada" de mamãe. Além disso, por ter me esquecido de levar a mousse que usava, o meu cabelo estava um pouco frisado. Ainda faltavam bons 15 minutos para chegar a Maronee e não esperava que fosse encontrar nenhum conhecido.

— Joe, como vai? — Dei uma olhada para o carro dele, achando que havia visto o seu filho, e disse: — Aquele ali é Ben no seu... Minha nossa, é Pancake! — Pancake era o nome de um labrador preto famoso em Halcyon por conseguir ficar em pé nas duas patas traseiras e dançar música lenta com um senhor de 72 anos, Walt Thayer, pai de Joe; essa coreografia nunca me pareceu inteiramente consensual, então eu tinha dificuldades em demonstrar o mesmo entusiasmo pelo assunto que as outras pessoas. — Você deve estar a caminho de Princeton — afirmei. — Diga-me: que uniforme ridículo

* Leon Tolstói, *Ana Karênina*, tradução de Mirtes Ugeda, São Paulo: Nova Cultural, 1997.

eles vão obrigá-lo a usar? — Joe formara-se em Princeton em 1963, cinco anos antes de Charlie, o que significava que as reuniões de formatura eram sempre na mesma época.

Joe balançou a cabeça.

— Dessa vez vou ficar de fora. Não é o melhor momento para mim, se é que me entende.

— Tenho certeza de que as pessoas vão sentir a sua falta — falei.

— Vou lhe dizer, Alice, eu nunca pensei que fosse ser uma pessoa que me divorciaria.

— Ah. — Eu não sabia como responder. De modo indevido, falei: — Bem, é uma coisa que de fato acontece.

— Posso ser sincero? — perguntou ele.

— Mas é claro.

— Fico curioso sobre quanto dos nossos problemas de família foram soltos ao vento, se é que me entende. Não gostaria que as pessoas pensassem... Parece que é mais comum o marido deixar a mulher em situações como essa, mas não foi isso o que aconteceu. Não posso dizer que Carolyn e eu não tivéssemos os nossos problemas, mas eu realmente fui pego de surpresa.

Fingi não saber de nada.

— Joe, eu sinto muito. Isso parece ser muito difícil.

Olhamos um para o outro, e o pensamento de que talvez ele choraria cruzou a minha mente. Ele não tinha lágrimas nos olhos, mas parecia contrair o queixo com firmeza, possivelmente com os dentes cerrados. Nós dois nunca havíamos chegado nem perto de conversar sobre assuntos tão pessoais assim. Entre Milwaukee e Halcyon, devo tê-lo encontrado centenas de vezes — depois do nosso casamento, Priscilla e Harold ofereceram um enorme coquetel no country clube para todos os amigos da família que não haviam sido convidados para a cerimônia, e eu tinha quase certeza de que Joe havia estado presente no evento — mas, em 11 anos, ele e eu não conversamos sobre nada mais estimulante do que o novo desvio na Solveson Avenue ou a temperatura do lago Michigan.

Então, eu disse:

— Joe, espero que saiba que todas as famílias têm problemas, mesmo em Maronee. Vocês não são os únicos. E acho que todo mundo sabe que não podemos controlar tudo, nem mesmo em nossas próprias vidas. — Suspeito que foi menos o meu comentário e mais o mero fato de que continuei falando que permitiram que Joe se recompusesse do rio de lágrimas; ele já parecia significativamente menos abalado.

— Eu agradeço por isso. — A bomba de combustível que ele estava usando emitiu um clique e ele retirou a mangueira. Apontando para o carro, falou: — Estou indo para Madison passar o dia com Martha. — Era sua irmã mais nova, que eu conhecia de Halcyon. — Eu costumava suplicar por tempo livre — continuou —, e agora tenho mais do que eu poderia ter desejado. Os fins de semana tornaram-se especialmente difíceis. Acho que devemos ter cuidado com o que desejamos.

— Você é bem-vindo em nossa casa a qualquer momento. Se quiser dar uma passada por lá para assistir ao jogo de beisebol com Charlie, ficaremos encantados em recebê-lo. — Aquela oferta provavelmente não fora muito sábia; será que a aparição de Joe deixaria Charlie ainda mais rabugento? No entanto, ele pareceu tão desanimado que não soube mais o que dizer. Na verdade, Charlie e Joe se conheciam havia muito tempo; eles eram mais como primos do que amigos.

Joe apontou para o interior do posto de gasolina e disse:

— É melhor eu ir pagar. Foi bom ver você, Alice. Obrigado por ouvir esse cara triste.

— Sabe, talvez você *devesse* ir à Reunião. Uma mudança de ares?

— Vou pensar a respeito. — Ele acenou. — Mande um abraço para Chas.

QUANDO CHARLIE, ELLA e eu chegamos à casa de Priscilla e Harold para o jantar, o lugar estava vivo, cheio da energia Blackwell. Os nossos sobrinhos, Geoff e Drew, estavam do lado de fora, no gramado, lançando argolas, e Charlie não conseguiu resistir, parou e se juntou a eles, então Ella e eu entramos sem ele. Era difícil acreditar que Ella fosse a última geração dos Blackwell; os próximos bebês seriam os filhos de seus primos. Harry, o filho mais velho de Ginger, tinha agora 21 anos e se formaria em Princeton poucos dias após a reunião de turma de Charlie; Luiza, a filha mais velha de John e Nan, estava terminando o primeiro ano em Princeton e passaria o verão fazendo um estágio em uma revista de moda em Manhattan; e Tommy, o filho do meio de Ed e Ginger, estava terminando o segundo ano em Dartmouth e não em Princeton, o que dava margem a provocações sobre a inferioridade geral de Dartmouth e a falta de "atividade" em Hanover, New Hampshire.

No saguão de entrada, Ella abraçou os avós e logo depois desapareceu com a prima Winnie, provavelmente indo para o porão, lugar no qual os primos que ainda moravam na casa costumavam se reunir. Eles ficavam ao redor de uma mesa de sinuca e os mais velhos contavam várias lendas urbanas — depois de um desse jantares, Ella ficou obcecada por um tempo com combustão espontânea humana —, além de ensinarem palavrões aos primos mais novos. No Dia de Ação de Graças, voltando para casa, Ella anunciara com orgulho:

— Eu sei o que é escroto.

Perto da escada onde Charlie e eu havíamos nos casado, beijei meu sogro no rosto.

— Alice, sinto muito por sua avó — declarou ele.

— Fico feliz em dizer que ela já está bem melhor hoje — contei, e me inclinei para saudar Priscilla, que não apenas não mandava beijos como também não beijava ninguém; ela apenas trazia o queixo na sua direção e, ao mesmo tempo, virava o rosto, sem nem mesmo fazer um bico, mas eu não tomava como pessoal, porque ela fazia isso com todo mundo. No entanto, dessa vez, quando me aproximei, ela me pegou pelo pulso e me manteve próxima a ela. Ao pé do ouvido, murmurou:

— Gostaria de falar com você.

Harold saiu para preparar drinques bem na hora em que Jadey emergiu da sala de jantar carregando uma bandeja de mármore com comida.

— Maj, se eu fosse uma faca de queijo, onde eu ficaria? Ah, essa echarpe ficou ótima em você, Alice. Como está sua avó? — Jadey escolhera a echarpe para mim durante uma expedição de compras que tínhamos feito algumas semanas antes; era da Marshall Field e tinha um fundo turquesa com um estampado dourado.

— Jadey, certamente você não pretende colocar todo o queijo de uma vez na mesa — apontou Priscilla. — Vai estragar o apetite de todo mundo.

Rapidamente, Jadey respondeu:

— Ah, guardaremos o que não for consumido, e o lombinho está com uma cara ótima, então não se preocupe, ele será devorado em meio segundo.

Com o passar dos anos, Jadey servira como um exemplo de como se comportar com Priscilla — como ser alegre e evasiva, como fugir de perguntas sem ter necessariamente de respondê-las e nunca contradizê-la ou desafiá-la de modo direto.

— Minha avó teve uma recuperação surpreendente — contei. — Ela quase voltou ao seu normal.

— Ah, graças a Deus — disse Jadey. — Não que Chas e Ella não sejam bem-vindos em nossa casa a *qualquer* momento. Juro, ter outras pessoas por lá faz com que nos comportemos *um pouco* melhor; mas que alívio essa notícia deve ser para você. Então, Maj, quanto às facas de queijo...

— Segunda gaveta à direita do fogão — respondeu Priscilla, e fiquei surpresa com a velocidade com que concedera a resposta. Depois, continuou: — Jadey, tive a impressão de que você estava de regime. — Ela deu um sorriso. — Eu acharia esse tipo de entrada muito tentadora. — A essa altura, Nan e Ginger já haviam chegado ao salão, vindas da sala de estar, tirando um pouco do efeito do comentário maldoso de Priscilla.

— Ah, Alice, estamos todos rezando por sua avó — disse Nan.

— Ela já está se recuperando — contou Jadey.

— Amei a sua echarpe, Alice — elogiou Ginger. — Maj, nos diga como podemos ajudar.

— Vocês podem fazer aqueles pequenos bárbaros de vocês pararem de destruir o meu jardim — disse Priscilla, com uma gargalhada. — A essa altura as minhas dedaleiras e íris não viverão mais até junho.

Um breve silêncio caiu sobre nós, e Ginger resolveu quebrá-lo:

— Os meninos já devem estar querendo entrar mesmo. — Enquanto ela se apressava para sair, Jadey revirou os olhos para mim antes de voltar para a cozinha.

Priscilla disse a Nan:

— Preciso falar com Alice por um instante, se não se importar.

Acompanhei minha sogra até um pequeno recanto na extremidade mais distante do toalete feminino que havia sob a escadaria da frente. Quando ainda estávamos no salão, eu tinha notado os irmãos de Charlie reunidos na sala de estar e pensei que, apesar das tensões recentes, uma noite animada em família poderia ser exatamente aquilo de que Charlie e eu estávamos precisando.

No recanto, Priscilla disse:

— Você não deveria ter levado Ruby ao Marcus Center.

Pisquei, surpresa. O que eu havia imaginado que Priscilla poderia querer conversar comigo? Talvez algo sobre a briga dos filhos? Ou quem sabe sobre algo bem mais banal: que ela precisaria de mim para alimentar os pássaros enquanto ela e Harold estivessem em Washington?

— Foi completamente inapropriado — continuou ela, com um tom de voz que não era nem alto nem agitado, apenas gélido. — Os meus empregados são assunto meu.

— Eu não pretendia... — Hesitei. — Não imaginei que isso fosse ofendê-la. Por certo não foi a minha intenção. — Eu pararia logo antes de pedir desculpas a ela, pensei, porque não me sentia culpada. A Sra. Ruby era uma pessoa adulta e eu também; nós duas tínhamos o direito de ir ao teatro com quem quer que fosse.

— Você deve estar achando que está contribuindo para a educação cultural dela, é isso?

— Priscilla, foi um convite espontâneo, de momento. Não tive um motivo subjacente.

— Ruby é nossa empregada há mais de 45 anos e temos cuidado dela magnificamente por todo esse tempo. Acha que ela teria ficado conosco década após década se não fosse assim? Existem muitas coisas que tenho certeza de que você não sabe sobre ela, inclusive que Harold e eu a ajudamos a se livrar de um marido inescrupuloso. Será que você sabe alguma coisa sobre isso? — Priscilla tinha quase 1,80 metro, mas, enquanto falava, havia se abaixado e apenas meros centímetros separavam os nossos rostos. Percebi as linhas finas ao redor dos seus lábios, o batom malva que usava, os dentes, que, vendo tão de perto, eram menores e um pouco mais escuros do que me recordava; além disso, o canino superior esquerdo era torto e proeminente.

Abri a boca para falar, mas era difícil saber o que dizer.

— No futuro, agradeço se não interferir — concluiu Priscilla. — Fui clara?

— Espero que você não repreenda a Sra. Ruby — falei. — A ida ao teatro foi sem dúvida ideia minha e não dela. — Depois, não pude evitar, e acrescentei: — Apesar de não ter entendido bem o que você desaprova.

— Ah, Alice. — Priscilla deu um passo para trás, rindo. — Sinto vergonha por você ter precisado perguntar.

EU HAVIA TOMADO uma taça de vinho antes do jantar e, durante a refeição, consegui sentar entre Harold, agradável como sempre, e John, que, apesar do atrito com Charlie, nunca foi indelicado comigo. Como de costume, Priscilla havia determinado os lugares à mesa, além de praticamente ter me ignorado depois da nossa conversa atrás da escadaria. Quando a sobremesa foi servida, a surpresa sobre a nossa conversa já havia passado e consegui relaxar e participar das brincadeiras à mesa; no princípio, Priscilla tinha proibido qualquer discussão em relação às carnes Blackwell, uma atitude sábia da parte dela. Quando terminávamos os biscoitos amanteigados com sorvete de creme, Arthur, que, como a maior parte dos presentes parecia ter bebido um pouco além da conta, estava dando a Ed os pêsames pelo recente financiamento de um projeto de lei congressional junto a Judith Pigliozzi, uma representante democrata do norte da Califórnia, mais conhecida por ter apoiado um projeto de lei não aprovado que incentivava o uso de maconha para fins medicinais.

— Em breve, veremos Ed e Judith fumando um baseado no Capitólio — declarou Arthur, e Ginger, a esposa de Ed, respondeu:

— Alguns estudos indicam que a maconha pode ajudar muito as pessoas que sofrem de enxaqueca — disse a meiga e melancólica Ginger, que era, ela mesma, vítima daquelas dores, e foi algo tão absolutamente incomum da parte dela que todos explodiram em gargalhadas.

— Então é *assim* que você aguenta se manter casada com Ed — brincou Charlie. — Sempre quisemos saber.

Ao mesmo tempo, John falou:

— Nada como "dar um tapinha" no fim da tarde, não é Ging?

Ginger protestou:

— Não quis dizer que *eu já experimentei.* Foi apenas um comentário sobre algo que li. — Arthur e Charlie ficaram imitando os movimentos como se estivessem tragando baseados. — Sério, eu nunca fumei maconha na vida — reafirmou Ginger, parecendo muito sem graça. — Estava escrito no artigo de uma revista.

— Alice, você já experimentou? — perguntou Arthur.

— Não a coloque nessa situação constrangedora — pediu Jadey, mas Arthur continuou:

— Então vamos perguntar a todos na mesa. Papai, é seguro presumir que a sua resposta seja um "não"?

Harold, com um sorriso cansado no rosto, concordou com a cabeça. A esta altura, todas as crianças já haviam voltado ao porão e dei graças a Deus que Ella não estivesse presente; não estava no clima para explicar nada sobre maconha.

— Já sabemos que Ginger proclama inocência — falou Arthur. — Eu, claro que já. Nan?

Nan torceu o nariz.

— Não sei se gosto dessa brincadeira — comentou ela, mas Arthur respondeu:

— Vou entender essa resposta como mais um "sim". Ed?

— Eu era velho demais — informou Ed. — Você precisa se lembrar que na época do *summer of love*, eu já era um associado da Holubasch and Whistler.

Arthur continuou a perguntar ao redor da mesa.

— Maj, acho que você nunca fumou, mas você é ardilosa, então confirma ou nega?

— Com certeza não — afirmou Priscilla.

Arthur apontou para Charlie.

— Chas, com você o único mistério é: você vendeu ou comprou mais?

Charlie riu.

— Ei, todos nós temos de ser bons em alguma coisa.

— Você nunca vendeu drogas, não é? — perguntei, e John declarou em tom de brincadeira:

— Alice, não faça perguntas cuja resposta não queira ouvir.

— Jadey, eu sei que você é um "sim" porque eu estava lá — continuou Arthur, e Jadey protestou:

— Eu era uma adolescente! Então não conta!

— Se você era adolescente, então já deve estar com quase 25 agora. — Arthur deu um sorriso malicioso para a esposa. (Será que eles não estavam mesmo transando? Eles estavam tão brincalhões, ou talvez houvesse mais hostilidade nessa troca do que eu poderia reconhecer.)

— John? — perguntou Arthur.

— Eu já experimentei, mas não curti muito.

— E agora, voltamos à formosa Alice. — Arthur estava à minha frente na mesa, entre Ginger e Nan. — Você meio que é o azarão da noite. Chas, quer apostar na sua metade da laranja?

Charlie apertou os olhos, me examinando, e finalmente disse:

— Aposto que sim. Lindy tem mais veia aventureira do que você poderia imaginar.

Senti meu rosto ficar vermelho — o comentário pareceu carregar conotações sexuais —, e Arthur disse:

— Momento da verdade, Alice.

— Uma vez só — respondi. — Acho que estou na mesma categoria que John, na qual o barato não representou nada para mim. — Pensei em quando me sentei no quarto de vovó no verão de 1968, com a própria e com Dena Janaszewski, depois pensei em vovó no hospital, cruzando os dedos mentalmente para que sua condição continuasse a melhorar.

— Alice, fica claro que você não provou o suficiente — declarou Arthur. — Onde está a sua perseverança? — Ele dava a risada característica dos Blackwell, depois disse para Charlie: — Por que a sua mulher desiste tão facilmente de tudo?

— É errado que essa conversa esteja me dando um desejo de fumar um baseado? — perguntou Jadey. — Juro que já faz quase duas décadas.

Arthur ergueu as sobrancelhas para Charlie.

— Chas, está pensando o mesmo que eu? Mas quem a gente conhece que...?

Charlie inclinou a cabeça para a direita, em direção à porta vaivém que levava até a cozinha, e sugeriu:

— Que tal Leroy? — Um pavor tomou conta de mim. Leroy era o filho da Sra. Ruby, mais velho do que Yvonne. Eu nunca o conhecera, mas sabia que ele tivera alguns desentendimentos com a lei.

— Brilhante! — Arthur alcançou o pequeno sino de porcelana branca que Priscilla usava sempre que queria chamar a Sra. Ruby e o levantou. Na mesma hora, Priscilla agarrou de volta o objeto, e eu fiquei enormemente aliviada.

— Você não vai enredar Ruby no meio dos seus desatinos — disse ela.

— Não venha me dizer que o Grande Leroy Sutton não saberia onde encontrar uma boa erva nessa cidade — protestou Arthur, e John disse:

— Ah, acho que ele está bem além disso. Erva é brincadeira de criança para um cara como ele.

Será que lhes ocorria que a Sra. Ruby poderia estar ouvindo cada palavra que eles estavam dizendo? Parecia que não.

— Acho que este é um bom momento para eu e Ginger nos retirarmos de forma graciosa — informou Ed, embora estivesse sorrindo quando empurrou para trás sua cadeira. — Maj, papai, agradecemos pelo tremendo jantar, como de costume.

— Seu conservador retrógrado! — gritou Arthur.

— Ah, seria mesmo muito apropriado para o representante do nono distrito ser pego fumando maconha cinco meses antes de se candidatar à reeleição — comentou Charlie. — E nada mais nada menos do que na casa do antigo governador. Alguém chame o *Washington Post*!

Em tom irônico, Ed pediu a Ginger:

— Venha comigo, querida. Vamos enrolar Geoff.

Enquanto Ginger se levantava da mesa, Nan disse:

— Também estou pronta para encerrar a noite. — Vi que ela olhava para John de forma significativa; eles dois se levantaram, seguindo Ed e Ginger.

Quando os quatro haviam desaparecido, Harold pigarreou, e todos nós olhamos para ele.

— Permitam-me lhes dar um conselho não solicitado — disse ele. — Apesar da nostalgia, essa ideia é abominável. — Ele se levantou. — Alguém gostaria de se juntar a mim na sala de estar para um café?

Todos se levantaram, e a ideia de comprar maconha por intermédio de Leroy Sutton ou de qualquer outra fonte parecia ter perdido o impulso — graças a Deus, no que me diz respeito — e, enquanto os homens acompanhavam Harold até a sala de estar e as mulheres tiravam os pratos, Jadey sussurrou para mim:

— Ótimo, agora Maj provavelmente pensa que, além de uma vaca gorda eu também sou uma drogada.

Ela não parecia muito preocupada.

Quando todos nos levantamos, a Sra. Ruby havia magicamente aparecido junto com um homem chamado Bruce que ajudava a servir e a limpar, e que também trabalhava como bartender quando os Blackwell davam festas maiores. Apesar de ter visto a Sra. Ruby diversas vezes durante a noite, só a havia cumprimentado de forma rápida; ela estivera ocupada preparando a refeição e havia outras pessoas nos arredores. Foi apenas depois do café ser servido, quando Priscilla estava na sala de estar, que encontrei uma oportunidade a sós com a Sra. Ruby; ela estava colocando a prataria na máquina de lavar louças. Perguntei:

— A Sra. Blackwell comentou com você algo sobre o dia da peça?

Ela mal olhava para mim quando respondeu:

— Tudo bem.

— Gostaria de me desculpar se eu tiver criado uma situação desconfortável para você — comentei.

Ficamos em silêncio, e o vapor da água esguichando pela torneira subiu.

— Obviamente, você não fez nada errado — acrescentei. — Espero que ainda estejam planejando ir almoçar na nossa casa daqui a uma semana. Estamos muito contentes de poder ver o bebê de Yvonne.

A Sra. Ruby ergueu a sobrancelha.

— Você contou para a Sra. Blackwell?

— Não contei, mas se achar que fica desconfortável para vocês comparecerem, entendo. Espero que saiba que ficaríamos encantados de recebê-los. Seríamos apenas eu, Charlie e Ella. — Fiz uma pausa. — Estou contando que vocês estarão lá, mas se tiverem algum imprevisto, me ligue.

Será que eu estava criando uma confusão para a Sra. Ruby ou colocando o emprego dela em risco? Mas parecia muito mais ofensivo para mim ceder aos caprichos de Priscilla do que desafiá-la; além disso, ela e Harold retornariam para Washington dentro de poucos dias. Já era ruim o suficiente ela tentar controlar o nosso comportamento enquanto estávamos ali, mas seria simplesmente absurdo tentar nos controlar a distância.

Antes de deixar a cozinha, eu disse:

— Agradeço pelo jantar. Estava tudo delicioso.

NA VOLTA PARA CASA — já passava das 22 horas quando saímos de lá, e eu estava ao volante —, Charlie disse:

— Estão rolando rumores de que você andou socializando com uma negra.

— Charlie, sabe que não gosto de criar confusão, mas a sua mãe sugerir que é errado ir...

— Não me culpe. — Ele pareceu divertido. — Você e a Sra. Ruby podem espetar os dedos e virar irmãs de sangue se depender de mim. Só espero conseguir um bom lugar para assistir ao confronto entre Lindy e Maj. — Ele usou um tom de locutor de esportes. — "À minha direita, pesando 59 quilos e usando uma saia cor-de-rosa de tênis..." — ao notar que eu não havia rido, disse: — Ah, vamos lá, essa piada foi boa. Então, você foi até o âmago, hein? Você é uma mulher corajosa.

Âmago era um nome depreciativo para o centro da cidade de Milwaukee, mas não um termo que eu usasse. Ignorei Charlie, e, do banco traseiro, Ella perguntou:

— Mamãe, quantos dias faltam até irmos a Princeton?

Ella estava empolgada com o espetáculo que aconteceria na reunião de turma — Charlie ensinara a ela os diversos gritos de guerra e de torcida da faculdade e eu me esforçara para descrever os uniformes nas cores preto e laranja, as turmas separadas por tendas à noite, a beleza do campus (quando Ella fora conosco à 15ª reunião em 1983, ela era ainda tão novinha que tinha pouca lembrança de lá) — e também estava empolgada porque a viagem seria uma oportunidade de encontrar os primos Harry e Liza. Respondi:

— Se hoje é dia 21 de maio e nós vamos viajar em 3 de junho, quantos dias faltam? Você se lembra de quantos dias há em maio?

— Trinta dias... — começou Ella, contando nos dedos. — Catorze dias?

— Quase — respondi. — Faltam 13.

— Isso significa que a festa da minha turma vai ser em 12 dias?

— Exatamente.

— Papai? — chamou Ella.

Charlie virou o rosto para o banco de trás.

— A sua epiderme está à mostra — comentou ela.

— Ah, é? — respondeu Charlie. — Bem, há vida em Urano.

Ella deu uma risada.

— E quem é menino vai a Plutão porque é bobão.

— Eu me recordo bem do meu tempo em Plutão, com muito carinho — informou Charlie. — Sua mãe achou que eu fosse bobão desde o início, mas quando voltei de lá, tinha esquecido até de como tirar meleca. — Depois, continuou: — Houve um pedido para que a cantora de ópera mundialmente famosa Ella Blackwell se apresentasse. Os fãs estão chamando por ela. Será que ela vai desapontá-los ou vai fazer uma aparição? Três, dois, um, e é com você, Ella! — Na verdade, foi ele que começou a cantar: — "Oh, Princeton já era Princeton quando Eli tinha apenas começado..."

Ella respondeu com a sua própria voz aguda e doce:

— "E Princeton será Princeton quando os dias de Eli tiverem terminado..."

Juntos, em alto e bom som, eles cantaram os últimos dois versos, que eu não achava nem um pouco apropriados para uma criança de 9 anos:

— "E qualquer filho da puta de Yale que vier se achando maneiro/ Pode juntar os lábios róseos em um bico formoso para beijar o Tigre bem no traseiro!"

Esse era apenas um pequeno exemplo da propaganda de Princeton que o meu marido vinha fazendo com a nossa filha. Também havia a roupa que tinha sido enviada a ele antes da reunião para ser usada por todos os membros da turma dele durante a parada pelo campus que, até agora, Ella já havia experimentado e Charlie ainda não: um casaco esportivo laranja com uma listra preta descendo pela lateral da calça e pelo zíper da jaqueta, e um chapéu branco e mole, com o número "68" estampado em preto e laranja em um círculo acima da aba. (O tema do uniforme era para ser tênis, ou "Amor após os 40".) E também havia a saudação preferida de Ella, conhecida como "locomotiva". A qualquer momento — durante o jantar ou mesmo quando Ella estava indo para a cama — Charlie gritava: "Locomotiva de 68", e os dois entoavam: "Hip! Hip! Rah! Rah! Rah! Tigre! Tigre! Tigre! Sis! Sis! Sis! Boom! Boom! Boom! Bah! Sessenta e oito!" — E depois eles gritavam, aplaudiam e até mesmo dançavam. Algumas vezes, eu achava as coreografias engraçadas; em outras, exasperantes. As reuniões de turma de Princeton lembravam uma versão acadêmica e institucional das reuniões da família Blackwell: impressionante e cheia de si, irresistível e intoxicante, maravilhosa e repugnante, tudo ao mesmo tempo. E, dessa vez, senti uma preocupação particular com a quantidade de álcool que Charlie ingeriria; na 15ª reunião havia sido a única vez em que o vira beber tanta cerveja a ponto de vomitar, e isso tinha sido nos dias em que ele bebia bem menos do que agora.

Charlie mudou para uma canção diferente:

— "Sintonize cada coração e cada voz / Cubra cada falta de cuidado"... — Essa era uma música de que eu gostava, mesmo que acabasse com um gesto que era desconfortavelmente próximo à saudação nazista. Mas estávamos no carro, apenas a nossa pequena família, então me juntei a eles:

— "Assim os seus filhos devem dar, enquanto vivermos/ Três vivas para a Old Nassau"! — E então, por sermos uma família, e porque em família fazemos as mesmas coisas repetidas vezes, cantamos a música uma segunda vez, uma terceira, uma quarta vez e, na quinta, havíamos chegado em casa.

OS BREWER jogariam contra os Toronto Blue Jays naquele domingo e o jogo começaria às 13h15. O plano original era que Arthur e o filho, Drew, iriam com Charlie e Ella, mas Arthur ligou na manhã do dia do jogo dizendo que achava que poderia pegar mal se, logo após o escândalo das carnes, ele e Charlie aparecessem na TV aproveitando a vida em um estádio de beisebol (os assentos dos Blackwell eram oito fileiras acima do abrigo dos jogadores dos Brewer, entre a terceira base e a base do batedor).

— Fomos exonerados! — protestou Charlie, mas, aparentemente, Arthur não pôde ser dissuadido. Quando Charlie desligou o telefone, disse:
— Sinto o cheiro de John nisso.

Eu havia planejado passar a tarde me preparando para a semana — no dia seguinte, voltaria a Riley para ajudar mamãe a levar vovó para casa e, na terça, para um almoço do clube de jardinagem na casa de Sally Gilman, para o qual ficara de levar uma salada de batatas para trinta pessoas —, mas rapidamente me ofereci para ir no lugar de Arthur. Ligamos para ver se Harold gostaria de se juntar a nós, mas o voo de volta para Washington seria às 16 horas.

Eu realmente não me importei com a mudança de planos; mesmo antes de eu e Charlie termos Ella, ir aos jogos de beisebol talvez fosse a melhor atividade que fazíamos em conjunto. Eu gostava de ser parte da multidão, mas de uma multidão ordenada — havia cadeiras, fileiras e seções, então mesmo com dezenas de milhares de pessoas não era caótico, e se um fã ficasse bêbado e incontrolável, ele geralmente era acompanhado até a saída. Eu apreciava como o estádio era um cenário no qual você poderia, mas não precisaria, dar continuidade a uma conversa, eu gostava das pessoas (fãs como nós, famílias com crianças, adolescentes ou casais de meia-idade namorando, grupos de amigos com 20 e muitos ou 30 e poucos anos, homens que iam sozinhos e que tinham algo neles que eu achava muito comovente, ou ao menos achara, antes de Charlie se tornar um desses homens, pois sentia que era responsabilidade minha e de Ella). Mas gostava dos gritos das torcidas e das tradições banais, das músicas familiares e de como era gostoso e simples comer um cachorro-quente tomando uma cerveja em uma tarde ensolarada ou no início de uma noite. A única parte dos jogos de beisebol que eu não gostava era quando uma bola era rebatida para fora de campo ou em *home run*, voava para as arquibancadas, e as pessoas se amontoavam para tentar pegá-la — mas apenas uma delas ficaria com o que tantas queriam. No geral, os jogos de beisebol mantinham Charlie ocupado o suficiente, sem ficar entediado, e também era bastante calmo para mim. Quanto a Ella, minha filha gostava dos jogos por seus próprios motivos — a amiguinha japonesa por correspondência era uma tremenda fã do esporte, o que aumentara o seu interesse pelo assunto, e ela também amava que o pudim congelado viesse em um pequeno boné de plástico dos Brewer que podíamos levar para casa — embora o mais importante fosse o fato de ela gostar do jogo de que todos nós gostávamos.

Lá pelo quarto ciclo, a pontuação estava 4 a 1 a favor dos Brewer, e Charlie parecia ter esquecido o recente problema que tivera com os irmãos. Foi quando Zeke Langenbacher se aproximou de nós pela lateral. Zeke era um homem cerca de vinte anos mais velho do que nós que tinha fama de ser o mais rico de Milwaukee e, possivelmente, de Wisconsin — ele havia abandonado a escola no colegial e se tornara entregador de leite e aos 25 anos já era dono de uma fábrica de laticínios; depois diversificou a linha de negócios com uma companhia de seguros, estações de rádio e hotéis. Eu encontrara com ele diversas vezes, mas sempre imaginei que não se lembraria do meu nome e sempre ficava bastante surpresa quando via que ele se lembrava. Ele e Charlie às vezes jogavam tênis juntos — na quadra, Zeke era conhecido tanto por sua excelência quanto por sua agressividade peculiar —, e acho que essas partidas, mesmo que fossem derrotas, davam a Charlie uma sensação de orgulho. "Zeke é do cacete", disse-me Charlie, após uma partida, "ele é um capitão da indústria."

Depois de me cumprimentar e de ter sido apresentado a Ella, Zeke gesticulou em direção à cadeira vazia perto de Charlie.

— Tem alguém sentado ali?

Charlie deu dois tapinhas no assento.

— Estávamos guardando para você.

Zeke tinha os próprios ingressos de temporada, duas fileiras à nossa frente (o County Stadium nunca tinha camarotes de luxo, o que para mim fazia parte do seu charme) e, mais cedo no jogo, eu o notara sentado lá com mais dois homens.

Ella estava sentada entre mim e o pai, e Zeke estava do outro lado de Charlie, então não consegui ouvir sobre o que falavam. Surpreendeu-me que ele tivesse permanecido lá até o sétimo ciclo; até aquele momento, os Brewer já tinham marcado mais três pontos. Levei Ella ao banheiro, depois esperei na fila com ela para comprar batatas fritas e estávamos voltando para a nossa seção quando Ella e um menino da mesma idade bateram de frente. Quase metade das batatas de Ella que estavam na embalagem de papelão caíram no chão e, com um tom de repreensão, ela disse ao menino:

— Olha o que você fez!

O menino pareceu assustado, então expliquei:

— Ella, querida, foi um acidente. Ele não teve culpa, assim como você também não. — O menino estava acompanhado de um homem e, quando olhei para cima, antecipando uma troca de sorrisos de desculpas, vi que se tratava de Simon Törnkvist. Acredito que nós dois consideramos fingir que não tínhamos reconhecido um ao outro (os óculos dele eram diferentes, as lentes eram maiores e ele não tinha mais barba, mas o cabelo louro esvoaçante ainda era o mesmo, e o olho esquerdo caído também), no entanto, eu disse:

— Minha nossa, que mundo pequeno, não é mesmo? — Repousei uma das mãos sobre o ombro de Ella. — Está é minha filha, Ella.

— Meu filho, Kyle.

— Certamente, hoje é um belo dia para ir a um jogo de beisebol — comentei.

— Moramos em Oshkosh agora, mas estamos visitando alguns amigos. — O tom de voz de Simon era mais caloroso do que eu poderia ter esperado.

— Você não é de Oshkosh? — perguntei, e ele respondeu:

— Boa memória a sua.

Boa memória?, pensei. Namoramos por quase um ano!

— Você ficaria surpresa de saber que eu também acabei na área de educação — disse ele. — Sou professor de história para o ensino médio.

— Isso é maravilhoso! — exclamei.

Tive a impressão de que ele ficou esperando que eu fornecesse uma atualização comparativa, como *E eu vou devagar e sempre na biblioteca*, mas percebi que não queria compartilhar com Simon o fato de que não tinha mais um emprego. Comecei a me perguntar se ele ficara sabendo com quem eu me casara ou se, ao menos, sabia que havia sido com um dos filhos do antigo governador, mas me senti bastante aliviada por ele demonstrar não ter a menor ideia. Provavelmente Simon Törnkvist expressaria uma tremenda desaprovação, pois isso lhe pareceria algo burguês demais para mim.

— Vamos deixar vocês dois voltarem ao jogo — falei. — Foi bom ver você.

— Talvez pudéssemos reunir as nossas famílias da próxima vez que estivermos na cidade — comentou ele, e eu sorri, contando com o fato de que ele jamais conseguiria me achar.

— Com certeza.

De volta aos nossos lugares, Zeke Langenbacher havia ido embora e eu disse a Charlie:

— Você nunca vai acreditar com quem Ella e eu acabamos de encontrar: Simon Törnkvist.

— Está falando que encontrou com "Parsley, Sage, Rosemary, and Thyme"?*

---

* *Parsley, Sage, Rosemary, and Thyme* é o título de um álbum da dupla Simon & Garfunkel lançado em 1966. A segunda música tem o mesmo nome do disco, e a letra é sobre um soldado. Esse álbum é conhecido por conter protestos contra a Guerra do Vietnã. (*N. da T.*)

Esse era o apelido que Charlie dera a Simon anos antes, baseando-se nas minhas breves descrições sobre o meu ex-namorado. Os dois nunca haviam se encontrado, mas Charlie acabara ficando com a impressão de que Simon era um violeiro cabeludo que protestava contra guerras; na verdade, isso dizia menos a respeito da ideia que Charlie tinha sobre Simon do que a sua ideia sobre mim.

— Ele estava com o filho — continuei, e Ella disse:

— Ele me fez derrubar todas as minhas batatas!

— Pelo que vejo, não foram todas — retrucou Charlie, esticando o braço para pegar algumas. Indignada, Ella deu um tapa no antebraço do pai.

— Achei que o velho Parsley não queria ter filhos — comentou Charlie. — Não foi por isso que terminaram?

Foi a minha vez de ficar surpresa, agradavelmente surpresa, pela capacidade de outra pessoa de se lembrar do passado.

— Acho que as pessoas mudam — respondi.

Eu estava ciente de que talvez devesse considerar a mera existência de Kyle como um insulto a mim, e quem poderia dizer se Simon tinha outros filhos? Ele provavelmente tinha. Mas a verdade é que senti quase uma gratidão estonteante por ser casada com Charlie em vez de Simon. Como ele havia sido inflexível e seco, não demonstrando carinho algum por mim enquanto namorávamos; como ele era entediante. No entanto, só percebi isso mais tarde. Charlie, mesmo com seus inúmeros defeitos, era infinitamente preferível. Passei o braço por Ella para acariciar a nuca de Charlie.

— O que Zeke Langenbacher tinha a dizer?

Charlie deu de ombros.

— Apenas queria jogar conversa fora.

Os Brewer ganharam de 7 a 1, e voltamos contentes para casa, queimados de sol e cansados. Quando chegamos à autoestrada, virei para o banco de trás.

— Querida, quero que guarde os seus brinquedos antes da hora do jantar.

— Caso não saiba onde está a sua Barbie, ela está completamente pelada com o traseiro para cima no chão do escritório — informou Charlie. — Parece pronta para ser enrabada.

— Charlie! — Franzi a testa para ele.

— O que quer dizer enrabada? — quis saber Ella.

— Só estou falando a verdade — retrucou Charlie.

A Ella, respondi:

— Não é nada. Ela está apenas deitada de bruços. Por que não põe algumas roupas nela, para que não fique com frio?

O telefone estava tocando quando entramos em casa e o meu primeiro impulso foi deixar a secretária eletrônica atender, mas depois decidi responder ao chamado porque pensei que poderia ser Jadey querendo sair para uma caminhada.

— Alô? — atendi. Não houve uma resposta imediata, depois ouvi o som de uma pessoa fungando, uma fungada que eu reconhecia, e mamãe falou:

— Ah, Alice, odeio ter de lhe dizer isso, mas sua avó faleceu.

NUNCA HAVIA COMPRADO roupas pretas para Ella antes. Na verdade, dissera a ela que não eram apropriadas para garotas pequenas, uma frase que ficou repetindo para mim em tom acusatório enquanto eu esperava sentada em um banco do provador de roupas da Miss'n Master, uma butique de roupas para crianças com preços exorbitantes, e ela experimentava um vestido preto fino com mangas estufadas e uma fita na cintura. Olhou atentamente para o espelho e disse com um prazer inesperado:

— Estou parecendo a garota da Família Adams! Será que você poderia fazer tranças no meu cabelo para o funeral da vovó?

— Experimente este aqui — sugeri, segurando um vestido azul-marinho com uma gola no estilo Peter Pan. Quando Ella acabou de vesti-lo pela cabeça, franziu o cenho ao ver o seu reflexo. Então perguntei:

— Ficou uma graça. Por que não gostou desse?

— Gostei mais do outro.

Eram 16 horas de uma quinta-feira, havia quatro dias desde que eu recebera a ligação de mamãe, e o funeral seria às 11 horas do dia seguinte. Suspirei.

— Está bem, levaremos o preto.

— Posso usá-lo no Natal?

— O Natal é daqui a sete meses, querida.

— Posso usá-lo para ir a Princeton?

— Discutiremos isso mais tarde. Vire-se e me deixe abrir o zíper.

Próximo ao caixa, Ella anunciou à mulher de meia-idade que registrava o preço do vestido:

— É para o funeral da minha bisavó porque ela morreu de sangue na cabeça.

A mulher olhou espantada.

— Fico triste por ouvir isso — respondeu.

ERA ESTRANHO estar em Riley sem vovó. No passado, eu estivera lá enquanto ela estava em Chicago com Gladys Wycomb ou chegara enquanto ela tirava uma soneca, mas em todas aquelas vezes sentira a sua força mesmo durante sua ausência e, agora, ela não estava em canto nenhum. Quem era eu para dizer o que eu realmente sabia sobre os mistérios da vida após a morte? Talvez ela estivesse bem ao meu lado, assistindo enquanto eu me virara para cumprimentar as pessoas sentadas nos bancos atrás da primeira fileira na igreja luterana. Senti um aperto de tristeza, como se estivesse com um cinto muito apertado, mas também senti um prazer em relação às regras sociais que sempre me surpreendiam em funerais: como os momentos de real foco e desolamento eram a exceção, os momentos em que se pensava de verdade na pessoa que havia morrido em vez de perceber-se vagamente atento ao fato de estar em uma igreja, fazendo parte de um grupo, recitando orações ou falando com as pessoas. Talvez cerca de sessenta pessoas tenham comparecido à cerimônia, a princípio os nossos vizinhos, mas também Ernie LeClef, que era agora gerente da agência de Riley do Wisconsin State Bank & Trust, e essa estimativa era maior do que eu havia esperado, já que vovó tinha poucos amigos próximos e havia vivido bem mais do que seus colegas da mesma geração e do que várias pessoas uma geração mais jovem, dentre as quais, é claro, papai.

O pastor era um homem que eu conhecia pouco, Gordon Kluting, e ele iniciou a cerimônia dizendo:

— Louvado seja o nosso Deus, pai do Nosso Senhor Jesus Cristo, fonte de toda a misericórdia e Deus de todas as consolações.

Depois da sua saudação, cantamos "Jesus, Lead Thou On", seguido da liturgia e do salmo 23, e mamãe leu o livro de Apocalipse (ela era quase inaudível), então foi a minha vez de ler as bem-aventuranças em Mateus 5: *Bem-aventurados os pobres de espírito, porque deles é o reino dos céus... Bem-aventurados os que choram, porque eles serão consolados...* Fiquei satisfeita em ter essa leitura designada a mim e não a que mamãe lera, por conta do tom de compaixão que continha, muito mais do que de fé; após todos aqueles anos, minha fé continuava terminantemente abalada. Não questionava o fato de que o mundo era miraculoso e costumava funcionar de formas inexplicáveis. Mas sobre a relação de tais milagres com as construções que chamávamos de igrejas ou as sequências de palavras que chamávamos de orações eu tinha menos certeza. Na maior parte das vezes, encontrava o meu lugar entre os fiéis, fosse na igreja luterana ou na da redenção, que era a igreja episcopal que frequentávamos em Milwaukee, através de frases soltas da Bíblia, às vezes até fora de contexto. Da carta de Paulo aos filipenses, por exemplo: *Aprendi a contentar-me com o que tenho. Sei viver na penúria e sei também viver na abundância. Estou acostumado a todas as vicissitudes: a ter fartura e a passar fome, a ter abundância e a padecer necessidade...* Em ideias simples ou em linguagem bonita, sentia uma ressonância que estava ausente quando comungava ou rezava a maioria das orações. (O Credo Niceno-Constantinopolitano, com aquela certeza agressiva e excludente, me deixava particularmente desconfortável e, por vezes, se eu achasse que seria inconspícuo, evitava recitá-lo; mas caso, por exemplo, fosse noite de Natal e eu estivesse sentada ao lado de Priscilla Blackwell, era uma posição que não valia a pena ser defendida.) Considerava importante criar Ella na igreja, mesmo que fosse apenas para que, no futuro, caso desejasse se confortar na religião, ela pudesse fazê-lo com fundamentos — não precisaria buscar isso como alguém de fora. Então, a ironia era que, na maior parte dos finais de semana, eu me certificava de que fôssemos à igreja. Logo que nos mudamos para Milwaukee, Charlie fora um entusiasta, mas acho que mais devido a nos estabelecer enquanto um casal recém-casado na comunidade do que à sua fé, que era à revelia. Na cabeça de Charlie, é claro que havia um Deus, claro que devíamos rezar para Ele, especialmente no Natal e na Páscoa e em tempos de inquietação, e não, não era errado impor a Ele as nossas mais ínfimas preocupações (como uma recepcionista em um hotel de luxo, Ele estava lá para isso). Em anos mais recentes, Charlie se tornara menos diligente sobre ir à igreja todo domingo e às vezes Ella e eu íamos sem ele; ela frequentava a escola dominical e adorava, porque a professora era uma jovem de 19 anos chamada Bonnie que tinha um olho protético, e ao final das aulas em que as crianças haviam se comportado, ela o tirava para que elas vissem. Bonnie havia perdido o olho, Ella me informara em tom sombrio, quando tinha 3 anos, depois que o irmão mais velho atirou nela um elástico de borracha, mas Bonnie desde cedo o perdoara, porque, como Ella me lembrou, citando as palavras de Jesus, "se perdoardes aos homens as suas ofensas, vosso pai celeste também vos perdoará".

Foi quando eu estava terminando a leitura das bem-aventuranças que passei a vista pela congregação e vi Harold Blackwell sentado no penúltimo banco ocupado da igreja. Essa foi a primeira vez que senti os meus olhos se encherem de lágrimas. Nem mesmo Jadey havia ido — eu dissera a ela que não era necessário, e sentira que ela havia ficado aliviada. Percebi que Harold fizera uma viagem especial de volta a Wisconsin. E enquanto a própria vovó havia tido suspeitas quanto às inclinações políticas de Harold, fiquei muito comovida. Quando retornei ao meu lugar no primeiro banco, passando por Lars e mamãe e me sentando entre Ella e Charlie, ele segurou a minha mão e falou:

— Bom trabalho.

Após a homilia, o Pastor Kluting fez uma oração fúnebre que não lembrava vovó; dentre outras coisas, ele se referiu a ela como "pilar da comunidade de Riley" e, depois do Credo Apostólico, da oração ao Senhor e da oração de encomenda do corpo, como hino final cantamos "Lift High the Cross". De novo, tive a sensação de que iria sufocar. Não que algo na canção tivesse me lembrado vovó, mas era uma música que eu cantava desde menina e, enquanto o órgão soava e a igreja estava cheia, ou parcialmente cheia, pelas vozes das pessoas que conheciam a minha família, uma imensa tristeza tomou conta de mim. Como teria sido diferente a minha vida se eu não tivesse crescido naquela mesma casa com aquela avó, como eu seria muito mais limitada e insípida! Ela era a razão pela qual eu gostava de ler, e ser uma leitora assídua foi o que mais me fez eu mesma; isso me dera os dons da curiosidade e da compaixão, uma consciência do mundo como um lugar estranho, vibrante e contraditório, e fizera com que eu não temesse a sua estranheza, sua vibração e suas contradições. E será que eu teria me casado com Charlie, se não fosse por vovó? Certamente não, menos por conta de sua alta estima por ele naquela primeira visita do que pelas qualidades que eles compartilhavam, os traços que eu admirava nele porque os vira antes nela: as brincadeiras de mau gosto, o humor e a irreverência, uma inteligência implícita em vez de declarada. Ele estava ao meu lado agora, pelo canto do olho via o seu terno cinza, e pensei: *Não é que vovó estava certa sobre tudo?* Desde moda e educação até ter me ajudado a acabar com aquela gravidez equivocada; quando ela não havia cuidado de mim, sobre o que havia se enganado? E, portanto, ela não estaria certa sobre ele também?

O caixão dela estava sobre rodas, e os carregadores eram homens do escritório do diretor funerário. Durante o último verso da música, eles caminharam pelo corredor seguidos pelo pastor, depois pelos membros da família, e eu pude perceber que mamãe estava sorrindo para as pessoas, como uma anfitriã, e também chorava. No carro, a caminho do cemitério (não alugamos uma limusine nem mesmo para o enterro; as pessoas em Riley não faziam isso), Ella inclinou-se para o banco da frente e deu uma leve cutucada no meu ombro; Charlie estava dirigindo e eu, no banco do passageiro. Quando me virei, Ella parecia apreensiva, como se estivesse pensando seriamente sobre o assunto, e disse:

— Acho que vovó iria gostar do meu vestido.

NA RECEPÇÃO que se seguiu, organizada na casa da Amity Lane, eu acabara de arrumar um prato com musse salgada de gelatina na sala de estar quando Charlie se aproximou por trás de mim e disse:

— Acha que vai querer ficar mais um pouco por aqui ou quer pegar a estrada? — Ele estava mastigando alguma coisa (parecia ser o bacon aperitivo com molho de queijo, servido com batatas fritas, que eu vira apenas em funerais), engoliu e limpou as mãos em um guardanapo de coquetel.

— Você está com pressa? — perguntei.

— Não quero pressionar você, então se estiver pensando em ficar por aqui, talvez Ella e eu pudéssemos aproveitar uma carona com papai... Foi só uma ideia.

Quase todo mundo do funeral estava espalhado pela sala de jantar e pela sala de estar. A cerimônia ao lado do túmulo havia sido rápida e havíamos voltado para casa 15 minutos mais cedo. Harold se aproximou de nós, se posicionando entre mim e Charlie, e apoiando cada uma das mãos nas nossas costas. (Desde a nossa chegada à casa, eu percebera que os outros convidados haviam notado a presença de Harold, cutucando uns aos outros e sussurrando comentários — *Acho que aquele é o governador Blackwell.* Mas Harold ou não percebeu, ou já estava acostumado com isso, pois não deu nenhuma atenção.) Ele falou:

— Alice, em nome da nossa extensa família, todos nós estamos com você e a sua avó em pensamento hoje.

— Foi muito bom você ter vindo — respondi.

— Onde mais eu poderia estar, que fosse tão importante assim? Só lamento ter de sair neste momento, mas tenho um discurso marcado em San Diego esta noite. Como você pode imaginar, Priscilla sente muitíssimo de não ter podido comparecer.

Concordei com a cabeça.

— Claro.

— Não poderíamos amá-la nem um pouquinho mais — comentou ele e, enquanto nos abraçávamos, pensei em como não havia nada no mundo mais terno para mim do que a veia sentimental de Harold Blackwell. O suficiente para eu me questionar se haveria outros políticos eleitos sobre os quais eu estivesse tão errada quanto estivera em relação a ele.

Será que havia homens (e seriam, principalmente, homens) que, em vez de criar falsas personas de boa índole e de honra, fizessem justo o oposto: criassem uma falsa crueldade, uma falsa rigidez? Homens que, por meio da distorção causada pela mídia ou de uma pressão captada para agirem de uma determinada forma sublimassem, ao menos em público, a própria decência e docilidade?

Quando acabamos de nos abraçar, Harold deu tapinhas no ombro de Charlie.

— Cuide bem dela, filho — pediu ele, e Charlie perguntou:

— Acha que teria espaço no Batmóvel para mais dois?

— Querido, pode ficar — falei. — Você não está atrapalhando.

Charlie não fez contato visual comigo quando respondeu:

— É, mas veja bem, eu meio que tenho um negócio de trabalho para resolver. É algo que surgiu de última hora e é muito importante, na verdade, senão eu adiaria.

— Os seus irmãos vão compreender que você precisa ficar com Alice hoje — protestou Harold, e eu quis saber:

— O que é?

Charlie hesitou.

— Prefiro não ser muito específico. Dou a minha palavra de honra de que vou contar a vocês assim que puder. Lindy, está pensando em chegar em casa a que horas, lá pelas 17 ou 17h30?

— Tem certeza de que não pode dizer o que é?

Os lábios dele se contraíram como se pedisse desculpas.

— Dê-me uns dois dias, será que pode fazer isso? É algo que apareceu de repente, e eu não gostaria de comentar nada a respeito até que o negócio esteja quase fechado. — Ao pai, ele informou: — Vou buscar Ella e encontro com você lá na frente. — Ele se inclinou para me beijar. — Vejo você hoje à noite, na hora do jantar?

Quando Charlie foi embora, senti que Harold e eu compartilhávamos uma vergonha desconfortável; éramos, afinal de contas, respectivamente o pai e a esposa de Charlie. Com um falso tom de despreocupação, falei:

— Eu realmente espero que você consiga espremer dele esse segredo na carona até em casa e depois me dê notícias! — Mas eu não tinha a menor expectativa de que isso acontecesse.

— É, ele pareceu bastante misterioso, não foi? — Harold balançou a cabeça. — Nos avise caso haja algo que possamos fazer por você.

UMA DAS ÚLTIMAS pessoas a deixar a recepção foi Lillian Janaszewski, a mãe de Dena. Eu já havia começado a carregar os pratos e copos até a cozinha quando ela me parou, dizendo:

— Alice, você não parou nem um momento a tarde toda. É igualzinha a Dorothy.

— Agradeço pela sua presença — respondi. — Foi bom vê-la.

Eu havia repetido essas palavras ou variações semelhantes tantas vezes que se tornara automático, assim como o microrresumo que fornecia sobre a minha vida atual e sobre vagas lembranças de vovó: *Sim, Charlie e eu ainda moramos em Milwaukee. Ella já tem 9 anos e está terminando a terceira série. É, é aquela ali mesmo, de cabelos compridos.* Ou: *Ela acabou de sair, sinto muito que não a tenha visto. Charlie e eu temos muita sorte.* E ainda: *Eu sei, vovó era uma pessoa maravilhosa, não era?* Essa parte dos procedimentos funerários também parecia ter mais a ver com decoro social do que com a pessoa de vovó, de maneira que, conforme eu escutava a mim mesma tagarelando, sentia pinçadas de deslealdade. Mas que alternativa eu tinha? Como poderia suportar relembrá-la de forma vivaz e realística com todos os presentes? *Ela achava Riley um tanto ou quanto monótono. Ela era uma jogadora excepcional de bridge. Ela jamais levantou um dedo sequer para limpar ou cozinhar, mesmo quando era mais jovem e mais ágil, e poderia tê-lo feito com facilidade. Ela fumava constantemente, inclusive perto da neta. Ela gostava de* Anna Kariênina *porque amava as personagens, mas achou* Guerra e paz *fastidiosamente político, e esteve a par da moda corrente até os 90 anos, se desesperando com a tendência de usar moletons durante todas as horas do dia; ela também afirmava que os vestidos de Laura Ashley pareciam ser feitos para serem usados por camponesas. Ela teve um longo caso de amor com outra mulher, sobre quem nenhum de nós comentava a respeito, mas então elas terminaram e também não falávamos sobre isso.* De alguma forma, o verdadeiro eu de vovó não era da conta de nenhum daqueles convidados; o eu verdadeiro de ninguém deveria ser conhecido por mais do que um número reduzido de familiares ou amigos próximos. De qualquer jeito, disse a mim mesma que aquelas afirmações superficiais não tinham o poder de encobrir ou de insultar os mortos mais do que sentir saudades teria o poder de trazê-los de volta à vida.

A Sra. Janaszewski segurou a minha mão entre as dela, e a frieza da sua pele foi inesperada, visto que era uma tarde quente de maio.

— Fico de coração partido com o que aconteceu entre você e Dena — comentou ela. — Ela voltou a morar aqui, sabia?

— Ela não está mais envolvida com a D's?

A Sra. Janaszewski lamentou:

— Manter uma loja de roupas é um negócio muito difícil, Alice. Os clientes são volúveis e, em Madison, há muita rotatividade de estudantes.

Isso me surpreendeu, porque a D's estava sempre lotada toda vez que eu ia lá. Então me dei conta de que a minha visita mais recente à loja fora mais de uma década antes; apesar de ocasionalmente voltar a Madison (para almoçar com Rita Alwin, a minha antiga amiga do Liess, ou para assistir a uma exibição de arte no Elvehjem Museum), sempre evitava a State Street porque me entristecia.

— Dena é recepcionista na churrascaria do shopping novo, mas a novidade real é que está com um namorado firme — contou a Sra. Janaszewski. — Você talvez o conheça, Pete Imhof. — Suponho que uma expressão de susto tenha surgido em meu rosto, porque a Sra. Janaszewski levou a mão até a boca, dizendo: — Ah, Alice, ele é o irmão de... Ah, esqueci completamente... Me perdoe.

— Não, não, isso foi há tanto tempo — respondi, e acho que senti a mesma deslealdade a Andrew que senti em relação a vovó: *Vou minimizar a dor da perda em nome de uma sociabilidade agradável; essa pequena conversa importa mais do que a nossa história, do que a sua memória.* No entanto, fiquei bastante perturbada com a notícia que a Sra. Janaszewski acabara de me dar. Dena estava namorando Pete? Mas *Pete* era horrível! Dena era divertida, bonita e trabalhadora, e *Pete* era vadio, preguiçoso e desonesto; ele era um canalha. Cheguei até mesmo a me perguntar se ela o estaria sustentando. Como haviam se encontrado? Será que era possível (e pelo bem dela, esperava que sim) que ele tivesse mudado desde que dera aquele golpe em mamãe? E depois pensei que se Dena e Pete estavam namorando, com certeza ela havia contado a ele sobre o meu aborto. E, meu Deus, para ele descobrir tanto tempo depois que eu estivera grávida... Será que estaria furioso comigo? Sentindo-se enojado, desapontado ou talvez apenas aliviado de eu ter cuidado do assunto sozinha? Perguntei à mãe de Dena:

— Há quanto tempo eles estão juntos?

— Ah, já tem quase um ano. Ela diz: "Mãe, pare de ficar nos perguntando quando vamos nos casar. Se eu tiver alguma notícia para dar, você vai ficar sabendo."

Então, se Pete tentasse me achar para me confrontar, já não o teria feito meses antes? E se Dena não havia contado, poderia ser por não se lembrar do fato? Isso parecia improvável, mas não impossível. Depois de todos aqueles anos, Dena e Charlie ainda eram as únicas pessoas para quem eu havia contado; confiar a informação a Jadey era arriscado demais.

Eu disse:

— Deve ser ótimo para você ter Dena por perto.

— Ela mora logo no fim da Colway Avenue — respondeu a Sra. Janaszewski. — Posso não saber da história completa do que aconteceu entre vocês duas, mas se conheço Dena, ela ia adorar saber de você. Vou deixar o telefone dela com você, ela só sai para o trabalho depois das 17 horas, aposto que está em casa agorinha mesmo.

— Infelizmente, tenho de voltar para Milwaukee ainda hoje. — Fiz uma expressão de lamento, como se não desejasse mais do que tudo voltar à minha vida de costume, à minha própria casa, cama, cozinha e hábitos. — Ella e Charlie foram na frente. Mas fico feliz de saber que Dena está bem.

— Eu e você sabemos quanto ela pode ser teimosa, mas vocês duas eram tão próximas. Eu costumava pensar: "Alice é como uma quarta irmã", e quem dera que as minhas filhas se comportassem apenas um pouco como você se comporta.

Fiquei surpresa ao me dar conta de que Dena não contara à mãe o motivo do fim da nossa amizade. Mas, se tivesse contado, será que a Sra. Janaszewski teria me tratado com tanto carinho? Nunca senti que devesse tanto a Dena quanto ela achava que eu devia, mas também não me redimi completamente de culpas; o florescer do relacionamento com Charlie à custa da amizade com Dena era um assunto que eu não visitava com frequência. Agora, sabendo sobre o seu namoro com Pete Imhof, tentei não imaginar se, além do meu aborto, eles haviam comparado informações sobre mim.

Tentei fazer o comentário com um tom de pesar:

— Talvez uma outra vez.

QUANDO TODOS HAVIAM ido, Lars, mamãe e eu nos sentamos na sala de estar, mamãe no sofá, com as pernas estendidas à sua frente, usando calças compridas folgadas pretas e os pés cobertos por uma meia preta fina transparente no colo de Lars, enquanto ele os acariciava de forma distraída. Achei a intimidade do momento tanto inquietante quanto doce; por certo, eu jamais sentira a presença de Lars tão tranquilizadora quanto naquele dia, por saber que quando eu voltasse para Milwaukee, ele continuaria lá.

— Não quero ser rude, mas vocês viram a caçarola de *nachos* que Helen Martin trouxe? — comentou mamãe. — Nunca vi nada parecido! — Mamãe estava com um humor otimista surpreendente; imaginei que estivesse se sentindo aliviada por todos os convidados terem ido embora.

— Não, estava bem saboroso — contestou Lars. — Um pouco apimentado, mas não muito.

— Mas soa *tão* engraçado... — Mamãe olhou ao redor da sala. Eu estava sentada em uma cadeira reclinável que fora uma das contribuições de Lars à casa quando se mudou.

— Você chegou a provar, querida? — perguntou mamãe.

Neguei com a cabeça.

— Mas comi mais do que devia dos biscoitos com gotas de chocolate que a Sra. Noffke trouxe. — O telefone tocou; mamãe havia finalmente substituído o aparelho preto de disco por uma versão creme com botões, e enquanto me encaminhava até a cozinha para atender, eu disse: — Acho que ela coloca nozes neles. Alô?

— Você ainda está aí? — perguntou Charlie.

Olhei o relógio.

— Ainda não são nem 17h30.

— Você já está de saída ou acha que ainda vai demorar?

— Charlie, eu disse que estaria em casa a tempo para jantar.

— Será que você teria o telefone de Shannon com você? Preciso ligar e ver se ela pode ficar com Ella.

— Duvido que ela esteja livre assim, de última hora.

Mamãe apareceu no batente da cozinha, franzindo a testa de maneira curiosa. Coloquei a mão no bocal.

— Não há nenhum problema, é apenas Charlie.

— Apenas Charlie, não é? — repetiu ele, enquanto mamãe dava as costas à cozinha.

— Você sabe o que quis dizer. — Deu-se uma pausa, e eu continuei: — Eu realmente gostaria que você me contasse sobre esse seu compromisso misterioso.

Ele suspirou.

— Lembra-se de que conversei com Zeke Langenbacher no jogo, domingo passado? Bem, ele me convidou para ir tomar um drinque. Essa pode ser uma grande oportunidade; não posso dizer mais nada por ora, mas confie em mim. É algo grandioso.

— Você vai trabalhar para a empresa dele?

— Não exatamente. Escute, você tem o telefone de Shannon? Prometo que explico melhor depois.

— Olhe na geladeira. Não, espere, não ligue para ela. Vou pegar o carro agora. A que horas você e Zeke ficaram de se encontrar? — Olhei para o relógio; eram 17h20 e eu levaria cinquenta minutos até Maronee.

— Às 18h30 — respondeu Charlie.

— Então dá tempo...

— Não, mas não combinamos no country clube, marcamos no escritório de Langenbacher, que fica no centro.

— Só, por favor, não deixe Ella em casa sozinha. Se precisar sair antes de eu chegar, leve-a para a casa de Jadey e Arthur.

— Fico devendo uma — disse Charlie. — E como estão as coisas por aí?

— Tudo bem.

— Está zangada?

— Preciso desligar.

— Venha rápido, está bem? — pediu ele. — Estou tentando não ser um tremendo babaca, mas é que isso é importante.

— Chegarei o mais rápido que puder. — Eu podia ouvir a firmeza da minha voz, que era quase um sarcasmo, mas dessa vez Charlie não comentou nada a respeito.

Encontrei minha bolsa onde a havia deixado, em uma cadeira da cozinha, e a carreguei até a sala de estar.

— Acho que já vou indo — informei, e Lars perguntou:

— Está tudo bem na sua casa?

— Charlie queria saber se eu podia surrupiar as sobras da caçarola de *nachos* e levar para Milwaukee — falei. — Ele acha que vocês dois nunca reparariam. — Apesar de Lars ter rido, mamãe tinha um semblante sombrio; o clima da sala havia mudado enquanto eu estivera na cozinha. — Você está bem, mamãe? — quis saber.

Mamãe inclinou a cabeça para um dos lados.

— Fico pensando que ela subiu as escadas para ir ler.

Eu entendi perfeitamente; agora que as distrações haviam terminado, como a organização para o funeral e o funeral em si, havia apenas um longo futuro sem vovó. Será que Lars seria suficiente para preencher a casa, para fazer companhia a mamãe, no fim das contas?

Com mais confiança e mais otimismo do que de fato estava sentindo, disse:

— Talvez ela tenha ido mesmo.

NOSSA CASA EM Maronee era estilo colonial georgiano de 1922, e o revestimento externo era pintado de amarelo claro (era branca quando a compramos, mas havíamos mandado refazer a pintura havia uns cinco anos, pois achei que o amarelo ficaria mais agradável) e, em cada um dos lados da porta de entrada, havia duas colunas jônicas altíssimas dando suporte a um frontão triangular, na altura do segundo andar, puramente decorativo. Na maior parte dos dias, quando eu chegava e ia estacionar, a nossa casa me parecia comum, era apenas a nossa casa; mas, às vezes, quando estivera fora, especialmente quando, assim como naquela noite, eu estava voltando de Riley, percebia de novo como ela era grande, principalmente para acomodar somente três pessoas. A casa fora construída em um campo de grama oriental (aparado semanalmente, exceto no inverno, pela Glienke & Sons), e árvores bem altas como carvalhos, ulmeiros e álamos erguiam-se em intervalos irregulares, fornecendo sombra e também abafando um pouco o som que vinha da estrada. O acesso de veículos era pavimentado com um asfalto liso, e a nossa garagem independente feita para três carros também era amarela; apesar de só termos dois automóveis, havíamos conseguido preencher o espaço extra com bicicletas, ancinhos, uma escada portátil e um grande sortimento de outras tralhas domésticas. Naquela noite, quando me aproximei da nossa propriedade, vi Charlie e Ella brincando com um frisbee no jardim da frente; Ella estava descalça, mas ainda usava o vestido do funeral. Ao estacionar na entrada da garagem, Charlie elevou o braço esquerdo em uma saudação que era quase um aceno e quase um sinal de "Pare", e Ella começou uma dança que, até onde eu sabia, ela havia inventado: ela colocava as mãos na cabeça com os dedos indicadores eriçados como se fossem antenas, e se movia na diagonal em pequenos pulos. O cair da noite com os últimos raios solares penetrando através das árvores em um mosqueado era dourado e, apesar da minha irritação com Charlie, me peguei pensando em quanta sorte tínhamos; sinceramente, não sabia se era justo ter tanta sorte assim.

Pisei no freio, abaixei o vidro, e Ella gritou:

— Papai lançou para mim o frisbee com efeito, e eu consegui pegar!

— Querida, o seu vestido não vai durar muito mais se você o usar para brincar — comentei. — Vamos lá para dentro trocar de roupa.

— Obrigado por ter voltado — agradeceu Charlie. — Você é a minha salva-vidas, Lindy.

— Você é um docinho de coco, Lindy — brincou Ella, e Charlie riu dando um leve tapa no topo da cabeça dela.

A mim, ele disse:

— Você se importa se eu ficar com o seu carro? — Ele abriu a porta do lado do motorista, estendendo o braço e fazendo um floreio exagerado, e falou: — Madame... — Quando eu ia desligar o carro, ele continuou: — Pode deixar as chaves na ignição.

Quando eu saí, ele me beijou na boca bem rapidamente e depois deslizou para o banco onde eu estava.

— *Adiós*, amiga — despediu-se de Ella, e, para mim, informou: — Devo estar de volta às 22 horas.

Ele já estava dando a ré quando gritei:

— Minha bolsa! — Ele a apanhou e a atirou pela janela; apesar de ser improvável, eu a agarrei e ele comentou:

— É isso aí, Johnny Bench! — Depois engatou a ré, saindo da garagem e desaparecendo pela rua.

— Jamais faça isso — pedi a Ella.

— Dirigir rápido?

— Isso também, mas eu quis dizer para você nunca arremessar a bolsa da mamãe.

Entramos em casa para que ela colocasse um short, então voltamos para o lado de fora porque ela queria continuar jogando frisbee. Depois de lançarmos o disco algumas vezes, ela comentou sem rodeios:

— Você não joga tão bem quanto o papai.

— É que não tenho tanta prática quanto ele — respondi.

Quando ela se cansou de brincar, entramos, preparei seu banho e, quando chegou a hora de lavar o cabelo, ela me chamou. Apesar de tudo aquilo em que eu acreditara anteriormente, em não querer que a minha filha tivesse cabelos compridos, esse era um dos meus rituais favoritos. Eu ainda usava xampu Johnson's Baby nela, aquele que continha um adesivo cor-de-rosa em formato de gota, escrito: "Chega de lágrimas!" Suspeitava que logo logo ela notaria esse rótulo e a palavra *baby* a perturbaria, mas até agora não tinha dito nada. Ela sentou-se nua, de pernas cruzadas e com as costas contra a lateral da banheira, com a cabeça jogada para a frente, e eu massageei seu couro cabeludo em um silêncio agradável; ocasionalmente, ela dava petelecos na superfície da água usando o polegar e o dedo médio. Tirei o xampu com o chuveirinho e, quando ela saiu da banheira, eu estava sentada na tampa do vaso segurando uma toalha; ela veio na minha direção e eu a enrolei, abraçando-a com força.

— Mamãe — disse ela.

— O que foi?

— Eu consigo levantar um lápis com os dedos dos pés.

Continuei abraçada a ela.

— Desde quando?

— Christine me ensinou. Quer ver?

— Pode me mostrar depois que vestir o seu pijama.

O livro que li para a minha filha naquela noite foi *A árvore generosa*, e não era a primeira vez que o lia para ela. Estávamos na parte em que o menino colhe as maçãs da árvore para vender quando percebi que Ella adormecera (nós duas estávamos recostadas na cabeceira da cama) e, depois de mais algumas páginas, mudei de posição para ver seus olhos. Estavam mesmo fechados. Talvez eu devesse ter fechado o livro e apagado a luz naquele momento, mas continuei lendo; li até o fim.

NO RELÓGIO digital que eu mantinha na minha mesinha de cabeceira, vi que era 1 hora quando Charlie se deitou na cama ao meu lado. Ainda grogue, murmurei:

— O pneu do carro furou?

— Shhh — sussurrou ele. — Volte a dormir.

Embora estivéssemos deitados no escuro, em vez de voltar a dormir fiquei mais alerta. Minha mente recompôs o foco e eu pensei: *Onde será que Charlie se meteu?* Certamente, aquele fora o dia mais longo da minha vida.

Quando falei, usei um tom normal:

— Você precisa me contar agora — pedi.

Imediatamente ele se virou para mim e me envolveu em um abraço e, quando respondeu, senti seu hálito morno no meu rosto. Senti que ele estava animado. Ele comentou:

— Não, não, está tudo bem. Está tudo *ótimo*! — A felicidade dele preencheu o nosso quarto escuro. Ele continuou: — Vou comprar os Brewer.

A PISCINA DO COUNTRY clube abriu naquele sábado (era o fim de semana do Memorial Day) e Ella insistiu que chegássemos às 9 horas em ponto. No entanto, primeiro fomos buscar Jadey e Winnie. No instante em que elas surgiram de dentro da casa, uma mansão em estilo Tudor, notei que Winnie estava usando um biquíni vermelho e que o sutiã ficava liso contra o seu peito de menina de 12 anos, e Ella me repreendeu do banco traseiro:

— Você disse que não era apropriado usar biquínis antes dos 16 anos!

— Cada família tem as suas regras.

— Mas Winnie é da *nossa* família!

— Vamos conversar sobre isso depois — pedi, pois Jadey e Winnie já estavam quase chegando ao carro. Jadey, apesar de toda aquela conversa sobre estar querendo perder peso, usava igualmente um biquíni (*Bom para ela*, pensei), que eu conseguia ver por debaixo da sua saída de praia de linho branco. Ela também estava com uns óculos escuros na cabeça, prendendo o cabelo louro para trás, e carregava em um dos ombros uma enorme bolsa de lona com listras e um monograma, ambos azul-marinho. Quando elas abriram as portas do carro, percebi que mãe e filha estavam com o mesmo esmalte vermelho nas unhas dos pés.

Na mesma hora, as meninas começaram a conversar no banco de trás (Winnie era muito dócil com Ella, sempre a incluía em tudo e muito por conta disso eu sabia que Jadey e Arthur eram bons pais) e, ao meu lado, Jadey perguntou:

— Como foi o funeral? Quero dizer, na medida em que ocorrem todos os funerais...

— Não foi nada mal.

— Sua avó parece ter sido uma senhora tão legal. — Jadey tirou uma lata de Coca diet da bolsa e a abriu. — Gostaria de tê-la conhecido melhor. — Enquanto eu manobrava da entrada da casa deles para a Maronee Drive, Jadey abaixou o vidro do lado do carona, depois encarou o banco traseiro. — Ella, ouvi dizer que você vai fazer parte do time de natação esse ano. Você vai *amar* a treinadora Missy. Vocês duas vão ter o melhor verão de todos os tempos.

Mesmo que passássemos o mês de julho e parte de agosto em Halcyon, perder metade da temporada de natação era aceitável porque muitas famílias que pertenciam ao country clube também viajavam para suas respectivas casas de férias.

Não fomos as únicas a chegar pontualmente à abertura da piscina — o estacionamento de baixo era um caos de crianças, mães, alguns pais e adolescentes. O Country Clube de Maronee era, de fato, uma pequena nação, como um daqueles reinos minúsculos e levemente absurdos — como o de Liechtenstein, por exemplo. Foi necessário apenas um lote de 300 metros quadrados, ocupado em sua maior parte pelo campo de golfe de 18 buracos. A sede do clube era um retângulo enorme feito com reboco branco (eu sempre achava o prédio parecido com um bolo de casamento), na entrada da frente, havia várias cadeiras de balanço brancas de tamanho desproporcional, e uma esvoaçante bandeira dos Estados Unidos presa à cúpula. Um manobrista pegou o nosso carro, embora eu sempre me sentisse um pouco tola com isso já que eu mesma poderia manobrar tão rápido quanto ele. O salão de jantar principal ficava no primeiro andar e era ali que as recepções de casamento e festas de debutantes aconteciam, e onde as mesas e as cadeiras eram guardadas em sextas-feiras alternadas durante o outono e o inverno para a escola de dança, aberta para as crianças da quinta e da sexta séries. No andar mais baixo, havia uma área casual para lanches conhecida como a sala de recreação, na qual, antes de os meus sogros se mudarem para o leste, Harold, Ella e eu nos encontrávamos esporadicamente para um almoço aos sábados, para comer sanduíches de bacon e salada ou sanduíches de presunto com queijo e peru. Em uma casa adjacente à da sede, havia a sala de musculação, as quadras de squash, os vestiários, a sala de estar na qual era muito provável testemunhar tanto uma partida de bridge entre um quarteto de matronas de 70 anos, quanto uma dupla masculina de estudantes de faculdade no bar, vestidos de branco, suados de uma partida de squash (na nação do Country Clube de Maronee não existia uma idade mínima para beber). As quadras de tênis ficavam entre a sede do clube e a estrada, e eram mais de 12 quadras com uma lojinha destinada ao esporte no meio delas, na qual o vice-diretor tinha uma mesa e também se podia beber água, consertar a raquete, comprar equipamentos ou discutir se Bjorn Borg foi ou não o melhor jogador de todos os tempos (existia uma loja de golfe e uma seção especial do estacionamento reservada à frota de carrinhos). As quadras de tênis formavam uma barreira entre a estrada e a sede do clube; as quadras arenosas esverdeadas eram cercadas por uma grade de metal em formato de correntes de quase 8 metros de altura e, à medida que nos aproximávamos do espaço, era possível ouvir a pancada oca das bolas de borracha sendo rebatidas.

É claro que naquela manhã a atração principal era a piscina — aquele tanque enorme, majestoso, azulado e brilhante que, entre o final de semana do Memorial Day e o final de semana do Dia do Trabalho, exercia o seu magnetismo mágico não apenas nas crianças, mas também nos adultos. Localizava-se atrás da sede principal e, seis anos antes, na recepção de casamento de Polly Blackwell (Polly era prima de primeiro grau de Charlie), em um anoitecer de junho, eu olhara pela janela do salão de jantar e fora como olhar para um lago de um conto de fadas. A piscina era olímpica, com divisórias flutuantes azul-escuras separando as raias, uma parte mais funda no canto situado a noroeste e outra mais rasa a sudeste (que não era tão rasa quanto a piscina de bebê, que ficava em outro lugar; como era de se esperar, a temperatura morna da água costumava ser fonte de diversas piadas). As pessoas entravam na área da piscina por um portão de ferro preto a sudeste; ao norte havia um gramado no qual os times de natação se reuniam e, no restante do tempo, as adolescentes o usavam para pegar sol; do lado sul havia a piscina de bebês e o balcão de adesão, que também era o lugar onde se podia pegar toalhas (ninguém levava toalhas de casa), os degraus de concreto que levavam até os vestiários femininos e masculinos (todo verão, uma criança confusa perambulava para dentro do vestiário errado), e o bar que vendia lanches. (Com certeza, não há nenhum outro som e odor que me despertem mais lembranças do que a combinação do cheiro de comida sendo frita e consumida sob o sol do meio-dia, tendo como plano de fundo o som dos mergulhos na água e dos gritos das crianças. Pensar nessa cena agora — cenas de uma vida normal — me enche de nostalgia.) Nem no bar, nem no salão de jantar da sede do clube ou no bar da sala de recreação, nem nas lojas de golfe e de tênis, nem em nenhum lugar do clube usava-se dinheiro. Em vez disso, recebíamos um lápis verde-floresta sem borracha, no qual estava gravado COUNTRY CLUBE DE MARONEE, e o usávamos para assinar uma conta que vinha em um papel com carbono; eu escrevia Sra. Charles V. Blackwell. No final do mês, uma conta detalhada era enviada para a nossa casa.

A melhor parte do country clube, que às vezes se tornava a pior, dependendo do meu estado de espírito, era que conhecíamos quase todos os sócios; ir jantar lá era como ir a um restaurante no qual todos os rostos eram familiares. Na maior parte do tempo isso era reconfortante e me trazia um senso de comunidade mais forte do que eu jamais experimentara, mesmo tendo sido criada em Riley. No entanto, quando estava com pressa — se Ella havia ido a uma festinha de aniversário de alguma amiga na piscina e eu só quisesse ir buscá-la rapidamente —, preferiria não ter de cumprimentar sete pessoas, dizer "oi" para Joannie Sacks, "Foi maravilhoso ir à França?", ou ouvir Sandra Mahlberg anunciar "A sua cunhada fez uma truta fabulosa outro dia!", e, em raros momentos, esse provincianismo era simplesmente insuportável — eu ficava envergonhada de mim mesma e de todas as outras pessoas do clube, vergonha da nossa riqueza, das nossas reivindicações impensadas ao privilégio. No verão anterior, eu havia levado comigo o *Sentinel* do dia à piscina, e Jadey e eu estávamos sentadas no terraço de lajotas atrás dos trampolins quando li um artigo sobre um homem que vivia na cidade, na área de Walnut Hill, que tinha hepatite C e cirrose e que não podia pagar pela medicação. Então, olhei ao redor e vi a jovem de 15 anos Melissa Pagenkopf espalhando bronzeador na própria barriga enquanto uma mulher que estava a alguns metros dizia: "Nós nunca viajamos pela United quando podemos evitar", e experimentei uma sensação de culpa terrível. Nesse caso, eu não podia apenas passar um cheque — não havia nenhuma instituição mencionada no artigo, ele era apenas uma pessoa e será que não precisaria de medicamentos pelos anos que estavam por vir? Enviar 200 dólares seria apenas uma gota no balde. E eu sabia que não teria coragem suficiente para procurá-lo (o nome dele era Otis Donovan) sem que uma instituição de caridade agisse como intermediária; não queria passar um cheque a ele que tivesse o meu endereço escrito, não queria que ele tivesse como me encontrar.

Em momentos como aquele, sentia como se fôssemos as pessoas na Califórnia que moravam em mansões à beira do penhasco, que as nossas vidas eram lindas, mas incertas, pois tinham um fundamento vulnerável. Depois me perguntava se não estava pensando como uma adolescente, me preocupando ou sentindo vontade de chorar ao ouvir os problemas dos outros enquanto lia o jornal ou assistia ao noticiário local da televisão. A vida era tão difícil para tanta gente... As desigualdades amontoavam-se vertiginosamente sobre elas. Os outros adultos que eu conhecia não pareciam se abalar com tais desequilíbrios e, por certo, não se surpreendiam com eles, mas eu sempre me surpreendia com isso e costumava ficar chateada.

Virei-me para Jadey, fazendo um gesto que abrangia tudo ao nosso redor.

— Você já se sentiu culpada por ter acesso a isso tudo aqui?

— Tudo o quê? — perguntou ela.

— Estou lendo um artigo sobre um homem em Walnut Hill que tem hepatite, e depois comecei a pensar que o meu pior problema é que não consigo fazer a minha filha comer legumes e verduras. Já ocorreu a você alguma vez que talvez devesse estar levando uma vida completamente diferente?

— Ah, eu sei — concordou Jadey em tom amigável. — Eu costumava querer fazer parte da organização voluntária "Corpos de Paz". Será que você consegue me imaginar, sei lá... na Zâmbia? Como eu teria sobrevivido dez minutos sem o meu secador de cabelo?

Embora ela tenha usado um tom caloroso, percebi que não deveria insistir no meu ponto de vista — ela saíra pela tangente da mesma forma que costumava fazer com os insultos e ordens da nossa sogra —, e me perguntei se já teria violado o decoro social ao me colocar como uma pessoa boa e metida a santa. Era inapropriado introduzir um assunto sobre pobreza e angústias enquanto aproveitávamos o sol e a piscina. Ou você está em outro lugar, fazendo algo a respeito, ou você aproveita o sol e o espírito requerido pela situação. Eu conhecia uma mulher mais velha do que eu do Clube de Jardinagem, Mary Schmidbauer, com quem três ou quatro anos antes eu havia sido designada anfitriã de uma reunião e, quando sugeri que nos encontrássemos na sala de recreação do country clube, como era de costume, ela disse:

— Não me leve a mal, Alice, querida, mas não pertenço ao clube desde que meu marido morreu. Eles não fazem questão de mulheres que queiram ir sozinhas, e claro que também jamais permitiram a entrada de judeus ou negros. Quando Kenneth morreu, percebi que já tinha tido o suficiente. — Eu fora censurada, e Mary e eu acabamos fazendo a reunião na minha casa.

Naquele sábado, durante o feriado do Memorial Day, depois que Jadey, Ella, Winnie e eu havíamos nos inscrito — tinha uma fila de verdade, coisa inédita em um dia normal —, demarcamos o nosso espaço com cadeiras reclináveis no lado sudeste da piscina, poucos metros atrás da cadeira do salva-vidas, e Winnie e Ella nos intimaram a espalhar protetor solar nas suas costas. No segundo em que terminamos, Ella seguiu a prima que corria em direção à água e, logo em seguida, as duas mergulharam; elas tinham o mesmo estilo das crianças que tinham tido aulas de natação. Jadey reclinou um pouco mais a espreguiçadeira e se acomodou confortavelmente, olhando a cena à sua frente.

— O dia de hoje não está lindo?

Era, indiscutivelmente, um dia lindo: ensolarado e estável, com a temperatura por volta dos 23 graus. Inclinando-se por sobre a bolsa que estava na laje entre as cadeiras, Jadey pegou duas revistas e as dispôs lado a lado: uma edição da *People* e outra da *Architectural Digest*.

— Qual você quer?

Optei pela *Architectural Digest*, e ela confessou:

— Ainda bem que você escolheu essa, porque *preciso* saber o que a princesa Diana está aprontando esta semana.

Enquanto nos sentávamos ali, virando as páginas e aproveitando uma da outra, ocasionalmente lendo uma frase em voz alta ou compartilhando fotos — as que selecionei para mostrá-la eram de almofadas chiques e de mesas antigas, e as que ela me mostrou eram da Cher com um visual peculiar e outra de Bruce Willis e Demi Moore de mãos dadas —, a tentação de repetir a ela o que Charlie havia me dito sobre comprar o time de beisebol era grande. Apesar disso, não podia contar porque ele havia me pedido explicitamente para não fazê-lo, e eu não o culpava. Tudo o que conversava com com Jadey ela com certeza comentava com Arthur, que passaria a informação a John e aos pais e, pelo que se pode perceber, toda Wisconsin e metade de Washington D. C. ficariam logo sabendo.

Na noite anterior, quando Charlie me contou, eu dissera:

— Você não está falando sério.

E ele respondeu:

— Estou sim, mas podemos conversar sobre isso melhor pela manhã.

— Mas não temos dinheiro suficiente — continuei. Eu não sabia quanto custava comprar um time de beisebol, mas tinha de ser algo em torno de milhões de dólares.

— Meu Deus, eu não vou fazer isso sozinho! — exclamou Charlie. — É um grupo de investidores e eu serei o sócio gerente. Não acha que soa bem ser "sócio gerente dos Brewer"? Só preciso investir 600 ou 700 mil dólares, e o restante virá dos outros camaradas, principalmente de Zeke Langenbacher e do nosso conhecido Cliff Hicken. Essa é a oportunidade de uma vida, Lindy, é o que fui destinado a fazer. Meus irmãos vão morrer de inveja.

Apenas 600 ou 700 mil dólares? No entanto, não respondi — apesar da informação de natureza surpreendente que ele estava me passando, agora que eu sabia que o segredo dele não era nada preocupante, cedi novamente ao sono.

Cheio de entusiasmo, ele continuou:

— Pense em ir a todos aqueles jogos... Agora conta como trabalho!

O sono estava me levando, estava me vencendo. Eu podia ouvi-lo, mas sentia dificuldade em esboçar uma reação.

— Talvez você descubra o que aconteceu a Bernie Brewer — falei. Bernie era o mascote do time, que usava um short com suspensórios e um bigode, e que se aposentara havia alguns anos. Antes da aposentadoria, toda vez que havia um *home run*, ele escorregava para dentro de uma caneca de cerveja gigante, o que encantava Ella.

Charlie riu e logo caiu no sono.

De manhã, acordei pouco antes das 6 horas. Charlie estava deitado de lado, com os olhos fechados, com uma respiração rítmica e desimpedida.

— Você está acordado? — perguntei, o que era um truque malicioso que usava às vezes. Como ele não respondeu, perguntei de novo e, sem abrir os olhos, ele balançou a cabeça. Eu quis saber: — Foi um sonho que você e Zeke Langenbacher vão comprar os Brewer?

A nossa conversa real não se deu até algumas horas mais tarde, durante o café. Ella também estava na cozinha, mas ao telefone, conversando com a amiga Christine (como iria vê-la em breve na piscina, isso aparentemente fez com que o contato se tornasse nada menos do que urgente), e Charlie explicou a situação: já que segunda-feira seria o Memorial Day, eles fariam a oferta de 84 milhões de dólares na terça; a família a quem os Brewer pertenciam na atualidade, os Reisman, sabia que a oferta estava a caminho e estava preparada para aceitá-la.

Charlie comia uma torrada e eu estava encostada na pia. Comentei:

— Meus parabéns então.

— Isso me pareceu meio indiferente da sua parte.

— Não, nem um pouco. Estou bastante animada por você, mas o que não entendo é: se o seu grupo de investimento está oferecendo 84 milhões de dólares, quantas pessoas estão envolvidas? Não estou sugerindo que você aumente a oferta, mas como podem 600 ou 700 mil dólares serem suficientes sem que haja dúzias e mais dúzias de investidores?

Na verdade, subtrair uma fatia tão grande das nossas economias não me parecia nada insignificante. Mas o dinheiro não era realmente meu, nunca havia sido, e mesmo que o perdêssemos ainda teríamos como nos sustentar. Nunca tivemos de pagar hipoteca ou parcelar os carros e, em alguns anos, a nossa maior despesa era a educação de Ella; nós ficaríamos bem.

— Ah, eles não me procuraram devido aos meus bolsos recheados — contestou Charlie. — Se formos comparados a alguns desses caras, podemos muito bem ser os pobretões da história. Não, muito do que Langenbacher pretende ao me trazer a bordo é ganhar a credibilidade e as conexões ligadas ao nome Blackwell e, francamente, não tenho nenhum problema com isso; entrarei em um negócio de olhos bem abertos. Vai ser tipo uma situação sinergética, boa para o time, boa para mim, boa para a nossa família. Eles sabem que eu cursei administração e reconhecem o que tenho a oferecer.

— Então, o que engloba a sua função enquanto sócio gerente?

— Torcer para Robin Yount. — Charlie riu. — Vaiar quando os White Sox vierem jogar na cidade. Por fim, memorizar o hino nacional. Não, há seis outros homens no grupo de investimento de Langenbacher, inclusive Cliff; você deve conhecer de nome a maior parte desses cavalheiros, e todos eles são, obviamente, homens de sucesso, mas nenhum deles é uma estrela no departamento "carisma", se é que me entende. Eles precisam de um rosto que represente os donos, através de marketing ou de relações públicas com outros líderes da comunidade. Isso tudo ainda é ultrassecreto, mas um dos objetivos principais é construir um novo estádio assim que for possível, e sabe que esse feito necessitaria de muitas negociações feitas com luva de pelica.

— E vocês têm certeza de que a família Reisman quer vender o time?

— Ah, Lloyd Reisman está vibrando com o fato de que pessoas locais estão prontas a dar o lance. Seria devastador para o moral dessa cidade se os Brewer fossem transferidos mais uma vez. Você não está preocupada com o dinheiro, está? Porque, confie em mim, 84 milhões é uma barganha. Não existe nenhum jeito de não enriquecermos com esse negócio.

— Eu só nunca pensei que você tivesse esse tipo de coisa em mente — respondi. — Você realmente é um fã ávido, mas chegar a ter envolvimento profissional... Só estou surpresa.

— Bem, agora você sabe o que Langenbacher e eu estávamos conversando naquele jogo de domingo. Será que está disposta a ir a 81 jogos por ano? Na verdade, acho que devem ser até mais, pois vou viajar com o time às vezes.

Eu sorri.

— Claro que sim.

Seria essa a oportunidade que traria paz a Charlie? Ser sócio-gerente de um time de beisebol (e um time que, apesar de contar com a lealdade de Charlie, não era particularmente famoso ou vencedor) não me parecia ser a receita para a construção de um legado. Mas visto que, para começar, não entendia por que um legado importava, talvez fosse previsível que não entendesse o que poderia criar um. Se era algo suficiente para Charlie, também era suficiente para mim, na verdade, até mais do que suficiente. Ele estava sentado à mesa da cozinha e, quando me aproximei, ele me abraçou pela cintura. Ficamos em silêncio, e Ella, que ainda estava no canto com o telefone, gritou de forma agitada:

— Mas Bridget trapaceia no marco-polo!

Charlie me perguntou:

— O que você acha que a maioria das pessoas preferiria fazer: ser técnico de um time de beisebol para alunos do segundo grau ou ser dono de um time de beisebol?

— Você não está entrando nessa só para impressionar os seus amigos de Princeton, está?

Com o rosto pressionado contra a minha barriga, Charlie riu.

— Porra, me dê algum crédito.

AO MEIO-DIA, contornei a piscina e segui até o bar para pedir o nosso almoço: sanduíche de atum e Coca-Cola diet para mim e Jadey, e queijo quente com limonada para Ella e Winnie. O bar não passava de um galpão melhorado, com uma cozinha ao fundo e um balcão no qual podíamos fazer os pedidos; sempre que começava uma tempestade, a maior parte das pessoas entrava no carro e ia embora, mas os mais otimistas se abrigavam sob o galpão do bar e torciam para a chuva passar.

Quando levei a bandeja de comida de volta às nossas espreguiçadeiras, Ella e Winnie estavam sentadas juntas na minha, ambas ensopadas. Ao me ver chegando, Winnie gritou:

— Venha logo, tia Alice, estamos morrendo de fome!

Entreguei a comida e Winnie pediu à mãe:

— Mãe, quando eu terminar de comer, posso tomar um sorvete?

— Só se você trouxer um para mim também — respondeu Jadey.

Fizemos as meninas esperarem uma hora antes de voltar para a água, e elas foram passear pelo gramado que havia na ala norte da piscina; assim que estavam longe do alcance da voz, Jadey sussurrou:

— Quando tinha a idade delas, eu nunca esperava.

Jadey, assim como Arthur e Charlie, frequentava o country clube desde pequena, mergulhando nessa mesma piscina. Ela me contou que no seu baile de debutante, que ocorrera no clube em junho de 1968, o tema fora "Luau havaiano", e ela usara um vestido tomara que caia com estampa havaiana, complementado com um colar de orquídeas pendurado no pescoço; os convidados beberam coquetéis de frutas, comeram espetinho de abacaxi com camarão e porco assado (eles haviam começado a assá-lo bem mais cedo), e mesmo tendo uma banda tradicional com 12 músicos na sala de jantar, do lado de fora um homem dedilhando um ukulele havia se posicionado no trampolim mais alto.

— Sabe quem passou por aqui quando você foi buscar a comida? Joe Thayer — comentou Jadey. — Acho que eu deveria ter um caso com *ele*.

— Jadey, ele está se divorciando.

— É, mas eu adoro homens magoados. Já desejei diversas vezes que Arthur fosse mais maltratado pela vida. O que me deixa em dúvida quanto a Joe Thayer é que a filha dele é tão esquisita, e ela deve ter puxado isso de alguém, não acha?

— Megan não é esquisita — protestei. — Ela tem 9 anos.

— Eu não *suporto* aquela garota.

— Jadey!

— Juro por Deus, ano passado em Halcyon eu estava caminhando pelo cais e derrubei uma bandeja enorme com bebidas e salgadinhos; voou comida e bebida para todos os lados. Então, comecei a praguejar e a recolher as coisas e, quando olhei em volta, percebi que ela tinha visto tudo e não disse nada. Ela nem riu, só ficou me olhando fixo.

— Ela é uma criança — protestei.

— Ela é uma sociopata. Além disso, Winnie disse que Megan uma vez ofereceu a ela um sanduíche de cocô.

Resisti ao impulso de contar que Ella me contara a mesma coisa. Pobre Megan, parecia já ter problemas suficientes, não precisava da nossa fofoca sobre ela, então comentei:

— Acho que deveria ir conversar com Arthur. Tenho certeza de que ele sabe que você está chateada com ele, e que deve estar evitando trazer a questão à tona.

Jadey, que estava ajustando o encosto da espreguiçadeira para que ficasse completamente deitada, resmungou algo e virou-se de bruços. Metade do rosto dela estava virado para mim, e a outra, apoiada nas tiras de vinil da cadeira. Ela desabafou:

— Será que você imaginou que um casamento daria tanto trabalho? Meu Deus do céu! — Como ela havia tirado os óculos escuros antes de se deitar, ficou de olhos fechados. Com um tom de voz sonolento, perguntou: — Você ainda está preocupada com o lance de Charlie e a bebida?

— É possível que eu tenha exagerado.

— Esqueci de observá-lo na casa de Maj e de Pee-Paw, talvez porque eu mesma estivesse ocupada enchendo a cara de vinho. Você provou aquele Merlot?

— Tomei uma taça do Chardonnay.

Ela abriu os olhos e se apoiou nos cotovelos.

— Uma taça? — repetiu ela. — Só uma taça? — Quando concordei com a cabeça, ela continuou: — Querida, acho que não é Charlie quem precisa beber menos. Acho que você deveria beber mais.

QUANDO LEMBREI A Charlie, na manhã de segunda-feira, que os Sutton viriam para o almoço (a Sra. Ruby ligara na noite anterior para confirmar e, quando me ofereci para buscá-los, ela dissera que Yvonne estaria de carro), ele estava se barbeando na pia do nosso banheiro, e eu estava parada no batente da porta.

— Sinto muito — desculpou-se ele. — Tenho um jogo de golfe às 11 horas em ponto com Zeke e Cliff.

— Charlie, eu avisei a você sobre isso há mais de uma semana!

— Lindy, faremos a oferta aos Reisman amanhã. Considerando os 84 milhões de dólares que estão em jogo, não acha sábio de nossa parte nos reunir antes para "colocar alguns pingos nos is"?

— E é isso que vocês vão fazer no campo de golfe? — Cruzei os braços. — Não me faça bancar a chata.

Ele deu uma gargalhada.

— Se você se acha uma chata é com você, mas tenho um compromisso às 11 horas e não seria nada profissional se eu faltasse.

Observei enquanto ele passava o barbeador no lado direito do rosto, com a boca entortada para a esquerda, e senti uma raiva familiar. Era isso que era o casamento, o lento processo de conhecer o outro além do aconselhável? Algumas vezes, os gestos de Charlie e as suas inflexões eram tão impiedosamente familiares que era como se fossem uma extensão de mim, um elemento da minha própria personalidade sobre o qual eu tinha pouco controle.

Mas não desisti:

— Se não quer participar de situações sociais então não participe, mas é desagradável para mim e rude com as outras pessoas quando você aceita uma situação e depois desiste.

Quando ele olhou para mim, percebi que o humor dele havia distorcido completamente o meu comentário; as minhas palavras foram como moedinhas ricocheteando nele, que retrucou:

— E você não queria ser chata, hein?

— Achei que você fosse tentar mudar os seus planos em respeito à Sra. Ruby.

Ele segurou o barbeador sob a torneira durante alguns segundos, depois tornou a levá-lo até o rosto.

— Quem deu a ela a impressão de que eu estaria aqui? Não fui eu, querida. Se isso é tão importante para você, remarque; veja se eles podem vir no próximo fim de semana. Tudo o que sei é que estou prestes a comprar um time de beisebol.

— Estaremos em Princeton no final de semana que vem. — Dei um passo para trás e voltei ao quarto. Eu iria para o andar de baixo, preparar o almoço, e daria as boas-vindas aos Sutton à nossa casa, e faria isso mesmo que Charlie não fosse condescendente estando presente ou que a mãe dele não aprovasse. Mas antes, com uma voz tão ríspida que mal a reconheci, eu disse: — Não deixe os seus pelos na pia.

JESSICA SUTTON DEVIA ter crescido uns 30 centímetros desde a última vez em que a vira, e soube, assim que cumprimentei os Sutton na porta de entrada da nossa casa, que, mesmo que não fosse adulta ainda, certamente não era mais uma criança. Alguns alunos da sexta série ainda eram crianças (principalmente os meninos), mas em alguns outros da mesma idade era possível observar uma percepção ainda instável e nova de si mesmos e do mundo. No melhor dos casos, essa consciência também significava boas maneiras. Quando perguntamos a eles como vão, eles são recíprocos, e foi exatamente isso o que Jessica fez, dizendo logo em seguida:

— Agradeço por estar nos recebendo, Sra. Blackwell.

Senti uma pequena frustração por Ella que, sem dúvida nenhuma, ainda era uma menina e que iria, eu achava, sentir dificuldade em acompanhar a jovem mulher equilibrada e madura em que Jessica havia se transformado. Percebi que a imagem falha de Jessica que eu estivera carregando na mente vinha de uma caça aos ovos de Páscoa acontecida anos antes na casa de Priscilla e Harold. (Contrário ao que Priscilla havia deixado implícito, os Blackwell às vezes se socializavam, sim, com os seus empregados, embora fosse sob o próprio torrão de grama, e sob circunstâncias que ressaltassem a sua magnitude e benesse sem que isso sugerisse tempo investido naquelas pessoas por mero prazer.) Naquela Páscoa, Jessica usara um conjunto de saia vermelha com estrelas roxas e uma camisa roxa com estrelas vermelhas, e até mesmo os prendedores de cabelo combinavam com a roupa. O cabelo fora todo dividido em pequenos quadrados, e cada quadrado trazia uma trancinha presa com uma presilha de plástico vermelha ou roxa. Conforme ela corria, colocando ovos na própria cesta, os prendedores produziam um barulho ao bater uns nos outros. Jessica agora era uma garota alta, séria e bonita (ela usava um top cor-de-rosa por baixo do vestido de botão com listras brancas e cor-de-rosa, que estava desabotoado, e estava de calças brancas), mas não parecia mais uma menina de forma alguma.

Assim que ela, a Sra. Ruby, Yvonne, o bebê Antoine, Ella e eu estávamos acomodados no pátio de tijolos que havia no nosso quintal, Ella perguntou:

— Posso mostrar a Jessica a minha garrafa de refrigerante?

E respondi:

— Querida, eles acabaram de chegar aqui.

Jessica disse:

— Não, eu adoraria ver.

A garrafa de refrigerante fora um prêmio que Ella ganhara no Biddle Academy Harvast Festival no outono anterior, uma garrafa de vidro de Pepsi cujo gargalo fora cortado, aquecido, esticado e retorcido. O refrigerante fora retirado e substituído por um líquido azul de aparência tóxica. Apesar de Ella ter conquistado aquela feiura havia mais de seis meses, ainda era uma fonte de orgulho (quando queria impressionar, ela a considerava a arma mais potente do seu arsenal).

— Volte para cá em dez minutos para comermos — gritei, enquanto elas corriam para dentro de casa, e, quando as meninas haviam deixado o pátio, falei: — Não consigo acreditar no quanto Jessica cresceu. E Antoine... — Eu me inclinei para ele, abrindo bem os olhos e a boca. — Acho que é o bebê mais lindo de todos os tempos. — Ele usava uma roupinha azul-clara e tinha grandes olhos castanhos, cabelo castanho encaracolado e aquela pele de bebê perfeitamente macia.

Parecendo satisfeita, Yvonne ofereceu:

— Alice, pode pegá-lo se quiser.

— Cuidado com a cabeça — pediu a Sra. Ruby com aspereza, enquanto Yvonne o passava para mim.

Nos meus braços, Antoine era ridiculamente leve (aos 2 meses, talvez pesasse entre 4 e 5 quilos), e me dei conta de que estava fazendo todos os tipos de barulhinhos semi-involuntários, gracejos, caras e bocas; nenhuma renúncia à dignidade seria grande o suficiente se resultasse naquele sorriso pequenino.

— Talvez você devesse ter outro, nunca pensa nisso? — comentou Yvonne.

Eu ri.

— Já estou muito velha.

Yvonne fez uma expressão de descrença.

— Aposto que entre você e Charlie B. ainda rola química.

— Cuidado com a língua, Yvonne Patrice — ralhou a Sra. Ruby, ao que eu e Yvonne rimos.

A Sra. Ruby usava calça de linho, suéter de mangas curtas com babados e sandálias rasteiras com tiras, tudo azul-turquesa, e Yvonne vestia uma camiseta florida e uma saia longa de brim. Enquanto a Sra. Ruby era magra, Yvonne tinha quadris largos e braços robustos, dentes grandes e lábios grossos, usava o cabelo curto afofado acima da cabeça e eu notei naquele momento que os seios estavam inchados por conta da amamentação.

— Sinto muito que Charlie não esteja aqui hoje — informei. — Acho que houve algum mal-entendido e ele acabou marcando uma reunião de negócios.

Yvonne fez um gesto dispensando o pedido de desculpas.

— Clyde está trabalhando no hospital, então entendo você. Mas médicos e enfermeiras também precisam comer no Memorial Day...

— Você e Clyde se casaram no verão passado? — quis saber.

— Ele é um cara muito legal. — Yvonne inclinou-se para a frente, perto de onde eu segurava Antoine no colo. — Não é verdade, bebê A.? — brincou ela, com voz de criança. — O papai é legal. — A mim, ela disse: — Antoine é a cara do pai, com certeza.

— Eles sempre são nessa idade — replicou a Sra. Ruby.

Alguns minutos depois, quando Ella e Jessica retornaram, tirei da geladeira a salada de macarrão que havia preparado, contendo aspargos e galinha. Com a boca cheia, Ella falou a todos:

— Querem ouvir o que Jessica me ensinou?

— Engula primeiro, querida — orientei.

Ella estava sentada com as pernas cruzadas embaixo de si na cadeira de ferro, então se levantou, ainda segurando o garfo enquanto sacudia os braços pelo ar e movimentava os quadris:

> "O nosso jogo é basquete
> e de vencer eu sou tiete.
> Vamos cantar e balançar,
> na cesta a bola vai entrar."

— Impressionante. — Aplaudi um pouco, Yvonne e Jessica aplaudiram também, mas não a Sra. Ruby. Perguntei a Jessica: — Você é líder de torcida?

— Não, só conheço o refrão. Talvez eu entre para a animação de torcida.

— Ouvi a sua avó dizer que você é uma excelente aluna de literatura. Que livros vocês leram este ano?

Jessica inclinou a cabeça, sorrindo.

— Vovó gosta de se gabar sobre mim. Não, vejamos... Não lemos muitos livros, costumamos fazer mais exercícios. O único livro de verdade que lemos foi *O chamado da selva*, conhece esse?

Concordei com a cabeça.

— Claro, aquele em que Buck vai para Yukon. — Eu me virei para Ella. — É um livro sobre um cachorro que ajuda a puxar o trenó quando os homens vão procurar por ouro.

De repente e, pela primeira vez, Antoine começou a chorar e Yvonne disse para ele, cantarolando:

— Jamais vamos mandar *você* para o Yukon. Não vamos não. Então, por que está chorando, bebê A.?

— Passe ele para mim — pediu a Sra. Ruby. Yvonne revirou os olhos, mas obedeceu à mãe, e a Sra. Ruby caminhou com ele até o final do pátio, dando gentis tapinhas nas suas costas. Em pouco tempo, ele ficou quieto.

— A maior parte do que leio não é para a escola, leio só porque gosto — continuou Jessica. — Gosto de Agatha Christie, já leu algum dos livros dela?

— Claro que já, conheço Miss Marple e Hercule Poirot. Faz tempo que não leio nenhum livro dessa coleção, mas lembro de que os devorava quando era um pouco mais velha do que você.

— Acabei de terminar a leitura de *Assassinato no Expresso do Oriente* — informou Jessica. — Ah, e eu amei! Já ouviu falar de V.C. Andrews?

— Ai, Jessica! — Não pude evitar a expressão da minha desaprovação, apesar de também estar rindo um pouco. — V.C. Andrews é tão horripilante!

— Sim, mas é impossível parar de ler — completou Jessica. — Vovó, lembra-se de quando entrou no meu quarto uma madrugada às 3 horas, eu estava na cama e não conseguia parar de ler? Simplesmente *não* conseguia. Tudo bem, Sra. Blackwell, aposto que também não vai gostar desse, mas conhece os romances da Harlequin? Alguns deles são muito bons, são mesmo. O que tem como título *Storm Above the Clouds* eu diria que é o meu favorito, porque a heroína vai a Roma, na Itália.

— Você sabe que não tenho a intenção de implicar com você, não sabe, Jessica? Acho ótimo que leia tanto assim.

— Meu pai e eu terminamos *O BGA* — anunciou Ella, e Yvonne perguntou com indulgência:

— O que quer dizer *BGA*?

— Ele só come pepinos gigantes, mas não gosta deles — comentou Ella, e depois eu disse:

— Ella, talvez você devesse experimentar comer coisas de que não gosta. — Para Yvonne, continuei: — Quer dizer *Bom gigante amigo*, um livro de Roald Dahl.

— Mamãe, a Jessica pode ir à piscina conosco? — pediu Ella.

— Ah, aquela água está muito gelada — respondeu Jessica. — Eu mergulhei o dedinho do pé uma vez, mas tirei logo em seguida!

— Ela pode? — persistiu Ella, e eu esperava, com grande inquietação, que não fosse evidente para mais ninguém que Jessica estivesse falando sobre a piscina na casa de Harold e Priscilla (agora que os meus sogros moravam em Washington, eles deixavam a piscina coberta na maior parte do ano) ao passo que Ella estava falando sobre a piscina do Country Clube de Maronee. Não que as pessoas negras fossem oficialmente banidas do clube, não até onde eu sabia, mas mesmo sendo 1988, não havia nenhum sócio negro; os curadores diriam que era porque nenhum havia se inscrito, porque havia poucos negros morando em Maronee. Até mesmo entre os funcionários, garçons, garçonetes e bartenders, salva-vidas e professores da sala de ginástica, todos eram brancos, com a exceção de uma faxineira que parecia ser latino-americana. Talvez duas vezes a cada verão fosse possível ver uma pessoa negra na piscina (geralmente era uma criança que havia sido convidada para um aniversário de turma) e, ao redor da piscina, entre os vários banhistas e pessoas se bronzeando, era possível também sentir um alerta confuso; se a confusão vinha da vergonha pela exclusividade do nosso clube ou do ultraje que os portões tivessem sido abertos, sem dúvida dependia de cada indivíduo.

— E lá também tem milk-shakes — Ella disse para Jessica, que perguntou para a avó:

— Vó, você vem fazendo milk-shakes para Ella Blackwell e não faz para mim?

— Não, no clube! — exclamou Ella, enquanto eu tomava as rédeas da situação novamente, dizendo:

— Acho que ninguém vai mergulhar em lugar nenhum hoje. — Quando nos sentamos o sol brilhava, mas o céu estava nublado, assumindo um tom acinzentado e pálido. — Quem quer entrar para comer torta de ruibarbo? — perguntei.

Os Sutton haviam trazido essa sobremesa e eu fizera uma longa exclamação quando Jessica a entregara a mim, depois havia ido correndo até a cozinha para esconder os biscoitos amanteigados que eu e Ella havíamos preparado naquela manhã. Comemos a sobremesa na sala de jantar e, quando acabamos, Ella entregou os presentes que compramos no dia anterior; para Antoine, da Miss'n'Master, um macacão amarelo e um par de sapatinhos bem bobos, botinhas de couro vermelhas que tinham bolas de beisebol em cima do dedão — um presente nada prático que Ella insistiu em comprar. Para o presente de Jessica (dei sob o pretexto de ser um presente de formatura da sexta série, quando, na verdade, eu não queria que ela se sentisse deixada de lado por conta dos presentes para Antoine), havíamos ido até a Marshall Field no shopping de Mayfair, e escolhemos um relógio Swatch que tinha uma pulseira transparente cor-de-rosa choque com o desenho de uma flor rosa na parte frontal, dentro do relógio. Jessica colocou o relógio no pulso e ficou com o braço esticado para que admirássemos, quando ouvi a voz de Charlie no saguão da frente.

— Ora, ora, ora... — disse e, quando todos se viraram para vê-lo, ele estava sorrindo. — Será que posso invadir o almoço das senhoras?

— Vejam quem a maré trouxe — brincou Yvonne. — Pensamos que estivesse trabalhando, Charlie.

— Como eu podia ficar de fora? — indagou ele. Charlie vestia um short azul-claro (em um tom não muito diferente do pijama de Antoine), uma camisa polo branca e meias brancas; ele deixara os sapatos de golfe no saguão. Se ainda houvesse alguma dúvida de onde ele viera, ainda estava carregando a bolsa com os tacos e, naquele momento, apoiou-a em uma das paredes da sala de jantar. Os cabelos estavam úmidos, notei, e, quando olhei pela janela vi que tinha começado a chover. — E este deve ser o homem do momento — continuou Charlie. Ele caminhou até o bebê-conforto no chão, no qual Antoine havia pegado no sono. Ao se aproximar, Charlie elogiou: — Esse bebê é lindo demais. Mandou bem, Yvonne. "Bate aqui". — Ele estendeu a mão para ela dar um tapa, mas antes que ela conseguisse fazê-lo, ele viu a torta e exclamou: — Comilanças! — Foi quando reparei que ele andara bebendo. Depois de cortar um pedaço bem grande de torta, continuou a comê-la com a mão. Em silêncio, eu me levantei e entreguei a ele um prato e um garfo, os quais ele aceitou na hora, embora tenha continuado sem usá-los.

— Charlie Blackwell, os seus modos são piores do que os dos animais que vivem em currais — repreendeu a Sra. Ruby, o que fez Ella e Jessica rirem de forma contida.

O próprio Charlie estava sorrindo.

— Yvonne, se eu mesmo não tivesse uma mãe tão exaltada, teria roubado a sua anos atrás. — Ele limpou as mãos no guardanapo de outra pessoa e depois apoiou a palma da mão no ombro da Sra. Ruby. — Jessica, a sua avó é um tesouro nacional — comentou ele, enquanto eu fiquei pensando se a Sra. Ruby podia sentir o hálito de álcool que emanava dele.

— Papai, escute isso. — Ella, que, durante a entrega dos presentes permanecera ao lado de Jessica como se estivesse apta a supervisionar a cena, deu um passo para trás da mesa e, quando todos estavam olhando para ela, mudou de comportamento abruptamente, inclinando a cabeça para o lado e nos observando de rabo de olho. Com uma voz baixa, ela disse: — Deixe para lá.

Esse era um fingimento novo; havia uma menina na sala dela cujo nome era Mindy Keppen que paralisava quando era chamada a atenção por um professor e, quando expliquei a Ella o que era "timidez", isso deu pano para manga à sua imaginação. (Ai, o meu marido bêbado e querido, e a minha filha maliciosa!)

— Você queria mostrar a ele o seu grito de torcida, não é? — Jessica perguntou. — E se eu fizesse junto com você?

Ella olhou para cima, sorrindo e concordando de imediato. Jessica se levantou e, quase em uníssono, elas levantaram os braços e rebolaram os quadris de um lado para o outro.

"O nosso jogo é basquete
e de vencer eu sou tiete.
Vamos cantar e balançar,
na cesta a bola vai entrar."

Quando cantaram "Vamos cantar", as duas meninas sacudiram pompons imaginários no ar acima das cabeças e em "e balançar" elas os sacudiram embaixo dos joelhos.

— Extraordinário — elogiou Charlie quando as meninas acabaram. — Demais! — Meu coração afundou quando ele deu a volta na mesa e foi até elas, dizendo: — Como é mesmo o refrão? "O nosso jogo é basquete"... — Dando risadas, elas ensinaram a letra.

Ella estava em êxtase, talvez porque não fosse capaz de imaginar uma cena melhor — estava ao lado de uma garota mais velha e legal, ensinando gritos de torcida ao pai, com uma audiência presente —, enquanto Jessica era uma participante com espírito esportivo, mas também (eu imaginava) devia estar analisando a situação, tentando descobrir os motivos de Charlie para fazer aquilo. Jessica e Charlie se conheciam desde que ela nascera e provavelmente nunca haviam conversado de verdade.

Quando ele memorizou as palavras, os três recitaram em coro e, ao final, Charlie gritou:

— Dá-lhe Brewers!

Ella riu e cutucou-o no cinto, dizendo:

— Não é beisebol, papai, é *basquete.* — Ele a levantou nos braços, que era algo que eu não podia mais fazer, e ambos ficaram rindo juntos. Ficou claro que aquele era o clímax da tarde e os Sutton perceberam o mesmo; logo começaram a "levantar acampamento", recolhendo a bolsa de fraldas de Antoine e o bebê-conforto, os presentes e a travessa da torta. Eu vesti uma capa de chuva e os acompanhei até o carro. Na entrada da garagem, perguntei a Jessica:

— Você tem planos para o verão?

Ela carregava Antoine no colo e concordou com a cabeça, apontando para ele e dizendo:

— Os meus planos são ele; o bebê A. e V.C. Andrews. Não, estou só implicando com você sobre V.C. Andrews, Sra. Blackwell.

— Bem, adoramos receber vocês — agradeci. Pensei nas atividades de Ella: o time de natação, o acampamento de arte que ela costumava frequentar na última semana de junho e, em julho, estaríamos em Halcyon.

Quando entrei em casa de novo e fechei a porta, Charlie não estava mais na sala de jantar. Eu levei os pratos e os copos até a cozinha, indo e voltando pela porta de vaivém, e ouvi a televisão ligada na sala de estar. Depois de encher a máquina de lavar louça, percebi que estava com dor de cabeça. Senti que a nossa casa havia ficado abruptamente grande a vazia.

Espremi a esponja pela última vez e a coloquei no lugar, ao lado do sabão, quando Charlie entrou na cozinha e pegou uma cerveja da geladeira.

— Aquele era um lindo bebezinho negro — disse ele, rindo, mas não pude distinguir se estava tentando me provocar ou apenas sendo ele mesmo.

Ficamos nos encarando, mais ou menos a 1 metro de distância, e eu pensei em censurá-lo com severidade, apenas não tive ímpeto. Eu tinha energia para desavenças talvez uma vez a cada vários meses, não duas vezes em um mesmo dia.

— Você está muito calada — comentou ele.

— Estou com dor de cabeça. Vou lá para cima ler.

— Não está curiosa para saber como foi o jogo de golfe com Cliff e Langenbacher?

— Presumo que tenha sido cancelado devido ao tempo. — Podia ouvir a chuva lá fora, suave e constante.

— Você não ia acreditar como Langenbacher está empolgado de me levar para bordo. Foi Cliff que fez essa sugestão, o que significa que tenho uma dívida eterna com ele. Mas Langenbacher não poderia estar mais feliz com a minha contribuição ao grupo: sou um grande fã, não preciso fingir nem um pouco que não sou, mas também sou especialista em negócios. — O rosto de Charlie estava corado, podia ser pelo prazer ou pelo álcool. — Você não está zangada porque eu perdi o almoço, não é? — quis saber ele. — Eu diria que, no fim, o dinheiro deles valeu a presença e o charme do velho Chas Blackwell. Pensando bem a respeito, acho que você estava de conluio com os meteorologistas hoje.

— Na verdade, a sua aparição foi bem inadequada, porque eu disse a elas que você estava em uma reunião.

— Eu estava.

— Em uma reunião de verdade.

— Mas era! Jesus, Lindy!

— Então acho que fico surpresa por Langenbacher não se importar que as pessoas bebam tanto no trabalho.

Charlie falou com raiva:

— Qual é o seu problema? Este é um sonho profissional que está se tornando realidade, e não sei por que está sendo tão desmancha-prazeres!

— É claro que estou feliz por você — como que equilibrando a força dele e o alto volume, falei mais calmamente do que de costume: — Mas eu lhe disse que estou com dor de cabeça, e não me sinto muito comemorativa. A minha avó acabou de falecer, se você não se lembra.

Quase me senti como se não devesse mencionar o fato que, por mais verdadeiro que fosse, parecia um truque barato, e a lembrança faria com que ele se arrependesse, mas também com que se sentisse humilhado. Eu não devia ter me preocupado. É justo, eu acho, dizer que naquele momento ele estava olhando fixamente para mim. Ele disse:

— Meu Deus do céu, Lindy, ela tinha 90 anos. O que você esperava?

COMO HAVÍAMOS PLANEJADO, caminhei até a casa de Jadey e de Arthur no fim da tarde daquele dia antes do jantar e, assim que ela e eu estávamos a uma distância segura no campo de golfe, ela comentou:

— Arthur tentou se engraçar para mim, mas eu o ignorei.

— Jadey, talvez você devesse dar um tempo a ele.

— De que lado você está?

— Do lado de vocês dois — respondi, mas fiquei imaginando se estava com vontade de ter aquela conversa; fiquei imaginando se não deveria ter ligado cancelando a caminhada. Desde que os Sutton haviam deixado a nossa casa algumas horas antes, estivera me debatendo entre duas possibilidades: uma torrente de lágrimas ou então (e eu admitia que essa possibilidade era pior) um total bloqueio de todas as minhas funções. Fora a primeira vez em mais de vinte anos, a única vez sem contar a noite da morte de Andrew Imhof, que me senti sendo empurrada na direção de um vazio, e sabia que o impulso seria muito mais perigoso agora; eu tinha as responsabilidades de um adulto e, acima de tudo, era a responsável pelo bem-estar de Ella. No entanto, como seria bom apenas desistir de tudo, virar uma sonâmbula (desistir de tentar com Charlie ou de esperar que ele tentasse comigo).

Jadey afirmou:

— Você pode discordar de mim, mas acho que o meu marido precisa se esforçar um pouco mais para reconquistar a minha afeição.

Ficamos em silêncio. As nuvens chuvosas já haviam ido embora havia algum tempo, o sol brilhava por entre as folhas das árvores, a grama resplandecia e os gafanhotos zumbiam com extravagância, e eu continuei:

— Você realmente gosta desses joguinhos?

— Olha, nem todos nós temos o seu casamento perfeito.

— Você está sendo sarcástica? — Essa troca estava sendo bem mais afiada do que aquilo a que eu e Jadey estávamos acostumadas, e acho que ambas ficamos surpresas de que estivesse apenas começando a ganhar força.

Com cuidado (e foi graças a Jadey que a conversa foi perdendo o ímpeto agressivo), ela retrucou:

— Não tive a intenção de pisar em terreno espinhoso. Só quis dizer que para você é mais fácil do que para muitas de nós.

E então aconteceu o previsto, eu me debulhei em lágrimas e Jadey se surpreendeu:

— Meu Deus, o que foi que eu disse? Ai, Senhor Jesus... — Parei de caminhar e levei as mãos ao rosto, enquanto ela acariciava as minhas costas. — Alice, você sabe que eu a amo de montão. Isso é por causa de sua avó ou tem algo mais?

Enxuguei os olhos.

— Você acha que para mim é *fácil*?

— O seu marido venera o chão em que você pisa. É, pode até ser que Chas beba demais, mas é você que escolhe o próprio veneno. Ao menos vocês ainda estão perdidamente apaixonados.

— Jadey, eu... Estou pensando em deixá-lo. Nosso casamento está longe de ser perfeito.

— Deixá-lo como, pedindo divórcio?

— Não sei. Não sei nem como isso funcionaria. Eu me mudaria de casa, ou seria ele? — Pronunciar essas palavras em voz alta para Jadey foi o primeiro momento em que eu, verdadeira e realisticamente, considerei o término do meu casamento. Durante meses eu ouvira sussurros: *separação, divórcio*. E, apesar de parecerem ter sido trazidos até mim pelo vento, na verdade vinham da minha própria cabeça. Ainda assim, haviam sido ideias abstratas, fugas de última instância. — Ou encarar Maj, pense nisso

— acrescentei. (Embora não conseguisse, não pudesse chamá-la diretamente de Maj, eu era perfeitamente capaz de usar o apelido para falar sobre ela com outros. Não fazê-lo soaria formal demais, poderia parecer que eu estava querendo chamar atenção para mim mesma.) — Ela ficaria furiosa comigo. É quase como se eu sentisse que ela não permitiria que isso acontecesse, sabe o que estou querendo dizer?

— Ela não nos controla — afirmou Jadey. — Sim, sei exatamente o que você quer dizer, mas quando analisar o cerne da questão, não há nada que ela possa fazer além de cortar você do testamento dela.

Será que eu estava no testamento de Priscilla? Eu duvidava disso, todavia o argumento de Jadey de fato levantou a questão de como ficaria minha situação financeira. Eu receberia pensão? Poderia sustentar uma casa naquela área, mesmo que fosse uma mais modesta e, afinal, quantas casas modestas existiam em Maronee? Será que alguém nos arredores vivia de aluguel? É claro que eu conseguiria um emprego e, por um lado, isso poderia ser até benéfico, mas sustentar Ella e a mim (era inimaginável que eu não tivesse a custódia primária dela), quando nós duas estávamos acostumadas a um modo de vida decididamente privilegiado seria bem diferente de quando eu era uma mulher solteira em Madison.

— Certo, e se Chas fizer um tratamento para largar a bebida? — perguntou Jadey. — Qual o nome daquele lugar em Minnesota? Ele poderia ir para lá.

— Ele não vai fazer isso. — Será que viver o resto da vida com as mudanças de humor de Charlie seria pior do que uma separação? No entanto, quando eu pensava em divórcio, soava terrível (possível de ser feito, mas terrível). — Vamos para Princeton na sexta — informei. — Talvez ajude se nos afastarmos daqui durante alguns dias.

— Ai, meu Deus... Vocês vão para as Reuniões? — Jadey parecia horrorizada. — Alice, tudo o que as pessoas fazem lá é beber. Você sabe disso. Não tome nenhuma decisão enquanto estiver lá.

Gesticulei em direção ao caminho à nossa frente.

— Vamos continuar andando?

Enquanto caminhávamos para a trilha de asfalto, Jadey disse:

— Espere aí, essa é a vigésima reunião, não é? Meu Senhor Todo-Poderoso, o irmão caçula de Arthur já saiu da faculdade há vinte anos... Quando ficamos tão velhos? — Sua voz continha aquela dose de hipérbole que era tão comum a Jadey, mas havia a sinceridade de uma melancolia velada também. Depois, ela continuou: — Alice, vocês dois não podem se divorciar, simplesmente não podem. — Em lugar de uma resposta minha, foi ela quem falou: — Porque acho que não consigo mais ser uma Blackwell sem você.

ELLA E EU estávamos na cozinha quando Charlie chegou em casa do trabalho na terça, e assim que o escutei bater a porta, a cutuquei de leve.

— Vá dar um abraço no seu pai.

Nas 24 horas depois da saída dos Sutton de nossa casa, as interações entre mim e Charlie foram contidas, mas não diretamente hostis. Não nos falamos ao telefone durante o dia, o que era incomum, mas não inédito; apesar de a sua tendência ser me ligar no meio da tarde, era possível que estivesse ocupado com a transação dos Brewer. Até pensei em fazer algo festivo para ele, talvez algo como um bolo na forma de uma bola de beisebol, mas ainda me sentia muito mal pelo que acontecera no dia anterior para me dar o trabalho.

Ella saiu correndo, gritando:

— Ah, querido pai, diga olá para a sua filha linda e maravilhosa.

A cena ocorreu exatamente como eu esperava (que a sua exuberância pudesse compensar a falta da minha). Mas quando Charlie entrou na cozinha eu sabia, antes de ele falar qualquer coisa, que o negócio ainda não havia sido fechado.

— Lloyd Reisman é uma toupeira estúpida! — exclamou. Ele afrouxou a gravata e sentou-se, e Ella pulou no seu colo de imediato e começou a brincar com os lóbulos das orelhas do pai; ela não reagiu ao xingamento dele, isso era algo que deixara de ser novidade anos atrás.

Charlie segurou as mãos de Ella.

— Ele está voltando atrás no que prometeu a Langenbacher, falando um monte de merda sobre quanto devemos dar de adiantamento. Monte de merda. — Charlie sacudiu a cabeça. — Preciso beber algo.

— Então, o que vai acontecer agora?

— Estou quase decidido a mandá-lo ir se foder. Ele acha que vai receber outra oferta como essa, mas está redondamente enganado.

— E Zeke e Cliff concordam?

Charlie escarneceu.

— Cliff está preparado para se curvar e abrir as pernas para Reisman. Langenbacher diz que devemos esperar alguns dias, deixá-lo desejoso, mas eu não gosto de deixar o assunto inacabado. Venda-nos o time ou não nos venda, mas não nos mantenha no limbo.

— Mas Reisman não é a pessoa que está atrasando o negócio, é? Se ele está dizendo que quer receber uma quantia maior ao fechar e Zeke Langenbacher se recusa a...

Charlie fez um gesto no ar que entendi como "Chega desta discussão".

— Querem jantar hambúrgueres?

— Claro. Vou acender a grelha.

Com uma voz de robô, Ella respondeu:

— "Eu não vou comer um hambúrguer, por favor, obrigada." — Ela ainda estava sentada no colo de Charlie, e beliscou a ponta no nariz dele. Será que ela não podia perceber o péssimo humor em que o pai se encontrava, ou será que os humores dele estavam fora de questão, subordinados aos dela? Em momentos como esse, eu a invejava.

— Pare com isso — pediu Charlie, e "Ella-robô" retrucou:

— "Não vou parar com isso. Não sei o que 'parar com isso' quer dizer. Nosso planeta é feito de algodão-doce e usamos os sapatos nas orelhas."

Charlie olhou para mim.

— Faça alguma coisa, por favor.

— Ella, eu preciso da sua ajuda. — Estendi a mão, e ela desceu do colo de Charlie e veio comigo. Mesmo tão próximos, não o beijei nem o abracei, nem ele me beijou ou me abraçou, e senti a sombra da minha conversa com Jadey passar por nós como um avião que voa em um dia ensolarado. Para Ella, perguntei: — Pode colocar a mesa?

NA MANHÃ SEGUINTE, levei Ella para o colégio e poderia facilmente ter estacionado e ido até a sala de Nancy Dwyer (o escritório de admissões e ajuda financeira era no final do corredor da sala de Ella), mas não quis chegar sem ter agendado um horário. Ao voltar para casa, Charlie já saíra para trabalhar (ele não havia planejado contar a Arthur, a John nem ao resto da família sobre os seus planos com os Brewer antes de o negócio ser fechado, uma decisão que agora parecia inteligente). Subi as escadas e me sentei na minha escrivaninha no corredor do segundo andar. Enquanto discava o número de Nancy, podia ver os cipós de um salgueiro-chorão balançando com a brisa, a sombra aumentada da minha Árvore Generosa projetada na mesa e, quando Nancy atendeu, falei:

— Aqui é Alice Blackwell. Estou ligando em uma má hora? — o dia seguinte seria o último dia de aula do ano, e eu sabia que as pessoas em cargos administrativos tendiam a não seguir o mesmo calendário que os professores e alunos.

— De forma alguma — respondeu Nancy. — Em que posso ajudá-la?

— Espero que isso não pareça muito estranho, mas eu... Nós temos alguns amigos e eles têm uma filha que está terminando a sexta série agora... A avó dela é muito próxima da família de Charlie, e a menina também é muito inteligente, obviamente muito estudiosa, e fiquei pensando se poderia haver algum jeito de arrumar uma vaga para ela na sétima série do próximo ano.

— Você está se referindo ao ano que começa daqui a três meses? — Nancy riu, mas não de forma indelicada. Não nos conhecíamos muito bem. Fomos apresentadas quando Ella estava entrando para a Biddle, aos 3 anos, uma matrícula que foi um tanto ou quanto ridícula, pois praticamente apenas confirmava se ela já era educada para usar o banheiro e não morderia outras crianças, e também porque John era o presidente do conselho administrativo. Charlie zombou que Ella só não seria aceita se os seus intestinos deixassem um trabalho no chão do escritório de Nancy, mas que, mesmo assim, ela provavelmente seria aceita.

— Eu sei que estou pedindo muito — comentei.

E Nancy respondeu:

— Sim, mas não que seja totalmente impossível.

— Mas tem mais — continuei. — Imagino que ela vá precisar de uma bolsa integral ou, ao menos, algo bem próximo disso.

— Minha nossa, Alice...

— Ela é afrodescendente — acrescentei. — Imagino que isso possa ajudar de alguma forma? Mas, de verdade, ela é superinteligente e gentil, lidera o grupo jovem da igreja que frequenta, está no conselho estudantil e é uma leitora voraz. Ela está se formando na Harrison Elementary, e pretendem transferi-la para a Stevens, e, Nancy, cá entre nós, pensar que essa menina, tão promissora...

— Não, claro, entendo — confirmou Nancy. — É de partir o coração. — Ela deu um longo suspiro. — Deixe-me pensar e depois entro em contato com você. O que já posso prever como um problema é o fator da ajuda financeira. Pois, mesmo que a próxima sexta série esteja grande, geralmente conseguimos abrir espaço para mais um. Mas as bolsas foram distribuídas há meses, e o orçamento está apertadíssimo.

O fundo de doações da Biddle, eu sabia, era de 5 milhões e entendia que não era muito inteligente começar a esgotá-lo, mas era difícil crer que 5.500 dólares (que era o custo da instrução para a sexta série) fariam alguma diferença.

— Podemos colocá-la como candidata prioritária para o ano de 1989 — dizia Nancy. — Mas com as poucas chances que temos de conseguir a ajuda financeira para ela com o curto orçamento que temos este ano, fico hesitante de dar início ao processo de matrícula; não quero recebê-la no campus e depois ter de recusá-la.

— Não, claro que não — respondi. — Agradeço desde já por ter considerado essa possibilidade.

— Dê-me o nome dela completo. — Podia ouvir Nancy mexendo em pedaços de papel.

Informei, falando bem devagar para Nancy entender:

— Jessica Sutton.

— Alice, não quero me intrometer, mas a pessoa mais óbvia para você ter essa conversa é com o seu cunhado, John. Já conversou com ele?

— Eu quis falar sobre a ideia com você antes.

— Vou ser sincera. Por um lado, não tenho muitas esperanças, por causa do tempo. Mas, por outro lado... — Nancy deu uma risada curta. — Aqui em Biddle, adoramos a família Blackwell.

O ÚLTIMO DIA de aula da Biddle acabou oficialmente ao meio-dia, momento no qual as crianças de cada sala foram colocadas nos ônibus escolares e enviadas para as suas respectivas festas de encerramento do ano letivo. Para os alunos da segunda série que estariam chegando à nossa casa, eu havia comprado carne para hambúrguer (sem ser da marca Blackwell) e um bolo feito com papel de arroz no qual estava escrito "UM EXCELENTE VERÃO PARA VOCÊ!" com um glacê vermelho artificial, vários cones de sorvete e balões nas cores vinho e azul-marinho, que eram as cores da Biddle. Quando fui até a loja de festas escolher a cor dos balões, o vendedor me contou que eu era a segunda pessoa naquela manhã procurando por aquela combinação de cores. Em casa, liguei para Jadey, que estava recebendo a turma de Winnie da sétima série, e perguntei:

— Você também comprou balões vinho e azuis para as celebrações?

Ela riu.

— Enquanto eu fazia o pedido, pensei até em dobrar a quantidade e dar metade a você.

Duas outras mães, Joyce Sutter e Susan Levin, foram ajudar com a festa e levaram batatas fritas, condimentos e dois litros de refrigerante. Desenrolamos o Slip 'n Slide no quintal. Joyce deixou a mangueira à mão enquanto Susan usava a carne moída para preparar hambúrgueres. Fiquei um pouco surpresa ao descobrir que nenhuma delas sabia usar a grelha, então embebi o carvão com fluido inflamável e eu mesma risquei um fósforo.

Assim que ouvimos o barulho do ônibus se aproximando, corremos para o jardim de entrada e encontramos crianças da terceira série por todos os lados, barulhentas e desarrumadas. Um dos meninos rasgara a camisa e avisou: "Sou o primeiro no Slip'n Slide!." Muitas crianças já estavam de biquíni ou sunga, com toalhas ao redor do pescoço; elas jogaram as bolsas e mochilas à revelia na grama.

— Por favor, quero que todos vocês se reúnam no quintal — repeti diversas vezes com a voz mais alta e no tom mais autoritário que consegui. — A festa é no quintal.

De repente, Ella surgiu ao meu lado.

— Onde está a minha toalha de estrelas-do-mar?

— Está na cozinha. Lembre-se, Ella...

— Mãezinha, eu sei — interrompeu minha filha. — Serei uma *anfitriã muito graciosa.*

Quando ela desapareceu, Susan Levin cochichou:

— Ella não está ficando linda? Alice, ela se parece tanto com você quanto com Charlie.

No quintal, coloquei a grelha fora do pátio, mas em um local do qual ainda pudesse observar as crianças no Slip 'n Slide: a corrida inicial, o mergulho de barriga no plástico molhado amarelo — Joyce Sutter ficou lá o tempo inteiro com a mangueira em punho para as crianças obterem o deslizamento máximo — e depois a longa derrapagem até o fim, com os braços para a frente. Eu realmente esperava que ninguém se machucasse, batendo com os dentes da frente em uma raiz de árvore ou em uma pedra.

Ella comeu o hambúrguer perto de mim, tremendo devido ao biquíni molhado.

— Por que você não pega a sua toalha, querida? — perguntei, mas ela negou com a cabeça.

— Eu vou de novo.

— Cuidado para não ficar com dor na barriga — dei uma olhada ao redor do quintal. — Querida, onde está Megan Thyer?

Ella deu de ombros.

— Ela foi à aula hoje?

Ella pensou sobre a pergunta, depois fez que sim com a cabeça.

— Ela estava no ônibus?

Ella deu de ombros de novo.

— Depois que acabar, posso colocar o meu vestido preto da Família Adams?

— Não enquanto os convidados ainda estiverem aqui. — Apontei para o pátio onde uma garota chamada Stephanie Woo estava sentada sozinha. — Por que não vai ver se Stephanie quer jogar uma partida de basquete?

— Vou voltar para o Slip 'n Slide.

— Só uma partida — falei. Ella estava prestes a protestar quando concluí: — Achei que você quisesse usar o vestido.

Coloquei a tampa de volta na grelha, fechei a válvula e me aproximei de Joyce, que estava na mesa de bebidas; Susan havia assumido a função da mangueira.

— Será que você poderia ficar de olho na grelha enquanto vou lá dentro?

Já dentro de casa, percorri rapidamente o primeiro andar, que estava vazio, a não ser por dois meninos, Ryan Wichinski e Jason Goodwin, na sala de estar, brincando no piano. Vê-los ali encheu-me de alegria: Ella detestara as aulas em que eu a matriculara e quisera desistir depois de um ano, e nem Charlie nem eu tocávamos nenhuma nota.

— Vocês dois são muito talentosos! — elogiei enquanto saía da sala e entrava no saguão.

No andar de cima, as portas de todos os quartos estavam abertas e, no último, que era a suíte, Megan Thayer estava sentada no chão, impassível, folheando uma edição da *Penthouse*. Várias outras edições estavam espalhadas à sua volta e, antes que eu me aproximasse o suficiente para ver o que eram (pois ela podia estar folheando a *New Yorker* ou lendo as dicas de decoração da *Home and Garden*), eu já sabia.

Parecia que ela não tinha encontrado as revistas logo de início. Primeiro, experimentara alguns pares de sapatos meus, depois alguns de Charlie (eles estavam jogados no tapete do quarto), havia usado o meu perfume de lírio-do-vale (na minha penteadeira, a tampa estava fora do frasco e o cheiro pairava no ar), e também havia despejado na cama um jarro com moedas que Charlie juntava no peitoril da janela e separado todas as de 25 centavos.

Ela olhou para mim e sinto-me tentada a dizer que o olhar que me lançou era de uma pessoa consciente, até mesmo adulta, mas tal afirmação seria apenas uma tentativa de absolver a mim mesma. Ela não era consciente e muito menos adulta. Era apenas uma menina de 9 anos, olhando fotos de mulheres com pernas abertas e exibindo os seios enormes de forma desafiadora.

Caminhei até ela, peguei a revista do colo dela (ela não resistiu) e disse:

— Megan, querida, isso não é apropriado para você.

Ela simplesmente ficou parada, olhando para mim, sem dizer nenhuma palavra, com aquela postura de ombros largos e caídos e os cabelos escuros.

— Você mexeu ali? — Apontei para a última gaveta da mesinha de cabeceira de Charlie que, apesar de ter chave, ele aparentemente deixara destrancada. — Esse tipo de revista é para adultos, não para crianças — expliquei. — Elas contêm fotos que podem ser difíceis de entender.

(Depois da festa, peguei uma das revistas para folhear achando que era responsável de minha parte saber exatamente o que Megan havia visto. Deparei com uma página dupla que suponho que devesse representar uma "mulher de classe": na primeira foto, ela saía de uma limusine usando um casaco de pele, sapatos de salto e nada mais; na segunda, estava de pé em um salão de dança qualquer de costas para a câmera, com o traseiro à mostra, olhando com malícia por sobre um dos ombros e segurando uma taça de champanhe. Isso foi o suficiente para mim; não consegui ver mais e fechei a revista. Era tudo tão bobo, a modelo estava tão maquiada e era tão artificial, a noção de elegância da revista era tão deselegante e, ao mesmo tempo, pareceu tão profundamente estranho, como se fosse uma violação da privacidade daquela mulher eu saber como ela era sem roupas. Não conseguia imaginar nenhum motivo para alguém se expor daquela maneira a não ser que estivesse em circunstâncias financeiras desesperadoras.)

Megan apontou para uma revista no chão.

— Aquela ali tem uma mulher jogando boliche pelada.

Como eu deveria responder a isso? Quando a mãe dela viesse apanhá-la, teria de explicar o que acontecera, e a ideia de confessar à Carolyn Thayer que a filha dela havia deparado com as revistas pornôs do meu marido era uma cena tão constrangedora quanto se poderia imaginar.

— Se você tem dúvidas sobre essas revistas, Megan, eu sugiro que converse com a sua mãe. Gostaria que você não tivesse mexido nas nossas gavetas, pois elas são pessoais e não são suas. Mas também sinto muito que você tenha visto o que viu. Não é assunto para uma menina de 9 anos. — Hesitei. — E nem todos os adultos gostam dessas revistas. Eu não ligo para elas.

— Então por que tem tantas?

Eu pedira por isso, não pedira? Para me esquivar, juntei as revistas em uma pilha e as coloquei de volta embaixo da mesinha de cabeceira; naturalmente, não sabia onde estavam as chaves. Lá fora, podíamos ouvir o som das crianças gritando e brincando no quintal. Quando me virei, ela ainda estava lá, sentada.

— Espero que você não comente isso com Ella nem com os seus coleguinhas de turma, pois pode deixá-los desconfortáveis. Está bem? — Olhei para ela. Eu sempre acreditei piamente no poder de se fazer contato visual, e não apenas com crianças.

— Essa festa é idiota — comentou ela. — Vocês não têm nem uma piscina!

Forcei um sorriso.

— Você não se acha sortuda por ter uma?

— Só tenho na casa da mamãe.

— Por que não desce comigo? — perguntei. — Eu já vou cortar o bolo, e você pode me ajudar.

Ela se levantou, ajeitando o short. Então, no fim das contas, ela não era tão rebelde assim, pensei, e ela retrucou:

— Aposto que o Sr. Blackwell gosta de olhar aquelas revistas porque aquelas mulheres são mais bonitas do que você.

Megan não era uma sociopata como Jadey afirmara, mas obviamente era uma menina que fazia o possível para que as pessoas não gostassem dela, e pensar nisso me fez sentir mais pena do que irritação. Era muito provável que Megan ficasse bem, que crescesse e tivesse uma vida normal como todos os outros, mas o que eu me dei conta no quarto foi que o ensino fundamental e até mesmo o ensino médio eram provavelmente fases muito difíceis.

Comentei:

— Megan, nossas famílias se conhecem há muito tempo e, por isso, sei que este ano não foi nada fácil para você. Mas você é uma pessoa boa e especial, e espero que a terceira série seja melhor. Agora, sei que Ella e algumas outras meninas estão jogando basquete, se achar que isso parece mais divertido do que ir me ajudar com o bolo...

Seguimos até o saguão e, antes de descermos as escadas, ela contou:

— Sabia que eu fiz uma cesta de três pontos?

— Isso é ótimo! — afirmei.

— Foi na nossa garagem, meu irmão não acredita em mim, mas eu consegui mesmo.

Acariciei seu ombro, dizendo:

— Eu acredito em você.

AO TELEFONE, Charlie disse:

— Coloque os seus sapatos de festa. Você está falando com o novo sócio-gerente dos Milwaukee Brewer.

— Parabéns. Isso é maravilhoso, querido.

— Estou pensando em irmos jantar no clube. Quer fazer uma reserva?

— Charlie, isso seria ótimo, mas se importa se comermos em casa? Preciso fazer as malas para a reunião em Princeton e tivemos uma tarde cheia aqui com a festa da turma de Ella...

— Quando foi a última vez que sugeri que saíssemos? — Era verdade. Além dos jogos de beisebol, devia fazer meses desde a última vez que tínhamos saído. — É hora de comemorar — continuou Charlie. — Amanhã estará em todos os jornais, mas você ouviu em primeira mão.

— Já contou à sua família?

— Acabei de desligar o telefone com papai e daqui a pouco vou dar a notícia a Arty e a John. Cara... eles vão morrer de inveja! Marcamos 19h30?

— Estou muito feliz, querido, estou mesmo, mas será que existe alguma forma de eu convencê-lo a comermos em casa? Ainda estou limpando a casa da festa e... Bem, tem uma coisa que preciso falar com você.

— O quê é?

— Prefiro esperar você chegar em casa.

Acabou que Carolyn Thayer não foi buscar Megan. A menina teve de ir embora de carona com Joyce Sutter e eu tive de ligar para Carolyn. A conversa prosseguiu da maneira mais desastrosa possível. ("Fico chocada que isso tenha acontecido logo na sua casa!" — exclamou ela, e depois: "Espero que saiba que Megan nunca mais vai voltar à sua casa." *Será que isso foi uma ameaça?*, pensei, e, no entanto, pedi as mais profundas desculpas.) Enquanto conversava com ela, percebi que eu não havia pensado que esse assunto se tornaria uma fofoca deliciosa para todos os nossos conhecidos de Maronee. Talvez eu tivesse conseguido impedir que Megan repetisse o acontecido aos seus coleguinhas sobre o que havia visto — estremeci com a visão das crianças gozando Ella durante as aulas de natação —, mas será que era ingênuo de minha parte esperar que Carolyn fosse discreta? Talvez, para proteger Megan, ela não compartilhasse a história, mas eu sabia que a tentação de fofocar era algo difícil de resistir. Depois que desliguei o telefone com Carolyn, senti a claustrofobia de Maronee, opressão intermitente.

— É alguma coisa séria? — perguntou Charlie.

— Acho melhor conversamos hoje à noite.

— Dê pelo menos uma dica. Quantas sílabas? Rima com...?

— Durante a festa, Megan Thayer foi até o nosso quarto e viu todas as suas edições da *Penthouse*.

Não posso dizer que fiquei surpresa ao ouvir Charlie explodir em gargalhadas do outro lado da linha. Mas será que eu não queria ouvir que o que ocorrera não era nada demais e que eu estava sendo boba por sentir tanto remorso?

— Você acha que ela é sapatão? — perguntou ele. — Ela parece um jogador de futebol americano.

— Só para você saber, tive uma conversa bastante desagradável com Carolyn e espero que isso não vire um boato que...

Ele me cortou.

— Todas as conversas com Carolyn Thayer são desagradáveis. E, querida, se correr um boato de que eu gosto de ver *Penthouse*, não vai ser um boato. Sabe do que mais? Não estou nem aí. Você acha que a metade dos homens em Maronee não bate punheta vendo revista de mulher pelada?

— Então se Jadey ou Nan descobrirem...

Ele riu de novo.

— Foram os maridos delas que me apresentaram à pornografia. Acalme-se, está bem? E ligue para o clube e peça uma mesa para as 19h30.

Fiz uma pausa, depois respondi:

— Não. Sinto muito, mas não. Temos um longo fim de semana pela frente e eu não quero ficar como uma louca arrumando as coisas amanhã de manhã para pegarmos o avião. Preciso descansar para poder me organizar.

— Porra, Lindy, eu comprei um time de beisebol hoje!

— Não venha com palavrões para cima de mim, Charlie.

— Então pare de ser uma vaca.

Afastei o telefone da orelha, como se tivesse acabado de levar um choque elétrico. Como a nossa relação havia chegado a esse ponto? Eu sabia que Charlie era grosso, isso não me surpreendia, o que me surpreendia era ele ser grosso comigo — as coisas não eram assim. Cheguei a acreditar que ele tinha um lado mais doce e suave para se dirigir a mim que não tinha com as outras pessoas, o que tornava toda aquela vulgaridade dele quase um lisonjeio em comparação. Só que agora me encontrava no porão da sede da fraternidade junto com todas as outras pessoas que ele tratava assim, e ele esperava que eu bebesse cerveja a goladas e risse de piadas infames enquanto me acertavam um tapa no traseiro um pouco mais forte do que deveria.

Pensei que talvez ele tivesse ficado tão perturbado quanto eu sobre o que dissera, mas quando nos falamos de novo a voz dele não continha nenhum traço de remorso, mas sim de irritação. *Ele* estava irritado *comigo.* E falou:

— Aproveite a sua noite sozinha em casa, está bem? Vou ver se consigo achar uma rapaziada mais em clima de festa.

QUANDO O TELEFONE tocou novamente, eu esperava que fosse Charlie já mais calmo, mas foi Joe Thayer quem falou:

— Carolyn me contou o que aconteceu durante a festa, e eu...

— Joe, estou mortificada. Você não sabe o quanto lamento por essa situação. Espero que você e Carolyn saibam...

Eu o havia interrompido, e agora foi a vez de ele me interromper. Ele continuou:

— Eu sabia que você devia estar se torturando e tenho certeza de que Carolyn encheu os seus ouvidos, mas, Alice, por favor, não se preocupe.

Acredite em mim, Carol anda muito nervosa ultimamente. Sei que nós preferiríamos que isso não tivesse acontecido, tanto você quanto nós, mas se isso for a pior coisa à qual Megan seja exposta na vida, ela vai ser uma menina de sorte. Fico atônito com o que passa na televisão hoje em dia... Você já assistiu àquele programa *Um amor de família*?

— Já ouvi falar, Joe, e obrigada pela compreensão, mas espero que saiba que eu realmente sinto muito.

— Tenho certeza de que aquelas revistas não são *suas*, Alice. — Na voz de Joe havia um tom de deboche que percebi que estivera ali o tempo todo.

— Bem, não são mesmo — respondi. — Esse não é o tipo de coisa que leio.

— Não se esqueça de que conheço o seu marido há muito tempo — comentou Joe. — Eu me lembro de quando ele era só um garoto em Halcyon, fazendo aquele velho truque com a jovem índia da embalagem da Land O'Lakes. — Eu não sabia se era engraçado ou deprimente que Charlie tivesse mostrado o mesmo truque para Ella alguns meses antes (ao cortar os joelhos da jovem índia e reposicioná-los na altura do peito e levantar a aba com o rótulo da manteiga, parecia que ela estava segurando os próprios seios fartos. Algumas coisas, mesmo após três décadas, pareciam nunca ter perdido a graça.) — Preciso confessar que a primeira coisa que pensei quando Carolyn me contou, foi: "Se eu tivesse uma esposa como Alice, não ficaria recorrendo àquelas porcarias." Charlie é um homem que não reconhece o que tem em mãos e, quando desligarmos, diga a ele que eu falei isso.

O tom na voz de Joe era amigável, então tentei fazer o mesmo e respondi:

— Você é muito gentil.

— Bem mais importante aos nossos propósitos — informou ele — é que depois que a vi no posto de gasolina, reservei uma passagem aérea para ir à Reunião de Princeton. Eu estava obcecado demais com o desânimo pelo fato de estar indo sozinho, mas depois pensei que isso era besteira. Estar entre amigos pode ser exatamente aquilo de que preciso.

— Joe, isso é ótimo, que bom para você! Eles também querem que você use um daqueles quimonos meio malucos, preto e laranja?

— Esperei tanto tempo para me inscrever que vou ter de pegar a roupa lá no campus, e só posso imaginar o que me aguarda. Vamos ver se nos encontramos durante a parada de Princeton, pode ser? Temo que você vá ser a única pessoa além de mim com sanidade naquele lugar.

— Ah, você está superestimando a minha sanidade. Tenho praticado a minha locomotiva.

— Sabe, nunca consegui fazer Carolyn aprender os gritos de guerra — comentou Joe. — Acha que devia ter considerado isso um sinal?

ASSIM QUE DESLIGAMOS, o telefone tocou de novo e, quando atendi, Jadey falou:

— É verdade que Chas comprou os Brewer?

Hesitei por um momento.

— Mais ou menos.

— Quando você ia me contar?

— A decisão não era final até hoje, eu mesma acabei de descobrir. Você sabe que não foi só Charlie, não sabe? Existe todo um grupo de investidores por trás, e a contribuição dele... Bem, tenho certeza de que é menos do que você imagina. — A ironia era que, como Jadey havia herdado dinheiro, ela e Arthur provavelmente estariam em posição de oferecer um investimento muito mais significativo. Será que fora apenas acaso a decisão de Arthur de não ir ao jogo naquele domingo que o havia excluído do negócio?

Jadey continuou:

— Você vai reservar para nós o melhor camarote de todos os tempos?

Eu ri.

— Os que temos agora não são tão ruins.

— Ligue para mim assim que voltar de Princeton, está bem? Fazia um calor dos infernos na vigésima Reunião de Arthur, juro, mas ainda assim nos divertimos muito. E lembre-se: Chas provavelmente vai encher a cara no próximo final de semana, mas dê a ele uma segunda chance, porque todo mundo lá vai estar bêbado.

Pensei em contar a ela sobre o que havia acontecido com relação a Megan Thayer, e talvez até mencionar o fato de Charlie ter me chamado de vaca, mas Jadey e eu engataríamos em uma conversa de 45 minutos e eu ainda tinha muito o que fazer. Além disso, não queria correr o risco de que Ella escutasse.

— Ligo para você na segunda — concordei.

PARA O JANTAR DE ELLA, preparei torradas com mussarela derretida (chamávamos de torrada-pizza, só que não tinha molho de tomate e a semelhança com uma pizza era apenas "superficial") e, para mim, requentei um hambúrguer que havia sobrado da festa, no qual coloquei bastante mostarda Dijon; se Charlie estivesse com fome quando chegasse em casa, ele também podia comer um hambúrguer das sobras. Como não haveria aula no dia seguinte, permiti que Ella assistisse ao *Cosby Show* (ela adorava a personagem Rudy, e Theo era seu segundo favorito) e ela ficou deitada em nossa cama, com aquele vestido preto ridículo, enquanto eu fazia as malas e ficava indo e voltando entre o quarto dela e o nosso. Eu a chamei:

— Presumo que você vá querer levar o Sr. Urso.

— Não o coloque na mala ainda! — exclamou ela. — Preciso dele para hoje à noite.

O Sr. Urso não era um bichinho de pelúcia convencional; era mais parecido com um boneco de pano, feito de retalhos, um patchwork de tecidos avermelhados. Mamãe o fizera quando Ella nascera, e era o único bicho com o qual ela dormia toda noite até hoje. Depois do *Cosby Show*, começou *A Different World* e, logo em seguida, *Cheers*, a que eu nunca permitira que Ella assistisse, e Charlie ainda não havia chegado em casa. Quantas noites ainda seriam como aquela? Quantas noites *eu permitiria* que fossem como aquela? Quando o telefone tocou de novo, mais uma vez pensei que fosse Charlie, e mais uma vez me surpreendi.

— Sra. Blackwell? — perguntou uma voz de mulher que soou familiar e, no entanto, não reconheci de primeira. A voz não era apenas feminina, também era jovem e hesitante. — Aqui é Shannon.

— Claro — respondi à nossa babá. — Como você está?

— Hum, desculpe-me se eu estiver incomodando, mas...

— O que houve, há algo errado? — perguntei, e Ella olhou para mim da cama. O telefone era sem fio, então fui para o corredor.

— O motivo da minha ligação é que... Bem, acabei de ver o Sr. Blackwell... — Uma espiral de ansiedade começou a girar dentro de mim, como se fosse um fino fio de arame, se desenrolando, quente. Achei que o que Shannon fosse dizer a seguir seria algo como "com o carro espatifado contra um poste de luz", e o que ela de fato disse não foi muito mais tranquilizante. Ela continuou: — Bem, estávamos no Herman's...

— O que é Herman's?

— É um bar.

— E você viu o Sr. Blackwell por lá?

— Não, eu... Bem, eu fui até lá com ele. Ele ligou para mim há umas duas horas, perguntando se eu estava livre e se podia me apanhar porque queria conversar comigo. Eu pensei... Eu não sei, achei... Bem, presumi que fosse sobre Ella. E quando eu já estava dentro do carro, ele me perguntou se eu queria... Ir tomar um drinque.

— Onde fica esse lugar, Herman's?

— Fica em Wells, perto do campus. Acho que estou ligando porque... Bem, ele tomou alguns drinques, sabe o que quero dizer?

A espiral de ansiedade explodiu e senti o coração acelerar. Então, ainda existia a possibilidade de ele ter batido com o carro contra um poste; o encontro com a babá podia ser algo "além", e não "no lugar de" um acidente. E o campus (ela referia-se à Marquette, na qual era aluna do segundo ano) ficava a 7 quilômetros da nossa casa. Tentei parecer calma enquanto perguntava:

— Quantos drinques você acha que ele tomou?

— Bem... — Ela fez uma pausa. — Acho que uns cinco ou seis. Só ficamos lá por uma hora. Eu sinto muito, Sra. Blackwell, mas achei que a senhora deveria ficar sabendo.

— Não, tudo bem. Agradeço a sua ligação. Quando ele saiu do bar, comentou algo sobre estar vindo para casa?

— Eu não sei, sinto muito. Ele contou que comprou os Brewer, então imagino que isso seja uma coisa legal. — Ela riu de uma forma contida e estranha.

— Ele tentou... — Eu mal podia pronunciar as palavras, mas seria injusto obrigá-la a fazer isso no meu lugar, e seria mais injusto ainda forçá-la a manter um segredo dele. — Ele deu em cima de você? — perguntei, e a minha voz parecia sufocada.

De uma forma rápida, ela reagiu:

— Não, não, ficamos apenas conversando. Ele ficou falando sobre beisebol e mais umas coisas. Ele estava de bom humor, depois me deixou aqui de volta.

Ele havia bebido cinco ou seis drinques em uma hora, depois havia pegado o carro com a babá de Ella no banco do carona e a deixado em casa?

— Shannon, não consigo expressar o quanto lamento. O Sr. Blackwell agiu de forma bastante imprópria com você, e você lidou com a situação da melhor maneira possível.

— Eu não estava, tipo assim, com medo. Conheço o Sr. Blackwell. Só espero que ele chegue bem em casa.

Ao mesmo tempo em que ela terminava a frase, eu o ouvi chegar; ouvi o motor ligado, depois sete ou oito toques de buzina de uma vez. Às vezes ele fazia isso, dava um aviso de que tinha chegado.

— Prometo que isso não vai se repetir — falei.

QUANDO COLOQUEI o telefone no gancho, meu coração batia acelerado.

— Quem era? — perguntou Ella, e eu respondi:

— Era uma amiga da mamãe que você não conhece. — Na televisão, passava um comercial de detergente bem chamativo e, lá embaixo, Charlie entrava em casa, e depois subia as escadas cantando. A música era "When Johnny Comes Marching Home".

"When Johnny comes marching home again
Hurrah! Hurrah!
We'll give him a hearty welcome then

Hurrah! Hurrah!
The men will cheer and the boys will shout
The ladies they will all turn out
And we'll all feel gay when Johnny comes marching home."

Ele só sabia a primeira estrofe, então cantou-a novamente enquanto entrava no quarto, se inclinando para me beijar — aparentemente, a vaca em mim fora perdoada — e Ella pulou da cama e começou a implicar com ele. Charlie a levantou, virando-a de cabeça para baixo e, quando o vestido dela estava na altura da cabeça, ele fez cócegas na barriga desprotegida. Ela torceu e se contorceu, dando unhadas nele e, com o vestido no rosto, também havia começado a cantar: "*The ladies they will all turn out...*"

Charlie cantou o último verso como se fosse uma ópera, alongando-o, e depois jogou Ella no colchão; ela se endireitou até que o vestido estivesse no lugar e assim que acabou, tentou pular em cima do pai de novo. Quando não conseguiu, levantou os braços, dizendo:

— Me levanta.

E Charlie respondeu:

— Você está acabando comigo, Ellarina. Quanto está pesando agora, 1 tonelada? — Ele a empurrou de volta ao colchão, fazendo cócegas e dizendo: — Tem alguém que anda comendo muitos sundaes com calda quente de chocolate! Tem alguém que anda papando pizzas tamanho família! — Ella riu tanto que as lágrimas escorreram de seus olhos, e foi uma risada ofegante e penetrante, daquelas que deixam o rosto vermelho e que, mesmo enquanto criança, eu nunca tivera. Por trás da minha raiva contra Charlie, de uma forma distante, me senti impressionada como me sentira em muitos momentos anteriores; era inegável o talento que ele tinha de transformar uma casa quase desabitada e calma em um lugar cheio de vida e barulho só com a sua presença, fazendo do lugar a sua própria festa, a sua própria parada. E eles estavam tão felizes, o meu marido e a minha filha, que eu não podia repreendê-los; fiquei apenas assistindo enquanto eles brincavam para lá e para cá. Charlie comentou:

— Ei, Ella, quer saber o que eu comprei hoje?

— Um balão de ar quente? — gritou ela.

— Não, muito melhor. — Charlie riu. Na verdade, ele não parecia estar tão bêbado; alegre, sim, mas perfeitamente coerente. — Comprei os Brewer, aquele time de beisebol — completou ele. — Você está pronta para ir a muitos e muitos jogos?

— Oba! — gritou Ella.

Charlie olhou para mim.

— Que bom ver que alguém fica feliz com a notícia.

— Kioko Akatsu pode ir também? — perguntou Ella.

— Querida, Kioko teria de passar 12 horas dentro de um avião para chegar até aqui — respondi.

Ella ficou batendo palmas e depois segurou as mãos de Charlie junto às suas para que ele fizesse o mesmo. Na sua imitação de um homem adulto, ela entoou:

— Eu sou o melhor time de beisebol que já existiu. E você é a pessoa mais idiota do mundo.

Charlie libertou as mãos das dela e as pressionou ao lado da cabeça da filha, dizendo:

— Eu sou o campeão de Milwaukee, em Wisconsin — retrucou. — E vocês são os otários que trabalham de 9 às 17 horas nos escritórios.

QUANDO FUI ME DEITAR já eram 23h45, e Charlie estava deitado de barriga para cima, com os olhos fechados. Mas percebi que ele não estava dormindo, então falei:

— Acho que devemos pagar para Jessica Sutton frequentar a Biddle.

Ele abriu os olhos, que logo se apertaram em uma expressão de dúvida. E pareceu mais confuso do que opositivo quando me perguntou:

— De que diabos você está falando?

— Não consigo suportar a ideia de ela ir estudar na Stevens. Liguei para Nancy Dwyer no escritório de admissão para ver se era muito tarde para Jessica ingressar no outono, e parece que eles conseguem encaixá-la na sexta série, só que já distribuíram as cotas das bolsas de estudo.

— Isso acabou de me lembrar de uma coisa. — Ele se virou de lado. — Adivinha quem eu vi hoje?

— Se você não se importa, gostaria de me concentrar na conversa que estávamos tendo.

— Tente adivinhar — riu ele.

De uma forma bem fria, respondi:

— Eu sei quem você viu, e não acho isso nem um pouco engraçado.

— Você não faz a menor ideia! — Ele estava jovial, satisfeito consigo mesmo.

— Charlie, Shannon me ligou assim que você a deixou em casa. Ela parecia bastante agitada, e não posso culpá-la por isso. Você tem alguma noção do papelão que fez? Você tem o dobro da idade dela e é o *patrão* dela. Eu acho que não podemos chamá-la novamente para trabalhar para nós e, mesmo que chamássemos, duvido que ela aceitaria. Eu não aceitaria se fosse ela.

— Você está louca, ela se divertiu muito. É uma pessoa íntegra, bastante respeitável. Sabia que o pai dela é encanador?

Eu estava sentada, recostada na cabeceira da nossa cama, e cruzei os braços à minha frente. Foi difícil saber como reagir, e era difícil explicar algo que era tão impetuosamente óbvio. Respirei fundo.

— Ela é *a babá* da nossa filha — continuei. — Você tem 42 anos e a levou para um bar!

— Mas tudo bem para você levar a Sra. Ruby ao teatro? — Ele sorriu de uma forma específica, e eu compreendi: havia caído em uma armadilha. Ele havia orquestrado aquela noite com o único propósito de me fazer essa pergunta. Era a razão pela qual ele havia escolhido Shannon, dentre todas as pessoas (não porque ele queria apreciar a companhia dela, mas para me ensinar uma lição). E foi a mesma razão pela qual, desde a ligação de Shannon, eu ficara profundamente estremecida sem me sentir romanticamente ameaçada como a esposa traída. Charlie não era do tipo galanteador. Talvez ele fosse brincalhão, tanto com homens quanto com mulheres, mas não conseguia imaginá-lo embarcando em uma aventura de verdade, com todos os seus subterfúgios e complicações logísticas. Embora ele debochasse de mim e me humilhasse, não seria infiel.

Eu respondi:

— Você sabe a diferença.

Ele deu de ombros.

— Empregada doméstica, babá... São funções bem parecidas.

Nossos olhares se encontraram e tive vontade de dar um tapa no rosto dele ou empurrá-lo. Em vez disso, descobri-me e me levantei.

— Qual é o seu problema? Não dá para perceber que isso não é uma piada? E Shannon me contou o quanto você bebeu... E se tivesse sido parado? E se tivesse batido com o carro e estivesse morto agora, ou se tivesse matado outra pessoa?

Ele voltou a deitar de barriga para cima, dessa vez apoiando-se nos cotovelos. De uma forma devagar e calma, ele se pronunciou:

— Alice, acho que você não está em posição de me dar nenhuma lição de moral com relação a direção.

Era incrível; nas últimas semanas, cada vez que eu pensava que Charlie tinha dito a pior coisa que podia, alguns dias se passavam e ele conseguia se superar. Furiosa, andei a passos largos ao redor da cama até chegar à mesinha de cabeceira dele, abri com força a última gaveta e peguei todas as suas edições da *Penthouse* e as joguei, uma a uma, em cima dele.

— Você é horrível! — gritei, tendo uma leve noção dos meus atos e de que Ella dormia a apenas algumas portas além da nossa, sem, no entanto, ter força suficiente para me conter. — Você é um pirralho mimado e não tem a mínima consideração por mais ninguém além de si mesmo! Acha que a vida é uma coisa tão divertida, tão fácil, e o único motivo pelo qual isso é verdade é porque você fica isolado do mundo por ser rico. Sempre teve alguém por trás de você limpando a sua sujeira, facilitando a entrada nas instituições de ensino, oferecendo um emprego na empresa da família, oferecendo a você até *um time de beisebol*, pelo amor de Deus! E agora você tem a mim para polir os seus comportamentos estranhos e ofensivos. Mas estou cansada disso, Charlie, está me entendendo? Estou farta! Só porque você nunca se dá mal não quer dizer que não tenha feito nada de errado.

Não havia mais revistas sobrando. Charlie estava se esquivando, protegendo o rosto com as mãos, em um gesto de autodefesa, e por entre seus dedos eu podia ver a expressão surpresa que, no entanto, ainda não estava inteiramente séria. Acho que ficou na expectativa de que eu estivesse brincando. Eu me virei abruptamente, indo na direção da porta.

— Lindy — chamou ele. — Meu Deus, acalme-se...

Fui para o quarto de hóspedes e bati a porta assim que entrei; eu tremia. Como seria possível que eu e Charlie continuássemos casados? Depois, escutei passos no corredor e fiquei contente de ele ter me seguido para terminar a briga, parecia uma atitude madura de sua parte ou, ao menos, foi o que pensei até ouvir uma pequena voz dizer:

— Mamãe? — Quando abri a porta, Ella começou a chorar.

FICAMOS OS TRÊS em silêncio no voo para Newmark, do mesmo modo que ficáramos em casa, pela manhã, e no caminho até o aeroporto, e o silêncio permaneceu enquanto alugávamos um carro e íamos até a I-95, na direção sul. Charlie parecia estar aguardando algum tipo de sinal vindo de mim que eu não forneci; eu mal olhava para ele. Ella também estava alerta de forma incomum, hesitante ao lidar conosco. Naquela manhã, na cozinha, Charlie havia mostrado à nossa filha o artigo no *Sentinel* sobre a compra dos Brewer feita pelo Capital Group, mas mesmo tendo sido uma demonstração bem suave dele, eu sabia que fora muito mais para meu benefício do que para o dela. Eu mesma não li o artigo.

Enquanto esperávamos o avião, fiquei pensando se encontraríamos Joe Thayer, mas aparentemente estávamos em voos diferentes. No entanto, encontramos Norm e Patty Setterlee. Norm havia se formado em Princeton na turma de 1948, e deu um leve soco no bíceps de Charlie, dizendo:

— Só me prometa que nunca mais vamos deixar os White Sox ganharem.

No avião, com Ella sentada na cadeira entre nós, Charlie comentou:

— Eu pensei no assunto e acho que não ficaria nem um pouco surpreso se Jessica Sutton fosse elegível para uma bolsa de estudos.

Ella desviou a atenção do livro que estava lendo, que era *Bunnicula*, e olhou para nós.

— O que quer dizer elegível? — Ao ver que nem eu nem Charlie respondemos, ela puxou a manga da minha blusa e perguntou: — Por que Jessica é elegível?

— Quer dizer que ela tem qualificação — respondi. E depois, para Charlie, continuei: — Era isso o que eu estava tentando explicar. Ela provavelmente seria, mas eles já distribuíram toda a ajuda financeira que podiam para o próximo ano. — Tentei ser bem objetiva, calma e civilizada; temperada, como eu havia sido na noite anterior. Se tinha uma intenção séria de deixá-lo, não havia nenhum motivo para eu não ser cordial.

Charlie completou:

— É uma preocupação admirável de sua parte, não há nenhuma dúvida quanto a isso, mas não é o momento ideal para nós. Eu abri mão de uma grande parte dos nossos bens para comprar o time e quero agir com prudência em outras áreas.

Eu disse, espero que de forma civilizada:

— Você sabe quanto é a mensalidade para a sexta série em Biddle?

— Cinco mil? Seis mil dólares?

Meu plano havia falhado.

— Cinco mil e quinhentos. — Tentei continuar em tom calmo e objetivo. — Mas isso é apenas uma pequena fração das economias que você está usando para os Brewer. É quase imperceptível, não acha? — Por que eu ainda estava discutindo aquilo? Mesmo que eu conseguisse convencê-lo, se dissesse a ele que o deixaria não havia nenhuma chance de que ele desse continuidade.

— Mas não estamos falando só de um ano — contestou Charlie, e ele também pareceu estar tentando ser conciliatório ao máximo. — Digamos que ela se matricule para o outono, nós damos os 5.500 dólares e depois Nancy Dwyer diz: "Oops, houve um erro burocrático e também não vamos ter dinheiro para ela no ano que vem." Mas, se chegar a tal ponto, não vamos arrancar Jessica da escola, vamos? Se nos comprometermos, temos de supor que estaremos nos comprometendo pelos próximos seis anos.

Ele não estava errado, ainda assim, poderia colocar de lado o que daria, no total, 40 mil dólares. Não era uma quantia ínfima, mas nós — ele — poderíamos fazê-lo. Além disso, não era parte do incentivo na compra dos Brewer a probabilidade de que ele e os outros investidores obtivessem lucro? A minha impaciência aumentou; aquela conversa era apenas uma oportunidade para ele demonstrar consideração. Ele havia rejeitado terminantemente essa possibilidade e queria crédito apenas por ter examinado a questão por todos os ângulos.

— Acho que você está certo — falei, e voltei a ler a *New Yorker.*

No carro alugado, mal nos falamos até chegarmos próximo ao campus. Do banco traseiro, Ella reclamou:

— Estou com fome.

Eu me virei.

— Vai ter comida quando chegarmos à tenda, mas pode beliscar isso aqui... — Puxei da bolsa um pacote de plástico com pretzels.

— Eu não gosto de pretzels.

— Desde quando?

— Desde sempre.

— Isso é novidade para mim.

Charlie, que estava dirigindo, interveio:

— Então, acho que vou comer alguns. — Ele estendeu a mão até o meu colo, enfiou-a no pacote, apanhou um monte de pretzels de uma vez e os enfiou todos na boca. A bochecha dele ficou cheia, as migalhas caíam na camisa conforme ele mastigava e, com a boca ainda cheia, fez o mesmo barulho que o Cookie Monster fazia: — "Nom, nom, nom". — Ella riu, e ele lhe dirigiu um sorriso pelo retrovisor. Depois que engoliu, olhou para mim. — Você estava guardando eles para mais tarde? Espero que não, mas se estivesse, posso devolvê-los. — Ele se inclinou um pouco, fingindo que ia vomitar. — "Bleeeeergh"!

— Isso é *nojento*! — exclamou Ella, mas era bastante óbvio que havia adorado a atuação do pai.

— Será que você pode prestar atenção na estrada? — falei.

Paramos atrás do New Quad e seguimos até a tenda da vigésima Reunião. Eu havia acompanhado Charlie à sua décima Reunião, em 1978, quando tínhamos menos de um ano de casados, e à 15ª, em 1983, quando Ella tinha 4 anos, e nas duas vezes a minha reação ao campus fora exatamente como agora: em toda a sua perfeição, a universidade parecia mais com um cenário de filme de um campus do que com um campus real; no princípio, resistiríamos ao seu charme, assim como faríamos com os avanços de um homem bonito e carismático em uma festa, sabendo que ele provavelmente teria flertado com todas.

A arquitetura dos prédios era gótico-vitoriana ou Tudor, com tijolos, mármores, blocos de pedras polidas, com janelas paladianas, gabletes e florões encobertos por hera (antes da minha visita em 1978, eu não sabia que *ivy** em Ivy League era literal). Havia torres, torres menores e arcos sob os quais podíamos passar, colunatas sombreadas de forma encantadora que tinham cheiro de aprendizagem e promessa. Havia pátios gramados, cortados por caminhos para pedestres e, em frente ao campus, havia o Nassau Hall, a primeira estrutura a ser vista após a entrada pelo portão FitzRandolph, uma construção majestosa, aprumada e extensa feita de arenito; em ambos os lados dos degraus de entrada, dois tigres de bronze cujo revestimento ficara esverdeado por conta do tempo e da exposição ao clima, montavam guarda. Depois, havia os alunos que haviam ficado para trabalhar nas Reuniões — entre eles estavam os nossos sobrinhos Harry e Liza —, seniores ou calouros, inteligentes, simpáticos e privilegiados. Fazer parte de Princeton parecia injusto da mesma forma que a vida que levávamos em Milwaukee às vezes parecia ser, injusto a nosso favor. Percebi que Ella observava aqueles jovens entre 19 e 20 anos, e eu sabia que eles criavam nela a imagem do que significava ser um aluno de faculdade quando, na verdade, um aluno de Princeton representava tão bem um grupo maior quanto os puros-sangues de corrida ou um violino Stradivarius representavam sua espécie.

A tenda da vigésima Reunião ficava em Holder Courtyard. Assim como as outras tendas de Reuniões montadas em diversos locais espalhados pelo campus, a nossa era enorme — talvez a lona branca medisse 9 por 12 metros amparada por três mastros internos — e, na entrada, havia placas pretas de madeira com o ano da turma pintado em laranja e lâmpadas também laranja iluminavam os números: em cima de 1968, e abaixo de 1966, 1967, 1969 e 1970. Na tenda, havia uma pista de dança de madeira, um palco suspenso para as bandas que iriam se apresentar naquela noite e na seguinte, uma

* *Ivy* é hera em inglês. (*N. da T.*)

longa mesa para o bufê coberta com um papel-toalha laranja (avistei minissanduíches de peito de peru que não pareciam tão terríveis e também alguns biscoitos, mais tentadores) e muitas mesas redondas cercadas por cadeiras dobráveis, nas quais homens vestindo casacos laranja e chapéus brancos e molengos já estavam sentados, bebendo cerveja e rindo alto. Além da tenda principal, também existiam outras menores nas quais as cervejas Bud e Bud Lite eram servidas de graça, direto da torneira do barril, por estudantes bartenders (no momento, um jovem bronzeado e simpático que usava uma bandana laranja). Charlie se formara em Princeton antes de a universidade ter se tornado mista, e um ar de masculinidade imperava no ambiente, apesar da presença das esposas, que usavam echarpes de seda, blusas ou saias trespassadas em tons de preto e laranja, esposas que carregavam bolsas de tecido laranja ou uma bolsa de mão de madeira, como se fosse uma miniatura de uma cesta de piquenique, que tinha o prédio Nassau Hall pintado em um dos lados; também vi dois broches dourados diferentes de tigres com olhos de esmeralda. As crianças usavam a parafernália da universidade e havia um local dedicado a pintura de rosto, o que os deixava com bochechas adornadas de listras pretas e laranjas e bigodes de tigre.

Caminhamos até o estande de inscrições, no qual uma moça loura muito bonita, como o cabelo preso em um rabo de cavalo e usando uma camiseta laranja, nos deu o número do nosso quarto em um dormitório chamado Campbell (eu informara essa preferência no formulário de reservas, pois achei que ficar em um dormitório seria muito mais divertido para Ella do que se nos hospedássemos no Nassau Inn). Em seguida, ela nos indicou a fila para a roupa de cama, que era supervisionada por outra moça, igualmente bonita, que ficava pendurada para fora de uma janela do primeiro andar do Holder, distribuindo lençóis e toalhas.

Charlie já cumprimentara uns vinte homens, alguns deles eu havia reconhecido, alguns estavam sozinhos e outros ainda foram com as esposas. Houve muitas exclamações calorosas, abraços de urso, tapas nas costas e alguns palavrões leves, como "Mas que merda é essa?", perguntou um colega chamado Denis Goshen, agarrando a extremidade da jaqueta de Charlie. "Você ainda cabe nesse treco?" Quando saímos de Milwaukee, Charlie colocou sua jaqueta especial da formatura de sua turma: um casaco de algodão com uma ilustração de um tigre desmaiado em cima de uma ampulheta, com os pés em uma posição oblíqua, a cauda formando um "6", e a parte superior da ampulheta unida à de baixo formando um "8"; uma caneca de cerveja escorregava da pata do tigre.

Ao nos cumprimentar, os colegas de turma de Charlie me davam um beijo no rosto e, a Ella, faziam proclamações pseudoultrajantes sobre Charlie. Dando pequenas cutucadas no ombro dele com o indicador, Toby McKee falou:

— Na primavera de 1968, esse cara conseguiu que eu datilografasse a tese dele inteira por nada além de um engradado com seis cervejas geladas. Foram 120 páginas, e eu ainda corrigi a péssima ortografia dele!

Ou então, a cortesia feita por Kip Spencer:

— Não vou nem começar a contar sobre quando o seu velho me convenceu a roubar o badalo do sino no alto do Nassau Hall!

Alguns indagavam sobre a nossa vida em Milwaukee e, finalmente, percebi que era Charlie que estava provocando tais questionamentos, ao perguntar aos colegas de turma se ainda exerciam medicina em Stanford ou se ainda trabalhavam para aquela mesma agência de publicidade em Nova York. Quando eles invertiam a pergunta, Charlie respondia: "Para falar a verdade, consegui um emprego novo; acabei de me juntar a um grupo de investidores conhecidos para comprarmos os Milwaukee Brewers."

"O time de beisebol?", perguntavam alguns. "Nada mal!" ou "Minha nossa!", exclamavam outros. Um colega chamado Richard Gibbons exclamou: "Cara, estou com uma puta inveja!" Depois olhou para Ella e me pediu desculpas pelo palavrão. Quanto mais entusiástica fosse a reação que Charlie obtinha, mais modesto ele se tornava. E dizia algo como: "Tive sorte de estar no lugar certo na hora certa" ou "Se observar os pontos altos e baixos das nossas últimas temporadas, vai descobrir que o trabalho foi talhado para mim". Apenas uma pessoa o acusou de falsa modéstia. Theo Sheldon disse: "Deixe disso, Blackwell, você vai ficar que nem pinto no lixo! Quando estiver em campo, brincando de arremessar com Paul Molitor, pense nos babacas como eu, preenchendo formulários, e isso deve aliviar a sua dor." Pensei de novo se Charlie havia planejado o negócio de beisebol a tempo de poder se gabar sobre o assunto na festa, mas era difícil imaginar que ele pudesse ter tanto controle sobre a situação; parecia, na verdade, que tudo se dera como os eventos na vida de Charlie se davam: de forma acidental.

Fomos deixar as nossas malas no quarto do dormitório, que, na verdade, era uma suíte perfeitamente funcional, exceto pelo banheiro, que ficava no andar abaixo do nosso. E, apesar de termos nos ausentado apenas por alguns minutos, a barraca parecia bem mais cheia quando voltamos. Ajudei Ella a se servir no bufê. Kip Spencer e a esposa, Abigail, tinham uma filha da idade dela chamada Becky, e as meninas logo se enturmaram e começaram a correr para lá e para cá. Elas reapareceram com os rostos pintados, depois apareceram de novo com a tinta borrada e, nesse momento, já faziam parte de uma gangue de dez ou mais crianças, e Ella parecia estar se divertindo muito.

Fiquei surpresa por conseguir relaxar durante a tarde. Todos os homens à minha volta, com seus trajes ridículos pretos e laranja, pareciam estar se embebedando, felizes da vida; o próprio Charlie estava meio bêbado, e as outras esposas e eu trocávamos sorrisos indulgentes. Por volta das quatro da tarde, a minha ideia de terminar com o meu casamento parecia menos com um plano definido e mais com fragmentos de um sonho. A tensão entre mim e Charlie havia se dissolvido e, embora tenha ficado meio de lado na maior parte das conversas, nunca tinha me incomodado muito com esse tipo de dinâmica; sempre gostei de estar perto de pessoas barulhentas, risonhas e amigáveis. Quando os homens começavam a fazer a locomotiva ou quando se referiam a Princeton como "o melhor lugar entre os melhores lugares", verso de uma das músicas da universidade, eles tinham uma aparência extremamente doce para mim. E Charlie estava solícito de uma forma rara nos últimos tempos, perguntando-me se eu também queria mais um refil de cerveja a cada vez que ia buscar um para ele. (Todos bebiam em copos de plástico que tinham diferentes ícones de tigre ilustrados, dependendo da barraca em que estavam.)

O jantar foi um agradável e medíocre bufê disposto na tenda: frango com batatas cozidas, salada e brownies. Depois uma banda estilo Motown começou a tocar, e eles eram ótimos: sete homens negros com ternos azul-claro combinando e uma mulher negra em um vestido branco que cantou "I Heard it Through the Grapevine", "(Love is Like a) Heat Wave" e "Ain't Too Proud to Beg".

Os menores foram os primeiros a inaugurar a pista de dança, Ella, Becky e as outras crianças, fora do ritmo na maior parte, embora bastante animadas, dando socos no ar, pulando para cima e para baixo, e logo os adultos se juntaram a eles. Charlie dançava muito bem; eu não havia descoberto isso até alguns meses depois do nosso casamento, quando fomos ao aniversário de 35 anos do irmão dele, John, em uma festa black-tie no country clube. Ele era bom, mas isso não queria dizer necessariamente que fosse o melhor dançarino para qualquer ocasião. O que eu gostava de observar nele e o motivo pelo qual gostava de dançar com ele era a sua desinibição, como parecia curtir a si mesmo por inteiro, como era confiante e extremamente bobo ao mesmo tempo. Em "Ain't no Mountain High Enough", ele se afastou alguns metros e foi se requebrando, depois se virou de costas para mim, deu um salto, empinando o traseiro, olhou sorridente por cima do ombro e voltou dando pequenos saltos, um para cada verso: "*Ain't no mountain high enough/ Ain't no valley low enough/ Ain't no river wide enough*". Ele logo ficou muito suado. Depois começou a dançar com Pam Sheldon, esposa de seu colega Theo, enquanto eu dançava com Theo, então Charlie começou a dançar com Theo e com Pam, e eu fiquei rindo. Rodeados pelos colegas, eu ficava impressionada com a boa forma de Charlie, que parecia mais novo do que os companheiros; muitos deles estavam carecas, haviam engordado ou apenas pareciam cansados por trás de toda aquela animação, mas Charlie ainda era tão bonito como quando nos casamos. Na verdade, a aparência dele quase não havia mudado.

Por volta das 21h30, para o delírio de Ella, nossos sobrinhos Harry e Liza apareceram, Harry usando a jaqueta especial de sua turma, com o seu ano de formatura, e ambos estavam festivos e, suspeito, embriagados; Harry mais do que Liza. Liza e Charlie foram dançar enquanto Harry e Ella formavam outro par, depois Harry dançou comigo. Assim como o tio, ele também era desenvolto na pista de dança (eu teria de contar a Ed e Ginger que forçá-lo a frequentar aulas de dança valera a pena), e ele era galanteador daquele modo casual e terno que os homens de 22 anos, bonitos, ricos e autoconfiantes podiam ser. Ele passaria o verão no Alaska trabalhando, a maior do tempo em uma chocadeira (essa era outra coisa que eu não sabia antes de fazer parte da família Blackwell: a inclinação de percorrer longas distâncias e investir quantias substanciais para realizar um trabalho duro e, muitas vezes sujo, que resultaria em excelentes histórias no futuro; meu sobrinho Tommy, irmão de Harry, havia passado um verão durante o ensino médio em um programa de construção de rodovias na Grécia; Liza fora trabalhar como voluntária em um orfanato em Honduras; vários deles haviam participado de viagens da Outward Bound ou da NOLS). Depois da chocadeira, Harry se encontraria com os dois irmãos e Ed, e os quatro partiriam em uma expedição fretada de pescaria ao norte do Alaska por duas semanas; na volta, Harry começaria a trabalhar como pesquisador no Merrill Lynch, em Manhattan. Tendo isso em mente, é claro que o mundo para o meu sobrinho parecia um lugar convidativo e alegre, e é claro que ele estava bêbado e feliz na noite da sua formatura em Princeton.

Quando Harry e Liza foram embora, fiquei surpresa ao olhar para o relógio e perceber que já passava das 23 horas. Procurei por Ella na tenda (ela e um menino pequeno dançavam o que eles achavam ser tango aos 9 anos) e disse a Charlie que a levaria para a cama, no dormitório. Senti-me uma mãe negligente por ter deixado as horas passarem, mas tentei me perdoar lembrando-me de que, em Wisconsin, seria uma hora mais cedo.

— Depois que a colocar na cama, volte para cá — Charlie quase teve de gritar para que eu conseguisse ouvi-lo com a música alta que estava tocando. — Estamos completamente seguros, você sabe disso, não sabe?

Eu balancei a cabeça.

— Prefiro não deixá-la sozinha, mas fique e curta a sua noite. — Eu sabia que isso era exatamente o que ele faria, com ou sem o meu consentimento, mas quis ser generosa com ele para variar, dando a minha bênção ao seu divertimento. Ouvi alguns homens sugerindo uma mudança de cenário para os clubes gastronômicos — Charlie pertencera a um, chamado Cottage — e fiquei satisfeita por poder deixar passar essa parte da noite. Os clubes gastronômicos me pareciam nada mais do que fraternidades pretensiosas (nas quais os graduandos faziam suas refeições e davam festas, ocupavam uma série de mansões na Prospect Avenue e, para tornar-se membro, um estudante passava por um processo de seleção competitivo, que parecia minimamente diferente do processo de oferta e de procura), mas inspiravam sentimentos tão apaixonados que eu, com certeza, havia deixado passar algo. Antes de terminar a faculdade, Charlie tinha servido como representante de seleção do Cottage e, mesmo depois de todo aquele tempo, a única conta que ele se interessava em pagar (chegava a me perguntar se eu já havia pagado) era a taxa anual do clube, na época, no valor de 85 dólares. O Cottage começara a admitir mulheres em 1986, após um processo legal movido por uma estudante, e, apesar de Charlie ter desdenhado o "feminismo estridente" da mulher, não parecia ter se importado que o clube tivesse se tornado um ambiente misto.

De pé, embaixo da cobertura da tenda da vigésima Reunião, enquanto a banda tocava "Dancing in the Street", Charlie comentou:

— Tem certeza de que não quer voltar para cá? Vai ser mais divertido se você estiver por perto.

Foi uma afirmação tão gentil e direta que senti um nó na garganta. Eu não me via mais como uma pessoa divertida, e certamente não na perspectiva de Charlie. Dei um passo para a frente e o beijei na boca.

— Gostaria que isso fosse possível. Não se esqueça de ir com calma; amanhã também vai ser um dia cheio·

Ele levantou o copo, saudando.

— Traga Ella aqui para me dar um beijo de boa-noite.

Por fim, depois de ter conseguido tirar Ella do grupo de novos amigos e de ela ter beijado o pai no rosto, caminhamos de volta ao dormitório. Enquanto descíamos um lance de escada, sob os arcos, ela afirmou em tom sonhador:

— Eu *amo* Princeton.

A PARADA-P (corpo e alma das Reuniões) começou por volta das 14 horas no sábado. Milhares de pessoas haviam se organizado por ano de turma em Cannon Green e, enquanto esperávamos, houve muita algazarra, muita bebedeira (os alunos de Princeton eram os únicos que eu conhecia que conseguiam beber tanto quanto as pessoas de Wisconsin e ainda permanecerem agradáveis e eretos) e frequentes encontros de ex-alunos com outros conhecidos, trocando saudações calorosas. Era um dia ensolarado e a temperatura estava em torno de 22 graus (a previsão do tempo era sempre uma expectativa de todos de antemão, se faria um calor brutal ou se choveria torrencialmente) e, quando a parada finalmente começou, a energia da multidão não pôde ser contida. À frente da parada, estavam os membros da turma de 1963, que celebrava a 25ª Reunião — data considerada um auge absoluto, sendo que, na verdade, aqueles homens tinham apenas 47 anos! Procurei por John Thayer entre o caos de gente, barulho e raios de sol, mas não o encontrei. Depois, o graduado mais antigo que havia conseguido ir (nesse caso, um senhor chamado Edwin Parrish, da turma de 1910) apareceu e teve a honra de carregar uma bengala de prata peculiar; o Sr. Parrish foi levado em um carrinho de golfe dirigido por um aluno e, conforme passavam, as pessoas urravam dando apoio. Depois do graduado mais antigo, a parada continuou em ordem cronológica, as turmas mais velhas antes, e cada ano vinha anunciado por uma bandeira presa entre dois mastros, confeccionada em tecido preto e fitas laranja e com os números em laranja. Para as turmas mais antigas, conhecidas como "A Velha Guarda", as bandeiras eram carregadas por alunos ainda não graduados ou pelos netos dos ex-alunos; para as turmas subsequentes, elas eram levadas pelos próprios ex-alunos. Muitos daqueles pertencentes à Velha Guarda foram levados em carrinhos de golfe e, em alguns casos, não eram os homens, mas as viúvas que os representavam, uma visão que eu achava comovente, e dificilmente eu era a única a achar isso — notei que algumas pessoas à nossa volta tinham lágrimas nos olhos. Quando um membro de uma turma mais antiga ia caminhando (um camarada incrivelmente vivaz da turma de 1916, que devia estar bem na casa dos 90 anos, estava praticamente sapateando), a multidão gritava a ponto de ensurdecer. Em todas as direções, para onde quer que olhássemos, víamos casacos esportivos, blazers, calças, camisetas e bonés de beisebol nas cores laranja e preto, e chapéus de palha envoltos por fitas pretas e laranja, crianças e adultos vestindo-se da mesma forma e usando rabos peludos de tigre. Alguns graduados dirigiam carros antigos, buzinando alegremente e celebrando a si mesmos, e as reuniões maiores haviam contratado artistas especiais (orquestras de sopro de escolas locais do ensino médio, uma dançarina do ventre e até mesmo um engolidor de fogo), os quais precediam os grupos. Charlie se aproximou, sorrindo, e disse:

— As pessoas ricas são bizarras, não são? — Claro que isso foi aquele comentário que fiz bêbada para ele em Halcyon e, enquanto ele apertava a minha mão, soltando-a logo depois para aplaudir a turma de 1943, eu pensei que, ao menos de alguma forma, havia tomado a decisão certa ao me casar com Charlie: ele tornara a minha vida mais colorida.

Esperamos bastante até chegar a vez das turmas de 1965, 1966, 1967 (elas estavam à nossa esquerda; havíamos ficado lado a lado por todo aquele tempo) e, finalmente, chegou a nossa vez. Seguimos atrás deles, e Ella fez Charlie começar a locomotiva de 1968: "Hip! Hip! Rah! Rah! Rah!" Todas as turmas mais novas que a de Charlie haviam feito os seus gritos de guerra enquanto desfilavam e nós acenávamos como se fôssemos dignitários. A parada terminava no campo de beisebol, no qual ficamos (Ella insistiu, para que pudéssemos ver Harry) até passar a última turma, os graduandos do último ano, que correram a toda velocidade e foram oficialmente decretados pelo presidente da universidade bacharéis de Princeton.

— Quando eu estudar em Princeton, quero morar em cima dos Arcos Blair — comentou Ella.

— Então é bom desenhar bastante — retrucou Charlie.

— E também é bom que se esforce bastante no colégio — completei.

COMO EU TENTAVA ser uma pessoa organizada, sempre admirei a organização de outras pessoas, e preciso dizer uma coisa: as reuniões de Princeton eram extremamente bem executadas. Todas aquelas tendas, cercas temporárias, cadeiras e mesas dobráveis, os barris de cerveja e os figurinos combinando, os assuntos acadêmicos e os grupos a capella se apresentando por todo o campus em intervalos ponderadamente programados! O planejamento que se deu durante o final de semana era assombroso e, ainda assim, tudo prosseguiu com beleza e continuidade. Para as crianças, foram projetados dois filmes naquela noite no McCosh 10: *De volta para o futuro e Splash, uma sereia em minha vida*, enquanto uma banda cover dos Beatles tocava na tenda para os adultos. Durante o jantar (carne de porco ao molho barbecue, salada de batata, milho na espiga e broa de milho), Charlie estava tanto irrequieto quanto carinhoso ao extremo. Acabei conversando com a esposa de um colega de turma dele, Mimi Bryce, que conhecera na décima Reunião e que era professora da terceira série em uma escola particular para garotas, nos arredores de Boston; devemos ter ficado conversando por uns quarenta minutos, durante os quais Charlie me interrompeu em três momentos diferentes, falando: "Vamos lá, Lindy, 'Shake your Groove Thing'" ou "Charlie Blackwell não espera por ninguém e também não vai esperar por você". Por fim, ele apenas me puxou pela mão, e eu pedi desculpas a Mimi enquanto deixava ele me puxar em direção à pista de dança.

— A conversa estava muito agradável — reclamei.

— Eles estão tocando "Can't Buy me Love", e você prefere ficar discutindo sobre o currículo da terceira série?

Na verdade, a banda já estava quase no final de "Can't Buy me Love", e emendaram direto em "Twist and Shout", música da qual Charlie sabia toda a letra, que ficou cantando animadamente, apontando para mim com o rosto se contorcendo em expressões cheias de alma, enquanto cantava: "*You know you twist so fine (twist so fine) / Come on and twist a little closer now (twist a little closer)*"... Ele me chamou com um dos dedos e, quando me aproximei, ele me girou. Na parte de "*shake it up*", no final, ele levantou os braços acima da cabeça e os sacudiu de verdade (vestia as calças cor de laranja que faziam parte do conjunto esportivo laranja e uma camisa polo branca que estava com duas grandes manchas de suor nas axilas). Ao fim da música, ele me puxou para si e agarrou o meu traseiro, me beijando na boca com força e dizendo:

— Vamos dar uma trepada lá no dormitório rapidinho antes de Ella voltar?

— *Charlie*!

Ele riu.

— Por que não? Não vou demorar muito, prometo. — Depois disso, esticou a mão e apertou meu seio esquerdo. — Vai ser divertido.

Eu dei um passo para trás. A pista de dança estava lotada, a tenda toda estava lotada, então ninguém devia estar prestando atenção em nós, mas mesmo assim fiquei chocada.

— Charlie, não somos animais — respondi. — Você não pode fazer isso em público.

— Talvez você não seja um animal. Eu sou um tigre, baby. — O rosto dele estava vermelho.

— Espero que você não beba mais.

Ele fez uma careta.

— Por que não vai conversar com Mimi de novo? Ouvi dizer que ela tem uns insights fascinantes sobre o Dr. Seuss.

Respirei fundo.

— Vou tentar não estragar a sua noite se você tentar não estragar a minha.

Ele ainda estava fazendo careta.

— Lindy, você não poderia estragar a minha noite nem se tentasse.

Naquele momento, um colega de turma chamado Wilbur Morgan se aproximou de nós e deu um golpe com o polegar em Charlie (ele pareceu não perceber que estávamos discutindo) e falou para mim:

— Corre um boato por aí que esse cara aqui acabou de comprar um time de beisebol da liga principal. — Depois se virou para Charlie: — Então está bem, senhor rei da cocada preta, é verdade ou mentira?

— Morgy, gostaria que você jogasse como *shortstop*. — Charlie acariciou a barriga de Wilbur. — Mas precisa começar a treinar, camarada.

— Não é justo! — Wilbur balançou a cabeça, com um amplo sorriso. — Não é justo que você tenha acabado no melhor emprego do mundo. Daria a minha bola esquerda por isso!

— Que engraçado, nunca imaginei que você tivesse nenhuma das duas! — implicou Charlie, e Wilbur perguntou a mim:

— Ele não mudou nada?

Dei um sorrio lânguido.

— Se me derem licença... — Saí na direção da tenda de água e tinha acabado de pegar um copo de plástico quando me virei e encontrei Holly Goshen, esposa de Dennis Goshen, ao meu lado.

— É preciso manter-se bem hidratado em uma noite como essa, não é verdade? — comentou ela.

Dennis e Holly viviam em Nova York, onde ele era corretor em Wall Street e ela, instrutora de aeróbica. Nós havíamos ido ao casamento dos dois no início da década de 1980, no Rainbow Room, e Holly estava, como qualquer pessoa espera de uma instrutora de aeróbica, magra e atraente, o cabelo louro e ondulado. Ficamos ali paradas, bebendo e observando a atividade. Para iniciar uma conversa, perguntei:

— Vocês dois vão voltar para Nova York pela manhã?

Ela concordou com a cabeça.

— É horrível dizer isso, Alice, mas fico tão feliz em saber que não sou a única aqui que tem um marido que ainda cheira pó... Você é uma pessoa tão legal e normal, que encontrar você me tranquiliza de verdade.

— Marido que ainda o quê? — repeti.

— Eu não quis dizer... — Ela riu, nervosa, e pude perceber que achou que tinha me ofendido. — Os homens são sempre iguais, foi isso o que eu quis dizer. Alguns caras com quem Dennis trabalha ainda usam cocaína todas as noites da semana, e ele não pode mais fazer isso, graças a Deus. Ele tem 42 anos!

— Você está me dizendo que Dennis e Charlie cheiraram cocaína hoje à noite?

— Eu achei... — a agitação dela pareceu aumentar cada vez mais. — Vi que os dois saíram juntos antes do jantar, então imaginei... Acho que meti os pés pelas mãos, não foi? Será que pode esquecer o que eu disse?

Senti uma tremenda vontade de dizer *Charlie não usaria cocaína*, mas assim que pensei nisso, também pensei no comportamento estranho dele naquela noite, incluindo a bolinação.

E não era culpa de Holly, ela não tinha nada a ver com a história, de verdade, mas a energia necessária para acalmar esse momento fora sugada de mim. Apoiei o meu copo de plástico em algum lugar.

— Preciso ir.

APESAR DE QUASE ter dado de cara com Joe Thayer do lado de fora da tenda, não me dei conta de que era ele por vários segundos, até que ele disse:

— Era exatamente você que eu estava procurando. Eu a vi durante a Parada-P, mas estava sendo levado pela corrente e não... Você está bem? Minha nossa, Alice, o que há de errado?

Eu estava me esforçando para não chorar, mas não consegui. Foi a expressão de compaixão no rosto de Joe, a gentileza dos seus traços. Pessoas entravam e saíam da tenda calmamente e eu provavelmente conhecia várias delas. Apesar de algumas lágrimas já terem escapado, comprimi bem os lábios e balancei a cabeça.

— Que tal ser gentil comigo me fazendo pensar que posso ser de alguma ajuda para você? — falou Joe. — Vamos dar uma volta?

Concordei, ainda sem conseguir falar, e ele apoiou de leve uma das mãos no meu cotovelo, me guiando pelas escadas enquanto descíamos e passávamos pelos arcos que levavam até o dormitório onde estávamos hospedados. No entanto, em frente ao Campbell, viramos à esquerda e seguimos em direção ao Nassau Hall. O campus estava escuro e a brisa da noite era quente, carregando o cheiro do início do verão. Devem ter se passado quase dez minutos antes que um de nós começasse a falar. No início, senti que precisava me recompor e dizer algo, mas percebi naquele momento que Joe não estava esperando nenhuma explicação (era mais como se ele estivesse oferecendo a própria presença, a sua companhia). Eu já havia parado de chorar bem antes de chegarmos à Biblioteca Firestone, quando desabafei:

— Você alguma vez experimentou cocaína?

— O quê?

— Sei que é moda em alguns lugares, mas eu só... Eu nunca pensei...

Quando tínhamos 20 anos, Dena me contou que havia cheirado algumas vezes durante os anos em que fora comissária de bordo, mas ela e possivelmente a irmã, Marjorie, eram as únicas pessoas que eu conhecia que já haviam feito aquilo.

— Será que posso perguntar por que você trouxe esse assunto à tona? — quis saber Joe.

Estávamos entre a biblioteca e a capela, uma catedral gótica bastante imponente que parecia um pouco assombrada no escuro, e eu apontei para os degraus da entrada.

— Podemos nos sentar? — Sentamos um ao lado do outro. Havia uma lua crescente no céu e as estrelas não passavam de pontos minúsculos bem longe de nós. Continuei: — Acho que é possível que Charlie esteja drogado agora, que ele tenha... Vocês dizem "cheirado", não é? Não é essa a terminologia?

— Acredito que dependa da forma em que está a cocaína, mas sim. — Se Joe ficara chocado com o que eu acabara de contar, não estava demonstrando.

— Você acha que a saúde dele pode estar em perigo? — perguntei. — Ele não está prestes a ter um ataque cardíaco? Será que eu deveria chamar um médico?

— Olha, estou por fora quanto a isso também, admito. — Joe cruzou as pernas. — Mas o que sei é que o perigo real é a overdose e se ele está de pé e é capaz de levar uma conversa normal...

— Ele me faz sentir tão estúpida — desabafei, e Joe não respondeu de imediato.

Depois de alguns minutos, ele disse:

— Não acho que você seja estúpida por se preocupar. Ele faz disso um hábito?

— Gostaria de ter certeza. Fiquei sabendo disso hoje, há apenas alguns minutos, e não foi ele quem me contou. Eu não acho... Desculpe, Joe, dizer isso logo para você, entre todas as pessoas; mas não acho que posso continuar com ele. Todos os dias, conforme passam as horas, vou e volto nessa decisão, como se tudo o que ele dissesse ou fizesse fosse uma prova de que eu deveria ou aguentar firme ou deixá-lo. Estou começando a temer pela minha própria sanidade.

Mais uma vez, Joe ficou em silêncio antes de se manifestar.

— Nunca dá para saber com certeza a natureza do casamento de outro casal, não é mesmo? Eu sempre achei que vocês dois se completassem de forma magnífica. Mas vou lhe contar uma coisa: naquele fim de semana em que você e Charlie anunciaram o noivado, ficamos surpresos. Minha família por extensão, quero dizer. Nós ouvimos os comentários e estávamos apenas começando a conhecê-la, mas logo pensamos: "Aquela doçura de jovem vai se casar com Charlie?"

Senti os lábios tremerem e os olhos se encheram de lágrimas. Com as costas da mão, enxuguei o nariz.

— O noivado não aconteceu em Halcyon — expliquei. — Já estávamos noivos, mas não contamos às pessoas assim que aconteceu.

— Eu conheci você no cais deles, lembra? — perguntou Joe. — Eu havia acabado de voltar de uma pescaria com Ed e John, tínhamos acabado de atracar o barco, e você estava lá de pé com um vestido amarelo (ele estava certo, era o meu vestido de tricô amarelo com colarinho, tinha me esquecido completamente dele), e pensei... Acho que só estou admitindo isso porque foi há muito tempo e também porque ingeri mais do que era a minha cota de Bud Light hoje, mas pensei: "Quem é essa moça tão bonita?" Fiquei embasbacado. Logo depois, Charlie pegou na sua mão.

A verdade é que eu não me lembrava de ter conhecido Joe. Eu me lembro de ter conhecido os pais de Charlie naquele dia e, mais tarde naquela noite, Jadey, quando fora tola o suficiente para ficar completamente bêbada. Lembro-me de conhecer Joe um tempo depois, conversando com ele educadamente; eu o achara bonito, reservado e talvez até um pouco monótono, mas jamais me ocorreu que pudesse ter me entrosado com ele mais do que todas as outras esposas teriam feito. Será que eu me entrosei com ele mais do que as outras esposas?

— É, aquela visita foi impressionante — respondi. — Que Deus abençoe os Blackwell, mas... Tenho certeza de que você entende. Por isso é bom conversar com você, Joe, porque você entende sem eu ter de explicar.

Joe concordou com a cabeça.

— Olhe para nós — disse ele. — Acha que devemos sair à procura de alguns alunos universitários para avisá-los para terem muito cuidado na escolha de alguém com quem compartilhar a vida?

— Como se eles fossem nos escutar...

Ficamos sentados nos degraus da igreja compartilhando um silêncio sociável; podíamos ouvir ao longe as canções de algumas bandas tocando nas diferentes tendas.

— Acho que sempre senti uma pequena atração por você — confessou Joe. — Mas tendo em vista as circunstâncias, isso fez eu me manter distante. Não literalmente, mas tento não me aproximar muito. — Como eu não respondi, ele continuou. — Espero que não a tenha deixado desconfortável.

— Joe, eu me sinto honrada.

Acariciei o joelho dele e, embora a minha intenção fosse apenas amigável, assim que percebi o que estava fazendo, percebi também que parecera um flerte e que, de fato, *havia sido* um flerte. Eu havia ultrapassado os meus limites. Começara a perdê-los algum tempo antes, em um momento indeterminado, e agora não existia mais nenhum limite.

— Eu não vou tentar lhe dar nenhum conselho sobre o que está acontecendo com Charlie — declarou Joe. — Isso não é da minha conta. Mas se houvesse alguma chance, e, eu sei, tem Halcyon, a minha família, a família dele, estaríamos abrindo uma lata de vermes, tenho total consciência disso, mas se alguma vez você já pensou em nós dois...

Eu o interrompi com um beijo. Movimentei-me de forma abrupta e graciosa, imagino, pressionei os lábios contra os dele, e nos beijamos de forma ardente. Em um primeiro momento, isso nos absorveu por completo — foi proibido, errado e excitante —, mas pouco tempo se passou até eu me dar conta de estar comparando o beijo de Joe com o de Charlie, e meu marido estava ganhando. Joe não era tão bom. Havia tanto tempo que eu não beijava mais ninguém além de Charlie que eu havia me esquecido das diversas variantes existentes, e de que era um ato que requeria habilidades específicas, mas Joe (eu me senti cruel ao perceber isso) babava um pouco, havia um excesso de saliva que acompanhava a língua e os lábios. Desvencilhei-me dele rapidamente, levantei-me e levei a mão ao peito.

— Joe, eu... Eu não... Preciso encontrar Ella.

Ele me lançou um olhar apaixonado.

Por não saber mais o que dizer nem o que fazer, cumprimentei-o como uma dama faria.

— Perdoe-me — pedi, e me afastei depressa. Não tinha nem ao menos a desculpa de atribuir meu comportamento ao álcool; Joe estava levemente embriagado, ele mesmo admitira, mas eu estava perfeitamente sóbria.

DE VOLTA AO dormitório, assim que Ella dormiu, arrumei as malas (nosso voo para Newmark estava marcado para as 13 horas de domingo), e as perguntas que se acumulavam em minha mente pareciam clichês gastos, como se alguma esposa ingênua saída de um filme as pronunciasse enquanto eu as escutava, ou como se fosse um anúncio de algum servidor público sendo mostrado na TV sobre o vício em drogas: Quantas vezes, com qual frequência e por que costuma acontecer? Talvez, quando eu perguntasse a Charlie *por que*, a minha voz tremesse e isso revelasse quanto eu me sentia traída.

Mas não; não queria ser aquela esposa, não queria ter aquela conversa. Isso estava abaixo de mim; isso daria ao pior comportamento dele uma atenção desmerecida.

Ele voltou ao dormitório antes do que eu esperava, antes de meia-noite. De forma mais objetiva do que raivosa, falou:

— Eu não sabia para onde você tinha ido. — Levei o indicador até os lábios, indicando que Ella estava dormindo. Ele diminuiu o volume da voz: — Aquela banda era uma porcaria, se você quer saber. Só a ideia de ser uma banda cover já é patética se pensarmos bem a respeito, vivendo da glória de outras pessoas.

Será que ele suspeitava de algo? Não, ele não suspeitava de nada. Que outra conclusão havia? Eu estava dobrando uma calça dele e a coloquei na mala.

Ele se aproximou de mim, quase sussurrando:

— Você não está chateada por causa daquilo, está? — Então, ele tinha alguma noção, embora fosse uma noção bem superficial e diluída (bastante próxima de não ter noção alguma). — Você sabe como eu fico excitado perto daqueles bobalhões. — Ele se aproximou para me beijar. — Traz à tona o Charlie de 18 anos. — Ele riu e eu fiquei tanto perplexa (como a nossa experiência de relacionamento podia ser tão brutalmente diferente?) quanto aliviada por ter escolhido não confrontá-lo. Fora a escolha certa.

Ele me beijou mais um pouco, no rosto e no pescoço, depois apertou com força o meu quadril e eu percebi que ele queria transar. Apontei para a parede e falei:

— Ella está do outro lado.

— Podemos fazer pouco barulho. Bem, talvez *você* não consiga. — Ele puxou a blusa pêssego que eu estava usando (era um tom de laranja sem que fosse um laranja vivo nem agressivo) para fora da minha calça comprida branca e enfiou a mão por baixo, abrindo meu sutiã.

Eu consenti. Era mais fácil fazer isso do que conversar, e seria um bálsamo para a discórdia do fim de semana. As molas do colchão rangiam e isso me distraía, mas estava distraída de todo modo. Em cima de mim, me penetrando, Charlie olhou para mim e disse:

— Você está linda, Lindy. — Ele cheirava a suor, cerveja e a sua própria essência, à qual eu estava acostumada.

Envergonhada, pensei no beijo que dera em Joe Thayer. Acho que o beijei mais por pena do que por atração, como se o beijo fosse um prêmio de consolação, um modo de poupá-lo do atordoamento de ter confessado a mim sentimentos unilaterais. *Talvez sob circunstâncias diferentes*, eu tivesse a intenção de inferir, mesmo que a inferência fosse uma mentira decorosa, como uma versão extrema de ser uma pessoa educada e cheia de consideração. Mas talvez essa história fosse apenas conveniente. Talvez eu o tivesse beijado por razões mais egoístas (simplesmente porque eu quis) e, quando a experiência não foi tão prazerosa quanto eu imaginara, simplesmente mudei de ideia.

A respiração de Charlie ficou mais ofegante, sua boca estava próxima à minha orelha de forma que não podia ver o seu rosto e, então, os movimentos dele diminuíram e ele gemeu de forma suave. Desmaiou em cima de mim, e eu o abracei.

— Você quer que eu...? — murmurou ele (ele sempre se oferecia para terminar o trabalho com as mãos, isto é, quando eu não tinha gozado com a penetração), e, em silêncio, balancei a cabeça negativamente. Senti naquele momento que o estava protegendo e me preparando para a destruição que ele ainda não sabia que eu estava prestes a causar.

DECIDI QUE IRIA para Riley e levaria Ella comigo, mas havia uma parada que eu queria fazer antes de deixar Milwaukee, que consistia em passar na minha livraria favorita em todo o mundo, chamada Thea's. A dona, Thea Dengler, tinha mais ou menos a minha idade, era uma mulher de compleição pesada que costumava usar calça preta e larga e suéteres, com cachecóis finos ou cordões turquesa espessos. Sua loja ficava em Mequon, tinha dois andares e prateleiras tão altas que, mesmo não sendo um lugar muito grande, as pessoas sempre se sentiam confortáveis para folhear os livros com privacidade. Além disso, ela tinha uma excelente seleção de livros; Thea lia constantemente (foram raras as vezes que peguei um livro que estivesse fora do seu radar) e, se alguém estivesse procurando algum título que ela não tinha, ela faria a encomenda com entusiasmo, tão ansiosa para que o volume chegasse logo quanto a própria pessoa que o encomendara. Ela também vendia periódicos, mas nenhuma daquelas tranqueiras que pareciam obrigatórias a todas as livrarias hoje em dia: canecas, porta-retratos, cartões de presente, ímãs, calendários e chocolates finos.

Eu havia planejado comprar três livros para Jessica Sutton, mas assim que cheguei à seção para jovens adultos, comecei a empilhar os volumes na dobra do braço e decidi que cinco seria uma quantidade aceitável, mas logo eu estava segurando mais de uma dúzia de livros, equilibrados de modo tão precário que precisei segurá-los com o queixo. Eu os escorei um a um, com a capa para cima, nas prateleiras, para que pudesse escolhê-los melhor: *O sol é para todos* (não tinha dúvidas quanto a esse); *Deenie* (Jessica tinha 12 anos, como eu poderia não dar para ela um livro de Judy Blume? E esse era menos controverso do que muitos outros dela); *Roll of Thunder, Hear My Cry; A Wrinkle in Time; Anastasia Krupnik* ou então *Autumn Street*, de Lois

Lowry, que eu também achava maravilhoso; *The Westing Game* (pensei que talvez ela pudesse gostar desse, já que gostava de Agatha Christie); *Os marginais*; *Eu sei por que o pássaro canta na gaiola*; *Homecoming*; e depois peguei mais dois da série Tillerman, *Dicey's Song* e *A Solitary Blue*; *O diário de Anne Frank*; e, por último, *Locked in Time* (eu havia lido os outros romances de Lois Duncan nos meus dias de bibliotecária, mas esse novo livro parecia intrigante). Além do fato de serem nove livros a mais do que eu tinha me disposto a comprar, havia um (*Rebecca*, de Daphne du Maurier) que eu já sabia que queria pegar para ela da seção adulta; também pensei em *Orgulho e preconceito*. Fiquei ali, tentando decidir e, por fim, acabei retornando os livros de Cynthia Voigt; também desisti de *Orgulho e preconceito* e de *Autumn Street* (talvez esses ficassem para o Natal). Será que *Roll of Thunder, Hear my Cry* era imaturo demais para Jessica? Mas era tão bom! Depois, percebi que havia negligenciado *Laços humanos*, que era leitura obrigatória e havia ficado na prateleira. Acabei levando 12 livros até a caixa registradora. Olhando para eles, Thea comentou:

— Vai ser um verão de leituras ambicioso para Ella.

— Não, não, são para uma amiga da família que vai começar a sexta série.

— Quer que eu embrulhe?

Recusei, e ela pôs os livros dentro de uma sacola de papelão grande com alças de tecido. Quando saí da loja, sentei-me no estacionamento para descascar os adesivos com os preços (um ato inútil, já que os preços também estavam impressos na contracapa dos livros, mas a educação assim o exigia), depois dirigi até a casa dos Sutton. Foi a própria Jessica quem abriu a porta, segurando Antoine. Ela abriu caminho para mim, para que eu pudesse entrar, e eu disse:

— Não, vim apenas para deixar isso aqui. Jessica, como eu já fui bibliotecária, sinto-me compelida a apresentar a você novos autores, diferentes de V.C. Andrews. Isso aqui é para você, mas prometo que não vai precisar escrever nenhum resumo sobre os livros.

Entreguei a sacola para ela, segurando as alças abertas para que ela pudesse olhar e, como Antoine estava em seus braços, deixei o presente ao lado da porta, no carpete.

— Quem é, Jessie? — ouvi Yvonne perguntar, e Jessica respondeu:

— É a mãe de Ella. — Para mim, ela disse: — São todos para mim?

— Ficamos muito orgulhosos do seu excelente desempenho no colégio. Bom, adoraria conversar sobre esses livros, mas, de novo, você não tem nenhuma obrigação de lê-los. Só se quiser, mas acho que pode ser divertido.

— É muita gentileza sua. — Jessica parecia confusa, mas curiosa. — Você quer entrar?

— Não, ainda preciso resolver umas coisas. — Estiquei a mão para acariciar a panturrilha de Antoine, que estava descoberta; ele usava um macacão de tecido felpudo amarelo. — Mande lembranças a sua mãe e sua avó por mim.

Descendo os degraus de concreto até o carro, notei dois homens sentados no portão da casa que havia do outro lado da rua; eram jovens, mais próximos da idade de Jessica do que da minha. Um deles usava uma regata preta de malha e o outro, que tinha o cabelo trançado estilo afro, estava sem camisa. Eles me observavam, e eu os cumprimentei com um aceno de cabeça sem dizer palavra, enquanto caminhava em direção ao carro, meu Volvo suburbano e brilhante, que gritava "madame branca". Enquanto eu tirava o veículo da vaga, as travas automáticas das portas foram acionadas e eu senti um alívio desconfortável.

NAQUELA NOITE, esperei na sala de televisão enquanto Charlie colocava Ella na cama, segurando no meu colo uma cópia da *Economist* e preocupada demais para conseguir ler. Quando ele voltou à sala, disse:

— Ainda temos sorvete? Estou com vontade de comer um doce.

— Tem um pouco do de caramelo sobrando — respondi, mas assim que ele deu as costas para ir à cozinha, continuei: — Espere... Sente-se. — Minha voz pareceu mais séria do que fora a minha intenção, exceto que *era* sério (possivelmente a conversa mais séria que já havíamos tido). A expressão dele ao se sentar no braço do sofá era de expectativa.

Meu coração estava disparado. Quando fora a última vez que eu ficara nervosa assim com Charlie? E não era sobre o que ele iria fazer, ou como ele poderia passar dos limites na frente das outras pessoas e eu teria de consertar os erros dele, mas nervosa com qual seria a reação dele à minha atitude.

— Quero me separar de você — declarei.

— Você quer o quê?

Será que ele não havia escutado ou não havia entendido?

— Preciso de um tempo — continuei. — Não quero nenhuma separação legal... Pelo menos, não por enquanto.

— Você quer o divórcio? Está de sacanagem com a minha cara? — Ele me encarava um pouco descrente, e, o que era típico de Charlie, também parecia estar se divertindo um pouco. Não acho que ele de fato estivesse se divertindo, mas seu rosto era sempre tão malicioso, e, como ele tinha uma tendência a sempre reverter as situações para o humor, sendo ou não apropriado, eu não tinha certeza.

— Não foi isso o que eu disse. Quero ficar um tempo separada de você. Eu amo você, Charlie, e espero que sempre saiba disso, mas não posso mais viver assim — um tipo de desintegração tomou conta do meu peito, uma tremedeira que foi aumentando.

— Achei que a nossa noite estivesse sendo perfeitamente agradável.

— Não é... Hoje à noite foi tudo bem. — Eu senti o estranho impulso de me levantar e me sentar ao lado dele, para confortá-lo. Certamente, isso não teria sido muito sábio. — Eu sei que você usou cocaína em Princeton com Dennis Goshen — afirmei. — Holly me contou. Também não é sobre você ter levado Shannon para um bar na semana passada... Eu simplesmente... Existem decisões que você toma com as quais não consigo conviver. Não posso ser responsável por você e, se sou a sua esposa, me sinto responsável. Morro de medo de que você acabe machucando alguém, outra pessoa ou a você mesmo, e que isso vá destruir as nossas vidas. Sei como isso funciona; é horrível e a pior parte é que você vai cometer um erro que pode ser prevenido. Isso me enoja; pensar em você tomando várias doses de uísque e depois entrando em um carro faz com que eu fique literalmente nauseada, Charlie. Não quero estar presente quando isso acontecer, e também não quero que Ella presencie esse tipo de coisa.

— Então você não está apenas me deixando, mas também vai levar a nossa filha com você?

— Inicialmente, pensei... — Será que ele iria disputá-la comigo? — Estou indo para a casa de mamãe amanhã. Pensei que Ella poderia ir comigo. Acho que é razoável, tendo em vista a sua rotina de trabalho.

— Mas estou prestes a ter mais flexibilidade de horário.

Engoli em seco.

— Se eu levar Ella para a casa de mamãe, podemos fingir que é uma viagem de férias. Não precisaremos contar nenhuma decisão a ela ainda. Não quero causar uma ruptura desnecessária na vida dela, nem quero que ela sinta a instabilidade das coisas. Mas eu e você precisamos de um tempo longe um do outro. Isso também não está óbvio para você?

Charlie ficou em silêncio e, depois, disse:

— Já ouviu falar sobre dar sinais de aviso antes? — Eu conseguia sentir que a raiva dele estava ficando mais forte. — É assim que funciona no colégio, não é? O professor coloca o seu nome no quadro, você é repreendido, só *depois* é posto para fora de sala. Ninguém é mandado para a sala do diretor na primeira vez que faz bagunça.

— Mas Charlie... — Meus olhos se encheram de lágrimas, e não eram lágrimas de tristeza, mas de frustração. Pisquei para afugentá-las. — É exatamente essa a questão, é exatamente isso o que eu quero dizer. Eu *não sou* sua professora. E eu *já falei* que não gosto quando você não aparece depois de ter dito que apareceria, não gosto quando você bebe demais, não gosto quando você me insulta. Se você tivesse ouvido todas as vezes que falei, não vejo como isso poderia ser surpresa para você.

— É, nós brigamos, com certeza, mas você nunca mencionou a possibilidade de se separar de mim.

— Estou mencionando agora.

— Antes daquela outra noite, eu não cheirava cocaína fazia séculos — confessou Charlie. — Goshen me ofereceu, eu bati algumas carreiras e sinceramente, Lindy, se você não fosse tão tensa saberia que isso é o mesmo que quase nada. Eu não estava correndo risco de vida, nem poderia machucar ninguém, também não estou pensando em passar a usar daqui em diante, está bem?

— Mas não é só a cocaína. É tudo. Quando Megan Thayer achou aquelas revistas, não achei que você tivesse se importado nem um pouco.

— Então é culpa minha que eu não me preocupe tanto quanto você com o que as pessoas vão pensar?

— Não é nenhum segredo que temos posições diferentes diante da vida, Charlie. — Eu não estava gritando; apesar de ser tentador ceder ao rancor, nada de bom poderia resultar disso. — Durante um bom tempo me diverti com isso. Você tem várias qualidades maravilhosas, é óbvio, e se eu não achasse isso não teria me casado com você em primeiro lugar. Mas eu não consigo mais suportar toda a parte vil e perversa da sua personalidade. Não acho nada bonito. Nós temos 42 anos, e não quero ter de implorar para você usar uma gravata!

— Você acha que não a respeito, é isso?

Dei de ombros.

— Não há ninguém no mundo que eu respeite mais do que você. — Depois, ele continuou: — Eu amo você, Lindy. — E sua voz ficou trêmula.

Mais uma vez, foi difícil não me levantar para ir consolá-lo. Eu disse:

— Eu também amo você.

— Sei que venho testando a sua paciência, mas, pelo amor de Deus, nós somos uma família. Você acha que Ella vai se dar melhor na vida se vier de um lar partido?

Eu o cortei.

— É só um tempo, Charlie. É tudo o que peço. Quero ver como é não ter mais...

— Com quem você já conversou sobre isso? Já contou para Jadey?

Eu hesitei.

— Na verdade, não.

— Se você quiser, podemos procurar ajuda. Podemos fazer terapia de casal. Posso conseguir a indicação de alguém.

— Agradeço a oferta, e acho que é algo que podemos considerar no futuro — afirmei. — Mas, por ora, o que quero é espaço.

— E como é que eu fico?

— Não sei — respondi. — Mas eu me tornei muito infeliz.

Então, comecei a chorar; seria embaraçoso admitir que eu estivesse sendo motivada pela pura verdade da minha afirmação? Meus soluços eram retraídos e indignos.

Deve ter se passado um minuto e, quando olhei para ele de novo, ele me observava com uma expressão tão estranha para mim que, em um primeiro momento, tive dificuldade de reconhecer o que era. Logo depois, percebi: ele estava assustado.

Por fim, falou:

— Está bem, leve Ella, mas você precisa me prometer que vai voltar. Eu vou corrigir os meus erros, Lindy. Sei que você não acredita em mim agora, mas é isso o que vou fazer.

Eu enxuguei os olhos, concordando sem dizer nada. Sobre uma coisa ele tinha razão: eu não acreditava nele.

NO SEGUNDO dia em Riley, Lars nos levou até o Fassbinder's, a casa do lar do fundador da fábrica de queijo, que dez ou 12 anos antes havia sido transformada em museu. A casa ficava do lado oposto do estacionamento que era de propriedade da fábrica, e os visitantes podiam olhar pelas enormes janelas e ver os funcionários cuidando de tonéis de leite ou coalhando queijos. Também era possível provar as curas ainda quentes e, na loja de souvenires, era possível comprar vários tipos de queijo, assim como geleias, salsichas, biscoitos e pequenos dedais de porcelana com o logotipo da Fassbinder's. Eu estava examinando um dos dedais quando Ella se aconchegou em mim, sussurrando:

— Aqui é muito chato. — Eu lancei a ela um olhar de repreensão.

— Aposto que Dorothy vai gostar disto aqui com torradas no café da manhã — comentou Lars, segurando um pote de geleia de frutas vermelhas.

Ao meu lado, Ella choramingava:

— Você disse que a gente podia ir nadar.

De fato, eu havia feito essa promessa no dia anterior, enquanto dirigíamos até a cidade, mas, durante o café, quando Lars propôs a visita à fábrica de queijos, não tive coragem de recusar a proposta.

Eu ligara para mamãe na terça-feira, antes de ter conversado com Charlie, para saber se poderíamos passar algumas semanas com ela sem, no entanto, contar o motivo real da visita. Eu disse:

— Charlie está superocupado com as coisas do time de beisebol, e acho que Ella já está com idade suficiente para apreciar os charmes de Riley.

Na quarta-feira, saímos de casa por volta do meio-dia. Eu anunciara o plano a Ella apenas algumas horas antes, dando tempo suficiente para que ela arrumasse a mala e para que eu conseguisse induzi-la a fazê-lo de forma mais realística (dois biquínis em vez de quatro, sete pares de meia em vez de um, nenhum vestido preto). Ela não parecia espantada com o anúncio abrupto da viagem para outra cidade, estava até ansiosa pela novidade. Ela perguntou:

— O vovô Lars vai fazer para mim ovo frito com chapéu?

Ela se referia ao modo como Lars preparava o café da manhã. Ele usava um copo de cabeça para baixo para cortar uma fatia de pão em um círculo perfeito, então deixava o círculo e o restante do pão e preparava um ovo frito; em seguida, colocava a torrada sem o círculo por cima do ovo, e a gema aparecia bem no buraco que abrira com o copo; por fim, colocava o círculo de pão torrado por cima da gema; o "ovo com chapéu". Eu respondi:

— Se você pedir para ele com jeitinho, aposto que sim.

Quando chegamos, mamãe havia feito manteiga de amendoim, e eu e Ella ficamos comendo enquanto Lars levava as nossas malas para o andar de cima. Apenas quando subi até o segundo andar é que reparei que Lars havia colocado Ella para dormir no meu antigo quarto e me colocado para dormir no quarto de vovó. Senti o coração apertado no peito. Foi um daqueles momentos como se um tapete houvesse sido puxado de sob os nossos pés; tudo a nossa volta muda de forma tão gradual que apenas quando paramos um pouco para olhar à nossa volta é que percebemos quanto a nossa vida mudou. Havia a cama de solteiro de vovó, no entanto a colcha que estava por cima era diferente (era listrada). Mamãe havia retirado todos os frascos de perfume e cosméticos da mesinha de cabeceira de vovó e da penteadeira, assim como os cinzeiros e os desenhos; ela também havia esvaziado as gavetas do criado-mudo, percebi quando abri cada uma delas. Mas o busto de Nefertiti continuava intacto, posicionado na diagonal, e as prateleiras ainda estavam repletas de livros. Passei o dedo pelas lombadas dos volumes (não estavam organizados em ordem alfabética por autor como os meus, nem em qualquer ordem que eu pudesse perceber). *O retrato de Dorian Gray, The Group, ...E o vento levou, Frankenstein, Presumível inocente, O conde de Monte Cristo, O carnê dourado, A sangue-frio, O amante de Lady Chatterley, O dom da fúria, O falcão maltês, Filho nativo* — todos aqueles mundos, todas as versões de mim mesma que eu havia sido durante aquelas leituras, e todas as versões que vovó fora durante as dela. Puxei da prateleira *Soberba*, de Booth Tarkington (o título e o nome do autor eram gravados em letra dourada sobre uma capa de couro liso azul-marinho), abri o livro em uma página aleatória, a 172, e o cheirei comprimindo o nariz contra a encadernação, mas o cheiro era apenas de papel velho, como o de uma casa antiga, e não o cheiro de vovó.

Na Fassbinder's, Lars perguntou a Ella:

— Já ouviu o queijo guinchar?

— E daí se guinchar? — respondeu Ella, e eu a repreendi:

— Ella, isso foi indelicado.

Com cordialidade, sobre a cabeça de Ella (que estava se apoiando em mim, puxando a minha blusa), Lars disse:

— Acho que alguém está querendo tirar uma soneca...

— Eu não tiro mais sonecas — retrucou Ella.

Essa afirmação não era inteiramente verdade, mas eu apenas disse a ela:

— Você acha que a vovó vai gostar da geleia de frutas vermelhas que vovô Lars comprou para ela? — Ela não respondeu, e eu dei um sorriso de desculpas a Lars. — Encontramos você no carro.

NAQUELA NOITE, Charlie ligou por volta das 23 horas, quando apenas eu estava acordada. Eu estava deitada na cama lendo *The Old Forest*, de Peter

Taylor, e, assim que ouvi o telefone tocar (havia uma extensão no quarto em que mamãe dormia com Lars e havia a extensão no andar de baixo, na cozinha; eu sabia que era Charlie, mas não havia nada que eu pudesse fazer. Não ia simplesmente sair entrando no quarto de mamãe e Lars, e não havia jeito de chegar até a cozinha a tempo. Depois, mamãe bateu na porta do meu quarto. Ela vestia uma camisola bege de seda com uma pala de babados e mangas que acabavam bem abaixo dos cotovelos e o cabelo estava despenteado.)

— Querida, telefone para você. É Charlie.

Eu me levantei.

— Desculpe, mamãe. Vou atender lá embaixo.

Na cozinha, ao ouvir o clique da extensão de cima sendo desligada, eu disse:

— Charlie, sabe que horas são?

E ele respondeu:

— Só quero que venha para casa. Por favor. Eu imploro.

— Você não pode ligar assim — retorqui.

— Não aguento mais. Você sabe que não consigo ficar sozinho. Quer saber onde dormi na noite passada? No Ramada de Wauwatosa. Na porra do Ramada, certo? Agora você já sabe do meu blefe. Sou um marido desprezível. Mas *preciso* de você, Lindy.

Essa é, sem dúvida alguma, a afirmação mais poderosa que podemos ouvir de alguém. Eu suspirei.

— Charlie, se eu voltar não sei como as coisas podem ficar diferentes.

— Mas eu sei como, vou deixar de ser um babaca imaturo. Sim, *sei* do que você estava reclamando; tenho sido muito egoísta ultimamente. Mas as coisas mudaram para mim, esse lance com o beisebol vai ser muito bom e estou pronto para começar uma nova história.

— Você vai continuar bebendo? — Eu sabia que ele havia bebido nas últimas horas, dava para perceber. Não estava enrolando a língua, mas sua voz tinha aquele tom arrastado.

— Então esse é o problema?

— Não sei. Às vezes, *espero* que seja o álcool, mas não tenho certeza se é.

Ele ficou em silêncio e depois perguntou:

— Quando foi que você parou de gostar de mim?

— Isso não é justo.

— Maio? Janeiro? Dois anos atrás?

Eu respondi:

— Sei que você entrou em conflito por estar envelhecendo, no seu aniversário de 40 anos, com relação à vigésima Reunião, mas eu queria que você não tivesse sido tão... Acho que o que estou tentando dizer é que existem formas de sofrer calado.

Então ele riu, uma risada sombria.

— É, e aparentemente você monopolizou esse mercado.

— Vou me deitar — respondi. — Todos aqui já estão na cama e não quero atrapalhar ninguém. Se quiser, podemos conversar amanhã.

— Olhe para você, uma rainha de gelo escrota!

— Por favor, não me insulte.

— O que quer que eu faça? O que eu deveria fazer?

— Eu já disse. Quero espaço.

— Alice, você *sabe* que não consigo ficar nesta casa sozinho. Volte para cá, é tudo o que peço, e resolveremos as coisas. Eu não vou, você sabe, molestá-la à noite; posso até dormir em outro quarto! Mas esta casa me deixa de cabelo em pé!

— Achei que você estivesse dormindo no Ramada.

— Não, aquele lugar também é horripilante. Tive de sair de lá.

— Então você está em casa agora?

— Onde mais eu poderia estar?

— Nossa casa não é assustadora, Charlie, e nós moramos em uma área bastante segura. Você fechou as cortinas da sala de estar e da sala de jantar?

— E se eu for de carro até aí?

Sentada à mesa da cozinha, eu fechei os olhos.

— Por que não liga para Jadey e Arthur? Mas ligue logo, porque com certeza eles já estão indo dormir, se é que já não foram...

— Ah é? E aí Lucky pode ficar trepando em mim a noite toda.

— Então ligue para John e Nan ou Ginger...

— Não quero ficar na casa dos meus irmãos! Não pretendo espalhar por aí os meus assuntos pessoais. Quero dormir na minha própria casa, com a minha esposa ao meu lado e a minha filha dormindo no quarto no final do corredor. E quer saber do que mais? A maioria das pessoas não acharia que isso é pedir muito.

Eu não disse nada e, por alguns segundos, ele também ficou sem falar. Por fim, com um tom de voz menos combativo, continuou:

— Ella está perguntando por mim?

— Ela sente saudades. Se quiser ligar para ela amanhã, durante o dia, tenho certeza de que ela vai adorar conversar com você.

Depois de uma pausa, ele disse:

— Só para que você fique sabendo, você rasgou o meu peito, arrancou o meu coração e agora está espremendo-o nas mãos. Então, espero que seu exercício de introspecção marital, ou seja lá que porra é essa que você está fazendo, valha a pena.

— Eu vou para a cama, Charlie. Espero de verdade que você consiga se arranjar de uma forma confortável para ir dormir.

— Não desligue na minha cara.

— Eu não vou fazer isso, estou dando boa-noite. Boa-noite, está bem? Boa-noite. Você vai me dar boa-noite também?

— Nosso casamento não significa nada para você?

— Charlie, não quero desligar na sua cara, mas se você não disser boa-noite para mim, vou desligar o telefone. Então, pela última vez, boa-noite.

— Vá se foder — completou ele, e logo depois bateu o telefone, encerrando a ligação.

ESTÁVAMOS EM Pine Lake quando escutei uma criança chorando; parecia ser uma menina, alguém atrás de mim, e fiquei ouvindo aquele choro durante quase um minuto até me dar conta, como em um estalo, que era Ella. Eu estava sentada em uma toalha na areia, com mamãe ao meu lado em uma cadeira de praia. Em vez de um maiô, ela usava calças largas e uma camisa de mangas curtas; a sua única concessão ao lugar era que estava descalça, segurando as sandálias nas mãos. Ela me contava sobre uma controvérsia existente na escolha da locação, em Riley, para uma estátua em homenagem aos veteranos da Guerra da Coreia (havia muita discordância quanto a dispô-la às margens do rio Riley ou no centro da cidade, na Commerce Street). Quando me virei para ver o que estava acontecendo, levantei-me imediatamente.

— Mamãe, espere um segundo — pedi. — Eu já volto.

A praia de Pine Lake não era grande, talvez uma faixa de algumas centenas de metros e, apesar de não ter presenciado isso durante a minha juventude, havia alguns salva-vidas e cordas indicando as áreas próprias para banho. A praia era parte do Pine Park, e na área de gramado perto da areia havia mesas de piquenique e churrasqueiras. O estacionamento da praia era de cascalho e uma das esquinas estava ocupada por um caminhão de sorvete cremoso que tinha uma janela deslizante em uma das laterais. Bem do lado de fora desse caminhão estava a minha filha, não usando nada além dos chinelos e do maiô, com o cabelo molhado e desgrenhado, o rosto vermelho e alterado, enquanto soluçava histericamente. Quando me aproximei, ela começou a gritar por mim, se lamuriando:

— Mamãe! — E foi de partir o coração ouvir isso, mas ela foi detida por um rapaz adolescente que usava um avental branco, que ficou segurando-a pelo pulso. Várias pessoas que estavam na área assistiam à cena, algumas beliscando barras de doce ou hambúrgueres.

— Ele está me machucando — gritou Ella, e eu disse ao menino:

— Eu sou a mãe dela. O que está acontecendo aqui?

— Ela roubou um sorvete de casquinha! — O rapaz estava irado. Ele tinha mais ou menos 1,70 metro de altura e uma cara abatida, com o cabelo claro cortado bem rente e um bigode delgado.

Coloquei a mão no pulso de Ella e cutuquei a mão do rapaz de forma firme, porém não agressiva (assim espero), para que ele a soltasse.

— Pode deixá-la comigo agora. — E, para meu alívio, ele a soltou. Imediatamente, Ella enterrou o rosto na minha cintura.

— Se você me contar o que aconteceu, tenho certeza de que podemos resolver o problema — falei.

— Ela roubou! — repetiu o rapaz, apontando para o cascalho no qual derretia uma bola de sorvete de creme, ainda presa à casquinha. — Tentou pegar o sorvete sem pagar.

Ella resmungava qualquer coisa, grudada contra a minha barriga, em protesto.

— O que foi, querida?

Ela afastou a cabeça; seu rosto continuava vermelho e cheio de lágrimas.

— Ele não queria me deixar assinar pelo sorvete! — E, rapidamente, voltou a esconder o rosto.

Eu disse ao rapaz:

— Houve um mal-entendido. Nós não moramos em Riley e, onde vivemos, nós pagamos... — Não valia a pena; explicar as regras do country clube só iria angariar mais desaprovações. — Se você puder esperar, vou buscar a minha carteira. Ela comeu mais alguma coisa além do sorvete?

Ela levantou a cabeça.

— Nem tomei o sorvete! Ele pegou de volta!

— Mas você chegou a lamber! — retrucou o rapaz, e eu perguntei:

— Quanto foi?

— Um dólar e 75 centavos.

— Minha carteira está no carro, que está logo ali. — Apontei. — É aquela perua azul da Volvo, consegue ver? Pode ficar me olhando daqui, se quiser, enquanto vou até lá e volto, vai ser rápido. Ella, você vem comigo? — Sorri para o rapaz e para as outras pessoas que nos assistiam, então desgrudei Ella do meu torso e dei a mão para ela. Enquanto seguíamos em direção ao carro, ela deixou o cabelo cobrir o rosto.

— Eu odeio esse lugar — declarou ela, baixinho.

QUANDO VOLTAMOS para a casa de mamãe, Jadey já havia ligado três vezes; Lars anotara com presteza os horários de cada ligação, inclusive os minutos, no bloco de notas ao lado do telefone da cozinha.

Fui ao andar de cima para retornar a ligação. Não queria conversar com ela porque não sabia bem o que dizer sobre toda a situação que estávamos passando, mas, se não ligasse de volta, ela obviamente insistiria, o que poderia aumentar as suspeitas de mamãe. E ela já devia estar suspeitando de algo — era somente sua reticência típica de mulher do Centro-Oeste que a impedia de me perguntar diretamente por que havíamos chegado de forma tão abrupta à sua casa.

— Então, você realmente se separou — declarou Jadey. Ao fundo, dava para ouvir Lucky latindo, e ela pediu a alguém: — Leve-o para o jardim — ouvi Winnie reclamando, e Jadey continuou: — Não estou pedindo ao seu irmão, estou pedindo a você. — Para mim, ela disse: — Chas apareceu aqui por volta da meia-noite ontem.

— Como ele estava?

— Eu só o vi por um minuto, e ele saiu bem cedo hoje de manhã, mas disse para Arthur que você está puta com ele. Você não deu entrada nos papéis de divórcio, deu?

— Não — respondi com rapidez. — Estamos apenas... Ella e eu vamos passar um tempo aqui em Riley.

— Alice, você está falando comigo. Não vou contar a ninguém o que você me disser, muito menos a Chas, se é com isso que está preocupada.

Eu estava mais preocupada que ela contasse a Billy Torks ou a qualquer outra das amigas dela.

— Quer dizer, então, que a reunião foi um completo desastre? — perguntou ela. — Você se lembra do que eu lhe disse? Assim que colocam os pés no campus, esses caras enlouquecem. Eles se deixam envolver pelo momento...

— Não foi isso — retruquei. — Pelo menos não completamente. Jadey, agradeço a sua preocupação, agradeço muito, mas só preciso de um pouco de distância.

— Bem, faça o que deve fazer. — Ela baixou o tom da voz, talvez porque Winnie tivesse retornado ao cômodo. — Quando estiver pronta para voltar, estaremos esperando por você.

NAQUELA NOITE, ELLA e Lars foram para a cama mais ou menos na mesma hora, e eu e mamãe ficamos assistindo ao *Knots Landing* juntas. Eu havia presumido que ficaríamos conversando enquanto o programa passava, mas, para a minha surpresa, ela se tornara uma espectadora assídua e eu percebi isso pela postura corporal, então permaneci em silêncio, exceto nos comerciais. Quando o programa terminou, ela se virou para mim com um sorriso tímido e disse:

— Imagino que seja um programa um pouco cafona.

— A cafonice tem seu charme.

— Sinto muito pelo o que aconteceu com a pobrezinha da Ella hoje na praia. Sabe, acho que aquele rapaz que brigou com ela era Tim Zeminiak. Dei uma olhada no caminhão enquanto íamos embora.

— O filho de Roy e Patty? — Roy fora meu colega de turma durante todo o período escolar, e o pai dele havia sido meu dentista; Patty também frequentara o colégio Benton Country Central, mas se formara alguns anos depois de nós.

— Tenho certeza de que ele não fez por mal — explicou mamãe. — Não deve ter nem 15 anos ainda e aposto que leva as próprias responsabilidades exageradamente a sério.

— Ella vai ficar bem — comentei.

— Tê-la por perto me faz lembrar de você naquela idade.

— Ah, Ella é bem mais levada do que eu na idade dela — respondi. — É uma verdadeira espoleta!

— Bem... — Mamãe fez uma pausa e assumiu um tom de reflexão que era inevitavelmente triste, porque o passado era triste. — O que me lembro — disse ela — é que você sempre foi uma menininha adorável.

Nesse momento, senti uma grande afeição por mamãe; tive tanta sorte de ser criada e amada por uma mãe tão calma e descomplicada. Muitas vezes, pensei, não dera a ela o valor que merecia, por ter sido encoberta por uma avó de personalidade muito mais forte e divertida. Na verdade, porém, conforme eu ia ficando mais velha, mais notava a crueldade que os próprios membros de uma família infligiam uns aos outros, fosse por ciúmes, ignorância, ou por um desespero secreto e, às vezes, até por diversão; as pessoas podiam ser totalmente selvagens nas formas mais banais e cotidianas. Não queria isso para Ella: que ficasse à mercê do egoísmo e da imaturidade de

Charlie por nada além do acaso, o acaso de ter nascido. Rodear um adulto que agia de forma impulsiva e impensada, e depois ver as suas ações passarem despercebidas e sem punição eram coisas que eu achava que dariam uma interpretação inadequada do mundo para uma criança e a atrapalhariam a perceber os padrões lógicos das coisas. Não me importava se Ella seria aluna de Princeton, se seria excepcionalmente bonita, se ia crescer e se casar com um homem rico ou se não se casaria; havia várias possibilidades para ela com as quais me sentia confortável, fosse ela hippie, dona de casa ou uma mulher com uma carreira profissional. O que me importava, de fato, o que eu queria fervorosamente era que ela entendesse que existiam compensações para um trabalho feito com esforço, que decência geraria mais decência e que a humildade não era como um casaco que podíamos vestir ou não, dependendo da conveniência das situações, e sim uma condição constante de existência no mundo, compreendendo que a boa e a má sorte poderiam atingir qualquer um, e que nenhum de nós é totalmente responsável pela própria felicidade ou tragédia. Acima de tudo, queria que a minha filha entendesse que muitas pessoas *eram* guiadas por amargura e que o melhor seria evitar esses indivíduos; seus humores e comportamentos eram como um vespeiro, e, como tal, não havia motivos para fazer outra coisa além de ignorar e seguir adiante. Eu amava Ella, eu a amava incomensuravelmente, mas me perguntava se ela já não estaria sendo influenciada pelo que havia de pior em Charlie e pela minha complacência diante das atitudes dele. Ela nos imitaria (por certo que sim, todas as crianças fazem isso), e será que imitaria o mau humor soberbo de Charlie ou o meu martírio passivo? Não queria que ela crescesse achando que eu endossara as escolhas do pai; ao mesmo tempo, não sabia como dar voz à minha discordância, a não ser com a separação.

Ao meu lado no sofá da sala, mamãe perguntou:

— Você acha que Charlie vai ligar hoje à noite de novo? Porque se for, acho melhor desligar a extensão do meu quarto.

— Odeio ser um inconveniente para você — respondi, mas ela já havia se levantado.

— Não vai levar nem um segundo.

Em sua ausência, olhei ao meu redor e vi que a sala ainda continha os mesmos sofás retangulares e grandes e as mesmas cadeiras que os meus pais haviam comprado no início da década de 1950, a *Enciclopédia Britannica* de capa dura e encadernação vinho, a cadeira reclinável de Lars e o quadro em cima da lareira (uma imitação barata de *Le Vieux Guitariste*, de Pablo Picasso, um presente de Natal dado por vovó do qual tenho certeza que nem mamãe nem papai jamais haviam gostado).

Quando ela voltou, comentei:

— Espero que não tenha ficado acordada por muito tempo ontem, depois da ligação de Charlie.

— Ah, não se preocupe com isso. Ele vai vir para cá encontrar você? Mesmo que ele viesse apenas para jantar, ficaríamos contentíssimos de recebê-lo. Lars está bastante ansioso para dar a ele algumas sugestões sobre o time de beisebol.

— É, imagino. — Trocamos sorrisos. — Charlie está muito atarefado em Milwaukee, então acho que não vai conseguir vir, mas foi um convite gentil. — De forma um pouco hesitante, continuei: — Você e papai quase não brigavam, não é? Vocês sempre pareceram tão compatíveis...

— Ah, céus! Todos os casais brigam. — Mamãe sentou-se enquanto falava e pegou a tela para bordado que ficara apoiada desde a noite anterior na prateleira embaixo da mesa de centro. Ela estava bordando uma rosa em uma capa de almofada.

— Mas você e papai nunca tiveram uma briga *séria*, não é? Uma na qual você considerasse o término do casamento?

— Isso era bem menos comum naquela época. — Mamãe estava colocando o fio na agulha sem olhar para mim, e sua voz permaneceu no mesmo tom. Ainda assim, tenho certeza de que ela entendeu exatamente sobre o que estávamos falando. — Não é tão estranho pedir o divórcio hoje em dia, mas, anos atrás, eu não conhecia ninguém que tivesse feito isso. Acho que os Conner foram o primeiro casal que conheci. Você se lembra de Hazel e William? As pessoas diziam que ele era viciado em jogatina, mas, apesar disso, ela era uma mulher amável. — Mamãe virou a tela ao contrário e ficou examinando um ponto em particular. — Houve algumas vezes em que seu pai me deixou com bastante raiva, mas não posso dizer que tenha pensado em deixá-lo, isso nunca me ocorreu. Acho que partiu de uma decisão minha. — Ela fez uma pausa. — Na minha família, enquanto eu crescia, houve muitos conflitos e não era nada agradável presenciá-los. Conflitos apenas causam mais sofrimento; uma vez que as pessoas já estão inflamadas, quase não importa mais o motivo da desavença, não é mesmo? Depois que me casei, decidi que se seu pai e eu alguma vez nos desentendêssemos, eu seria sempre gentil com ele. Decidi que não tentaria provar, se achasse que ele estivesse certo ou errado; apenas tentaria lembrá-lo de que me importava com ele na esperança de que isso causasse o mesmo impacto sobre ele. Tive sorte, porque a natureza do seu pai era ser gentil. — Ela olhou para mim, me oferecendo um sorriso ameno proposital. — Nem todos os homens são assim.

"Não não estou encorajando você a se divorciar de Charlie, mas, se o fizer, vou entender" — não era mais ou menos isso o que ela estava me dizendo?

Ela havia virado a tela do bordado mais uma vez, estava dando os pontos com regularidade. Eu me inclinei para observar mais de perto e disse:

— Essa almofada vai ficar muito bonita.

DEPOIS QUE COLOQUEI a camisola e escovei os dentes, voltei para a cozinha com *The Old Forest* e fiquei esperando o telefone tocar. Eram 22h30, depois 23h05, 23h20, 23h30, e a minha irritação foi crescendo, pensando em como Charlie não tinha a menor consideração por ligar tão tarde. Quando o relógio marcou 0h40, eu sabia que ele não ligaria mais. A casa estava em silêncio, nenhum carro passava lá fora, na Amity Lane, e a minha irritação abruptamente alterou-se para uma decepção solitária.

QUANDO O TELEFONE tocou pela manhã, estávamos terminando de tomar o café e Ella atendeu. Depois de ficar escutando por alguns segundos, ela disse:

— Mamãe vai me levar para ir andar de patins no gelo, e eu sei patinar de costas. — Era Charlie, não era? — No shopping — disse Ella. Depois, praticamente gritando: — No *shopping*! Sim, ela está bem aqui. — Ella me passou o telefone: — É a "vó-jestade".

Sem preâmbulos, Priscilla falou:

— Pelo amor de Deus, Alice, entre no carro e volte para Milwaukee. Chas está sofrendo.

É possível que eu tenha ficado calada, pois Ella, Lars e mamãe estavam logo ali à mesa, e não conseguia pensar em uma forma de responder. Por fim, pedi:

— Se você não se importa de aguardar só um segundinho, Priscilla, vou mudar de telefone.

Lá em cima, o aparelho ainda estava desconectado da linha desde a noite anterior, e fiquei de joelhos para conseguir colocar o fio no dispositivo, só depois tirei o telefone do gancho. Quando me sentei na beirada da cama de casal, ouvi a extensão lá embaixo ser desligada e atendi.

— Alô?

— Isso é simplesmente uma bobagem — continuou Priscilla. — Você sabia que ele era um beberrão quando se casou com ele. Agora se arrume e vá consertar as coisas.

— Priscilla, não vejo a bebedeira de Charlie como uma qualidade peculiar da personalidade dele. E pode ser menos óbvia quando observada de Washington, mas não é quando se mora na mesma casa que ele, mas... — Hesitei, mas depois fui adiante e disse tudo. — Ele fica bêbado quase todos os dias da semana. É um alcoólatra.

Priscilla não reagiu como se eu tivesse revelado uma novidade para ela.

— E de quem você acha que é a culpa? — perguntou ela.

— Se você está tentando dizer que sou responsável por isso, serei obrigada a discordar. Ele é adulto.

— Deixe-me perguntar uma coisa: qual é o seu trabalho?

— Não estou entendendo aonde você quer chegar.

— Sei que não. Você é uma dona de casa, querida. É o seu *dever* se assegurar de que as coisas na sua casa funcionem com eficiência. De quem você acha que é o caixa que permite a você o luxo de ficar em casa?

— Priscilla, não fico sentada o dia inteiro comendo bombons e assistindo a novelas. Mas se sou uma decepção para você, me desculpe.

— Ah, mas eu não estou *surpresa* — continuou Priscilla. — Pelo amor de Deus, espero por esse dia há mais de uma década! Todo mundo sabia que você estava se casando com alguém inferior.

Não pude resistir à satisfação austera de corrigi-la e disse:

— Você quer dizer que Charlie se casou com alguém inferior, não é?

— Ah, não! Charlie se casou com alguém superior. Alice, ele era um perdulário de 31 anos, tentando nada mais do que aquela candidatura ridícula ao Congresso, e namorava garçonetes. Não conseguimos entender o que você viu nele! — Ela deu uma gargalhada, enquanto eu permanecia sentada na cama de mamãe, sentindo-me completamente atordoada.

— Mas... Não era você que achava que eu havia de alguma forma seduzido Charlie para se casar comigo? Foi isso o que você me disse no dia em que anunciamos o nosso noivado.

— Eu não falei nada nem parecido com isso.

— Você veio até mim e disse o quanto eu era esperta.

— Você havia sido tão discreta. — Priscilla parecia (era bizarro) quase admirada. — Lá estava você em Halcyon, por todo o fim de semana, sem dar a menor pista de que você e Chas estavam noivos, e, de repente, no momento certo, tirou um coelho da cartola. Foi uma encenação impecável.

— Mas pensei... — Será que eu a havia julgado mal por todos aqueles anos? Ou será que ela estava mentindo agora? Também podia não ser nenhuma das duas opções; talvez não fosse tanto que ela nunca tivesse me superestimado, mas que tivesse subestimado ou que ainda subestimasse Charlie. — Pensei que você achasse... — comecei, mas, de novo, a conversa ficou confusa.

Priscilla me interrompeu:

— O que me espanta é o seu timing, por que escolheu justo agora para a sua explosão com Charlie, justo quando ele fez o melhor movimento de toda a sua vida. Ele será esplêndido com os Brewers, e só Deus sabe como jamais teve jeito para fazer qualquer outra coisa. Aqui, ele estava levando a nossa empresa quase à falência todo ano, e a interferência de Harold era a única coisa que impedia que os irmãos o despedissem, e agora que Zeke Langenbacher fez esse grande favor a todos nós, a única coisa que você e Chas precisam fazer é se sentar e aplaudir os *home runs*. E você não consegue fazer *isso*?

Minha cabeça estava girando. Será que todos os Blackwell achavam que Charlie era um tolo incompetente? Todos? (Os Thayer achavam, como eu descobrira pouco antes por intermédio de Joe.) E eu, por extensão, era incompetente e tola por ter me casado com ele? Nesse momento, fiquei na defensiva por Charlie; se ele tinha uma tendência para brincadeira indecentes, Arthur também tinha. Charlie não era o último dos resíduos, não era um idiota.

— Os motivos para você querer abandonar o seu casamento não têm a menor importância — continuou Priscilla. — Posso imaginar uma dúzia de razões e, francamente, nenhuma delas me parece muito interessante. Ninguém vai discutir com você nem por um segundo que é mais inteligente e mais refinada do que Chas, mas já era mais inteligente e mais refinada do que ele quando se conheceram. Mas isso é problema seu. Não dele e muito menos meu. Mas vocês construíram um lar juntos e, mais importante do que tudo, têm uma filha. Se não pôde dar irmãos a ela, dê ao menos um pai e uma mãe.

Não ficou claro para mim se essa fora a conversa mais elucidativa ou a mais ofensiva da minha vida. Ou nenhuma das duas coisas ou talvez ambas. Respirei fundo; geralmente, a razão pela qual eu tentava ser diplomática era porque poderíamos acabar nos arrependendo da diplomacia, mas era muito mais comum nos arrependermos de termos sido grosseiros. Então, disse para a minha sogra:

— Bem, Priscilla. Tenho muito em que pensar.

DECIDIMOS IR PATINAR no gelo no shopping de Riley por eliminação: Ella se recusou a voltar a Pine Lake, e nós já tínhamos visitado a Fassbinder's. Além disso, ela já queria experimentar o rinque de patinação no gelo havia bastante tempo em Milwaukee, no Mayfair Mall, e eu nunca a levara até lá;

em Riley, não tínhamos tantos motivos para não ir. Como o verão ainda estava começando e ainda não estava horrivelmente quente, o rinque estava quase vazio e os alto-falantes sob o teto emitiam uma música pop ensurdecedora. A última vez que eu patinara no gelo fora em Halcyon durante o inverno, antes de Ella nascer, e nunca tive muito talento para a coisa. Nós deslizamos e derrapamos ao longo do rinque e eu percebi que Ella estava observando duas meninas que pareciam irmãs, que deviam ser alguns anos mais velhas do que ela. Ambas tinham muita habilidade na patinação e conversavam e riam com frequência.

— Quer ir brincar com elas? — perguntei.

Quando vi Ella negar com a cabeça de modo firme, senti uma culpa imensa tomar conta de mim. Depois que tiramos e devolvemos os patins, comemos frango empanado na praça de alimentação do shopping e, em uma loja de acessórios e bijuteria barata, comprei para ela um bracelete com um pingente de golfinho.

Caminhando pelos corredores de mármore cor-de-rosa do shopping (por que um shopping em Riley, Wisconsin, precisaria de um piso de mármore?), não pude deixar de pensar no que estava fazendo conosco. Quanto tempo mais Ella e eu duraríamos naquela cidade? Como a viagem de carro de ida e volta entre Milwaukee e Riley era fácil, aquela já estava sendo a visita mais longa que eu havia feito em anos e, enquanto imaginava aquela fuga como uma trégua, Ella não estava errada em relação ao que dissera durante a visita ao museu Fassbinder's: era chato. Eu crescera naquele lugar, e era agradecida por isso, mas cada dia ali parecia três vezes mais longo do que um dia em Maronee. No entanto, se fôssemos para casa, não continuaria tudo exatamente como estava? Na melhor das hipóteses, Charlie se comportaria um pouco melhor nas primeiras semanas, talvez até durante os primeiros meses, no máximo; era provável que ele estivesse ressentido e rancoroso.

Naquela tarde, liguei para Jadey. (Em retrospectiva, o que mais me lembro desse estranho período em Riley era estar ao telefone. Se mamãe e Lars acharam que a frequência com a qual me pendurava ao telefone para falar ou para esperar ligações era reminiscência de uma adolescente instável e sem consideração, não podia culpá-los.)

Quando Jadey atendeu, ela disse:

— Por favor, me diga que está ligando para me dizer que voltou para casa e quer saber se eu posso sair para dar uma caminhada, porque a resposta é sim. Já ganhei 2 quilos de saudade... Bem, de saudade de você, de falta de exercícios e de ter comido uma bandeja inteira de brownies com cobertura de chocolate.

— É verdade que todos na família acham que Charlie é meio lento?

— Do que você está falando?

— Maj ligou hoje cedo, e ela não está muito contente comigo, como você pode imaginar... E deixou isso implícito na nossa conversa. Foi muito estranho. É verdade que Arthur e John vinham querendo demitir Charlie?

Jadey não respondeu de imediato, o que já era uma resposta, e não a que eu gostaria de ouvir. Depois, ela disse:

— Ele sai para jogar tênis no meio do dia, acho que isso é o principal. Eles não sabem onde ele *está* na maior parte do tempo, e se algum distribuidor está vindo para uma reunião marcada por Charlie...

— Por que não me contou isso?

— Não podemos ser babás dele, não é? Não fique com raiva. Está com raiva? Alice, ele sempre foi assim. Ninguém acha que ele é estúpido. Ele só é... Talvez não seja o cara mais trabalhador do universo, vamos colocar assim. Mas você sabe quem é o cara trabalhador sempre? Ed, e quem gostaria de estar casada com ele?

Era como aquela ilusão de ótica da imagem da mulher velha e da mocinha elegante; de um ângulo, minha vida era privilegiada e turbulenta, contendo problemas, certamente, mas eles eram pequenos se comparados com as dádivas; do outro, meu casamento era uma fraude e meu marido, motivo de piada. Sempre soubera que a linha que divide a alegria da tragédia, a tranquilidade do caos era tênue, mas já fazia muitos anos que eu havia trilhado aquela linha.

— Quando você encontrar com ele hoje à noite, pode pedir para ele me ligar? — perguntei.

— Ah, Chas não está mais ficando na nossa casa — respondeu Jadey. — Ele só ficou aqui por uma noite.

— E onde ele tem ficado?

— Imagino que ele tenha decidido agir como homem e tenha ido para casa.

Uma sensação de alerta tomou conta de mim, daquele tipo que precede calafrios. Ele não estava ficando em casa, disso eu tinha certeza.

— Você ainda está aí? — perguntou Jadey. — Diga alguma coisa.

Suspirei.

— Ainda estou aqui.

NO DOMINGO, ELLA e eu fomos à igreja com mamãe e Lars, e Ella passou a missa toda pensando em Bonnie, a professora de catecismo que removia a prótese do olho nas aulas aos domingos, na igreja do Cristo Redentor em Milwaukee. Quando chegamos em casa após o almoço, Lars e eu começamos a montar um quebra-cabeças de quinhentas peças de um trem nos Alpes Suíços (ele havia armado a mesa de baralho com esse propósito) e, no jardim da frente, mamãe enchia um vasilhame transparente de vidro para salada com água e alguns jatos de limpa-vidros para que Ella pudesse levar a Barbie à piscina; se mamãe e Lars tinham alguma opinião sobre a cor da pele da Barbie, eles nunca a expressaram. Depois de algum tempo, mamãe entrou dizendo:

— Eu não demoraria cinco minutos para fazer uma toalhinha para a Barbie.

Olhei para ela, desviando a atenção do quebra-cabeças.

— Ou você poderia relaxar um pouco, para variar.

Mas ela já estava com aquele olhar sonhador e preocupado: *um projeto.* Foi até o andar acima, *onde* estava a máquina de costura, no meu quarto antigo.

Através da janela, ocasionalmente eu podia ouvir Ella falando com a Barbie:

— Agora vamos nadar de costas. — E depois ela ficou muda. Quando saí para ver se estava tudo bem, ela estava de cócoras perto da tigela com o líquido azul.

— Querida, como você... — comecei a falar e, quando ela olhou para mim, percebi que estava usando uma tiara de purpurina roxa e brincos de gota que combinavam.

— Minha nossa... Onde você conseguiu isso?

— Daquela moça. — Ela apontou para a casa do outro lado da rua, na qual viviam os Janaszewski.

— Ela deu essas coisas para você? — perguntei.

Ella concordou com a cabeça.

— Foi ela que ajudou você a colocar os brincos e a tiara?

Ella concordou de novo. A tiara de plástico estava presa atrás das orelhas, e os arabescos espalhafatosos de cada lado da faixa da frente se elevavam se encontrando em uma ametista falsa que havia no centro e, acima dela, uma estrela brilhante. Os brincos eram de pressão, e os pingentes de ametista tinham o tamanho de uma moeda, incrustados com imitações de diamantes. Na mesma hora imaginei quem poderia gostar desse tipo de acessório, mas claro que não podia ter certeza absoluta e, caso tivesse, tinha menos ideia ainda do significado do presente. Teria sido uma gentileza casual e não analisada para entreter uma garotinha, uma oferta de paz alegre, ou justo o oposto, uma crítica, ridicularizando a minha situação com uma mensagem nas entrelinhas: *Sua filha é uma princesa.*

— A moça disse o nome dela? — perguntei.

Ella deu de ombros.

— Vovó está fazendo uma toalha para a minha Barbie.

— Eu sei disso, querida, lembre-se de agradecê-la. Ella, a moça que deu a você essas joias, ela sabia o seu nome?

Ella apertou os olhos, tentando lembrar.

— Acho que sim.

— Como ela era?

— Mãe, ela foi por ali, você pode ir lá ver.

— Ela parecia ter mais a minha idade ou a idade da vovó?

De um modo breve, Ella observou o meu rosto e depois disse:

— Ela parecia velha, mas era como você.

Olhei novamente para o portão da frente da casa dos Janaszewski. Teria sido um convite, um desafio, ou ambos? Ou será que teria sido apenas um brinquedo que a mãe de Dena havia encontrado em uma farmácia e pensado que Ella poderia gostar?

Tomei um lugar no gramado para ver se alguém emergiria da casa deles, e logo mamãe se juntou a nós (ela havia até feito um "B" vermelho na toalha miniatura, que claramente havia recortado de uma maior não usada), mas não perguntou sobre a origem da tiara e dos brincos; deve ter imaginado que eles vieram de mim. Quase uma hora depois, quando entramos, eu não havia notado nenhuma atividade na casa dos Janaszewski.

TENTEI LIGAR para a casa de Maronee várias vezes, em momentos diferentes do dia e da noite, mas Charlie não atendeu nenhuma das vezes; no entanto, quando finalmente deixei recado, ele ligou de volta dentro de poucas horas. Combinamos que Ella e eu iríamos encontrá-lo no dia seguinte para fazer um piquenique durante o almoço no parque perto da I-94, entre Riley e Milwaukee. O piquenique foi ideia minha; achei melhor do que ir a um restaurante, caso ele perdesse a cabeça e começasse a gritar, e ele e Ella também teriam a possibilidade de ficar correndo de um lado para o outro. A nossa conversa ao telefone foi breve e sem nenhuma hostilidade explícita (não foi emocional, nem de um jeito nem de outro), embora tivesse sido tensa.

Ella e eu preparamos sanduíches de salada de frango, e mamãe insistiu em fazer fios de ovos. Já estávamos quase saindo quando Arthur ligou. Ele disse:

— Ninguém ficou machucado, Chas está bem, mas ele foi detido por estar dirigindo embriagado na noite passada e pediu que eu ligasse para avisar que não vai poder se encontrar com você. Ele sabe que você vai ficar furiosa, mas, Alice, acabei de vê-lo e, confie em mim, não há nada que você possa dizer a ele agora que ele já não tenha pensado antes. Passar algumas horas na cadeia faz com que um homem questione a própria vida e caia em si, entende?

— Ele está... — Mais uma vez, eu estava na cozinha, então não podia falar com liberdade. — Ele ainda está incapacitado, é por isso que não pôde ligar ele mesmo?

— Não, ele não está mais preso; está no escritório do nosso advogado. Está neurótico querendo manter isso em segredo porque acha que não ia pegar bem se Zeke Langenbacher ficasse sabendo, então papai e Ed estão mexendo os pauzinhos pelo telefone. Chas pediu para eu perguntar se vocês podem se encontrar com ele amanhã, em vez de hoje, mas talvez você mesma possa ligar para ele hoje à noite. Não que eu não adore ser a secretária dele, nem nada disso...

— Quando foi... — Mas não havia nenhuma pergunta que eu pudesse completar sem incluir palavras que fossem alarmar tanto mamãe quanto Ella: *injúria*, *acidente*, *advogado* ou *cadeia*. Depois, pensei (foi liberador, de uma forma estranha): *Ele pode limpar a própria ficha*. Eu não precisava interferir. Se o carro dele tivera perda total, se algum jornal ficara sabendo, se ele estava se chutando por ter arriscado o novo emprego antes mesmo de ter começado... Era problema dele. Arthur dissera que ninguém estava machucado, e eu só me importava com isso. Respondi: — Agradeço por ter me ligado, mas, sobre amanhã, a resposta é não.

— Alice, ele realmente sente muito por...

— A resposta é não — repeti. — É só isso que você precisa dizer a ele.

Quando desliguei, disse a Ella, com clareza:

— Filha, o papai teve uma reunião de última hora com o time de beisebol hoje e não vai poder se encontrar com a gente. Mas ficou tão desapontado com o fato de não poder ver você que teve uma ideia, e eu só vou concordar porque você está sendo muito boazinha nos últimos dias. Ele quer que eu compre para você uma fita de *Dirty Dancing — Ritmo quente*.

Ella me observava com um olhar cheio de suspeitas (nem arrisquei olhar para mamãe), mas quando as palavras *Dirty Dancing — Ritmo quente* saíram da minha boca, Ella deu um grito agudo e saltou com os braços para cima.

— Agora? — perguntou, com os olhos esbugalhados.

— Por que não fazemos o nosso piquenique no quintal? — sugeri. — Mamãe, você devia vir com a gente, tem um sanduíche sobrando. — Só nesse momento olhei para ela, que tinha uma expressão otimista de uma forma defensiva; ela não queria saber a verdade mais do que eu não queria contá-la. Eu disse para Ella: — Depois do almoço, querida, eu e você vamos até o shopping.

Mamãe comentou:

— Alice, nós não temos um... Como é mesmo que se chamam aquelas máquinas?

— Não, tudo bem. Charlie pensou nisso também. — Dei um sorriso meio louco. — Ele está tão satisfeito com a hospitalidade de vocês que me pediu para comprar um videocassete para você e Lars.

NO CURSO DAS duas semanas que se seguiram, involuntariamente, decorei todas as falas de *Dirty Dancing — Ritmo quente*. O filme era completamente diferente do que eu imaginara (era mais suave e nem tão picante quando eu temera, apesar de conter uma cena na qual, durante um segundo, a câmera mostrava Patrick Swayze se levantando da cama pelado, sugerindo que tinha havido sexo). Para a minha surpresa, também fazia parte do enredo uma história sobre aborto, que Ella pareceu não ter entendido; na maior parte do filme, ela ficou concentrada nas danças, que eram realmente muito bonitas. A história se passava em 1963, e a personagem principal era um ano mais velha do que eu fora naquela época, o que fez com que muitas das músicas e das referências fossem evocativas. Não teria de fato *escolhido* assistir a esse filme uma dezena de vezes e, por fim, acabamos alugando outros, mas para a minha surpresa, acabei gostando muito de *Dirty Dancing — Ritmo quente*.

Durante todos aqueles dias, enquanto ficava sentada no sofá da sala em frente à televisão, sentia como se estivesse esperando por algo, mas o quê? Não liguei para Charlie, e ele também não me ligou. O início do acampamento de arte de Ella se aproximava, até que chegou o dia; naquela manhã, liguei para o diretor para avisar que Ella não compareceria mais. Eu precisava tomar algumas decisões e colocar alguns planos em ação (como gostaria que vovó ainda fosse viva para me aconselhar), mas, em vez disso, continuei paralisada.

AO TELEFONE, Jadey disse:

— Não sei se deveria ou não contar isso a você. — O que geralmente é um preâmbulo que certamente nunca foi seguido pelo falante prosseguir sem compartilhar a informação em questão. — Chas fez amizade com um pastor chamado reverendo Randy — contou ela. — Ninguém sabe como eles se conheceram, porque quando perguntamos, Chas fica evasivo. Nan me contou que ela e John os viram jantando juntos na sala de recreação na noite passada, e acho que ele também esteve com Chas em um jogo de beisebol.

— Quem é ele?

— Essa é a questão! Ninguém sabe. Ninguém nunca ouviu falar dele, mas, supostamente, ele tem uma igreja em Cudahy. Igreja da Pequena Rosa? Igreja da Flor Divina? Devo estar exagerando, fazendo parecer mais aterrador do que é na verdade.

— E como está Charlie?

— Bem, nós o convidamos para jantar, mas acho que ele tem medo de vir e eu encher os seus ouvidos com as minhas pérolas de sabedoria.

— Jadey, por favor, não faça isso.

— Pode acreditar, Arthur já me deu um sermão sobre como você tê-lo deixado e a prisão por dirigir embriagado já foram punições suficientes, *blá blá blá.*

Mas não era isso o que eu tinha em mente. Eu não me sentia protegendo Charlie, no entanto, sabia que um sermão vindo de Jadey seria totalmente ineficaz e só criaria uma distância entre eles. Ao mesmo tempo, conforme os dias iam passando, podia perceber a minha raiva indo embora. Sentia saudades de Charlie, sentia falta de conversar com ele e de me sentar ao lado dele, de colocar a louça na máquina de lavar na cozinha à noite e saber que ele estava na sala assistindo a um jogo de beisebol na televisão, sentia falta de falar besteira na cama depois de termos apagado as luzes e antes de ir dormir. Sentia saudades dos seus comentários infames e da forma como condenava as pessoas que conhecíamos e como isso significava que eu não precisaria concordar, precisava apenas ser a mocinha e defendê-los.

Eu disse a Jadey:

— Ainda não entendi quem é esse sujeito reverendo Randy.

— Então somos duas — respondeu ela.

E ENTÃO, NA NOITE seguinte, ele ligou; fazia três semanas e meia que estávamos em Riley. Eram 21 horas, e eu e Lars havíamos começado um novo quebra-cabeça, da Ópera de Sidney. Charlie disse:

— Está tudo resolvido. Jessica já está matriculada para o próximo ano em Biddle, com bolsa integral. Uma bolsa integral que nós demos, mas nenhum dos Sutton vai ficar sabendo disso, porque achei que você acharia melhor assim. Como está Ella?

— Você conseguiu matricular Jessica Sutton na Biddle?

— Nancy Dwyer ligou para a família, os convidou para ir visitar o campus, disse que a escola ouvira falar de Jessica por nosso intermédio... Achei que Yvonne e a Sra. Ruby teriam de ser retardadas para não imaginar que estávamos envolvidos, então por que não confessar pela metade, mencionando o nosso nome? E Jessica passou em todas as provas hoje. É um negócio fechado. Vou passar os cheques para a educação dela no mesmo dia em que fizer os de Ella.

— Charlie, isso é incrível. Não sei nem o que dizer. Obrigada.

— Você estava certa. — Ele parecia estar melhor do que estava há muito tempo, com mais energia e otimismo, e também não parecia que andara bebendo ou, ao menos, não muito. — Essa é uma oportunidade de fazermos uma coisa boa, e para quem podemos abrir os cofres senão para a Sra. Ruby, não é mesmo? Estou contente que você tenha me empurrado nessa direção. Está tudo bem em Riley?

Era como se eu e Ella tivéssemos passado férias juntas sem ele, e como se eu e Charlie fôssemos qualquer casal, contando as novidades no fim de um dia separados.

— Estamos bem. — Abaixei a voz; eu estava na cozinha e mamãe e Lars estavam na sala de estar. — Acho que ela está um pouco entediada, para ser franca.

Charlie riu.

— Isso provavelmente é bom para ela.

— Você parece ótimo — falei. — Você realmente... parece maravilhado.

— Comecei a correr. Sabe, sacaneei John por usar aquelas calças de mulherzinha de fibra sintética, mas, cara, Lindy, as endorfinas são muito boas. É bem diferente dos outros esportes.

— Há quanto tempo você está...

— Ah, tem uns dez dias, mais ou menos, mas já sou outro homem. Eu me levanto às 6 e vou para a pista do colégio de Cudahy. Fica um pouco distante, mas vale a pena.

Charlie estava se levantando às 6 horas para dirigir até a parte sul e correr na pista de um colégio público de segundo grau?

— Escute — pediu ele. — Não quero ocupar você. Deixe-me desligar, ligo para Ella amanhã, do trabalho.

— Onde você está agora? — perguntei.

— Estou assistindo a um jogo na TV. Os Brewers vão jogar em Anaheim hoje à noite. Por falar nisso, o meu novo escritório no estádio é ótimo. Você precisa ir lá ver. — O tom de voz dele era amigável e leve, como se eu fosse uma vizinha de quem ele gostasse muito. — Boa-noite, Lindy — falou. — Amo você e El.

Quase perguntei de novo onde exatamente ele estava ficando; em casa, parecia, exceto por eu simplesmente não conseguir acreditar. Além disso, queria saber quem era aquele tal de reverendo Randy, mas surpreendentemente a conversa havia fluído tão bem que respeitei o ritmo dele, e a sua iminente conclusão.

— Eu também amo você — respondi.

NA NOITE SEGUINTE, Ella e eu lemos juntas um capítulo de *O fantástico Sr. Raposo* antes de ela ir dormir e, quando me levantei para apagar a luz, ela perguntou:

— Mãe, quem é Andrew Christopher Imhof?

Eu congelei. Tentei manter a voz estável ao dizer:

— Alguém falou o nome dele para você? — Será que Dena teria feito isso quando dera a tiara a Ella? Também havíamos nos encontrado com outra antiga colega minha, Mary Hafliger, na Commerce Street, mas com certeza Mary não teria dito nada sobre Andrew. E, mesmo que tivesse, ou se qualquer outra pessoa tivesse, eu teria escutado.

Ella pegou um livro grande com encadernação azul marinho de capa dura da mesinha de cabeceira. Era o meu livro de formatura do segundo grau, percebi rapidamente ao ver as letras cursivas prateadas em relevo na capa, onde estava escrito: *The Zenith, 1964*.

— Ele está aqui — comentou ela, abrindo o livro e virando as páginas. Então, me mostrou a página do "In Memoriam" com o nome completo de Andrew, a foto preta e branca, seus cabelos claros e cílios longos, e aquele doce sorriso de partir o coração. Sob a foto, havia as datas de nascimento e morte: 1946-1963. Ambas pareciam ter ocorrido havia séculos. Os anos 1940, ano da Segunda Guerra Mundial, Sugar Ray Robinson e Rita Hayworth, e até mesmo os anos 1960, principalmente o início da década, pareciam muito distantes: era uma época em que Jackie Kennedy usava um chapéu *pillbox* e chimpanzés eram enviados ao espaço.

Ella apontou para as datas e perguntou:

— Isso quer dizer que ele morreu?

Fiquei de pé ao lado da cama.

— Andrew Imhof foi um menino da minha turma, e morreu quando nós íamos nos formar no segundo grau. Foi muito, muito triste.

— Como ele morreu?

Senti o coração na garganta e estava difícil falar e até mesmo respirar. Será que Ella tinha idade suficiente para aquela conversa? Ela estava no jardim de infância quando me perguntou de onde vinham os bebês, e eu explicara de forma simples, breve e clara; usara as palavras "vagina" e "pênis", e quando repeti a história para Jadey, ela não conseguiu acreditar (Drew já tinha 12 anos, e na casa deles ainda usavam termos como "perereca" e "piu-piu"). Eu acreditava que se esquivar das perguntas das crianças não era necessariamente bom para elas, nem para você.

Respirei fundo.

— Ele morreu em um acidente de carro.

— Ele estava usando o cinto de segurança?

— Naquela época, muitos carros não tinham cinto de segurança ainda. Não eram tão seguros quanto são agora — respondi.

— Você chorou quando ele morreu?

— Sim. Eu chorei muito. — Então (não tinha certeza se era ou não um erro de julgamento, mas não estava certa se ficar calada também não seria um engano) eu disse: — Eu estava envolvida no acidente de Andrew. Eu dirigia um carro e ele, o outro, e o meu carro bateu no dele.

Ella arregalou os olhos.

— Você foi para o hospital?

— Fui, mas não fiquei gravemente ferida. Eu tive sorte, e Andrew teve um infortúnio. Ele era uma pessoa maravilhosa, eu gostava muito dele. Eu o conhecia desde que éramos mais novos do que você é agora. A morte dele foi a coisa mais triste que já passei na vida.

— Mais triste do que quando o seu pai ou a sua avó morreram?

— Foi diferente. Quando alguém morre jovem... Não acontece sempre e não é algo que vá acontecer com você, apesar de ser esse o motivo de colocarmos o cinto de segurança em você e de olharmos para os dois lados da rua antes de atravessar, porque é preciso ter cuidado... Mas, quando uma pessoa morre muito jovem, é diferente de quando ela morre mais velha. As pessoas foram feitas para crescer, se casar, ter filhos e, quando isso não acontece, parece que houve algum engano.

— Que nem Jesus? — Acho que nunca tinha visto Ella tão séria, completamente concentrada, escutando cada palavra do que eu dizia.

— Bem, Jesus já era adulto quando morreu. Mas você está certa quanto a ele não ter se casado nem ter tido filhos, e a morte dele também ter sido triste.

Ella ficou em silêncio, ponderando.

— Você acha que Andrew Christopher Imhof e a vovó estão juntos agora?

Eu sorri.

— Ele gostava que o chamassem só de Andrew ou de Andrew Imhof. Você não precisa dizer o nome do meio. Sabe, ele e vovó se conheciam mesmo um pouquinho; como você deve ter reparado, Riley é tão pequena que todo mundo se conhece. Quando Andrew e eu éramos um ano mais novos do que você é agora, vovó e eu encontramos com ele e a mãe na mercearia, e vovó pensou que ele fosse uma *menina*. O cabelo dele estava um pouco comprido e cheio de cachos naquela época.

— Ela pensou que ele fosse *menina*? — Ella parecia surpresa.

— Acho que ele não ficou muito ofendido.

Por baixo dos lençóis, Ella dobrou a perna e apoiou o livro nas coxas. Ela examinou a foto.

— Você amava Andrew?

— Sim — respondi. — Eu amava.

De alguma forma, era bom poder falar sobre ele. Ninguém nunca fizera aquelas perguntas a mim, e eram perguntas que ninguém além de uma criança ousaria perguntar, mas também era espantoso pensar, ali, no meu antigo quarto, como eu o deixara para trás. Eu ainda sonhava com Andrew com frequência, mas, nos sonhos, havia uma névoa, uma elasticidade dos fatos que nos manteve próximos, permitindo que eu ignorasse algo que nesse momento era completamente óbvio: eu era 25 anos mais velha do que ele quando morreu. Havia vivido significativamente mais, desde o acidente, do que ele vivera antes. Ella estava muito mais próxima da idade que ele tinha quando morreu do que eu. Seria repulsivo, seria impróprio que eu, uma mulher de 42 anos, pudesse me lembrar tão claramente da antecipação de beijá-lo pela primeira vez, de como ele estava tão bronzeado e bonito naquele uniforme de futebol americano, e de como a sua pele teria sido quente ao tocá-la? Agora eu pintava os fios grisalhos do meu cabelo, tinha linhas de expressão nos cantos dos olhos e da boca, e o meu rosto era marcado pelo tempo; não de um jeito terrível, eu não era alguém que sofria muito com o próprio envelhecimento, mas ninguém me daria menos idade do que eu tinha. Tanto tempo havia se passado desde a morte de Andrew... E isso era o mais difícil de acreditar: que tanto tempo tivesse se passado e que o acidente não fosse mais fácil de entender agora do que havia sido na época. Eu podia encontrar palavras que o descrevessem para que parecesse horrível e distante, trágico e longínquo quando, na verdade, se pensasse a respeito, seria tudo tão difícil de compreender quanto havia sido em 1963. Como eu podia ter batido com o meu carro contra o de Andrew, e como ele havia morrido por causa disso?

Ella disse:

— Você o amou mais do que ao papai?

Levei alguns segundos para responder:

— Ah, querida, não é assim. Não é... Andrew não era meu namorado. Nós éramos amigos e acho que mantivemos contato ao longo dos anos, mas nunca namoramos. Como nós éramos do mesmo lugar e estávamos na mesma série, é possível dizer que nos conhecíamos muito bem, mas isso não se compara à forma como se conhece alguém com quem você mora junto. Nós duas sabemos quase tudo sobre o papai, não sabemos? Como é o som quando ele ronca, qual é a camisa preferida dele e quantos cubos de gelo ele gosta no copo de água durante o jantar.

Ella riu; o ronco de Charlie era sempre uma fonte infalível de diversão para ela.

— Da mesma forma como eu sei quase tudo sobre você — continuei. — É porque eu sou a sua mãe e eu amo você, e você é a minha garotinha favorita em todo o mundo. — Inclinei-me para a frente e beijei o alto da sua cabeça e, enquanto fazia isso, pensei no que Charlie havia me dito na manhã depois da nossa noite de núpcias, quando eu havia acordado do sonho com Andrew: *Eu quero ser o amor da sua vida.* Ele tinha conseguido o que queria, não tinha? Mesmo com nós dois estando em lugares diferentes, o meu humor era definido pelo dele, pelos últimos pensamentos que tivera sobre a esperança ou a futilidade do nosso futuro juntos. Por mais breve e deselegante que tenha sido o beijo com Joe Thayer, ele me dera de relance uma ideia que voltava a mim agora: que eu não poderia amar outro homem na vida. Não tanto devido à minha lealdade a Charlie quanto devido a um tipo de cansaço, a uma falta de interesse em começar do zero. Eu amava o meu marido por afeição a ele e também por hábito; eu o amava com o meu coração de esposa e, dentro do meu coração secreto, do meu coração sonhador, eu amava Andrew Imhof. Não tinha mais amor para dar, não do tipo romântico. Se decidisse me divorciar de Charlie, não me casaria de novo; simplesmente não conseguia visualizar isso para mim, e me peguei imaginando se viver sozinha, voltar a ser solteira, seria mais difícil do que aguentá-lo. Até mesmo isto parecia mais fácil do que deixar de fazê-lo; ser a mulher molestada, ter sido impulsionada para a frente e ter ganhado uma noção de sentido por meio do meu marido problemático. Enquanto, se ficasse solteira, enfrentaria problemas financeiros e seguiria interagindo delicadamente com os Blackwell e com o próprio Charlie e haveria muita acrimônia explícita, em vez de implícita.

O que eu queria saber (uma atitude tanto adolescente quanto inútil) era: se eu tivesse saído de casa um pouco antes ou um pouco mais tarde naquela noite de setembro de 1963, ou se a festa de Fred Zurbrugg tivesse sido cancelada, ou se eu não tivesse brigado com Dena e ido sozinha, ou se a nossa briga tivesse me deixado tão desanimada a ponto de me fazer desistir da festa de uma vez... Se o acidente tivesse sido evitado, será que Andrew e eu ficaríamos juntos? E se tivéssemos ficado juntos, será que permaneceríamos assim até, por fim, nos casarmos? Por muito tempo essa fora a história que eu contara a mim mesma e, como era ficção, também parecia verdade; era o tipo de verdade que não precisa ser defendida porque, apesar de todos os argumentos contra, não pode ser destituída. Mas agora eu tinha dúvidas. Estava cansada de Riley antes mesmo de ficar lá um mês inteiro; estava pronta para ir para casa, porque a minha casa não era em Riley. E se tivesse me casado com Andrew, teria ficado satisfeita em levar uma vida simples, para sempre em um lugar como aquele? Será que não fora o fato de eu ter me aventurado pelo mundo o que aumentara o meu apetite pelo que o mundo tinha a oferecer? Ou, se tivesse ficado lá e me tornado a mulher de um fazendeiro, teria me sentido sufocada de qualquer modo?

— Estou rezando por Andrew Imhof neste momento — informou Ella.

Apaguei a luz.

— Isso é muito gentil da sua parte, querida.

EM RILEY, OS cemitérios protestante e católico ficavam lado a lado, aproximadamente 1 quilômetro a sudoeste do rio e, de manhã, primeiro fui até o St. Mary, o cemitério católico. No florista Buhler's, eu havia comprado dois buquês de tulipas brancas, e coloquei um deles na lápide de Andrew, que era um retângulo de granito liso e cinza disposto na horizontal, na grama. Era uma manhã muito bonita no fim de junho e fazia uns 22 graus centígrados. Uma brisa suave soprava e não havia nenhum outro visitante no cemitério, embora um homem pilotando um cortador de grama automático estivesse aparando o gramado a distância. Enquanto procurava pelo túmulo de

Andrew, eu passara por algumas lápides que continham flores secas, flores falsas, ventoinhas ou birutas; no entanto, a maioria estava assim, sem nenhuma decoração. Fiquei lá, olhando para o nome dele e para as datas. Eu não tinha ido ao funeral e também nunca visitara o túmulo (provavelmente não teria feito esse passeio se não fosse a minha conversa com Ella) e era um choque vê-lo de fato. Eu diria que foi como descobrir uma prova de algo, exceto que não havia nada mais a ser provado. Naquele momento, desejei ter mais fé, queria fazer uma oração que me parecesse sincera, mas nenhuma me veio à mente. Eu me abaixei e toquei a pedra fria como jamais toquei a pele de Andrew e pensei: *Espero que esteja em paz. Eu sinto muito.* A única resposta que obtive foi o ruído do cortador de grama, mas eu não esperava outra coisa.

Retornei para o local onde havia estacionado e dirigi até o cemitério protestante, chamado Cemitério das Graças; a distância entre um portão e o outro era de menos de um quilômetro e eu provavelmente poderia ter ido a pé, mas as ruas não tinham calçadas e seria tragicamente irônico se eu fosse atropelada enquanto saía de um cemitério e entrava em outro. Naquele, eu sabia onde papai e vovó estavam enterrados. Diferente da de Andrew, as lápides estavam na vertical, a do meu pai era cinza e levemente curvada na parte de cima, como se fosse a cabeceira de uma cama, e a de vovó tinha uma forma semelhante, mas era cinza com detalhes cor-de-rosa. Na de papai, estava escrito: "PHILLIP WARREN LINDGREN, 1923-1976, AMADO FILHO, ESPOSO E PAI". E, na de vovó: "EMILIE WARREN LINDGREN, 1896-1988". Para o túmulo de vovó, mamãe havia escolhido um fundo semelhante a um livro aberto, com páginas em branco (em geral, feito para lembrar uma Bíblia, imagino), e havia me dito: "Já que vovó gostava de ler", e eu sabia que ela não estava se referindo a textos religiosos. O solo perto do túmulo de vovó ainda estava escuro e úmido; ela fora enterrada havia pouco mais de um mês e eu continuava sentindo que iria encontrá-la dentro em breve. Coloquei as flores entre as lápides deles. Apesar de não ter certeza sobre o que acreditar com relação à vida após a morte ou às almas, era um conforto imaginar que eles estivessem um na companhia do outro. Vovó vivera 12 anos a mais do que o único filho que tivera, e pensei em como seria viver mais do que Ella e esse pensamento era insuportável.

Eu não teria perguntado a papai, caso ele fosse vivo, sobre o que deveria fazer em relação ao meu casamento; ele não teria gostado de uma pergunta tão íntima. No entanto, acho que posso adivinhar qual teria sido o conselho dele. No caso de vovó, não precisava nem me dar o trabalho de adivinhar; ela me dissera de forma bem direta. E estando ali, no Cemitério das Graças, senti vergonha de ter até mesmo considerado qualquer outra possibilidade, por estar agindo ainda como se houvesse uma escolha a ser feita. Talvez o tempo que passei vivendo com pessoas ricas (e, talvez, tendo eu mesma me tornado uma delas) tivesse feito com que eu esquecesse que a vida é trabalho e esforço. Ou talvez fosse aquela década, a cultura; não importava. O fato era que eu me esquecera. Havia quase 11 anos eu fizera votos, uma promessa em público. Pensei no lema de papai, "Seja bom no que quer que faça", e assim como uma vez a minha identidade fora definida como a filha de Phillip e Dorothy Lindgren, ou como a neta de Emilie Lindgren, agora eu era a esposa de Charlie Blackwell e mãe de Ella Blackwell. Todas essas pessoas, cada uma de um jeito diferente, se decepcionariam se eu permitisse que o meu casamento fracassasse. Então, na verdade, que escolha eu tinha senão voltar, tentar, como mamãe uma vez havia feito com relação a papai, me dirigir ao meu marido com gentileza?

DE VOLTA À AMITY Lane, mamãe me entregou um bilhete com a caligrafia de Lars, escrito *Ligue para Yvonne Sutton assim que possível*, com um telefone de sete dígitos. Quando liguei, dava para ouvir Antoine chorando ao fundo.

— Alice, estamos muito felizes que Jessica tenha passado para o colégio de Ella — disse Yvonne. — Não sei o que você fez para eles darem a ela aquela bolsa, mas que Deus a abençoe.

— Não pense em Biddle como o colégio de Ella, agora também é o colégio de Jessica e, Yvonne, ela tem mérito próprio. Também estamos muito felizes. Se você tiver quaisquer perguntas sobre o assunto, por favor, pode ligar à vontade.

— Isso é muito generoso da sua parte, e eu quase esqueci, também quero agradecer pelos livros. Acho que Jessi não parou de ler um minuto desde que você os deixou aqui. — Eu comecei a responder, mas Yvonne continuou a falar, com uma mudança no tom de voz: — Mas, infelizmente, há outra razão pela qual estou ligando. Alice, mamãe não quer dizer isso pessoalmente para você, então eu preciso dizer: ela não pode ficar nem mais um dia em Maronee. Só Deus sabe que não pretendo meter o meu nariz na vida pessoal de vocês dois, mas não acho certo que uma senhora de 63 anos seja babá de um homem adulto.

— Você está me dizendo que a Sra. Ruby... — Hesitei. — Sinto vergonha de não saber exatamente o que está acontecendo. Charlie pediu à Sra. Ruby para ficar com ele na nossa casa?

— Não, na sua casa não, na casa do Sr. e da Sra. Blackwell. Alice, mamãe faria qualquer coisa por Charlie, ela o carrega na barra da saia há muito tempo, mas está muito velha para isso. Ela precisa dormir na própria cama.

Claro, era óbvio que Charlie não estava ficando na casa de Maronee Drive. Ele estava dormindo na casa dos pais, e a Sra. Ruby tomava conta dele, dormindo naquele quartinho anexo à cozinha. E, provavelmente, também vinha preparando o café da manhã e o jantar para ele.

— Você tem toda razão — afirmei. — Sinto muito, e que bom que você ligou. Não sei se a sua mãe já mencionou alguma vez que Charlie... Isso vai parecer uma coisa muito boba, mas ele tem medo de escuro.

— Ah, eu sei. — Yvonne riu. — Pode acreditar, todos nós sabemos dos monstros que existem debaixo da cama de Charlie B.

— Não posso negar que ele é incomum — respondi.

— Eu tento não julgar as pessoas. — O tom de Yvonne deixava implícito que, ao menos naquele caso, ela não estava conseguindo. — Só estou preocupada com mamãe. Quando falei com Jadey, ela disse que não sabe quando você vai voltar para casa, mas não tem nenhum problema de deixar Charlie ficar na casa deles, então se puder ligar para ele ou se quiser que eu ligue, tanto faz. Acho que ele provavelmente escutaria mais você, mas...

— Prometo que vou cuidar desse assunto — confirmei. — Todo mundo vai dormir na própria cama hoje à noite.

QUANDO CHEGAMOS A MARONEE, deixei Ella na casa de Jadey (Jadey gritou de alegria quando me viu e concordou em levar as meninas para a piscina se eu prometesse caminhar com ela naquela tarde mesmo), depois fui até a nossa casa para organizar as correspondências e checar as mensagens da secretária eletrônica, jogar fora a comida estragada da geladeira, esvaziar o lixo e arrumar a cama do dia que, presumi, ter sido o dia em que Charlie dormiu ou tentou dormir em casa. Depois, peguei o carro e segui para a casa de Harold e Priscilla, onde a Sra. Ruby estava assistindo a um episódio de *The People's Court* na pequena televisão da cozinha. Eu disse a ela para ir para casa e tirar a semana seguinte de folga — eu explicaria tudo a Priscilla — e peguei as coisas de Charlie. Ele não dormia em um dos quartos do andar superior, mas no sofá do escritório do pai, que ficava próximo ao quartinho da Sra. Ruby na cozinha, e era bastante óbvio que ela vinha arrumando as coisas dele. Guardei o despertador que estava em cima da mesa de centro, dobrei o saco de dormir, que era da nossa casa, e peguei a escova e a pasta de dentes que estavam sobre a pia do lavabo sob a escadaria. Verifiquei o segundo andar, mas aparentemente Charlie havia tomado banho em outro lugar; ou no country clube ou na nossa casa.

A essa altura, já passava das 16 horas, portanto resolvi ir até o County Stadium. Levei algum tempo até encontrar uma entrada aberta, uma que não fosse a dos jogos, e, por fim, avistei um homem da manutenção indo embora por uma porta dupla comum de metal. Ele me levou para dentro e, uma vez lá, encontrei outro homem, um camarada mais velho que pode ter sido o treinador da terceira base, e esse senhor me dirigiu até um terceiro homem, o qual usava uma camisa de mangas curtas e calças compridas cinza e, depois que expliquei separadamente a cada um deles quem eu era e perguntei onde poderia encontrar o meu marido, finalmente consegui chegar até o escritório de Charlie. Era menor do que eu havia imaginado, com janelas que davam para o corredor e nenhuma para o campo; era quase do mesmo tamanho da antessala do diretor do Biddle, na qual ficava a secretária. Charlie não havia pendurado nada nas paredes, e sua mesa estava quase vazia, exceto por alguns maços de papel. Ele estava sentado com as pernas cruzadas sobre a mesa (ele calçava sapatos sociais pretos) e lia um arquivo de papel pardo aberto nas mãos.

A porta estava aberta, mas eu bati no portal de alumínio e perguntei:

— Será que estou interrompendo?

Quando ele olhou para mim, uma expressão de prazer e surpresa se formou em seu rosto, mas também vi uma sombra de alerta. Ele não se levantou; no entanto, tirou as pernas da mesa e colocou os pés no chão.

— Que visita inesperada.

Considerando a despreocupação que ele demonstrou quando nos falamos da última vez ao telefone, o pensamento de que talvez tivesse mudado de ideia sobre nos querer — sobre me querer — de volta passou pela minha cabeça. Eu perguntei:

— Como você está? — Antes que ele pudesse responder, acrescentei: — Acho que está na hora de eu e Ella voltarmos para casa. Você concorda?

Ele baixou a cabeça. Será que estava pensando a respeito? Um nervosismo tomou conta de mim. Depois de quase um minuto, eu o chamei.

— Charlie?

Por fim, ele levantou a cabeça; parecia engasgado.

— Você me pegou desprevenido, só isso — respondeu ele. — É claro que vocês devem voltar para casa, claro que sim. Lindy, eu preciso me desculpar muito com você. Não fui um marido honrado.

— O quê? Eu... Não, Charlie, não é isso o que estou dizendo. Nós sabemos que as coisas podem ser melhoradas, mas... — Perdi o fio da meada; ele balançava a cabeça.

— O Espírito Santo estava trabalhando através de você, Lindy. O Senhor fez com que você fosse embora para que eu visse os meus pecados e me arrependesse, e não há nenhuma dúvida sobre isso, eu *tenho* pecado. Mas sou um novo homem. Nasci novamente e, se Deus pode me perdoar, espero que você também possa. Quero que saiba que não coloco nem uma gota de álcool na boca há oito dias.

Eu meio que esperava que ele desse aquele sorriso de lado, caísse na gargalhada e dissesse: "*Estou brincando... Você acreditou em mim, não foi? Admita, você caiu nessa!*" Só que ele não fez isso, não estava brincando.

— Isso é... — Fiz uma pausa. — Jadey me contou que você tem passado algum tempo com um homem chamado reverendo Randy.

— Ele é um homem extraordinário, Lindy. Você vai ficar impressionada quando conhecê-lo. Ele já pensa sobre essas questões há muito tempo e conhece a luta, sabe como é difícil *não* pecar, e como é inspirador escutá-lo falando sobre as recompensas de aceitarmos Jesus como o nosso salvador.

— Como você o conheceu?

— Foi engraçado. A Sra. Ruby nos apresentou.

— Ah, ele é... Ele é negro?

Charlie riu.

— Você precisava ver a sua cara nesse momento. Não, "senhora iluminada quanto ao racismo", ele não é negro.

— Não quis dizer que seria ruim se ele fosse, só fiquei curiosa. Imagino, pela forma como você está falando, que ele seja um renascido em Cristo.

Charlie parecia estar se divertindo.

— Não há nada de errado em louvar a Deus, querida. Quando estamos perto do reverendo Randy, conseguimos sentir a presença de Cristo.

Havia muitas formas possíveis de Charlie reagir à minha aparição no estádio de beisebol, imaginei vários estados de espírito em que poderia encontrá-lo — conciliatório ou ressentido, distante ou blasé —, mas nada, nada mesmo, em todos os anos que passamos juntos, havia me preparado para aquilo. Charlie, o meu Charlie, havia encontrado a religião? Eu sabia que isso podia acontecer com as pessoas, mas ele era a última pessoa com quem eu esperava que isso pudesse acontecer. Ainda assim, se isso o estava mantendo longe da bebida, e se o estava encorajando a ser responsável pelo próprio comportamento... Não nego que senti um forte ceticismo naquela tarde, mas escondi o sentimento, considerando aquilo nada mais do que o meu esnobismo. A maioria das pessoas que eu conhecia frequentava a igreja; eu não conhecia ninguém que ia à Renascidos em Cristo. Mas será que ainda não havia aprendido que o mundo era maior e mais complexo do que eu imaginara a princípio, e que essa era uma lição positiva em essência?

— Não seria pecado para uma esposa beijar o marido neste exato momento, seria? — perguntei.

Eu mal havia terminado de pronunciar a frase quando Charlie se levantou e me abraçou. Tê-lo de volta nos meus braços, aquele corpo que eu conhecia, a altura, o cheiro, a pele, o cabelo, as roupas... Foi um grande alívio. Eu sentia que a minha vida estava alinhada pela primeira vez não apenas em semanas, mas em anos! Ao pé do ouvido, Charlie sussurrou:

— Você não faz a menor ideia de quanta saudade eu senti.

Afastei a minha cabeça um pouco para que pudéssemos nos olhar e comentei:

— Ella está no clube com Winnie e Jadey. Será que você pode dar uma escapada mais cedo hoje?

Charlie riu.

— Deixe-me perguntar ao sócio-gerente. — Ele colocou a mão em uma das orelhas fingindo escutar algo, mas não havia nenhum som além de um grande ventilador ligado ao longe, e então ele concordou. — Ele disse que, por uma mulher tão atraente como você, seria um crime ficar. — Charlie organizou alguns papéis na mesa, guardou-os na pasta e trancou a porta. Antes de sairmos, ele me deu a mão.

Quarenta minutos depois, estávamos nus na nossa cama, eu de costas e ele sobre mim e, logo antes de me penetrar, ele fez uma pausa (nesse momento, eu já estava pronta para recebê-lo, mais do que pronta) e disse, com seriedade:

— De agora em diante, vou ser o homem que você merece.

Eu concordei com a cabeça; estava sem fôlego e excitada. E respondi:

— Depressa.

DEPOIS DE TODOS ESSES ANOS, as pessoas dizem que eu exigi: "Você tem de escolher. Jack Daniel's ou eu." E, em algumas versões: "Jim Beam ou eu." Tais ultimatos podem soar bem, mas eu não os dera. Nem expressara de maneira discreta que eu o deixaria caso ele não parasse de beber. Eu o deixei por um breve período e ele parou de beber, e esses fatos são interconectados, mas não da forma direta e clara que as pessoas imaginaram ao observar de fora.

Os críticos dele gostam mais de apelar para essa história falsa do que seus partidários, pois, pelo que entendi, acreditam que ela ilustra a minha culpa — sou culpada pela eleição, pelo governo e pela guerra. Por que eu não podia simplesmente deixar que continuasse um alcoólatra? Várias mulheres aturam isso todos os dias!

Mas essas acusações pressupõem um consenso sobre o tipo de presidente que Charlie vinha sendo; um presidente terrível, que é no que os críticos acreditam. Se eu acho que ele foi um presidente terrível? Acho que a história é sempre mais complicada do que as pessoas imaginam.

As acusações também pressupõem que eu sabia, que qualquer um de nós sabia. Mas não podia ter imaginado em 1988 como nossas vidas mudariam rapidamente e, caso alguém tivesse me dito, teria pensado que essa previsão era tão plausível quanto a de um homem parado em uma esquina, segurando um cartaz com avisos sobre o apocalipse. "Seu marido vai ser presidente. O fim está próximo." Eu teria sorrido friamente e continuado andando.

NO FIM DE SEMANA logo após o meu retorno a Maronee, os Lauf, nossos amigos, fizeram uma festa para comemorar o aniversário de casamento, e Joe Thayer também compareceu. Ele se aproximou de mim enquanto eu ia em direção ao bufê do jantar. Eu sabia, pela sua postura, mesmo antes de ele comentar qualquer coisa, que planejara aquilo (imaginei que estivesse apaixonado). Ele disse:

— Não tenho nenhuma intenção de pressioná-la, Alice, mas você chegou a pensar no que eu falei lá em Princeton?

Certamente, ele não devia estar se referindo à sugestão que dera sobre nós dois embarcarmos em algum tipo de relacionamento a longo prazo, certamente aquilo devia ter sido apenas o efeito do álcool. No entanto, era exatamente isso o que ele queria dizer. Ele me olhava com tanto ardor que eu poderia ter rido, não fosse pela leve ameaça que costuma acompanhar tal ardor.

Procurei responder de forma firme porém gentil:

— Joe, não vou acabar com o meu casamento.

— Mas em Princeton...

Balancei a cabeça.

— Eu deveria ter sido mais discreta.

— Alice, você me beijou. Não imagino que você saia por aí *beijando* estranhos a torto e a direito! Ou talvez eu esteja errado, e seja exatamente isso o que você faz!

Ele estava mais nervoso do que eu jamais o havia visto; talvez achasse que poderia me persuadir, senão com galanteios, então com insistência e, caso também não conseguisse com insistência, conseguiria com insinuações difamadoras. Naquele momento, tive a nítida sensação de que cada um de nós é patético de um jeito ou de outro, e que o truque é casar-se com uma pessoa que seja patética de uma forma tolerável; eu jamais conseguiria tolerar aquilo. Acabou me ocorrendo que o comportamento de Carolyn Thayer talvez não tivesse sido tão chocante assim.

— Não era para ser — continuei, e, em prol do ego dele, tentei dar um tom de lamento. Uma virada irônica é que foi justamente Charlie quem me salvou; ele apareceu por trás, colocando uma das mãos nas minhas costas, e disse:

— Joey T., quando você vai a um jogo de beisebol conosco? Você escolhe a noite, e nós teremos um ingresso com o seu nome, esperando.

Joe pareceu ficar sem palavras e soou um tanto acusatório quando falou:

— Como você é generoso.

— Ora, faremos uma noite só para os homens. — Charlie acenou com a cabeça na minha direção. — Essa aqui terá de ir a mais jogos do que jamais imaginou que fosse possível na vida, então a deixaremos de fora pelo menos uma vez. Mas ligue para o seu irmão, veja como estão os horários de todos e como fica melhor para vocês, e bolaremos um plano. — Charlie se aproximou, falando mais calmamente. — Então, não sei se você já voltou a mergulhar nas ondas do amor, mas Zeke Langenbacher tem uma moça muito atraente trabalhando como sua assistente, uma superjovem que vem de uma ótima família em Louisville, e eu adoraria arranjar um encontro entre vocês. Alice, tape os ouvidos. — É claro que eu não tapei; ele sabia que eu não taparia. Ele continuou: — E o traseiro dela também não é mau.

— Charlie! — Eu o golpeei com força, apesar de ter amado o meu marido com muita vontade nessa hora. Ele me lembrou do quanto, apesar do sarcasmo de Joe, Charlie podia ser verdadeiramente generoso e gentil.

Joe nos encarava furioso; tenho certeza de que, naquele momento, ele desprezava Charlie tanto quanto eu o amava e, a partir daquele dia, no tempo em que ainda ficamos em Maronee, Joe passou a me evitar. E fazia isso de forma que eu percebesse, chamando a minha atenção de algum jeito quando nos encontrávamos no mesmo local e depois olhando para o extremo oposto, sem me cumprimentar. Pelo que sei, ele e Charlie nunca foram a nenhum jogo juntos.

JADEY NÃO ME CONTOU antes de eu voltar para Milwaukee que a minha ida para Riley afetara fortemente Arthur. Na tarde seguinte à noite infortunada que Charlie passou na casa deles, ele chegara em casa do trabalho no meio do expediente chorando, dizendo a Jadey que se algum dia ela o deixasse, ele ficaria completamente perdido e preferiria morrer do que ficar sem ela. Além disso, o sexo entre eles ficara maravilhoso e, desde então, ele a estava amando loucamente e tinha inclusive, em duas ocasiões, comprado flores sem nenhum motivo especial. ("Em um buquê havia cravos" dissera ela, "mas ele está tentando.") Ela não revelara a ele quanto ficara magoada com o comentário dele sobre o seu peso, nem o entusiasmo com que havia considerado ter um caso extraconjugal; ela me contou que havia preferido deixar o vento levar essas palavras.

— Talvez você devesse deixar a cidade mais vezes, porque foi um *poderoso* afrodisíaco para Arthur.

— Fico feliz por ter ajudado — respondi.

PARA MIM, CHARLIE E Ella, os cinco ou seis anos seguintes foram, acho, nossos melhores anos em família. Como todos haviam esperado, Charlie era perfeito para seu novo papel, trabalhando com os Brewers. Ele comparecia a todos os jogos realizados em casa e a alguns fora da cidade, e Ella e eu fomos a muitos destes com ele, apesar de que, conforme minha filha foi entrando na adolescência, a ideia de passar uma tarde inteira com os pais assistindo a jogos de beisebol lhe parecia cada vez menos atraente. No entanto, me lembro de todas aquelas noites da semana, noites de sábado e tardes de domingo, com bastante nostalgia (nos dias em que estava ensolarado e ventando, nos dias em que estava insuportavelmente quente a ponto de chegarmos em casa bronzeados, na época em que tínhamos de levar capas de chuva e nos sentar bem juntinhos, esperando que os árbitros apitassem o fim do jogo). Nós comíamos cachorros-quentes e batatas fritas, conversávamos com as pessoas nos assentos à nossa volta e algumas vezes nos sentávamos em lugares medíocres apenas para que Charlie tivesse a oportunidade de se enturmar e de dar alguns autógrafos, coisa que ele adorava fazer, se deliciando em particular com o pedido para assinar o seu nome nas bolas de beisebol (imaginei que essa ideia tivesse, a princípio, sido uma sugestão de Zeke Langenbacher, mais tarde, porém, descobri que fora de Hank Ucker), e eu me tornava cada vez mais genuinamente engajada nas vitórias e derrotas do time. A construção de um novo estádio foi concluída em 1992, no mesmo terreno do antigo, que foi demolido; o estádio novo tinha, dentre outros aspectos, camarotes de luxo e cobertura retrátil. Não posso deixar de dizer que não me surpreendia com o fato de os dois estádios terem sido construídos no distrito congressional de Ed Blackwell. Como o novo local havia sido financiado com o dinheiro público, havia certo nível de controvérsia, e acredito sinceramente que Charlie confrontou os desafios com reservas e com a razão. Ele nunca trabalhou com tanta vontade na vida como naqueles anos e, no jogo de inauguração do estádio novo, sentia muito orgulho dele.

Em 1993, Charlie decidiu concorrer ao cargo de governador (sem necessidade de dizer que foi a pedido de Hank Ucker) e foi eleito em 1994. Isso também foi um momento de grande transformação nas nossas vidas, apesar de ter virado um fato ínfimo quando comparado à transformação que ocorreu em 2000.

Naquela época, não podíamos imaginar que a religiosidade de Charlie se tornaria uma grande vantagem. A melhor parte era a sua honestidade. Suspeito que isso tenha sido um dos maiores atrativos para os seus eleitores;

se ele pode ser petulante e superficial, não é menos sincero. Mesmo quando convocado a agir de forma majestosa, ele demonstra, sinceramente, que está sendo forçado a agir daquele forma: pisca, faz caretas (ou ao menos deixa claro que é o que gostaria de estar fazendo). Com frequência, durante a sua primeira campanha presidencial, ele diria na comitiva, quando tentava se contrastar ao presidente em exercício, que, em geral, era visto como um cafetão: "O que vocês veem é o que eu sou." Então, dava um sorriso travesso. Às vezes, sinto vontade de lembrar isso aos eleitores; Charlie não escondeu quem era nem de mim nem deles.

Bem antes da candidatura ao governo, antes da nossa vida já nem tão comum assim se tornar tão absurda quanto um conto de fadas, a família de Charlie desaprovava o fato de ele ter renascido em Cristo. Se Arthur comentasse no jantar sobre um jogo recente dos Packers, "Foi uma maldita aniquilação", Charlie diria com uma austeridade jovial: "Sabe que não gosto desse tipo de linguajar", e Arthur responderia: "Senhor do caralho Jesus, Chas, desça do seu cavalo branco." Ou então: "Sagrada merda, você quase perdeu o seu senso de humor!" (Na verdade, Charlie ainda gostava dos xingamentos e das obscenidades seculares, só se incomodava quando as pessoas mencionavam o nome de Deus em vão.) Ele também parou de comprar pornografia, mudança que me agradou; mas como suspeitava de que ele sentisse falta, comprei para ele um livro de luxo com fotos artísticas em preto e branco de mulheres nuas. Presume-se que tenha sido um substituto medíocre.

Charlie havia se juntado a um grupo masculino de orações que se encontrava uma vez por semana, algumas vezes na nossa sala. O reverendo Randy (agora que era diretor do Conselho Ecumênico, era conhecido publicamente como Randall Kniss) se tornou uma figura cativa em nossas vidas. Jamais perdíamos a missa na Heavenly Rose aos domingos e dávamos graças antes de cada refeição (Charlie dava graças até mesmo em restaurantes ou em jantares comemorativos, o que eu achava um pouco ostensivo, mas guardei a opinião para mim mesma), e Charlie lia a Bíblia todos os dias antes de ir dormir.

Naquele verão de 1988, acabamos não passando muito tempo em Halcyon, fomos para lá apenas em alguns finais de semana, tanto por conta da ocupação de Charlie com os Brewers, quanto porque temia que se ficasse muito tempo perto dos irmãos, particularmente de Arthur, seria mais difícil deixar de beber. Uma vez, mais ou menos um mês depois de eu ter voltado de Riley, acordei depois da meia-noite e percebi que Charlie não estava ao meu lado, apesar de termos ido para a cama juntos duas horas antes. Pensando ter ouvido vozes no andar de baixo, eu fui até o corredor e fiquei parada no alto da escada; definitivamente havia vozes de pessoas conversando (entoando cânticos, era o que parecia) na sala de televisão. Só quando desci as escadas pude entender exatamente o que elas estavam falando e descobri quem era, apesar de ter me detido assim que entrei na sala. Pela porta, vi meu marido e o musculoso e bendito reverendo Randy de joelhos, de mãos dadas, lado a lado, com os olhos fechados; Charlie estava chorando. Sem interrupções, eles ficavam recitando a prece dos pecadores. Eu me afastei.

Ele sentira-se tentado a tomar uma dose de uísque, contou-me Charlie na manhã seguinte, tão tentado que não conseguia dormir. Então, ligou para o reverendo Randy, porque o homem conhecia tais desejos, eles rezaram juntos, e o desejo passou. Satã teria ido a outro lugar levando as suas tentações. As aparições do reverendo Randy no meio da noite aconteceram outras vezes, mas não me levantei mais da cama em nenhuma delas. Não me orgulho de dizer que o que vi naquela noite na sala de televisão me incomodou. Não tem nada a ver com o reverendo Randy como pessoa, mas com a experiência da prece, do fervor que eu jamais compartilharia. Charlie havia se aventurado além do meu alcance, em um lugar para o qual eu não o seguiria.

Devo deixar claro que, apesar de toda a minha resistência à religião organizada, não acredito que Charlie teria conseguido deixar de beber sem ela. A religião deu a ele um caminho para a reestruturação do próprio comportamento e uma forma de explicá-lo, tanto no passado quanto no presente. Acho que a ficção serviu a um propósito semelhante para mim (o que é o fio condutor de uma narrativa senão a imposição de uma ordem na qual eventos disparatados ocorrem?) e, talvez, a minha avidez pela leitura tenha sido sempre a minha fé, durante todo o tempo.

Apenas anos mais tarde — na verdade, bem recentemente — descobri como a Sra. Ruby havia conseguido apresentar Charlie ao reverendo Randy: ela o encontrara nas Páginas Amarelas, procurando por "igrejas". Como era uma paroquiana fiel da igreja do Senhor Batista em Harambee, a Sra. Ruby sentira que Charlie podia se beneficiar com a ajuda espiritual e, quando conseguiu falar ao telefone com o reverendo Randy, pediu uma visita em casa para ele. Jessica Sutton foi quem me contou isso, e eu disse:

— Mas por que a Sra. Ruby não pediu ao pastor da igreja dela para ir ver Charlie?

Jessica está com 31 anos atualmente e é uma mulher alta, equilibrada e rápida como um chicote; graduou-se em Yale e na Kennedy School em Harvard, e é minha chefe de gabinete. Durante o primeiro mandato de Charlie na Casa Branca, ela era assistente da minha chefe de gabinete e, no início do segundo mandato, quando sua predecessora saiu, eu a promovi. Tenho quase certeza de que Jessica também é democrata, apesar de existirem certos tópicos sobre os quais não conversamos. Ela riu da minha pergunta e, apesar de usar palavras condenatórias, o seu tom de voz era caloroso, como se estivesse apenas provocando.

— Vovó achou que ele nunca ouviria um homem negro — disse ela.

Parte IV

Pennsylvania Avenue, 1600

ASSIM COMO EM TODAS as manhãs em Washington, o telefone na mesinha de cabeceira de Charlie toca às 5h45. Depois de atendê-lo, ele se levanta e vai ao banheiro (estou parcialmente consciente porque ainda estou com sono). Charlie abre a porta do quarto para o corredor, onde o mordomo o espera com os jornais. É como se estivéssemos em um hotel, mas em vez de encontrarmos apenas os jornais, encontramos também uma pessoa aguardando; que os céus não permitam que o presidente dos Estados Unidos se abaixe para pegar o que quer que seja...

Charlie traz para o meu lado da cama o *New York Times*, o *Washington Post* e o *Wall Street Journal*. Ele cantarola ao se aproximar — "Zip-a-Dee-Doo-Dah" — e, quando me levanto, coloca os jornais fora do meu alcance:

— Você só pode lê-los se não falar nenhuma bobagem sobre o Sr. Simpatia — diz ele.

Sr. Simpatia é o apelido que Charlie colocou em Edgar Franklin, coronel aposentado das Forças Armadas dos Estados Unidos e pai de um soldado morto aos 21 anos, vítima de uma bomba em uma estrada há dois anos. O coronel Franklin passou a noite em uma barraca no Ellipse, um parque bem ao sul da Casa Branca a ao norte do Monumento a Washington, e mais quatro noites dormindo na mesma barraca em um gramado de 200 metros quadrados na Fourth Street, a sudeste, logo depois do Capitólio e a 1 quilômetro da Casa Branca; ele passava os dias lá também, na esperança de falar com Charlie. É início de junho e no dia anterior os termômetros marcaram 35 graus, o ar estava carregado e extremamente úmido. Arrisco afirmar que, lá fora, mesmo agora cedo, a temperatura já passava dos 26 graus.

Estendo os braços para pegar os jornais, mas Charlie balança a cabeça, dizendo:

— Você ainda não me prometeu.

— Aconteceu mais alguma coisa?

— Esse cara é uma marionete dos democratas — protesta, com cara de nojo. — Aposto que ele está sendo pago por algum louco da esquerda.

— Não acho que ele esteja sendo pago — respondo.

— Dê-me sua palavra. Nada de lobby.

— Dou minha palavra — afirmo.

Charlie atira os jornais sobre o edredom e eles caem com um ruído. Ao voltar para o banheiro, ele diz por sobre o ombro:

— Dê uma olhada na seção de negócios, pois ouvi um rumor de que a General Electric e a Alitalia estão negociando uma fusão.

— Engraçadinho.

Já ouvi essa piada tantas vezes que o final — *e se chamarão Genitália!* — pode ser omitido. A segunda piada favorita de Charlie ao passar os olhos pelos jornais é relacionada à bolsa de valores: *Você ouviu falar que a Johnson & Johnson está à beira da falência? As fraldas estão na merda e os absorventes no vermelho!*

Costumo começar passando os olhos pela primeira página, leio os editoriais e, por fim, as opiniões dos colunistas e dos leitores de cada jornal, começando pelo *Times*, e se não houver nenhuma reportagem particularmente alarmante, leio todas as matérias do caderno de artes. As manchetes da primeira página do *Times* de hoje são sobre um acidente de helicóptero que, na tarde de ontem, matou seis fuzileiros; sobre as visitas que a candidata de Charlie à Suprema Corte, Ingrid Sanchez, fará nesta tarde a vários senadores antes das sessões de confirmação; sobre a votação no Congresso acerca do novo projeto de lei de energia elétrica; sobre os estragos causados pela inundação em Dakota do Sul; sobre Edgar Franklin; e, por fim, ainda na primeira página, uma chamada sobre um procedimento estético cirúrgico cada vez mais popular conhecido como rejuvenescimento vaginal. Depois de ler a parte sobre Edgar Franklin, sigo para o caderno de artes, que traz o perfil de uma artista de hip-hop de 19 anos chamada Shaneece, assim mesmo, sem sobrenome; uma matéria sobre uma biografia de Mary Cassatt; reportagens sobre uma ópera em São Francisco, duas peças em Nova York e uma exposição de cerâmica em Santa Fé. Quando termino, volto para as notícias mais graves, que leio com atenção, pelo menos as do *Times* e as do *Post*. Leio na íntegra apenas os artigos relacionados à administração de Charlie e o caderno de moda, incluindo, admito, "The Reliable Source".

Charlie e eu dormimos no que tecnicamente é o quarto do presidente — muitos presidentes e primeiras-damas usavam quartos separados. O quarto adjacente, destinado à primeira-dama, é maior que o do presidente, contando com uma sala de estar privativa e banheiro, que eu de fato uso. (Na sala de estar, coloquei o meu personagem de papel machê da *Árvore generosa* e o busto de Nefertiti que herdei de vovó; Charlie acha o busto sombrio demais para o quarto que dividimos.) Enquanto leio, Charlie toma banho, faz a barba e escova os dentes ao som de Mozart em um aparelho de som embutido no banheiro. Por ainda não ter aprendido a distinguir o barroco do romântico, e não se interessar por qual compositor escreveu determinada música, o estilo clássico foi um gosto que adquiriu durante seu governo, quando passamos a frequentar as sinfonias no Oscar Mayer Theater, em Madison. Esse gosto musical tardio de Charlie despertou-me um misto de emoções — fico feliz por ele apreciar, mas não consigo deixar de suspeitar que sua empolgação tenha estreita relação com a parte pública de sua vida e todas as exigências que enfrenta. Tenho quase certeza de que ele gosta de música clássica pela ausência de palavras, pedidos ou críticas, consistindo apenas na melodia e no clima; e desde que o clima não fique muito melancólico, isso o acalma.

Quando Edgar Franklin montou sua barraca no Ellipse pela primeira vez, o *Times* escondeu artigos sobre ele nas páginas A16 ou A19, e as matérias iniciais ocupavam menos de um sexto de página. O artigo de hoje, depois das duas colunas no editorial de ontem, é o de maior destaque até agora: ele não planeja sair de lá e ganhou a companhia de centenas de pessoas que o apoiam e passam a noite com amigos ou estranhos em conjuntos residenciais e apartamentos por toda a cidade, em hotéis e motéis, em barracas próprias em acampamentos em Millersville, Maryland, ou no parque do lago Fairfax, na Virgínia, e então retornam todas as manhãs para Capitol Hill. O coronel Franklin também recebeu dezenas de buquês de flores, centenas de quilos de comida, milhares de dólares em doações e o apoio de um publicitário de Manhattan que largou o emprego para trabalhar de graça. Em resposta, o *Times* cita a porta-voz da Casa Branca, Margaret Carpeni (uma jovem de 31 anos, esportista que já correu duas maratonas e recentemente terminou o namoro com um médico residente, mas ninguém sabe o motivo), que declarou no domingo: "O presidente continua a rezar por nossos soldados mortos e por aqueles que foram deixados para trás, reconhecendo o último sacrifício que esses indivíduos fizeram para proteger a liberdade nos Estados Unidos e no mundo."

Edgar Franklin é um afro-americano bem conservado de 56 anos que, nos últimos cinco dias, não tem usado o uniforme militar — se tivesse, eu seria obrigada a ficar mais do lado de Charlie, desconfiando do estado das coisas —, mas calça cargo e camisa de manga curta azul ou branca com camiseta sem manga por baixo. Ele parece bastante descansado após tantas noites dormindo em uma barraca, embora tome banho todas as manhãs na casa do casal em cujo jardim ele dorme. Depois de ter acampado no Ellipse, foi obrigado a se mudar. Apesar de haver motivos para prisão, ele foi liberado após o pagamento de uma fiança (ele disse a repórteres que pagaria). Foi nesse momento que um casal solidário de quase 40 anos que mora em Capitol Hill ofereceu o jardim para que ele acampasse. Se o coronel Franklin ainda está violando a proibição de acampar é um problema da associação de moradores, que é bastante liberal e parece não ter muito interesse na questão.

Eis o que Edgar Franklin deseja: encontrar-se com o meu marido para expor sua opinião sobre por que a guerra é infrutífera e os Estados Unidos devem trazer as tropas de volta ao país. Na primavera de 2005, seu filho único, Nathaniel Franklin, "Nate", morreu devido à explosão de uma bomba em uma estrada em alguma província ao norte. Naquela época, Edgar já era viúvo — a esposa morrera de câncer de cólon em 1996. Edgar serviu no Vietnã — foi convocado aos 19 anos — e ficou no Exército por trinta anos, sendo, no final das contas, designado para seis zonas de combates e se tornado oficial. Nas entrevistas para jornais e canais de televisão, cada dia mais frequentes, ele não critica o presidente de forma deliberada. Não é eloquente, mas também não é descuidado com as palavras: "Senti que não poderia mais ficar em silêncio", afirma.

Como era de se esperar, foi censurado por vários ex-colegas militares.

Seu jeito comum, a compleição forte, as roupas meticulosas e os comentários curtos me perseguem. Solicitei que um dos meus assistentes descobrisse se o coronel Franklin é, assim como Nathaniel, filho único, e fiquei bastante aliviada quando soube que não. Criado em Valdosa, Geórgia, o coronel Franklin é o segundo de cinco irmãos, sendo o único homem: Deborah, agora com 58, ainda vive em Valdosa, administrando uma creche em sua casa; Pamela teria agora 53 anos, mas morreu devido à diabetes; Cynthia, de 50, é dona de casa em Dallas; e Cheryl, de 47 anos, é assistente jurídica em Atlanta. Cynthia é mãe de um militar — seu filho pertence às Forças Especiais e está servindo no exterior — e repudiou as ações do irmão no *Dallas Morning News* de quinta-feira, recusando-se a fazer outros comentários em público. De acordo com o artigo de hoje do *Times*, Cheryl juntou-se ao irmão ontem, em Washington.

Quando a história estourou na última quarta-feira, Charlie disse: "Você não pode deixar que a oposição dite os termos da conversa" e, mais tarde, quando Hank Ucker e eu passamos pelo saguão que leva ao Map Room — Hank é o atual chefe do Estado-Maior de Charlie —, ele comentou: "O presidente me disse que você está tocada com esse lance do camarada Franklin, mas acredite, Alice, ceder às exigências dele abriria um precedente perigoso. Não podemos deixar que a oposição dite os termos da conversa."

Não tenho dúvidas de quem usou a frase de quem, afinal, já nos conhecemos há muito tempo.

Charlie volta do banheiro com a toalha enrolada na cintura. Apesar de a presidência tê-lo envelhecido, como a todos que a vivenciaram — o cabelo está mais grisalho, o rosto mais marcado —, ele ainda está extraordinariamente em forma e bonito. Ele se aproxima e beija o meu nariz:

— Como posso bagunçar o mundo hoje?

— Há um espetáculo na Broadway, *The Glass Menagerie*, que obteve uma excelente crítica — digo.

— O que estão falando sobre Ingrid? — pergunta Charlie.

Usando o que acho ser um tom neutro, respondo:

— Eles estão tentando pressioná-la quanto à posição dela em relação ao aborto.

Ingrid Sanchez, candidata de Charlie à Suprema Corte, foi procuradora-geral em Michigan antes de se tornar juíza da Corte de Apelação para o Sexto Distrito. Católica praticante e ministra eclesiástica de sua igreja, embora não tenha feito nenhuma declaração oficial sobre o assunto, ela assume abertamente que é a favor da vida. Parece ter um passado impecável, e o fato de ser mulher faz com que protestos contra sua candidatura fiquem mais complicados para os grupos feministas, mas não podemos afirmar que elas estão passivas. O último nomeado de Charlie, o novo chefe de Justiça, cuja posse ocorreu em setembro de 2006, também é conservador, embora sua posição sobre o aborto, mesmo depois de seu primeiro mandato, continue ambígua. Se Ingrid Sanchez for confirmada, é possível que a Corte de Justiça vote para reverter o caso Roe versus Wade. Apesar de isso me deixar inquieta, o problema não está em minhas mãos, e certamente Charlie conhece minha opinião; o país inteiro a conhece. Pouco antes da primeira posse de Charlie, um âncora de um noticiário matinal perguntou se eu achava que o aborto deveria ser legalizado, e eu respondi que sim. Em 2004, o mesmo âncora indagou se eu havia mudado de ideia, e eu disse que não. Apesar de não ter prolongado a discussão em nenhuma das duas ocasiões, fiz questão de dar logo a resposta.

— Típico do *Times* — reclamou Charlie, irritado. — Ingrid tem quase trinta anos de experiência forense e eles reduzem tudo isso a apenas um assunto.

— Meu amor, isso já era de se esperar. Os republicanos estão tão curiosos quanto os democratas.

Charlie não lê nenhum jornal com regularidade, confiando nas informações trazidas pela equipe, mas seu desprezo pelo *New York Times* é particularmente forte. O que não deixa de ser uma ironia, levando em conta que, nos anos 1980, quando estávamos no verão em Halcyon, Charlie e Arthur dirigiam quase uma hora e meia até Green Bay para comprar a edição de domingo do *Times*; eles até ligavam com antecedência para a loja para reservar um exemplar.

Empurro o lençol e o edredom e me levanto, abraçando Charlie e cheirando seu pescoço e seus ombros.

— Você está com cheiro de limpinho — afirmei.

Pego a pasta fina de couro na mesa de cabeceira e a abro. Essas pastas — tenho uma igual na mesinha — mostram nossos compromissos do dia. Antes de nos recolhermos, as recebemos.

Em sua agenda de hoje: instruções do setor de inteligência e do FBI; um discurso no final da manhã em uma conferência para pequenos empresários em Columbus, Ohio; um almoço de arrecadação de fundos em Buffalo; e um encontro com os consultores de economia no Salão Oval, à tarde. Entre um compromisso e outro, ele fará ligações para apoiar Ingrid Sanchez. Às 20 horas haverá um evento de gala na Casa Branca intitulado "Alunos e professores saúdam Alice Blackwell", o qual considero bastante embaraçoso. Como Hank me lembrou quando me convenceu a concordar com isso em abril, as taxas de aprovação de Charlie caíram para 32 por cento, enquanto as minhas permanecem em 83 por cento; sou supostamente a segunda mulher mais admirada nos Estados Unidos, logo atrás de Oprah Winfrey. (Esse ranking é um dos aspectos mais ridículos da minha vida.) "Lembrar os norte-americanos do quanto eles amam você os faz lembrar do quanto amam o presidente também", declarou Hank. "Você marcará um ponto para o time, e tudo o que deve fazer é aparecer e fingir que tem um ego como o resto de nós."

Charlie dá uma olhada na sua agenda e depois puxa a minha:

— Você vai viajar hoje?

Afirmo com cabeça:

— A reunião sobre câncer de mama é em Arlington.

— A cúpula dos seios, hein? — brinca Charlie. — Precisa de ajuda com o autoexame?

— Vista-se.

Empurro-o e começo a arrumar a cama, um hábito que fiquei sabendo que as empregadas acham hilário, mas do qual não consigo me livrar. Antes de nossa chegada, há mais de seis anos, as roupas de cama eram trocadas diariamente, mas solicitei, para evitar o desperdício de água, que isso fosse feito apenas uma vez por semana, até mesmo para Charlie e para mim.

Ele reaparece alguns minutos depois usando uma camisa branca de botão, um blazer cinza escuro e uma gravata vermelha com bolinhas amarelas.

— Você está ótimo — elogio.

— Animada para ser a bela do baile esta noite?

Secamente respondo:

— Estou encantada.

— Você não está odiando isso, não é? Lindy, você merece reconhecimento. As pessoas não fazem ideia do quanto você fez não apenas para a administração, mas para o país.

Esse é o tipo de coisa para a qual não dou a mínima: falar na esperança de que os outros falem de mim, acreditar no que a imprensa fala de mim ou no que gostaria que falasse. Embora em público tente receber com elegância tanto os elogios quanto as críticas, quando estou sozinha evito me atribuir créditos devido a conquistas vagas decorrentes da minha posição — por ser um modelo, por mostrar liderança — e, ao mesmo tempo, não me culpo por falhas gerais pelas quais sou responsabilizada pelos meus críticos. Para alguns, sou um símbolo, para mim, tenho sido apenas eu.

Coloco as mãos nos ombros de Charlie, nos inclinamos e trocamos um pequeno beijo com gosto de pasta de dente.

— Ella chega por volta das 16 horas, mas eu preciso fazer um tour com um coral de crianças da segunda série depois disso; de qualquer forma, espero que ela e eu tenhamos um tempinho juntas para relaxar — comento. (Para mim, a vinda de nossa filha ao baile de gala desta noite é a melhor coisa que poderia acontecer, e, embora tente evitar badalações em torno dela, adoro quando ela nos visita.) — Se tiver um tempinho e quiser que venhamos dar um oi, peça para Michael ligar.

— Wyatt não virá com ela?

Wyatt é o namorado de Ella há um ano e meio. Ambos trabalham com análise de investimentos na Goldman Sachs, em Manhattan. Charlie gosta de jogar tênis com ele porque Wyatt é um bom desafio, mas não o bastante para que meu marido não possa ter o prazer de derrotar um rapaz com metade da sua idade.

— Bem, Ella vai embora amanhã, então a visita será curta. Você terá um dia tranquilo hoje e tomará cuidado?

Pergunto isso a Charlie todas as manhãs. As pessoas imaginam — eu o faria — que o diálogo entre o presidente e a primeira-dama seja totalmente diferente, uma conversação sobre a constante possibilidade de um desastre nacional ou internacional, o peso de uma nação. Há, ainda, os jargões da Casa Branca: FLOTUS (*First Lady of The United States*), "*pool spray*" (rápida oportunidade para a imprensa de tirar uma foto, por exemplo, depois de uma reunião na Casa Branca) e "*the football*" (uma pasta preta que sempre acompanha o presidente dos Estados Unidos e na qual há documentos e códigos de lançamento caso ele decida autorizar o uso de armas nucleares), mas acabamos usando as mesmas palavras de sempre.

— Amo você, Lindy — declara Charlie.

São 6h20, e ele se dirige para a Sala de Refeições Familiar para tomar o café da manhã; Hank e Debbie Bell, uma conselheira antiga, estarão esperando; eles aparecem diariamente e chamam a si mesmos de Oatmealers, ou comedores de mingau de aveia. Depois, Charlie seguirá para o Salão Oval para suas reuniões e, em seguida, se dirigirá ao gramado sul para pegar o *Marine One* e ir para a Andrews Air Force Base, onde pegará o longo voo para Columbus. (A pontualidade é um dos maiores orgulhos de Charlie com relação a ambos os mandatos.)

Nesse momento matinal, ele sempre me lembra um ator prestes a entrar em cena, um vendedor de seguros ou, quem sabe ainda, um dono de loja de ferragens que conseguiu o papel principal em uma produção amadora de *The Music Man*. Ah, como quero protegê-lo! Ah, a estranheza de nossas vidas, uma rotina familiar, mas ainda tão fora do comum.

— Também amo você — respondo.

ESTA PARTE DA história todos conhecem: em 2000, Charlie ganhou a eleição presidencial com uma margem estreita de vantagem, como nunca antes na história dos pleitos norte-americanos, pois de fato seu oponente obteve mais votos populares, enquanto Charlie recebeu mais votos eleitorais; a decisão final foi dada pela Suprema Corte, que deliberou, por cinco votos a quatro, a favor de Charlie. Em sua posse, em janeiro de 2001, ele jurou que trabalharia em um estilo inclusivo, bipartidário, um juramento que acredito que ele pretendia manter. Oito meses depois, ataques terroristas em Nova York e em Washington D.C. mataram cerca de 3 mil norte-americanos. Em outubro de 2001 e em março de 2003, o Congresso americano autorizou o uso de força contra países suspeitos de estarem treinando líderes terroristas e portando armas de destruição em massa. Os assessores de Charlie e ele próprio disseram ao povo dos Estados Unidos que a guerra seria rápida, que seis semanas depois da invasão de março de 2003 as operações de combate estariam finalizadas, como ele declarou em um famoso discurso em um porta-aviões enorme da marinha. No entanto, agora, depois de quatro anos, a situação está sangrenta e caótica como nunca. Mais de 3 mil soldados morreram, o mesmo número de pessoas mortas nos ataques terroristas, e cerca de 30 mil foram feridos. Com relação a civis estrangeiros, as estimativas vão de 70 mil mortes a até dez vezes esse número. Todos os dias há carros e homens-bomba, homens armados atirando em policiais, ataques mortais a residências e escolas, atiradores de elite nas mesquitas, decapitações em postos de controle. Atualmente, Charlie e seus defensores falam em liberdade, em reconstruir uma região e em mudar uma ideologia, em terminar o que começaram em vez de atacar e ir embora; seus críticos falam em dificuldades e guerra civil. Alguns dos antigos defensores se tornaram críticos.

Quando fomos dormir às quatro da manhã daquele 8 de novembro de 2000, não achava que Charlie tivesse ganhado a eleição, e estava ao mesmo tempo triste por ele e aliviada por nós, pela nossa família. Não queria que ele disputasse a eleição para governador de Wisconsin, em 1994, e não queria que ele tivesse concorrido à presidência. Aquilo que já estávamos perdendo — ir a um supermercado, jantar tranquilamente em um restaurante, caminhar com um amigo ou sozinhos, ou apenas passar o sábado lendo ou limpando a casa, sem maiores obrigações — eu sabia que perderíamos completamente se Charlie se elegesse presidente. Não queria a exposição, a perda da nossa privacidade e dos nossos últimos laços com a vida comum.

A eleição não se definiria ainda por mais de um mês, então ficamos na mansão do governador em Madison; eu lia, almoçava na casa de amigos e me encontrava com grupos com os quais me relacionara como primeira-dama de Wisconsin. Enquanto isso, Charlie, Hank Ucker e vários conselheiros, advogados e parentes tinham reuniões urgentes e secretas, evitando a mídia. Quando, em 12 de dezembro, após recontagens e processos judiciais, Charlie foi declarado presidente, pensei: "Nós sobreviveremos a isso." Haveria riscos, mas nós sobreviveríamos à presidência assim como à passagem de um tornado: mantenha a cabeça abaixada e cruze os braços sobre ela. Não literalmente, claro — o que de fato eu faria era comparecer a todos os eventos públicos e obrigatórios, aparecer quando fosse esperada, ou assim eu pensava. Durante quatro anos, provavelmente por mais quatro, eu aguentaria firme, esperando o dia em que tudo passasse. Um tornado é repentino, mas nunca dura para sempre.

Não consigo entender como não pensei nas circunstâncias em que eu e Charlie noivamos. Durante uma tempestade, ele saiu de seu apartamento e dirigiu em meio a relâmpagos e granizo, desceu a escada do porão da minha casa e me pediu em casamento. Ele provocou um verdadeiro tornado em minha vida naquele dia, mas deu certo. E aqui estamos nós, ainda casados e felizes depois de todos esses anos.

O que eu havia planejado no início do mandato presidencial era não causar tumulto, não chamar atenção excessiva, nem me impor, ao passo que Charlie gostava de se impor. Sei que algumas pessoas acham que ele, ou alguma entidade sombria de sua administração, planejou os ataques terroristas, e considero essa ideia absurda — nem vale a pena discuti-la. Mas é indiscutível que ele contra-atacou, aceitou o desafio. Ele juntou os ataques terroristas e as ameaças menores e isoladas oriundas do país que invadimos em 2003, quando os ataques e as ameaças não tinham ligação, e encorajou o público a fazê-lo também? A invasão foi apenas motivada pelo petróleo e o discurso da expansão da democracia foi pura hipocrisia? Ele foi mais rápido em entrar em uma guerra do que seria se tivesse experiência militar, uma vez que passou os anos 1960 e o início dos 1970 trabalhando como instrutor de esqui? Essas são acusações que os opositores lançam contra ele, e embora essas questões sejam justas, o que detesto no discurso político é a pretensão de que existe uma resposta correta para tudo, que não é tudo escuridão e subjetividade. Eu não sabia ainda, antes da invasão de março de 2003, se ela era correta ou não. Não sabia se concordava com os Hawks ou com os protestantes que faziam vigílias com velas acesas. Na faculdade, quando não condenei nem apoiei a Guerra do Vietnã, minha passividade era mais incerteza do que indiferença. Ainda incerta, tentei não influenciar o meu marido. Havia muita gente o aconselhando, homens e mulheres (a maioria homens) que passaram décadas como especialistas em política externa, que outrora viajaram a esse mesmo país e encontraram seu ditador.

Mais de quatro anos se passaram desde a invasão. A guerra, que já contou com o apoio de setenta por cento dos norte-americanos, tornou-se divisionista (separatista não seria melhor?) e impopular, servindo apenas para que Charlie ficasse mais resoluto; no círculo restrito desses assuntos, ele é o mais resoluto de todos. Grande parte dos norte-americanos não possui acesso à inteligência da qual Charlie dispõe. Segundo ele, os norte-americanos se tornaram mimados e esquecidos, desacostumados ao derramamento de sangue e ao sacrifício.

— Pense na guerra pela independência, na guerra civil, pense na Segunda Guerra Mundial. Há um preço a pagar pela democracia, sempre foi assim.

Nove meses atrás, em setembro de 2006, Charlie declarou em uma coletiva de imprensa:

— Retirarmos as tropas neste momento seria o mesmo que nos render, e eu não farei isso mesmo que Alice e Snowflake sejam minhas últimas aliadas.

(Snowflake é a nossa gata, "coautora" do meu livro *Primeiro animal doméstico: o que vivi na Pennsylvania Avenue, 1600*, uma afronta aumentada ou diminuída, ainda não tenho certeza, pelo fato de que, embora tenhamos dividido os créditos e toda a renda de direitos autorais tenha ido para um programa nacional de alfabetização, não escrevi mais esse livro do que Snowflake.)

Desde a posse de Charlie tenho feito infindáveis cálculos: faltam apenas dez por cento para ele completar o mandato. Ainda faltam 394 semanas. Estamos aqui há cinco anos e meio. Desde o início, aceitei sua eleição não porque a queria, muito pelo contrário. O que nós mais desejamos é justamente no que temos mais medo de nos fixar; é sempre tão mais fácil acreditar em uma eventualidade que preferiríamos evitar.

Os discursos de Charlie e os meus, as arrecadações de fundos, os funerais, as viagens internacionais, os bailes, as inaugurações, os jantares e as centenas de cartas que escrevo e recebo toda semana — estou sempre verificando as correspondências em uma lista enorme, em contagem regressiva. Não é que eu não goste das minhas responsabilidades como primeira-dama, pois adoro, sinto-me grata por isso. Conheci figuras lendárias da arte e da literatura, reis e rainhas, chefes de Estado e um imperador; visitei 64 países, experimentei uma espécie de pequeno crepe de caviar beluga em um navio no rio Neva, andei de camelo ao redor das pirâmides de Gizé, me molhei nas águas de Pangkor Laut (não nadei porque não queria ficar de maiô na frente das câmeras). No aeroporto de Asmara, em Eritrea, para onde fui sem Charlie, as mulheres locais jogaram pipoca em mim como um gesto de boas-vindas; em um orfanato de Bangalore, vesti um sári e li *A árvore generosa* para as crianças, com o auxílio de um tradutor de Kannada; em Helsinki, depois de uma maravilhosa noite de muita conversa e um jantar à base de crustáceos, carne de carneiro e bolo com cobertura de amora branca silvestre, cometi uma gafe cuja culpa só poderia atribuir ao cansaço causado pela diferença de fuso horário: afirmei em público ao presidente da Finlândia que jamais esqueceria a cortesia do povo sueco. Tive a experiência fantástica de segurar a Bíblia diante da qual meu marido fez o juramento já como presidente (fiquei muito emocionada e, ao mesmo tempo, um trecho de uma canção antiga — "Froggie Went A-Courtin" — ficava se repetindo na minha cabeça. Ella aprendeu essa música quando era criança: "Sem o consentimento de meu tio Rat, eu não teria me casado com o presidente..." Tive uma experiência igualmente incrível quando voltei ao colégio primário Theodora Liess, em Madison, onde trabalhei, pois a escola passou a se chamar Alice Blackwell. (Espero que Theodora, filha do diretor da ferrovia Milwaukee—Mississippi, que no século XIX defendia a educação de meninas Ojibwe, me perdoe, pois recusar a honra oferecida pelo colégio seria indelicado).

Sempre senti uma angústia por não poder dividir certas experiências pitorescas com minha avó — como ela acharia minha vida divertida e como adoraria as fofocas. Charlie e eu incluímos muitos de nossos familiares e amigos de longa data nos prazeres de nossas circunstâncias inesperadas: para o aniversário de 80 anos de minha amiga Rita Alwin, de Madison, mandei trazê-la de avião a Washington e a acomodei no Quarto de Lincoln (quando saiu do avião, notei que ela usava o broche vermelho da minha mãe, o que me comoveu.) Em um Natal, Charlie, Ella, minha mãe, Jadey, Arthur, seus dois filhos e eu passamos uma tarde deliciosamente agitada no boliche da Casa Branca (não viajamos para Wisconsin no feriado porque não queremos que os agentes do serviço secreto fiquem longe de suas famílias). Além disso, entre os políticos nomeados por Charlie estava nosso amigo Cliff Hicken — um arrecadador de fundos para campanha imbatível —, embaixador na França, então pude fazer várias visitas maravilhosas a Paris com Kathleen, nós duas passeando por restaurantes, museus e lojas de grife.

A vida que levo com Charlie é preestabelecida e exigente, mas também privilegiada e fascinante. Somos e sempre seremos membros de um clube restrito. De fato, minha alegria ou aversão pelo status são irrelevantes; ele existe e não pode ser mudado. Somos famosos, e quando Charlie deixar a presidência de vez, seremos famosos eméritos.

Hoje será com certeza um dia de drama e obrigações, um dia como qualquer outro; sempre tem sido assim. A 3 quilômetros daqui, Edgar Franklin espera — em vão, receio — para falar com Charlie; também perto, Ingrid Sanchez se prepara para a visita de senadores; a bordo do Força Aérea Um, em rota para Columbus, Charlie deve estar vetando um projeto de lei, decidindo aumentar ou diminuir despesas em impostos envolvendo bilhões de dólares, ao telefone com o primeiro-ministro do Reino Unido. Mais tarde, no painel sobre câncer de mama em um salão de hotel em Arlington, Virgínia, estarei vestida com um terno de linho vermelho e aconselharei mulheres a pararem de fumar, a fazerem exercícios regularmente e a realizarem anualmente mamografias depois dos 40 anos. À tarde, vou visitar minha filha e fazer um tour pela Casa Branca com um grupo de quarenta crianças do coral, que em agradecimento farão uma apresentação de "God bless America" no baile de hoje à noite em minha homenagem. Não nasci para ficar diante de multidões, para dispensar conselhos ou exortar, e depois de treinar muito, diria que sou apenas um pouco melhor do que a média para um orador. Contudo, a ocasião é uma oportunidade de superação — sou a esposa do presidente dos Estados Unidos e tento desempenhar bem esse papel.

Charlie ainda tem 19 meses de mandato a cumprir.

AO FINAL DA conferência sobre câncer de mama, na parte em que os palestrantes e o público tiram fotos comigo — cumprimento alguém, posamos em frente a uma bandeira, o flash do fotógrafo dispara e já há outra pessoa ao meu lado em questão de segundos —, vejo Hank Ucker inclinado na parede perto do palco. Sinto um frio na barriga, é o medo que me acompanha em qualquer lugar, onipresente, e que posso reconhecer com a facilidade com que ele surge. Em setembro de 2001, o medo se justificou, mas reconheço que qualquer coisa errada, qualquer que seja o motivo para Hank Ucker aparecer no salão do hotel em Arlington, não poderia ser um risco de morte para Charlie. Caso fosse, seríamos levados para longe imediatamente, trancados em um bunker, vestidos com coletes à prova de balas. (Usei o colete mais de uma vez, e é mesmo muito pesado.)

Dou uma olhada na fila de pessoas que aguarda para tirar foto comigo, tentando contar quantas faltam — mais de quarenta — e sinalizo para Ashley Obernauer, minha assessora. (Ashley tem 25 anos e é incrivelmente competente.) Quando ela se aproxima, peço:

— Pergunte a Hank por que ele está aqui.

Logo ela retorna:

— Ele disse que quer dar uma palavra com você lá atrás. Não disse do que se trata.

— Seu marido está fazendo um trabalho maravilhoso — diz uma mulher baixinha vestindo calça de poliéster branca, com os cabelos ondulados e grisalhos, ao apertar minhas mãos. — Oramos por vocês dois todas as noites.

— Obrigada.

Volto-me para a câmera, cutucando a mulher um pouco para que ela se vire para a frente também:

— É uma honra para mim... — diz, até ser interrompida por uma pessoa que a conduz para longe.

— Obrigada por vir — respondo.

Outra mulher idosa (parece que um asilo inteiro veio) diz:

— Diga ao presidente Blackwell que a Sra. Mabel Fulford disse para não recuar um centímetro na guerra aos terroristas!

— Pode deixar! — respondo.

O flash apaga e já estou com outra pessoa ao meu lado, uma mulher que deveria ter a minha idade e que diz:

— Faltei ao trabalho hoje para ouvi-la.

— Seu segredo está seguro comigo — prometo.

Pode haver certo clima devastador nesses eventos devido ao contraste entre o entusiasmo e o calor das pessoas que encontramos e a esmagadora cobertura negativa da mídia em relação a tudo que está relacionado à administração de Charlie. Muitos eleitores também têm uma visão negativa, claro, mas eles tendem a não comparecer a eventos como este a não ser para protestar, e as precauções para mantê-los longe são mais elaboradas do que nunca. Por razões de segurança, entrei no hotel pela porta de serviço, nos fundos, mas enquanto estávamos vindo de carro, pude ver de relance as pessoas que protestavam nas ruas, segurando cartazes e gritando. Geralmente gritam slogans contra a guerra, mas hoje parece que algumas placas estavam mostrando oposição em relação à nomeação de Ingrid Sanchez para a Suprema Corte.

Outra mulher me pergunta:

— Quando Ella se casará com o namorado?

— Aviso quando eu souber. — Rio.

Depois de muitos flashes, finalmente a fila está acabando. Os organizadores do evento me agradecem profundamente e me presenteiam com uma bolsa, que Ashley aceita, e somos levados à saída dos fundos para a carreata — Ashley; uma representante da secretaria de imprensa chamada Sandy; Bill Rawson, um dos fotógrafos oficiais da Casa Branca; uma mulher chamada Zinia que é especialista em políticas de saúde; seis agentes do serviço secreto (mais aguardam do lado de fora). Enquanto andamos, Ashley me chama:

— Alice? — Eu me viro e estico as mãos; ela coloca álcool gel nelas e eu as esfrego.

Hank aparece ao meu lado e diz:

— Os Estados Unidos realmente amam sua primeira-dama.

Todos sabem que não gosto do termo primeira-dama (embora o use algumas vezes por falta de opção, acho-o espalhafatoso e antiquado) e, na Casa Branca, me chamam apenas de Alice ou de Sra. Blackwell. Dou um sorriso contido para Hank. Do lado de fora, o calor de junho se faz sentir mesmo nos apenas dez passos entre a saída e os carros; um agente do serviço secreto chamado Cal abre a porta traseira do terceiro utilitário para mim. (Evito carreatas quando possível, dando preferência a poucas limusines, mas o evento sobre câncer de mama foi altamente noticiado. Antes de setembro de 2001, usava três carros e seis agentes para eventos públicos, mas agora, além da escolta policial, utilizo cinco carros e nove agentes, uma extravagância que não parece mais bizarra. Também depois de setembro de 2001, minha carreata ganhou "trânsito livre" em Washington, o que significa que não precisamos parar nos sinais.) Hank vem logo atrás de mim, e Ashley está prestes a entrar quando ele diz:

— Vá atrás de nós, por favor, Ash. Nos encontraremos na Ala Leste.

Ashley olha para mim e penso em fazer uma objeção, mas algo no tom de Hank me fez concordar. Afivelando meu cinto de segurança, digo:

— Hank, pensei que você tivesse ido para Ohio.

— Mudança nos planos.

— Está tudo bem com Charlie, não?

— O presidente está bem.

Hank passa a ponta da língua sobre o molar e tenta parecer calmo. A meticulosa casualidade da situação indica que *algo* deve estar errado. Resoluto, ele diz:

— Recebi uma ligação hoje pela manhã. O nome Norene Davis a faz lembrar alguém?

Forço minha memória, mas o problema é que não conheço mais todas as pessoas às quais sou apresentada. Às vezes sinto que não faço nada além de conhecer pessoas; é bem provável que eu converse com alguém por 15 minutos em um evento, que sente ao lado dele ou dela durante uma refeição, tenhamos uma agradável conversa, e não me lembre de nada disso depois. Em eventos, ouço: "Guardo com carinho a foto que tirei com você no jantar anual da última primavera" ou "Minha mulher e eu sempre falamos do encontro que tivemos com você na Convenção Republicana de 1996" e eu respondo com um aceno gentil. Às vezes, meu cérebro se enche de pistas — "*Sei* que já vi essa pessoa antes" —, mas nunca me dou conta disso sozinha, e seria mais fácil eu começar a levitar bem naquele momento do que descobrir o nome da pessoa.

— Não me lembro de nenhuma Norene Davis, mas é possível.

Hank pigarreia.

— Ela alega que você fez um aborto em outubro de 1963.

Fico surpresa. Ouço minha própria inspiração antes mesmo de perceber que é minha. *Esperar o inesperado* é a regra para viver na Casa Branca, mas isso eu não previa. Imaginava isso quando Charlie se candidatou a governador e novamente quando concorreu à presidência, e me preocupava mais com o estrago que poderia causar à sua candidatura do que com a violação da minha privacidade, embora nenhuma das duas opções me agradasse. Mas o que poderia ter acontecido não ocorreu e parecia que a potência da revelação poderia apenas minguar. Se eu fosse ficar exposta — se Dena Janaszewski, ou qualquer que seja o nome que ela use no momento, fosse me denunciar —, já teria acontecido. Então reprimi esse medo; há sempre tantos temores entre os quais escolher.

— Você consegue pensar em algum motivo para que a Sra. Davis diga tal coisa? — pergunta Hank em tom deliberadamente vago. Ninguém no carro reage, nem Cal, sentado no banco do carona, nem o agente do serviço secreto que dirige, Walter. (Cal, meu atual agente-chefe, jogou futebol americano na Universidade do Arizona; Walter é pai de gêmeos — por saberem até demais sobre nós, Charlie e eu nos esforçamos para conhecer nossos agentes, e Charlie já mostrou o Salão Oval para muitos familiares deles.) Posso ver apenas a parte de trás da cabeça de Walter e o perfil de Cal, mas tenho certeza de que ambos estão ouvindo, mas não falarão nada durante o percurso enquanto voltarmos à Casa Branca; eles quase nunca falam, a menos que o assunto seja segurança. Nas multidões, às vezes ouço um deles ao meu lado, surgindo do nada, murmurando: "pela esquerda" ou "espere, senhora". Para homens que pesam mais de 110 quilos, até que são bastante gentis.

— Tem certeza de que o nome dela é Norene Davis? — pergunto a Hank.

Hank lança mão de seu BlackBerry que estava no bolso do blazer e lê:

— Trinta e seis anos, endereço atual: Manchester Street, 5147, Cicero, Illinois, embora eu tenha motivos para acreditar que ela não está mais morando lá. Divorciada, sem filhos, enfermeira de uma organização chamada Glenview Health.

— É possível que esteja usando um nome diferente?

— Tudo é possível. Creio que haja alguém por trás dela, mas a pergunta é: quem? Enquanto nossos incansáveis investigadores tentam descobrir, quis verificar com você. Agora vem o mais importante: essa pessoa não está interessada em chantagem, pelo menos não uma chantagem convencional. Ela está ameaçando ir a público, a menos que você se declare contra a nomeação de Ingrid Sanchez para a Suprema Corte.

Confusa, repito:

— A menos que... — Mas mesmo antes de terminar, começo a entender.

A brevidade das respostas que dei sobre o aborto no noticiário da manhã em 2000 e em 2004 não pacificou os ativistas favoráveis à opção; na realidade, parece que eles preferiam uma primeira-dama a favor da vida — uma adversária clara — a uma que acredita em silêncio na liberdade de reprodução. Como disse, a pergunta da entrevista foi essencialmente combinada em ambas as ocasiões, e Charlie aprovara, o que significa que Hank aprovara, o que significa que era bom para a administração, uma vez que, no fim das contas, muitos republicanos são a favor do aborto. O âncora concordara com antecedência em não prosseguir com mais perguntas sobre o assunto e, na primeira vez, sua fala seguinte foi:

— Agora um assunto bem mais leve, há um membro da família Blackwell conhecido por ser mais tímido com relação à mídia do que você. Pode falar aos nossos telespectadores um pouco sobre Snowflake?

Depois que aquele programa foi ao ar, Jeanette Werden, de Madison, que me aborreceu tanto no churrasco no qual conheci Charlie, falando sobre seu casamento e filhos, à época grávida do terceiro, me escreveu uma carta dizendo que interrompera uma gravidez aos 28 anos — ela tinha dado à luz Katie, sua filha, havia apenas seis meses e lutara com o que hoje seria chamado de depressão pós-parto. Jeanette escreveu sobre quão feliz tinha ficado por eu ter falado sobre o assunto, e fiquei com vontade de ligar para ela e contar o resto. Mas não o fiz, pois não podia.

Durante a primeira campanha governamental de Charlie, um dos agentes de Hank fez uma longa entrevista comigo; ele me fez falar sobre cada estágio da minha vida, procurando por segredos ou controvérsias. Falamos muito sobre Andrew Imhof — um tabloide noticiara isso pela primeira vez alguns anos antes, em 2000, e a secretaria de imprensa da campanha confirmou a veracidade o mais rapidamente possível — e respondi cada uma das perguntas que o agente fez. Contudo, não dei voluntariamente informações adicionais. Charlie e eu tínhamos conversado a respeito na noite anterior, e ele dissera que não se importaria se eu não mencionasse o aborto. Se a notícia nunca viesse à tona, não seria necessário; caso contrário, então eu lidaria com a questão. Mas divulgar aquela informação premeditadamente — as perguntas do agente eram formuladas para desvendar possíveis furos — me pareceu a maneira mais certa de ela ir parar na mídia.

Naquele momento, no carro, contudo, chegara a hora de lidar com aquilo, agora mesmo, hoje.

— Esse tipo de ameaça não é ilegal? — pergunto.

Hank sorri:

— Podemos conter Norene Davis facilmente, não se preocupe, mas estou curioso em relação ao motivo que ela teria para fazer essa acusação específica.

O que Hank não está dizendo — ele não pode, pois sou a primeira-dama — é que suspeita ou sabe que a acusação é verdadeira. (Certas vezes, a etiqueta que ele deve seguir à risca me aborrece, o fato de ele ter de chamar Charlie de Sr. Presidente ou levantar-se quando entro no ambiente. *Você nos fez,* penso, *e agora deve se ajoelhar aos nossos pés.*) Se Hank achasse que a acusação não tinha fundamento, ele não estaria aqui, afinal de contas, a Casa Branca recebe dúzias de cartas, e-mails e telefonemas todos os dias de pessoas lunáticas: "Diga a Alice Blackwell para parar de mandar mensagens para o meu cachorro pela televisão!" ou "Sou o meio-irmão do presidente, filho de um caso do pai dele em 1950, mas por 2 milhões de dólares prometo ficar calado". Essas acusações, assim como as ameaças à nossa vida, são constantes, embora saibamos as especificidades de poucas delas.

— Charlie sabe o que está acontecendo? — pergunto.

Hank assente.

— Ele disse que eu deveria conversar com você imediatamente.

Será que Charlie disse a Hank que a acusação é verdadeira? Duvido que ele tenha falado abertamente, mas pode ter dado pistas.

Olho pela janela; estamos indo para leste no Arlington Boulevard, os outros carros que vão para Washington abrem caminho para a carreata seguir em frente.

— Escute — pede Hank. — Esse é um problema contornável. Se Norene Davis está agindo sozinha, vai cair na própria armadilha. As chances de ela recuar com um pouco de intimidação são bem grandes. Mas digamos que ela pensou na possibilidade de ser presa e silenciada, então conta para alguém, um repórter, ou fica calada, mas já contou para uma irmã ou o namorado, qualquer um... De qualquer forma, a acusação vem a público. Nesse caso, estou pensando em Larry King. Não de imediato, não queremos sair na defensiva logo de primeira. Esperamos dez dias ou duas semanas, desviamos o assunto para alfabetização, câncer de mama, você escolhe, e deixamos que ele pergunte a você sobre o fato. Você nega de forma categórica.

Há um ponto de interrogação implícito nessa declaração e permito que a pergunta fique no ar.

Respondo:

— E quando a imprensa perguntar a Maggie e Doug sobre isso?

— Embora costumemos considerar esse tipo de acusação falsa e ultrajante abaixo de nós, o respeito da Sra. Blackwell em relação a esse assunto delicado e controverso, blá blá blá... Aí você sabe... é só enrolar e repetir.

— Apenas não me peça para "santificar a minha vida".

— Essa não é a hora de você levantar a bandeira da livre escolha, Alice.

— Você mesmo me disse que o público aceita...

Hank não costuma me interromper, mas vira-se para ficar cara a cara comigo:

— O público aceita uma primeira-dama que apoie o direito de escolha. Não se iluda pensando que é o mesmo que aceitar uma primeira-dama que tenha feito um aborto.

Ele acredita na alegação; e deveria, e eu já sabia disso, mas há uma satisfação amarga em forçá-lo a dizer com todas as letras. Walter e Cal estão tão alertas e impassíveis quanto esfinges.

Olho Hank nos olhos:

— Não tenho certeza de quem é Norene Davis, mas a pessoa por trás disso é uma antiga amiga minha chamada Dena Janaszewski. Não falo com ela há trinta anos, e não ouço falar dela há pelo menos 15, mas ela, e provavelmente seu namorado, são os únicos além de Charlie que sabem sobre o aborto.

— Você pode soletrar o sobrenome dela? — pede Hank, tirando novamente o BlackBerry do bolso; se ele ficou chocado com minha confissão, controlou-se para não demonstrar, e ninguém disse mais nada.

— Não sei o nome que ela está usando agora, mas tem bem mais do que 36 anos. Tem a mesma idade que eu. Foi casada, e seu nome era Cimino, depois se divorciou, mas pode ter se casado novamente, é possível. — Paro um pouco para pensar. — No final dos anos 1980, ela namorava um homem chamado Pete Imhof, não sei se eles terminaram ou se estão juntos até hoje. Ele é o irmão de Andrew, o garoto que...

— Já entendi — assegura Hank.

— Nem Pete, de quem eu engravidei, soube que fiquei grávida.

— Dena deve ter contado — afirma com segurança Hank.

O carro está em silêncio, exceto pela sirenes das motos da polícia que nos escoltam, embora mesmo esse som pareça distante por causa do efeito Doppler.

— Por favor, peça aos investigadores para falarem com Dena com cuidado. Queria que ela não tivesse feito isso, mas não quero arruinar a vida dela, nem quero que vá para a prisão.

— A gravidez foi descoberta antes ou depois da morte de Andrew? — pergunta Hank em uma tentativa de contornar o assunto, imaginando se a morte poderia ofuscar o aborto.

Poderia poupá-lo da problemática e dizer que não era possível.

— Depois — respondo.

Por um momento, Hank fica em silêncio, processando a informação, e então diz:

— Bom, temos um trabalho pela frente.

Pensando bem, talvez, no final das contas, ele não nos adore tanto assim. É inegável que está digerindo essa história toda, se divertindo com os detalhes sórdidos — Hank adora uma crise mais do que tudo, para se sentir indispensável para o meu marido, por isso o apelido que Charlie deu a Hank é Tempestade de Merda.

— Não deixe que os investigadores ameacem Dena fisicamente. Entendeu, Hank? Quero que eles ajam com respeito.

— Alice, ela está tentando interferir em uma nomeação para a Suprema Corte e liderar uma pequena campanha contra o presidente e a primeira-dama dos Estados Unidos.

Franzindo o cenho, respondo:

— Não seja melodramático.

E antes de me virar para olhar pela janela, digo:

— Ela já foi uma amiga íntima.

A FAMA ACONTECE quando as pessoas começam a ver o nosso nome no noticiário, tanto na televisão quanto no jornal ou nas revistas. Algo acaba de acontecer (seu marido, com outros sete homens, acaba de comprar um time de beisebol) ou algo está prestes a acontecer (seu marido está prestes a anunciar que concorrerá às eleições para governador de Wisconsin, ou está prestes a ser eleito) e as pessoas que você conhece, não necessariamente bem, entram em contato. Pessoas do country clube cuja casa você nunca frequentou ou que nunca foram à sua casa telefonam e deixam mensagens com brincadeiras como: "Não se esqueça dos simples mortais" ou "Eu a vi no canal 4 e tive de entrar em contato enquanto você ainda lembra que me conhece". Qualquer coisa que tenha acabado de acontecer ou que esteja prestes a acontecer consome tempo; sua vida nunca antes foi tão agitada, nunca houve tantas pessoas entrando em contato por motivos tão banais, e você se sente compelida a responder, para que não pensem que a fama lhe subiu à cabeça. Você fica sabendo do seu dentista, do professor de matemática do colégio de sua filha, pessoas do passado: amigos de infância, antigos colegas de escola, ex-colegas de trabalho. São surpreendentemente habilidosos em rastrear sua vida. Às vezes, só querem reconhecimento, mas, cada vez mais, querem favores, e então até estranhos passam a pedir favores também. Pedem para eu falar nos eventos, para ser anfitriã honorária, para ser membro do conselho de curadores, para leiloar uma tarde comigo; querem ingressos para jogos de beisebol, ingressos para o World Series, permissão para casar no campo de beisebol, ingressos para um tour pela mansão do governador; depois querem ajuda para conseguir reserva ou entrar em lugares com os quais não tenho nenhuma conexão, um restaurante chique em Nova York ou um campo de golfe na Carolina do Norte; querem ajuda para que o neto consiga um estágio de verão em uma agência de talentos em Los Angeles. Antes de sua fama se estender para fora do estado, as pessoas pensam que ela já está assim. Seria impossível dizer sim a todos esses pedidos, mas negar aumenta a possibilidade de ser vista como rude; todos que pedem ajuda acham que são os únicos a fazê-lo. Parece que qualquer um cria uma obrigação para você apenas por desejar algo; escrevem uma carta ou um e-mail, deixam uma mensagem na secretária eletrônica, e mesmo não admitindo que o pedido é difícil, ignorar seria imperdoável. Dessa forma, eles determinam seus horários e suas obrigações; você se torna propriedade pública.

Gradualmente, sua fama se instala em você, como um novo casaco ou carro com o qual se acostuma, mas que geralmente provoca comportamentos estranhos e embaraçosos nos outros. Nos eventos públicos, pessoas que você nunca viu, amigos de amigos de amigos, o namorado da época de colégio da sua tia, o vizinho do seu encanador — eles também reivindicam, ressaltando os poucos degraus que separam você deles. Em eventos privados não relacionados com você ou com a razão de sua fama, os casamentos e coquetéis ou arrecadações de fundos estudantis que frequenta para se convencer de que ainda é uma pessoa comum, os outros o olham de maneira desconfortável. Você tenta ser modesto, como se não tivesse notado que as pessoas o reconheceram ou estão olhando; se for apresentado a alguém pela primeira vez, desvia a conversa para as flores, a comida ou o clima. Mas, na verdade, eles querem é falar de você: qual a relação que têm com você (por mais tênue que seja, mas insistem em firmá-la) ou onde estavam quando viram o artigo ou programa de televisão falando de você, ou o que ouviram falar na rua da sua pessoa. Querem falar de quão estranha pode ser a fama, sem perceber que eles mesmos estão gerando essa estranheza.

Então você fica realmente famoso — não uma coisa local ou regional, mas famoso mesmo — e, sobretudo, você está iluminado. De repente, seu séquito cresceu, e está grande e profissional o suficiente para haver uma barreira entre você e o resto do mundo. Em público, é ladeado por ajudantes; tanto visíveis quanto invisíveis, é acompanhado por um aparato de segurança. Você não pode simplesmente ser abordado, e, nas situações em que pode, isso ocorre de forma controlada e sistemática. Por isso, é mais difícil ser moderadamente famoso do que muito famoso; quando você é moderadamente famoso, ainda vai a uma mercearia, ainda faz o que costumava fazer antes, mas a qualquer momento pode ser notado e abordado. Quando você é muito famoso, não vai a uma mercearia, a menos que seja para uma inauguração, e sabe que em qualquer lugar aonde vá será reconhecido de imediato. Qualquer ambiente ao qual vá será alterado, sua presença significa que todos falarão de você e tirarão fotos de celular. Por isso, durante o mandato presidencial de Charlie, quase não comemos em restaurantes de Washington, exceto durante eventos organizados em torno do nosso comparecimento; fomos criticados por ficarmos afastados, mas, na realidade, eu sentia que seria injusto com as outras pessoas. Elas saíram para comemorar uma promoção ou um aniversário; ao passar manteiga no pão, nós aparecemos, desequilibrando o ambiente. Se era para ser um jantar de comemoração de uma promoção, torna-se o jantar em que o presidente e a primeira-dama apareceram. Na realidade, é egoísta, pois consumimos mais oxigênio do ambiente do que os outros.

No início, nos momentos em que me sentia mais confusa com o meu novo papel, dizia a mim mesma que eu era, com certeza, a pessoa mais famosa do país, provavelmente do mundo, que não buscara fama. Isso era mentira. Quem não queria fama certamente teria sido mais cuidadosa. Procurei a fama com um coração relutante, com grandes reservas; ainda assim, dei entrevistas e posei para fotografias e viajei de ônibus e de avião com Charlie, fiz discursos e vibrei com os dele, visitei igrejas e hospitais e restaurantes. Como toda pessoa famosa, fui cúmplice da minha fama. Sim, algumas vezes por ano, vários cidadãos comuns tornam-se o foco do frenesi da mídia — uma vítima de um crime particularmente sangrento ou a criança que pula mais alto do que os padrões para pegar um bola de *home run* em um jogo —, mas a fama passa. O tipo de fama verdadeiramente duradouro deve ser constantemente ensinado e reforçado. Nunca acontece por acaso.

Talvez tenha acontecido em 1977, na primeira campanha congressional de Charlie, ou talvez bem antes disso, quando Harold Blackwell concorreu para procurador chefe de Wisconsin em 1954. Nós nos demos às pessoas — há maneiras melhores de dizer isso, mas foi o que realmente fizemos. Nós as procurávamos, deixávamos panfletos nas portas e nos para-brisas dos carros, falávamos nos anúncios de TV, íamos às escolas, à Câmara Municipal e às feiras. Implorávamos que nos escutassem, os bombardeamos com promessas e planos, mas, durante todo o tempo, estávamos nos vendendo — vendendo Charlie.

Fizemos tudo o que podíamos para conquistar a atenção do máximo possível de pessoas, o que funcionou, e agora nós reclamamos. *Deixem-nos em paz*, é o que dizemos. *Assim como vocês, temos direito a privacidade.*

ANTES DE DISCURSAR EM Columbus, Charlie liga para dizer que acha que Dena é um lixo de pessoa sem credibilidade.

— Pegue leve — peço.

Estou tentando, na medida do possível, evitar o pânico. Esse escândalo, se realmente será um, está em um estágio inicial; preciso saber mais sobre ele antes de gastar minha energia ficando angustiada.

Minha assistente pessoal, Ashley, e eu estamos caminhando pelo gramado sul em direção ao Salão de Recepção diplomática quando Nicole Hethcote, outra assistente, diz:

— Sra. Blackwell, sua filha ao telefone. A senhora está disponível?

— Atenderei em minha mesa — informo.

Em meu escritório na Ala Oeste, assim que o telefone toca, eu atendo.

— Será que você poderia fazer com que papai falasse com o tal Franklin? — pergunta Ella. — Apenas por cinco minutos?

— Docinho, não se pode deixar que a oposição dite os termos da conversa.

— Você parece tio Hank.

Ah, minha Ella. Ela tem 28 anos, e seus horários na Goldman Sachs são piores do que os de Charlie, uma base de noventa horas por semana. As revistas às vezes mostram fotos de Ella e do namorado, Wyatt, entrando e saindo de restaurantes chiques (a principal forma de diversão deles além de exercitarem-se avidamente), e embora eu não goste de tanta exposição e admita que fico um pouco chocada com a ideia de que minha filha gasta mais em uma garrafa de vinho do que eu costumava gastar com meu aluguel quando tinha 20 e poucos anos, nunca me preocupei com a possibilidade de Ella ser pega se comportando de forma inapropriada. Ela é o nosso milagre, inteligente, equilibrada e alegre, herança de uma improvável combinação da minha calma e da travessura de Charlie. Talvez o mais extraordinário para mim seja que ela não tenha nenhum ressentimento com relação a nós dois. Insignificâncias mundanas e desentendimentos sempre estiveram presentes, assim como em toda família, mas mesmo essas brigas, que se acentuaram quando ela estava no ensino médio (por causa de questões atípicas, como a ubiquidade de seu aparato de segurança, e outras mais ordinárias, como o comprimento de suas saias, a hora de chegar em casa e a urgência em ter dois piercings em vez de um só na orelha esquerda), passaram. Enquanto duvido que ela teria escolhido esse destino para nossa família — ela estava na oitava série quando contamos que Charlie concorreria para governador de Wisconsin, o que fez com que ela dissesse que o pai queria arruinar sua vida —, parece que ela nos perdoou.

Em junho de 2001, graduou-se em Princeton, um evento no qual a presença de Charlie criou uma confusão no campus; sabendo que faríamos com que todas as famílias passassem por detectores de metal, entre outros inconvenientes, consideramos não ir à cerimônia, mas nem eu nem Charlie conseguiríamos deixar de comparecer. (Sentados na primeira fila, de frente para Nassau Hall, pensei, com certo desconforto, em Joe Thayer, que dez anos antes casara-se com uma jovem professora de música da Biddle, de aparência gentil, com quem teve mais dois filhos. Uma mudança positiva foi que sua filha, Megan, outrora problemática, também está casada e vive em Maronee com dois filhos pequenos). Ella novamente seguiu os passos de Charlie, ficando em Wharton, embora, como Charlie mesmo disse na cerimônia de entrega de diplomas há uns dois anos, a faculdade tenha se tornado tão competitiva que se ele concorresse quando ela concorreu, não teria conseguido.

A essa altura, Ella não aprecia nem despreza a política. Quando mais jovem, nós a protegemos, não permitindo que ela falasse com a imprensa, e, embora tenha ido às duas posses de Charlie, a primeira vez que participou de uma campanha foi quando segurou uma placa com os dizeres BLACKWELL/PROHET em uma esquina de Manchester, New Hampshire, em janeiro de 2004. Ela ainda não concedeu uma entrevista e mesmo que prefira, como toda garota de 28 anos de Manhattan, ficar com seus amigos e seu namorado em vez de com seus pais, vem nos ver em todos os feriados e me surpreendeu no meu aniversário de 60 anos, no ano passado. Não imagino que um dia ela concorra a um cargo público, mas outrora também não imaginava que seria a esposa do presidente.

— Sério, o cara deve estar tostando lá fora.

— Eu sei, querida, mas a situação não é tão simples assim.

— Mãe, acredite, não é que eu concorde com ele que devamos trazer nossas tropas de volta.

Em Princeton, Ella especializou-se em assuntos públicos e internacionais, e era uma apoiadora da guerra no início. "Uma mudança no regime é a única forma de eliminar os jihadistas islâmicos", diria ela, e eu ficaria orgulhosa de sua inteligência e confiança. O que meu próprio pai faria com uma jovem mulher tão educada e cheia de opinião? Falando sobre política no Oriente Médio, não menos! (Também gostaria de saber o que ele acharia da presidência de Charlie. Ele era um homem tão crédulo, patriota no sentido mais antiquado, e gosto de pensar que respeitaria Charlie e se sentiria orgulhoso de mim por extensão. Mas talvez tenha sido melhor que papai não vivesse para ver essa parte de nossas vidas. Considerando toda a questão de ser o melhor possível em tudo que faça, posso imaginar a reação dele a um artigo que a *Esquire* — revista que ele assinava — publicou no mês passado: "Dez razões pelas quais Charlie Blackwell é um filho da mãe de merda." Ao passo que meu pai, ao se referir aos presidentes da minha época de juventude, chamava-os Sr. Truman ou Sr. Eisenhower, e até chamava o zelador do banco de Sr. White.)

— Isso faz com que papai pareça sem coração — afirma Ella. — Odeio dar munição aos críticos dele. Como ficará quando esse homem tiver um ataque do coração?

— Docinho, Edgar Franklin é mais jovem do que seu pai e eu.

— Você me entendeu. De qualquer maneira, vocês não estão passando o dia todo no sol. Ei, você está usando aqueles sapatos de salto alto sexies, certo?

Nos últimos anos da década de 1990, Ella me convenceu, pelo menos para eventos formais, a usar o que ela chama de saltos sexies. Ella diz que eles emagrecem, e agora, graças aos meus dois personal trainers, estou com meu menor peso desde que fiz 30 anos, e não é mito que as câmeras engordam a gente 10 quilos. Aceito qualquer ajuda que possam me dar.

— Os indícios apontam para sim.

Hank aparece do lado de fora do escritório. Pela porta entreaberta, vejo-o falando com Jessica Sutton, minha chefe de gabinete. Se Ella descobrir que fiz um aborto, ou melhor, quando descobrir, como reagirá? Por um lado, gosto de pensar que ela é essencialmente uma pessoa compassiva e também presumo que seja sexualmente ativa. Por outro lado, como Charlie, Ella se considera uma cristã renascida e quando era adolescente colocou um adesivo em sua penteadeira que dizia: NÃO É UMA SIMPLES ESCOLHA, É UMA CRIANÇA. Ela conseguiu o adesivo com o líder do grupo jovem. Quando o notei, disse:

— Não creio que uma mulher queira fazer um aborto, querida, mas algumas acham que isso é mais responsável do que dar à luz uma criança que não estão preparadas para cuidar.

Ella olhou para mim, horrorizada, e respondeu:

— Para isso existe *adoção.*

Mais recentemente, depois das minhas duas declarações sobre o assunto em programas matinais, Ella não fez nenhum comentário, embora não acredite que ela não saiba das entrevistas.

Jessica bate gentilmente à porta aberta e quando nossos olhos se encontram, diz:

— Hank tem uma novidade.

Ela anda na minha direção, diminuindo o volume da voz a um sussurro:

— Você está bem?

Ligara para Jessica do carro para dizer o que estava acontecendo, e pedira a ela que não mencionasse nada a ninguém. Embora eu tenha uma excelente equipe, Jessica é a pessoa em quem mais confio, pois a conheço desde sempre, e talvez isso não seja surpreendente.

— Preciso desligar, querida — digo ao telefone. — Você me liga do aeroporto?

Para Jessica digo:

— Deixe-o entrar, mas fique.

Quando eles entram no escritório, Hank fecha a porta, o que significa que os agentes do serviço secreto estão do outro lado.

— Até agora, a pista não leva à sua amiga Dena — informa ele. — Você se lembra de uma médica chamada Gladys Wycomb?

Eu olho para ele.

Dra. Gladys Wycomb? Amiga da minha avó?

— Ela deve ter... — Tento organizar meus pensamentos. — Ela deve estar com 100 anos!

— Cento e quatro e ainda morando em uma casa em Chicago. Ela conta com a ajuda de uma assistente chamada Norene Davis. — Hank revira os olhos. — Elas não queriam exatamente esconder os rastros. Esperavam alguma atenção. Acabei de desligar o telefone com Gladys, e juro que não estou sendo arrogante quando digo que receber uma ligação do diabo encarnado deve ter sido a coisa mais excitante que já aconteceu com aquela velha.

— Você falou com ela diretamente?

Hank assevera:

— Ela é bem alegrinha para uma centenária, devo admitir. Diz que você fez o procedimento com o nome de Alice Warren.

— Isso não é violação da confidencialidade do paciente ou do juramento de Hipócrates?

— Engraçado você perguntar.

Sei pela língua loquaz de Hank que sou incapaz de ver o humor no que ele está prestes a dizer:

— Para falar a verdade, aborto é que é violação do Juramento de Hipócrates. Com certeza também é uma violação da confidencialidade, mas sabe de uma coisa? Quando se tem 104 anos você faz o que bem entender.

Então me lembro da armação de óculos estilo gatinho de Gladys Wycomb, sua compleição pesada, seu motorista e seu apartamento decorado, com as flores-de-lis douradas no papel de parede do saguão, o mesmo saguão no qual há mais de quatro décadas vomitei em um vaso de decoração natalina. Com calma, pergunto:

— E o que ela quer é que eu vá a público falar mal de Ingrid Sanchez?

— Sim, nada mais. Enquanto estiver fazendo isso, pode lembrar os norte-americanos quão entusiasticamente você apoia o direito de escolha da mulher.

— A Dra. Wycomb sabe que eu *já* disse que sou a favor do direito de escolha?

— Não por três anos e, aparentemente, a brevidade de ambas as vezes em que você falou sobre o assunto foi insatisfatória. Sinto que essa senhora sabe que está prestes a morrer, passa muito tempo assistindo C-SPAN, e teve uma visão às 11 horas de que deveria intervir. Ela está encarando isso como uma questão de consciência.

— Fazendo chantagem?

— Mais uma vez, deixe-me enfatizar: ela tem 104 anos, provavelmente acha que morrerá antes de qualquer repercussão legal. Ela não está nem aí.

(Uma coisa boa de ser a primeira-dama: nunca fui de falar palavrões, e agora as únicas pessoas que se sentem à vontade de fazer isso na minha presença são Charlie e Ella.)

— Ela não está colocando em risco a liberdade de Norene Davis? — pergunto.

— O principal é que você fez um aborto. Não estou julgando você, Alice, mas o povo fará exatamente isso. Se Norene Davis for a público, pegará alguns anos, mas pense na exposição da mídia, nas negociações. Ela será anunciada a campeã dos direitos da mulher, e a base conservadora passará anos limpando a sujeira.

— A menos que o quê? Que eu negue a acusação e chame a Dra. Wycomb de mentirosa?

— Você não precisa ser a pessoa a fazer isso. — Hank se vira para Jessica: — Você poderia me ajudar aqui?

— Quais são nossas outras opções? — pergunta Jessica.

Jessica é alta e inclina-se; ela está usando calças pretas e uma blusa de seda amarela sem mangas. Há muito que admiro a minha chefe de gabinete, mas talvez o que mais admire seja a sua combinação de neutralidade e calor; já encontrei algumas vezes calma e profissionalismo combinadas com emoções remotas, mas não é o caso dela.

Hank responde:

— Não estou muito animado com a ideia, nem acho que o presidente ficará, mas podemos agendar uma entrevista na qual, de forma bem implícita, você critique Ingrid Sanchez. Armaremos isso de modo que fique parecendo uma pergunta inesperada e difícil, e se formos mesmo por essa linha, seria melhor uma conversa de mulher para mulher. Você mostrando a Diane Sawyer quão belo o Jardim de Rosas fica nesta época do ano, ela a surpreende com uma pergunta sobre a sua opinião com relação à nomeação para a Suprema Corte, e você revela que gostaria que Ingrid Sanchez mostrasse sinais mais claros de que apoia o direito da mulher de...

Jessica sacode a cabeça:

— E se não for o suficiente para Gladys Wycomb? Seria pior se nos redêssemos e ainda assim ela falasse.

— Quero ir vê-la pessoalmente — declaro, me levantando. A ideia veio de repente, mas tenho certeza. Se sair agora, volto a tempo para o tour com o coral infantil. — Gostaria de falar pessoalmente com a Dra. Wycomb. Ela era... — Faço uma pausa. — Ela era uma amiga querida da minha avó.

— A lealdade dela à sua família é tocante — diz Hank, olhando para o relógio. — Se não houver nada que precise fazer antes de partir, o avião está pronto quando você estiver.

— Você já havia programado isso?

Hank sorri. Ele adora saber o que as pessoas vão querer antes de elas mesmas se darem conta.

— Por motivos óbvios, terá de ser uma viagem tipo *Baseball cap*, e diremos que você foi ver sua mãe.

Baseball cap é como chamamos as viagens não registradas — VNR — ou, pelo menos, fora dos planos e que envolvem o menor número possível de pessoas. A expressão originou-se da maneira como Charlie viajou duas vezes para áreas de guerra no exterior: na escuridão da noite, ele partiu uma vez da Casa Branca e outra de Camp David e foi para a base aérea Andrews em um único utilitário, sem motos, sentando no banco de trás, usando um boné de beisebol, acompanhado pela secretária de Estado e por apenas dois agentes do serviço secreto; mesmo o pequeno grupo da imprensa que o encontrou no Força Aérea Um não sabia, até a metade do voo, o destino.

— Jessica, acho que você vai ser a única a acompanhá-la, e mais alguém se Cal considerar necessário por motivos de segurança — informa Hank.

— Se alguém pode falar com doçura e convencê-la a não ir em frente é você. Vá a Chicago, use sua relação pessoal, faça bajulações, transpareça sinceridade. A desvantagem será se ela não for amigável, e damos confiança a ela com a visita, mas podemos reverter isso dizendo que ela é uma velha com Alzheimer.

— Hank! — Espero até que ele olhe para mim. — Eu não transpareço sinceridade, eu sou sincera.

Hank dá um sorriso falso:

— Esse é o seu calcanhar de aquiles — responde ele.

A PARTE DE SER FAMOSO que quem nunca foi é incapaz de compreender é a crítica. Certamente, há muita crítica, mas o fato é que muitas pessoas desejam ter alguém que seja completamente honesto com elas. Como ficou, na verdade, esse vestido ou esse corte de cabelo? O que você realmente acha da minha mulher e do meu filho, da casa que construí, do documento que redigi, do bolo que assei?

Na verdade, elas não querem saber. O que querem é ser elogiadas, e que os elogios sejam completamente honestos; elas querem que a afirmação seja verdadeira. Não é assim que funcionam as opiniões sinceras. As opiniões sinceras das pessoas são devastadoras, assim como elas próprias. Como uma de minhas predecessoras escreveu: "Toda mulher de vida pública precisa desenvolver uma pele tão grossa quanto a que cobre um rinoceronte."

Há duas maneiras de ser criticada: a neutra e a intencional. A crítica neutra ocorre, por exemplo, em um artigo ostensivamente objetivo, em linhas soltas, como: *A Sra. Blackwell, que nunca foi conhecida como ícone da moda... Questionada sobre os baixos índices de aprovação de seu marido, Alice Blackwell se retrai e fica na defensiva... Embora pessoas próximas digam que ela tem senso de humor, ela raramente mostra isso em público... Ao contrário do casal anterior a eles, que era caloroso e hospitaleiro...*

Você passa uma hora com um repórter, é contida, mas se sai perfeitamente bem, compartilham algumas risadas (sim, risadas, apesar da sua alegada falta de humor), você acha que a entrevista foi bem e acontece uma coisa dessas? Os críticos neutros alfinetam mais porque são casuais, embora não falem necessariamente a verdade, pensam que falam como aquele repórter que não quer ser mau, apenas constatar os fatos.

E ainda há os ataques diretos, que ocorrem na maioria das vezes nos canais de TV a cabo e em blogs; nesse caso são veementes como uma cusparada no rosto e batem no teclado com força ao declarar: *Que traidora do feminismo... Quanto de Valium vocês acham que ela tem de tomar para esquecer que é casada com o Anticristo? Ah, meu Deus, ela é uma esposa tão Stepford!!!* Uma ou duas vezes por ano digito meu nome em um sistema de busca na internet — não quero ser excessivamente protegida do que ocorre lá fora —, e passar os olhos nos resultados me faz sentir como se alguém estivesse apertando com força o meu estômago; toda vez que faço isso penso depois que foi um erro, mas o tempo passa, e eu esqueço. Ser hostilizada por estranhos não é apenas doloroso, mas também uma inversão do código social bem espantosa. Pessoas não famosas imaginam que as famosas estão constantemente felizes consigo mesmas e com a exposição; suponho que alguns o sejam, mas longe de serem a maioria. Esses discursos retóricos on-line também parecem, de maneira diferente, distorcer a verdade, são subversivos e desprovidos dos filtros da mídia. Embora meus críticos sejam minoria, como posso ouvir elogios quando os caçadores de defeitos são tão agressivos, ofensivos e tão cheios de certeza?

Além disso, há a vasta quantidade de informação distorcida ou vaga, motivos e emoções incorretamente atribuídos: sobre a morte de Andrew Imhof (*Não é uma sorte Alice Blackwell, branca e rica, não ter ido para a prisão por matar o namorado?*), sobre meu suposto evangelismo (um desenho de quadrinhos mostrando a mim lendo a Bíblia para um grupo de crianças muçulmanas, dizendo: *Agora, meninos e meninas, se vocês rezarem para Jesus Cristo tudo ficará bem*), sobre minha suposta superioridade intelectual em comparação com Charlie (outro desenho: Charlie e eu na cama à noite, eu concentrada lendo *Guerra e paz*, enquanto ele folheia *The Cat in the Hat*.) Um ano Jadey me mandou um cartão de aniversário — aparentemente, um popular — que tinha uma foto minha sorridente na qual eu usava um tailleur azul-marinho e um broche de águia. (Nunca fui apaixonada por aquele broche, mas me foi dado pela mulher do secretário de Defesa e me senti obrigada a usá-lo algumas vezes.) Na parte da frente do cartão, estava escrito: "Algumas coisas são piores do que mais um aniversário..." E dentro: "Você poderia estar casada com ELE." Embaixo, Jadey escreveu: *Não fique ofendida, nem mostre para Charlie!*

Algumas informações equivocadas sobre nós, sobre mim, são mais factuais e insignificantes — quantos anos eu tinha quando Charlie e eu nos casamos, o sobrenome do meu vizinho de infância, Sr. Falke —, mas não importa o tom ou o tipo de erro, é muito raro valer a pena pedir que minha secretária de imprensa requisite uma correção. Devo aceitar também que muitos erros foram propagados pelo círculo próximo a Charlie, especificamente por Hank: que sou filha de um carteiro foi uma informação amplamente divulgada durante a primeira corrida presidencial. (É uma grande ironia que as minhas raízes de classe média tenham provado, do ponto de vista político, serem meu mais valioso bem. Os ares do privilégio dinástico da Ivy League da costa leste associados a Charlie, eu os dissipo com minha humilde autenticidade de Wisconsin.)

Mesmo com meus constantes altos índices de aprovação, a ideia pública que se formou sobre a minha pessoa tem pequena relação com quem sou, com o que penso ou como gasto meu tempo. Hank uma vez chefiou uma comissão que descobriu que a maioria dos norte-americanos acha que sou uma cristã devota que nunca teve um emprego formal. Talvez seja por isso que meus índices de aprovação permaneceram altos.

Não acredito que uma pessoa possa ser insensível à distorção pública, e não diria que não chega a me incomodar, mas tomei uma decisão na época da primeira campanha para governador: não gastar minha energia corrigindo interpretações erradas. Uma secretária de imprensa combinou com uma repórter do *Sentinel* de tomar um chá comigo em casa (como odeio repórteres na nossa casa, saber que eles estão examinando nossas fotos de família, nossas revistas, bugigangas e ímãs de geladeira, quando nunca pensamos em ter essas coisas para mostrar, apenas as adquirimos no curso da vida — foi mais fácil nos mudarmos para a casa do governador e depois para a Casa Branca, pois sabia que, se os repórteres fossem intrusos, nós também éramos). Durante a entrevista para o *Sentinel*, a repórter me perguntou sobre jardinagem, culinária e livros infantis; dei dicas de como cultivar Delphiniums, minha receita de cookies de melaço e uma lista dos meus títulos preferidos, começando por *A árvore generosa*.

Apesar da família de seu marido, Alice Blackwell é declaradamente apolítica, começava o artigo. *Previdência e assistência médica? Não, obrigada, ela prefere falar sobre como consegue fazer com que seus cookies de melaço fiquem tão macios...*

Fiquei mortificada; Charlie achou hilariante; Hank ficou entusiasmado com o artigo, em grande parte porque o oponente democrático de Charlie, o rival, se divorciara havia pouco da esposa que fora sua companheira por 33 anos, se casara com uma lobista bem mais nova e suspeitosamente atraente e não podia nem sonhar em competir com a nossa domesticidade açucarada. Durante as 24 horas seguintes à publicação do artigo, fiquei tensa e agitada, escrevendo mentalmente cartas para o editor. Saí para andar sozinha — não pertencíamos mais ao Country Clube de Maronee, pois Charlie teve de sair devido ao fato estranho de o clube não ter membros negros, portanto, se não estivesse com Jadey, andava pela nossa rua — e de pronto, uma ideia se alojou na minha cabeça, uma ideia à qual recorri muitas vezes desde então: Charlie está concorrendo para ao mandato, eu não. O fato de eu ter sido caracterizada em um artigo de uma determinada forma não tornava isso verdadeiro nem falso, e a maneira como vivia minha vida, a maneira como me comportava não era apenas a única verdade, mas a única coisa que eu podia controlar. Não faria nenhum movimento para agradar a mídia, decidi. Prestaria conta apenas a mim mesma e saberia sempre se tinha correspondido às minhas expectativas ou não. Quanto estresse evitaria dessa forma, quão mais calma eu me sentiria. Desde aquela tarde, sempre tentei ser educada com os profissionais da mídia, embora admita que nem sempre fui tão acessível quanto eles queriam. Tento me expressar da maneira mais simples possível, respondo ao que perguntam sem me preocupar em promover meus interesses particulares e não compartilho detalhes pessoais e pontos fracos. Quando conheci Charlie, me apaixonei por ele, costumo dizer, porque ele era engraçado; quando Andrew Imhof morreu, foi incrivelmente triste; e quando penso nas nossas tropas, fico preocupada e admiro a bravura e o sacrifício delas. Não volto atrás para convencer os repórteres de que tudo o que digo é sincero (até porque eles não determinam o que é ou não sincero) ou para dar inteligentes tapas com luva de pelica — não deprecio os oponentes de Charlie. Não ser particularmente citada e estar frequentemente um pouco melancólica, mas melancólica com otimismo, considero uma pequena vitória.

Quando Ella estava na universidade, fazia parte de um clube gastronômico — não aquele ao qual Charlie pertenceu, mas outro, Ivy — e esse era o volume de informação que o público tinha dela: que ela era de Princeton, que participava de um clube cujos membros bebiam com frequência e de forma cautelosa. Acontece que ela era também voluntária em uma organização cristã do campus que nos finais de semana organizava torneios de futebol e de basquete para crianças de bairros pobres de Trenton, e, à época, o secretário de imprensa da Casa Branca, um cara chamado Travis Sykes, tentou me convencer a autorizar um artigo sobre a participação de Ella na organização. Eu neguei. Sei que muita gente pensa que se algo não for documentado, não aconteceu, mas eu discordo. Não é uma câmera, um repórter que faz com que algo seja real ou genuíno; com mais frequência, eles fazem o contrário.

Não é segredo que em algumas pessoas a atenção cria uma necessidade de mais atenção ainda. Por causa desse fenômeno, considero-me afortunada por não ter tido essa necessidade. Se você não quer chamar atenção, mas precisa lidar com isso, é um aborrecimento. Mas se desejar isso, nunca se sentirá satisfeito. Pude constatar essa verdade várias vezes tanto em Wisconsin quanto em Washington. Às vezes gostaria de poder falar sobre isso abertamente com Oprah, a única mulher mais visada que eu no país, uma tela em que os norte-americanos projetam seus sonhos, desejos e medos; realmente, que fardo ser uma Oprah, embora ela lide com isso de forma muito elegante. Apesar de eu ter ido duas vezes ao programa dela, tenho certeza de que esse tête-à-tête não vai acontecer, porque suspeito que ela seja uma democrata que não aprova meu marido.

Seja como for: pedidos e avisos deste lado da fama tendem a ser ignorados, recusados com um lamento ou com falsa modéstia; se não fossem ignorados, se as pessoas escutassem, ninguém mais procuraria atenção. Mas as pessoas sempre procuram, se esforçam continuamente esperando que um dia também tenham o luxo de se lamentar de sua alta posição. *Isso me fará finalmente feliz*, pensam elas, mas apenas se conseguirem a celebridade que buscavam perceberão que estavam erradas.

Ou talvez eu esteja errada. Talvez a maioria das pessoas seja como Charlie — aproveitaria os privilégios da fama sem se sentir excessivamente sobrecarregada pelos custos e pelas responsabilidades.

GLADYS WYCOMB VIVE em outro apartamento, em outro prédio, a alguns quarteirões de distância daquele em que fiquei hospedada durante os últimos dias de 1962 e os primeiros de 1963. O apartamento é igualmente elegante, mas menor. Ao ser levada à sala de estar da Dra. Wycomb por Norene Davis (fica cada vez mais claro que a Sra. Davis é mais uma empregada do que uma coconspiradora), reconheço algumas das pinturas que a Dra. Wycomb tinha em seu apartamento naquela época, embora agora eu reconheça sua origem: são dos artistas da Escola de Nova York, e tenho quase certeza de que um dos quadros é de Kooning. A esta altura, já estive em incontáveis casas e hotéis e, pelo amor de Deus, eu moro em um museu, mas me dou conta de que o apartamento de Dra. Wycomb foi a primeira casa elegante que visitei, e tinha algo que o dinheiro não pode comprar — estilo. Não admira que minha avó fosse tão apegada a ela.

A Dra. Wycomb está sentada em uma poltrona forrada de veludo verde-oliva e, embora esteja quente em seu apartamento, uma manta cobre-lhe as pernas. Ela usa um grande par de óculos de plástico fora de moda (não mais a armação de gatinho) e um vestido largo de seda, apesar de não ser mais uma mulher gorda; ela provavelmente pesa metade do que costumava pesar da última vez que a vi. O rosto está muito enrugado, os cabelos, curtos e grisalhos, e os olhos por trás das lentes dos óculos estão alertas. Há um andador ao lado dela, entre a poltrona e a estante de nogueira, e um pequeno aparelho de TV, preto e branco de talvez 13 polegadas (não vejo uma TV assim há anos) sobre uma mesa de mármore redonda bem à sua frente. Embora tenha se inclinado para abaixar o volume quando entrei, como Hank previu, ela estava assistindo ao canal C-SPAN.

Ela não se levantou quando Norene Davis anunciou minha chegada — tive a impressão de que seria um grande esforço para ela, mas talvez ela também estivesse querendo demonstrar sua posição —, e me aproximei dela, me inclinando:

— Dra. Wycomb, há quanto tempo — cumprimento em voz alta e alegre. Estendo minha mão, e como ela não estende a sua, dou um tapinha em seu ombro. — O seu apartamento é adorável.

Um quase sorriso atravessa seus lábios. Com a voz lenta e baixa, mas perfeitamente audível, ela diz:

— Alice, nem todos os velhos são surdos.

Imediatamente, sinto um reconhecimento alentador. Com pessoas que a conheceram antes da fama, você pode ver logo nos primeiros segundos o que se tornou para elas — se elas entendem que você ainda é você e que podem tratá-la como tal, ou se você se transformou a seus olhos, o que acarreta bajulação e respeito. Suponho que não seja surpresa, levando em consideração como a maioria dos seres humanos são influenciados uns pelos outros, que esses dois tipos de comportamento tendem a ser previsíveis. Quando velhos amigos ou conhecidos agem como se eu demandasse grande respeito, tendo a recuar (sinto-me desconfortável, mas sem dúvida, beirando a indiferença), o que parece reforçar a sensação de que não podem relaxar perto de mim como antes, mas se agirem de forma relaxada desde o início, também fico à vontade. É óbvio que para Gladys Wycomb sou menos a primeira-dama dos Estados Unidos do que a neta de Emilie Lindgren.

Aponto para uma poltrona folheada a ouro:

— Posso me sentar?

— Estou contente que finalmente tenhamos conseguido chegar até você — diz a Dra. Wycomb. — Norene tentou entrar em contato com alguém no seu escritório diversas vezes, mas era sempre rejeitada. Foi quando pensei em tentar o Sr. Ucker.

— Ah, sinto muito.

Pergunto-me com quantas pessoas Norene falou e fico imaginando o que pode ter dito.

Novamente, aquele sorriso fraco.

— O Sr. Ucker ficou muito interessado depois que percebeu que não éramos loucas. — Ela faz uma pausa. — Norene e eu achamos que o Sr. Ucker parece um ser sobrenatural.

Hank é o membro da administração mais visado depois de Charlie e do vice-presidente, e, portanto, tem tanto fãs quanto legiões de detratores. Visto pelo público como um Svengali,* Hank é considerado o responsável pela eleição e reeleição de Charlie, assim como por suas políticas mais conservadoras. Por conhecer Hank como conheço, acho-o menos intrigante e misterioso do que parece para quem está a distância, mas não discordo da visão de que Charlie provavelmente não seria presidente se Hank não o tivesse instigado a concorrer para governador e arquitetado as campanhas subsequentes. (Hank ficou radiante quando Charlie tornou-se sócio-gerente dos Brewers, porque finalmente ele teria uma identidade separada de sua família, à qual poderia recorrer quando perguntado pelos eleitores de Wisconsin o que já fizera pelo estado. A diferença entre Hank e Charlie era que Hank via o trabalho como um trampolim ideal, enquanto Charlie o via como o trabalho ideal; sem o encorajamento de Hank, acho que Charlie não teria se importado em permanecer na função por tempo indeterminado.)

— Bem, onde estão os seus seguranças? — pergunta a Dra. Wycomb. — Será que gostariam de uma bebida?

— Eles estão bem — respondo.

Cal, meu agente-chefe, insistiu que três deles viessem comigo a Chicago e que mais três agentes locais nos encontrassem aqui; quando chegamos ao

* Personagem do romance *Trilbyt* (1894), de George du Maurier; geralmente se aplica a alguém que, com más intenções, manipula outra pessoa para conseguir o que quer. (*N. do E.*)

prédio da Dra. Wycomb, Walter e o outro agente de Washington, José, fizeram uma revista antes de eu entrar. Agora José e Cal estão no corredor, Walter está ao lado da limusine na rua (Jessica está sentada dentro do carro) e os outros três agentes locais estão patrulhando os arredores do prédio.

— Dra. Wycomb, quando minha avó e eu viemos nos hospedar na sua casa foi a primeira vez que eu estive em uma cidade grande, e desde então Chicago tem um lugar especial em meu coração — afirmo. Enquanto digo isso, percebo que devo ter hoje a idade que a Dra. Wycomb tinha na época da minha visita.

— Nunca pensei em morar em nenhum outro lugar — diz ela.

Hesito por um momento e digo:

— Obviamente nós duas sabemos o motivo de eu estar aqui. Entendo as suas preocupações, de verdade, e quero que fique claro que respeito sua opinião. Mas falar sobre o meu procedimento médico com a mídia será um grande erro. Não digo que não seria ruim para mim, mas acredito que seria ruim para a senhora também.

— Se você está preocupada com algo de ruim que possa me acontecer, olhe à sua volta, Alice. — O tom da Dra. Wycomb é abruptamente diferente do que era quando estávamos tendo a conversa introdutória. — Seu marido e o vice-presidente deveriam ser julgados como criminosos de guerra.

Estou prestes a responder, quando ela prossegue:

— Creio que a desculpa do presidente seja o fato de ter nascido tolo, mas passei os últimos seis anos me perguntando qual é a sua. Não sei como consegue dormir à noite.

Não é que eu não saiba que as pessoas pensam assim, mas os sentimentos raramente são expressados com tanta proximidade. Além disso, eles não saem da boca de pessoas que conheço, nem de pessoas tão idosas. Respondo:

— Não temos sorte por vivermos em um país onde é possível expressar esse tipo de opinião? Dra. Wycomb, é seu direito discordar de algumas ou de todas as decisões do presidente, mas, por favor, lembre-se de que a administração dele é uma entidade diferente da minha pessoa.

— Muito conveniente — diz ela, olhando para a frente. — Mas o que é pessoal é político, ou você se esqueceu do movimento feminista? — Ela vira o rosto e olha diretamente para mim. — Muitas vezes pensei em escrever uma carta a você, mas dizia a mim mesma que não chegaria ao destino. Você nunca veria. Mas ainda pensava que você fosse intervir. Fiquei esperando por evidências que mostrassem que você havia tomado as rédeas da situação e o chamado à razão.

— Nem toda conversa que eu tenho é pública, Dra. Wycomb.

— Você está me dizendo que confrontou seu marido?

— Eu respondo à minha própria consciência. E isso é tudo que tenho a dizer.

— E eu respondo à minha — diz ela. — Se você pensa que eu tenho receio em revelar o seu segredo, saiba que meu único arrependimento é não ter falado sobre isso anos atrás.

Ficamos caladas, e posso ouvir outra televisão — parece que está transmitindo uma novela — em algum outro lugar do apartamento. Norene Davis, como pude ver ao entrar, tem os cabelos pretos presos em um rabo de cavalo e usa jaleco com desenhos de ursinhos de pelúcia.

— Quem você acha que sofrerá se reverterem o caso Roe? — pergunta a Dra. Wycomb. — Não as mulheres que conhecemos. Essas irão a médicos como você veio a mim, por baixo do pano, mas perfeitamente limpo e profissional, mas e as mulheres pobres? Para onde irão? Todo médico sabe que o fato de o aborto ser ilegal não o torna menos comum, apenas menos seguro. Antes de 1973, eu tive pacientes que chegavam a mim depois de procedimentos precários. Vinham com casos de sepsia e bacteriemia que lhe dariam pesadelos, e essas eram as sortudas, porque as outras morriam antes de conseguir ajuda. Eu deveria ficar parada e deixar que este país volte a essa situação? — Ela está tremendo. — O que não posso mais tolerar nessa administração é a atitude de que se algo não os afeta pessoalmente, não é importante. *Eu* nunca precisaria de um aborto, certo? Agora estou tão velha que o que quer que aconteça, não estarei aqui para ver. Mas isso não significa que eu vá dizer: "Danem-se vocês, adeus."

— Dra. Wycomb, é importante lembrar que o povo dos Estados Unidos elegeu o presidente Blackwell. Mesmo que você não concorde com ele, muitos cidadãos concordam. É impossível agradar todo mundo.

— Aquelas eleições foram fraudulentas.

Seus finos lábios estão cerrados. Ela está furiosa comigo, realmente furiosa.

— Compreendo sua frustração, mas...

— Você é uma marionete. Até as palavras que usa parecem ter saído de um discurso preparado para você.

Não é assim que as pessoas falam com uma primeira-dama — ninguém fala assim, exceto um protestante em um discurso, e se isso acontece, ele é rapidamente posto em quarentena. Os comentários da Dra. Wycomb são insultantes e irritantes, são condescendentes, mas também há algo puro e verdadeiro em sua raiva, como um vento de inverno. É quase refrescante, quase um alívio, ser confrontada cara a cara.

Embora já saiba a resposta, pergunto:

— Acredito que você saiba que já declarei em duas entrevistas que sou a favor do direito de escolha, certo?

— Naquelas ocasiões em que você deu respostas lacônicas?

— Gostaria que chegássemos a uma solução que seja satisfatória para nós duas —, digo. — Você acha possível?

— Mantenha a juíza Sanchez fora da Suprema Corte.

— Essa área não está sob o meu controle.

— Pelo amor de Deus, você é casada com o presidente dos Estados Unidos! A quem mais ele escutaria além de você?

Poderia eu convencer Charlie a retirar a nomeação de Ingrid Sanchez — ou, como manda o protocolo, convencer Charlie a convencer Ingrid a desistir da candidatura? Mesmo que fosse possível, parece-me tão sórdido, uma forma de me poupar da humilhação pública em vez de um posicionamento político real. Não que eu não prefira fortemente que o aborto permaneça legal nem que não entenda que com a confirmação da juíza Sanchez para o cargo isso possa mudar. Também não quer dizer que eu não veja como posso parecer hipócrita, embora discorde da caracterização; na verdade, não disse uma coisa e fiz outra. É que eu não acredito, honestamente, que seja minha responsabilidade ou mesmo meu direito tentar legislar. Não importa quantas vezes eu diga isso, as pessoas não estão dispostas a aceitar o fato de que *eu* não fui eleita. Se tentei encorajar Charlie em algumas direções? Claro. Um programa de educação pré-escolar, fundos de incentivo à arte, iniciativas de alfabetização — assuntos que geram pouca controvérsia, assuntos em relação aos quais ele *procura* minha opinião.

— Dra. Wycomb, admito que ainda não sei se o que está propondo é chantagem, mas certamente chega perto, e Norene Davis está envolvida — digo. — Por favor, saiba que não a estou ameaçando quando afirmo que fazer um acordo acabaria mal para nós duas. Não posso tentar impedir uma nomeação para a Suprema Corte para me proteger. Não é algo que eu esteja disposta a fazer e, de qualquer forma, não é algo de que eu ache que seja capaz. Isso coloca a decisão de volta em suas mãos no que diz respeito a como deseja proceder daqui em diante, mas falar a um repórter sobre um procedimento clínico que fez em mim parece uma clara violação à confidencialidade médico-paciente.

— A palavra certa é *aborto*. — Novamente ela não está olhando para mim. — E você não se importou em violar a lei quando serviu aos seus propósitos. Para vocês, só é crime quando é outra pessoa que o comete.

Percebo que ela realmente vai fazer o que pretendia — ela não tem medo. Não se importa com as consequências, mesmo para Norene. Sua vida centenária resumiu-se a isso: ela odeia Charlie, odeia tudo o que ela pensa que ele representa, e provavelmente me odeia ainda mais. E não me odeia apenas por tabela — não, ela me considera ainda pior do que ele. Ela compartilha a crença difundida entre democratas e alguns republicanos de que Charlie é um idiota, um idiota mau, e, em certa medida, isso o exime da responsabilidade. Mas eu — eu deveria saber.

De repente, penso: *Certo, anuncie que eu fiz um aborto; deixe o mundo saber, que saibam em Missouri, Utah e Louisiana, na Irlanda, no Egito e em El Salvador.* Não é mentira, eu fiz um aborto. Serei julgada, criticada, dissecada em talk shows, ironizada em programas noturnos de TV, massacrada ou defendida (embora majoritariamente massacrada) em editoriais. No domingo após a história vazar, na coluna "Week in Review" do *New York Times* haverá três artigos diferentes sobre mim com variações sobre o mesmo assunto. Mesmo aqueles a favor do aborto me denunciarão como uma dissimulada; grupos de mulheres me usarão como prova de alguma coisa, ou como uma história a ser evitada. Em todas as entrevistas de agora até o fim da minha vida me pedirão para explicar por que fiz um aborto e por que fiquei em silêncio por tanto tempo depois, pedirão que eu reconcilie as inconsistências entre a minha experiência pessoal e a legislação e as políticas do meu marido. Tudo o que eu disser como resposta se resumirá a: *Eu não me contradisse; vivo uma vida em que há contradições. Vocês não?*

Pete Imhof saberá, se Dena já não contou. Minha mãe saberá, minha pobre mãe, se, em seu atual estado de senilidade, estiver ciente o bastante para absorver a notícia. A esperança é que talvez outras mulheres que fizeram aborto se sentirão — o quê? — menos sozinhas? Menos culpadas? Mas isso seria presumir que elas se sintam sozinhas e culpadas, do que eu geralmente duvido. Pessoalmente, nunca me arrependi de ter feito um aborto; me arrependo das circunstâncias que me levaram a precisar fazê-lo, mas sustento que *foi* uma necessidade, que foi, embora a Dra. Wycomb pense que eu covardemente suavizei a frase, um procedimento médico. Será que eu me sentiria mais desconfortável se tivesse acontecido na décima segunda ou na décima sexta semana, e não como foi, provavelmente na quinta ou sexta? Sim. Mas o debate sobre quando começa a vida parece equivocado; eu tomei uma decisão particular e pessoal em relação à minha própria saúde.

Quando isso se tornar público, é difícil prever o efeito adverso que terá sobre Charlie. Sua administração provou ser resistente a escândalos devastadores, mas ele agora é apenas um político aguardando o final do mandato, obstruído pelos democratas em maioria na Casa Branca e no Senado — as eleições de 2006 foram quando a suposta bruxaria política de Hank finalmente falhou e o foco de Charlie voltou, depois de todos esses anos, para o seu legado, assunto que tanto costumava me irritar. Suponho que a preocupação seja mais justificável agora, mas ainda resisto silenciosamente. Enxergar um legado como um punhado de grandes atos parece uma diminuição. Um legado não consiste em um ou dois gestos excepcionais na vida, mas na forma como você se comporta todos os dias, ano após ano. De qualquer modo, pessoalmente, Charlie me perdoará, estou confiante. Fazer lobby para que ele retirasse a nomeação de Ingrid Sanchez seria uma traição aos seus olhos; ser taxada como a primeira-dama que fez um aborto apenas faz de mim uma vítima. A fim de aplacar sua base conservadora cristã, é provável que ele queira que eu dê uma entrevista na qual condene meu comportamento e diga: *Eu sou uma pecadora*, mas quando eu me recusar, ele não me obrigará. Esse é o nosso acordo implícito, podemos sugerir ou recomendar, mas nunca forçar, nunca dar ultimatos, e é por isso que entre nós não há ressentimentos.

E talvez, em alguma parte isolada da minha consciência, eu até me regozije com a divulgação, assim como me regozijo com as repreensões de Gladys Wycomb. Fui criada entre luteranos que acreditavam menos em um Deus vingativo do que em um disciplinador. Se tivéssemos fé em Jesus, encontraríamos a salvação eterna, mas enquanto isso, aqui na terra, provavelmente encontraríamos obstáculos e testes que nos ajudariam a crescer. Muitos anos se passaram desde que eu tinha fé em Jesus, mas é inegável que a base da nossa educação permanece, e é totalmente plausível para mim que agora eu esteja sendo "disciplinada" por erros do passado: não por Andrew (nesse caso, o erro e a punição foram um só), mas pela vida que levei apesar daquele terrível erro inicial. Tudo poderia ter sido solucionado por mim, não? Mas não foi, e eu me tornei uma pessoa de sorte — pude desfrutar as felicidades do casamento e da maternidade, o conforto da riqueza, e, ultimamente, os exorbitantes privilégios disponíveis nos mais alto nível da política. Desde que Charlie se tornou político, tenho sentido uma versão ampliada do que costumava sentir no Country Clube de Maronee, o medo de sermos como os californianos que moram em belas mansões nas falésias.

Na minha expectativa de que a boa sorte leva inextricavelmente ao seu extremo oposto, eu deveria notar que não me considero menos merecedora da felicidade do que qualquer outra pessoa; é que em um mundo desigual, ninguém merece os privilégios dos quais usufruo. Desde que Charlie se tornou governador, frequentemente penso que não é surpreendente que tantas pessoas famosas pareçam mentalmente instáveis. À medida que a fama cresce e elas se acomodam, podem acreditar em uma destas duas coisas: que eles merecem, e nesse caso se tornarão irracionais e insuportáveis; ou que não merecem, caso em que ficarão destruídas pela dúvida, atormentadas pelo sentimento de serem impostoras. Suponho que seja por isso que eu tenha tentado com afinco levar uma vida "normal" — continuo fazendo nossa cama, fico hospedada na casa de Jadey e Arthur em vez de em um hotel quando viajo para Wisconsin sem Charlie, leio o jornal em vez de confiar em briefings, compro eu mesma, embora acompanhada por agentes, os cartões de aniversário na Hallmark (nunca aqueles nos quais aparecemos), porque como confiar que um assistente saiba qual tipo de cartão de aniversário comprar para seu amigo ou cunhado? Se eu puder continuar sendo uma pessoa normal, espero compartilhar minha normalidade com Charlie; sei que minhas tentativas são inadequadas, mas são melhores que nada.

Na sala de estar da Dra. Wycomb, digo:

— Não parece que nenhuma de nós duas será capaz de persuadir a outra a retroceder, não é?

— Todas aquelas mulheres que terão de fazer abortos clandestinos, você será capaz de viver sabendo disso? — pergunta ela, ainda tremendo.

— Dra. Wycomb, sei que você se posiciona passionalmente...

— Você tem o poder de mudar a história, e não se importa com isso. Direitos de reprodução não significam nada para você? Bem, e o casamento gay? Posso pensar em pelo menos uma razão para que isso toque o seu coração. E o meio ambiente, as liberdades civis, essa maldita guerra? Ou vocês dois planejam ficar de braços cruzados fingindo que não veem até que o mandato dele acabe e o sucessor venha para arrumar toda essa bagunça?

— Você disse o que pensa. — Eu me levanto. Já ouvi o suficiente. — Vou embora, Dra. Wycomb. Desejo-lhe tudo de bom.

Não me imagino tocando-a na despedida, nem imagino que ela o queira. Começo a andar em direção à saída.

Quando chego à entrada, a Dra. Wycomb diz:

— Sua avó ficaria tão desapontada com você.

O que mais me dói é que o tom da voz dela nesse momento é mais triste do que raivoso.

Eu me viro e, embora me lembre de que Gladys Wycomb não é diferente de um jornalista que escreve um artigo sobre mim, que o fato de ela dizer algo não faz com que seja verdade, não consigo deixar de responder:

— Não concordo.

— Emilie pode não ter sido política, mas ela sabia discernir o certo do errado.

— *Você* a desapontou — respondo, e posso sentir em minha própria voz um tom não atrativo de ferocidade. — Ela me contou que você tentou fazê-la escolher entre nós e você, e ela nos escolheu. Isso é tudo que eu preciso saber. Ela nos escolheu.

— Você e seus pais praticamente a fizeram prisioneira naquela casa pequena e suja. E da forma como tentaram encobrir a sexualidade dela, não deveria me surpreender com o tipo de pessoa que você se tornou.

Será que isso era verdade? De qualquer forma, será que minha avó acreditava nisso, será que ela dissera isso à Dra. Wycomb, ou será que a Dra. Wycomb chegara a essa conclusão por conta própria?

— Eu amava minha avó e ela me amava. — Antes de avançar pelo saguão e sair pela porta do apartamento, digo: — Você não pode envenenar isso.

EM UMA TARDE DE SÁBADO em outubro de 1994, quando estava claro que Charlie ganharia a eleição para governador de Wisconsin, nosso velho amigo Howard, de Madison, foi até Maronee para uma visita noturna com sua esposa, Petal. (Howard e Petal se reencontraram e se casaram mais de uma década depois que eu a conheci no Mendota Terrace como uma bela jovem recém-formada.) Essa foi uma época exaustiva para nossa família — muitas noites, Ella dormiu na casa de Arthur e Jadey enquanto Charlie, Hank, eu e outros membros da equipe de campanha cortávamos em nosso caminho pequenas cidades no nordeste do estado, Cornucopia e Moose Junction e Manitowish; se ficávamos em um Holiday Inn em vez de um hotel de beira de estrada parecia um luxo. (No início da campanha, Charlie começou a viajar com seu próprio travesseiro, que eu dobrava no meio toda manhã e colocava na minha bolsa de lona.) Em razão dos nossos compromissos, as oportunidades de visitar nossos amigos eram raras, e senti que seria restaurador para todos nós, especialmente para Charlie. Notei que quanto mais dias direto em campanha, mais Charlie se tornava impaciente e irritadiço — naquela manhã, em uma central de energia elétrica em New Richmond, quando uma mãe solteira com três filhos perguntou a ele por que deveria acreditar que ele sabia qualquer coisa sobre famílias de trabalhadores, ele rebateu: "Se você acha que eu não sei, então talvez não devesse votar em mim." Até uma pequena pausa faria muito bem a ele. Naquela tarde de sábado voamos de volta para Milwaukee de Eau Claire em um avião com oito assentos. Embora eu tivesse grandes planos de fazer uma refeição de verdade, só tive energia para um espaguete, mas a noite acabou sendo muito divertida, com Howard e Petal, Charlie, Ella e eu sentados na mesa da cozinha, em vez de na sala de jantar, conversando e rindo.

Ella estava no meio da leitura de *A odisseia*, para as aulas de literatura, e eu estava relendo — levava o livro comigo quando estávamos em campanha, e fiz uma cópia de seu plano de estudos para que eu pudesse ler ao mesmo tempo as páginas que Ella lia toda noite e pudéssemos discuti-las ao telefone caso eu não estivesse em casa (sempre amei *A odisseia*). Acabamos descobrindo que quando estava no nono ano, Howard tivera que ler *A odisseia* e decorar os primeiros cinco versos em grego, dos quais ainda se lembrava: *Andra moy ennepay moosa/ polutropon hos mala polla...* Depois, eles anunciaram que Petal estava na décima terceira semana de gestação — eles vinham tentando havia anos —, e, como eles disseram, éramos os únicos a saber além de suas famílias; ainda não sabiam se era menino ou menina, então discutimos sobre nomes para ambos. Ella sugeriu Ella, Charlie sugeriu Charles, e quando eu não sugeri Alice, Howard perguntou:

— Por que você é tão contida, Al? Não consegue acompanhar esses egocêntricos?

Depois do jantar, fomos para a sala jogar copas e a noite ficara com o ar festivo. Charlie foi o primeiro a se recolher — desde que passara a correr pela manhã, ele ia para a cama por volta das 22 horas se pudesse — e quando ele adormeceu, Petal, Ella e eu fomos para o sótão procurar para Petal minhas antigas roupas de quando estava grávida. A maioria estava indiscutivelmente fora de moda.

Na manhã seguinte, Howard foi correr com Charlie, e depois ele e Petal foram para Madison por volta do mesmo horário que saímos para a igreja. Não pela primeira vez, após o sermão em Heavently Rose havia uma câmera de um noticiário local esperando por nós — isso em outubro — , e Charlie parou para falar com o repórter por alguns minutos enquanto Ella e eu esperávamos no carro. Naquela noite, Charlie faria um discurso em Green Bay e eu ficaria em Milwaukee, mas o encontraria na segunda-feira em Sheboygan, onde seiscentos republicanos locais haviam pagado 100 dólares cada um para almoçar conosco. Depois do almoço, mais de 24 horas depois de ter acontecido, Charlie me contou que durante a corrida na manhã de domingo Howard disse que seria um enorme favor se Charlie pudesse marcar uma reunião com o irmão dele, Dave, diretor de uma grande firma de engenharia que tinha esperanças de conseguir um contrato com o estado. Apenas entre eles, Howard dissera que a empresa de Dave era bem mais qualificada do que qualquer outra que na época tinha negócios com o Departamento de Transportes de Wisconsin.

— Você acha que foi por isso que eles vieram nos ver? — perguntou Charlie.

— Tenho certeza de que não — respondi, embora não tivesse certeza nenhuma.

Charlie e eu estávamos sentados na primeira fileira da van que ia para Little Chute, cidade onde Charlie faria um discurso para um grupo de produtores de leite, e disse a mim mesma que ninguém na van estava escutando a nossa conversa. Naquele momento, nosso motorista, Kenny, estava no banco da frente; um autor de discursos chamado Sean O' Fallon estava no banco de trás, usando fones de ouvido e digitando no laptop; Hank e Debbie Bell, uma estrategista, estavam na segunda fileira, tendo uma barulhenta e ardente discussão sobre se a música "Friends in Low Places", de Garth Brooks, que acabara de tocar no rádio, seria uma boa canção para tocar antes das reuniões de Charlie. Como os versos da música faziam referência a "onde o uísque me afoga e a cerveja afugenta minha certeza", parecia claro para mim que usá-la seria uma ideia desastrosa, que era exatamente o que Hank argumentava — eie disse que seria praticamente jogar a isca para a mídia descobrir que em 1988 Charlie fora pego dirigindo alcoolizado, o que na época ainda era segredo — enquanto Debbie insistia que era uma música de que muitas pessoas gostavam e que capturava perfeitamente a personalidade despretensiosa de Charlie, assim como o estilo de vida de Wisconsin, e que as referências ao álcool não importavam; muitos eleitores gostavam mais de Charlie por causa de suas lutas.

Ao meu lado, ignorando a discussão sobre Garth Brooks, Charlie parecia melancólico e não irritado ao dizer:

— Acho que é assim que vai ser agora, não é? Pedimos dinheiro a todos que conhecemos, e todos que conhecemos nos pedem favores — disse ele, com uma risada amarga — Sou um garoto de programa de alta classe.

— Se é assim que você se vê, não sei por que está concorrendo — declarei. — Um governador pode ser uma grande força para o bem e, de qualquer forma, um garoto de programa de alta classe é um oximoro.

— Espere um segundo. — Charlie sorriu, dessa vez espontaneamente. — Quem você está chamando de oximoro?

— É sério — reforcei. — Se você for eleito, e parece que vai ser. — Isso não era apenas otimismo da minha parte, os números de votação dele estavam acima dos cinquenta por cento. — Você terá a oportunidade de melhorar a vida de muitas pessoas. Não é por isso que está concorrendo?

Depois de todos esses anos, vejo a razão por que Charlie concorreu para governador, e para presidente, como algo discutível — nossas vidas se tornaram o que se tornaram —, mas naquela época isso importava para mim, parecia um enigma importante que poderia ser resolvido se eu o analisasse cuidadosamente. Acho que na época eu acreditava que se entendesse o ímpeto de Charlie, eu poderia concordar que concorrer nas eleições era uma boa ideia. "Porque ele sente que é seu destino liderar", diria Hank aos repórteres. O próprio Charlie, recusando-se a ser sério, me diria: "Pela mesma razão que um cão lambe seus testículos — porque eu posso." Porque ele queria provar que era tão inteligente e ambicioso quanto seus irmãos, jornalistas especulavam, ou porque queria vingar a humilhação de seu pai nas eleições presidenciais de 1968, e apesar de nenhuma dessas possibilidades refletir particularmente bem em Charlie, eram mais lisonjeiras do que a minha própria teoria, que eu não compartilhava com ninguém: por causa do seu medo do escuro. Porque se ele fosse eleito governador, e depois presidente, estaria protegido pelas tropas do estado e depois por agentes federais, nunca ficaria longe das pessoas especialmente designadas para cuidar dele; ele poderia ser assassinado, mas nunca teria de andar por um corredor sombrio sozinho. (De fato, parece claro que eu temo muito mais que Charlie seja assassinado do que ele próprio. Antes de ele entrar oficialmente para a corrida presidencial na primeira vez, me senti compelida a contar a ele sobre meu alívio peculiar e cheio de culpa quando Kennedy foi alvejado. Não seria uma punição perfeitamente simétrica por ter tais pensamentos, eu disse, se meu próprio marido se tornasse presidente e fosse morto de forma semelhante? Ao que Charlie respondeu sem um segundo de hesitação: "Você sabe que isso é bobagem, não sabe? É um pensamento ilusório de adolescente."

A verdadeira razão pela qual Charlie concorreu, imagino, foi uma combinação de fatores, incluindo o ego: ele tinha algum senso para o serviço público, como ele mesmo definia; ele tinha um senso de "por que não?"; ele queria se provar para a família e provar a família para o mundo; ele queria as vantagens. Esses motivos, mesmo inglórios, não me ofendem; eles nunca me persuadiram de que a entrada de Charlie na política foi sábia, mas me pergunto se os motivos das outras pessoas são mais nobres.

Para a sua primeira campanha presidencial, em 2000, Charlie concorreu como uma "tradicional lista de tolerância", um pouco de aliteração que foi ideia de Debbie Bell. Ironicamente, a simpatia declarada de Charlie pelos marginalizados e pelas classes menos favorecidas e sua credibilidade junto aos eleitores mais esquerdistas foram amparadas não apenas pelo antecedente crucial como governador, mas, precedendo sua vida pública em mais de uma década, pelo seu consistente histórico de doações a organizações de distribuição de alimentos, centros de extensão de ensino, abrigos para mulheres e crianças vítimas de violência doméstica e clínicas de tratamento para Aids. Essas eram, obviamente, as doações modestas que eu fizera furtivamente; quando nossos registros financeiros foram examinados pela primeira vez e essa duplicidade surgiu, Charlie e Hank ficaram animadíssimos: "Deus abençoe seu comportamento liberal dissimulado!", exclamou Charlie.

Outra ironia com relação ao tradicionalismo tolerante de Charlie era que a tolerância não parecia se estender à orientação sexual, ainda que eu nunca tenha duvidado de que Debbie Bell era lésbica. Eu não sabia se ela tinha envolvimentos românticos — ela nunca se referia a nenhum e nunca fora casada —, mas tinha certo ar de camaradagem com os homens e um jeito conquistador com as mulheres. Ela era alta, com os cabelos curtos e louros, e mesmo quando não estava usando um terninho, andava como se estivesse; em tudo nela, na voz, na postura e nas opiniões, havia uma confiança atlética vigorosa que infelizmente é raro ver em mulheres heterossexuais. Nas raras ocasiões em que reparava na beleza de um homem, ou quando lamentava sua solteirice, era que ela parecia mais obviamente gay para mim — os comentários pareciam forçados e não convincentes. Discuti minha impressão com Jadey e depois com Jessica, e ambas concordaram comigo, mas nunca mencionei a Charlie porque achei que isso desviaria sua atenção e ele passaria a tratar Debbie de forma estranha, provocando-a diretamente e fazendo brincadeiras pelas suas costas. Fiquei surpresa que Charlie não tivesse captado de qualquer forma sua misteriosa sexualidade, mas acho que ele era tão grato a Debbie por sua devoção inabalável que talvez não tenha querido analisar isso por medo de encontrar algo psicologicamente questionável. De fato, acho que Debbie gastou suas reservas de amor, aquelas que a maioria das pessoas guarda para um companheiro ou para os filhos, em Charlie. (Muitas vezes quis puxá-la de lado e sussurrar: *Você merece mais do que um substituto; você também tem direito a algo verdadeiro, e não apenas migalhas do meu marido.* Desnecessário dizer que fiquei na minha e espero que ela leve uma vida privada sobre a qual não sabemos nada.)

Debbie trabalhou como publicitária para os Brewers — ela era uma fã de beisebol tão passional quanto Charlie (foi uma estrela do softbal da Universidade de Wisconsin e, com o encorajamento dele, entrou para a Igreja Heavenly Rose, tendo renascido em 1990 — e quando Charlie saiu dos Brewers, ela foi com ele. Naqueles primeiros dias da escalada política de Charlie, eu às vezes ficava surpresa com a vontade e a paixão com que as pessoas o seguiam. Porque como eu aprendera com o tempo, ele não inspirava muita confiança nos pais, irmãos e cunhadas, era difícil para mim não vê-lo um pouco como um perdedor. Contudo, particularmente durante e depois de seu trabalho nos Brewers, os outros viam uma versão idealizada, como se Charlie fosse a estrela de um filme sobre sua própria vida: um cara bonito, engraçado, de boa índole que se formara em universidades prestigiadas e tinha uma carreira proeminente e bem-sucedida (Ele era filho do privilégio? Certamente, mas com o beisebol ele seguira outro caminho, e um minuto depois de conhecê-lo já era possível perceber quão simples ele era — preferia lanchonetes a restaurantes chiques, brincava com os filhos dos outros e era modesto). Confiante, atraente e religioso, com um casamento sem um traço de escândalo e uma relação de proximidade com sua filha única. Nessa narrativa, ele era o tipo de homem que os homens gostariam de ter como amigo e com o qual as mulheres gostariam que seus maridos se parecessem mais. Embora minha proximidade de Charlie seja sem dúvida parte da razão por que minha perspectiva é menos adoração, posso dizer sinceramente que o fato mais impressionante da vida política para mim tem sido a ingenuidade do povo norte-americano. Mesmo na nossa era de cinismo, a porcentagem da população que ouve algo e, portanto, acredita que seja verdade é crescente. De certa forma, também é comovente; me faz sentir protetora. (Como uma pessoa que vê uma propaganda política na televisão e toma as afirmações contidas nela como fatos, consegue existir neste mundo? Como alguém assim não é roubado diariamente por charlatões que batem à sua porta?)

Eu supunha que todos, particularmente os que estão inseridos no círculo político, abrigam o mesmo ceticismo particular que eu, especialmente em relação à discrepância entre as palavras e as ações dos indivíduos, e que o decoro nos fazia esconder esse ceticismo; evidentemente eu estava errada. Eu amo Charlie tanto quanto — ou, espero, mais do que — alguém como Debbie, mas eu o amo de forma diferente, com um maior entendimento de suas falhas. Se acredito que ele concorreu para presidente porque era uma forma de aliviar seu medo do escuro, então sou capaz, nos meus dias mais generosos, de considerar esse motivo agradável. Debbie, por outro lado, acredita que Charlie concorreu à presidência porque Deus o convocou, e o vê como um herói.

Sentada na van ao lado de Charlie, indo para Little Chute, o que tocou no rádio depois de "Friends in Low Places" foi "Achy Breaky Heart", canção que virou piada durante a campanha porque ninguém admitia gostar dela, mas todos sabíamos a letra inteira, e acabávamos ouvindo-a no rádio em todos os lugares a que íamos. Hank pediu que Kenny, no banco da frente, aumentasse o volume, e ele e Debbie pararam de discutir sobre Garth Brooks e começaram a cantar alegremente. Ao meu lado, quieto e sério, Charlie disse:

— Você acha que estou à altura da tarefa de ser governador, não acha?

— Acho que você será um governador maravilhoso.

Eu não estava mentindo. Um ano antes, quando Charlie decidira se candidatar, ele sabia pouco sobre o nosso estado que não tivesse sido filtrado pela sabedoria da família ou pela sua própria experiência como candidato ao Congresso em 1978, mas ele imergiu diligentemente na história e na política de Wisconsin. Hank arrumou especialistas em economia, educação e saúde para inteirá-lo desses assuntos, em geral confidencialmente, e Charlie memorizou fatos e estatísticas até que pudesse recitá-los com fluência.

Hank bateu no meu ombro:

— Por que vocês dois não estão cantando? "*You can tell your ma I moved to Arkansas/ You can tell your dog to bite my leg...*"

Sorri.

— Parece que você domina esse verso, Hank.

Quando ele se voltou para trás, disse suavemente a Charlie:

— Tenho certeza de que haverá muitos desafios, mas se você se mantiver focado no que está tentando alcançar, vai ser excelente.

— Sabe o que eu percebi hoje? — perguntou Charlie. — Apertando as mãos das pessoas no almoço, pensei que nunca mais farei outro amigo. Se eu for eleito, quero dizer, daqui para a frente, haverá apenas pessoas querendo favores e acesso.

Eu não tinha como discordar.

— Mas você tem sorte, porque já tem muitos amigos — argumentei. — Nós dois temos sorte.

— Mas é essa a questão.

Ele estava bem pensativo naquele momento, especialmente em contraste com Hank e Debbie, que estavam eufóricos atrás de nós.

— Depois que Howard me abordou sobre os contratos de engenharia, não o estou culpando, mas é melhor que eu esteja sempre pronto para esse tipo de coisa daqui para a frente. Não devo baixar minha guarda e supor que qualquer encontro é só por diversão e brincadeiras quando mesmo pessoas que nós conhecemos, caramba, Arthur, John ou Ed, muitos deles têm uma segunda intenção. Quando penso nisso dessa forma... eu importunava Ed sobre o estádio de beisebol.

— Você deveria falar com ele sobre isso, ou com seu pai. Aposto que eles teriam bons conselhos.

Ed ainda era congressista, e embora tivesse havido uma discussão sobre sua corrida ao Senado na eleição de 1992, ele não concorreu, e eu não tinha certeza do motivo.

— Sabe quem é a única pessoa que nunca vai me usar? — Charlie apontou para mim.

— Querido, tenho certeza de que não sou a única. Pode ser uma transição para alguns dos nossos amigos, mas eu não os subestimaria.

— As pessoas são engraçadas. Tinha me esquecido disso até hoje mais cedo, mas quando meu pai foi governador, um velho amigo da família entrou em conflito com a lei, acho que por fraude, e quis que meu pai interviesse. Quando ele se recusou, os filhos desse homem, colegas que eu conhecia bem do country clube, pararam de falar comigo. O homem acabou não indo para a prisão, de qualquer maneira, então não sei o motivo de a família ter ficado tão amarga quanto ao assunto.

Do banco atrás de nós, Hank inclinou-se para a frente de novo — a canção estava quase no final, o refrão se repetindo várias vezes — e disse:

— Última chance. Chuckles, você tem sorte por ter escolhido a política, porque jamais teria tido sucesso em um show de menestrel itinerante.

(Chuckles era o apelido que Hank colocara em Charlie, em resposta à Tempestade de Merda. Obviamente, enquanto Charlie agora é o Sr. Presidente, a alcunha Tempestade de Merda resistiu.)

Agradavelmente, Charlie aderiu:

— "*Don't tell my heart, my achy, breaky heart...*"

Peguei sua mão, entrelaçando meu dedos nos dele, e me inclinei o suficiente para que minha boca ficasse bem perto de sua orelha:

— Amo muito você — sussurrei.

NA LIMUSINE, Jessica está ao telefone com Hank:

— Ela prefere não fazer isso.

Jessica mantém um tom de voz baixo — ela tem modos impecáveis — e posso ouvir fragmentos da voz de Hank, terna, mas insistente; ele quer falar comigo diretamente.

— Não, ela não estava — diz Jessica. — Ela não acha que Gladys Wycomb esteja preocupada com isso. Não. Não. Está bem. Ligo para você do avião.

Ela aperta o botão para encerrar a chamada em seu celular, fecha-o, pega imediatamente o BlackBerry e começa a digitar.

Estamos a 3 quilômetros do aeroporto Midway, Jessica, Cal e eu em um carro, que é dirigido por um agente local.

— Gostaria de parar em Wisconsin antes de voltarmos para Washington — digo.

Jessica levanta as sobrancelhas:

— Sua mãe?

Minha mãe também viveu mais do que seu segundo marido (Lars, que era talvez a única pessoa, tanto na família de Charlie quanto na minha, que realmente gostou da ascensão política de Charlie, morreu de deficiência renal em 1996), e agora mora em uma casa de repouso em uma área fora de Riley que era uma pastagem quando eu era criança. Ela tem Alzheimer, mas a benção é que ela continua de fácil convívio e aparentemente feliz; levando em conta quantas pessoas com doenças neurológicas degenerativas ficam deprimidas ou violentas, sou grata por isso. Contudo, mesmo que esteja usando minha mãe como pretexto para minha viagem hoje, não é ela que eu quero ver.

Esta manhã, quando supus que fora Dena Janaszewski quem contara a Hank no escritório, fez sentido — havia assuntos não resolvidos entre Dena e eu, e isso seria um acerto de contas. Saber depois que a chantagem não tinha nada a ver com ela foi quase uma decepção. Me lembro com frequência daquela tarde em Riley quando ela deu a tiara e os brincos a Ella — quanto mais tempo passa, mais tenho certeza de que foi ela quem fez isso, e não sua mãe, e que aquele foi um gesto de paz e não um insulto — e me arrependo de não ter feito nenhum gesto recíproco. Mas aquilo aconteceu em um período tão conturbado da minha vida, que todo relacionamento exceto o que eu tinha com Charlie parecia periférico. Todos esses anos depois, receio ter perdido uma oportunidade, e cada vez mais tenho consciência de que se eu não tomar a iniciativa, posso não ter outra chance. Como a maioria das pessoas, sempre fui capaz de afirmar para mim mesma, ao entrar em mais uma década, que ainda não estou velha, que meu prévio senso dessa idade — 30, 40, 50 — foi enviesado pela minha própria juventude. Eu até consegui esse feito de autopersuasão depois que fiz 60 anos — pessoas de 60 anos praticam bungee jumping e nadam no canal da Mancha! —, mas agora, atingi uma idade em que, se algo acontecer comigo, será triste porém não trágico. Eu seria ligeiramente jovem, mas apenas ligeiramente. De forma semelhante, se eu ficasse sabendo algum dia que Dena morreu — é difícil saber como a notícia chegaria a mim, com a minha mãe doente e os pais de Dena falecidos, mas com certeza acabaria sabendo —, não ficaria chocada. Outros se foram, como Rose Trommler de Madison, que morreu de câncer de mama em 2003, e no ano passado o marido da minha colega do colégio Betty Bridges Scannell teve um aneurisma cerebral enquanto estavam em um cruzeiro no Caribe. A tristeza dessas mortes permanece em mim por vários dias depois que fico sabendo delas, mas seria remorso, um profundo remorso, no lugar de apenas tristeza, o que eu sentiria por Dena. Porque durante as três primeiras décadas da minha vida — metade dela — não tive uma amiga mais íntima. É verdade que ela tinha suas lacunas, mas quem não tem? Ela era vivaz e engraçada, muito mais audaciosa do que eu, e nos conhecíamos tão bem; amizades sobreviveram com bem menos.

É estranho perceber que a esta altura minha amiga mais próxima é provavelmente Jessica. Jadey e eu ainda nos falamos uma vez por semana, e ela nos visita em Washington, às vezes com Arthur, às vezes sem ele, várias vezes por ano. Tê-la na Casa Branca é sempre um tremendo sopro de ar fresco — ela diz a Charlie: "Só chamo você de Sr. Presidente você me chamar de Dame Jadey", e reclama que nos visitar a faz ficar constipada, porque não consegue ir ao banheiro confortavelmente em um ambiente tão histórico —, mas há um problema não declarado entre nós que cresceu com o tempo. Embora ela seja republicana, não encarou bem quando Charlie apoiou a emenda que baniu o casamento gay; ela permanece bem próxima ao seu amigo decorador de interiores Billy Torks, que sempre me agradou, mas que não vejo há anos. Embora tenha sido uma tensão passageira, acho que este é o problema entre Jadey e eu: antes nossas vidas eram parecidas, agora não são mais. Ela ainda vai aos encontros do Clube de Jardinagem, faz parte do conselho do Museu de Arte de Milwaukee, angaria fundos para Biddle, apesar de Drew e Winnie terem se formado há anos, e todas essas atividades são partes da vida dela que eu invejo, sinto um grande impulso de sentimentalismo quando ela as menciona, mas ela já deixou claro que pensa que eu devo achar chato e provinciano quando me conta histórias de Maronee. Apesar dos meus repetidos esforços para convencê-la do contrário, ela se recusa a acreditar que prefiro discutir a vida dela à minha. Ela diz: "Não, não, diga-me como são o rei e a rainha da Espanha."

Parece indecoroso reclamar com a minha grande família ou com amigos de Wisconsin, então não o faço. No início da carreira política de Charlie, uma vez mencionei a uma de minhas cunhadas, Ginger, que estava preocupada com os arranjos florais para um baile que ofereceríamos em Madison, e ela disse: "Acho que você deve ter mesmo muita coragem para reclamar sobre uma coisa desse tipo quando Ed merecia muito mais ser governador do que Chas." Achei esse comentário de tirar o fôlego, especialmente por causa da usual mansidão de Ginger, mas talvez mais surpreendente do que a mudança de Ginger foi a de Priscilla, que era a última pessoa que eu esperaria que ficasse balançada com a nossa fama: pouco tempo depois de Charlie ser eleito governador ela me confidenciou que eu sempre fora sua nora favorita; ela acreditava que compartilhávamos uma sensibilidade semelhante. Quando Charlie se elegeu presidente, ela começou a dizer não apenas para mim, mas para nossos familiares e também para a mídia, que eu era a *pessoa* favorita dela.

Para as outras mulheres que conhecia em Maronee ou Madison, minhas amigas do Clube de Jardinagem ou as mães das colegas de classe de Ella, minha vida é tão interessante e cheia de distração agora que acho que elas têm dificuldade de lembrar que ainda sou eu mesma, que minhas preocupações são mundanas — meu xampu favorito foi retirado do mercado, meu marido ronca, luto para arrumar tempo para fazer exercício —, e quando minhas preocupações não são mundanas, quando estou pensando na guerra ou no terrorismo, a grandiosidade da minha angústia não entra em outra categoria de emoção inimaginável para elas; elas seriam capazes de imaginar muito bem se parassem de ficar impressionadas.

Por essas razões, valorizo tanto Jessica, embora reconheça que em razão de eu ser sua chefe, a nossa amizade não é pura. Contudo, o fato de não sermos colegas torna as coisas mais fáceis, eu acho; diferentemente de Jadey, ela não se compara a mim ou compara seu marido ao meu. (Em 2002, Jessica casou-se com um homem adorável chamado Keith, que trabalha para o Banco Mundial; Charlie e eu comparecemos ao casamento no Clube de Washington, em Dupont Circle, e na recepção Charlie dançou com a Sra. Ruby, agora aposentada e com seus 80 anos, mas ainda extremamente mal-humorada, e eu dancei com o irmão mais novo de Jessica, Antoine, então um rapaz de 1,80 metro, calouro da Biddle.) Jessica e eu formamos um clube do livro de duas mulheres; nos revezamos na escolha dos títulos, e embora não haja regras oficiais exceto que os livros têm de ser de ficção, tendemos a ler traduções de autores cujo país acabamos de visitar ou estamos prestes a visitar. Em geral, não é que consiga explicar a Jessica minha revolta de primeira-dama — é que não tenho de explicar. Ela participa de tudo que acontece, sabe exatamente quão regulada, confinada e luxuosa a minha vida é; como os aspectos mais estranhos são aqueles que o público *não* vê: que quando Ella e eu viajamos para o Peru, a piscina do hotel foi drenada como medida de segurança e enchida com água engarrafada para que pudéssemos nadar nela; que eu sou chamada pelo chefe do cerimonial da Casa Branca para começar a me preparar para o Natal — as festas, os cartões e a decoração — em abril.

— Vou visitar minha mãe na próxima viagem — digo para Jessica. É Dena Janaszewski quem eu quero ver, se conseguirmos.

Se Jessica for pega de surpresa, não demonstra; é uma marca do profissionalismo dela demonstrar surpresa apenas em relação a assuntos de menor importância, nunca sobre assuntos importantes. Fiz um aborto? Ela simplesmente acena com a cabeça. Mas e se eu estiver usando um sapato de salto alto magenta? *Uau,* exclama ela. *Olá, Sra. Fashionista!*

Ela olha para o relógio e diz em tom calmo:

— Agora são 13h20 no horário central, o que significa 14h20 em Washington D.C. Supondo que levemos uma hora e quarenta minutos para voarmos de volta e então vinte minutos para chegar à residência, chegaremos às 16h20 sem parar em Riley, e o tour com o coral está programado para as 17h15. Você gostaria que eu adiasse o tour, cancelasse ou achasse um substituto?

A pontualidade pela qual a administração de Charlie é conhecida não é algo com o que a família dele fosse rigorosa quando ele era jovem, mas é um dos modos que ele encontrou para impor disciplina a si mesmo depois que parou de beber. Seguindo seu exemplo, esforço-me para ser pontual; agir de outra maneira parece uma forma de arrogância. Além disso, apesar de raramente me incomodar em recusar pedidos e convites, me pesa quando o compromisso envolve crianças. Mas ainda assim quero ver Dena hoje; quero vê-la, quero ver Pete também, se eles ainda estiverem juntos.

Quando a história do aborto surgir, Dena e talvez Pete serão as únicas pessoas que poderão confirmar sua veracidade. Contudo, não espero silenciá-los. Em vez disso, vejo a visita como uma oportunidade de esclarecer as coisas depois de tanto tempo. Teoricamente, poderia ir a Riley outro dia — apareço a cada seis semanas para ver minha mãe — mas se eu esperar, a oportunidade não terá passado? Não perderei a coragem se não fizer isso agora?

— Vamos achar um substituto para o tour — decido, e então, inspirada, digo: — Ella! As crianças amam Ella!

— Será que ela ficará ofendida se eu conseguir um docente para acompanhá-la?

— Ela ficará aliviada. Ah, se ela concordar será perfeito — ocorre-me que esse pode ser o último favor que pedirei a Ella durante um bom tempo. Assim que ela souber sobre o aborto, acredito que se distanciará de mim.

Enquanto Jessica digita no BlackBerry, digo:

— Acho que o pessoal do Hank pelo menos começou a procurar por Dena esta manhã, mas seu sobrenome pode ser também Cimino ou talvez Imhof, embora não saiba se eles ficaram juntos. Se ela se casou com outra pessoa, então não faço ideia. Mas sua data de nascimento é 16 de junho de 1946.

Suponho que seja um sinal de um amigo de infância não nos esquecermos do seu aniversário, ao passo que dos aniversários dos amigos que conhecemos quando adultos nunca nos lembramos bem; gosto de mandar cartões de aniversário, mas se não marcar na minha agenda, os esqueço.

— Você quer que Dena venha até o avião, você vai até a casa dela ou quer encontrá-la em um local público?

O campo onde pousaremos em Riley é pequeno, usado apenas por aviões privativos e pela frota da fábrica de laticínios White River.

— Eu irei à casa dela — respondo.

Sinto um vestígio de impulso de dizer que não quero ser um inconveniente para Dena e que deveríamos ver primeiramente se ela está livre hoje, mas ser um inconveniente para Dena e com as pessoas está em segundo plano. Por um lado, nos últimos seis anos não tenho sido nada além de um inconveniente, fazendo com que o tráfego seja interrompido e as ruas fechadas, prédios trancados, tampas de bueiro seladas; por outro, muitos norte-americanos e muitas pessoas no mundo, mesmo agora, não se importariam de ter seu dia virado de ponta-cabeça pelo "privilégio" de me encontrar.

— Enquanto o escritório encontra Dena, você gostaria de perguntar a Ella ou devo fazê-lo? — pergunta Jessica.

— Pode deixar que eu falo com ela.

Jessica procura em seu bolso por um segundo celular, abre-o e disca.

— É Jessica. Posso passar para sua mãe? — Jessica fica em silêncio, e então diz: — Em quanto tempo? — Novamente, uma pausa. — Perfeito.

Estamos esperando. — Quando ela desliga, diz: — Ela vai ligar de volta em cinco minutos.

Ah, graças a Deus por Ella Blackwell, a única pessoa que habitualmente rejeita o presidente e a primeira-dama dos Estados Unidos. Falo não de forma jocosa, mas sincera quando me pergunto o que faríamos sem ela para nos mantermos humildes?

Usando seu primeiro celular, aquele com o qual estava mais cedo, Jessica pressiona um único botão e, depois de alguns segundos, diz:

— Belinda, mandei mensagens para você e Ashley, mas preciso de um endereço e um número de telefone de uma pessoa em Riley. Isso é de alta prioridade.

Jessica repassa a informação sobre Dena que eu forneci e então sugere a Balinda que tente Lori, no escritório de Hank, e quando ela desliga, me informa:

— Só para que eu possa programar nossa volta de Riley, quanto tempo planeja ficar com Dena?

— Meia hora? Mas não vamos sair de Chicago até confirmarmos que ela está disponível. Pelo que sei, ela não mora mais em Riley. Posso imaginar que tenha se mudado para algum lugar como o Novo México.

— Se for impossível agendar uma visita a tempo de voltar para o baile de gala, tenho certeza de que podemos encontrar o número do telefone dela e você poderá falar com ela ainda esta noite. Mas veremos se podemos marcar um encontro pessoalmente. Você gostaria de ouvir rádio enquanto eu volto para o telefone? — O tom e a expressão de Jessica são simpáticos; não contei a ela os detalhes da minha conversa com Gladys Wycomb, apenas o resultado final, mas acho que ela pode perceber que me sinto frágil.

— Claro — respondo.

Saímos de forma tão repentina que não trouxe um livro.

— Cal, poderia ligar na NPR? — pede Jessica.

Reconheço o programa que começa a ficar audível como o Day to Day antes de reconhecer o entrevistado: é Edgar Franklin, o homem acampado em Capitol Hill, o pai do soldado morto. Jessica percebe quem é na mesma hora que eu, embora já esteja falando com outra pessoa ao telefone. A essa pessoa, diz:

— Um instante. — Ela cobre o telefone com a palma da mão e pergunta: — Quer que ele mude?

Faço que não com a cabeça.

— Parece que você planeja ficar aqui indefinidamente, é isso mesmo? — pergunta o entrevistador.

— Planejo ficar aqui até que o presidente me receba — responde Edgar Franklin.

— E se isso não acontecer?

— Planejo ficar aqui até que o presidente me receba — ele repete, com a voz firme, mas não beligerante. Ele fala de forma mais calma do que o repórter e tem um leve sotaque do sul.

— Você realmente acredita que pode convencer o presidente Blackwell a começar a trazer as tropas de volta para casa ou vê esse diálogo como um ato simbólico?

— Muitos homens e mulheres jovens perderam suas vidas, e não acredito que o presidente alguma vez tenha sido capaz de justificar nossa presença lá — diz Edgar Franklin. — Minha impressão é de que ele escuta inteligência seletiva, e é difícil para ele entender o sacrifício pessoal que isso representa.

— Embora você não tenha tido a oportunidade de se encontrar com o presidente, a Casa Branca se posicionou nos últimos dias mencionando as visitas frequentes dele a familiares dos soldados mortos, inclusive a de duas semanas atrás no sul da Califórnia. O que você espera dizer que ele já não tenha ouvido de outros cuja situação é dolorosamente similar à sua?

— Depois que seu filho se vai dessa forma, você procura uma razão para que sua morte tenha sido importante. Você espera que ele tenha se sacrificado pelo que ele acreditava, e por isso é tentador aceitar — Edgar Franklin hesita — a retórica da guerra, acho que é esse o nome que dão. Se eu achasse que a morte de Nate foi em vão, isso não seria uma deslealdade com o meu filho e com o meu país? Significaria que não sou patriota, foi o que pensei primeiramente, mas passei a ver que trazer nossas tropas de volta é que seria patriótico. Muitas famílias que estão passando só agora pelo que passei há dois anos, apenas começando a se entristecer, talvez não estejam considerando o lado político ainda.

— O que você acha da efusão de apoio que recebeu desde sua chegada em Washington na quarta-feira passada?

— Os tempos mudaram. Os norte-americanos sabem que é hora de uma conversa honesta.

— Coronel Edgar Franklin, obrigada por falar comigo.

— Obrigada, senhor.

— Você está ouvindo a WBEZ — informa uma voz feminina enquanto nosso carro escoltado pela polícia adentra os portões que levam à seção privativa do aeroporto. Cruzamos o macadame e no nublado calor do Centro-Oeste o Gulfstream estacionado a 60 metros de distância brilha; as escadas já estão abaixadas, esperando por nós.

CHARLIE COSTUMAVA TER uma frase para me provocar antes de jantares de arrecadação de fundos; ele dizia: *Não se esqueça de que no fundo você pode se divertir e arrecadar fundos ao mesmo tempo.* Dizia isso porque sabia que eu os detesto — a repetição, os cumprimentos forçados, as conversas afetadas, as intermináveis sessões de fotos e, acima de tudo, a desconfortável sensação de que as pessoas estavam literalmente nos comprando. Sempre achei os jantares de 200 dólares mais desconcertantes do que os de 25 mil — se alguém paga ao Comitê Nacional Republicano 25 mil dólares (ou, mais comumente, 50 mil por casal) para respirar o mesmo ar que Charlie durante uma ou duas horas, está claro que a pessoa tem dinheiro para gastar. O que corta meu coração é quando fica aparente, pelo sotaque ou pelo vestuário, que a pessoa não está bem financeiramente, mas se cerceia para comparecer ao evento no qual estaremos. *Não valemos tanto!* Tenho vontade de dizer: *Você deveria ter pagado sua conta do cartão de crédito, investido no fundo escolar do seu neto, viajado de férias para Ozarks.* Em vez disso, em poucas semanas, recebem pelo correio uma foto com um ou ambos de nós, assinada automaticamente, que podem emoldurar para que nós fiquemos sorrindo na sala de estar por anos e anos.

Mas houve um evento de arrecadação de fundos que, para minha surpresa, achei divertido. Foi um jantar de 1 milhão de dólares realizado em uma antiga fazenda em Mobile, Alabama, em julho de 2000. Charlie e eu sempre comemos em mesas separadas e, naquela noite, foi combinado que eu sentaria com a mulher do presidente do Partido Republicano do Alabama, com dois casais de meia-idade bem-vestidos que pareciam variações das pessoas que conhecemos em Maronee, e um pai e seu filho. Antes de um evento, uma assessora providencia um parágrafo ou dois descrevendo cada uma das pessoas importantes presentes, e, naquela noite, o plano original era de que eu sentaria entre um homem chamado Beau Phillips, proprietário de uma cadeia regional de restaurantes de fast-food, e um homem chamado Leon Tasket, diretor financeiro da maior produtora de maquinário industrial do Alabama. Acabou que a esposa de Tasket ficou gripada e, em vez dela — é difícil imaginar essa troca de última hora acontecendo agora ou em qualquer momento depois que Charlie se tornou presidente —, o Sr. Tasket levou seu filho adulto Dale, um companheiro alto, pesado e deficiente mental. Embora eu suspeitasse que Dale tivesse a capacidade intelectual de um garoto de 9 ou 10 anos, não teria pensado assim se o tivesse observado a distância — suas características não eram irregulares, exceto talvez por ele parecer mais amigável do que a maioria dos outros convidados. Quando foi a hora de sentarmos para o jantar, os homens à mesa permaneceram em pé enquanto eu e outras mulheres tomávamos nossos lugares, e Dale, a quem eu havia sido brevemente apresentada havia um minuto, sentou-se abruptamente ao meu lado, no lugar que deveria ser do seu pai; o lugar da Sra. Tasket era ao lado:

— Ah, não, você não pode — disse imediatamente Leon Tasket.

O Sr. Tasket era mais baixo e mais magro do que o filho, com um bigode e uma barba branca bem aparados e um terno de três peças.

— Menino, se a Sra. Alice Blackwell vir o jeito como você come, ela vai ficar apavorada.

Sorri, negando com a cabeça.

— Por mim está tudo bem se ele ficar aqui. Se o senhor concordar, é claro.

— A senhora é uma mulher muito valente que não se importa de se sentar perto de um urso preto, não é, Dale? Acha que devemos chamá-la de uma pessoa sem cerimônia?

No palanque um pouco acima de nós, um homem com uma gravata da bandeira nacional bateu no microfone e disse: "Se todos puderem se sentar..." Em outra mesa, Charlie sentou-se ao lado do governador e do presidente do Partido Republicano do estado.

— Sério — falei. — Está tudo bem.

Enquanto os garçons traziam nossas saladas, Beau Phillips, o chefe da cadeia de fast-food, à minha direita, disse:

— Seu marido está no caminho certo para a vitória.

Simultaneamente, à minha esquerda, Dale disse:

— Minha atriz favorita é Drew Barrymore, você sabe quem é Drew Barrymore?

Ambos os homens tinham um agradável e pesado sotaque do sul, embora apenas um deles — Dale — estivesse falando de boca cheia; ele engoliu sua salada com gosto. Ao Sr. Phillips, eu respondi:

— Obrigada. — Voltei-me para Dale e disse: — Eu sei quem é ela.

— A elite liberal perdeu o contato com os reais valores norte-americanos — disse o Sr. Phillips — Precisamos de alguém que enfrente os juízes ativistas que se inclinam para a demanda homossexual. Esse estilo de vida pode até funcionar no nordeste, mas eu lhe digo que por aqui não cola.

Suavemente, digo:

— Sei que Charlie gosta de focar naquilo que nós norte-americanos temos em comum.

— Você viu *Afinado no amor*? — perguntou Dale.

Voltei-me para ele:

— Não vi, mas ouvi falar.

— Ela é a atriz mais bonita e talentosa do mundo — afirmou Dale, e seu pai, que estava conversando com a mulher do presidente do partido no outro lado, riu e disse:

— Se eu fosse de fazer apostas, diria que estamos discutindo Drew Barrymore.

— Eu a vi quando era pequena em *E.T.* — contei. — Ah, e sabe de uma coisa, Dale, minha filha e eu recentemente vimos um filme dela chamado *Nunca fui beijada*. Você já assistiu?

O Sr. Tasket disse:

— Se vimos *Nunca fui beijada*? Pelo menos três vezes por semana assistimos a *Nunca fui beijada* em nossa casa. Assisti a esse filme mais vezes do que ao jornal da noite.

— O Sr. Coulson acha que Josie é uma estudante, mas quando descobre que ela trabalha para um jornal, eles podem se apaixonar — disse Dale.

— Eu me lembro dessa parte — falei.

— Drew nasceu no dia 22 de fevereiro de 1975 — disse Dale. — Isso significa que ela tem 25 anos, 7 meses e 3 dias de idade, é de Peixes, e eu sou de Gêmeos, mas sou mais velho que ela porque tenho 40 anos.

O pai de Dale saiu novamente da conversa, mas, ao meu lado, o Sr. Phillips disse:

— Essa eleição será uma verdadeira resposta aos democratas. Lembre das minhas palavras, vamos revidar depois de eles terem governado por oito anos como bárbaros.

— Charlie e eu estamos tão curiosos quanto vocês para saber o que vai acontecer — respondi.

Voltei-me para Dale.

— Se você é de Gêmeos, então deve ter nascido em maio ou junho.

— Nasci no dia 3 de junho de 1960. Quais são os seus hobbies? — O canto da boca de Dale estava um pouco sujo do molho da salada. — Os meus são Nintendo, selos e zoológico.

Não consegui resistir e disse:

— Parece que Drew Barrymore também é um hobby para você.

Dale sorriu de forma astuta e respondeu:

— Uma garota não pode ser um hobby! Quando você for à nossa casa, vou lhe mostrar meus selos clássicos da aviação norte-americana. Eu tenho todos, mas o melhor é o do Northrop YB-49 Flying Wing.

— Sra. Blackwell, você e seu marido ficarão aqui por muito tempo?

Essa pergunta veio de uma mulher do outro lado da mesa, mas Dale se antecedeu à minha resposta dizendo:

— E o Thunderbolt é muito legal também.

Dirigindo-me à mulher (eu já não me lembrava do seu nome):

— Infelizmente, voamos de volta hoje à noite, sinto muito, acho que seria divertido conhecer melhor o lugar. Li sobre os Bellingrath Gardens.

— Quando você voltar, deve ir a Eastern Shore. Todos temos casa lá. — Ela fez um gesto indicando outros casais na mesa. — É um ótimo lugar para relaxar, bem tranquilo. A campanha deve ser muito cansativa.

Todos eram educados, mas estavam claramente irritados com o fato de Dale estar monopolizando minha atenção, e seu pai e eu estarmos permitindo. Eu era inteiramente cúmplice — o que poderia ter sido mais prazeroso do que se sentar ao lado de alguém animado com os próprios interesses e entusiasmos, nenhum deles político, uma pessoa que eu não sabia nem se importava com quem eu era, além do fato de que eu sabia quem era Drew Barrymore e desejava conversar sobre ela? Ninguém mais na mesa podia competir com a volubilidade de Dave, a ingestão vigorosa e destemida da comida em seu prato, suas perguntas e declarações ingênuas; eu estava encantada. Os outros na mesa logo desistiram de mim, e várias vezes depois de eu ter sido deixada para conspirar com Dale, notei seu pai nos olhando, satisfeito, e eu me perguntei se ele não teria trazido o filho como uma espécie de piada, um antídoto para o extremo conservadorismo desses eventos para arrecadação de fundos. Havia também algo de destemido no Sr. Tasket; apesar de suas primeiras objeções quando Dale se sentou ao meu lado, parecia não se sentir culpado por ter levado o filho com necessidades especiais a um jantar chique.

Quando a entrada foi servida, eu não estava particularmente com fome e acabei oferecendo meu filé a Dale, que aceitou com muito prazer. Ele perguntou se eu tinha certeza e comeu minha sobremesa também, um bolo de morango.

Dez minutos depois que Charlie havia começado seu discurso, Dale tocou no meu braço e perguntou:

— Sra. Alice, gosta de jogo da velha?

Ele falou em um volume normal, em vez de sussurrar, e as pessoas em nossa mesa e nas mesas próximas olharam para ele. Leon Tasket, aparentando não estar particularmente perturbado, inclinou-se do outro lado de Dale e murmurou algo no ouvido do filho. Dale arregalou os olhos, demonstrando ter sido repreendido. E se recostou na cadeira, cruzando os braços sobre a barriga substancial.

Peguei a minha bolsa e encontrei um guardanapo de papel e uma caneta esferográfica azul. Desenhei um jogo da velha, marquei um X no quadrado superior direito e empurrei o guardanapo na direção de Dale. Seu rosto se iluminou, e quando parecia que ele falaria de novo, fiz sinal de silêncio com o dedo. No palco, Charlie dizia: "Nessas viagens que faço pelo nosso território, ouço um refrão constante: *Traga a integridade de volta à Casa Branca.*" Como sempre, a cada palavra, ele socava o pódio e, como sempre, seguiam-se aplausos. Dale desenhou um O no quadrado do centro. *Traga a integridade de volta à Casa Branca,* repetiu Charlie. "Todos vocês sabem o que isso significa, mas eu gostaria de ilustrar o princípio contando uma história." Desenhei um X no quadrado inferior direito, e Dale me bloqueou colocando um O entre meus dois Xs. "Não muito tempo atrás, visitei uma escola em Ocala, Flórida. Um aluno da quinta série, um rapazinho chamado Timmy Murphy, ergueu a mão e me perguntou: 'Governador Blackwell, o presidente dos Estados Unidos não deveria ser um herói? Mas os meus pais dizem que o homem que *atualmente ocupa* o Salão Oval não tem nada de heroico.'" Novamente, uma salva de palmas. Desenhei um X no meio da coluna da direita e Dale expressou frustração; dessa vez, eu o bloqueara. Detesto especificamente essa parte do discurso de Charlie por ser autoelogio e porque é improvável que um garoto da quinta série use palavras como *atualmente* e *ocupa.* "Bem, Timmy", disse Charlie, e Dale desenhou um O no quadrado superior da coluna central, "não sou o Super-Homem, não sou o Homem-Aranha, mas se sua mãe e seu pai votarem em mim, prometo que a coragem e a moralidade irão reinar novamente em Washington, D.C." Nesse momento os aplausos trovejaram. Nossa partida terminou dando velha, e Dale rapidamente desenhou outro jogo, que também terminou em velha, assim como os três seguintes — nesse momento, Charlie estava falando sobre ser um tradicionalista tolerante —, e então Dale ganhou de mim, e depois de mais quatro velhas, eu ganhei dele; a esta altura o guardanapo estava mais azul do que branco, e nossos jogos iam encolhendo cada vez mais para caberem no espaço limitado. O discurso de Charlie tinha terminado e o presidente local do partido estava enfatizando a importância de apoiar todos os republicanos naquele ano de corridas eleitorais apertadas. Uma ovação de pé concluiu os discursos, e enquanto ela diminuía, Dale disse:

— Você deveria me dar seu endereço e eu escreverei cartas para a senhora.

— A Sra. Alice é ocupada — protestou Leon Tasket, mas eu disse:

— Adoraria se você escrevesse para mim.

Escrevi meu primeiro e último nome e o endereço da mansão do governador em Madison atrás de um dos cartões de visita do Sr. Tasket. Logo antes de ser levada para tirar fotos, Dale me abraçou e disse:

— Depois que você e sua filha alugarem *Afinado no amor*, vocês precisam alugar *Relação indecente*. Drew está com apenas 17 anos, mas é realmente bom. Você tem belos olhos azuis, Sra. Alice.

— Obrigada — agradeci.

Eu realmente recebi uma carta de Dale duas semanas depois, escrita em uma folha pautada de um caderno de notas em espiral. Exceto pela ausência de pontuação e pelo uso equivocado de maiúsculas e minúsculas, o texto era perfeitamente compreensível: *Faltam apenas três Meses para o Filme* As panteras *estrear você está Animada porque eu estou você deveria Voltar para Alabama você poderia ir Caçar Crocodilos Comigo e Papai...* Escrevi uma resposta à mão no dia seguinte, no papel de carta que tinha meu nome estampado no topo; mencionei que havia viajado com meu marido, que recentemente tínhamos visitado Ohio e a Pensilvânia, que estava lendo a biografia de uma antiga primeira-dama, Abigail Adams, e que, embora ainda não tivesse tido a oportunidade de alugar *Afinado no amor*, estava ansiosa para assistir. Depois de voltar de Mobile, eu disse à minha equipe em Madison para atentar para qualquer correspondência de Dale e assegurar que eu a visse pessoalmente em vez de ser respondida com a carta padrão e uma foto minha preta e branca com Snowflake. Como me dei o trabalho de explicar a meus assistentes quem era Dale, quando nenhuma carta dele chegou, tive de concluir que era menos provável que tivesse se perdido do que ele nunca mais ter escrito. Fiquei decepcionada e penso várias vezes em como ele deve estar; sempre que vejo Drew Barrymore em um novo filme, lembro-me dele.

Naquela noite em Mobile, na van em direção ao aeroporto, Hank, que se sentara na mesa adjacente à nossa, disse:

— O retardado realmente despertou um brilho em você, não é, Alice?

— Que retardado? — perguntou Charlie.

Algumas semanas depois, Leon Tasket fez uma doação de 800 mil dólares ao Comitê Nacional Republicano, mas em vez de ficar triunfante com esse desenvolvimento, fiquei um pouco triste — como se a minha simpatia pelo filho do Sr. Tasket tivesse sido, assim como muita coisa na política, apenas encenação. O fato de eu ter brincado de jogo da velha com um membro da plateia durante o discurso de campanha do meu marido foi publicado na revista *Time* e repetido em muitos artigos desde então, uma pequena pérola sobre mim que, na falta de substantivos mais reveladores, supõe-se que revele algo significativo sobre a minha personalidade.

— ENTÃO, ME EXPLIQUE POR que você vai encontrar sua ex-amiga maluca, que você não vê há trinta anos, se descobriu que ela não tem nada a ver com essa merda — pergunta Charlie ao telefone.

No Gulfstream, estamos voando sobre a divisa Illinois-Wisconsin, e Charlie está a caminho de um parque remoto às margens do rio Potomac para um passeio de bicicleta à tarde; em outras palavras, três veículos com ele, sua bicicleta, vários agentes e suas bicicletas, e até um médico, estão viajando rumo ao sul.

— Parece que Dena ainda está namorando Pete Imhof, então na verdade a ideia é ver os dois. Eu simplesmente sinto que preciso — respondo.

Belinda, que trabalha no meu escritório, confirmou a Jessica que Dena e Pete moram juntos, embora tenha dito que Dena não sabia se Pete estaria presente quando eu chegasse.

— Achei que você e Ella tinham planejando uma tarde só de garotas — diz Charlie

— Bem, estou animada para encontrá-la hoje à noite, e espero que ela não fique ofendida com a minha mudança de planos. Chegarei uma hora antes da festa. Você perguntou a Ella se queria andar de bicicleta com você?

— Ela disse que está muito calor.

Hesito, e depois digo:

— Estou preocupada com a reação dela a essa história toda do aborto. Hank fez a Dra. Wycomb prometer que não contará nada até amanhã. Acho que ele deve estar fingindo que ainda existe uma chance de eu me pronunciar contra Ingrid Sanchez. Então, pretendo contar pessoalmente a Ella hoje à noite. Depois que eu contar, será que você poderia ficar por perto? Tenho a sensação de que ela vai precisar de alguém com quem conversar, mas vai estar com raiva de mim.

— É por isso que está evitando voltar para casa?

— Querido, não estou evitando nada. O encontro com Dena é uma chance de colocar os pingos nos is.

— Bem, Ella é durona — declara Charlie. — Ela vai ficar bem.

— Mas do ponto de vista religioso...

— Você acha que algum cristão que se preze não consegue entender um pecado? E daí se você errou quarenta anos atrás? Isso não significa que não tenha voltado para o caminho de Deus.

Eu sabia que ele diria isso, embora ele certamente saiba que não considero o aborto um pecado (uma infelicidade, sim, mas não uma imoralidade), da mesma forma que sabe que não compartilho suas convicções cristãs. Nosso acordo tácito sobre religião é parecido com o político: não faço nenhuma objeção que ele fale sobre Deus, e ele não insiste para eu me proclamar uma fiel. Falei sobre o meu agnosticismo para tão poucas pessoas quanto as que falei do meu aborto, então entendo a suposição, entre meus amigos e estranhos, de que eu tenho fé.

Quanto à direita cristã, os defensores dos valores tradicionais — ou qualquer que seja a forma como sejam chamados —, são eles que acreditam que Charlie é uma figura messiânica. Essa hipótese é tão insustentável para mim que nem gosto de pensar a respeito. O fato de Charlie, encorajado por seus conselheiros, principalmente Hank, ter fomentado essa ideia ridícula é um ato de cinismo ou de tão pouco brio que seria impossível dizer qual é pior. Desconfio de que, para Charlie, sua visão de si mesmo como um messias é sincera (de que outra forma explicar sua ascensão do alcoolismo à presidência?), e para Hank, não é sincera, embora não duvide da sinceridade da crença dele em Charlie. Eu poderia dizer que não compreendo essa crença, já que Hank é o mais intelectual e ambicioso dos dois, mas eu compreendo: Hank reconheceu desde o início que Charlie poderia ser seu representante carismático. Eu também não vinculei a minha vida à de Charlie, me permitindo ser guiada e definida por ele? Então por que não entenderia esse impulso em outra pessoa?

Charlie parece otimista ao dizer:

— Quando começarem a espalhar a lama, lembre-se de que nunca mais vou concorrer a nada, então não precisa se sentir culpada por minha causa.

Olho pela janela; a poltrona de capitão em que estou sentada fica perpendicular ao cockpit, então vejo o céu azul do lado de fora. Neste jatinho, que prefiro ao Boeing 757 que tenho que usar quando estou acompanhada por grupos maiores, tem 16 assentos, todas as poltronas são estofadas com couro branco e o carpete é creme; sua decoração sempre me lembra a ideia maçante que algumas pessoas fazem do paraíso. Digo:

— Querido, obrigada pelo apoio, mas antes de começarmos a chamar o aborto de pecado, isso não deixa subentendido que você gostaria que eu nunca o tivesse feito? E nós nunca teríamos nos casado se eu fosse mãe de um adolescente de 13 anos quando nos conhecemos, teríamos? — Ele fica em silêncio, então continuo: — Eu não sou descomplicada. É só isso que estou tentando mostrar. E espero que as pessoas se esqueçam rápido dessa história, mas meu medo é que a nomeação de Ingrid Sanchez vá fazer com que ela continue nos jornais.

— Você não está sugerindo que eu a exonere?

— Não, mas não subestimaria o prazer da imprensa com essa ironia.

— O que mais me deixa puto — diz Charlie — é pensar que essa bruxa dessa médica mal-amada decide que vai expor você, e todo mundo se finge de morto. Existe algum caso mais claro de chantagem?

— Ela tem 104 anos, Charlie.

— É o que todo mundo fica repetindo. Mantida viva pelo bom e velho ódio liberal, não é? — Ele ri. — Se só isso for necessário, você provavelmente vai durar mais do que eu.

Nós dois ficamos em silêncio; do lado de fora da cabine do avião, os motores roncam. Jessica está sentada a alguns metros em sua poltrona de couro branco, comendo um sanduíche que um dos dois comissários de bordo preparou para ela; Cal e José estão conversando nos fundos do avião enquanto Walter lê um livro. Tento manter a voz baixa ao dizer:

— Não concordo com os métodos da Dra. Wycomb, mas você lembra que eu sou a favor do aborto, não lembra?

— Está vendo, é isso que torna os Estados Unidos um país glorioso: há espaço para todo tipo de ponto de vista. — Percebo que Charlie está sorrindo, então escuto um som inconfundível e sei que ele acabou de soltar um pum. Embora eu já tenha dito a ele que é falta de educação, acho que ele faz isso sempre que possível na frente de seus agentes. Ele costuma dizer: "Eles acham hilariante quando o líder do mundo livre peida!"

— Eu escutei isso — digo.

— Não sei do que você está falando. — E, antes de terminar a ligação, ele acrescenta: — Dê meus cumprimentos à divorciada.

SE UM REPÓRTER ou um estranho me perguntasse o que em minha vida eu nunca me imaginei fazendo, eu diria: "Discursos!". Invariavelmente, é uma resposta que provoca risadas. Se amigos perguntassem, eu diria: "Ter um gato." Isso foi coisa do Hank — uma enquete que ele fez no início dos anos 1990 revelou que os eleitores de Wisconsin teriam uma ideia mais favorável de nossa família se tivéssemos um animal de estimação, idealmente um cachorro. Eu protestei por causa da alergia de Ella, e foi assim que acabamos nos tornando donos de Snowflake, nossa alegadamente hipoalergênica Russian Blue.

O melhor de nossa gata é que ela é reservada, até onde eu sei; não derramei nenhuma lágrima pela sua aparente aversão a sentar-se em nosso colo ou mesmo próximo a nós. Charlie às vezes a levanta e esfrega o rosto nas costelas dela, passando o nariz em seu pelo e, dizendo: "Você é a única que realmente me ama, não é, Snowflake? Sim, você é, minha boa gata republicana." As empregadas alimentam Snowflake e trocam sua caixa de areia, e um veterinário vem até nossa casa para fazer seu check-up anual; se ela corre atrás de pássaros ou ratos no jardim da Casa Branca, não tomo conhecimento. O fato de eu não gostar de gatos, fundamentado quando fui arranhada no rosto por um bichano quando eu tinha 5 anos, não é público (com algo em torno de 70 milhões de donos de gatos neste país, brincou Charlie, eu poderia ter sabotado a eleição apenas admitindo isso), e justamente pelo fato de não ser público é que, quando meus amigos me intimam a dividir com eles um pouco da minha vida privada, posso contar isso. Essa é, claro, uma falsa revelação, uma pseudointimidade, um truque que aprendi com os assessores de imprensa da Casa Branca; de forma regular, eles divulgam informações sobre nós que são verdadeiras, mas absurdamente triviais, que passam a ideia de que estamos compartilhando nossa intimidade — são humanizadoras, nos dizem. *Charlie Blackwell ama o filme* O âncora: a lenda de Ron Burgundy. *Alice Blackwell deu ao presidente uma câmera digital e uma roupa de ciclismo no Natal. A comida preferida de Ella Blackwell é* fajitas.

A verdadeira resposta à pergunta sobre o que em minha vida eu nunca me imaginei fazendo é: plástica facial. E embora haja muita especulação na mídia sobre o assunto, nunca será confirmado nem por mim nem por nenhum dos membros da equipe, em parte porque poucos deles sabem com certeza. Charlie já decidira em 1997, antes da eleição para governador, que concorreria à presidência em 2000. Em 1998, em uma festa de Super Bowl que oferecemos na mansão do governador para a equipe e amigos próximos, eu estava com Debbie Bell, com a esposa de Hank, Brenda e com Kathleen Hicken. Debbie, que na época era a diretora de comunicações de Charlie, disse:

— Aqui entre nós, garotas, alguma de vocês já considerou fazer cirurgia plástica? Eu estava na Ann Taylor outro dia, e aqueles espelhos no trocador *não* perdoam.

— Debbie, você ainda é jovem! — exclamei. Ela é dez anos mais nova do que Charlie e eu, o que significa que tinha uns 40 e poucos anos; eu queria acreditar que ela era jovem.

— Eu sei, mas sempre ouço que os procedimentos cirúrgicos são muito simples nos dias de hoje — afirmou Debbie. — Não estou falando, sabe, de implantes ou rinoplastia, apenas... — ela colocou as mãos nas laterais do rosto, puxando-as para trás — ...eliminar algumas rugas — disse. Ela se virou para mim: — Você faria isso?

(Eu deveria ter desconfiado — como eu era ingênua —, mas realmente não percebi aonde ela queria chegar.)

— A recuperação não leva meses? — perguntou Kathleen.

Debbie negou com a cabeça:

— Talvez fosse assim, mas os médicos fizeram enormes avanços. Se eu marcasse uma consulta, Alice, você iria comigo para me dar apoio moral? — Esse pedido me pareceu estranho, já que Debbie e eu não éramos íntimas. Nos conhecíamos bem, ela era parte do círculo próximo de Charlie, mas nunca passávamos tempo juntas só nós duas.

— Acho que fica para outra vez, mas depois me conte o que o médico disser — pedi. — Aposto que ele vai mandá-la embora por ainda ser jovem demais.

Acontece que aquela era apenas a fase 1 do plano. A fase 2 consistiu em uma ligação de Jadey.

— Eu não deveria contar isso a você, mas Hank quer que você faça uma plástica facial. Eu deveria sugerir uma viagem para a Flórida para fazermos a plástica juntas, como se a ideia fosse minha, mas depois pensei melhor e fiquei intrigada.

— *Hank* quer que eu faça uma plástica no rosto?

— Eu sei que é realmente manipulador...

— E ele ligou para você?

— Foi Debbie quem ligou.

— Ligo para você em um segundo — falei. E quando desliguei disquei diretamente para o escritório de Charlie. A secretária dele, Marsha, atendeu:

— Ele está em uma reunião com o Conselho de Governo agora, mas eu teria prazer em...

— Por favor, diga a ele que é urgente — pedi.

Quando Charlie atendeu, perguntou sem fôlego:

— Ella...

E eu respondi:

— Não, ela está bem, nada de ruim aconteceu, exceto pelo fato de que aparentemente Hank anda falando por aí que eu preciso fazer uma plástica.

— Eu o alertei de que você não gostaria disso.

— Você sabia?

— É para a TV, Lindy, só isso. Você sabe que eu a acho linda, mas ele tem essa ideia de que quando estivermos em âmbito nacional...

— *Você* está planejando fazer uma plástica?

— Não preciso dizer que existem dois padrões. Escute, eles deviam ter sido mais diretos com você...

— Eles?

— Nós... Nós devíamos ter sido. A lógica de Hank é: se você quer fazer isso, faça agora. Você não pode fazer esse tipo de cirurgia no meio da campanha.

— De onde surgiu isso? Hank fez uma pesquisa sobre a minha aparência?

Charlie hesitou, e eu perguntei:

— Ele está aí com você agora?

— Ele está com os conselheiros, com quem eu deveria estar. A decisão é sua, Lindy. Me desculpe se isso a ofendeu. Você ainda é a mais bonita de todas as minhas esposas.

— Isso é incrivelmente insultante.

— Quando eu voltar para casa hoje, mostrarei quanto a acho atraente. Agora eu preciso ir antes que eu fique de pau duro só de pensar nisso.

Acho que fiquei ofendida não apenas porque o fato de a equipe de Charlie ter discutido a minha aparência — e ter chegado à conclusão de que não era boa o suficiente — ser humilhante, mas também porque a insinuação reforçava minhas próprias inseguranças. Embora eu nunca tenha sido insegura em relação à minha aparência, não deixei de notar que as linhas nos cantos da boca e na testa estavam mais profundas, que a pele do pescoço já não era tão suave como antes, e que quando eu aparecia na televisão, essas falhas ficavam mais visíveis do que pessoalmente. Ainda assim, achava que a situação poderia ser contornada com um pouco mais de maquiagem.

Durante três dias, fervi de raiva, no quarto dia, pedi a minha assistente Cheryl que comprasse um livro sobre cirurgia plástica e, no quinto, fui a uma consulta com um médico. Não foi ele que realizou o procedimento; um mês depois, Jadey e eu fomos a Naples, Flórida, à clínica de um cirurgião considerado o melhor na área, e passamos duas semanas em uma casa isolada de frente para um canal. Infelizmente, a paisagem foi um desperdício, porque não podíamos nadar nem nos expor ao sol; Cheryl, que tinha 30 anos, nos acompanhou, e nós a encorajamos a ir até a praia e até mergulhar uma tarde. Enquanto isso, Jadey e eu líamos, assistíamos à televisão, reclamávamos e fazíamos piada sobre a situação. Fomos orientadas a manter a cabeça erguida — os curativos de Jadey eram maiores do que os meus, embora ambas tenhamos ficado igualmente dormentes e sensíveis, e o meu rosto ficou bastante inchado —, e seis dias depois do procedimento fomos tirar os pontos das incisões na linha do cabelo (antes da operação, uma enfermeira elogiara o meu corte de cabelo, pois ele esconderia bem o mais leve sinal de cicatriz). Jadey e eu fizemos um pacto de não contar a ninguém — nossos maridos sabiam, e Cheryl, mas não diríamos nada a nossas cunhadas a Priscilla ou a nossos filhos. Foi ao pensar em Ella, na verdade, que me questionei: que péssimo exemplo eu estaria dando se ela soubesse, quão fútil e incapaz de aceitar o processo de envelhecimento. Convenientemente, porém, ela estava em Princeton, e a história que contamos a todos em Madison e Milwaukee foi que iríamos fazer um curso de pintura, um estudo intensivo de aquarela. ("O que faremos quando pedirem para ver nosso trabalho?", perguntei, e Jadey sugeriu: "Diremos que está sendo enviado pelo correio." Mas ninguém perguntou nada.)

Principalmente nos primeiros dias que seguiram a nossa cirurgia, Jadey e eu estávamos tão doloridas que nos questionamos, abertamente e em intervalos regulares, se havíamos cometido um erro, e passou pela minha cabeça (isso eu não disse em voz alta) que éramos como personagens de um conto de fadas, bruxas narcisistas ávidas pela juventude perdida. Mas não fomos, no final, punidas por isso; uma semana depois da cirurgia, os hematomas já haviam desaparecido, o inchaço, diminuído e, na noite anterior ao nosso retorno a Wisconsin, jantamos com Cheryl em um restaurante mexicano maravilhoso e bastante animado; não podíamos beber, mas Jadey tomou uns golinhos da marguerita de Cheryl. Quando chegamos em casa, nos ligávamos com frequência para compararmos quantos elogios tínhamos recebido, como parecíamos descansadas depois de tomar o ar fresco do mar. De todos os fatos mais tristes em relação à cirurgia plástica, o mais difícil de aceitar talvez seja este: se o procedimento for benfeito, realmente funciona. Uma vez que você faz, percebe quantas outras pessoas devem ter feito, e apesar de haver muitos exemplos ineptos em que a cirurgia ficou óbvia, há muito mais homens e mulheres, especialmente sob o olhar público, sobre os quais não temos certeza, mesmo quando admiramos seu brilho saudável e jovial.

Eu aprendera no livro sobre cirurgia plástica que os benefícios de uma ritidectomia, como é formalmente chamada, tendem a durar de cinco a dez anos, momento em que uma repetição do procedimento é recomendada. Isso significa que mesmo pelo cálculo mais otimista, minha plástica facial já expirou. Não planejo fazer outra, não porque minha vaidade tenha desaparecido, mas porque agora eu e Jadey preferimos tratamentos com Botox, uma opção que não existia no final dos anos 1990. A cada três meses, ela vem a Washington, e o médico particular de Charlie, o Dr. Subramanium, realiza o procedimento em nós duas na privacidade de seu consultório na Casa Branca; o procedimento leva dez minutos e não envolve anestesia. Gostaria de pensar que parte do motivo de eu seguir essa rotina assiduamente é que ela é uma ligação entre mim e Jadey, uma forma de nos mantermos próximas, mas isso é apenas uma parte da verdade. Eu faço isso também porque não quero que blogueiros e apresentadores de programas noturnos façam piada sobre a minha aparência. O fato de eu me submeter rotineiramente a injeções de bactérias venenosas no meu rosto é algo espantoso para mim, mas não tanto quanto o fato de eu ser casada com o presidente dos Estados

Unidos, morar na Casa Branca e ter o ridículo título de primeira-dama. Até onde sei, Debbie Bell nunca fez nenhum tipo de cirurgia plástica.

Voltando para 1998, poucas semanas depois de eu retornar de Nápoles para Madison, Ella foi para casa passar as férias, e fui buscá-la no aeroporto; embora tivesse um aparato de segurança como primeira-dama de Wisconsin, eu ocasionalmente dirigia. O recesso de primavera de Ella era de duas semanas, e ela e alguns amigos passaram a primeira metade em Turks e Caicos, na casa de férias de uma colega de classe chamada Alessandra Caterina Laroche de Fournier (ela atendia por Alex). Ella disse que a viagem ficara um pouco chata no final; ela se sentiu um pouco fútil, e naquela semana, queria passar um tempo na cozinha onde ela foi voluntária durante o ensino médio. Desmarcara todos os meus compromissos durante o tempo que ela ficaria em casa e disse que se ela quisesse assistir a algum filme ou se precisasse comprar roupas, especialmente para o estágio de verão na Microsoft, eu estaria disponível. Em tom neutro, ela respondeu que talvez.

Tinhamos chegado na mansão e eu acabara de estacionar quando ela disse:

— Mãe, a propósito... — voltei-me para ela — bela plástica.

ELES MORAM NO primeiro andar de uma casa na Adelphia Street. Com o coração disparado no peito, subo as escadas da entrada e bato à porta, embora bater seja um pouco de formalidade uma vez que tanto o apartamento deles quanto o de cima já foram inspecionados pelos agentes do Serviço Secreto. O ar frio do ar-condicionado misturado com fumaça de cigarro bate no meu rosto quando Dena aparece atrás da porta de tela. Ela é uma mulher magra, de pescoço fibroso, lábios finos e rosto enrugado, e o cabelo, outrora castanho, agora está louro-acinzentado e de aspecto seco, ainda ondulado, mas preso na altura da orelha. Ela está velha, Dena está *velha*, mas sem dúvida é ela mesma, e eu começo a chorar. Ela abre a porta, um olhar agradável vai surgindo em seu rosto, e ela diz:

— Bem, você não precisa fazer um drama por causa disso.

Quando nos abraçamos, apoio-me nela.

Vamos para a sala de estar, onde há um sofá de couro preto e uma cadeira combinando, assim como uma mesa de centro baixa, em frente a um sistema de entretenimento — uma estante de prateleiras cuja parte central abriga uma enorme televisão, ladeada de um lado por um aparelho de som, caixas de som, e CDs e DVDs, e no outro, por várias fileiras de placas penduradas decoradas tanto com cavalos (eles galopam em um fundo de paisagens do oeste, seus corpos em ângulos afiados, as cristas e os rabos voando ferozmente ao vento) quanto com índios norte-americanos (um cacique segurando uma machadinha com uma águia pousada em seu ombro, uma mulher com longas tranças negras e vestido de couro com franjas ajoelhada devotamente diante de um bebê). Será que o gosto de Dena mudou, será que foi o meu ou será que o tempo passou? Talvez uma combinação disso tudo. As paredes da sala de estar são cobertas com painéis de madeira, o carpete é malva, e uma porta leva a um corredor estreito meio escuro, em cujo final há outra porta que abre para, da minha posição, parte de um cômodo iluminado com piso preto e branco, como um tabuleiro de xadrez — a cozinha, suponho. A televisão está ligada e está passando o programa *Dr. Phill.*

— Você está com sede? — pergunta Dena. — Eu ofereceria a você um drinque de verdade, mas paramos de beber há alguns anos, então o que temos de mais interessante é Coca-Cola diet.

— Perfeito.

Quando ela segue pelo corredor, procuro por um lenço — há uma caixa em cima da mesa — e assoo o nariz. Na mesa de centro, há uma tigela com pot-pourri de rosas, um exemplar da revista *People* um maço de cigarros Merit. Da cozinha, ouço barulho de água, e enquanto Dena volta para a sala de estar, ela fala com alguém em um dos quartos no caminho, mas não consigo ouvir as palavras por causa da televisão. Deve ser Pete; soube pelos meus agentes que estou sentada no mesmo apartamento que Pete Imhof. Através da janela da frente, vejo José, um dos agentes, de pé na entrada com os braços cruzados, vigiando a rua.

Dena carrega dois copos, um com um líquido escuro e gasoso e outro com água; ela me oferece a Coca-Cola, desliga a TV, senta na cadeira e faz um sinal para que eu sente no sofá.

— Tenho de dizer que quando a menina do seu escritório ligou para dizer que você estava a caminho, achei que fosse um trote. — O tom de Dena não é frio nem caloroso, apenas normal; pela segunda vez hoje, não sou Alice Blackwell, mas Alice Lindgren. Ou ambas, porque ela diz: — Então, como é ser casada com o presidente?

No que eu espero ser uma voz calma, respondo:

— Depende do dia.

Dena cruza as pernas. Ela está usando jeans e uma camisa sem manga com decote em V que mostra seu colo de forma tão generosa que não consigo deixar de imaginar se ela está usando um sutiã com enchimento ou se fez implantes. Ela também está usando brincos, colar e dois anéis de prata, nenhum no dedo anelar da mão esquerda: um com uma pedra azul no dedo médio da mão esquerda, e o outro, com uma faixa impressa com pequenos símbolos de paz, no dedão direito. Os símbolos da paz dão um peso extra ao que ela diz em seguida, ou talvez seja minha imaginação.

— Nunca soube que você era republicana.

— Eu não era.

— É mesmo? — Ela dá um sorriso. — Como isso foi acontecer?

Estamos calmas, e eu digo:

— Pensei muito em você todos esses anos, Dena. Eu gostaria... — *Eu gostaria que nossa amizade não tivesse acabado, gostaria que não tivessem se passado três décadas desde a última vez que nos falamos.*

Mas ela me interrompe.

— Eu sei, também gostaria. — Ela ri um pouco. — Eu diria que pensei em você, mas na verdade eu *vi* muito você. O casaco de caxemira que você usou na segunda posse de Charlie era maravilhoso. Pensei, quando eu conheci Alice, ela era tão pão-dura com roupas, mas esse casaco deve ter custado uma fortuna. Fiquei contente de ver que você relaxou um pouco.

A posse de Charlie — é como o público se refere a ele, como Charlie, ou, mais sarcasticamente, como Chuck e Chuckie B. Em Washington, sou a única pessoa que interage com ele diretamente que pode agir com tamanha informalidade.

— Esse terninho também é lindo. De qual estilista é?

Dena inclina a cabeça em direção ao meu conjunto de saia e casaco de linho vermelho cada vez mais amarrotados, que doei esta manhã para a reunião de cúpula de câncer de mama — uma vida inteira atrás. Quando estou em casa, me visto casualmente, bem parecida com Dena, embora com camisas mais modestas.

— É de la Renta.

Ela acena com a cabeça, aprovando.

— Eu ia apostar nele ou em Carolina Herrera.

Ela aponta para o lado de fora, para o agente na entrada:

— Esses caras ficam escutando quando você faz xixi?

Eu rio.

— Eles não entram no banheiro comigo. Esperam do lado de fora. Alguns são mulheres, ninguém que esteja viajando conosco hoje, mas alguns dos outros agentes, então, se houver uma situação em que possa ser embaraçosa a presença de um homem, uma mulher pode substitui-lo.

Dena balança a cabeça:

— Antes você do que eu.

— É uma vida estranha. — Faço uma pausa. — Dena, Pete está aqui, não está?

— E eu achando que era a atração principal.

— Não, você é, mas se for possível, gostaria de falar com vocês dois ao mesmo tempo.

Ela vira a cabeça na direção do corredor e grita:

— Amor, ela quer ver você também. — Olhando de volta para mim, ela diz: — Ele acha que você não gosta dele. Eu disse a ele que você não viria pessoalmente até aqui apenas para nos xingar, a primeira-dama tem coisas mais importantes para fazer, mas você conhece Pete.

Na verdade não, é claro — eu não conheço mais Pete Imhof, se é que algum dia o conheci.

Mais uma vez, impaciente, ela grita:

— Amor!

Um minuto depois ele se materializa: também usa jeans, uma camisa cinza dos Badgers e chinelos de couro marrom. (Pelos escuros nos dedos do pé! Com um sobressalto, lembro-me disso de quando eu tinha 17 anos. É tão estranho que um dia eu tenha sido tão íntima do corpo de Pete Imhof.) Na última vez que o vi, depois daquele golpe do esquema de pirâmide que me deixou furiosa, ele ganhara peso, e ganhou mais ainda desde então. Ele não é enorme, mas é mais do que grande, e o cabelo e a barba estão grisalhos. Na verdade, é um homem bonito em um sentido sexual. Eu me levanto e trocamos um aperto de mão desajeitado; não quero ser cruel ao dizer que a falta de jeito é dele, que seu desconforto é claro. Deus sabe que eu tenho muitos defeitos, mas a essa altura, um aperto de mão não é um problema.

— Você certamente surpreendeu Dena hoje — diz ele, recuando em direção à cadeira em que ela está sentada. Ele se acomoda de uma maneira que não parece particularmente confortável em um dos braços da cadeira enquanto eu sento novamente no sofá.

— Meu bem, pegue uma cadeira da cozinha — pede Dena, e ele o faz, colocando-a perto dela.

— Espero não tê-los afastado de outras obrigações — digo enquanto Pete se senta.

Eu sei, pois Belinda disse a Jessica, onde eles trabalham — Pete é segurança noturno da fábrica de laticínios White River, e Dena é massagista por meio período em uma clínica quiroprática.

Em tom irônico, Dena diz:

— Arrumamos um tempo para você.

— Aposto que vocês dois estão se perguntando por que eu apareci assim do nada.

Nenhum dos dois responde, e então Dena diz:

– É, pode-se dizer que sim.

– Bem, primeiramente, eu queria ver você, queria saber o que acontecera com você, Dena. Além disso, uma história está prestes a estourar e está indiretamente relacionada a você, Pete. Não tenho certeza se será um programa de televisão ou um jornal que noticiará primeiro, mas amanhã ou depois, virá a público que eu... Que em 1963, eu fiz um aborto. E estou dizendo isso a você porque, embora a mídia não faça ideia dessa parte, Pete, eu engravidei de você. Não sei se Dena já mencionou...

— Ele sabe — Dena diz naturalmente, e quando olho para Pete, ele não a contradiz; ele me observa quase sem emoção. (Será que Andrew teria ficado tão corpulento ao envelhecer? Duvido, porque eles tinham estruturas diferentes.)

— Se eu tivesse de fazer tudo de novo, é obvio que teria sido mais respeitoso contar a você na ocasião — digo.

— Quem está espalhando essa história? — pergunta Dena. — Alguém que você conheça?

— É... — Há várias maneiras de descrever Gladys Wycomb, mas decido deixar minha avó fora disso. — É a médica que realizou o procedimento — digo. — Ela está muito velha e está fazendo isso como uma forma de protesto. Não sei se vocês estão acompanhando a nomeação de Ingrid Sanchez para a Suprema Corte, mas é contra isso que a médica está protestando. — Eu olho para Pete. — Espero que essa história não tome grandes proporções, mas é possível que alguns repórteres tentem descobrir com quem eu estava envolvida na época, e não acho que vão conseguir a não ser que um de nós diga, mas quis alertá-los. Preferiria que vocês não falassem com repórteres se eles os procurassem, mas a decisão é de vocês, e se quiserem, alguém do meu escritório pode indicar um profissional para ajudá-los a falar com a mídia. — Temendo que isso parecesse condescendente, acrescento: — Apesar de eu já ter recebido muito treinamento, ainda não domino todos os truques.

Dena e Pete trocam olhares, e Dena diz:

— Sim, os seus amigos dos tabloides nos procuram regularmente. Bem, não apenas os tabloides. Amor, de onde era aquele cara que ligou algumas semanas atrás? Era da Croácia? Era de um país que eu não saberia encontrar no mapa, posso garantir.

Isso não deveria me surpreender — revelações e entrevistas sobre a administração de Charlie, sobre sua família ou sobre seus primeiro anos na vida pública são publicadas semanalmente, tanto artigos como livros, em tabloides e em revistas sérias, e durante a campanha de 2000, quando o primeiro repórter descobriu sobre o acidente que matou Andrew Imhof, foi uma bomba à qual respondi dando uma entrevista a um repórter do *USA Today*. Eu disse: “Foi incrivelmente triste. Sei que foi muito difícil para a família dele, para os nossos colegas do colégio e, de fato, para toda a comunidade, incluindo eu." Sempre que me perguntam sobre isso, repito esses comentários sem me alongar. Para encher linhas em vários livros e artigos, portanto, os autores devem encontrar assuntos mais loquazes, então falam com qualquer pessoa que tenha cruzado conosco pela rua. Sei de pelo menos uma biografia minha que identifica Dena como minha melhor amiga de infância, e deve ser por isso que outros jornalistas a procuraram. A fonte biográfica dessa informação foi nossa antiga colega de classe Mary Petschel, nome de solteira: Hafliger, aquela de braços peludos, que me expulsou do Spirit Club depois da morte de Andrew e que Ella e eu encontramos por acaso quando eu fugi para Riley em 1988; desde aquele encontro, nunca mais vi Mary.

Percebo nesse momento que nem Dena nem Pete jamais falaram sobre mim para a mídia. Por tanto tempo tive certeza de que Dena faria isso que era como se ela já tivesse feito. E mesmo hoje cedo ela foi a primeira pessoa em que pensei quando Hank veio me dizer que a história do aborto ia vazar, mas ela não tinha nada a ver com aquilo. Dena e Pete ficaram calados mesmo estando juntos todos esses anos, mesmo que ambos tivessem seus próprios motivos para me desejar mal, e mesmo que pudessem reforçar a antipatia um do outro, justificando seu direito de revidar — não fui suficientemente grata, começo a perceber; nunca valorizei realmente algo que nunca aconteceu. Não pensei que eles tivessem tido oportunidades que recusaram, e esse era claramente o caso, é claro que oportunidade não faltou.

— Então, quando os jornalistas ligaram e vocês disseram não, por que fizeram isso?

— Está de brincadeira? Acha que falaríamos de você para um repórter espertinho? — zomba Dena. — Não foi assim que fomos educados, e nem votamos no seu marido! — Ela se inclina para a frente, pegando um cigarro do maço, e depois de acendê-lo e tragar, diz: — Pelo menos eu com certeza não votei. Pete aqui simplesmente não vota.

Pete sorri assim como Charlie quando solta um pum particularmente alto, como se estivesse meio envergonhado e meio satisfeito consigo mesmo.

Um pensamento fugaz me passa pela mente — não quero pensar assim, mas me pergunto se Pete tem algum dano cerebral. Não que algo terrível tenha necessariamente acontecido, mas pode ser um efeito cumulativo do álcool e talvez de drogas.

— Ei, por que o Charlie não fala com aquele cara negro? — pergunta Dena. — Diga a ele que a velha Dena acha que ele deveria.

Ela está falando sobre Edgar Franklin, tenho certeza, embora, diferentemente de Gladys Wycomb, Dena não use um tom acusatório; em vez disso, ela parece modesta, como se não acreditasse que sua opinião importe de verdade. Talvez seja o fato de, por já ter sido casada, ela saber que regular o comportamento do marido não é fácil, então ela não me responsabiliza pelas decisões de Charlie. Ela pega um cinzeiro de vidro transparente de uma prateleira abaixo da mesa de centro e bate a cinza do cigarro:

— Então, Alice, será que podemos tirar uma foto, ou os seus tontos farão um escândalo?

— Claro — concordo.

— Senão minhas irmãs nunca vão acreditar que você esteve aqui.

Ela se levanta.

— Como estão suas irmãs?

— Estão sobrevivendo. O filho mais velho de Marjorie está na primeira tropa da Infantaria 158, então é difícil. — Novamente, não há acusação na voz de Dena. Como será que ela me perdoou tanto pelo passado quanto pelo presente? — Peggy está morando na antiga casa de mamãe e papai. Eu não moraria lá nem que me pagassem, o lugar está caindo aos pedaços, sem mencionar que ela está prestes a fazer uma cirurgia no quadril, então não sei como ela planeja chegar ao segundo andar.

— Talvez ela possa colocar uma daquelas cadeiras como a da minha avó — sugiro e Dena ri, embora eu não estivesse brincando. É estranho pensar em Peggy Janaszewski precisando de cirurgia no quadril, uma vez que, quando éramos pequenas ela e Marjorie eram nossas alunas quando Dena e eu brincávamos de escolinha, fingindo que éramos professoras chamadas Srta. Clougherty.

Dena desaparece pelo corredor, provavelmente para pegar a câmera, e Pete e eu ficamos sozinhos. A sala está silenciosa, exceto pelo ruído do ar-condicionado, e então Pete diz:

— Muita água passou por baixo da ponte, não é?

— Com certeza. — Ambos começamos a falar ao mesmo tempo, e eu digo — Pode falar.

— Quando olho para trás, não me sinto muito bem em relação a tudo aquilo — declara ele. — Foram tempos difíceis.

Estaria ele se referindo ao que aconteceu depois da morte de Andrew ou ao esquema de pirâmide?

— E os jornais não deixam o assunto morrer. Sempre que o assunto parece ter se esgotado, alguém o traz à tona novamente, e eles não se importam com quem ele era. Eles agem como se ele não tivesse feito nada na vida além de ter entrado no carro e dirigido até aquele cruzamento.

— Espero que você saiba que ainda penso nele — digo. — Ainda desejo que fosse possível mudar o que aconteceu.

Mas Pete não parece com raiva. Ele diz:

— Sempre soube que você era uma boa pessoa. Provavelmente não demonstrei, mas eu sabia.

Inesperadamente, meus olhos se enchem de lágrimas; elas estão prestes a rolar, suponho, porque comecei a soluçar assim que cheguei. Eu engulo o choro, mantendo as lágrimas sob controle.

— Eu não fazia ideia de como agir naquela época, e aposto que você também.

— Ele era apaixonado por você — diz Pete.— Você provavelmente já tinha percebido. Eu me lembro quando nos encontramos na cidade e vocês dois ficaram flertando o tempo todo. — (Naquela tarde, um pouco antes do meu último ano do colegial, quando eu estava comprando carne moída para minha mãe, a luz do sol e os cílios de Andrew e Pete no banco do motorista do Thunderbird verde.) — Se eu soubesse que você estava grávida... — Pete continua — gosto de pensar que teria feito a coisa certa e me casado com você, mas talvez tenha sido melhor que eu não soubesse. Eu era muito imaturo.

Casado comigo? Posso dizer sinceramente que essa ideia nunca me passou pela cabeça; era muito mais provável que eu tivesse o bebê e o desse para adoção — não poderia ficar com ele, seria uma vergonha grande demais para minha família —, mas as circunstâncias nas quais eu teria me casado com Pete Imhof são inimagináveis.

Ele diz:

— E se dissermos que Andrew era o pai em vez de mim? Isso parece mais com o que deveria ter sido. História revisionista, não é assim que chamam?

Exceto pelo fato de que se Andrew fosse o pai, eu não teria feito um aborto, pelo menos não se tivesse descoberto que estava grávida depois de sua morte. Mas Andrew não teria sido o pai de qualquer forma, porque não teríamos feito sexo daquela maneira imprudente e impulsiva. Mas Pete Imhof está tentando me oferecer uma gentileza, então tudo que eu faço é dar um sorriso triste.

Do bolso da calça jeans, Pete tira um maço de cigarros Camel. Ele puxa um do maço, mas não o acende.

— Nunca teria me endireitado sem Dena. Eu ficava aparecendo na churrascaria em que ela trabalhava até que ela finalmente me levou para casa com ela e me salvou de mim mesmo, entende? — Ele se inclina para a frente e acrescenta: — Não diga a ela que contei, mas eu votei no seu marido. Gosto de como ele é firme com o terrorismo. — Pete pisca. — Dena não faz ideia. — Ele acende o cigarro (não me parece mais que ele tenha algum dano cerebral) e então oferece: — Você quer comer alguma coisa? Ela perguntou se você queria?

— Estou bem — respondo, e ouço Dena se aproximar pelo corredor.

— Não quer ligar. — E quando chega à sala de estar, ela passa a câmera digital para Pete. — O que estou fazendo de errado?

Ele mexe na câmera, ouvimos o barulho do zoom, e a lente se abre.

Pete orienta:

— Fiquem de pé juntas.

E me junto a Dena em frente à prateleira com as placas decorativas. A iluminação seria melhor lá fora, obviamente, mas não digo nada. Dena passa o braço à minha volta, um gesto que me comove, e faço o mesmo.

Depois de Pete tirar várias fotos, Dena diz:

— Agora vocês.

Pete e eu ficamos de pé lado a lado, sorrindo, mas sem nos tocar; essa é uma foto para a qual nunca imaginei posar. Depois de tirar as fotos, eles olham as pequenas versões na tela.

— A tecnologia hoje em dia não é incrível? — pergunta Dena.

— Desculpem a pressa, mas tenho um compromisso em Washington. Foi muito bom ver vocês dois, e vamos nos manter em contato conforme as coisas evoluírem. Você ficou com o telefone de Belinda?

— Está na cozinha — diz Dena.

— Ligue se algo acontecer, ou se tiver alguma pergunta.

Dena dá um soco de leve no meu braço.

— Não fique tão melancólica, primeira-dama. Ficaremos bem, assim como você.

— Espere, Alice — diz Pete. — Eu tenho uma coisa para você. Ele caminha com passos pesados pelo corredor e quando desaparece, digo a Dena:

— Visito a minha mãe aqui a cada dois meses, então talvez possamos almoçar na próxima vez.

— Seria ótimo — concorda ela. — É só falar. — Então acrescenta: — Você sabe que fui eu que dei a tiara a Ella naquela ocasião, não é? Pensei que você fosse aparecer para dar um oi.

— Eu gostaria de ter feito isso.

Charlie e eu estamos atualmente construindo uma casa em Maronee, onde vamos morar depois que deixarmos Washington. Será possível, retomando uma relativa proximidade com Dena, que ela e eu nos tornemos amigas novamente, amigas de verdade? Nossas situações são assim tão diferentes? É tão reconfortante vê-la, retomar essa ligação com uma vida quase perdida por mim.

Quando Pete volta, ele me passa um envelope.

— O que é isso? — pergunta Dena, mas ele balança a cabeça. Em um tom não inteiramente brincalhão, ela diz: — É melhor que não seja uma carta de amor.

Ela se volta para mim com uma expressão maliciosa:

— Se alguém tivesse nos observado, poderia pensar que havia apenas três homens para namorar em todo o mundo, e nós ficávamos simplesmente disputando eles. — Eu rio, e Dena dá o braço a Pete. — Mas parece que no fim das contas ficamos com aqueles que eram certos para nós o tempo todo.

ENTRE AS PESSOAS que sei que foram citadas na televisão ou na mídia impressa sobre o assunto Charlie e eu está cerca de um terço de meus colegas de colégio do primário e do ginásio, incluindo Mary Hafliger Petschel e o meu par no baile do primeiro ano, Larry Nagel; a filha do antigo proprietário da Tatty's (a Tatty's não existe mais); Marvin Benheimer, meu par no ano-novo de 1962, quando eu tive de sair correndo do restaurante para vomitar assim que a comida chegou, um fato que não impediu que Marvin aparecesse várias vezes na CNN, sempre identificado como "amigo de infância de Alice Blackwell"; várias de minhas colegas de fraternidade de Kappa Alpha Theta, alguns de meus professores idosos, e muitos alunos da universidade que jamais conheci; meu orientador da faculdade de biblioteconomia; Lydia Bianchi, a diretora do Liess, e minha colega Maggie Stenta, professora do primeiro ano; Nadine Patora, a corretora de imóveis de Madison de quem eu não comprei uma casa em 1977; Ja-hoon Choi, o candidato a Ph.D. que morava no apartamento abaixo do meu na Sproule Street; e dois homens com quem tive encontros em 1969 e 1974, respectivamente, e de quem eu não tenho nenhuma lembrança, embora eu acredite que os encontros aconteceram. "Ela era bonita, mas parecia uma puritana" foi a declaração de um deles, e o outro disse: "Ela não estava interessada nos eventos atuais — na maior parte do tempo, ela queria falar sobre seus alunos." Essas declarações pelo menos eram breves, e não eram nada comparadas ao livro de memórias publicado por Simon Törnkvist: *Eu a conheci: meu caso de amor com Alice Blackwell antes de se tornar primeira-dama.* Com a ajuda de um ghost-writer, Simon fez uma crônica de nossa antiga relação: meu alegado desespero para me casar e ter filhos, e suas grandes reservas em relação a mim que aparentemente resultavam daquilo que ele já reconhecia então como minhas inclinações conservadoras. *Lá estava ela, vivendo em uma cidade universitária vibrante e liberal, mas levava uma vida incrivelmente sóbria e protegida,* escreveu ele. *Era óbvio que ela tinha medo de conversar comigo sobre minhas experiências no Vietnã e evitava qualquer confronto. Soube desde o início que seu objetivo de vida era no estilo "uma casa com cerca branca e dois filhos", e se não acontecesse comigo, ela faria acontecer com outra pessoa. Quando soube que ela havia se casado com um dos filhos do governador Blackwell, que fugiram do serviço militar, eu soube que seu maior sonho tinha se tornado realidade.* Além disso, para me humilhar, ele escreveu: *Ela era muito convencional em termos de sexo. Uma coisa que nunca entendi era que, apesar de ser muito mais fácil para ela chegar ao clímax quando ficava por cima, mas ela preferia o estilo papai e mamãe.* Estava folheando o livro havia cerca de meia hora quando cheguei a essa passagem; fechei o livro com raiva e o entreguei à minha assistente pessoal, Ashley, e disse a ela para se livrar daquilo como achasse melhor. Senti-me particularmente ofendida, uma vez que realmente tivera um contato indireto com Simon desde que havíamos nos encontrado por acaso no jogo dos Brewers em 1988; em 1995, ele pediu seis ingressos VIP para que ele, a esposa, os dois filhos e os pais dele fizessem um tour na mansão do governador e vissem as luzes de natal. O pedido viera por meio do meu escritório, e embora não tenha falado com Simon, fui eu que assinei a liberação dos ingressos. Ele nunca agradeceu a mim nem a ninguém — eu tinha apenas duas assistentes naquela época, e perguntei a elas — e só ouvi falar dele novamente quando minha assessora de imprensa na Casa Branca me alertou da existência desse livro poucos meses antes da publicação. "Sempre tive a impressão de que esse cara era um hippie pobretão" era a opinião de Charlie sobre o assunto.

Em geral, tende a haver uma correlação inversa entre quão bem alguém conhece você e a vontade dele ou dela de falar; também parece haver uma ligação direta entre discrição e classe, ou foi o que sempre pensei até ver Dena e Pete. As pessoas que conhecemos em Maronee, as pessoas do country clube foram as mais discretas. A exceção notável foi quando, no início da primeira administração de Charlie, Carolyn Thayer (ela não se casou novamente e ainda usa o mesmo sobrenome) deu uma entrevista para o *60 Minutes* para um segmento que faziam sobre a luta de Charlie contra o alcoolismo. "Todos nós sabíamos, todos falavam sobre isso", disse ela. "Todos ficaram sabendo quando ele foi pego dirigindo sob efeito do álcool, e mais de um ano antes, em uma festa de Natal, eu o vi cair de cara no chão. Perguntei a ele: 'Você precisa de ajuda?', mas ele apenas ficou rindo." Deve ter sido a festa dos Hickens, pensei, pois me lembro de Charlie andando na minha direção com lenços de papel enfiados em ambas as narinas, e quando perguntei por que, ele me disse que tivera um sangramento nasal. Eu não assisti ao episódio do *60 Minutes* quando foi ao ar, mas depois ouvi vários de nossos antigos amigos dizendo que ficaram horrorizados, que consideraram uma quebra de etiqueta o comportamento de Carolyn, então pedi a uma de minhas assistentes que conseguisse uma cópia. Como Carolyn se mudara de Maronee para Chicago dez anos antes, ela não poderia ser rejeitada pela comunidade e fiquei contente por isso. Preferiria que ela não tivesse ido ao programa, mas o fato é que ela não disse nenhuma mentira. Apesar disso, Carolyn foi a exceção que provou a regra — ela é a única pessoa de Maronee que falou sobre nós e sem o nosso consentimento para a mídia de forma aberta, e muito poucas pessoas falaram de forma anônima. Suspeito que os que o fizeram são pessoas que mal conhecemos.

Simon não foi o único a escrever memórias "contando tudo" — há também o livro escrito pela minha prima por parte de mãe, Patty Lazechko, filha do tio Herman, e tenho a impressão de que a essência de sua história é que subir na vida por meio do casamento corre em minhas veias, que, depois de conhecer meu pai, minha mãe dera as costas aos irmãos e aos pais. Quando o livro foi publicado, há dois anos, eu não via Patty desde a infância, e confesso que o ignorei; há muitos relatos e eles são desmoralizantes demais para ficar acompanhando. Recentemente, houve algumas contribuições para a biblioteca da exposição de pessoas que trabalharam para Charlie e para mim, consultores de campanha e um companheiro que foi representante da secretaria de imprensa da Casa Branca na primeira administração e, embora seja sempre decepcionante sentir que uma pessoa em quem você confiou violou essa confiança, essas transgressões são normais na política e ocorrem em uma escala menor no governo de Charlie do que no de seu predecessor.

Charlie tornou-se imune; ele nunca se interessa pelo que seus críticos têm a dizer, exceto na medida em que Hank conseguisse estrategicamente desviar o foco. Obviamente, não sou tão insensível, mas quase nunca tento refutar algo, e uma citação ou observação em um artigo de jornal que antes me deixava chateada por dias agora me incomoda apenas por dez minutos, ou por dois. A última vez que eu fiquei particularmente afetada foi há mais de um ano, quando abri o *Times* uma manhã de maio e encontrei um editorial de Thea Dengler, a dona da livraria em Mequon que eu costumava adorar. A livraria de Thea ainda existe, em uma época em que cada vez menos iniciativas independentes conseguem se sustentar, e para as pessoas que acompanham essas questões, Thea tornou-se bastante proeminente e é regularmente citada em artigos relacionados à indústria do livro. Contudo, esse não era o assunto do editorial; o assunto era eu, e a manchete era FAÇA ALGUMA COISA, ALICE BLACKWELL! Começava: *Aqueles de nós que conheceram Alice Blackwell em Wisconsin têm se questionado muito durante os últimos cinco anos. Como uma cliente assídua da minha livraria durante os anos 1980 e o início dos 1990, a Sra. Blackwell era inquisitiva, passional e tinha a cabeça aberta. Como, então, pode permanecer — pelo menos é o que parece — alegremente casada com um homem determinado a enfraquecer as liberdades civis? Embora a Sra. Blackwell seja às vezes nada mais do que a primeira-dama que almoça, ela é uma ex-bibliotecária que sabe quão cruciais a privacidade e a liberdade intelectual são para uma democracia.*

Sentada na cama lendo isso, senti crescer em mim uma raiva que raramente experimento. Não era o sentimento que Thea estava expressando, que eu já havia ouvido o suficiente, mas a fonte — diferentemente de Carolyn Thayer, ou de minha prima Patty, ou mesmo de Simon Törnkvist, Thea era uma pessoa com a qual eu tivera muita afinidade. E por que ela não poderia me dar o benefício da dúvida, por que ela não poderia presumir que eu estava fazendo o melhor que podia diante das circunstâncias? Quem era Thea para decidir a exata quantidade ou a natureza do que eu deveria dizer, a quem e como? Lembrei-me da decisão que tomara anos antes, andando sozinha na Maronee Drive depois do ridículo artigo do *Milwaukee Sentinel* sobre meus biscoitos de melaço — que eu não podia ser definida pelas pessoas de fora, e que o fato de que algo fora impresso não o tornava verdade. Mesmo assim, eram Thea e o *Times*.

Eles acham que vão influenciar você, mas fazem o oposto: quanto mais gente faz pressão mais fazem parte de um padrão. Há ainda o fato de que cada indivíduo que faz lobby tem uma pauta — Thea era especificamente contra a reautorização do Patriot Act — e mesmo em suas preocupações nacionais, as pessoas são levadas por uma espécie de interesse pessoal altruístico. *Esse* foi o meu maior erro, é exatamente *nisso* que tenho ficado aquém. Embora as críticas que recebo possam ser desencorajadoras, as suas variações se contradizem. O que quer que eu tenha realizado de positivo não é o suficiente. O importante é o que eu negligenciei ou ignorei. (E novamente: sou popular, minhas taxas de aprovação são o dobro das de Charlie. Não me surpreende que ele ignore suas críticas inteiramente.)

Esses são meus "assuntos": esclarecimento sobre o câncer de mama; preservação histórica da arte e de prédios; prevenção pediátrica da Aids aqui e no exterior, especialmente na África; e alfabetização. Ainda que os assuntos nos quais foco não sejam controversos, acredito que são legitimamente válidos. O que tem sido mais difícil como primeira-dama, contudo, é que o velho senso de obrigação, culpa e tristeza que costumava sentir ao ler o jornal em Milwaukee foi dramaticamente agravado. Embora resista à ideia, partilhada por Gladys Wycomb, Thea Dengler e muitos outros, de que eu deveria fazer lobby com meu marido, é verdade que se visito uma organização ou convido seus membros para uma visita à Casa Branca — uma clínica veterinária que castra animais de estimação de pessoas que não podem pagar, um projeto que tenta diminuir a violência das gangues, um orfanato para crianças sem casa em Addis Abeba —, aquela organização receberá um fluxo de doações, um banho de publicidade. Eu *posso* mudar a vida das pessoas e, muitas vezes, embora seja covardia, desejei não ter esse poder. A pressão é muito grande, e a parte mais difícil não é o fato de que o que eu faço é insuficiente aos olhos dos outros, mas o fato de que é insuficiente aos meus olhos. Eu sou ocupada, viajo, tento com as minhas visitas — com as minhas ações, mais ainda com as minhas palavras — apoiar o bom trabalho de outras pessoas, mas não duvido de que me sentiria melhor em relação às minhas contribuições para o mundo se o meu poder fosse mais modesto. Se tivesse permanecido solteira, continuado a ser professora, tenho a impressão de que teria começado, por volta dos 40 anos, a adotar crianças, não necessariamente brancas; eu faria adubo e talvez nos dias de hoje teria conseguido comprar um Prius, embora ainda ache que não colaria um adesivo antiguerra nele. De qualquer forma, provavelmente teria feito menos, mas não teria de enfrentar a realidade de que eu poderia ter feito mais.

Em relação aos que me odeiam porque odeiam Charlie, então me odeiam por extensão, tenho uma curiosidade: em que ponto, na opinião deles, eu deveria ter feito algo, e o que exatamente eu deveria ter feito? Não deveria ter me casado com ele? Não deveria tê-lo desencorajado a beber? ("Jim Beam *e* eu, fique com os dois" — é o que eu deveria ter dito?) Quando ele me disse que queria concorrer a governador e eu disse que preferia que não o fizesse (embora tolamente tenha pensado que seria melhor que ele fosse congressista ou senador, pois pelo menos continuaríamos em Wisconsin) — quando ele decidiu isso apesar da minha opinião, pois ele realmente concorreria —, então deveria tê-lo deixado? Deveria ter ficado ao seu lado, mas não participado da campanha dele? Deveria ter dito explicitamente em público quando minhas visões eram diferentes das dele? Deveria tê-lo deixado quando ele decidiu, mesmo contra a minha vontade, concorrer para presidente? Qualquer um que foi casado, especialmente alguém casado há várias décadas, sabe que a união envolve uma série de concessões; penso que julgar as que fiz é muito fácil.

Se sou uma pessoa sem autoconfiança, em parte isso é resultado da minha aversão por tomar uma decisão de forma apressada. Durante a preparação para a guerra eu realmente não sabia qual seria a forma mais correta de agir; li artigos de ambos os lados e encontrei argumentos convincentes em todos. Uma vez que as apostas eram altas demais, tive uma sensação de inquietação durante os primeiros meses de 2003, mas Charlie e eu falamos sobre a situação menos do que qualquer um possa imaginar, ou devo dizer que falamos de forma mais logística do que discutimos as implicações filosóficas e históricas. Ele me ligou do Salão Oval e me informou: "Preciso ir a uma reunião na Sala de Situações, então, que tal assistirmos aquele filme amanhã à noite?" Ou como ele disse uma vez sobre o secretário de Estado: "Estamos colocando pilha em Stanley para o discurso no conselho de segurança da ONU na quarta-feira, e acho que ele realmente será um sucesso."

Atualmente, é comum pessoas de ambos os partidos, e pessoas que não se consideram membros de nenhum partido, dizerem que a administração de Charlie estragou a guerra e que devemos trazer nossas tropas de volta para casa. A administração de Charlie realmente subestimou quão negligenciada a infraestrutura do país estava, como era provável que uma revolta estivesse prestes a acontecer, além do nível de armamento dos revoltosos. Tudo isso agora está claro; a questão é como proceder. Para os Estados Unidos, seria vantajoso sair, mas e para eles, o país que invadimos?

Quando Ella estava em Montessori, na Biddle Academy, as atividades de aula incluíam construção com blocos, quebra-cabeças de madeira e, para o grande prazer de Charlie, uma pia cheia de copos e pratos de plástico ("Assim ela pode aprender a ser uma copeira", brincava ele.). Os princípios que guiavam a aula eram estes: acabe uma tarefa antes de começar outra e limpe tudo depois. No meio da nossa guerra em um país quente, arenoso, a muitos quilômetros de distância, um país em que arte, cultura, língua e ciência remontam ao início da civilização, eu fico voltando a essas ideias, de que é nossa responsabilidade arrumar a bagunça que fizemos. Nos últimos quatro anos, perguntei-me se as coisas não ficariam piores caso nos retirássemos, e continuo confusa em relação a se realmente deveríamos ter invadido. Se invadimos como uma democracia para retirar um ditador, o fato de que houve mais mortes do que os norte-americanos esperavam significa que a invasão foi equivocada? E se estávamos certos ao invadir, mas o modo de execução tenha sido desleixado, *isso* torna errado?

Quando vejo especialistas em política na televisão, ou quando encontro os republicanos em eventos dentro ou fora da Casa Branca, o que mais me choca é a certeza deles. Será exagero diante das câmeras, e na privacidade de suas casas, no final do dia, retiram essa máscara junto com as meias ou meias-calças? Ou eles sempre são tão bombásticos e seguros? Eu os invejo, assim como invejo os profundamente religiosos, incluindo meu marido, mas me sinto incapaz de me juntar a eles. Nunca tentei afirmar minhas opiniões a menos que fossem evidentes, não dependendo de um argumento meu para prová-las ou não: conscientização quanto ao câncer de mama e prevenção da Aids são coisas boas. Analfabetismo é ruim. A preservação histórica permitirá que as gerações futuras entendam como a vida costumava ser e isso ajudará os norte-americanos a traçarem o caminho mais à frente. Os assuntos e as decisões mais complexos deixo para outros, para aqueles confiantes em sua própria retidão. Imagino que saberei o que pensar dessa guerra quando Charlie sair do cargo, agora não sei — trata-se de um livro cujo final ainda desconheço.

Ou assim tenho afirmado para mim mesma tantas vezes.

Se a morte de Andrew Imhof foi a tragédia da minha vida e eu, de alguma forma, tenho tentado viver para compensar meu erro, tentando fazer valer a pena eu ter sobrevivido — se a morte dele foi a pior coisa que eu poderia imaginar, então que palavras usar, qual espaço na minha imaginação haverá para a morte de milhares de soldados e de civis estrangeiros? Se meus críticos estão certos quanto ao fato de eu dividir a responsabilidade pela política administrativa de Charlie, incluindo a decisão de declarar a guerra, então a morte de Andrew Imhof foi um dos meus menores erros; não foi nada, é totalmente insignificante. E se eu acreditasse que as consequências da guerra também são minha culpa? O ex-atleta do ensino médio de 29 anos de Hot Springs, Arkansas, morto por uma arma de fogo de pequeno porte enquanto inspecionava uma casa em um bairro ao sul da capital; o sargento de 25 anos de Ogden, Utah, morto em sua terceira excursão a serviço um mês depois de a filha nascer, que não queria se realistar, mas precisava do bônus de 24 mil dólares para o pagamento de uma casa; o rapaz de 19 anos de Cape, Girardeau, Missouri, que se alistou no aniversário de 18 anos e foi morto na explosão de um supermercado; e as dezenas de milhares, ou melhor, centenas de milhares de civis; o membro de um conselho local da cidade, um comerciante, sua esposa e suas três filhas; jornalistas, câmeras e tradutores trabalhando para o exército dos Estados Unidos ou para a mídia; uma noiva, sua sogra e 12 dos convidados que celebravam o casamento, atingidos por um homem-bomba — mortos, mortos, mortos e mais mortos. E se o sangue dessas pessoas estiver nas minhas mãos, se houvesse algo que eu pessoalmente pudesse ter feito para prevenir essa carnificina, a perda de tantas vidas, adultos, adolescentes e crianças que presumivelmente queriam, assim como eu, apenas ter uma vida comum — se eu acreditasse que pudesse ter feito alguma diferença e mesmo assim tivesse ficado em silêncio, como suportaria isso?

— SÉRIO, ESSES MENINOS DA TERCEIRA SÉRIE são um terror — diz Ella. — Quero deixar bem claro que você tem uma dívida eterna.

— Belinda disse que você fez um excelente trabalho — elogio. — Ela disse a Jessica que você os deixou tontos.

— Sério, um menino tentou escalar uma corda no Quarto Vermelho. E outro empurrou uma menina contra a parede em outro aposento. Era de se esperar que tivessem um pouco de respeito por este lugar, mas eles são como animais. Mal posso esperar para ver o que farão no palco esta noite.

Já passa das 18 horas na costa leste e estou de volta ao jato sobrevoando as nuvens; estamos a meia hora de Washington, o que significa que depois da carreata de volta para casa, terei uma hora para me arrumar para o evento de gala.

— Obrigada por ter assumido o meu lugar — agradeço. — Você fez sua boa ação do dia. Querida, há algo sobre o que quero conversar com você hoje à noite, quando eu chegar em casa.

Imediatamente, de forma acusatória, ela pergunta:

— Você está com câncer de mama?

— Meu Deus! Não, querida, não estou com câncer.

— É que você pareceu tão séria. Tudo bem, então, eu escolho os sapatos que você vai usar hoje à noite. Você está pronta?

Jessica me passa um bilhete: *Hank na espera, diz que é urgente.*

— Mãe? — diz Ella.

— Eu ligo de volta para você em um minuto. — Quando desligo, Jessica me passa outro celular, e pergunto, tapando o aparelho: — Ele disse sobre o que era?

— Ele quer falar com você — responde Jessica.

Levo o aparelho ao ouvido:

— É Alice.

— Ding-dong, a bruxa está morta. — A voz de Hank está inequivocamente alegre. — Gladys Wycomb bateu as botas uma hora atrás.

— Do que você está falando? — Jessica começa a gesticular e pergunta com os lábios: "O que foi?" Eu ergo a mão pedindo para esperar.

— O velho coração desistiu. E antes que pergunte, não, eu não a matei.

— Você o quê? — Uma onda de horror passa por mim. Não sou uma conspiradora, mas tenho certeza de que coisas acontecem em qualquer presidência que chocariam a maioria dos eleitores. Eu nunca quis saber que coisas eram essas na administração de Charlie, porque já tenho conflitos o suficiente em relação às controvérsias conhecidas e legais.

— Alice, juro para você que não tive nada a ver com isso. A culpa é apenas da mãe natureza. Agora, me diga se essa não é a melhor notícia desde que o Van Halen anunciou a turnê de reunião.

— Mas a ajudante dela, Norene...

— Sem chance. Descobrimos que nos anos 1990 ela costumava trabalhar como mula para traficantes em Cicero, Illinois, e ela tem uma ficha criminal mais longa do que o seu braço. A vingadora feminista geriátrica não tinha nada a perder, mas Norene tem muito.

— Você está me dizendo que a Dra. Wycomb morreu de causas completamente naturais?

Jessica ainda está na minha frente, de queixo caído:

— Gladys Wycomb morreu? — pergunta ela em um sussurro, e eu confirmo com a cabeça.

— Ela tinha 104 anos, Alice — diz Hank. — Não há necessidade de crime. A menos que você tenha jogado uma pitadinha de arsênico no chá da tarde.

— Não tem a menor graça.

— Falando sério agora, chantagear você deve ter acabado com as energias dela. Ela se foi com vigor e não com suspiros. Isso devo admitir. Mas a boa notícia é que acabou. A história do aborto está acabada. Está pronta para voltar para casa e ser saudada por alunos e professores?

— Como você pode ter certeza de que ela não contou para mais ninguém além de Norene?

— E se contou? Será apenas a palavra dessa pessoa, nada além de uma lenda urbana. Você tem uma ex-médica que afirma que *ela* realizou o aborto, a imprensa vai ficar alerta e investigar. Você tem a amiga de uma amiga de uma assistente de uma médica que já morreu e se você pensa seriamente que isso vai dar em alguma coisa, bem, então espere até a história sobre Richard Gere e o roedor.

— Você já contou para Charlie? — pergunto.

— Ele disse para lhe dar os parabéns.

Quando desligo, Jessica diz brincando:

— O quê, ele descobriu algum podre dela?

— Eu sei. Talvez ela tenha sentido que o final estava próximo e decidiu fazer isso, mas é terrivelmente inquietante. Hank está comemorando, acha que isso tira a corda do meu pescoço.

Jessica fica em silêncio, pensando um pouco, e conclui:

— Provavelmente tira.

QUANDO PENSO na trajetória da administração de Charlie, quando tento identificar o momento em que seu tom e sua direção foram fixados de forma irrevogável, não me sai da cabeça a escolha que ele fez para a vice-presidência. No verão de 2000, a decisão precisava ser tomada a tempo para a Convenção Nacional do Partido Republicano e havia dois candidatos: Arnold Prouhet e Frank Logan. Frank era dois anos mais jovem do que Charlie, um senador do Colorado que estava no terceiro mandato, viera de uma família batista rica, era pai de oito filhos e crítico ao homossexualismo e ao aborto. (Sempre achei peculiar, para dizer o mínimo, quando conservadores, especialmente homens conservadores, fazem desses problemas particulares o seu foco ideológico; há algo de suspeito para mim com relação aos indivíduos que investem muito tempo e atenção em assuntos que professam achar repugnantes). Eu me opus à escolha de Frank para a chapa, e também não me agradava a ideia de passar tempo com a esposa dele, Donna

Sue, que publicara vários livros dando conselhos sobre como construir uma tradicional família cristã. Arnold Prouhet, por sua vez, era um congressista de Nevada nos anos 1970 e início dos 1980 que trabalhara subsequentemente para dois presidentes como consultor de segurança. Até onde sei, Arnold era mais um conservador fiscal do que social, 11 anos mais velho do que Charlie; nas poucas ocasiões em que o encontrei, ele pareceu sério e taciturno; imaginei que essas seriam qualidades que poderiam compensar as brincadeiras de Charlie. (Enquanto Charlie tinha se tornado, sob a tutela de Hank, um aluno disciplinado de política e governança, eu sabia, e acho que todos sabiam, que ele estava nessa pelo poder, pela aventura e pelos laços humanos, e não por alguma devoção ou interesse pelos problemas. O problema que se seguiu é que a devoção não pode ser falsa. A febre não está no sangue de Charlie como está no de Hank — Charlie jamais leria um livro sobre a Primeira Emenda por prazer —, e é por isso que tantas vezes nesses anos, quando havia um desvio do roteiro público ou quando, em um debate ou conferência de imprensa, não havia roteiro, Charlie vacilava. Ser presidente para ele é como tirar 9 na prova de literatura sobre *A odisseia* — ele é o garoto que leu mais, estudou por uma hora na noite anterior, mas não é um dos que amam o livro. Além disso, ele sempre preferia soltar uma piada engraçada na aula do que oferecer um insight genuíno.)

Hank foi contra a escolha de Arnold Prouhet, argumentando que Frank Logan compartilhava a energia jovial de Charlie, e Arnold parecia velho e severo. Arnold poderia também fazer Charlie parecer inseguro, como se estivesse procurando uma figura paterna. Contudo, sua perícia em política externa era significativa, contra-argumentei quando pediram a minha opinião (não Hank, mas ocasionalmente Charlie, embora geralmente ele quisesse se expressar mais do que ouvir a minha opinião). Também me preocupava que as ambições de Frank Logan pudessem ofuscar seu trabalho com Charlie; se ele se tornasse vice-presidente, provavelmente concorreria depois para a presidência; considerando que Charlie seria presidente duas vezes, Arnold Prouher teria 73 anos quando Charlie deixasse o cargo, e seria improvável que embarcasse em uma campanha presidencial. Os conselheiros de Charlie, além de Hank — entre eles Debbie Bell, um consultor chamado Bruce

Kettman, e um protegido de Hank, assustadoramente inteligente, de 26 anos chamado Scott Taico —, a quem Charlie chamava de "Taco" — misturaram suas opiniões, e tive quase certeza de que Charlie escolheria Frank Logan, mas ele não o fez. Ele escolheu Arnold. Na noite anterior à que ele fez o anúncio, em julho de 2000, ele me disse: "Acho que você pode estar certa sobre Logan, que ele é focado demais em espreitar os quartos das pessoas e não é visionário o suficiente."

Mais uma vez, eu me peguei me perguntando se não seria parcialmente culpada pelo que aconteceu desde então. Será que Frank Logan teria sido de fato um vice-presidente melhor, haveria menos derramamento de sangue sob sua competência? Mais homofobia, um corte mais afiado nos direitos de reprodução, mas não no uso unilateral de força militar, o desafiador entusiasmo pela guerra preemptiva? É indiscutível que Charlie foi muito influenciado por Arnold Prouhet e, de fato, parece que *em razão de* Arnold ser tão influente é que Charlie insiste tão implacavelmente em acreditar na guerra, que ele não recuará. Como seria vergonhoso não apenas confiar na orientação de alguém hierarquicamente inferior, mas confiar na orientação errada — Charlie pareceria uma pessoa ingênua não apenas perante os outros, mas perante si mesmo. Assim, em vez de considerar essa possibilidade, ele se esforça para que isso seja mentira e continua a enveredar pelo caminho que escolheu.

Anos atrás, pouco depois que Charlie e eu nos mudamos para Milwaukee e entramos para o country clube, no final dos anos 1970, em uma noite fomos jantar no salão principal no primeiro andar, e pedi licença à mesa para ir ao banheiro feminino. Havia um lounge como uma antessala, uma bela área com sofás e penteadeira e um closet para pendurar casacos, um lugar onde, em grandes festas, as mulheres ficavam conversando ou retocando a maquiagem. Foi a primeira vez que entrei lá, e quando se entra na antessala, vê-se mais duas portas com puxadores dourados: uma diretamente depois da outra e uma à esquerda. Eu estava tentando encontrar os banheiros reservados e, em vez de perguntar a uma das três mulheres mais velhas sentadas nos sofás — eu disse mais velhas, embora elas fossem sem dúvida mais jovens do que eu agora, e vestidas com estilo —, segui um palpite meu e andei em direção a uma porta mais longe. Quando a abri e fui para fora, me vi de volta à sala onde Charlie e eu estávamos jantando. Percebi imediatamente que havia duas entradas diferentes para o banheiro feminino; obviamente os reservados ficavam atrás da porta que não tentei. O lógico seria naquele momento voltar atrás, mas me senti constrangida. Não estava acostumada a country clubes, imaginei que as mulheres no banheiro notariam e me achariam boba, então, com a bexiga cheia, juntei-me novamente a Charlie e não urinei até chegarmos em casa, mais de uma hora depois. O que quero dizer é que parte de mim entende o comportamento dele. Entendo porque o amo, porque estou predisposta a simpatizar, mas também acho que, diferente de muitos no governo e na mídia, não atribuo motivos grandiosos às pessoas só porque ocupam um lugar grandioso.

Parece-me que depois dos ataques terroristas de 2001, Charlie entrou em pânico. Arnold, que tinha uma história profissional com esses países, passara uma década antes com o ditador de um deles, rapidamente interveio com recomendações. Ele era um militante pela guerra, acreditava que os Estados Unidos deviam proteger seu status de superpoder e confiava na vitória. Ele convenceu Charlie, ou Charlie convenceu a si mesmo, a estabelecer a democracia no Oriente Médio, que legado *isso* seria — e o resto seguiu. A parte que me surpreendeu foi como o povo dos Estados Unidos e a mídia incitaram Charlie, como foram cúmplices na construção de um presidente pró-guerra. *Os ataques terroristas deram ao presidente Blackwell até agora uma não demonstrada seriedade de propósito,* afirmou o *Time*. Ou, como colocou o *Washington Post: Se há algo de positivo nesses eventos trágicos é que o presidente Blackwell tem a chance de ser um líder...* No *Times*, um editorial sem assinatura intitulava-se simplesmente: "A melhor hora de Blackwell". Será que nenhuma dessas pessoas jamais estudou psicologia? Será que eles honestamente acreditam que Charlie, ou qualquer um, mudou em questão de dias? Pensaram que em meio aos destroços em Manhattan ele subiu em um caminhão dos bombeiros e falou ao megafone com determinação e solidariedade? Que ele era um novo homem? Charlie *sempre* foi determinado e solidário e isso não tem nada a ver com o fato de ser ou não boa ideia invadir outros países.

Não pretendo minimizar o horror dos ataques terroristas, nem a confusão que se seguiu. É claro que todos nós pensamos que o quarto avião vinha em direção à Casa Branca naquele dia, então, apressaram a mim e Arnold Prouhet para seguirmos para Camp David em helicópteros (Charlie estava fazendo um discurso em Ohio para uma associação imobiliária estadual, o famoso discurso que ele se recusou a interromper, e não o vi até de noite; quando nos abraçamos depois do ataque, foi a primeira vez que chorei). Mesmo depois de voltarmos para a Casa Branca, houve várias evacuações durante os dias que se seguiram, e uma vez, no meio da noite, fomos levados com urgência por agentes do nosso quarto para o Centro de Operações de Emergência, um bunker no subsolo da Casa Branca. Então houve esporos de anthrax sendo enviados por correio, a ameaça de bombas em pequenos pacotes. Charlie e eu visitamos vítimas queimadas do Pentágono e mais tarde nos encontramos com familiares de homens e mulheres mortos em Nova York, entre os quais crianças pequenas, e toda manhã eu lia o "Retratos do luto" do *Times* — lia tudo e era devastador. Foi um período estranho e difícil, e nós estávamos no meio daquilo. Não duvido que tanto Arnold quanto Charlie tiveram de endurecer de certa maneira durante esse período, que a tenacidade deles não era apenas arrogância masculina, mas sim algo interior, e para benefício de outros.

Mesmo assim, tenho uma suspeita crescente de que Charlie continua com essa guerra em boa parte pela mesma razão por que não pude voltar para o banheiro feminino no Country Clube de Maronee, e eu o entendo exceto por isto: na noite no clube, quando precisei urinar e não o fiz, a única pessoa que sofreu pela própria tolice fui eu.

UM POUCO ANTES de o avião pousar na base aérea Andrews, eu disse a Jessica:

— Tenho mais uma parada antes de voltarmos para casa. Gostaria de falar com Edgar Franklin.

Jessica arregalou os olhos:

— Agora?

— Prometo que isso será tudo.

— É que não sei por quanto tempo você pretende falar com ele, e o evento de gala começa daqui a uma hora e meia. Assim, você terá de se vestir na velocidade da luz.

— Você está tentando me dizer que ir vê-lo é uma má ideia?

— Não, não eu... — Ela parou de falar. Nós duas estávamos sentadas com os cintos apertados para pousar. — Hank vai me matar por dizer isso, mas acho uma ótima ideia. Só acho que amanhã seria melhor do que hoje.

— Ele ficou cinco noites lá. É tempo suficiente.

Jessica me olhou durantes vários segundos, e então disse:

— Tudo bem.

— Apenas avise aos agentes. Não quero tentar conseguir a bênção de Charlie ou de Hank, pois nós duas sabemos que eles tentarão me dissuadir.

E foi assim que nos vimos correndo pela Suitland Parkway na caravana de carros blindados. (Embora eu prefira utilitários a limusines, por parecerem ligeiramente menos ostensivos, as limusines foram enviadas pela Casa Branca; ir até Edgar Franklin de utilitário estava fora de questão, pois seria um grande risco de segurança.) As luzes piscando e as sirenes tocando criam a usual e mortificante teatralidade, mas não tenho outra opção. Eu não conseguiria autorização para convidar Edgar Franklin para a Casa Branca e, se sugerisse isso, mesmo que pudesse convencer Charlie e seus conselheiros de que seria a coisa certa a fazer, teria de ser algo elaboradamente coreografado.

Eu me livrei facilmente ou assim me parece. A ameaça de Gladys Wycomb foi um alarme falso e fiquei aliviada, mas também desapontada. Eu não chegaria a dizer que o impulso de me encontrar com o coronel Franklin tenha sido motivado pela necessidade de trocar uma revelação por outra — então, hoje o público norte-americano não ficará sabendo sobre o meu aborto, mas sobre minha solidariedade a um ativista antiguerra —, mas ter sido forçada a enfrentar Gladys Wycomb fez com que a ameaça parecesse mais nefasta do que ela pareceria no campo abstrato; na verdade, tornou-a quase atraente. Desde que Charlie entrou para a vida pública, tenho uma forte sensação de que minha principal obrigação é cuidar dele, ser a única pessoa que o vê diariamente que não é paga para concordar ou discordar dele, alguém que realmente é amiga dele. Então, será que não é surpreendente que não tenha ficado completamente descontente com um evento que chamaria atenção para o fato de eu discordar de uma posição dele em relação a um assunto particular mesmo que não fosse eu a pessoa a revelar nossas visões conflitantes? Será que isso poderia ter sido o melhor dos dois mundos: que eu pudesse lamentar tanto na esfera pública quanto na privada a indiscrição de Dra. Wycomb, mesmo sentindo uma gratidão silenciosa?

Que conjectura sinuosa! Se, por exemplo, Ella viesse até mim se explicando dessa forma, eu diria a ela: "Pelo amor de Deus, você pode ter as suas próprias opiniões." Ou ainda: "Uma relação em que você suprime e censura suas crenças não é uma relação." Também declararia: "Há formas perfeitamente respeitáveis e de uma dama se expressar, não importa o assunto, o contexto e, em alguns casos, ficar calada é o caminho mais digno, se é uma questão de consciência, então falar não é apenas opcional, mas necessário." Não seria isso que eu pensaria se a pessoa em questão fosse alguém diferente de mim?

A carreata para quando ainda estamos a mais de dois quarteirões do jardim da Fourth Street, e através dos fones de ouvido, há muita conversa entre os agentes em nosso carro, os agentes nos outros veículos e a escolta policial. Ouço a palavra *Banjo*, que é o codinome deles para mim (Charlie é *Brass*, Ella é *Braid* — o Serviço Secreto nos deu a carta, e nós escolhemos nossos próprios nomes, embora eu tenha deixado Ella escolher o meu). Em nosso carro, estão Cal e Walter, sentados na parte de trás; além de José e outro agente na frente. Os dois telefones de Jessica tocam ao mesmo tempo — ela já havia ligado para dizer a sua assistente, Belinda, que chegaríamos tarde, mas estávamos a caminho — e então vislumbro, mesmo nessa distância, as vans de TV, os transmissores de satélite subindo acima dos telhados das fileiras de casas. Os carros estão estacionados apertados em ambos os lados da rua e, mais à frente, vejo que as calçadas estão abarrotadas de pessoas, algumas delas segurando cartazes.

Cal informa:

— Senhora, não é recomendável seguir adiante. Há muito congestionamento. Com sua aprovação, gostaríamos de voltar.

Jessica e eu trocamos um olhar.

— Não há outra forma... — começo a falar, e Jessica diz a Cal:

— E se chamarmos Edgar Franklin para vir até o carro?

Falando em voz baixa na altura da lapela, Cal diz:

— Vamos virar na D Street.

— E quanto à ideia de Jessica? — indago.

— O risco de tumulto é muito grande — declara Cal, e nós já estamos na D Street, as sirenes policiais ainda tocando alto.

— Não, pare — ordeno. — Cal, eu insisto. Podemos estacionar em outro quarteirão e você pode fazer uma barricada em toda a rua, mas se ele considerar vir até o carro, eu quero tentar.

De certa forma, eu não havia percebido o circo que se formaria — não parecia tão cheio na televisão, talvez mais apoiadores tenham chegado hoje. Na minha fantasia, éramos nós dois, Edgar Franklin e eu, passeando pela calçada, o que, de qualquer forma, é um delírio da minha parte, porque durante anos raramente caminhei por uma calçada a menos que ela fosse isolada, farejada por pastores alemães em busca de bombas.

Jessica é quem sai da limusine para fazer o convite; agentes de outros carros a ladeiam enquanto ela caminha os dois quarteirões até chegar ao jardim onde Edgar Franklin armou sua barraca. A valente Jessica Sutton, a pequena menina que brincava de Barbie no chão da cozinha da casa de Harold e Priscilla, que lia romances da Harlequin quando estava na sexta série, que se formou em segundo lugar na Biddle e foi da irmandade Phi Beta Kappa de Yale, que viajou comigo para Israel e para a África do Sul, que é a minha mais inabalável colega, minha mais verdadeira amiga. Ela resgata Edgar Franklin e o traz até mim. Enquanto ele é revistado por Walter antes de entrar na limusine, Jessica me informa:

— Estarei logo ali. — Ela aponta para a limusine atrás da minha.

Ele se senta à minha frente, nossos joelhos a apenas centímetros de distância, o calor escaldante do lado de fora emanando dele. No bancc da frente da limusine, de costas para nós, Cal nos observa. Por certo, seria demais esperar que essa conversa se desse totalmente sem observação.

Eu me apresento:

— Coronel Franklin, sou Alice Blackwell.

— Edgar Franklin.

Estendemos nossas mãos e nos cumprimentamos.

— Eu queria sair e falar com você, mas infelizmente, isso não funcionaria — digo.

Com um jeito vagamente alegre, ele observa o interior da limusine e diz:

— Não é tão ruim.

(Novamente gostaria que fosse um utilitário.)

— Gostaria de um pouco de água? — Levanto uma garrafa do suporte ao meu lado, e ele aceita: — Coronel Franklin, não estou autorizada a falar em nome da administração do presidente Blackwell, preciso deixar isso bem claro. Estou aqui apenas como eu mesma. Contudo, gostaria que soubesse que sinto terrivelmente pela sua perda. Estou ciente de que seu filho... De que Nate era filho único. Também sou mãe de uma única menina e não consigo imaginar como deve ser difícil para o senhor.

De fato, não com falsidade, ele diz:

— Não, senhora, não imagino que possa.

— Ele tinha 21 anos?

Edgar Franklin concorda com a cabeça.

— Ele planejava ser farmacêutico quando voltasse.

— Meu avô trabalhou em uma farmácia — conto. — Nunca o conheci, infelizmente, mas era em Milwaukee, Wisconsin. Suponho que o senhor seja da Geórgia.

— Nos mudamos quando Nate era pequeno. Passamos uns dois anos fora, um na Alemanha e outro no Panamá, mas ele fez o ensino médio em Columbus, Geórgia. Estou aposentado agora e moro em Decatur. — Edgar Franklin pigarreia: — Sra. Blackwell, sou um homem calmo. Nunca foi meu plano chamar atenção para mim mesmo, mas essa guerra é o maior erro que vi os Estados Unidos cometerem em toda a minha vida.

— Obviamente, causou muita controvérsia.

— Por que estamos lutando, Sra. Blackwell? Pelo que estamos lutando?

— Mais uma vez, não estou falando pela administração, mas se perguntar ao meu marido, creio que ele dirá que é pela democracia.

— É o que você diria?

Engulo em seco:

— Não sou uma analista militar, mas sim, diria a mesma coisa.

— Eles não nos querem no país deles mais do que nós queremos estar lá — ele diz em tom calmo. — Eles não acham que lhes damos mais segurança, não acreditam que melhoramos suas vidas. Eles nos veem como ocupantes. Eu estive no campo de batalha, Sra. Blackwell, e sei que é confuso, mas o problema não é esse. Nossas tropas são pegas no meio de facções tribais, em um lugar em que não há como se defender. O presidente diz que uma forma de honrar os mortos é completar a missão, mas se a guerra é um erro desde o início, não se tornará correta ao seguir em frente na mesma direção.

O que posso responder, o que tenho para dizer a ele? Posso manter o contato visual, mostrar que estou escutando.

— O presidente Blackwell ainda tem 19 meses de mandato pela frente — continua ele, e eu quero responder *eu sei. Acredite em mim, eu sei exatamente.* — Quantos soldados morrerão nesse tempo? Dois mil, 3 mil? Acho que honraremos a memória dos que morreram prevenindo mais mortes sem sentido.

— Nosso país está tão em débito com você e com famílias como a sua — respondo. — E sei que não há como reparar o sacrifício de Nate. Mas a situação é extremamente complicada, e se os Estados Unidos fossem...

— Sra. Blackwell! — Parece-me que sua interrupção surpreende a ambos. Ele passa a impressão de uma pessoa muito educada, lutando contra seus limites e contra as restrições da própria educação; está falando mais do que acha que deveria, em um tom afiado (afinal de contas, eu sou a primeira-dama, e ele está sentado em minha limusine blindada), mas menos do que realmente sente. — Peço desculpas — diz ele. — Mas a senhora *pode* reparar meu sacrifício. A senhora não pode trazer Nate de volta, realmente não pode, mas há 145 mil soldados que ainda estão lá, e cada um deles deixou pessoas que os amam aqui, que se preocupam e oram todos os dias pela segurança deles. Você pode dizer ao seu marido: "Essas pessoas têm famílias."

O que eu disse a Gladys Wycomb hoje mais cedo? *A administração do meu marido é diferente de mim.* Além disso: *O povo norte-americano o elegeu como presidente.*

— Assisti a uma entrevista sua poucos meses atrás — conta Edgar Franklin. — A entrevistadora perguntou: "Como a senhora e o seu marido passam o tempo livre?" E a senhora respondeu: "Nós lemos, jogamos Scrabble, o presidente assiste a esportes." Sra. Blackwell, isso é tudo que todos querem.

— Sinto muito — declaro. — Sinto muito mesmo.

— A mãe de Nate morreu em 1996 — diz Edgar Franklin. — Ela era uma cozinheira maravilhosa e nunca precisava seguir uma receita. Bolo de carne, feijão mulatinho, macarrão com queijo, tudo o que ela fazia era delicioso. Bem, depois que ela morreu, ficamos apenas Nate e eu, e ele ainda era um jovem. Contratei uma senhora para me ajudar a tomar conta dele e fazer nossas refeições durante a semana, e nos finais de semana Nate e eu comíamos espaguete com molho e chamávamos isso de jantar de solteiros. Dizíamos que se ligássemos o fogão, contava como cozinhar. — Trocamos um sorriso oblíquo; Edgar Franklin não me odeia, pelo menos não como Gladys Wycomb. — Agora, depois que me aposentei — continua ele — alguns anos se passaram e pensei que era tempo de aprender a cozinhar. Comprei livros de culinária, os li, e de início havia apenas poucas receitas que eu poderia tentar. Havia palavras cujo significado eu nem sabia, *parboilizado, refogar*. Mas eu melhorei. Tive alguns momentos humilhantes que ninguém além de mim precisa saber, mas melhorei. Tinha um plano: quando Nate voltasse, faria para ele um jantar completo e ele ficaria surpreso. Lombinho de porco com cogumelos e azeitonas, uma salada fresca e um pouco de pão feito em casa. Comprei uma máquina de pão pela internet. As pessoas ficam muito impressionadas quando veem pão feito em casa contanto que não saibam que tudo o que você fez foi juntar os ingredientes e apertar um botão. Tentei os diferentes tipos para achar o melhor, porque Nate não gostava de passas, mas dava para fazer pão de ervas ou *sourdough* ou de qualquer outro tipo — sei o que Edgar Franklin dirá depois, e não estou errada, embora a forma como ele fale seja mais comedida, menos sentimental do que poderia ser. — Nunca fiz esse jantar para o meu filho.

A limusine está em silêncio. Do lado de fora, os agentes estão de pé nos quatro lados e depois de um minuto, eu digo:

— Fui próxima de pessoas que morreram cedo, e sei que é terrível de uma forma diferente de outras mortes. Parece ser insuportável, mas você suporta porque não tem escolha. — Faço uma pausa. — Se houvesse alguma coisa que eu pudesse fazer para trazer seu filho de volta, mudar o que aconteceu, eu faria.

— Seria duro não importa a forma como ele se fosse, disso eu sei — afirma Edgar Franklin. — Mas não foi uma causa pela qual valesse a pena morrer. Armas de destruição em massa que nunca foram encontradas? Acesso a campos de petróleo? Políticos brincando de cowboys e índios? Acho que essas parecem boas razões quando não é o seu filho.

Edgar Franklin está usando uma calça cáqui e uma camisa de botões de manga curta, e, por baixo, dá para ver a sombra de uma camiseta regata. Ele usa um relógio de tira de couro preto, uma aliança de ouro simples na mão esquerda, e mocassins de couro marrom com franja. E as franjas cortam o meu coração. Olho nos olhos dele e digo:

— Acho que você está certo. É hora de nós acabarmos a guerra e trazermos as tropas de volta.

EM 7 DE NOVEMBRO DE 2000, o dia da eleição, votamos quando as zonas eleitorais abriram em Madison; Charlie e eu votamos ao mesmo tempo e, do lado de fora das cabines cortinadas na escola de ensino fundamental perto da mansão do governador, nos demos as mãos e, com as mãos que estavam livres, acenamos para os jornalistas, fotógrafos, operadores de câmera e pessoas que nos apoiavam. Então, embarcamos em um avião e viajamos para nossa parada final de campanha, um comitê em Portland, Oregon — Oregon é conhecida por ter uma disputa acirrada — e outro em Minneapolis antes de voarmos de volta para Wisconsin e irmos de carro até o hotel, onde planejávamos assistir aos boletins dos resultados eleitorais em uma suíte com vários membros da equipe, parentes, inclusive Arnold Prouhet, esposa e família, e todos os Blackwell. Nossos sobrinhos Harry e

Drew haviam feito uma campanha intensa a favor de Charlie desde o início, e Harold e Ed fizeram grandes arrecadações de fundos. Naquela noite, além de Ella, Harold e Priscilla, cada um dos irmãos de Charlie, suas esposas e filhos, a maioria casada e já com os próprios filhos, vieram para a cidade, e essa representação de união foi bem tocante para Charlie e para mim. Alguém pediu dezenas de pizzas, e a suíte ficou um caos de nervos e excitação; o único momento calmo, do qual gostei, foi quando o reverendo Randy comandou uma oração antes de comermos. Que a eleição seria apertada não era nenhum segredo, mas Hank estava confiante na vitória de Charlie, e Charlie também estava. Não por causa de algo que tivéssemos dito um ao outro, porém mais em razão de nossas trocas de olhares, daquilo que *não falamos*, eu tinha certeza de que meu sogro e eu éramos os únicos que tinham sérias dúvidas sobre a vitória de Charlie. Harold se aposentara, ou "se aposentara ativamente", como gostava de dizer, mas ainda tinha muitos laços próximos no Comitê Nacional Republicano, e seu ceticismo aparente me surpreendeu, enquanto o meu era mais baseado em intuição. Se eu queria ou não que Charlie vencesse era uma questão à parte. Claro que sim, e claro que não. Queria que ele vencesse do jeito que desejamos que o time de beisebol da nossa cidade ou o time de futebol do ensino médio de nossa filha vença. Queria o triunfo do momento e que nossas emoções construíssem a celebração em vez de afundarem-se em decepção, o que não era o mesmo que desejar as consequências do triunfo no longo prazo. Queria que Charlie ganhasse a eleição, mas não queria que ele fosse presidente. Durante 18 meses, fomos envolvidos por um grande tumulto de discursos, multidões que seguravam cartazes vermelhos e azuis, estrategistas, entrevistadores e repórteres, pessoas balançando bandeiras, bandas de música, aviões, aeroportos, hotéis, escolas, feiras e casas de repouso. Algumas vezes, foi divertido, mas, na maior parte do tempo, apenas exaustivo, e agora estava quase acabando. O salão de baile do hotel estava reservado para o partido vencedor, e uma das razões pelas quais eu sabia que não fora feita para a política era a vergonha de uma festa da vitória quando havia uma boa chance de não haver vitória.

Com o passar das horas, ficou claro que toda a eleição voltara-se para a Flórida — e isso me fez lembrar dos jogos de beisebol, como todos os nove jogos do batedor podiam de alguma forma se resumir a um arremesso final — e um pouco antes das sete no nosso horário, oito na Costa Leste, as redes anunciaram que os 25 votos eleitorais iriam para o oponente de Charlie. A suíte ficou em silêncio, exceto pelo filho de 3 meses de nossa sobrinha, que chorava, inconsolável. Todos olharam para Charlie ou tentaram não olhar para ele — ele estava sentado no sofá perto da grande televisão, Ella de um lado e Hank do outro —, e não fiquei surpresa quando, em poucos minutos, Ella sussurrou em meu ouvido: "Papai quer sair daqui."

Harold, Priscilla e Debbie Bell nos acompanharam de volta para a mansão do governador, e todos os outros ficaram para trás. Enquanto caminhávamos pelo saguão e alcançávamos a van que nos levaria para casa, nenhum de nós falou com a multidão da mídia que chamava, embora eu tenha sorrido para alguns deles; havia muitos que conhecíamos bem àquela altura. Não que precisassem de encorajamento — eles nos seguiram de volta para a mansão de qualquer jeito e a realidade é que nós teríamos de deixá-los entrar, Charlie teria de falar com eles antes do final da noite.

Na mansão, nos reunimos na sala de estar do segundo andar e fiquei tentada a sugerir que jogássemos Scrabble ou um jogo de cartas, mas não acho que alguma coisa pudesse nos distrair. A personalidade de todos parecia naquele momento tanto reduzida quanto ampliada, destilada em alguma qualidade essencial: Debbie Bell estava irritada, Hank insistia que os votos da Flórida não poderiam ter ido para o oponente de Charlie, que deveria ter havido um erro, Harold mantinha-se estoico, Priscilla fazia comentários desdenhosos sobre o oponente e os tolos que o haviam eleito; Ella estava docemente protegendo seu pai, eu estava quieta, e Charlie, magoado — como uma criança, ao que parece. Ele falava menos do que todos, e Priscilla era a que falava mais: "Aquele presunçoso, hipócrita, que abraça árvores", dizia ela quando as imagens do oponente de Charlie apareciam na tela: "Se é esse o homem em quem o povo dos Estados Unidos votou para presidente, então eles o merecem." Eu acho que noites de eleição são particularmente evocativas e carregadas para Priscilla e Harold — nós estávamos, claro, sentados na mansão do governador que eles ocuparam por oito anos, onde o próprio Charlie passou a maior parte da adolescência.

Uma empregada trouxe alguns amendoins e pipoca, e duas televisões estavam ligadas — uma com gabinete de madeira e outra que fora trazida para que pudéssemos assistir a mais de um canal simultaneamente, embora tenhamos desligado o som de ambas — e Charlie estava se preparando para ligar para seu adversário para admitir a derrota quando os celulares dele, de Hank, de Debbie e de Harold começaram a tocar ao mesmo tempo, e menos de três minutos depois as redes reportaram que estavam colocando a Flórida novamente na categoria incerta. Por volta de uma e meia da madrugada, Charlie liderava na Flórida por 100 mil votos e, por volta das 3h30, liderava por menos de 2 mil, com a maioria dos votos não contabilizados esperados para seu oponente. Quando fomos nos deitar logo depois das quatro, era impossível saber no que pensar; o único consenso era que o resultado seria tão apertado que deveria haver uma recontagem e que se passariam vários dias até que alguém soubesse o desfecho. Não acreditava que o meu cansaço seria tão esmagador em uma noite de muito nervosismo, mas os últimos dias de campanha foram especialmente desgastantes, e sentia que meu corpo implorava para que eu me deitasse. Igualmente surpreendente era que Charlie parecia sentir o mesmo. Com o passar da noite, ficamos reunidos com vários membros da família, recebemos a visita de um grupo de repórteres de jornal e televisão com seus assistentes, câmeras e fotógrafos, e notei que cada vez mais Charlie ficava perto de mim. Em um determinado momento, quando me levantei para ir ao banheiro, ele me perguntou aonde eu ia: "Você vai voltar logo?", perguntou. Eu concordei com a cabeça. Perto das 4 horas, quando eu disse: "Você me perdoaria se eu me deitasse?", ele respondeu: "Na verdade, vou com você". As cerca de trinta pessoas na sala de estar aplaudiram Charlie em sua saída, ele parecia acanhado e sorriu.

Na cama, depois de escovarmos os dentes e apagarmos as luzes, ele botou a cabeça no meu colo e eu passei meus dedos por seus cabelos. Ele perguntou:

— E aí, o que vai acontecer?

— Ah, querido, não sei mais do que qualquer um.

— Mas qual é o seu palpite?

— Honestamente, meu bem, eu não...

Ele me interrompeu, dizendo:

— Acho que talvez eu devesse ter sido comissário de beisebol. Eu teria sido perfeito, você não acha?

Foi a primeira vez que ouvi essa ideia, mas me pareceu suficientemente plausível e eu respondi:

— Acho.

— Eu teria sido divertido, desafiador, mas não totalmente um pé no saco, e seria uma boa forma de utilizar todas as habilidades que adquiri. Mas essa merda de governo estadual, as reuniões de três horas sobre estações subterrânea de águas, relações de trabalho e alguma lei de 1850, eu já me enchi.

— A posição de comissário de beisebol vai ficar livre logo? Quem está agora no cargo não é Wynne Smith?

— Vou ficar antenado nisso. Smith está com quase 70 anos, então aposto que eles estão prontos para sangue novo.

— Só não esqueça que você ainda tem dois anos como governador.

Charlie ficou calado, depois disse:

— Se eu renunciar, você acha que isso seria terrível? Monty está preparado para o desafio, não tenho a menor dúvida disso.

Ele se referia a Ralph Montanetti, o vice-governador.

— Você não gostaria de cumprir o seu mandado até o fim? — perguntei.

— Essa campanha tem sido brutal. Nem preciso dizer isso você, mas, cá entre nós, tenho a sensação de que o suspense acabou. Já sei que Hank vai tentar de novo em 2004. Mas não tenho certeza se vale a pena. A ideia de ganhar a eleição presidencial, ultimamente, tem me lembrado de... Como é aquela frase que dizem quando você consegue entrar como sócio em uma firma de advocacia? Você ganha um concurso de quem come mais tortas e seu prêmio são mais tortas.

— Posso pedir um favor? Quero que você se lembre de que, não importa o que aconteça, nós ficaremos bem. Se quiser permanecer na política, se quiser desistir ou retornar ao beisebol, se quiser apenas descansar... — Charlie estava com 54 anos na época e não seria constrangedor se ele parasse de trabalhar; ele poderia se aposentar mais cedo e poderíamos viajar, ou, quem sabe, comprar uma segunda casa em qualquer outro lugar que não Halcyon, em Minnesota ou em Michigan; ele poderia pescar, e eu poderia ler. — Você tem muita sorte de ter tantas opções e tantos partidários e admiradores. É isso que importa.

Charlie ergueu a cabeça e virou-se para mim para que, no escuro, ficássemos cara a cara. No segundo andar, a distância, podíamos ouvir o som da televisão e as pessoas ainda acordadas na sala de estar.

— Quando anunciaram que eu não havia conseguido a Flórida, isso me irritou — contou ele. — Estivemos lá, o quê? Umas 15 vezes no ano passado? E aposto com você que todos da mídia liberal estão se cagando de tanta excitação. Eles tinham de dizer que eu perdi, mas disseram: "Não, espere, você não conseguiu", então vão dizer "Ah, sim, você conseguiu". Diversão em dobro, certo? De volta ao hotel, o que não foi um momento legal para mim, tive de sorrir como um bom perdedor enquanto todos que conheço ficavam ao redor me encarando. Mas, então, pensei... se tudo acontece por alguma razão, Deus deve saber o que faz. Que espécie de cristão seria eu se apenas acreditasse Nele se a vida fosse do meu jeito?

— Ainda existe uma chance de você ganhar — falei. — As eleições ainda não acabaram.

Ele balançou a cabeça.

— Você e eu sabemos que perdi. Pressenti isso. Mas, Lindy, estou tranquilo — ele me beijou na boca e declarou: — Isso pode parecer loucura, mas já começo a achar que saí de uma furada.

PENSEI QUE VOLTARÍAMOS à Casa Branca nos carros em que estávamos. Queria muito ficar sozinha, ou apenas na companhia dos três agentes, para assimilar tudo o que acabara de acontecer. Mas assim que Edgard Franklin sai do carro, Jessica reaparece, aproximando-se com o telefone na mão:

— É o presidente.

Se não fosse Charlie, até mesmo Ella ou minha mãe, eu não teria atendido. Mas levo o aparelho ao ouvido, e, quando digo alô, Charlie pergunta:

— Quando foi que os alienígenas sequestraram minha esposa e colocaram você no lugar dela?

Parece que ele está nervoso e que caminha por algum lugar, provavelmente na direção do elevador residencial para trocar de roupa para a festa de gala, que começará em assustadores e exatos vinte minutos.

— Charlie, eu não pretendia pegá-lo desprevenido, mas não consegui...

— Não, foi ótimo. Hank está apenas irritado porque ele mesmo não pensou nisso. Uma conversa de uma mãe com um pai. Essa era a melhor saída.

— Você não está zangado?

— Só espero que o Sr. Simpatia veja como você foi generosa ao ceder um pouco do seu tempo para ele. Principalmente depois da fofoca de que você não conseguiria tomar banho agora. Mas não se preocupe, prometo não mandar os alunos e professores cumprimentarem você por estar usando calças fedorentas.

Envergonhada, percebo que ele acha que conversei com Edgard Franklin em seu lugar, mais como uma representante do presidente do que por mim mesma, da forma como, algumas vezes, eu comparecia a funerais de líderes estrangeiros.

— Charlie, eu disse a Edgard Franklin que apoiava o fim da guerra e a retirada das tropas — conto.

Por dez segundos, Charlie permanece em silêncio, e então, em um tom desnorteado, pergunta:

— Você apoia o fim da guerra e a retirada das tropas?

— Deixei claro que não estava falando em nome do governo, nem em seu nome. E não é como se ele e eu tivéssemos tido uma discussão complexa sobre a política externa. Na maior parte da conversa, ele expressou suas opiniões e me ouviu.

— Desculpa, mas acho que nossa ligação deve estar com interferência. Parece que acabou de dizer que contou a um ativista antibélico rodeado de câmeras de TV que você concorda com ele e está contra mim.

Fico em silêncio, e Charlie exclama:

— Meus Deus, Lindy!

— Meu amor, você e eu podemos ter opiniões diferentes. A questão do aborto...

— O que é isso? Você estava determinada a causar uma enorme controvérsia hoje, então depois que a médica bateu as botas, achou outro jeito de fazer isso?

Sinto uma vontade enorme de estar perto dele, acariciar seu rosto, abraçá-lo, para mostrar-lhe que, embora tenha feito algo não característico, ainda sou sua fiel esposa.

— Estou andando em direção à TV agora mesmo — diz ele. Para outra pessoa: — Sim, enquanto estava apenas conversando com ele. — Então se dirige a mim: — É, já está em todas os canais. Parabéns, meu amor. Você também quer bombardear meu projeto de lei de imigração enquanto ainda faz parte dele? Ou quem sabe sabotar a reforma da previdência social?

Já está em todas as emissoras? Edgard Franklin saiu do meu carro há alguns minutos. Mas os jornalistas devem ter descoberto a história enquanto ele ainda estava na limusine. Devem ter transmitido tudo ao vivo de forma urgente e especulativa.

— Chegarei em casa em cinco minutos — digo. — Vai me esperar para irmos à festa antes que fique tenso?

— Olha, eu sempre me esqueço disso em relação a você — diz ele, e mesmo agora, depois de perdermos nossa privacidade, não posso evitar imaginar quem o está ouvindo. — A cada década, você gosta de me jogar no chão, abrir minha boca e me enfiar um monte de merda goela abaixo.

QUANDO EU TINHA 31 ANOS e Charlie era candidato ao Congresso, pensei que, com a prática, poderia colocar um romance na bolsa e ler durante os discursos dele, mas estava errada. Os jornalistas e expectadores sempre dão uma olhadinha para a esposa do candidato enquanto ele fala, sondando a nossa reação. Na época em que Charlie e eu nos apaixonamos, pensei que poderia apoiá-lo não apenas como político, mas também como ser humano. Disse isso a ele, e ele pensou da mesma forma.

— Posso lhe assegurar que nunca direi a alguém que discordo de você — prometi a ele. — Ninguém tem nada com isso, é assunto nosso.

A FESTA DE GALA em minha homenagem, com mais de trezentos convidados, está divertida e bastante cheia, e um pouco exagerada. Charlie e eu nos sentamos lado a lado na primeira fila. Depois que os alunos da terceira série cantam "God Bless America" e um menininho de 12 anos em uma cadeira de rodas é conduzido ao palco pela mãe para iniciar o Juramento de Lealdade à Bandeira e à República Norte-Americana, seguem-se três discursos: o diretor de uma escola pública de ensino médio de Anacostia; um aluno da quinta série de uma escola de Bethesda, Maryland; e um senador democrata conhecido pelo apoio a projetos de lei educacionais (embora nos déssemos bem ao longo desses anos, é evidente que o senador despreza Charlie, mas espera apoio para seu programa de títulos de moradia). Além disso, três meninas de 9 anos, vestindo collants, apresentaram uma coreografia de giros com bastão com a música "I Believe I Can Fly", de R. Kelly; houve uma cena da peça *O milagre de Anne Sullivan*, em que duas atrizes renomadas da Broadway interpretam Helen Keller e Anne Sullivan; e o poema "Theme for English B", de Langston Hughes, foi declamado por uma formanda do ensino médio, uma afro-americana mais de 20 quilos acima do peso, bonita e com inegável presença de palco.

Em seguida, três professores recebem prêmios: maçãs cromadas fixadas em uma tábua de madeira, cada qual entregue pelo aluno que indicou o professor. O ápice da noite chega com os artistas juntos no palco, dois dos quais desenrolam uma faixa de 12 metros de comprimento que diz: "Obrigado por nos apoiar, Sra. Blackwell." Durante a premiação dos professores, corro para os bastidores e, como planejado, saio de trás das cortinas, sorrindo e acenando. No pódio, dois alunos da nona série presenteiam-me com uma maçã cromada só para mim, com 30 centímetros de diâmetro (se minha maçã fosse do tamanho real como a dos professores, não haveria a oportunidade necessária para fotografar, e os flashes estavam, de fato, ofuscando a minha visão naquele momento). Não faço um discurso propriamente dito, digo apenas: "Muito obrigada e obrigada a todos por comparecerem hoje. Esta noite tem sido extraordinária, e sinto-me honrada em estar diante de tantos talentos. Espero que vocês se lembrem de que, aonde quer que desejem ir, a educação será o meio. E agora, levando em consideração que amanhã é dia de aula, recomendo que todos retornem às suas casas, terminem os deveres de casa e tenham uma boa noite de sono." (Não foi um discurso, mas pareceu um, mesmo não sendo palavras que escrevi.) Normalmente, eu teria me constrangido com tanto estardalhaço ao meu redor, depois de todo o drama de hoje, mas essas formalidades são uma distração frívola. No palco, poso para fotos com alunos e professores; muitos alunos saíram da forma e rodearam um do terceiro ano que cantara "God Bless America" e que estava dançando break vigorosamente. Percebi que Charlie fora embora. Interpretamos nossos papéis esta noite, sentando próximos um do outro com expressões agradáveis. Charlie sorria como um herói sempre que alguém no palco falava algo gentil sobre mim, mas não me deu a atenção devida, ou sussurrou, ou segurou minha mão, ou afagou meu joelho.

Ao retornar à Casa Branca depois da minha conversa com Edgard Franklin, não haveria tempo para eu me encontrar com Charlie, como previsto, tampouco para trocar de roupa, mas me apressei em ir para casa a fim de usar meu próprio banheiro e ver Ella. Abraçamo-nos, e eu disse:

— Devemos descer agora.

— Você não vai retocar a maquiagem? — perguntou ela.

— Querida, chegaremos atrasadas.

Ela deu uma gargalhada:

— Você acha que vão começar sem você?

Embora Mirel, minha adorável jovem maquiadora, e Kim, minha cabeleireira, estivessem esperando no salão de beleza (uma sala montada por Pat Nixon), foi Ella quem, usando os produtos de Mirel, passou gloss em meus lábios e esfregou o pincel em minhas bochechas, dizendo:

— Olhe para cima.

Depois, passou o rímel em meus cílios e pediu:

— Agora, olhe para baixo.

Obedeci, então ela disse:

— Pisque! — E continuou: — Mãe, estou contente por você ter falado com o tal Franklin, mas, se as tropas forem retiradas imediatamente, haverá um efeito dominó de ilegalidade no Oriente Médio.

Ella usou um tom que costumava usar na adolescência para me explicar algo que achava que eu deveria saber — ela era diplomática o suficiente para não me ofender, mas certa de que a lógica estava ao seu lado. (Obviamente, poderia ficar na rua até as 2 da manhã, porque era extremamente responsável, nenhum de seus colegas de classe tinha o toque de recolher à meia-noite, e não iria beber.) De forma estranha, fui pega desprevenida e fiquei magoada com a sinceridade de Ella, sua vontade de falar da guerra propriamente dita em vez de como consertar o meu deslize. Já sabia que essa poderia ser a abordagem de qualquer outra pessoa. Só no tempo que levou para Jessica e eu retornarmos à Casa Branca, os dois telefones dela tocaram umas seis vezes (e foram as ligações que ouvi; provavelmente, muitas outras em espera interromperam aquelas em andamento), e, aparentemente, Hank havia falado com vários jornalistas. Não estou certa se ele iria à festa de gala, mas ele não apareceu, sem dúvida para consertar as coisas. Quando Jessica, Ella e eu encontramos Charlie na sala de jantar, tanto Debbie Bell quanto Hank estavam com ele, talvez como um para-choque entre mim e Charlie, talvez a pedido dele. Também estavam Michael, assessor de Charlie, e Ashley, minha assistente. Charlie não me cumprimentou com um beijo, mas, em vez disso, abraçou Ella e, de certa forma, me ignorou; eu também diria que Debbie estava enfurecida. Nós oito atravessamos juntos a Galeria Cruzada; assim que adentramos a Sala Leste, Hank desapareceu, e Charlie pegou minha mão, dando um sorriso amarelo. Legenda: não há nada de errado, e ninguém na Casa Branca está preocupado com o que a primeira-dama falou.

Enquanto cumprimentava as pessoas e tirava fotos com todos que estavam alinhados no palco, Ella, Jessica e eu fomos levadas para fora por Cal, Ashley borrifou álcool gel nas minhas mãos, e seguimos para casa sem falar com os poucos jornalistas de plantão na festa de gala. Os assessores de imprensa os mantiveram no lugar reservado a eles.

— Este é o plano de Hank — disse Jessica, sussurrando enquanto andávamos para o elevador. — Nada de entrevistas por algumas semanas, e não responda a perguntas da imprensa nos eventos públicos. Então veremos como as coisas ficam, se voltam ao normal.

Concordei. Não parecia um plano ruim; meu silêncio era melhor do que qualquer acrobacia verbal que tivesse de usar se tentasse não reforçar nem diminuir o que dissera a Edgard Franklin. É claro que não se esquecerão disso. Quando for entrevistada de novo, perguntarão sobre meus comentários (que Edgar repassou imediatamente para aos jornalistas reunidos, o que eu sabia que ele faria), mas pretendo ser concisa.

Embora tenha subido conosco no elevador, Jessica não desce; em vez disso, o ascensorista, um ágil senhor chamado Nicholas, mantém a porta aberta enquanto Jessica se despede de Ella e de mim, fingindo que voltará para casa sozinha, mas tenho certeza de que planeja retornar à Ala Leste para continuar trabalhando.

— Obrigada por tudo — agradeço a Jessica. — Você merece uma medalha por hoje.

— Você merece uma placa com uma maçã gigante — declara Ella.

Ella só estava brincando, já que acha que visitei minha mãe esta tarde. Ela não sabe sobre a ameaça de Gladys Wycomb e não tem noção de como este dia foi longo. De qualquer maneira, já perdi de vista a maçã cromada. Acredito que Belinda, assistente de Jessica, a tenha levado embora.

— Descanse esta noite, está bem? — orienta Jessica, e olha para Ella: — Faça com que ela relaxe.

— Você também — respondo.

— Não sou eu que estou no meio da tempestade — comenta Jessica. De repente, ela sai do elevador e me abraça. Enquanto isso, sussurra no meu ouvido para que Ella não escute: — Você fez a coisa certa.

Ella e eu nos sentamos na Cozinha da Família e Ella pega queijo, homus e cenouras da geladeira. Ela não gosta da comida daqui, ainda que os chefes no andar de baixo preparem o que quisermos exatamente como especificarmos. Sempre me certifico de que estejamos abastecidos em casa quando ela nos visita. Ligo lá para baixo e peço uma salada Cobb para mim e analisamos a noite por um momento, comentando a entoação impressionante da menina que recitou o poema "Theme for English B", a conotação desconfortável e ligeiramente sexual das alunas de quarta série que fizeram a dança do bastão.

— Você falou com o senador Zimon hoje à noite? — pergunta Ella. — Acho que fez implante de cabelo. — E acrescenta: — Você não fica irritada por Jessica ser tão perfeita?

Sorrio.

— Isso quer dizer que você fica irritada por ela ser tão perfeita?

— De forma alguma! — nega Ella, com um sorriso amarelo como o do pai. — Nem me sinto totalmente ameaçada por essa mulher que tem quase a minha idade, com quem você passa o tempo todo e de quem você gosta mais do que de mim. Nem um pouquinho.

— Gosto muito da Jessica, mas só tenho uma filha, e não há ninguém que ame mais nesse mundo. Quer colinho?

Eu estava brincando, assim como Ella, mas ela se levanta, vira-se e senta-se na minha perna por um segundo. Acaricio suas costas e passo a mão no cabelo castanho comprido. Então, ela levanta pega uma cenoura e a mergulha no homus.

— O que realmente quero, agora mesmo, é um sanduíche de cocô.

— Você não tem jeito — digo.

Essa é uma antiga piada entre nós, necessária sempre que fazemos uma refeição juntas depois de um tempo longe uma da outra. (Desnecessário dizer, eu nunca faço a piada, mas pode-se contar com Ella.)

— Você e papai estão brigados? — pergunta Ella.

— Por que acha isso?

— Deve ter havido algum resquício da sua conversa franca com o tal do Franklin.

— Não se preocupe com seu pai e eu. Ficaremos bem.

— Então, o que você queria me contar?

— Ah...

Será que eu deveria contar? Não era mais necessário, agora que fora poupada devido à morte de Gladys Wycomb, mas ainda assim eu poderia falar. Qual a diferença entre dar voz a uma verdade antiga e ser uma mãe que desabafou de forma indulgente? Percebi que contar não seria justo com Ella, seria imprudente, não só em razão de suas convicções religiosas, mas também porque isso a faria pensar que poderia ter um irmão ou uma irmã (Ella e eu fomos filhas únicas).

— Não era nada — respondo.

Ella inclina-se e beija-me no rosto.

— Então vou telefonar para Wyatt. Quando o papai subir, diga que tenho uma coisa hilária para mostrar para ele no YouTube.

Dou um tapinha no bumbum de Ella.

— Coloque o prato na pia.

Quando Ella sai, sigo para a sala de estar da ala oeste, que tem uma bonita janela em meia-lua, com vista para o Antigo Edifício do Gabinete Executivo, o Roseiral e a Ala Oeste. Acomodo-me no sofá e fico ali por uma hora e meia, lendo. O livro que deixei lá ontem, *Stop-Time*, de Frank Conroy, ficou me esperando por 24 horas, a noite toda ontem e o dia todo hoje, enquanto eu voava de Arlington para Chicago, depois para Riley. Mergulhei no livro, e ele me recebeu bem.

Um pouco antes das onze, coloco o livro de lado e, quando me levanto, lembro-me do envelope de Pete Imhof, dobrado no bolso do meu paletó de linho. Eu o retiro do bolso e antes de colocar a mão dentro dele — o envelope já estava aberto e rasgado — percebo no verso a minha própria caligrafia aos 17 anos — Sr. e Sra. Imhof — e sei imediatamente do que se trata. Passo o dedo pela borda desigual do envelope. (É tão pequeno! Não passa 15 centímetros.) Puxo o bilhete.

Jamais serei capaz de expressar a vocês quanto lamento, minha letra aos 17 anos explicava em caneta azul. *Sei que lhes causei uma dor terrível. Se houvesse qualquer coisa no mundo que eu pudesse fazer para mudar o que aconteceu, eu faria. Este pingente é meu e Andrew um dia me disse que gostava dele, então pensei que isso poderia lhes oferecer algum conforto.* Sinto o pulso acelerar ao retirar do envelope o pingente, já bastante escurecido; mas nunca o polirei, e olho para ele na palma de minha mão: meu coração de prata. Foi o pingente que Andrew tocou antes de ir para o treino de futebol, o presente que minha avó me dera no meu aniversario de 16 anos. (Ah, o passado, o passado, como a lembrança das pessoas que amei me endurecem.)

Não sei bem o que farei com o pingente, que sem dúvida é uma joia barata, inadequada, principalmente para uma senhora de 61 anos e mais ainda para a primeira-dama, mas talvez eu possa usá-lo em um cordão comprido que fique oculto sob minhas blusas. Nenhum objeto no mundo poderia ser mais precioso para mim, e estou perplexa com sua origem desconhecida. Embora ainda não soubesse que o possuía, talvez tenha sido o que me incentivou a falar com Edgard Franklin — Pete Imhof devolveu o meu coração.

ENCONTRO CHARLIE no corredor do lado de fora de nosso quarto. Ele segue na direção oposta e posso dizer que tenta decidir se será amigável ou não. Depois que nossos olhos se encontram, ele imediatamente desvia os dele, mas parece perceber como seria absurdo fingir que não me viu quando estamos somente nós dois, ou nós dois e Snowflake, que foge rapidamente assim que nota a minha presença. O mordomo passa por nosso quarto e abre a porta quando nos aproximamos, acenando uma vez para Charlie:

— Boa-noite, Sr. Presidente.

Depois para mim:

— Boa-noite, senhora.

— Boa-noite, Roger — responde Charlie enquanto passamos por ele. Eu apenas sorrio.

Quando a porta se fecha, digo:

— Por favor, não me dê um gelo. Se estiver com raiva, vamos conversar.

— Se estiver com raiva? Cacete, Lindy, como você pôde me apunhalar pelas costas dessa maneira? Você sabe a impressão que dá se não houver apoio unificado à guerra nem mesmo em meu próprio casamento? Hoje sou motivo de piada para o mundo e tenho de sentar lá e aplaudir a dança do bastão.

— Meu amor, acho que você está exagerando. O que eu disse para Edgar Franklin não foi uma declaração política.

— Em que planeta você vive? Quando a primeira-dama dos Estados Unidos fala, é sempre político!

Entre a nossa cama e a televisão de tela plana sobre a lareira, existe uma sala de estar: duas poltronas, um sofá e uma mesa de madeira da qual Charlie pega o controle remoto.

— Hum, imagino o que devem estar dizendo nos programas de TV. Tenho certeza de que isso não acabou nas emissoras, pois, obviamente, foi apenas você falando como uma cidadã comum, não foi uma declaração política, e toda a mídia entende essas diferenças sutis.

Quando a tela acende, está sintonizada na Fox News, que exibe uma gravação da assessora de imprensa de Charlie, Maggie Carpeni, dizendo esta noite:

— Escutem, todos queremos trazer as tropas para casa, todos os cidadãos dos Estados Unidos desejam isso. A pergunta não é se, mas quando, e a primeira-dama sabe, assim como qualquer outra pessoa, que uma retirada precipitada poderia ter consequências desastrosas. Ela e o presidente permanecem unidos na certeza da vitória quando a estabilidade e a liberdade forem atingidas.

— Não acho que, de forma alguma, isso o faça parecer motivo de piada — digo.

Maggie deturpar meus próprios comentários não me incomoda propriamente, pois acredito, a priori, que declarações sobre mim, mesmo quando feitas por pessoas do círculo íntimo do meu marido, não se tornam verdade ou mentira, mas também porque, de fato, não imaginei que a Casa Branca poderia deixar intactas minhas declarações para Edgard Franklin. O que eu disse uma vez, somente ao alcance do ouvido do coronel Franklin e de meu agente Cal, deve ser o suficiente, pelo menos por enquanto. Se espero, algum dia, ratificar ou acrescentar meus comentários, ou reafirmar minha posição pró-aborto, terei de fazê-lo com bastante cuidado. Maggie ou Hank podem minimizar o que eu disse, mas nunca apagar. Aconteceu. Enquanto fui surpreendida, muitas vezes, pela confiança do povo, as pessoas tornaram-se claramente mais ressabiadas durante a presidência de Charlie, e só posso esperar que pelo menos algumas delas admitam a verdade: que Edgard Franklin me citou precisamente e quis dizer exatamente o que pareceu. Se minhas palavras terão um efeito positivo, incluindo sobre meu marido, isso será analisado mais para a frente.

Charlie coloca na CNN, e a legenda na parte inferior da tela diz: PAI ANTIBÉLICO RETORNA À GEÓRGIA. Edgard Franklin está diante de um buquê eletrônico de não menos do que uma dúzia de microfones; ao lado, uma mulher gorducha identificada como sua irmã, Cheryl. Ainda estava claro, o que significa que a coletiva de imprensa deve ter sido filmada há algumas horas.

— Acredito que me aproximei o máximo possível do presidente — declarou ele. — Hoje, falei do fundo do meu coração com a Sra. Blackwell e prefiro acreditar que ela me ouvirá e que será um canal até seu marido. Se ele ouvirá, compete a ele. Embora eu vá para casa esta noite, sei que, por mais que a guerra continue, é minha responsabilidade protestar.

Então, há um corte de Edgard Franklin para os comentaristas no estúdio, a legenda na parte de baixo da tela diz: ATÉ TU, ALICE? Um dos experts, um homem de gravata borboleta, diz:

— Tenho certeza de que todos os espectadores se lembram da declaração do presidente Blackwell de que não retiraria as tropas nem mesmo se Alice ou Snowflake fossem os únicos a apoiá-lo. Então, Sr. Presidente, será que o senhor não deve ficar bem atento ao seu gato?

(Isso ainda é uma peculiaridade de ser uma pessoa famosa. Às vezes, na televisão, em sites ou artigos, referem-se a você de forma direta, teoricamente, e parecem nunca imaginar que você poderia assistir ou ler o que se diz.)

Os quatro comentaristas estão sentados a uma mesa triangular longa e estreita e todos se deleitam no grupo de amigos engravatados. O apresentador do programa diz:

— Agora, a grande questão é se os democratas verão o fato como uma oportunidade para derrubar Blackwell enquanto ele está lá embaixo, haja vista a sua candidata à Suprema Corte, Ingrid Sanchez.

— Você realmente quer ver isso? — pergunto.

Charlie normalmente se afasta dos noticiários na televisão, acreditando que a grande maioria dos produtores e jornalistas tem uma tendência liberal. É claro que a Fox dá uma cobertura mais favorável, mas mesmo assim ele fica inquieto depois de alguns minutos.

— Só não aja como se a sua traição não estivesse na boca do povo esta noite — Charlie ergue o controle remoto e desliga a televisão. — Se você acha isso, está se iludindo.

— Não está ao menos satisfeito que Edgard Franklin tenha ido embora?

— Você diz isso porque acabou comigo e deu a ele o que ele queria.

Sento-me no banco de brocado ao pé da cama (a estrutura dela é feita de nogueira francesa, comprada por Theodore e Edith Roosevelt; o colchão foi customizado por Simmons Beautyrest World Class, com espuma com memória de forma e uma camada de espuma da NASA. Charlie, entretanto, permanece de pé atrás das poltronas a uns dois ou três metros de mim.

— Amo você — declaro.

— Talvez você deva dormir no outro quarto.

— Você ouviu o que acabei de dizer?

— Você quer que eu simplesmente a beije e faça as pazes. E o que você fará amanhã, vai se juntar ao Greenpeace? Ainda não sei que diabo deu em você.

— Charlie, falar com o coronel Franklin não foi algo incomum para mim. Ele é pai, e o filho dele morreu. E o fato de a Casa Branca ignorá-lo me deixou desconfortável.

— Então você deveria ter me dito algo, ou a Hank, ou a...

— Eu realmente disse algo a você. Ou tentei, mas você deveria se lembrar de que, tão recente quanto esta manhã, quando você trouxe os jornais, só os entregaria se eu não mencionasse o coronel.

— Então não lhe dei opção, a não ser censurar minha política externa.

A expressão de Charlie é de ceticismo. Ainda veste o terno cinza, a camisa branca e a gravata vermelha que vestia mais cedo — nenhum de nós, pelo que parece, trocou de roupa depois da festa de gala, embora ele tenha, naquele momento, desabotoado a camisa e afrouxado a gravata. Talvez seja ingênua, mas sempre achei isso um charme em qualquer homem e principalmente em meu marido.

— Já pensou que está na hora de me perdoar por ter sido eleito presidente? — pergunta ele.

Fitamo-nos, e eu não digo nada. Depois, com um nó na garganta, confesso:

— Não queria que você fosse presidente porque tinha medo de que acabasse assim.

— Assim como? Quer dizer você e eu?

Balanço a cabeça.

— Nós não. Apenas a... a responsabilidade. Quanto está em jogo quando você decide algo?

Nunca conversamos sobre isso, Charlie e eu. Falamos de quando e onde ele faria discursos, quando e para onde ele ou eu viajaríamos. Discutimos secundária e momentaneamente sobre como ia o Estado da União, se o voo fora turbulento, se havia melhorado da gripe. Seria devastador para nós, acho, analisar a enormidade de nossas vidas hoje, seu significado e sua repercussão, mas certamente foi essa grande reticência, a maneira diária de nos comunicar, pé ante pé, que nos levou a um lugar a que não imaginaríamos chegar. Esta tem sido a presidência de Charlie: episódios de experiência; escolhas com base em informações de consultores que relutam em dizer-lhe o que ele não deseja ouvir; ele rezava, mas eu me preocupava, com frequência, que a voz que o guiava não era de Deus, mas de Hank, ou do próprio Charlie, ecoando para ele.

Entretanto, ele não vê dessa forma. Parece incrédulo ao dizer:

— Você acha que não estou ciente da responsabilidade de ser o líder de uma democracia todos os minutos de todos os dias? Lindy, se a esta altura é novidade para você que o presidente fica sob tamanha pressão, então não sei onde esteve nos últimos seis anos e meio.

— Mas você não está... — Hesito e reformulo o que tenho a dizer: — Não se sente culpado?

Ele me encara.

— Pelo quê?

— Muitos soldados que estão morrendo são mais jovens do que Ella. São mais novos, e alguns são casados, têm seus próprios filhos. Ou retornam ou... Se você tivesse 26 anos, e as suas pernas fossem amputadas, e nunca cursasse uma faculdade? Conhecemos um rapaz assim em Walter Reed, lembra? O que ele deveria fazer agora?

As narinas de Charlie alargam-se mais do que o normal. É inegável que ele está enojado.

— Você assistiu a algum workshop da paz em Chicago? Linay, cresça e apareça. A liberdade tem um preço, e você sabe do que mais? Muitas pessoas consideram uma honra pagá-lo.

— Amor, não estou tentando enganá-lo, não sou jornalista em uma coletiva de imprensa. Não podemos falar com sinceridade?

— Sobre o quê?

Ele franze o rosto com desdém e os olhos brilham, rancorosos.

— Não sei de onde veio isso, mas francamente, não preciso disso de você, nem de todas as pessoas.

De alguma forma, ele não teria razão, seria demasiado tarde para mudar as regras? Nossos antecessores — os democratas — eram conhecidos por serem uma equipe. "Vote em um e eleja dois" foi o slogan da campanha, e a primeira-dama tinha uma carreira advocatícia consolidada. Mas o presidente foi adúltero e, no final, ela foi o elemento de discórdia entre homens e mulheres (Jadey declarou odiá-la, embora eu sempre a tenha admirado secretamente). Quando Charlie concorreu contra aquela administração, as diferenças entre mim e ela não foram uma invenção política; eram reais. Transferi o escritório da primeira-dama da Ala Oeste para a Leste, até hoje, evito controvérsias e não tento convencer meu marido de quase nada. Na verdade, não seria justo, então, começar a confrontar Charlie com minhas opiniões e críticas? Não seria covardia não fazer isso, ou as consequências seriam muito sérias?

— Uma vez, provavelmente há vinte anos, estava com Jadey no country clube e li um artigo no jornal sobre um homem acometido por hepatite C e cirrose que não podia arcar com as despesas dos medicamentos. O artigo era incrivelmente triste. Tirei os olhos da leitura, e as pessoas estavam, você sabe, mergulhando na piscina. Jadey e eu estávamos deitadas nas espreguiçadeiras, e perguntei a ela se já sentira que deveria levar uma vida totalmente diferente — digo.

De modo quase imperceptível, o rosto de Charlie suaviza-se; as narinas relaxam e ele não está mais soltando fogo pelas ventas.

— Às vezes me pergunto se eu não deveria ter sido uma primeira-dama completamente diferente — continuo. — Sim, percebi que se passaram seis anos, mas finalmente me dei conta de que é assim que isso funciona. Quando era bibliotecária, sempre lia um novo livro para as crianças, mas era somente após o término da aula que entendia como havia levado a discussão, quais atividades deveria haver. Era como se eu soubesse como fazer corretamente no futuro por ter errado.

— Lindy — ele cruza os braços —, você é uma excelente primeira-dama. Seu índice de aprovação está nas alturas

— Esses números não significam nada.

Ele dá de ombros.

— Por favor, os norte-americanos adoram você. Os aplausos que recebeu hoje à noite.

— Você não tem de me dizer quanto sou boa.

— Sério? Porque ficaria emocionado se você fizesse isso por mim.

Pela primeira vez desde que entramos no quarto, ele sorri, não é um sorriso de mil watts, mas é verdadeiro.

Olho para a lareira de relance, onde ficam os vasos de porcelana que pertenceram a Dolly Madison, ao lado da televisão, então olho de novo para meu marido.

— Hoje, no avião, estava pensando em como, depois da morte de Andrew Imhof e desde então, tudo de bom em minha vida se tornou uma desculpa. Principalmente conhecer e me casar com você; eu não tinha certeza de que merecia tanta sorte. E quando você quis concorrer ao governo e à presidência, ainda assim eu tinha dúvidas, mas não me opus porque pensei que não era meu direito. Quem sou eu para dizer a outra pessoa, incluindo você, como viver? Não sou um exemplo de perfeição — vacilo; cheguei à parte mais difícil, na qual acuso não só a mim mesma, mas também a ele. Lentamente, digo: — Mas se você fez certas escolhas, e eu fiquei a seu lado, eu também não sou responsável, indiretamente? Se você encarar dessa forma, o acidente de carro não é nada em comparação com as mortes desde que a guerra começou. Quase não pude sobreviver à culpa de matar uma pessoa, e agora quantos milhares, não só de norte-americanos, mas...

— Que conversa maluca! — Charlie se aproxima de mim, puxa-me do banco e coloca as mãos em cada lado da minha cabeça, fitando-me de propósito. Ele parece forte e determinado, mas não hostil. — Você está ficando louca, ouviu? Houve mortes sob todas as presidências, todas, sem exceção. Você tem um coração tão bom que se sente pessoalmente responsável, mas, Lindy, isso não tem nada a ver com você. Quando se trata de disseminar a democracia, sim, existe algum efeito colateral, e isso pode parecer duro, mas as mortes até agora, não importa quanto você as contabilize, nem sequer se aproximam do Vietnã ou da Segunda Guerra Mundial, não há como comparar. Acredite, essas guerras também foram criticadas, mas ninguém olha para trás e pensa: *É, realmente deveríamos ter deixado Hitler ir adiante e dominar a Europa.* Você está imersa em tudo, por isso é difícil manter a perspectiva, mas as futuras gerações nos serão gratas. Elas serão, Lindy. Não tenho dúvidas disso.

Será que desabafei com ele entre todas as pessoas — não com Jessica, ou Jadey, ou meu sogro —, para que ele pudesse me consolar exatamente com uma divergência passional? Quem seria mais seguro, mais interessado em minha inocência do que Charlie? Da mesma forma, permiti que ele uma vez me convencesse de que namorá-lo contra a vontade de Dena não era grande coisa.

— Eles aborreceram você hoje, né? A médica bruxa e o Sr. Simpatia, eles infernizaram você porque é muito educada para colocá-los em seus lugares. Mas só porque parecem ser do bem não significa que estejam certos — diz ele.

Ah, Charlie. Ah, meu querido e amado marido, com sua camisa branca e sua gravata vermelha frouxa, permanecendo cordial, apaixonado e íntimo diante de mim, meu marido, cujos gestos, expressões e cada pedacinho de pele conheço, meu companheiro nas circunstâncias adversas de nossas vidas, o homem cuja felicidade desejei infinitamente, que me diverte, a que amarei para sempre, você acha que não sei muito bem que jogar limpo não significa ter razão?

Muitas vezes, observando o mundo, senti-me uma pessoa solitária em uma pequena cabana, olhando através da janela para uma enorme floresta negra. Desde menina, vivi dentro dessa cabana, protegida pelo telhado e pelas paredes. Sabia do sofrimento das pessoas, não estive cega em relação a elas como o privilégio permite, como meu próprio marido e agora minha filha estão. É uma evidência, não um juízo de valor dizer que o pensamento de Charlie e Ella não esteja voltado para essa direção, de certa forma, isso os absolve, ainda que os desafortunados tenham batido à porta da minha consciência, emergido da floresta e batido muitas vezes no decorrer da minha vida, e apenas ocasionalmente permiti que entrassem. Não fiz nada e fiz muito menos do que poderia. Deitei-me lá dentro, embaixo de uma colcha em um sofá confortável, em um tipo de devaneio, e quando ouvi os desafortunados do lado de fora da cabana, algumas vezes, dei-lhes esmolas ou restos de comida e, outras, os ignorei completamente; se os ignorei, não tiveram escolha exceto retornar à floresta, e quando se enfraqueciam, ou se perdiam, ou eram rodeados por lobos, fingia que não podia ouvir que me chamavam. Aos 20 anos, professora e bibliotecária, trabalhando com crianças de famílias pobres, pensei que fosse o início, que minha contribuição à sociedade aumentaria e continuaria, mas, na verdade, foi meu envolvimento mais profundo; nos anos que se seguiram, apenas assumi posições cada vez mais elevadas, de modo cada vez mais superficial, com mais câmeras para narrar minhas virtudes.

Poderia ter uma vida diferente, mas tive esta. Talvez não seja coincidência ter casado com um homem que não poderia me criticar, tampouco estar ciente das minhas falhas. Casei com um homem a quem me compararia favoravelmente porque, se fiz pouco, ele fez menos, ou talvez mais; se ocasionei danos de forma acidental ou indireta, ele também, com objetivos sem escrúpulos e total confiança.

As lágrimas que se acumularam em meus olhos no decorrer da conversa finalmente escorrem pelo meu rosto, e Charlie as enxuga com a ponta do polegar. Inclina-se e beija minha sobrancelha direita.

— Por favor, querida — murmura.

Se ainda não havia me perdoado totalmente, então era só questão de tempo; ele me perdoará contanto que meu comportamento hoje permaneça anormal.

— Lindy, nós dois... nós somos instrumentos da vontade de Deus.

SERÁ QUE COMETI erros terríveis?

Na cama, ao meu lado, meu marido dorme, a respiração calma e profunda. Antes de despertar, eu sonhava com Andrew Imhof, o antigo sonho; nós dois parados em diferentes lugares, com diferentes grupos de pessoas, em uma sala grande e mal-iluminada, minha constante percepção de sua presença. Mas no sonho desta noite, houve uma mudança surpreendente: após décadas de ilusão nos encontramos. Que felicidade! Ambos éramos tímidos, ambos éramos jovens, caminhamos um em direção ao outro, envergonhados, mas com o mesmo entendimento, a mesma certeza. Ele era forte, amável, precioso, e eu usava um vestido vermelho que nunca foi meu na realidade. Não falamos muito porque não era necessário. Então, um milagre, nós nos beijamos. Isso era tudo o que sempre desejara, voltar para ele, para abraçá-lo, para que o que existia entre nós não fosse destruído, e não por minhas mãos. Seus lábios eram macios e sedutores, sem a certeza atrevida da língua de um marido. Era suficiente, apenas isso — sua mão nas minhas costas, o calor do seu peito sob a camisa, nossos rostos colados e um manto de privacidade à nossa volta. Será que, no final das contas, eu poderia ter sido sua esposa, será que poderíamos construir uma vida juntos na fazenda de seus pais ou em nossa própria fazenda? Uma vez, naquela visita prolongada a Riley, decidi que não, mas agora que estamos juntos, nossa compatibilidade faz com que eu pense no rumo que poderíamos ter tomado. Podemos nos falar, fazer o outro rir, existe entre nós uma sensibilidade comum, uma afeição inexplicável, em que está implícita esta simples questão: *Por que demoramos tanto tempo?*

Então desperto, uma mulher de 61 anos, em um quarto enorme, formidável e sombrio, em Washington D.C., a esposa do presidente dos Estados Unidos. Mas Charlie e eu também não podemos nos falar, fazer o outro rir e não há entre nós uma sensibilidade comum? Não é necessário convencer-me de que amo Charlie, sei disso. Mas aquela certeza serena que sentia com Andrew, a leveza de nossas vidas naquela época, há muito se foram. Nunca vivenciei isso com nenhuma outra pessoa.

Não votei em Charlie para presidente. Realmente votei nele as duas vezes para governador, mas quando concorreu à presidência, eu não queria a reviravolta ou o fardo, e também acreditei sinceramente que seu oponente faria um trabalho melhor. Ele tinha mais experiência, uma perspectiva variada sobre os problemas e trabalhava na esfera pública havia muito mais tempo, não era um amador intermitente. Quando saí da cabine eleitoral em 2000 e novamente em 2004, me perguntei se minha expressão poderia denunciar minhas ações, mas parece que meu voto foi tão inevitável que jamais me perguntaram sobre ele, nenhum jornalista ou cabo eleitoral. Suponho que seria desrespeitoso. Na foto que tiramos naquela manhã em 2000, Charlie e eu paramos do lado de fora da cabine encoberta de uma escola de ensino fundamental de Madison, de mãos dadas e acenando ao mesmo tempo. O que essa foto demonstra, imaginei desde então, minha traição ou a dele? Durante os momentos em que estive mais frustrada com nossas vidas ou com o que acontecia no país, olhava para os carros e pedestres na rua pela qual a nossa carreata passava e pensava: *Tudo o que fiz foi me casar com ele. Foram vocês quem lhe deram o poder.* Outras vezes, fui tomada tanto por uma sensação de arrependimento por enganá-lo como por uma percepção opressiva da minha cumplicidade em suas eleições.

Será que traí Charlie ou será que agi de acordo com meus princípios? Ele traiu o povo dos Estados Unidos ou agiu de acordo com seus princípios? Talvez a resposta seja tudo o que mencionei anteriormente. Se os diversos romances que li são um indicador apurado, devo presumir que existem traições na maioria dos casamentos. O objetivo, suponho, é não permitir algo que seja maior do que a força do companheirismo.

Embora imagine que nunca serei capaz de revelar a Charlie essa traição específica, é difícil prever o futuro, e talvez chegue o momento em que o fato de eu ter votado em seu oponente possa parecer uma piada engraçada. Duvido, mas é possível. Por enquanto, nada direi; em meio à exposição contundente, devem perdurar segredos que são exclusivamente meus.

AGRADECIMENTOS

Na pesquisa sobre a vida da primeira-dama, consultei muitos livros, artigos e páginas da internet. Inspirei-me principalmente nos fatos e nos insights de *The Perfect Wife: The Life and Choices of Laura Bush*, de Ann Gerhart. Também devo reconhecer minha dívida com outras quarto obras: *Laura Bush: An Intimate Portrait of the First Lady*, de Ronald Kessler; *Ambling Into History: The Unlikely Odyssey of George W. Bush*, de Frank Bruni; *Vivendo a História*, de Hillary Rodham Clinton; e *For Love of Politics: Bill and Hillary Clinton in the White House*, de Sally Bedell Smith. Sou grata a todos esses autores e incentivaria qualquer pessoa que se interesse por narrativas de não ficção sobre a vida nas campanhas políticas ou na Casa Branca a buscar esses trabalhos.

Além disso, minha gratidão e meu afeto a minha editora, Laura Ford; a minha agente publicitária, Jynne Martin; e a minha agente, Jennifer Rudolph Walsh. Tenho a sorte de possuir outros amigos e aliados na publicação, incluindo Gina Centrello, Jennifer Hershey, Tom Perry, Sanyu Dillon, Sally Marvin, Avideh Bashirrad, Janet Wygal, Victoria Wong, Robbin Schiff, Amanda Ice, Suzanne Gluck, Tracy Fisher, Raffaella DeAngelis, Michelle Feehan, Lisa Grubka e Alicia Gordon. Pelos anos de constante dedicação, sempre haverá lugar no meu coração para Shana Kelly.

Por serem inteligentes e por me apoiarem, agradeço aos meus primeiros leitores: Susanna Daniel, Cammie McGovern, Samuel Park, Brian Weinberg, Shauna Seliy, Emily Miller, Jennifer Weiner, Lewis Robinson, Katie Brandi e Susan Marrs.

Pela ajuda em descobrir os mínimos detalhes, agradeço a James R. Ketchum, Marisa Luzzatto, Katie Riley, Jo Sittenfeld, Ellen Battistelli, Darren Speece, Jennie Cole, Joe Litvin, Marc Miller, Chris Thomforde, Susan Brown, Marcie Roahen, Susan Schultz, Jeanne Stewart, John Stewart Sr., John Stewart Jr., Mikey Stewart, Nick Stanton e, mais uma vez, Susanna Daniel. Quaisquer erros no livro, tanto em relação a fatos quanto a juízos de valor, são meus.

Como sempre, agradeço a meus pais e irmãos e sou grata, em especial, a meu pai pelo feedback e pela força. Por fim, agradeço a Matt Carlson, que leu cada capítulo quando eu terminava e que me encorajou a continuar escrevendo, pois queria saber o que aconteceria depois.

Este livro foi composto na tipologia Adobe Garamond (TT),
em corpo 11,5/16,25, impresso em papel off-white 80g/m²
no Sistema Cameron da Divisão Gráfica
da Distribuidora Record.